朱庆民 刘京科 著

沂河奔腾

山东文艺出版社

图书在版编目（CIP）数据

沂河奔腾 / 朱庆民，刘京科著 .—济南：山东文艺出版社，2024.5

ISBN 978-7-5329-7057-5

Ⅰ . ①沂… Ⅱ . ①朱… ②刘… Ⅲ . ①长篇小说—中国—当代 Ⅳ . ① I247.5

中国国家版本馆 CIP 数据核字（2023）第 225278 号

沂河奔腾
YIHE BENTENG
朱庆民　刘京科　著

主管单位	山东出版传媒股份有限公司
出版发行	山东文艺出版社
社　　址	山东省济南市英雄山路 189 号
邮　　编	250002
网　　址	www.sdwypress.com
读者服务	0531-82098776（总编室）
	0531-82098775（市场营销部）
电子邮箱	sdwy@sdpress.com.cn
印　　刷	肥城源盛印刷有限公司
开　　本	710 毫米 ×1000 毫米　1/16
印　　张	24
字　　数	366 千
版　　次	2024 年 5 月第 1 版
印　　次	2024 年 5 月第 1 次印刷
书　　号	ISBN 978-7-5329-7057-5
定　　价	60.00 元

版权专有，侵权必究。如有图书质量问题，请与出版社联系调换。

目 录

一 ………………………… 001	十九 ………………………… 122
二 ………………………… 009	二十 ………………………… 130
三 ………………………… 012	二十一 ……………………… 136
四 ………………………… 017	二十二 ……………………… 145
五 ………………………… 021	二十三 ……………………… 154
六 ………………………… 027	二十四 ……………………… 160
七 ………………………… 036	二十五 ……………………… 165
八 ………………………… 048	二十六 ……………………… 175
九 ………………………… 059	二十七 ……………………… 181
十 ………………………… 068	二十八 ……………………… 189
十一 ………………………… 079	二十九 ……………………… 202
十二 ………………………… 084	三十 ………………………… 208
十三 ………………………… 091	三十一 ……………………… 218
十四 ………………………… 094	三十二 ……………………… 227
十五 ………………………… 102	三十三 ……………………… 233
十六 ………………………… 106	三十四 ……………………… 236
十七 ………………………… 112	三十五 ……………………… 253
十八 ………………………… 118	三十六 ……………………… 260

三十七	264		四十七	325
三十八	272		四十八	327
三十九	277		四十九	333
四十	282		五十	336
四十一	286		五十一	345
四十二	289		五十二	351
四十三	293		五十三	355
四十四	302		五十四	361
四十五	311		五十五	363
四十六	318		五十六	364

一

起风了。风头很猛,拧着劲,怒吼着,呼啸而至。

狂风从窗子吹进办公室,正在阅读人民来信的沂东县委书记田晨晖抬头瞅了瞅那无形无影却来势迅猛的狂风,将手中的信件放在桌子上,起身走到窗子前。

入夏已有一段日子,虽尚未入伏,天却一直在下火,刮一阵风,下场雨,天气倒也变得凉爽。望着眼前越刮越紧、越吹越劲的风头,他很清楚,这是暴雨来临的前兆。

春末之时,沂东县境内连降了几场透地雨,喜人的春雨惠泽万物,对夏粮和瓜果生长极为有利。充盈的雨水也让河流由瘦弱变得雄壮,尤其是沂东县境内最大的河流——沂河水量大涨,滔滔河水形成了一往无前的气势,滚滚流向远方。

因自然环境变迁、人为破坏河道,以及沟汊小河的来水缓急不一,沂河里形成了一股股暗流,有的河段甚至出现了漩涡。眼下,又是山雨欲来风满楼,这些人民来信说明,地处沂河岸边的姑苏镇也已经暗流奔涌,不再消停。这是有人借机兴风作浪,还是确有其事?田晨晖望着窗外乌云密布的天空,认真地思索着。

见风越来越紧,田晨晖将窗子关好,又看了一会儿翻卷的云头,重新回到办公桌前坐下,盯着桌上摞着的厚厚的全是反映姑苏镇党委书记罗清河问题的人民来信,他陷入了沉思。

此时的姑苏镇,的确像外面这急风劲吹、阴云密布的天气,黑云压城城欲摧。

俗话说，人没千日好，花无百日红。千日，那是三年，三年时间的相处，舌头跟牙还有打架的时候，人与人交往，哪有勺子不碰锅沿之说？对此他深有感触。至于花呢，他的确还没见过开放后红过百日的那朵。

罗清河调任姑苏镇党委书记，满打满算尚不足百日，反映他问题的信件，却像被深秋狂刮的大风从树枝上疯狂卷起的枯黄叶子，一股脑地抛到空中，纷纷扬扬地落入纪委、组织部、检察院等部门，也落到了各级党委主要负责人的办公桌上。

田晨晖凝神望着那一摞每一封都沉甸甸的信件，感觉它们犹如一只只无形的手，将他的心头紧紧拧住。他不住地想，自己来沂东工作已有几年，对罗清河这个人不算不了解。不论罗清河是在县委办公室副主任的岗位上，还是在县发改委主持工作，给大家的印象是作风严谨、思路清晰、尽职尽责、团结同志，他所在单位年年受到表彰，是全县各部委办局学习的榜样。谁承想，一到了乡镇，只有短短三个多月，怎么就把一个原本安定团结的姑苏镇搞得风吼云卷、地动山摇，以至于民怨沸腾、鸡犬不宁呢！

田晨晖的确没想到，一个有魄力、敢担当，工作能力值得点赞的人，到姑苏主政这么短的时间，反映他问题的信件竟如雨后春笋，瞬间冒出这么多！是罗清河的工作方法有问题，还是他的人品出了问题？眼前晃动的"笋子"，眨眼间变成了一根根竹签，刺得田晨晖坐卧不安。

信件中反映的罗清河的问题，既重事实，又讲道理，覆盖面广，焦点集中，有些问题甚至涉嫌违法犯罪。写信人的意图很明显，就是欲置罗清河于死地，即使达不到这个目的，也要用"竹签"将他"穿"得千疮百孔，让他带着一身难以愈合的伤口狼狈地从姑苏地盘上滚出去。

田晨晖凝视着信件，细思信中反映的问题，在他看来，问题的严重性远不止此。这一封封信，简直就是一个个安了雷管、扯上了导火索的"炸药包"，且导火索已经点燃，刺刺地冒着火星子，只等那震耳欲聋的一声爆炸，将罗清河炸得血肉模糊的同时，顺带将姑苏官场炸出个"大地震"。看这阵势，用"你死我活"来形容他们毫不过分，而且他们大有一战到底的决心。

田晨晖在沉思。

外面的天空，炸雷一个接着一个，由远而近地响起来。滚动的雷声过后，大雨哗哗地降落下来。

难道县委在选人用人上出现了误判？是选错了对象，还是平时罗清河隐藏得太深，一到乡镇便挣脱了束缚，露出了本相，来了个"海阔凭鱼跃，天高任鸟飞"式的任性妄为？

对于罗清河的经历，田晨晖一清二楚。他二十世纪七十年代初出生于县城东边的沂河岸边的罗家庄，师范大学中文系毕业后回到本县，在齐鲁车瞳中学任教，后调到乡党委担任秘书。因业务能力过硬，他从乡党委秘书、县政府秘书、县委宣传部干事、县委主要领导秘书，一步一个脚印地干到县委办公室副主任职务。他的每次提拔，组织上都是严格按照程序进行的。在用人问题上，一个人的眼光有时可能会"一叶障目，不见泰山"，但对他的提拔，是经过县委组织部严格考察、县委常委会集体研究决定的，难道众人的眼光也出现了偏差？

田晨晖把拆开的一封封信重新拿在手上，再次认真仔细地观看，掂量着其中所反映的每一个问题的重量。那直击命门的文字，让罗清河独断专行、大搞"一言堂"，高高在上、热衷作秀，干涉教育、欺压群众，为自己捞好处、为亲属谋利益，破坏姑苏镇安定团结、大好局面等问题跃然纸上，充分说明写信人的文笔之高、眼光之毒。

看着看着，田晨晖心情愈发凝重起来，他终于摸起电话，打给县委组织部常务副部长刘金成和县纪委副书记梁春光，让他俩来他的办公室一趟。

在等待二人的间隙里，田晨晖再次将目光转到举报信上。有几封信的开头，别出心裁地用"打油诗"点题，将举报内容高度归纳，且寓意深刻，既滑稽又接地气。他忍不住哼地一笑，感叹写信者实乃高人，连告状信都采用这种让人过目不忘的特殊方式，让它们在气势汹汹的举报信中，透出一丝诙谐。

好奇的田晨晖把以"打油诗"开头，内容高度概括罗清河不同"罪状"的信件挑出来，专心阅读起这些幽默诙谐、炸药量十足且乡土味极浓的诗歌。

  姑苏中学职称评定插黑手
  每一步都得按照他的想法走

拿人民教师的权益猛开刀
　　搞得民怨沸腾
　　整个学校吃不消

　　姑苏中学的"臭老九"被他罗清河搞得尊严丧失无斯文
　　整个沂东，他是严重侵犯教师权益第一人
　　真没想到，安静的教育环境闯进来这样一个"祸祸乱"
　　这哪是百姓的父母官
　　简直是桃花山上下来打家劫舍的小蟊贼

　　这首"打油诗"反映的问题显而易见——在姑苏中学的教师职称评定过程中，罗清河插了一杠子，打乱了学校正常的教师职称评定秩序。前几句叙事，后几句议论，简单明了地为罗清河的滥用职权下了一个余味深长的讽刺定论。

　　桑梓河大酒店时来运转
　　不管镇政府从前欠下多少钱款
　　罗清河一到马上结算
　　细一打听，顾怀峰是他舅家亲表弟
　　姓顾的，是那
　　——酒店老板

　　假公济私
　　亲戚优先
　　姑苏镇党委书记的板凳还没坐热乎
　　就给表弟解决困难
　　一把支出六万元

　　此"油"打得直奔主题，一语中的，什么事、什么情、关系如何，点中要害，让人不用再看下面具体反映的内容便对所涉及问题一目了然。

对亲戚如此关怀照顾，对其他人和事，罗清河则是另一副面孔，下面的几句顺口溜，便把他一手遮天的霸道作风，活脱脱地展现了出来。

> 姑苏的低保清理你别当真
> 其实质是罗清河笼络人心
> 看似一副铁面孔六亲不认
> 实则树自己的威严盛气凌人
> 你看他清理起低保来多带劲
> 犹如平静水域里猛然蹿出一条黄箭鱼①
> 整得村干部和民政人员落魄失魂
> 对同志对下级使出后娘心肠
> 奉劝姓罗的做事别太绝
> 绝则错
> ——如此这般太毒辣太心狠

读着合辙押韵，朗朗上口，句句新颖且带有深刻含义。出"油"量蛮高的"打油诗"，田晨晖想，如果不是附在这些告状信上，还真算得上颇有味道的民间好诗！

除了带有"打油诗"的信件外，还有几封信件，也与一般的上访信件不同。一般的上访信件，为了表示对领导、对有关职能部门的尊重，开头通常是"某领导、某部门负责同志好"，而这几封信省略了称呼的笔墨，开门见山地直接写道："请不要细问我是谁、姓什么、叫什么，我只是姑苏镇的一位普通公民。"接着笔锋一转，进入主题。这"不动声色"中让人感觉写信的"普通公民"很不普通，这不愿透露姓名的人士所反映的问题，尽管与"打油诗"的笔迹不同，但总体归纳得同样非常到位，均是有事实、有依据，言简意赅，控诉罗清河借集体学习之名，剥夺镇直机关同志工作时间之外的自由权；以禁酒的名义，干涉同志们的正常交往等。最后，得出结论——他是新时代姑苏镇的南霸天。

---

① 当地河水中一种专吃其他鱼类的鱼，性凶猛。

县委办公楼是二十世纪八十年代建起的三层楼，组织部在三楼。不到五分钟，刘金成便来到二楼田晨晖的办公室。

田晨晖把手中的信件放下，问刘金成："反映罗清河问题的信件，组织部知道吗？"

刘金成站在田晨晖对面的椅子前，边坐边说："知道，一大摞，我都看了，我注意到网络上也出现了类似的举报内容，并且有快速发酵传播的趋势。尽管组织部是主管人事的，可这反映干部问题的信件，还真没落下我们部门。信件涉及的问题点多面广，有说领导工作不力的，有说打压不同意见的，有说任人唯亲的，等等。写信人的举报水平真不赖，针对不同部门的职能，抓住主要矛盾，显然是个玩举报的高手。"

田晨晖并没有从是否"玩举报的高手"的话题上说下去，他左胳膊肘撑在桌面上，手托着额头，用右手的三个指头捏着一封告状信的角，细瞅着开头的一首打油诗：

　　罗大书记上任没几天
　　叫上党支部组织委员周庆山
　　美其名曰下村搞"调研"
　　车轮飞转直奔杨家官庄甯
　　一副花拳绣腿假把式
　　高谈阔论全镇苗木花卉如何大发展
　　临走又把便宜占
　　拿了苗木不给钱
　　十棵石榴苗
　　送到敬老院
　　拉着老人的手
　　问暖又嘘寒
　　假惺惺一同栽下石榴树
　　为的是拍照登报做宣传

看过之后，田晨晖把这封信推给对面的刘金成。

刘金成瞟了一眼说:"这首诗我看了好几遍,'油'打得一般,没有多少文学味,也缺少情趣。这从侧面很好地说明,清河到姑苏之后,天天走村下庄,不停地调查研究啊。"

田晨晖听后笑笑说:"要是从你理解的这个角度考虑就好了,但反映问题的人,说他是花拳绣腿,是形式主义,是清河急不可耐地树立政绩哟。"

县纪委办公楼是前几年新盖的一座楼,在县委大院的西北角,从那里走过来需要几分钟的时间,梁春光很快也到了。田晨晖拿起所有反映罗清河问题的上访信件,走到对面的沙发前,将它们放在茶几上,三人顺次坐下来。

田晨晖看看他们二位,然后问梁春光:"老戴对这些人民来信,有什么意见?"

梁春光答道:"恒远书记看过后,转给我,让我考虑一下处理方案。我的看法呢,是尽快抽调人员调查走访,落实所有问题,给反映问题的人一个明确的交代。"

田晨晖笑了笑说:"清河到姑苏虽然时间不长,但对立面树得不小啊,单看这些'打油诗',反映问题的人是做足了功课的。"

田晨晖话音未落,梁春光接过话说:"姑苏这几年,表面上看似风平浪静,干部之间很和谐,实际上风气很不正,个别人在那里立山头、搞小团体,这口锅里的饭其实挺难做。信件反映的问题,属于镇委、镇政府大院之外的,我不好评论,但镇直机关内部的,写得恰中要害,句句砸在点子上,说明这口锅的裂缝已经很大。有些工作,清河可能操之过急,将火头烧得过旺,以至于锅里的黏粥煮沸了,正从锅底的裂缝往下淌哩。"

田晨晖听着,轻轻地点了点头。

"姑苏班子内部裂缝的确不小,清河又是个有脾气、眼里容不得一点沙子的人,看到姑苏的政治生态不尽如人意,他想下猛药、治顽疾,扭转不正风气,但过于急躁,扭得急了,没和他们理好关系,得罪了部分人,有可能是这种情况。有几首颇有'油腥味'的诗,没有多少实质内容,但暴露出了班子内部的矛盾。比如'罗清河,真歹毒,想着法子治下属',再比如'专横跋扈罗清河,跳梁小丑成了精',这样的顺口溜,说明有人暗中与罗清河较劲,姑苏已经人心不稳了。"刘金成跟着分析说。

梁春光冷哼了一声，笑道："是啊，清河可能锋芒太露，但我感觉，不乏有人在借题发挥，比如，清河说的'斗争'，有人便曲解了它的含义。和平建设年代，我们也必须有斗争精神，向困难作斗争，向贫穷作斗争，向畏难发愁、不思进取的思想作斗争嘛。"

他顿了顿，接着说："'对立面'打出来的那些'油'，固然有些滑稽可笑，但也应该看到，清河的失误已经有些明显了。"

梁春光说到这里，突然发现田晨晖的表情此刻是那样严肃，两眼在直视着自己，他犹豫了一下，便打住了本想继续往下说的话。

田晨晖显然看出了对方的犹豫，他移动了一下目光，用下巴示意道："春光，怎么打住了？继续说！如果连你们的真话我都听不到，说明我平时讲的民主只是口头上的。心里有什么就说什么，即使说的与我想的不同，也没有任何关系，我们都是同志。"

田晨晖的话让梁春光放下了思想包袱，他马上一吐为快："早在一个月前，听在姑苏工作的一位亲戚讲，姑苏中学教师评职称，清河前去指手画脚，干涉教育上的业务；清理吃空饷的借调老师，搞得民怨沸腾，很大一部分教师嚷着要'起义'。有些事，即使做得对，也应该通过合理程序，一步一步推进才好。俗话说得好，心急喝不得热粥。想几口把姑苏这碗刚出锅的热粥喝进肚子里，岂能不烫嘴！还有，镇林业站站长许建林，五十多岁的老同志了，先前在男女作风问题上犯了错，上一任镇党委书记马士良已做过处理，让他与女方协商调解，双方签了解决协议。事早已过去，但清河去了后，又拿许建林开刀，把问题给翻出来，给了个留党察看处分。许建林不服，连续几次到县纪委上访，要求撤销对他的处分。再者，姑苏实行全面禁酒，打击面也有些大。很多事，欲速则不达呀！"

田晨晖仔细听着，深思着。见梁春光不再说，就让刘金成也谈一谈看法。

刘金成笑笑道："我大体总结了一下信件反映的问题，可归纳为一句话——罗清河是一位政治上极不成熟的人！举报者认为，好端端的姑苏在极短时间内被搞得乌烟瘴气，责任最大的，就是罗清河。在乡镇担任党委书记，需要具备一定的定力和耐力，一时冲动，任着性子来，不摔跟头才怪呢。但我仔细分析后判断，清河同志虽有操之过急甚至急功近利的嫌疑，但不至于搞得如此糟乱，这其中必有深层次原因。所以我建议，对这些问题，要一条一条地调查落实，得出真实的结论后，再做下一步处理。"

看二人将意见谈得差不多了，田晨晖指示道："举报罗清河同志的信件如鹅毛大雪，纷纷扬扬，许多领导和有关部门都收到了，这显然不是一个小问题，要你俩来，就是想听听如何去姑苏调查，如何把问题搞清楚。晚上召开个县委常委会，你们二位要列席参加。春光，你回去后，抓紧向老戴汇报，共同研究下，尽快拿出具体的调查方案，组建好调查小组，明确好工作步骤，提交到今晚常委会上议一议，然后由纪委负责抓好落实。金成，你回去后，向守山汇报一下，姑苏的党员学习时，组织部是不是派人参加下？抓党的基层组织建设，不能只发发文件、传达下上级精神、开个会，需要研究探索出新路子来。"

二

沂河两岸，土地肥沃，稻菽摇曳，麦香千里。姑苏镇位于沂河中段，是一个古老的重镇，有着诸多古寺，其中以白塔寺最为著名。白塔寺离沂河只有两箭之地，寺内有一古老铜钟，也曾有敲钟的和尚。在古代，每逢丰水季节，河中不时飘过叶叶扁舟，文人骚客在此留有不少诗句。夜半之时，也时有钟声响起，在寂静的夜色中显得别样深沉，那客船泊岸的古诗意境随钟声而起，故此处被誉为"江北小姑苏"。

据沂东县志载，这里最早叫作屠苏，总体地势平坦，沃野百里，东临大海，西入蒙山，南达徐邳，北至穆陵关，大道通衢，地理位置十分重要。从附近发掘的文化遗址看，春秋时期就有先民在此地生产、生活。此处建村始于隋，因唐初所筑大道沿沂河从村旁蜿蜒经过，故此地商旅络绎不绝，到唐中期，这里已经成为较为繁华的集镇，商贾云集，百业兴旺。

屠苏改为姑苏，据说是在唐末。当时，一位寒山寺的僧人游历至此，见小镇不大，却一派繁荣，更有几处寺庙香火旺盛，便住了下来。因将屠苏听成姑苏，僧人便叫起姑苏来，久而久之，屠苏也便成为姑苏。

至元代，官家在此处设镇，保护商贸发展，繁荣一方经济，既增加国家收入，同时可控百里时局，以防不测之变。镇的设立，让姑苏迎来发展的大好机遇。镇内面积在原来基础上，不断向外拓展，直至纵横三十六道街。南来北往的商人在这里交会，各式货物从这里集散，姑苏呈现出一派欣欣向荣的局面。

明代洪武年间后期，社会安定的姑苏更是进入了经济发达、商贸昌盛的繁荣时期。仅酿酒业一项，便闻名九州，所酿的烧酒醇香甘美，回味悠长，由商贾贩夫运至四方，品者对其盛赞，因而姑苏成为有名的酒城。为此，朝廷设立了专门的税收机构，由官员收取酒税。

改革开放以来，姑苏迎来了再次腾飞的时机，但进入新世纪，该镇各项事业发展缓慢。原镇党委书记马士良被提拔到稻香县担任副县长之后，针对姑苏镇党政班子整体能力不足的状况，县委连续召开两次常委会进行专题研究，决定任命罗清河担任姑苏镇党委书记，以发挥"头雁效应"，激发整个班子的活力和动力，进而激活姑苏的经济活力。

谁知，罗清河去了这么短的时间，县委便收到如此多的人民来信，可见问题之严重！会上，县委常委们的一致意见是：如果信件反映的问题属实，应当立即纠正错误，该调整的调整，该撤换的撤换，绝不袒护，避免给姑苏今后的工作引起更大的问题。

最后，县委常委会研究决定，由县委常委、县纪委书记戴恒远牵头，成立以县纪委副书记梁春光任组长，纪委办公室主任胡乃平任副组长，工作人员郭霞、赵维营为成员的调查小组，尽快前往姑苏，认真细致地调查人民来信中反映罗清河问题的每一项内容。

就在调查组成立的第二天上午，姑苏镇委副书记、镇长陈本欣跑到县委组织部，言称死活不愿继续待在姑苏，要求调离工作岗位。

负责基层干部配备工作的刘金成猛然意识到，姑苏的问题，要比他想象得更加复杂。沉思了一会儿，他要陈本欣说出请求调离的理由。

陈本欣大笑道："刘部长啊，我能力不足，身体状况欠佳，跟罗清河配合不力，这些算不算理由？我既然上门来找您，说明我是非常恳切的。共产党员是块砖，哪里需要哪里搬！我明确地向组织亮明态度，如果我这个正科级不好安排职位，就是调到其他乡镇降级使用，或者调到县城的某个部门打扫卫生也行,这样,您不会为难了吧!"

陈本欣说的这些话,显然是腹内牢骚太盛。在社会这个大熔炉里已修炼多年的刘金成,岂能看不透他的那点小心思。公开地到组织部来要求调动工作,充分说明他这个镇长与镇党委书记罗清河的矛盾,已经发展到了无法调和的地步。

此时,刘金成决定还是以做好思想工作为主,他看了眼陈本欣翘起的脚上那双很干净的"耐克"鞋鞋底,幽默地笑着说:"陈镇长,您这样高风亮节,真是难得。县环卫所的姜自敬,在部队时是正营级,转业后在环卫所所长位置上一干就是二十多年,天天围着县城转,和环卫工人一起清除垃圾桶、打扫大街,眼看他马上离岗,组织部正在物色合适人选,想不到你主动送上门来,还真蛮合适的,就是那活儿太累太脏。"

陈本欣不是个傻子,他知道刘金成在调侃他,对方那往自己鞋上一扫而过的目光,足以说明这一切。然而,他脸上仍然笑得像一朵花似的,两眼瞅着刘金成说:"革命现代京剧《智取威虎山》中,杨子荣唱的那几句词'共产党员时刻听从党召唤,专拣重担挑在肩',一直激励着我。姜自敬不计个人得失,在环卫工作岗位上兢兢业业,一干就是二十年,成为全省劳模,的确了不起,是我学习的好榜样。真若把我调到环卫所,也是组织考验我、锻炼我、培养我,那我力争像老姜一样,绝对不辜负组织的期望,也力争尽快当上省级劳动模范。"

对陈本欣做表面文章驾轻就熟、应对自如的非凡功夫,刘金成心里暗暗佩服,他不再继续戏谑对方,而是马上换了副严肃面孔,一板一眼地说:"来县委组织部要求调动工作,理由必须充分,这个你是知道的。"

陈本欣点点头,很诚恳地解释道:"我在姑苏镇,从党委宣传委员干到副书记,再到镇长,满打满算已经九年整。在一个地方待久了,身体和心理上都难免产生惰性,说句实在话,我身上早就没了新官上任三把火的劲头,也散尽了新炸油条的香气,继续待在那里工作,已不合时宜。再一点就是,罗书记是一只振翅高飞的大鹏,一啸千里,我则是头被赶到高速公路上的老黄牛,迈的还是那个慢步伐。他思想意识超前,我头脑经常一根筋,两头堵,实在跟不上他的发展思路,在具体工作和行动上,我俩明显不在一个节拍上,这对工作显然不利。我是经过深思熟虑才来找您要求调动的,还请组织切实考虑下我个人的请求。"

三

陈本欣连续三次跑到县委组织部，要求调离姑苏的原因，用他私下里的话说，是跟这位新来的姓罗的掰不拢。在一个酒场上，多喝了两杯的陈本欣打过一个比喻，在这个比喻中，他自己还是那头步步扎实前行的老黄牛，而那位姓罗的则不是振翅高飞的大鹏了，而是一头迈急步的叫驴，两人迈的根本不是一个步幅。他与姓罗的一同拉姑苏这台车，不但步幅不一致，搭不成档，还有一点让人受不了的是，罗清河这头叫驴"乱蹬蹄"。

面对一众酒友，陈本欣打趣道："驴蹄可是钉了铁掌的，为避免被他踢着，我可是时时小心再小心啊！不然，说不定哪个时候，猛不丁地挨上他的一蹄子，踢轻了，会鼻青脸肿，闹个小伤；踢重了，伤在内里，怕是要被送进医院的。"

其实，镇委、镇政府大院里的许多人明着不说，暗里都晓得，罗清河到姑苏不到两个星期，就与陈本欣结下了深深的梁子。

单单是罗清河上任第一天发生的事情，就让陈本欣感觉心里堵得慌。

那天，接到县委组织部送罗清河前来报到的通知后，陈本欣就和另一名镇委副书记李文彬带领班子成员，早早地恭候在办公楼前的枫树底下。

春分过后，天气温和起来，院里的迎春花、金钟花早已开放，海棠树也露出了最初的花蕾，引得三两只蜜蜂前来探访。

枫树旁，陈本欣点燃一支烟，边吸边与李文彬说着话。

八点半，县委组织部的那辆老式"桑塔纳"准时驶进院子，他连忙将手中的香烟屁股甩到地上，用右脚尖碾灭烟头火，接着小步快跑地迎上前去。

刘金成、组织部干部科科长范熙存、新任镇党委书记罗清河依次从车里走出来。

沂东县是块巴掌大的地方，大家经常一起参加县里的会议，彼此都是老相识，但刘金成还是按程序做了介绍。

大家热情地打过招呼后，一起向办公楼的接待室走去。

接待室里，陈本欣热情地向罗清河介绍着姑苏镇委、镇政府班子成员的基本情况，以便让他尽快了解、熟悉每一个人。

参加会议的人员陆续赶到，在会议室找准自己的座位坐下。

九点钟，党政办公室工作人员贺英推开接待室的门，走到陈本欣跟前，小声汇报道："陈镇长，会议室内一切都安排好了。"

陈本欣点了点头，于是招呼大家起身下楼，向楼西边的那排平房走去。

那是由五间老式瓦房改造而成的会议室，镇直机关干部、片区负责人、各村党支部书记及村委会主任等已入场完毕，一看众领导走进会场，众人立刻拍起了巴掌。后排坐的好多人不认识罗清河，于是翘起屁股弯起腿，半探身子将脑袋伸出去，好奇地看看哪一位是新书记。

大家彼此小声耳语着、猜测着。

有经验的人都知道，除了陈本欣和李文彬这两位熟人外，走在前面的那位是县里来宣读任命文件的领导，紧随其后的那位中等个子、有些清瘦的人，肯定就是新来的罗书记了。

大朝阳村党支部书记高祥昆就是有经验的人，他看到罗清河穿着极为普通，于是小声对身旁的镇民政办主任张京虎说："这个新来的书记，怎么这么土气啊！"

张京虎并未拿正眼去看高祥昆，而是两眼盯着台上，压低声音回应说："领导土不土，关键看政绩！"

几位领导走上主席台坐好后，陈本欣先是扫了台下一眼，接着扭头笑着问坐在他身边的刘金成："刘部长，咱开始？"

刘金成朝陈本欣点了点头。

身为会议主持，陈本欣首先向大家说明这次会议的内容，接着对到会的县委组织部二位领导和罗清河做了简要的介绍。

按照会议程序，范熙存宣读了中共沂东县委关于对罗清河同志任命的决定。

刘金成首先充分肯定了姑苏镇上一届党委班子取得的成绩，接着，赞扬罗清河同志在县发改委工作期间，有思路、有担当、有魄力，是一位党性原则强、工作扎实、具有开拓创新思维的领导干部。最后,他说:"相信姑苏镇在以罗清河为班长的新班子带领下,各项工作会再上新台阶,再创新辉煌,姑苏的明天将会更加美好。"

轮到罗清河表态发言时,望着台下一张张陌生而亲切的面孔,他诚恳地说:"县委派我来姑苏工作,我深感责任重大。作为一名党员,我将牢记入党誓词,与大家同心同德、同甘共苦、齐心协力,努力不折不扣地完成上级党委部署的各项工作任务。作为班子班长,我一定自觉带头执行党的各项规章制度,严守党的纪律,坚决不搞一言堂,不立小山头,不搞小圈子,请大家对我进行监督。我初来乍到,还望大家多支持我的工作,同时也要及时指出我工作中的失误。我期盼和大家一起,共同打造姑苏风清气正的政治环境。"

会议简短而紧凑。大家都知道,这种会议,无外乎新领导亮亮相、表表态,因此开得快,散得快。待党委副书记李文彬、纪委书记王子和、组织委员周庆山和宣传委员尤立华分别表完态后,陈本欣开始总结。他要求所有参会同志,要以这次镇党委班子调整为契机,积极行动起来,牢固树立勤勤恳恳、任劳任怨、全心全意为人民服务的思想,按照上级党委的工作部署狠抓落实,抓出成效,以优异成绩向县委、县政府,向全镇人民汇报。

散会了,人们边走出会场,边议论着新来的书记。

陈本欣热情地邀请刘金成说:"刘部长,您和范科长好长时间没来姑苏指导工作了,今天中午,我在桑梓河大酒店安排了一个欢迎罗书记的见面酒场。走,咱先到接待室喝杯茶,过会儿,咱们一起陪罗书记吃顿饭。"

面对他的盛情,刘金成停住脚步,笑道:"这个点,离吃饭还早着呢,组织部还有一堆事等我回去处理,就不在这里了。再说,组织部调整干部时,在下边吃吃喝喝,影响多不好。"

陈本欣一听这话,便用左手拉着刘金成的手,嘿嘿地笑了笑,右手朝罗清河点着道:"罗书记啊,看刘部长说的,不就是吃顿饭吗,充其量喝上两盅酒表示下感情,又不多喝,能犯什么错误?哪来那么多不好的影响啊!"

接着,他转过脸对刘金成说:"您整天高高在上,我们基层的弟兄们想见您一面,真是难!今天,好不容易逮到您,不喝杯姑苏的薄酒,您哪能走得了！这不单单是喝杯酒、吃顿饭的问题，也是您密切联系群众，与我们基层同志加深感情的具体表现啊。这个理，您可比我懂多了，用得着我来鹦鹉学舌？可别官当大了，就开始拿架子、摆派头，自动与基层的弟兄们拉开心灵上的距离，连杯酒都不喝就一辞而别，那还算一个战壕里的弟兄吗！"

面对这"推心置腹"的盛情邀请，刘金成连连推辞道："把罗书记给你们送过来，我和熙存科长也就大功告成了。早上临来时，守山部长同时安排了另外两个活儿，也需要上午完成。你们吃吧，我们就不在这里掺和了。"

听刘金成这般说辞，陈本欣将他的手攥得更紧了，不依不饶地反问道："怎么着？刘部长，还得绑你的票，才能把你留在姑苏？"

刘金成感觉手掌微微胀痛，他想把手从陈本欣的手里抽出来，可连续试了两次，都没有抽出，于是很认真地说："今天，说什么我也得早回去，不回不行。"

一旁的罗清河看到急于脱身的刘金成一脸窘态，便对陈本欣说："陈镇长，还是遵从刘部长的意愿吧。你已经挽留了，说明情到了，刘部长会理解的。"

听罗清河这样说，陈本欣只好松开紧攥的手，刘金成和范熙存像是逃脱了绑票但仍然被贼人追着一般，立马向停靠在大院南墙根的车急急地走去。走近了，两人急火火打开车门，钻进去。范熙存迅速发动车子，刘金成摇落车窗玻璃，朝站在不远处的罗清河、陈本欣等人摆了摆手，算是道别。

紧跟着，车子一溜烟地冲出大门，飞也似的逃走了。

望着开出大门去的轿车，陈本欣掏出手机看了一下时间，是十点五十分多点。这个时间点，虽说离下班还有五十多分钟，但也临近中午了，加之今天又是罗清河来姑苏就职的特殊日子，他便热情地对罗清河说："走，罗书记，现在就去桑梓河大酒店吧，咱们边吃边聊，我把咱镇的整体情况向您作个详细的汇报。"

罗清河本就对刚才陈本欣闹的一出有些反感，于是对他说："我刚到，上班第一天，第一个去的地方居然是酒店，众目睽睽之下，会给群众一个什么印象？在社会上传出去，不利于今后的工作，还是先到各个站室看一看吧。饭好吃，中午到伙房吃个馒头就行。"

听对方这般说，陈本欣不认识似的打量了一下罗清河，心里鄙夷地想：唱什么高调，居然跟我来这一套！逢场作戏吗？但他面上却呈现出另一副面孔，他看了一下身边的几个人，哈哈笑着说："罗书记，咱们那破伙房，还不知道中午开不开火呢。刘部长推辞也就作罢，毕竟他是外人，可咱们是自己人哪，用土一点的话说，是一个岭上的兔子，再直接点说，就是一根绳上拴着的蚂蚱。您来乡镇工作，可得入乡随俗啊。人是铁，饭是钢，一顿不吃饿得慌，吃饱了才能有劲工作！"

站在旁边的尤立华眯着一双小豆眼，随声附和道："对啊，罗书记，去吧，先叙叙和您有没有老亲戚、少亲戚，若叙出亲戚关系，咱就喝杯亲戚酒，若没有亲戚关系，就喝杯革命友谊酒。多年来，您一直高高在上，未曾来姑苏指导过工作，先前真没找到机会扯开膀子与您痛饮一回。这回，您得让我们见识见识，您的酒量到底有多大。"

就在陈本欣和尤立华极力邀劝罗清河去桑梓河大酒店的同时，按照以往惯例，镇直各部门的负责人们已经开始行动，仨一群俩一伙地纷纷朝大门口走去。

出了大门，往西不到五十米，路南侧，就是桑梓河大酒店。

罗清河看了看走向大酒店的人群，迅速将目光收回，对着尤立华意味深长地说："嗜，我哪来的什么高高在上啊，以后，咱们都在一起工作了，即便不在一块喝酒吃饭，我相信也会把同志之间的关系搞融洽的。这次，我就不去了，你们去吧。希望你们吃完这顿饭、喝完这顿酒后，迅速把主要时间和精力转到工作上。"

陈本欣听着罗清河话中有话，禁不住皱了下眉头，面露难色道："今天安排去酒店，主题是欢迎您来姑苏报到。您这正头香主不去，镇直部门的同志们想敬您酒，也找不到方向啊。这就像演《沙家浜》少了郭建光一样，没有您这主角，戏岂能上演？只是我们去，名堂也不成立啊，那多没劲！您看，同志们都去了，别扫了大伙的兴，还是去吧。"

一听陈本欣近似央求的话，罗清河强装笑脸回应道："呵呵，这吃顿饭，还讲什么名堂，扯上演什么戏，吃饱肚子不就得了，你们赶紧去吧。"

接着，他转身对党政办公室主任徐以明说："小徐，走，你领我先去我的办公室看一下。"

罗清河说完，毫无人情味似的把众人撇下，抬腿走了。

看到现在与以往新领导上任时的情形大相径庭，陈本欣深感别扭。他心想：今天，羊群里还真蹿出一头驴来，装什么相？连吃顿饭的面子都不给大伙留，我就不信以后你能在姑苏这地盘上打出滚来！

陈本欣说到底还是老辣，他在原地停顿了一下，然后冲着罗清河的背影，底气十足地高声喊了句："罗书记，那我们先去，等着你啊！"

见罗清河没有回应，一丝尴尬掠过之后，陈本欣很大气地对站在身边一直不言不语的李文彬等人说："走，咱们先去酒店吧。放心，罗书记一会儿准过去，他还得给咱们敬个见面酒呢，以后大家还得相互关照对吧，这个理，他应该懂！"

陈本欣昂首阔步地带头走出大院，站在大门口外的国土资源管理所所长程兴起、民政办主任张京虎等人紧随其后，一行人风风火火地穿过马路，很快来到对面的桑梓河大酒店。

进入酒店后，每个人都像被输入了程序的电脑一样，根本不用问自己坐几号房哪个座，便轻车熟路地走向自己该去的房间。

饭店老板顾怀峰、老板娘韩德香一看来了这么一大帮子人，又是惊又是喜，连忙招呼服务员为各个房间提水冲茶，接着搬白酒、抱啤酒。

不一会儿，一盘盘凉菜热菜被端上桌子，大家开怀畅饮。

由于罗清河"不配合"，本想用酒一解内心别扭的陈本欣，却越喝越感觉有种莫名的烦躁与憋屈，如同有一群蚂蚁不间断地爬上他的心头，让他心烦意乱，坐立不安。

四

在徐以明的带领下，罗清河来到二楼最东头的一间屋门前。

徐以明将掩着的门推开，屋里面已经收拾得干干净净。靠南的窗户下面，背东面西安放着一张深红色办公桌，桌上有几本摆放得整整齐齐的书。办公桌的北边，靠墙放着一对单人沙发，中间有个小茶几，对面是一张长条沙发，正中有一个大玻璃茶几。

罗清河走进屋内，从桌上到墙上，将整个屋看了一遍，然后走到办公桌前坐下，看到桌子和沙发都是新的，于是问徐以明："桌椅都是新买的吧？"

徐以明点了点头解释道："先前，陈镇长吩咐购买的。"

"哦。"罗清河看了看徐以明说，"马书记那一套，我接着用就好。镇上财政不宽裕，以后该收紧些手过日子。"

从办公室出来，罗清河又到党政办公室等科室转了转，看看时间已近十二点，他问徐以明："伙房在哪儿，咱们去吃饭吧？"

徐以明答："在会议室后面，我带您去。"

伙房里只有他们俩，再无其他人来，显得冷冷清清。

因没有人来吃饭，张伙夫没开大火，而是将昨天下午的剩菜热了热，盛在一个盆子里。旁边饭筐里盛有几块锅饼。

罗清河和徐以明没有马上吃饭，而是转悠着看伙房内的一切。

伙房里到处都是灰尘污垢。

张伙夫一看徐以明来了，主动与他打招呼，问他怎么没去喝酒。

徐以明微微笑了笑，说自己戒酒了，接着指着罗清河，向张伙夫介绍说："这是咱镇新来的罗书记。"

张伙夫一听是罗书记，顿时把腰板挺直了，眼里露出惊异的神情问："罗书记，今天中午不是在桑梓河大酒店欢迎您吗，您怎么没去？"

罗清河抬头朝张伙夫笑了笑，没有回答，他背着手站在盛菜的盆子跟前，又看了看盛锅饼的筐子，然后问："今天上午就准备了这些菜饭？"

张伙夫看看罗清河，苦笑了一下解释道："现在，哪还有来伙房吃饭的呀。"

罗清河扭头问徐以明："咱们在伙房吃饭，用饭票还是现金？"

徐以明解释说："记账。"

罗清河点了点头说："好，那就先把咱们的午饭账记下，到时一定记着支上。"

两人各要了一碗剩菜、一块锅饼，坐在一张小桌前津津有味地吃起来。

与伙房相比，桑梓河大酒店内气氛热烈，大家为姑苏镇委新书记的到来而开怀畅饮。

在主桌，没有新书记的影子，李文彬心里很不是滋味。见他闷闷不乐，陈本欣举着酒杯满不在乎地大声说："李书记，你是七〇后，年轻，前途无量，罗书记又是一位很有魄力的书记，你的好机会来了，放开胆子鼓起劲，尽情去干吧。来，为了姑苏的明天更美好，我和你把这杯干了。"

喝酒也需要好心情，李文彬哪有那份痛快畅饮的心情啊！刚才那阵儿，不仅刘金成不来，罗清河也毫不客气地拒绝一同来酒店，这足以说明，新来的书记与前任的区别是很大的。在那种情况下，自己这个党委副书记却稀里糊涂地跟着陈本欣来到酒店，到底是怎么想的？脑子一时间短路了吗？

正当他推脱之时，隔壁房间的张京虎、程兴起二人各端着一杯满满的白酒推门进来。

张京虎看了看在座的各位后，对着陈本欣大声发问："罗书记呢，他怎么还没来？我们想来敬他一杯。"

陈本欣停下劝李文彬，把酒杯口暂时调整为对外，他很大方地对张京虎解释说："罗书记不喝酒，他又感冒了，身体有点不适，早回宿舍休息去了。"

程兴起听后，面无表情地扔出一句质疑："县城里的干部哪有不喝酒的？就是感冒不喝酒，也应该过来坐一坐，与大家一起交流下感情啊。来到姑苏了，就是姑苏人，不能坏了姑苏的老规矩。陈镇长，瞅机会合适时，你得批评下罗书记，要他和大家同甘共苦，不能犯自由主义错误，端起架子就更不应该了。大家初次见面，怎么能以感冒为借口，擅自回宿舍去睡大觉呢！"

陈本欣解释说："刚才我打电话了，让他过来坐坐，他一再强调身体不行。"

听到一个"身体不行"，张京虎马上哈哈大笑道："男人不能说'不行'，女人不能说'随便'。罗书记他是个大男人，怎能说自己不行呢！说不会喝酒，我看那是假的，在县城这么多年，经的场合能没有咱们多？就是让酒店的酒气熏，也能熏出个三杯两杯的酒量来。乡镇自有乡镇的套路，像今天这酒场，他不来，就是不按乡镇的套路出牌，说白了，就是不想与群众打成一片啊。时间久了，看他的工作怎么干，又有谁能听他啰啰？就是真不会喝，也得来这坐坐，在这样的高光时刻，既让自己露露脸，也给大家一个面子！"

看张京虎带着浓浓的酒意开始胡言乱语，陈本欣一板脸，严肃地打住他说："别借着酒劲，从嘴里胡乱冒出不好闻的气味来，罗书记的确因感冒没能到场，缺席这场酒，怎么就成不与群众打成一片了？少发表这样不负责任的言论。"

这里的张、程二位还没来得及与主桌的领导们用酒把感情加深，另外几个房间里的村干部们就集体采取行动了，他们在高祥昆的带领下，脸上挂着笑意，以恭敬虔诚的心态，来与新任镇党委书记盖上一个能够有效认识的"酒章"。

进屋后，高祥昆的目光马上往上位打量，听说罗书记没来，他有些生气地说："这个罗书记，真是缺乏基层工作经验啊，难道不知道好多工作都是在酒场上进行的？慢慢地，他就该知道，这样下去，即使是一条能龙也玩不了几把水！今天，他要是看得起我们这些村干部，就应该来喝一杯。不来跟我们这群兄弟喝杯酒，就是看不起我们。今后往村里安排工作，他得琢磨琢磨，看着办吧。"

两拨人涌进主桌屋内，见新书记未到，失意之余不免牢骚几句，但有一点也最为现实，尽管罗清河缺席，但大家不会因此而情绪低落，照样该用什么套路喝，就用什么套路喝，该掀多大的高潮，就掀多大的高潮。没有罗书记，还有镇长陈本欣在，还有副书记李文彬在，于是众人把酒杯一致对着他俩，推杯问盏，好不热闹。

面对今天的场合，李文彬很少说话。不知怎么，平日里香醇可口的衡水老白干，今天却有些说不出的苦味。

热烈的酒场气氛，继续在各个包间内上扬着。桑梓河大酒店经理顾怀峰欢天喜地地到各个包间敬酒，当着陈本欣等人的面，他无意间的一句问话，说出了一个让人意想不到的秘密。

他边敬酒边笑着问："今天欢迎我表哥，他怎么没来？"

尤立华一听问道："谁是你表哥？"

"罗清河啊！"顾怀峰答。

尤立华惊诧地问："真的假的？"

顾怀峰哼哼一笑，答："他是我大姑家亲表哥，这个还能假！"

尤立华看看顾怀峰端的酒杯内酒不满，就说："顾老弟，酒不满，得罪人不浅，你这开酒店的难道缺了酒？若真的缺酒，我给你送二十箱来。"

尤立华亲自拿过酒瓶，给顾怀峰把酒倒满，然后高声说："顾老弟，镇里欠你的那些酒饭钱，这回不用再担心了吧？土地老爷熬个二月二，你终于熬到你表哥来的好时候了。以后，你的大酒店想不发财都难。"

五

下午，上班后，罗清河在徐以明的陪同下，从一楼走到四楼，又挨屋转了转。来到陈本欣的办公室门前，罗清河发现门关着，他推了几下没推开，敲了敲，里面也没人回应。

徐以明见状，解释说："陈镇长中午可能喝高了！他在酒场上好动感情，动不动就喝多，现在可能在宿舍休息。您如果有事，我去叫他。"

罗清河听小徐说陈本欣"动不动就喝多"，于是追问了一句："他经常这样喝多？"

徐以明答非所问地说："乡镇工作就这样，中午有个场，喝上两杯，下午事情也不多，有的家在县城，就直接回去了，不耽误明天早晨九点钟点名就行。"

罗清河"哦"了一声。

镇委、镇政府办公楼的西侧，靠前面的是一排平房，为方便群众办事，镇司法所、国土资源管理所、林业站、民政办等部门在此处办公。

他俩走出办公楼后，见一位农民老大哥正在那排平房前，这门跑了那门窜，但不是这里不开门，就是那里不见人，他问了这个问那个，得到的回答不是"不知道"，就是"可能有事外出了"。

农民老大哥看上去约莫五十多岁，他满脸沮丧，见他俩出来后，于是快步迎上前问："林业站的人在吗？"

罗清河问他是哪庄的，来办什么事。

农民老大哥说:"我是余粮庄的,在承包的河滩地里栽了三十多棵杨树,儿子最近订婚,手头紧,想伐了卖掉,换些钱用。今天上午有板材厂联系我,想收购树,村干部说,伐树得经镇林业站批准,不然就是私采滥伐,造成毁林事件要被罚款,弄不好还要被拘留、被判刑。"

看到罗清河没回应,农民老大哥接着焦急地说:"我来办采伐证,想打听下林业站在哪儿,有个小女孩用手一指说在第三个门,我过去发现门却锁着。"

对农民兄弟有着深厚感情的罗清河,深知他们不容易,便问徐以明:"林业站谁负责?"

徐以明答:"是许建林,这会儿,他应该在铭品茶庄。茶庄老板懂养生,许建林没事就泡在那里,边喝茶边聊天,交流养肾保肾之道。一天到晚,又是枸杞泡酒,又是海马泡酒,林业站的工作不好好做,天天却研究如何补肾补肝、滋阴壮阳。"

罗清河说:"你去茶庄看一下许站长是否在那儿,如果不在,联系一下林业站的其他同志,尽快给人家办理采伐证。"

徐以明就去铭品茶庄找许建林。

不一会儿,他和许建林一块回来了。

许建林远远地看了看罗清河,边走边嬉笑着解释自己刚刚出去了一趟,想买点茶叶,放在办公室招待客人。很快,他走近了,顺手从腰上解下一大串钥匙,领着那位农民老大哥走到林业站门前,用钥匙打开门锁,走进屋内。

罗清河看着他们进了屋,内心想道:一个在正常工作时间本该为人民群众办事的林业站,却将门一锁,不见了人影,让前来办事的老百姓到处找都找不到,这样的工作作风,是该改改了。

罗清河随后返回自己的办公室。县上来了几份文件,贺英早前把它们放在桌上,他坐下来,仔细地阅读着。

李文彬突然推门走进来,在靠近罗清河办公桌的沙发上坐下。

罗清河站起身,倒上一杯白开水,递到李文彬面前。

没等罗清河开口,李文彬解释道:"今天上午这个场,我是不应该去的,可是让老陈一招呼,还是跟他去了。"

罗清河笑笑说:"去了就去了吧,但以后尽量少参加这样的酒场。我一直认为,酒场上有腐蚀剂,出入多了、久了,说得通俗一点,是在随波逐流,说得严肃一点,容易忘记自己的身份和职责。必要的酒场参加一下未尝不可,但一味地喝,不仅风气不好,对自己的身体也是个损害。我今天刚到,如果也去参加,一下子就被卷进这种低俗的风气里,今后就没有力度去要求别人,对吧?"

李文彬点点头说:"是。"

来到姑苏的第一天,就这样忙忙碌碌地度过了。日头渐渐西落,下班时分,罗清河走到窗前,朝院子里看了看,家住县城的人们,开着私家车的,搭乘便车的,骑摩托车、电动车的,去城乡客车候车点乘车的,纷纷走出大院;在家属院居住的人们,同样步履匆匆地往家走。他突然感觉到,家真的是港湾,温暖、温馨,有家可归的人,奔走在回家的路上,是多么幸福的事情。

夕阳西下,他走出办公楼,在院子里又站了一会儿,肚子开始叫了,于是朝伙房走去。

伙房内,除了张伙夫,并无他人。

罗清河见伙房里连剩菜也没热,便与表情木木的张伙夫又进行一番交流。

朴实的对话中,张伙夫道出了苦衷:"做饭吧,没有来吃的,饭菜就糟蹋了;不做吧,像你这新来的领导,还得吃伙房,唉。"

一个"唉"字,道出了张伙夫多少的无奈。

接着,他又补充一句:"这几年,尤其是下午,哪还有来伙房吃饭的人呀。"

说着,张伙夫打开水管,想生火,打算给罗清河做晚饭。

罗清河阻止了他,说:"就我一个人,你别忙活了,我有个亲戚住镇上,我去他家看看,顺便在那里吃。"

告别张伙夫,走出大院,罗清河想寻找一家餐馆,简单地吃碗面条或米饭。

大门两边,开着七八家酒馆、饭店,罗清河看见几个一时还叫不上名字的镇委、镇政府工作人员,正分别走进不同的酒馆、饭店,他犹豫了几分钟，随即打消了进餐馆吃面的念头，转身走向前边不远处一家便民商店。

商店老板娘是一个四十多岁的女人，见罗清河进来，就主动搭讪问："你是镇里的吧？"

罗清河回答："是，你好眼力。"

说着，他盯着货架子寻找着，想今天晚上吃点什么。

老板娘睁大了眼睛，好奇地问："你是跟今天新调来的书记一块来的司机吧？今天新书记上任，中午镇上在桑梓河大酒店安排了十多桌，今天晚上听说还有场，你怎么没一块去？"

正在看桶装方便面的罗清河回过头，笑笑说："我喝酒过敏。"

说着，他拿起一桶辣白菜拉面走向女店主，问多少钱。

女店主说七元。

罗清河递上十元，女店主在找钱的当儿说："哦，听说新来的书记是桑梓河大酒店顾老板的表哥呢！看人家这时运，说来就来了。这些年，镇里把顾怀峰那饭店吃得只剩下丝丝凉气，眼看就得关门了。前些天，他来拿货，还一个劲地抱怨镇里欠他的钱太多，不管哪个干部，吃后记个账就完事。这世道，欠钱的都成大爷了。他去要欠钱时，跟个孙子似的，赔着笑脸不说，费半天劲要回一星半点吧，还得请上一桌子。我问他：'他们再去吃不支现钱，你不同意不就得了？'顾怀峰为难地说：'若不同意，我那些欠钱就更要不回来了！'听他的话音里，原来的欠钱没理清，马士良在这里几年，又欠了很多，总共有四五十万吧。这回，终于盼到他表哥来了，亲故亲故，无亲不顾，可盼到好时候了。往后只管让镇里的人敞开肚皮吃，他再也不怕欠账了。"

罗清河笑笑说："如果还是不给钱呢，他不怕？"

"你这说的，是哪儿的话呀！"女人撇了撇嘴不满地说，"你想想看，人家表哥现在是镇党委书记，手中有这个权，再怎么清廉，也得往他表弟身上斜斜笔尖子吧，毕竟那是镇上欠了人家的钱款，给钱，名正言顺！"

听到她说签上个字就管用，罗清河笑着打断她的话："听说书记不能签字，镇上所有费用的支出都是镇长签字报销，书记的那个笔尖子想斜也白搭，不好使。"

听到面前这位"司机"有不同见解，女店主马上说："咋不好使？书记不签，跟镇长说一声，镇长能不签？官大一级压死人，陈镇长猴精猴精的，哪回不听马书记的！这回，顾怀峰真要发了。鳖在泥里，人在时里，运气来了，我看他以后每年多赚个二三十万，不难！"

罗清河笑了笑，不再言语，他拿着方便面，返回党政办公室，用开水将面泡了，边吃边与党政办公室值班人员贺英交谈起来。

吃完面，罗清河走到南面窗户边，向远处望去，大院那堵墙上的一排大字映入眼帘：扑下身子办实事，振兴姑苏留脚印。白墙体，大红字，在明亮的灯光里闪烁着耀眼的光辉。

看着看着，罗清河突然产生了个想法：晚饭后，多数人要么看电视，要么外出散步，大好时光里，何不来个集体政治学习呢？他很清楚，来姑苏工作不会一帆风顺，想把人心拢起来，需要加强政治学习，需要大家明确前进的目标，看到姑苏未来的希望。

——希望，是一个人、一个群体最大的精神支柱。望不到灯塔的航船，容易迷失方向。

罗清河让徐以明通知镇党委、政府班子成员，晚上七点半到二楼小会议室，进行集体政治学习。

吩咐完徐以明后，罗清河回到简陋的单身宿舍，将床铺简单收拾了一下。他有个爱看书的习惯，于是把随身带的包打开，在桌前坐下，静心看起书来。

书中有几段话写得很好，他便在笔记本上认真地记下：普通人眼中的叛逆，其实是不被时尚潮流裹挟的特立独行。有思想的人不会为迎合别人而失去自我，有人认为这是孤僻，其实是混淆了孤僻和孤独的含义。孤僻是性格，孤独是思想……

读书学习，是他多年来养成的好习惯，罗清河觉得，有时记下一个感念或一个心得，甚至记下那些曾给自己带来感伤的经历，都是很有必要的。人生在世，哪有那么多完美，想要抵达理想地带，就必须抱定经历沟沟坎坎、起起伏伏的思想准备，没有谁的成功之路是一帆风顺的。尽管姑苏只是一个小小的乡镇，却同样是一个充满诸多矛盾的社会。在这里主政，面对形形色色的人，能征服人心的，永远不是小聪明，而是依靠高尚的思想觉悟和端正善良的品行，与共事的同志们一起，真诚地为百姓多做好事、多办实事。

夜色降临，天慢慢地黑下来，看看外面的天，罗清河放下手中的书，从宿舍走出来，第一个来到小会议室。不一会儿，李文彬、周庆山以及分管文教工作的副镇长刘京茂等人陆续到来。新书记刚上任，大家尽量营造一种良好的氛围，几个人你来我往地交流着，就姑苏下一步如何发展各抒己见，气氛颇为热烈。

来参加学习的人员较少，会议室内显得空空荡荡。直到八点半，也没见陈本欣到来。

徐以明解释说："陈镇长、尤宣传他们下班后，就回县城了。"

罗清河"哦"了一声，笑了笑说："都是些'走读生'啊。"

罗清河到任姑苏后的第一次镇党委、政府班子成员集体学习，就这样潦草地结束了。

大家走出会议室，下楼后，来到院子里，看到一个个子挺高的人，牵着一条大狗从大门外走进来。走近些，众人看清了，那是一条藏獒。见几位主要领导从楼上走下来，那人迟疑了几秒，停下脚步，与他们打招呼。

灯光下，大家看到，那条大狗后面还跟一条小狮子狗，大家于是议论起来，有人说这条藏獒品种很纯，黑毛像锦缎子似的；有人说一条好藏獒能斗过七匹狼，像这样一条，现在的市场价应该得几万块了。

寒暄一阵子后，那人牵着狗回家了。徐以明告诉罗清河："他叫程兴起，是镇国土资源管理所所长，家中养着三条狗，这条藏獒是他去年冬天花一万二千元买来的。除今天晚上见到的这两条狗外，还有一条小狗，个头并不大——不过，那是一条真正的'走狗'，势利得很！进程家门时，不管你拿着什么东西，它趴在地上一动不动，连眼皮都不会翻一下，可出门时，你别想带走哪怕一根细草棒。去年春天，程所长的包忘在家里，急着下乡出发，让所里的小李帮他去取。小李进家后刚从客厅拿着包出来，那狗猛地一下子扑上去，一口咬住了小李的脚脖子，小李为此打了好几针狂犬疫苗。"

徐以明接着说："程所长不但喜欢养狗，还爱好养鸟，既有画眉、八哥，还有鹦鹉，尤其喜欢养百灵，家中有六笼百灵呢，那鸟叫起来，真叫一个爽心悦耳。"

罗清河听后轻轻笑了笑，这是上任第一天中他脑海留下的又一件印象深刻的事。

六

转眼间，罗清河到姑苏工作已经半个月了。一天夜里，一件惊心的事发生了——镇民政办主任张京虎丢了。

深夜，陈本欣睡得正香，他的手机突然振动起来，迷迷糊糊中，他以为是骚扰电话，所以没去理会。但没过一会儿，手机又开始振动，他睡眼惺忪地把手机抓到手中，定睛一看，手机屏幕显示的电话号码是罗清河的。

陈本欣气愤地脱口骂道："妈的，属夜猫子的，自己不睡觉，还不让别人休息！深更半夜，一惊一乍的，又发生了啥事，骚扰什么！简直是在催命！"

手机的连续振动并未惊扰到身旁的妻子，但他的骂声倒把她从睡梦中吵醒了。

气愤归气愤，但他还是把电话接了。

电话那头，罗清河告诉他，张京虎的家属现在找到镇里，说张京虎的手机丢在回乡下的路上，人却不在那儿，要他赶紧到镇里来，大家一起碰个头，商量下，得抓紧寻人。

此时已是凌晨两点，手机躺在路上，机主却活不见人、死不见尸，情节像悬疑片似的。刚才还满腹牢骚的陈本欣立马像被浇了盆冷水似的，从发蒙的睡态中一下子清醒过来。他一把摸过床头椅子上搭着的裤子，两腿一抻，两手一提，束好腰带，接着披上褂子，又麻利地蹬上鞋子。

陈本欣边整理衣物边自言自语，又像对着已听清楚电话内容的妻子叨叨："一个大活人，不憨不傻的，居然一下子丢了，真他娘的见到鬼了，还有这等蹊跷事呢！"

在此之前，张京虎已经闹出了一个大笑话，让陈本欣感觉哭笑不得。

那是罗清河上任后的第五天，星期五，一大早，陈本欣从县城刚赶到镇里，贺英告诉他："罗书记在他办公室，让您过去一趟。"

陈本欣去了，罗清河先让他看了看办公桌上的几张单子，之后，两眼紧盯着他，严肃地连连质问道："这样的单据也能签字报销？理由在哪里？"

陈本欣见是红楼小区的物业费和水电费单据，有些心虚地解释说："那里住的，都是原来在镇里工作的领导，签字报销已成为惯例。再说，钱也不多，一直都这样支着。"

作为镇长，陈本欣很清楚这样的支出并不合规，所以也担心被罗清河发现。没想到，对方这么快就将问题摆到桌面上，真是怕什么来什么，自己心里本来就有鬼，怎同对方多争辩？他只好软绵绵地解释一下，但这样的解释显然没有刚硬的底气。

罗清河黑着脸，两眼依旧盯着他，说出的每一个字都带有严厉的语气："镇财政本来就吃紧，事事须要精打细算才是。有点钱，要尽量用在民生和发展上，像这样的支出，从今往后绝对不能再签单。"

陈本欣瞟了一下罗清河冰冷的脸色，脑海里立马跳出一个词：不寒而栗。紧跟着，他的心底倏然冒出一股凉气，令他禁不住有些发抖。自己在姑苏工作这些年，之前还真没遇到哪位领导甩这样的脸色给自己看。一闪而过的恐惧之后，心底的那股凉气立刻化作强烈的敌视，又转而化作一股怒气。于是，他暗自骂道："娘的，与不对路的人共事，真是可怕。这点小钱，又不是你个人的，犯得着对我耍威风吗！这事，前有车后有辙，现在你想更更辙，可住在红楼小区的那些人，我看你怎么办！在人情社会里，纵使你有得罪人的胆量，可你未必真得罪得起！树敌那么多，难道就不考虑考虑自己的前途？"

真是官大一级压死人，官小一级气死人啊！尽管心有不服，但看到罗清河那铁青的脸，陈本欣深知，此时应该顺水推舟地答应一下才是，于是他"哦"了一声，不再争辩。

陈本欣很快得知，前一天临近下班时，下乡归来的罗清河将镇财政所所长尹传业叫到办公室并告诉他，财政上有些不正常的支出，应该让他这个"一把手"知悉。

尹传业马上汇报道："罗书记，现在我手里还真就有不正常的支出单据呢！"

说着，他从随手携带的包中拿着几张单据，展开其中的一张解释道："这是红楼小区今年一季度的水电费和物业管理费，您看一下，该如何处理？"

罗清河接过去，认真地看了看，抬头问道："个人生活支出，怎么能转到咱姑苏镇财政来报销？"

尹传业答："前些年，镇里为解决副科级以上领导在县城的住房，征了一块地，建了三座楼，因墙体涂成了紫红色，所以被人们称为红楼小区。业主入住后，一直由镇财政支付这两块费用，有人早已调离姑苏，却还由镇里支钱，显然很不合理。"

罗清河听后，把单据又仔细看了一遍，再次抬起头来问道："这样的单据，陈镇长也签？"

尹传业突然神秘一笑道："陈镇长就住在那里呢，他能不签？再说，这已是老惯例，他才不去得罪那些领导呢。我有心顶吧，可镇长已经签字；不顶吧，我跟着违规。过去，我向马书记和陈镇长都郑重其事地反映过这个问题，可他们答复我：'这么点小钱，涉及人员又多，该撤撤身子让让道的，就让让，权当给那些领导一小份福利。'类似的事情多了去了，领导这样一和稀泥，让镇财政当冤大头不说，我这个财政所所长也跟着失职。另外，对这件事，好多不住在那里的干部职工一直有意见，说他们住别处，为啥不能报销物业费和水电费？为此，有人向上级纪委反映过，可反映的问题最后还得转回镇里处理。马书记、陈镇长采取的办法是能拖则拖，直至拖成一个不了了之。"

罗清河很严肃地说："这样的'福利'，群众有意见很正常！我们整天喊着反对不正之风，可真面对不正之风时，又一味地当老好人，长此以往，不正之风不但刹不住，反而会得到助力！我们说的话，谁还信？做的事，谁能服？这样吧，先把这些单据放在我这里，我考虑一下如何处理。镇财政所这个冤大头，不能再继续当下去了。"

面对罗清河的质问和"从今往后，绝对不能再签这样单据"的"命令"，陈本欣只好无可奈何地应承下来。

从罗清河的办公室出来后，陈本欣一整天都闷闷不乐。短短几天时间里，罗清河表现出的"一手遮天"的"霸道"行径，令他心底生出诸多不满甚至愤怒，但他明白，如果马上将情绪泄露出去，对自己是没有任何好处的。过去面对一些事，睁一只眼闭一只眼就能过去，但眼下面对的是认真的人，人家敢于将事情摆在明面上跟你较真，你还真拿他没有好办法。

陈本欣只有把憋闷的那股气使劲压在肚子里。

心有不满，总会流露。下午尚未到下班时间，陈本欣就叫上张京虎拔锚开船，窜了趟子，直奔县电业公司。

此时，邵泽英在县电业公司食堂安排了一个酒场，名义上是与老家乡镇领导聚一聚，实际上是为了进一步强化圈子关系。时下，圈子委实挺多，也挺重要。你不进圈子，就只能单打独斗，可现实中的人，哪一个有三头六臂？若无三头六臂，单打独斗是玩不转的，要想左右逢源，就必须挤进圈子。

在沂东县，邵泽英算得上一位风流人物。她原在县文工团唱小戏，文工团解散后，她转到了县文化馆。县里搞春节会演以及平时的大型活动，给了她一次次出头露面的机会，因此她颇受关注，后来由于一个偶然的机会，她纵身一跃进入了政界。

当时，为了搞好对后进村的帮扶，县委抽调部分机关单位人员下乡包点。县文化局抽不出人，就从县文化馆把她抽出来，后来，她被分配到了石驼镇。

没想到，没有任何驻村包点工作经验的邵泽英到了石驼镇后，还真干出了一番名堂。

和姑苏一样，石驼也是一座有年头的古镇。镇上有一班祖传的吹手，姓陈，来头正、有根基，在当地很有名头。据说陈姓吹手的祖上曾把唢呐吹到了沂州府。二十世纪六七十年代，陈家对石驼镇的文艺繁荣也做出过不小的贡献。单是陈老四把那唢呐吹的，要高调有高调，要细腔有细腔，声情并茂，如泣如诉，感心动耳，荡气回肠。1964年，在全地区文艺会演中，他吹的《百鸟朝凤》赢得了满堂彩，夺得金奖，被地区文化局授予"唢呐陈"称号。

原本在县文化馆终日无所事事的邵泽英，来到石驼镇后，恰如虎入山野，很快就将自己的专业特长充分发挥出来。她将陈家这班吹手组织起来，又把镇上几个爱好唱歌舞蹈的女青年吸收进来，成立了富有地域特色的庄户剧团。由于干的是老本行,她很快就将剧团经营得有声有色,成绩斐然。嗓子甜美圆润的杜广雪在省市大赛中连连获奖;还有一位叫"小锦州"的,唢呐吹得极好,《百鸟朝凤》哨子一亮,"大鸟""小鸟"都跟着来了。为此,省市级媒体多次对邵泽英进行采访报道。

两年的驻村包点后,邵泽英成为全县文化界的闪亮人物,她顺理成章地成为县政协常委。再后来,县政协需要培养选拔一位无党派副主席,她摇身一变,一下子又成了一颗政治明星。

人啊,有时真得靠些运气,该到她扬名立万时,想拦都拦不住。

县供电公司的食堂很高档,酒菜的标准自不必说。大家落座,邵泽英的开场白过后,接下来便进入行酒程序。

在县政协工作的刘士余是沂东县酒场上有名的海量级人物,用他的话说:"这些年,别的还真不行,就练了喝酒这手活。"

作陪的县供电公司副经理谭修伟、办公室主任许玉山,也都具有相当高的"酒平"。

随陈本欣而来的张京虎,心地并不恶,就是嗜酒如命。有酒在身,他说话的嗓门特别大,两眼灼灼放光;一旦缺了酒,人就像遭瘟的小鸡一样,耷拉着头,脖子连撑头的力气似乎都没有。

年前村里选举,镇直部门干部下村包片驻点,张京虎随镇纪委书记王子和来到杨家官庄,在村支书胡承福家中正商量事,还没到中午,他就忍不住地朝饭桌底下瞅。

饭桌下边有一瓶白酒,封口已经被启开,喝了不到一半。张京虎三看两看,肚子里的那条酒虫被勾了出来,身体随着馋虫的蠕动坐立不安。于是他起身过去,伸手摸起酒瓶子,启开瓶盖,咕咕嘟嘟喝了三大口,放下酒瓶,顿时来了精神。过了一会儿,两眼又不由自主地瞅那酒瓶,终于忍不住,于是又走过去,提过瓶子嘴对着嘴,痛痛快快地又灌了几口。如此这般,那大半瓶酒很快让他喝了个底朝天。

今晚,人人有"项目",个个叙感情,众人推杯换盏,很快掀起了一阵阵你敬我我敬你的高潮。

脸上挂着酒态的许玉山举着酒杯,突然问陈本欣:"陈镇长,听说姑苏去了个新书记,人怎么样,酒量如何?"

他真是哪把壶漏提哪把啊。姓许的如此发问，实在是一个很难回答的问题，好在陈本欣心里清楚，酒醉心不能醉，这是公开场合，有些话不能从自己的口里说出来。话一旦说出去，想收回是不可能的。

陈本欣不说，张京虎倒顾不得那么多，在酒场上，他既大名鼎鼎，又是实在人一个，于是替陈本欣答道："这个人，给我的第一感觉就是官架子太大，喜欢装样。报到的当天，本想和他弄两杯，谁知这位老兄不识抬举，放着那满桌子好酒好菜不吃，自己偏偏去吃伙房，把那天为他接风的酒，搞得没了一点劲头。"

听张京虎如此评论新去的镇委"一把手"，邵泽英那警觉的目光朝他扫去。用目光扫过张京虎之后，她马上打断他的话说："罗清河这个人，还是很有开拓精神的，他去了，姑苏的各项工作会更加出彩。"

肚子里已经装了不少酒的张京虎，简直就是个能惹事却又不顾后果的"李逵"，他看着邵泽英，不屑地笑道："姑苏已经让马书记搞得'积尿成灾'，谁去了也会沾弄一身尿臊味！哼，别看他叫'清河'，用不了一年，他这汪清水，指定浑得像黄泥汤！即便不像黄泥汤，里边也一定会掺进马书记留下的尿臊味。"

毕竟是在县供电公司的内部餐厅，张京虎这样信口开河，传出去显然对县供电公司影响不好，谭修伟连忙打住他说："张主任，明天一早咱们都还要上班，不要喝得太多，喝多了会耽误工作。"

许玉山的酒喝得正在兴头上，他对谭修伟唱出的"喝多了会耽误工作"的高调很反感，于是大声说道："今朝有酒今朝醉，管他明天是和非。再说，明天是周六，哪来的班上？来，我再敬大伙这杯！"

说着，他把半杯烈酒倒进嘴里，一扬脖，灌进肚里。随着他的示范带动，喝酒的高潮又一次掀起来。

但使主人能醉客，不知何处是他乡。一来二去，大家都喝得昏昏沉沉的。

直着脖子往下灌的张京虎，今晚真的喝多了。天下没有不散的筵席，完事后，县供电公司的司机刘长功负责把他送回家。

县城之夜，灯光色彩斑斓，但张京虎哪还有欣赏美丽夜色的兴致，他已经醉成小瘟鸡，耷拉着头斜歪在后座上。

县城不大，张京虎又与县供电公司交往甚密，所以刘长功对他家的位置很是熟悉。穿过几条街，拐了几个弯，轿车很快驶进张京虎居住的小区。

车在几座楼之间停下来，刘长功走下车，打开后面的车门，走上前将浑身冒着酒泡的张京虎扶下车说："张主任，到了，您自己回家吧，记得让嫂子多给您倒些水喝。"

夜已深，告别之后，刘长功便驾车返回了。

在一排高高的楼下，两眼迷离的张京虎左看右看，发现这不是自己所住的红楼小区！

把自己送到这么一个陌生的地方，张京虎首先想到的，是姓刘的在要他！

他趁着醉意，不满地骂道："娘的，你个小兔崽子，敢欺负老子哩！"

看到他骂骂咧咧地在楼下打着转转，有个身穿超市工作服的女职工走上前来，好奇地问："老师，您没事吧？"

张京虎瞅了她一眼，反问道："这里是不是红楼小区？"

有道是，独身女人走夜路，防抢防色防醉汉。女职工见他是个醉汉，马上提高了警惕，但还是好心地回应道："这哪里是红楼小区，不是！你走错了。"

然后，女人匆匆地回了家。

一听不是红楼小区，证实自己的判断是正确的，张京虎边嘟嘟囔囔地骂着，边出门往红楼小区方向走去。

酒虽然喝得挺多，但神智尚未糊涂，张京虎歪歪扭扭地走了一会儿，停下来，看看方向，然后再前行，终于准确无误地回到红楼小区。

酒场散得迟，又在陌生地方折腾了大半天，再加上张京虎在夜里独自往回走，行动有些迟缓，到家时，已是小半夜。小区里除了几个窗口还亮着灯，绝大多数家庭均已进入梦乡。找到自己居住的那座楼，他气喘吁吁地爬到自家门口，掏出钥匙，开始捅锁孔。

张京虎忙活了一阵子，居然没有打开门，很快，他听屋内有声音尖厉地问："谁？"

张京虎答："我。"

钥匙打不开锁，听到屋里有人，张京虎干脆敲门。

屋里面的人走过来，小心翼翼地把门打开。

开门的是个女人，张京虎定睛细看，发现不是自己的老婆，于是又羞又慌地转头就走。

歪歪扭扭地回到红楼小区大门口，张京虎看看小区旁边的几个大字，确认地址准确，再数了数楼房号，找准家的位置，确认没错后，于是又返身回去，上楼继续敲门。

出来开门的，仍然是刚才那个女人。

深更半夜，有人拿着钥匙捅自家房门，将她从梦中惊醒，又接连两次被莫名其妙地敲门惊吓，而且对方还是一个醉汉，又惊又怕的女人壮着胆子怒斥道："深更半夜的，你敲个啥门？想干啥？快点滚开，再敢继续骚扰，我马上报警！"

受了女人一顿训斥，张京虎心头一惊，赶紧往后撤了撤身子，顺楼梯下到拐弯处，站在那里细想了想，自己确实没有敲错门啊，怎么开门的不是自己的老婆？

看到女人气愤地关上门，他再次悄悄地爬上楼，借着楼道里的灯光，他细看着门上的对联，看着楼道墙上的小广告，又看着窗户。眼前的这一切自己再熟悉不过了！这里就是自己的家！于是，他鼓了鼓勇气，又上前敲门。

这次女人没有再开门，而是隔着门喊道："你到底想干什么？真让我报警是不是？我老公马上下夜班回家，不怕他砸断你的狗腿，你就继续敲吧！"

听女人说话如此狠毒，更见她不是自己的老婆，张京虎一时真的蒙了，他朝里面小心翼翼地问："这不是张京虎的家吗？"

女人气愤地回应道："不是，真烦人！"

张京虎将身子往门上凑了凑，抬高了音调，理直气壮地说："真是奇了怪了，我在这儿住了这么久，楼道的感应灯都是我装的，不是张京虎的家，那这是谁的家？"

女人一听，犹豫了几秒，再次打开门，瞪大惺忪的两眼仔细看了看他，发现他竟是这房子原来的主人！于是她惊讶地解释道："嗐，张主任，原来是您啊！您家不是换了大房子，上个月搬去蔚蓝新城了吗？搬家之前，已经把这里卖给俺了。"

张京虎一下子清醒了过来。

那一夜，因为张京虎下半夜才回家，以致第二天一大早，他的老婆马炳霞直接跑到红楼小区，向陈本欣兴师问罪，说："陈镇长，你天天放纵张京虎喝酒，他要是有个三长两短，我可饶不了你！"

自从罗清河来到姑苏镇后，接二连三发生的事让陈本欣很快成了"受气包"。原本风平浪静、一团和气的工作氛围，瞬间让罗清河搅和得波浪翻滚。起初，他也抱有美好的愿望，想与罗清河好好地合作一番，没准也能给自己争取个升迁的机会。可没想到，眼下的情形如同小学课本里那个螃蟹与虾拉车的故事，双方不在一个方向上，自己再怎么用力，也毫无功效。

开车走在夜路上，陈本欣回想起近期发生的一桩桩事情，再一次忍不住怒火攻心：姓罗的呀姓罗的，你不问青红皂白，擅自关掉红楼小区的物业费和水电费报销渠道，可你有没有想过，住在那里的人，哪一个是一般人？他们岂能和你善罢甘休？就算是大多数人忍了、认了，不去找你的碴，但总会有几个愣头青跳出来，跟你来个破罐子破摔，你又能怎样！再就是，有啥重要问题你不能放在白天开会研究，却偏偏喜欢拉着大伙儿晚上加班！你上任第四天下午，我已经下班回到县城家中，你却让徐以明连打几个电话，说是召开党委会，催命似的把我喊回镇里。你要研究所谓的不当"走读生"问题，要大家在姑苏安下身、扎下根，别光想着往家跑，寻求老婆孩子热炕头。只开会不算完，接着还搞集体学习。你罗清河，是不是需要做个精神病检查！你已经搞得班子人员口服心不服。除了我老陈，尤立华也已对你流露出非常反感的情绪！只是还得继续在一起工作才不得不忍气吞声！

现在，这个张京虎，该死的酒癫子，黑灯瞎火的居然丢了，一个大活人，他能丢在哪里？

七

陈本欣火急火燎地赶到了镇委、镇政府大院。

夜色浓浓,党政办公室内却灯火通明。罗清河、李文彬、周庆山、刘京茂、张京虎的老婆马炳霞等人,早已聚拢在办公室里。刚刚,他们已经去了趟张京虎遗落手机的地方,并且在四周找寻了一圈,既不见人,更不见影,只好无奈地回来了。

陈本欣扫了一眼马炳霞那张既苦丧又焦急的脸,想起前几天这女人对自己放过的狠话,心里禁不住嘀咕起来。

大家在寻思、议论着张京虎可能去的地方。平日里喜欢开玩笑的刘京茂,此时也没有再幽默的心思。若是赶在白天不见张京虎,他定会怀疑说:"这只臊虎子,是不是掉到酒缸里淹死了?"现在,大活人不见了,大家心里非常焦急,再开玩笑,显然不合时宜——再说,这已经不是一个玩笑的问题了。

从一名顾姓青年口中,陈本欣听明白了发现张京虎手机的过程。

发现和拾到张京虎手机的两名青年,均为本镇顾家汪村人,是叔伯兄弟关系,一个叫顾义林,另一个叫顾义江。他们开着三轮车,到镇上忙完生意后,吃了点饭,然后到朋友开的台球室打台球,玩到很晚才回家。

路上,他们远远地看到前方车灯照射的地方,有个亮晶晶的东西在反光,快速开到跟前,发现是一部手机,而且正响着铃声。他俩赶紧停下车,走过去,把手机捡起来。

顾义林首先想到的是发了一笔意外小财,于是高兴地对顾义江说:"这手机不错,牌子正,足有七成新,明天拿到二手手机收购店,少说能换三百块,然后咱俩买两个牛蹄子啃一啃,再整上几瓶啤酒乐和下。"

两人欣喜地看了一会儿手机后,顾义江显然考虑得更多,他提出异议:"我看不行,咱们还是做个正道人好,别因贪念惹火烧身。你想想看,手机落在这前不靠村、后不着店的路上,万一机主是个走夜路回家的女人,半道被劫持了呢?再进一步讲,若出了人命,事可就大了!那样的话,咱们指定会受到牵连。就算未发生抢劫和谋杀案，人家机主若报案，公安必定能查到是咱俩捡到后又销赃，那咱们就是跳进黄河也洗不清了，最轻也得被拘留几日。耽误时间，影响咱们做买卖不说，这十里八村传出去，好说不好听啊。不如早早地交到派出所，或是干脆放在这里省事，免得惹上麻烦。"

顾义林一听顾义江想得比自己长远，想道：是啊，小时候，父母时常教导自己要拾金不昧，做个有德行的好人，眼下怎么见到一点财物就起贪心呢？这哪是一个正直人所为！可把手机放在这里，他感觉也不妥——万一真发生案件了，他们从这里经过，一旦查起来，他们也会落下知情不报的嫌疑。

两人正纠结，不知该如何处理的时候，手机铃声又响了，顾义林看看顾义江说："没做亏心事，不怕鬼叫门，咱们先听听对方啥来头，大不了到派出所走一趟呗。"

于是他把电话接通了，只听电话那头传来一连串女人尖声厉气的声音："张京虎，今晚又死到哪里了？再去找那姓李的女人，我非把你的大腿里子肉拧烂不可！她既然不要脸，我还怕什么！我会天天去她单位闹，看她还有什么脸皮在社会上混！即便我不去撕了你们这对狗男女，但你给那家男人戴绿帽子，将人家气急了，指定会拿刀将你剁了！快给我滚回家！"

两个青年万万没想到，在这黑天半夜的荒郊野岭，居然意外地听到一个真实版的"西门庆与潘金莲"。他们静心把故事听完后，两人会心地嘿嘿笑起来。

笑了几声后，顾义林对着电话的那头说："我们是过路的，在路上拾到这部手机，不知是谁丢的，正在犯愁呢，琢磨着是不是交给派出所。正好，你来了电话。"

"啊？"电话那头的女人顿时不再吵嚷，她顿了顿说，"你们与张京虎一块喝酒了？"

"没有！"顾义林答道，接着问，"张京虎是谁？"

对面的女人反问道："你们是干什么的？"

"俺俩是赶路的，碰巧路过这里，捡到了这部手机。"顾义林答。

女人问："你们在哪条路上？"

"就在镇政府往东的小公路上！"顾义林回答道，"我们不认识你说的人，但好像听说过这个名字，他是不是在镇里工作？"

女人有些心慌了，她马上跳开这个问题说："麻烦你俩看看路边有没有血迹，沟里有没有人，他骑着一辆摩托车。"

两个青年人听罢，打开手机电筒，朝着路两边的沟里照了一番，又四处看了一阵子，什么也没有看到，就告诉对方说没发现人。

"车呢？"那头的女人继续问。

"也没有！"这边的青年继续答。

"哦，他这是死哪儿去了！"对方焦急地说，"你们待的位置离镇上有多远？"

"七八里路吧，怎么把手机交给你？"顾义林问。

"麻烦你们交给镇政府门卫吧，我待会儿过去拿。"对方女人说。

挂断手机后，顾义林笑了笑，接着叹气道："唉，真是多一事不如少一事，这会儿咱俩该回到家里才对啊。你看看吧，这个姓张的，不知道干啥去了，连手机丢了都不顾。这倒好，还得让咱俩给送到镇上去。"

"会不会是那女人的男人将他半路劫持了？"顾义江突然不安地问道，"你说，有没有可能已把他活埋了？"

顾义林立马打了个激灵，他慌慌张张地向四周看了看，又仔细听了听动静，然后冲着顾义江嚷道："此处不宜久留，走走走，快走，去镇上！"

两人说完，连忙发动三轮车，迅速转弯掉头，往镇政府方向飞速开去。

男人的手机出现在离镇政府七八里路远的路上，人却不见踪影，这显然不正常。马炳霞连忙将电话打到值班室，问张京虎手机丢在路上，人不见了，是不是喝醉后回了办公室，或者是半路遇到了抢劫？

值班的徐以明接到电话后，先问了一下门卫，得知张京虎没有回办公室，顿时感觉事情蹊跷，于是马上向罗清河作了汇报。

罗清河听罢，连忙穿上衣服，急火火地赶到办公室，让徐以明回拨马炳霞的电话，了解事情的来龙去脉。

正在这个当口，顾义林和顾义江将手机送过来，门卫遂将他俩带到罗清河办公室。

罗清河仔细询问他俩捡手机的过程，以及那地方周边的一些情况后，请他们带他一同去现场再看看。

马炳霞给镇里打完电话后,又打电话给自己的妹妹和妹夫,同时叫上张京虎的本家叔伯兄弟——在县农村信用社工作的张京臣,让妹夫董锡强开着他那辆客货两用车,一起向事发地急速驶去。

此时,罗清河、徐以明和两个青年已来到现场,发现周围的确没有打斗及车祸等痕迹,这让罗清河那颗将要跳出来的心稍稍平静下来。他们正想返回镇里时,马炳霞一行急匆匆地赶到了。大家又在原地站了一会儿,觉得继续待在这里已没有意义,于是一起返回镇里,商量着如何找人。

大家七嘴八舌地说出一堆方法,但罗清河认为,想找到张京虎,最好的方法是顺着麻线找引头,一点点往下捋张京虎白天活动的轨迹,在哪个地方断了线头,再从这里下手寻新的线索。

罗清河首先拨通镇民政办工作人员宋清见的电话,询问张京虎白天去了哪个村。

宋清见汇报说:"张主任白天的确下村了,至于去的哪个村,我也不清楚,但听张主任说到东边的几个村转一转,查一查有没有不应该享受低保却冒领了低保的家庭。"

根据宋清见提供的线索,罗清河给东边几个重点村庄的村支书一一拨去电话。终于,他在大朝阳村村支书高祥昆那里,获得了重要线索。

中午,高祥昆陪张京虎在大朝阳村村北靠大路的酒馆喝过酒,虽说张京虎喝了两杯衡水老白干,外加三瓶啤酒,不过走时很清醒。由于散场时间比较早,他后来去了哪,高祥昆就不知道了。

查一查是否有不应该享受低保却办理了低保的家庭,是前一天下午,罗清河专门把张京虎叫到自己的办公室,亲自安排的工作。而这项工作,则是当天罗清河与周庆山下村调研时遇到的一件事引起的。

当天上午,他俩先去了大朝阳村,向村干部和村民了解了一些相关情况后,随后来到东陡沟村。在这里,一个女人请求为年迈父母办理低保的事情,深深地刺痛了罗清河的心。

临近中午,村前老皂角树旁的村两委大院门已经上锁,但大门旁边仍站着一位五十岁开外的女人,满脸的皱纹足以说明她生活得不轻松。

罗清河与周庆山过来后,那女人一见他俩是机关人员模样,就问他们是不是从镇里来的。

周庆山说:"是。"并指着罗清河说:"这是咱们镇新来的罗书记。"

一听是镇里来的罗书记,那位妇女激动得大声喊起来:"领导哎,可盼到您了,有件事俺得反映下!"

"哦,你说。"罗清河笑着回应道。

妇女接着说:"村里上报的那些低保户,镇上可不能随随便便地就给批了呀!像俺爹妈这种困难户,是不是也该享受到低保待遇啊?"

"哦,你父亲叫什么名字?"罗清河问。

那妇女答:"俺叫郭春兰,俺父亲叫郭世修。"

"你家老人符合办理低保的条件吗?"罗清河接着问。

"咋不符合?"那妇女白了罗清河一眼反问道。

接着,她把憋在肚子中的话一股脑儿说了出来:"政府的政策是好政策,经是好经,就是让下边歪嘴的'小和尚'给念坏了!东陡沟村的低保待遇大多给了有能力的人,村委会主任郭春广他爹郭世田吃着低保,在县水利局当局长的姜开雨他娘也吃上了低保。俺爹娘都八十多岁了,俺大哥去世早,嫂子改了嫁,俺和妹妹都嫁到了外村,老两口没人照顾,可低保就是轮不到他俩,办不成两个人的,办一个也好啊!政府下的这解渴的雨点子都落在了水肥充足的好地里,却落不到那两棵老干巴树的枝子上。我实在想不通啊领导,你是书记,今天碰巧来到东陡沟村,得把俺爹俺娘的低保给办了。"

罗清河沉思了几秒问:"你爹娘住在什么地方?能带我俩去看看吗?"

一听镇上领导要去看看老爹娘,她用袖子抹了抹眼,那带气的话音一下子缓和了许多:"领导哎,东陡沟村不知从什么时候起,肉没以前那个肉味,菜没以前那个菜味,面也没以前那个面味,人更没以前那个人味了。俺和郭春广家还没出五服呢,俺爹是他本家很近的大爷。他爹郭世田,还有姜开雨的娘,整天大鱼大肉吃不完,吃掉地的渣渣都比俺爹娘吃的油水多!要是俺自己家生活条件好,也不会麻烦政府。可俺家也难嘞,俺那口子前年杀树砸断了腿,打工没人要,我又没能力。俺妹妹家过得也一般,自家生活都不保。俺爹娘到了这个年纪,确实没能力了,上级给点钱,让他们买包桃酥饼干，买个苹果橘子吃，俺这心里也会好受些。唉！"

她叹了一声，红着眼圈瞅了一眼罗清河。

郭春兰在前头带路，拐过两道巷子，很快来到郭世修老人家中。

院子里有一盘多年不用的石磨，暮气沉沉地守候在西墙根，磨台下面杂草蓬勃生长。郭家主房是两间，老式的木门已破败不堪，透风进气。走进屋内，眼前的情景颇为凄凉——门后靠右边是一个用泥巴糊成的火炉子，上面放着一口铁锅；正北向支着一张小饭桌，桌面布满了尘灰；靠东墙安放着一张古董一样的木质床，床上散乱着已经"开花"的破旧被子；除了一台看样子是老太太嫁过来时娘家陪送的木柜外，便再也没有其他家具；地上还立着三个四条腿的小板凳，其中一个只有三条腿了。

一缕阳光照在西屋黑乎乎的墙面上，分外耀眼。罗清河和周庆山不约而同地抬头看着上面，屋顶已经破了，露着一块巴掌大的天，阳光正是从那缝隙中照射进来的。

罗清河看得心情很沉重，村里和镇里的工作人员都干什么去了？片区的工作人员来过几次这样的贫困户家里？对这样的困难户，镇民政办掌握情况吗？为什么对此都充耳不闻！

村里有人看郭家闺女领着人进入她爹妈的家门，都凑过来看郭家的情景。

罗清河看到一位四十多岁的男人也在看热闹，就让他去找村干部，让他们马上来这里一趟。

那男人咧嘴一笑说："这阵子，村干部不一定有空来呀，镇民政办的张主任来了，他们正在郭春广家喝酒呢。"

罗清河看了一眼他说："你直接到郭春广家，告诉他们，镇里一位姓罗的和一位姓周的来到郭大爷家中，让他们喝酒的都过来一趟。"

那位村民听后，去了。

此时，张京虎的确就在东陡沟村郭春广家中，正放开量大碗喝着酒。

张京虎有个工作习惯，出发下村前，首先要考虑一下哪个村能管得起自己的酒，这在姑苏镇各村庄中并不是什么秘密。今天，他本来想在大朝阳村喝酒，但高祥昆告诉他，罗书记一会儿会过来搞调研，摸情况，他一听，马上打起退堂鼓。他馋酒不假，但还不至于馋到酒令智昏的程度，一想到罗清河连接风酒都不喝的劲头，他多少能揣摩到新书记手里的蒲扇扇的是哪股风：自己应该顺着风走才对，千万不能卷进旋涡里，万一让罗书记遇见自己吃喝，说不定自己就成了活靶子。于是他赶紧起身离开大朝阳村。

可酒肉的诱惑实在是太大了，一大早就定下的喝酒计划怎能就此泡汤呢！张京虎心里像被猫挠着似的难受，他想到东陡沟村较为偏僻，于是就来到了这里。

来到村里后，他例行公事地先来到村两委办公室，摸了一阵子特困户底子，然后便和郭春广等一行人来到他家中。村委委员郭世业早早地从王家锅饼店抱来了两个锅饼；在村中经常跑前忙后混个吃喝的柳洪山抱来一箱"金六福"；村民三组组长孙丰资提来两提啤酒，又从孙家饭店弄来些凉拌猪头肉、花生米和酱豆腐。有酒有菜，全了，按照老例子，大家便热热闹闹地行动起来。

酒场上，大家开始议论镇里新来的书记。

郭春广率先发言说："罗书记那讲话，硬气，有气魄！那天散会后，听说他没去喝酒，我一直在寻思，他是不是跟酒有仇啊？咱们是不是也得小心点？像今天这样的喝法，万一让他碰到，将咱们抓了典型可就麻烦了。"

张京虎端着酒杯笑称："你这是小心过度啦！大会上，哪位领导讲话不是小木槌敲在大铜锣上——铮铮作响！马士良书记不也这样吗！咱们如果全听信他们的胡咧咧，那可真是听着兔子叫不敢种豆了。说的说，听的听，到处一片喝酒声，不差咱村这几盅。依我看，他不带头喝酒，是不懂经济规律，喝酒有利于消费，消费有利于拉动经济！重要的是，酒是人与人之间交流感情的引子，有它，感情的面才能发得开。他现在不喝，是因为他和大伙儿还不熟悉。等熟悉了，说不定比谁都能喝呢。"

郭世业赞同道："张主任说得对！县里下来的干部，都是新官上任三把火，等手里的那点柴烧完了，火自然也就灭了，接下来才是死心塌地与咱老百姓打成一片啊。"

张京虎连连点点头道："还是世业看人准哪！当年，王书记来报到时，也在大会上信誓旦旦地说不喝酒，但不久后，不也成就了老百姓流传的那句话吗——'八大杯、七大碗，不如从李林调来的王元满'。再后来，大伙儿才弄明白，人家叫王满元，于是又改为'七大碗、八大坛，喝不过李林来的王满元'。看人家王书记那酒功，不管对着谁，硬是喝出一个来者不拒的'大沙滩'雅号。唉，就是让董开庆那小子给葬送了，最后喝得差点成了植物人。"

郭春广连忙迎合道："你说得也是，马士良当镇长时，只要他下村，中午哪个村的小鸡不被追得满天飞？那年，镇经贸办的小王来到凤凰台村包点，村里专门弄了一桌酒席。喝着喝着，老吴与小王因为一个鸡头争吵起来。小王认为，自己是包点干部，是镇党委、政府派下来的，大小是个领导，他得吃鸡头；老吴呢，是凤凰台村二十年的老书记，当地狸猫坐地虎，威势大呀，也想啃鸡头。最后，两人闹到了镇政府。马镇长听完，气愤地问：'就杀了一只鸡？'老吴点点头说：'是。'马镇长用指头点着桌，大声训斥道：'看你们两个，一老一小，老的在村里当了多年村干部，小的整天在镇委、镇政府大院里出出进进，都是见过世面的人，竟为了这么点小事跑到我这里来求裁判，这次，谁也不准再计较了！下次喝酒，杀两只鸡！'"

张京虎听后嘿嘿地笑着说："这是石驼镇的事，你给演义了，硬安在了马书记身上，这属于以讹传讹。"

大家一阵哈哈大笑。

正笑着，那位受罗清河指使的村民来了，他进门后，大声对郭春广说："镇上一位姓罗的，还有一位姓周的，让你们一块去郭世修家一趟，他们这会儿在那里等着呢。"

一听是镇上的姓罗的、姓周的，郭春广、张京虎当然知道是谁。镇党委书记来到自己村里，而且让他们一起过去，郭春广脸上一下子翻起了愁云，他不安地说："你看看，你看看，说曹操，曹操真的就到了，天下真有这么巧的事呢！"

事情还真的这么巧，张京虎想找个偏僻的村庄，好好地过过酒瘾，却没想到罗清河也来到了这里，一时间，大家哪里还有兴致再继续喝酒。

张京虎连忙放下手中的酒杯，起身小声对郭春广说："你们去应付一下吧，我得撤，不然麻烦了。哦，对了，千万别跟罗书记说我来过啊！"

于是，他问了问从哪道巷子走合适且更安全，之后便悄悄溜了出去，直奔村两委大院，骑上他的摩托车，一加油门，溜了。

郭春广不敢怠慢，与郭世业等人一起，忙赶到郭世修家中。

罗清河询问了他一番情况后，直接问郭春广："什么原因导致这户人家不能办理低保？"

带着几分酒意的郭春广回答道："主要是名额少，需要办的多，一时顾不过来。"

这解释显然不能令罗清河满意，他气愤地指着郭春广的鼻子骂道："名额再少，也不忘先给自己的爹妈办一个！你家的条件，难道比这家还要差？简直乱弹琴！"

"政府的政策是好政策，经是好经，就是让下边歪歪嘴的'小和尚'给念坏了""政府下的这解渴的雨点子都落在了水肥充足的好地里，却落不到那两棵老干巴树的枝子上"——这些话深深刺痛了罗清河的心，令他久久不能释怀。看到郭大爷两口年迈、贫困的现状，他更是感慨万千，如何清除党和政府的好政策通向人民群众的最后五十米路障，的确是迫切需要解决的现实问题。

从东陡沟村回到镇里后，罗清河马上把张京虎叫到自己的办公室。他给对方留了个面子，没有直接揭他中午去村里喝酒的错，而是让张京虎多想想，身在民政办主任这个位置上，最主要的职责是什么。要他到村中时少饮酒，多干活，切实多掌握些第一手资料，真正把上级有限的低保"雨水"，落到急需雨滴的"庄稼"上。

张京虎拿着小本本不停地记录着，装出一副真诚的模样，认真地接受着书记的批评，次日便迅速进村开展调查摸底。

当天下午，他从大朝阳村离开后，感觉酒喝得不到位，没过瘾，于是又来到郑家河疃村，与村主任郑元义胡扯了两个小时后，挨到晚饭时分，又在郑元义家灌上了三茶碗"沂东大曲"。这三茶碗酒的度数虽说并不高，但毕竟中午时已灌进肚子里不少酒精，他的"鸡瘟病"很快就发作了，于是躺在郑元义家沙发上歇息了两个小时。

等一觉醒来，夜幕早已降临多时，于是他发动摩托车，骑着往县城方向赶去。

不久，他驾车走到丢手机的这段路面上。之前，机动车在雨天经过时，将此处路面碾轧出深深的车辙；沙土车经过时，又颠落下不少沙石粒。

张京虎身上有酒，脑袋晕乎乎的，摩托车把控得不牢靠，车轮碾到沙石粒时有些打滑，又加上车辙沟较多，他本能地将车把左右晃动，想平衡一下行进方向，但由于车速过快，事与愿违，摩托车斜着身子，快速带着他向路边冲去。慌乱中，他急忙踩下刹车，车子就着斜歪着倒了下去。不过结果不算糟糕，车前轮撞到一棵小树后，减缓了车子的前冲力，车体顺势歪倒在地上，张京虎被摔进沟下。

都说人身上有酒时，轻易不会被摔伤，这话倒有些道理，摔在沟下的张京虎，毛皮没伤不说，借助酒的晕劲，心脏居然也没有受到多大的惊吓。

此时，月牙儿挂在西边的天上，像个大大的秤钩子一样，慢慢往下坠着。天已经很晚了，小公路上已经无人行走，远处偶尔有三轮车经过，发出"扑扑通通"的声音，然而不到近前就拐了弯，向别处的小路奔去，声音随着车辆的远去而渐渐消失。

尽管没有摔个腿断胳膊折，但往沟里滚动的过程中，还是把张京虎摔得全身疼痛。在沟里躺了好大一会儿，尽管依然感觉晕乎乎的，但他还是用力把眯着的两眼睁开，借着秤钩子一样的月亮的那点亮光，艰难地爬上来，坐在那棵小树旁缓了缓神儿。

为了不再掉进沟里，他双手紧紧抱住树干，两腿盘着树根茎，像只树袋熊似的，以一种特殊的方式，附在树上继续迷糊着。

抱了好大一阵子树，月亮的光越来越暗，风渐渐刮起来，拂过他的额头，加上长时间的"闭目养神"，张京虎酒醒了许多。他睁大眼睛，猛然发现自己身处荒郊野外，接着他又努力地回忆起先前发生的事情——他记得中午在酒馆的情景，但下午之后发生的事情似乎全断了片儿。现在已是深夜，自己为啥和这棵小树"亲热"上了，他绞尽脑汁，依然没有弄出个所以然来。

但眼前的情形是再明显不过了——他酒后驾驶，摩托车摔进了沟里。他细想一番，突然有些后怕，幸好没有造成严重后果，自己还能喘气，说明人是活着的。现在，酒也醒得差不多了，他看看四周黑黢黢的，掠过沟坡的冷风前后左右打着旋子，不时传出可怕的声响，月亮的那个钩子脸让他生出恐惧。他想尽快回家，于是站起身来，歪歪扭扭地走向摩托车躺着的地方，用力将车子扶起来，想骑上车回县城，但车子并不怎么听他的使唤，他又一次连车带人摔倒在沟坡上。

折腾了好大一阵子，张京虎用上吃奶的劲后，总算驯服了车子，顺着长长的一段斜坡，最后成功地将车子拽到了路面上。他骑上去后打着火，车子一下蹿了出去，他紧紧地攥住车把，快速地向前开走了。

——人与车是走了，但他的手机掉在了路上。

陈本欣赶到镇里，听明情况后，表现得特别稳重。他很反感罗清河那副焦急模样。以他对张京虎的了解，找不到人的情况在他身上虽说发生得并不多，但也绝不是第一次，因此这次应该也不是什么意外。这与他在家听到张京虎丢了时的心情截然相反。陈本欣心里想着，偷偷白了一眼罗清河。

罗清河则不然，他先是打电话通知派出所，接着又亲自询问各村村支书有关张京虎的消息。很快，派出所来了两名执勤民警。在民警的建议下，大家又与两个顾姓青年一起，再次来到捡手机的地方。

夜色茫茫，车灯照着前方，小公路上只有杂乱的车印，民警仔细查看了一番，也分辨不出哪一个车印里藏有张京虎的踪迹！对着茫茫四野，众人只能发呆。

陈本欣跟随着来到现场，四月的夜晚，依然有些清冷，他缩了缩脖颈，心里禁不住暗骂罗清河小题大做。

罗清河的心情则愈发沉重，他想：都是酒精惹的祸啊，今晚万一出了人命，事可就大了。我这个镇党委书记受到牵连被处理倒并不在意，关键是对张京虎的家庭影响太大了！酒这个玩意儿，真该禁了！

禁酒的想法从罗清河脑海中跳出后，便如涨潮后的波涛，一阵一阵涌动起来。从目前失踪的张京虎身上看，酒，的确已经直接影响到工作人员的身体健康，影响到基层党组织工作的正常运转，影响到党和政府在人民群众心目中的形象了。

罗清河想罢，转头问两名民警："这样的情况，接下来该怎样处理？"

民警答道："目前看，没有什么更好的办法，只有等到天亮后继续寻找。真若找不到，四十八小时后才可以立案，发通报协查。"

就在自己家人和镇领导为他下落不明而焦急万分之时，张京虎正歪歪扭扭地骑着摩托车，精神振奋地向前飞驰着。夜色美好，凉风习习，他脑袋不再昏涨，神智也不再迷糊。一路畅通无阻，他兴奋得差点放声高歌了。跑了很长一段路后，依然不见县城那成片的高楼大厦和美丽的广场公园，他便自言自语道："这十几公里的路，怎么这么经走！"

兴奋过头的张京虎感觉自己应该走错路了，凭经验推断，即便从大朝阳村计算，到县城的距离，也不过二十公里，不该跑这么长时间。他停下车子，东瞅瞅，西望望，看到路边一家已关门的小卖部里面尚透出些灯光。

于是，他走到门前，使劲敲了敲门，问这里是不是快到县城了。

也许是担心有人会抢劫，小卖部的人并未打开门，而是隔门问他从哪儿来。

张京虎说："从姑苏那边。"

小卖部的人听是从北面方向来的，告诉他走错方向了，这儿快到石驼镇了。

张京虎听说快到石驼镇了，明白自己先前走的路错得有些离谱，于是连忙说了声谢谢，之后，便掉转车头，朝着县城的方向飞驰而去。

姑苏镇这边，大家眼看无计可施，一起研究了一番天亮后寻找他的方案后，便各自回家了。

县城这边，张京虎回到家中后，发现妻子不在家，连忙翻找自己的手机，想给妻子打个电话，这才发现手机早已不知丢在何处，正当他六神无主之际，妻子打开门走进来，她手中握着的，正是他的那部手机。

在妻子歇斯底里的尖厉叫骂声中，张京虎一言不发，随后一头倒在床上，呼呼大睡起来，很快便进入甜美的梦乡。

第二天，"丢"了的张京虎现身，他从镇党政办公室走出来，正好遇到陈本欣，他连忙笑着迎上去，一脸窘态地想跟陈本欣解释几句。

陈本欣狠狠地瞪了他一眼说："肚子里除了灌上那点辣臊水，还有一点其他的料不？"

接着，陈本欣把头一扬，走向自己的办公室。

八

陈本欣感觉，他与罗清河的关系，似乎越来越快地陷入一个怪圈。对方部署的任何工作，在他看来没有一项是顺眼的，越看心里越发抵触。

周五晚上七点半，罗清河再次组织党政班子成员召开会议，传达全县廉政勤政工作会议精神。

陈本欣内心很排斥，下班时，他故意避开罗清河，向李文彬请了假。

罗清河不笨不傻，自然明白陈本欣唱的是哪出戏，但由于县委要求将会议精神传达到乡镇党委、政府每一名班子成员，他考虑再三，还是亲自通过电话将陈本欣从县城的酒场上叫回姑苏。

此前，就在周三的上午，两个人就已闹了一出极不愉快的猫捉耗子的"游戏"。

姑苏镇政府北面一公里紧靠省道的路东，是一个规模颇大的蔬菜收购市场。每天凌晨一两点钟，市场里便开始忙碌起来。天亮前，满载蔬菜的大货车顺次开往北京、上海、天津、南京、杭州等各大城市。到早上七八点钟，市场里的交易基本结束了。偌大一个菜市场，管理却存在严重的漏洞——地痞菜霸霸占市场已久，不但收买卖双方的"保护费"，还经常制造强买强卖事件。收购时，他们将价格压得很低，菜农们敢怒不敢言，偶尔碰上一两个据理力争的卖主，他们就用拳头、棍棒把"理"摆平。为此，有菜农多次向镇政府反映过问题，也向派出所报过案，镇里派人来处理过几回，侵害菜农利益和伤民事件随后少了些，但没过多久，地痞菜霸又嚣张起来。上周末一大早，凤凰台村有个菜农开着手扶拖拉机来卖豆角，因为不愿贱卖，结果被几个狂徒打得头破血流。

得到消息后，罗清河第一时间赶到菜市场，他将电话打给派出所，却迟迟不见警察到达现场。接着，他从周庆山口中得知，这几年，也拘过几个地痞，但没几天就放了出来，欺行霸市的剧情随即又重复上演。从事件表面上看，是地痞菜霸在兴风作浪，但实际上，是个别工作人员和警察暗中给黑恶势力充当保护伞，导致问题未能从根本上得到有效治理。

罗清河深知普通老百姓不容易，他们需要政府的保护，因此在周一早晨的党政班子成员例会上，他专门强调要对蔬菜批发市场进行专项治理，并讲起了多年前发生在自己身上的一桩事。

罗清河的老家罗家庄也是蔬菜的主产区，在他上大学的那一年秋天，快开学的时候，他和大哥罗清山早早地去附近的蔬菜收购点卖黄瓜。刚到市场，几个菜霸便围上来，非要强买不可。罗清山自然不同意，转身想卖给开着一辆天津牌号货车的买主。对方哪里敢跟菜霸抢黄瓜啊！一个菜霸见状，马上对另一个同伙喊道："来，将这篓黄瓜抬过去，我要了。"说着，过来两人抬起篓便走。罗清山阻拦，说："还没讲好价钱呢，你们怎么说抬走就抬走？"两个菜霸脸上肌肉一横说："在这里你敢跟我们讲价？"他们边说边将篓摔在地上，黄瓜散落了一地，接着对罗清山就是一阵拳打脚踢。罗清河本想过去帮大哥，哪料被身旁另外两个菜霸摔倒在地。幸亏好多卖菜的菜农纷纷走上前，劝说的劝说，拉架的拉架，拾瓜的拾瓜，这伙暴徒才收了手。

朗朗乾坤，菜霸居然明目张胆地欺压百姓，年轻气盛的罗清河自然咽不下这口气。于是他找到市场管理员反映情况，谁知管理员丝毫没有同情心，对此视而不见，反而冷漠地告诉他："你们起的争执属于经济纠纷，买卖上的这等事，市场上几乎天天都发生，我们不好插手处理。"

市场管理员的话让罗清河极度心寒，看着摔得稀巴烂的一地黄瓜——那是大哥和大嫂起早贪黑几十天的劳动成果，再看看大哥受人欺负后欲哭无泪的可怜神情，他暗下决心：如果有一天自己有负责菜市场管理的机会，一定要替菜农们撑起腰板来，因为他们才是天底下最辛苦无助的弱势群体之一。

现在，类似的事件就在自己眼皮子底下发生了，并且就发生在自己主政的姑苏这片大地上，罗清河自然不会坐视不管。会上，他义正词严地痛斥道："这种明目张胆地欺负老百姓的行为，是对法律的公然挑衅，是对社会良知的肆意践踏，是对政府的极端蔑视！好多人居然敢怒不敢言，这对我们来说，真是莫大的耻辱！"

接着，他连连发问道："在这个市场上，菜农是弱势群体，理应得到我们的保护，而我们又是怎么做的呢？是不是将保护人民群众的利益只当作空话说说而已，没有真正用实际行动让菜农们感受到社会的公平正义？试想一下，如果不为受欺压的乡亲父老伸张正义，我们是不是愧对自己的一颗良心，是不是更愧对当时为人民大众谋福利的铮铮誓言？"

针对菜市场欺行霸市的行为，党委会最终形成决议，决定开展扫黑除恶专项整治斗争，从抓根基入手，从抓源头用力，全面优化姑苏的社会治安环境。

当天下午，罗清河来到县公安局，找到局长蔡茂金，开门见山道："据当地群众普遍反映，姑苏镇派出所所长郭法章存在严重的不作为、胡作为问题，当地老百姓对其意见很大，特别是菜农多次举报他充当黑恶势力的保护伞，希望你们及时开会研究一下，尽快将其调离姑苏！如果你们自己不管，我现在便去县纪委，让他们帮你们来管。"

听罢罗清河的话，蔡茂金非常吃惊，他连连笑着安抚对方，然后又问明相关情况，当天便派县公安局副政委张明亮带队赶到姑苏镇，迅速查处殴打菜农事件，并抓走两名恶徒，将其带回公安局进行审讯处理。

此起伤农事件虽然得到有效处置，但工作上雷厉风行的罗清河并没就此止步，他决定趁热打铁，将保护菜农兄弟的利益以制度的形式固化下来，以便形成长效管理机制。

周三早晨上班后，他见陈本欣还未来，便打电话告诉他，自己正与李文彬、王子和、周庆山以及派出所副所长张元都一起，在蔬菜收购市场现场办公，会同市场管理人员，尽快拿出具体的市场管理办法，然后公开宣传，并采取雷霆手段，严厉打击菜霸的欺行霸市行为。

陈本欣接到电话后，内心又生出阵阵反感。这是他参加工作以来，第一次遇见连轴转的领导。工作不是一天两天就能干完的，钢铁制的机器转的时间长了，也该停下来润点油吧。但他不能实话实说，只好说他这就来。

一行人在市场上等待了半个多小时，不见陈本欣的踪影，罗清河便又打去电话，有些生气地问："都在等着你呢，怎么还没到？"

陈本欣解释说："在县城的家里，有点事还没处理完，一会儿就走。"

较真的罗清河说:"我现在派人去县城接你!"

这时,走投无路的陈本欣不得不说,他去了临江城,快到市里了。

一听陈本欣在上班时间私自去了临江城,罗清河开始气不打一处来。

来到姑苏后,他不止一次听同志们反映,陈本欣这个人,不但胆子大,手也长,而且很会玩,不仅会玩人际关系,还会游山玩水,是全县出了名的"旅游镇长"。前些年,他赶在春天去江西婺源、四川九寨沟、安徽黄山,"考察"油菜花农业旅游;夏天去西双版纳热带雨林,向当地的民族特色旅游"取经";秋天去内蒙古、新疆的沙漠地带,"考察"胡杨林下的畜牧业旅游;冬天去哈尔滨看冰雕,"学习"北国的冰雪旅游经验……

总之,他的腿特别勤,玩得让人眼花缭乱。有时中午十一点,他突然想吃海鲜,便马上约上几名亲信,一起赶到海边,如同回县城吃顿家常便饭一样随意。要知道,从姑苏到海边,可是有一百多公里的路程啊。

从当下情形看,这些同志反映的他的问题不是虚构的。

陈本欣说是去了临江,实际上方向转了个四十五度,陪同从北京来的一位老乡画家,去了邻县一处深受中国画画家喜爱的旅游写生景点。与他们同行的,还有一位在县文化局工作的喜欢中国山水画的女人。

倔强的罗清河一下子来了脾气,对着话筒大声喊道:"我不管你现在哪里,在干什么,都赶紧给我回来,我会一直等着你!"

他最终不顾情面地硬是把一镇之长陈本欣给追了回来。

晚间的会议上,罗清河先是板着脸,严肃地说:"既然我们在姑苏工作,姑苏就是我们的家,不能早晨来、下午跑,只当'走读生'。班子成员都要率先垂范,带头在大院里住下来,多把精力用在思考和推动姑苏各项事业的发展上。"

罗清河说的每一句话,陈本欣都觉得是冠冕堂皇的,而且有所指。因此这些话没有进入他的脑子,而是进了他的肚子,气得他肚子不停地鼓胀,越鼓越大。特别是"走读生"三个字,很刺耳,更扎心,让他感觉尤其不舒服。他真想站起身,眉一扬,脚一跺,甩甩衣袖,一走了之。但现在的情况是他不想听也得听啊!

他心底暗自叹了口气:唉,人啊,遇上个好搭档真是自己的福气!姓罗的，你咋就不像马士良那样想得通透些呢？你来姑苏没几天，就像要改变春夏秋冬的气候似的，恨不得马上将姑苏折腾个天翻地覆！问题是，你真能改变得了吗？在这里待上几年就滚蛋了，一起工作本来是缘分，何必整天把同志们搞得精神高度紧张呢！

罗清河可没工夫揣摩陈本欣此时此刻的心情，他继续神情严肃地讲："今天上午，县委召开廉政勤政工作会议，我和子和同志一起参加的会。我先说明一下，按照晨晖书记的要求，各乡镇必须当天将会议精神传达到每位班子成员，严禁过夜。"

他的这番解释，让陈本欣更觉得他这是有意针对自己，因为今晚参加会议的班子成员中，除了自己事先请假外，其他人无一缺席。

陈本欣的肚子鼓胀得更大了，以至于将他的心脏压迫得隐隐作痛。

罗清河先是吩咐王子和领读学习田晨晖书记的讲话要点。

王子和领读完后，罗清河说："上午的会议上，晨晖书记认真分析了当前的廉政勤政形势，对全县下一步工作进行了重点部署，要求各乡镇抓住本单位主要矛盾，努力做好结合文章，真正拿出解决廉政勤政突出问题的有力举措，切实将市县会议精神真正落到实处。那么，我们的突出问题是什么？如何做好文章？我认为，除了镇党委、政府班子同志带头查一查廉政勤政方面的不足，有则改之无则加勉外，关键还得找准整个工作的切入点。"

接着，罗清河把话题拉到张京虎醉酒后"失踪"事件上，他颇有感慨地说："我来姑苏尽管时间不长，但让我深有感触的是，酒，已经到了非禁不可的地步。张京虎'失踪'事件，想必大家都有所了解，这就是一个危险的信号，人没出大事当然是万幸，但万一出事呢？我们的责任可就大了。从另一面讲，就是不出事，天天喝得醉醺醺的，怎能不影响工作！再就是像老陈，上周三中午，一场酒下来，下午一身酒气地红着脸来开会，若让老百姓看见，他们会怎么想？就是让办公楼里的同事们看到，又是一个什么印象？再说，满头的酒意，思维混乱，如何处理好工作？又何谈工作成效！"

打人别打脸，揭人别揭短，当着各位班子成员的面，陈本欣的脸顿时像贴在了炉口上，热辣辣地难受！他心里在想：罗清河啊罗清河，你这哪里是在开廉政勤政会,这分明就是在开我的批判会啊!我喝酒是不假,但那也是为了工作啊!

会后,气得浑身哆嗦的陈本欣心情始终难以平复,考虑再三,他拨通了马士良的电话,将罗清河到任后的种种"劣迹"一股脑儿向对方说了个遍。

他特别提醒道:"这姓罗的啊,目中无人,固执己见。在他面前,党政班子其他成员成了摆设,别人再好的意见都被他当成耳旁风。狂,太狂了,简直就是狂妄自大。单是这点,我倒还能忍,我不能忍的是,您在任时定下的好多规矩,被他姓罗的全盘推翻了,一点面子都不给留。只要他在姑苏一日,您在任时的有些事,非得让他翻腾出来不可。"

电话那头,马士良沉默了一会儿说:"那些规矩,包括姑苏的建设项目和发展规划,可都是当时党委会做出的决议,他翻腾啥?即使翻腾出来,又能怎么样?"

"话是这么说,事情也的确如此,可他姓罗的不这么看哟!"陈本欣气恼地回应说,"更让人可气的是,他现在时时处处针对我,专拿我开刀!明眼人谁看不明白啊,他不就是想通过这种方式,赶紧树起自己的权威吗!"

马士良没有顺着陈本欣的话头说下去,而是冷静地劝慰道:"一人一个工作方法,他刚来没多久,马上甩出三板斧,博博眼球,虽说有点心急了,但也能理解。三板斧甩完后,他该恢复常态了。我建议你先沉住气,稳住了,配合他一段时间后,再看看形势发展如何。"

上周三那天,徐以明按照罗清河的指示,通知各位党委成员,下午两点在二楼会议室召开党委会。

接近两点,参会同志陆续到来,独独不见陈本欣,又过了一刻,依然不见其影子,罗清河便问负责会议记录的徐以明:"通知下给老陈了吗?"

徐以明点点头说:"下到了。"

罗清河阴沉着脸问:"下到了,怎么不来开会?去找!"

徐以明看了看罗清河,忐忑地说:"我怕陈镇长迟到,刚才去过他宿舍,他正在休息呢。今天上午,县社保局的张守祥副局长等人来了,陈镇长喝得有些大……"

尤立华跟着解释道:"罗书记,你对基层工作可能不很了解,乡镇就这样,上边来人,咱们都得陪好,得罪了谁,都不利于开展工作。喝酒这事,好多时候,不得不喝,也是没办法。在乡镇机关,也就上大半天的班,下午啊,基本上没啥事了。即便有打架斗殴的,有公安局派出所去处理;告状的,镇里有法庭,县上有法院;结婚和离婚登记呢,需要去县民政局。老百姓对此也都习惯了,哪还有下午来找咱们办事的?"

罗清河把脸转向尤立华,严肃地盯着他质问道:"乡镇只上半天班?哪家下的文?只上半天班,那就只发你半天工资,你同意吗?"

尤立华尴尬地笑了笑,继续解释道:"虽然没有红头文件,但这已是不成文的规定,形成惯例了。"

罗清河又质问道:"上半天班,还要不要劳动法?组织纪律也不要了?"

尤立华依然平静地说:"罗书记,我说的是个实情,饮马湖、狐山沟子、齐鲁车疃等等,哪个乡镇不是这种情况!咱姑苏就能独善其身?"

罗清河没有再同尤立华争论,他转而把话题挪到酒上:"酒风,是到了该杀杀的时候了。"

周庆山看看大家,就自告奋勇说:"我去叫。"然后,他起身去了。

办公楼后面有两排单人宿舍,陈本欣的宿舍在第二排的第二间屋,周庆山敲门时,他还在床上呼呼地睡大觉。周庆山连连喊了他两声,陈本欣听到是周庆山的声音,于是挣扎着起身,慢腾腾地坐起来,显然还没有睡醒。

他在床上挤了两下惺忪的双眼,很不高兴地撂下一句:"半晌不夜的,开个什么熊会!"

发牢骚归发牢骚,陈本欣的觉悟还是有的,他在床上坐了不足十秒,便振作了一下精神,下床去洗了把脸,与周庆山一同来到会议室。

陈本欣一进会议室,两眼直奔主题地看着罗清河,笑着说:"今天上午喝得大了些哈,县社保局的那帮人,酒量真是厉害,没把他们喝趴下。哎呀,那个叫李红霞的,别看模样长得不咋地,酒量却没的说,三两的玻璃杯,六口干掉两杯,面不改色心不跳,再倒一杯还是来者不拒,真是让我开了眼,在姑苏,我算头次遇上十字坡的孙二娘了。"

心里有气的罗清河面无表情,也没有接他的话。

陈本欣装作没看见，径直走到自己的位置坐下。

事情过去已有几天了，没想到眼下罗清河又拿出来点自己的"缺"。之前，尽管心里一直有阴影，但陈本欣毕竟也是经历过场合的人，所以一直努力克制自己不和罗清河正面冲突，但今晚，他委实忍不住了，赶紧订正道："罗书记，我说两句，这酒嘛，其实也是一种基层文化。有时候，它是做好工作的黏合剂，就像发面，少了酵母，没了引子，感情的面就很难发得开，人的工作热情便掀不起高潮来，所以喝酒也能喝出生产力。上级单位来人，如果连酒都不管，那咱可成为全县、全市甚至全省的典型了。别看一顿酒小，可里面有着很大的政治学问。"

罗清河听罢，冷笑一声说："你说的的确也是实情，那咱们不喝酒，只吃便饭呢？用饭来当引子，发一发感情的面，是不是也可以？"

陈本欣扑哧笑道："罗书记，跟您说句掏心窝子的话，我这人对酒其实是没啥感情的，甚至很讨厌它，自己在家，从来不喝，但有时为做好上上下下的工作，还真得在酒的发酵下动感情。即使对下属，对村干部，仅仅指望讲个话、传达一下上级精神，就想让他们把事情办好，难哪！上边千条线，下面一根针，你的每一根线穿不进他那个针鼻里，那片布就缝不起来。要想同他们打成一片，就得靠酒！就是对不会喝酒的村干部，只要你和他端端杯子，碰一下，碰出个响声，那份感情也就掺进了杯子里，吩咐他一声，他便小跑步给你干事去，不然针扎不动，车推不动。"

罗清河收敛了笑容道："可像张京虎那般往死里喝，万一真喝出人命来，谁来担责？"

陈本欣很清楚罗清河这句话的内在含义，这是对他刚才滔滔不绝的酒能转化为现实生产力观点的否定和讥讽，于是他同样收起笑容回应道："百万个酒场也碰不到一个那样的，真要是喝得见了阎王，只能说他没有酒福罢了！"

罗清河白了陈本欣一眼，停下与之唇枪舌剑，很严肃地说："没有一个良好的政治生态，想做成一件事，很难。而打造好的政治生态，不是空洞地泛泛而谈，必须要有个切入点，我提议，结合贯彻落实市县廉政勤政会议精神以及田书记讲话要求，下一步，在全镇党政人员中，包括村干部，实行全面禁酒。将镇伙房重新整修一下，添置些新桌椅，改善下卫生条件和饭菜质量，以后公务接待一律安排在镇伙房，只吃便饭，不准喝酒，严禁去外面酒店安排接待。镇直部门所有人员下村，一律不准喝酒，更不准到私营企业、个体户中吃喝。大家讨论一下，如同意，就尽快形成制度，马上在全镇推行。"

大家一阵沉默，都在思考，尤立华在想：你罗清河这是来真的呢，还是到最后雷声大雨点小？真禁，能禁得了吗？如果禁不了，干响一场，姑苏的全面禁酒在全县岂不成了笑话！

见大家面面相觑，李文彬看了看罗清河说："酒，是一种文化，但现在酒风不正，硬是把这种文化弄得低俗了。有的同志，一天下来，在酒桌上的时间比上班时间还长，说不影响工作那是假的，因此，有节制地禁酒，很有必要。但上边来人执行公务，只管饭，没有酒，别说来人别扭得慌，就是咱自己也觉得尴尬，无酒不成席嘛！我的意见是，此事不可操之过急，病人身上有重疾，神仙也做不到药到病除，总得慢慢治疗才行。咱们能不能实行控制总量，六个人以上吃饭，每桌上两瓶酒；六人以下的，上一瓶。这样一来，既不会让人喝得醉烂如泥，又不至于失了礼节。换句话说，这叫双赢。"

王子和听罢，忙接上话说："那样的话，就是出台了禁酒令，也是一纸空文，等于没禁。既然开戒了，上边来人喝尽兴了，你能给他刹住？肯定会有第三瓶、第四瓶……再说，一斤是一瓶，两斤也可以是一瓶啊，总量怎么控？同时，坐在一张酒桌上，靠谁来监督？谁会听他啰啰？依我看，要禁酒，就来个全方位的禁，不止上上下下的招待问题，也要从家庭升学宴、搬家温锅宴、个人升迁宴，以及孩子满月宴、老人生日宴等方面，进行坚决彻底的全面禁酒，以此来净化借喜事敛财、拉帮结派等败坏的风气。这个禁酒，说到底，是人的境界和修养问题。"

周庆山赞许道："子和说得对，这些都需用规章制度来保障。规章制度好制定，但怎么执行，谁来执行，是一个大问题。针对有的'病'，我们不靠神仙，要靠自己，一定要将我们手中的党纪和政纪这两把'手术刀'派上用场，遇到违禁者，要敢处理、真动刀。动刀，可能当时会流一些血，但止住血后，身体也就更加健康了。"

尤立华看了看王子和，又瞅了瞅周庆山，然后笑道："王书记、周组织，你俩把道理讲得太大啦。有句话说得对，理想很丰满，现实很骨感。冰冻三尺非一日之寒，对禁酒这件事，我们不要想得太乐观，搞不好，可能会成姑苏版的'乌托邦'。"

周庆山不满地白了尤立华一眼，反驳道："'乌托邦'与我们姑苏的禁酒，有着根本的不同！'乌托邦'是空想，我们禁酒是实实在在的事，工作日期间不论招待哪个部门的来人，还是我们下乡，坚决不喝酒，平时拒绝参加那些迎来送往的无所谓的升学宴、温锅宴、生日宴等等，细想一下，能有多难！怎么就成空想的'乌托邦'了？"

尤立华没有继续与周庆山讨论"乌托邦"，他看看罗清河说："罗书记，您可是领头雁、排头兵啊，这禁酒令万一执行不下去，会失信的。人可是无信不立啊。"

他说得意味深长。

罗清河没有答话。

周庆山听尤立华的话深觉别扭，于是反问道："只要下了决心，怎么会失信呢？我们都是共产党员，连个禁酒令都执行不好，那入党宣誓时喊出的那句'随时准备为党和人民牺牲一切'岂不成了一句空话？连生命都甘愿奉献的人，一定会践行诺言的。"

尤立华忍不住哧哧地笑道："周组织，莫激动。喝酒风盛行，不止在咱们姑苏镇一家，整个社会都在不停地刮，小气候三四级，大气候八九级，凭咱们姑苏镇一己之力，根本扭转不了这个社会风气。所以，在禁酒问题上，很难不失信，而一旦失信，再想取信于民，会更难。那样的话，以后的决策再怎么往下推行呢！"

王子和把话接过去，慢声细语地反驳道："照立华这么说，这喝酒都成民心所向了？的确，我们应分析透形势，但那是为了解决问题，而非消极逃避。我们如同时代的挑山工，高山就在前方，担当在肩，要想有所作为，就得努力攀爬。当然，越往上攀登，道路会越险，担子会越重，想省点力气、走捷径，行不通。肩上有一百斤的担子，需要我们用上一百斤的力气来担，更需要一百二十斤的力气做储备。禁个酒，难道比壮士断腕的难度还大？所以，对禁酒提议，我坚决支持，同时向班长看齐，不当'走读生'，并且做到清河同志提出的'三个不入'——不入群，不入伙，不入场。我只想多为老百姓做些实事，将来离开这里后，能让老百姓有个想头。"

围绕在姑苏禁酒问题，镇党委班子成员各抒己见，讨论激烈。

陈本欣的手机不停地震动起来，他看了看，苦笑了一下说："邵泽英副主席的电话，她肯定是来考验我咱们正在讨论的这件事。"

陈本欣边说着，边起身点了下手机接听键，接着走出门外，很快又回到屋里。他看了看罗清河，为难地说："你们看，咱们在这里正讨论着如何禁酒，邵副主席说他们一行六个人，明天从青岛回来，要在姑苏吃晚饭，要求安排一桌，饭后再回县城。这不是纯给出难题，考验我们吗？你们说，给她安排还是不安排？"

罗清河想了想，平静地说："可以安排啊，但告诉他们，就在镇政府伙房吃，不能喝酒，我们不能自己打自己的脸。"

陈本欣本来就有情绪，他又是一个很有社会经验的人，于是转身又走出门外，故意放大手机音量，让屋里的人都能听得到，接着不急不躁地向邵泽英解释道："邵主席，罗书记正组织我们讨论禁酒呢，我刚才请示了罗书记，我们镇伙房现在正常开火了，各方面条件还凑合，欢迎你们来这里吃个便饭，但酒是不能上了。"

对方一听便说："那我们不去了。"

陈本欣赶紧解释道："您一行还是来吧，来了不喝酒，对我们禁酒工作也是一个支持。"

对方说了一个"不去了"，就挂了电话。

陈本欣表情显得很无奈，他回到会议室，将两手一摊，苦笑着冲大伙"幽默"了一句："你们看，姑苏一研究禁酒，我便率先垂范，首先把邵副主席拒之门外了。"

经过一番讨论，镇党政班子成员对在姑苏全面禁酒达成了共识，迈出了纠风正气的第一步。同时，决定由王子和主抓，徐以明配合，尽快制定禁酒方案，然后召开全镇廉政勤政大会，将禁酒以文件的形式，下发到全镇各部门、各村党支部和村委会，及时把"禁酒令"落实在具体行动之中。

散会后，独自驾车返回县城的路上，陈本欣没有忘记邵泽英要求其安排明天晚饭的事，于是打电话向邵泽英具体解释了一番原因。

邵泽英听完，气愤地说："他罗清河一个镇党委书记，科级干部，真当自己是'钻天鹞子'了，能得不得了啊，想一手遮天吗！不就是安排顿晚饭吗，还不忘显摆下自己的权威，就他这副六亲不认的样子，看他在姑苏能撑多久！"

九

为落实全县廉政勤政工作会议精神，姑苏镇党委、政府接连召开了两个大会：一是镇直机关全体党员干部廉政勤政工作大会，二是全镇农村干部廉政勤政工作大会。

按照定好的会议日程，首先召开的是镇直机关全体党员干部廉政勤政大会。李文彬主持会议，王子和传达了全县廉政勤政工作会议精神，罗清河对全镇尤其是镇直机关下一阶段的廉政勤政工作进行部署，并提出了具体要求。

罗清河指出："为百姓做事，需要时间和精力。好多同志在县城居住，交通便利，下班回家，和父母、老婆、孩子在一起，尽享天伦之乐，很幸福。我不反对这事，但对于天天跑着赶酒场、进歌厅、去舞厅的'走读生'们，是否来个'寄宿制'，让他们将精力更多地用到建设姑苏上？即使家中有事，但每周在这里住上三两晚总可以吧？镇守边疆的军人，一两年才回家一次，那种以苦为乐的精神，是不是需要大家认真地学习？真正想干一番事业，就得立住足、扎住根，扑下身子、拼上劲，如果跟走马灯似的，三年换个地，两年挪个窝，蜻蜓点水，是成就不了事业的。作为班长，我决不当'走读生'，决不耍花拳绣腿，决不谎话连篇欺骗组织。如果组织要求我在这里奋斗十年，我将无怨无悔、认认真真地为父老乡亲服务。"

常言道，打人不打脸，揭人不揭短。尽管罗清河指出的是队伍普遍存在的问题，但对于坐在一旁的陈本欣而言，对方针对的就是他这个一镇之长，其目的不言自明，那就是拿他开刀立威。于是他阴沉着脸，木木地看着会场，内心忍不住又对罗清河展开一通暗骂。

罗清河显然没工夫理会陈本欣的心情,他接着道出了队伍中存在问题的原因:"规章制度挂在了墙上,但抓而不实,应验了'制度是死的,人是活的'那句俗语,导致队伍出现懒散、缺乏战斗力的情况。不良社会风气、圈子文化,不断侵蚀着组织正常的肌体,使一些工作不能正常开展。有的同志对群众的疾苦熟视无睹,对有些村庄出现的问题,片面地认定是'刁民'在争权夺利、故意作乱;有的同志不认真调查研究,不认真倾听和对待百姓的呼声,而是想着到哪个村庄拉关系,热衷称兄道弟,用酒肉加深感情。这种极不正常的政治生态,损害的是姑苏镇党委、政府在人民群众中的威望。正风肃纪,刻不容缓!如果不能将自己炼得百毒不侵,那势必会怕什么来什么。我们应该有紧箍咒——党纪国法、组织原则、政策法规等。如果没有这些紧箍咒,孙悟空永远只是一只泼猴。"

罗清河话音乍落,会场里瞬时一片寂静,多数同志认真地听着,仔细地记着,有些被点到痛处的人不由自主地低下了头。陈本欣的脸色更加难看了,此刻,他觉得自己的内心和罗清河之间倏然隔上了一层可怕的厚壁障。

台下的情形,台上的罗清河看得很清楚,他沉定了十几秒后,铿锵有力地强调:"特别是工作日喝酒问题,已经严重败坏了工作风气,有的同志,中午尚不到下班点,就进入酒场,到下午上班点还不结束。酒场完事后,跑回家或宿舍睡大觉,干脆不再来上班。即使勉强来上班,也是一身酒气散满屋,两脚像踩在棉花上,这种状态,如何处理好工作?为打造良好的姑苏政治生态,从现在起,全镇范围内实施工作日全面禁酒。上级来人检查指导工作时,安排就餐不再上酒;镇直干部下村,一律严禁喝酒。此外,镇党委、政府班子成员以及各部门负责人率先垂范,不准请也不准参加形形色色的温锅宴、生日宴、升学宴等,绝不允许一脸酒态地出现在公众场合。"

罗清河话音未落,会场上跟着骚动起来,他随即提高了声调,深有感触道:"作为镇党委书记,在姑苏这个舞台上,我算主角之一,但唱好这出大戏并不容易,能否唱出韵味,浸润观众之心,关键得看同志们能否通力合作、精诚共进。对此,台下观众也会看得一清二楚。既然来到了姑苏,我就是姑苏人,一定会安下身、扎下根,带领大家,拼搏进取,同党中央保持高度一致,与基层百姓紧密相连,以振兴乡村、服务百姓为己任,扎实做好每一项工作,切实将'奋发、向上、务实、求进'八字工作方针落到实处。"

会场里马上响起了一阵热烈的掌声,陈本欣也机械而迟缓地拍起了巴掌。

针对镇民政办主任张京虎多次饮酒造成不良影响的事件,会上宣读了镇委给予其党内严重警告的纪律处分决定,并把这一处分决定通报全镇机关和各农村党支部。

召开镇直机关全体党员干部廉政勤政工作大会之后,接着召开了全镇农村干部廉政勤政工作大会。

这次参加会议的人员面很广,各村村两委成员全部参加。办公楼西侧五间偌大的会议室,被参会人员挤得满满当当。

李文彬宣读了关于工作日全面禁酒的决定。王子和宣读了镇委对张京虎因饮酒造成不良影响,给予其党内严重警告处分的决定。

罗清河作了重点发言,他明确要求,今后不管哪位镇干部到村里,确需吃饭的,按规定从简安排,干部个人交纳伙食费,不可饮酒,即使自己掏钱,也不允许——这是一条铁律!若违反,村庄评先树优时会被一票否决,村支书要公开作检讨。

人都是有感情的,绝非生铁一块,说到动情处时,罗清河声音有些颤抖:"我是从农村一步步走出来的,既没有什么背景,更没有有些人臆想中的靠山,我最大的靠山就是党组织。作为党员,我对党的信仰是坚定不移的。为百姓做事是我的使命,也是我的追求。对那些不关心老百姓疾苦的干部,我深恶痛绝;对祸害老百姓的人和事,更觉天理难容。在这个位子上,我将倾尽所能,为百姓谋福利。"

姑苏镇连续召开两场大会,强调在全镇实行禁酒令,这条很有新闻价值的消息传播得飞快,在全县范围内迅速得到了热烈的讨论。

紧跟着,姑苏镇印发了《关于禁止公职人员饮酒的规定(试行)》的通知,明确要求镇内所有公务活动,一律禁止提供任何酒类,一律不得饮用任何单位和个人提供的任何酒类。公职人员在正常工作日和节假日值班、执勤期间,一律禁止饮酒。

不知不觉,一天又过去了,夜色朦胧,街道上的嘈杂声渐渐离去,大院里显得很安静，人们甚至可以听到沂河水流动的声响。

罗清河依靠着床头，简要记了几笔一天的工作，又翻动着随身带来的一本散文集，看了几页，正准备休息，手机突然响了。

打电话的是县老干部局的"一把手"，也是罗清河刚调到县委秘书组工作时的"老大哥"杜以志。他已经从沸沸扬扬的议论中，知道了姑苏全镇实行禁酒令的消息，于是打电话询问一下是否属实。

罗清河回答："是真的。"

杜以志听罢，声音缓缓地说："清河呀，你这样做，多有不妥吧！常言道，水至清则无鱼，人至察则无徒呀！当下的社会风气就这样，咱们岂能独善其身？你叫清河不假，但也不能清得置上下级同事的感受于不顾啊。任何鱼，都不可能长时间游动在纯净水里。水中有浮游生物，鱼儿才能生存，所以水浑浊一点是正常的。如果将喝酒视为洪水猛兽，必须得治理，那也只能疏而不能堵——大禹与他父亲采取不同的治水方法，就是最好的明证。你在姑苏的禁酒问题上采取堵截法，势必会招来很大的非议。重重阻力之下，万一推行失败，你在那地方还怎么继续待下去？"

对方表达的意思，电话这头的罗清河听得清楚，这些年来，他是了解对方的——长期以来，杜以志已经适应了这种水质，并时常蹚着浑水摸些鱼虾，进而成为县城酒场上的一大"酒缸"。常言道，道不同不相为谋，志不同不相为友。与其说这是杜以志对罗清河的"担忧"和"善意劝告"，倒不如说，这更是他对罗清河的嘲弄与讥讽。

这样想着，罗清河笑着回应道："兄台对我的关心，我打心底里感激！但我这个'清'，并非'无鱼'，而是和同志们一道，涤清姑苏政治生态的这汪浑水，以利于更好地养鱼。眼下，有些人已经喝到酒精依赖的程度，不思进取、工作疲沓不说，对社会稳定、家庭安宁也是极大的隐患。至于'人至察则无徒'嘛，剔除那些结党营私的狐朋狗友后，剩下的便是一道为了崇高事业而奋斗的同志。说句心里话，这片禁酒之地，我深知它布满蒺藜，我现在是赤脚骑在一头瘦驴背上，驴毛很硬，扎得腚疼，但地上那么多蒺藜，又逼着我不能下驴，唯有硬着头皮向前行，努力走出这片蒺藜区，才是最正确的选择。有道是，只说不练，不如不干。现在，全镇百姓都瞪着两眼看着我们，如果在这个节骨眼上打退堂鼓，导致禁酒流于形式，我们对老百姓岂不失了大信。"

"喊归喊,做归做,可以雷声大雨点小嘛!"电话那头的杜以志继续劝道,"你也不会在姑苏镇党委书记的位置上干一辈子,现在面对有些事,睁一只眼闭一只眼,过得去也就足够了。对有些有毛病的人,咱不去投其所好,但也得抱些从众心理,点到为止,也就差不多了。即使在班子内部,也讲究个人来自五湖四海,允许有不同意见嘛。再说了,清河啊,现在的社会风气,不是单靠一个姑苏镇就能扭转过来的。许多工作,你要学会抓把土,站在风口处扬一扬,既看看风向,更看看风力。如果硬要逆风而行,那不是没事找呛吗!"

杜以志的言语所指,罗清河很清楚,他笑着解释道:"姑苏镇党委、政府班子尽管不是铁板一块,但多数同志还是识大体、顾大局的。如果抱怨社会风气不正,道德滑坡,不如从自我做起,从姑苏镇党委、政府一班人做起。姑苏尽管地方不大,但若能通过我们的努力,让这片小地方的风气清正起来,也是一种收获,对其他地方也是个借鉴。"

"清河,你我两人,还用得着唱这样的高调吗?咱这嗓门呀,就那么个小窟窿,调子起得过高,想把一首完整的歌唱好,很难!"杜以志有些不高兴地说,"在下面乡镇干几年,镀镀金,能提拔起来自然最好,若提拔不成,回县人大、政协谋个闲差,蹲起来,不求有功,但求无过,也是一种境界。咱们解决工作中的问题呀,就像是吃药,关键得看肚子能容几分药力,泻药吃得太多,肚子指定受不了。所以别出风头,工作上、生活上万一落个把柄被人家攥在手里,到时候可没后悔药吃。"

罗清河沉默了一会儿,饱含感情地回应道:"兄台箴言如钟,清河牢记于心。说完全不考虑个人得失,那是自欺欺人。平日里,大家都在抱怨社会风气不正,但真正触及个人利益时,又总是刻意回避,绕着墙根走。面对这种现象,我一次又一次地想:我是一名党员,受党多年培养教育,少年时的理想、青年时的壮志……难道这一切都让它随着社会的洪流而被冲走吗?我想明白了,我应该拥有不计个人得失的正直无私——这是我的真心话,绝不是向老大哥唱高调。姑苏镇的调子已经定下,我就得义无反顾地按调子唱下去。我深知,做一个堂堂正正的人很难,但赢得民心就需要一身正气。人过留名,雁过留声,在姑苏奋斗一回,我只想多年以后,这里的父老乡亲提起来，说罗清河这个人算是个好干部，说真话、做实事，风正气清，这于我就是最大的荣誉。"

杜以志沉默了一会儿，然后缓缓地说："清河啊，你真是好样的！仅凭你对事业的忠诚与热爱，我杜以志远不如你。莅官临事，廉清不扰，我为当年介绍你入党而深感自豪。好好干吧，但行走的这条路上，不仅仅荆棘密布，更可怕的是，路边还有不断被抛来的石头，前方有布满竹签的陷阱——它们都来自暗处，石头坚硬如锤，竹签尖利似刀。所以清河啊，你一定要谨慎从事，万不可被石头击中脑门，被竹签刺穿脚底。"

又是新的一周。周三，镇党委、政府召开班子会议，专项研究公车使用与管理问题。罗清河要求陈本欣理清镇里的公车家底——这牵扯到陈本欣自己乘坐的那辆奥迪轿车。当着党委、政府班子成员的面，他不得不说出，使用不足半年的新车是他从一家企业"借"来的。

其实，除了罗清河，其他党委、政府班子成员早已心知肚明，这辆车子是他从房地产开发商谷天一的公司"借"来的。

坐落在姑苏镇地盘，紧靠沂河边的"林海景观"地产项目就是谷天一的公司开发的。该项目占了沂东林场不小的土地面积，既需要去上头跑手续，更需要镇上配合落实手续。为此，在马士良的指示下，陈本欣帮了谷天一不少忙。谷天一"知恩图报"，花几十万买了一辆奥迪车，"借"给陈本欣专用。

毕竟在一起"搭班子"，罗清河还是给陈本欣留了一定的面子，未继续追问车子是哪家企业的，而是诚恳地说："下一步，单位的车辆和驾驶员都交由办公室统一调配使用，甭管谁，工作上需要用车，统一走审批程序。我带头不配专车，陈镇长那台也要马上退掉。有道是，吃了人家的嘴软，拿了人家的手短。用人家的车，这么个大情分，以后不好还！咱们自己的车辆尽管不高档，但用着心里踏实。还车的事，下周一就办吧，老陈就不要亲自去了，免得尴尬，庆山、子和你们两人去，代表老陈谢谢企业老板。"

尽管罗清河的话说得不紧不慢，没有一点火药味，却依然让陈本欣如坐针毡。他心里只有气愤，脑子里一团糨糊，往后的内容什么也记不清了。

好不容易熬到散会，陈本欣匆匆回到自己的办公室。他的脑子一直在快速转动着，财务支出的签字权，名义上是镇长，可他姓罗的来后就将这事揽了过去，大大小小的支出都需他点头同意才成，搞得自己这个镇长的签字权有名无实，成了摆设。现在又被收了车，下一步还不知罗清河会生出什么点子继续整自己。

自从上次因喝酒参会迟到受到罗清河的"难为"后，陈本欣也很想找他罗清河的碴，拿捏他一把，出出心里的怨气，但对方就任后，凡事都是喜欢集体研究，喜欢时时处处被监督，根本没露出什么"尾巴"，自己也就没有反戈一击的办法。与这样的人朝夕相处，是多么恐怖可怕！

他在办公桌前坐了一会儿，那股压在心底的怨气始终难以排解，随后他站起身，快步走到门口，将房门关紧，转身返回办公桌前，抓起躺在办公桌上的手机，拨通了马士良的手机号码，压低声音说："谷天一提供的那辆奥迪，刚刚被罗清河收走了。那辆车当时是您批准让我乘坐的，他说收就收走，也太不给您面子了！收走就收走吧，我还有台私家车，不耽误上下班，对我没啥影响，可罗清河如果以此大做文章，顺着线头找针脚，最后将谷总公司那些不合规的事情给抖搂出来，可就难看了。有些事由我跑腿经手是不假，可没您点头作指示，我也经手不了啊。真到那时候，别怪我没提醒您啊！"

"谷总一向安分守己、遵纪守法，他开发的那些项目要手续有手续，要程序有程序，领导和有关部门都签字盖章了，哪里来的不合规一说？你帮他去跑那些手续，也是代表镇上去做事的，有啥好担心的？罗清河他又能抖搂啥？"马士良连连反问道。

"至于谷天一出资购买的那辆奥迪，我批准你暂时使用不假，但车主的名字是他的公司，镇上只是暂借使用，没说不还，又有啥问题？"马士良继续反问道，"还是上次跟你讲的，形势是在不断变化的，一人一个工作方法，作为'二把手'，你得学会适应，学会尽快配合好'一把手'的工作。"

见自己的再次提醒依然没起到啥作用，陈本欣难免有些失望，挂掉电话后，他喃喃自语："适应，学会适应，我都这把年纪了，还得看着毛孩子的脸行事，我适应个锤子！"

其实，陈本欣也明白，与清正的人交往或合作，唯用才华、真诚、实干和守规才能赢得对方的尊重,用世俗的那套——我不揭你的黑、你不拆我的台,是行不通的。可惜,自己再也没有了回归本源的勇气和动力。

很显然,继续待在姑苏,以后的日子会更加艰难。人啊,不能在一棵树上吊死,识时务者为俊杰,陈本欣更加坚定了尽快调离姑苏的决心。

第二天一大早,他再次跑到县委组织部,找到刘金成,坚定地要求调离姑苏,他讲得振振有词,义无反顾。

罗清河的确没想到,自己上任短短数周时间,就发现姑苏镇的政治生态竟然糟糕到如此程度!

劳累了一天后,躺在宿舍的床上,罗清河翻来覆去睡不着。

窗外无风,夜色深沉。

去姑苏报到的路上,刘金成说的那些话,此时又萦绕在他的耳边。

那天早晨,他早早地起了床,刮完胡子,将剃须刀上的胡茬清理掉,用一个信封将剃须刀装好,又把充电器、眼镜盒等平时用的小物件一一找来,装进布包,然后走到餐桌前,坐下吃饭。

妻子郑元秋看他身上那件穿了很久的夹克,又扭头瞅瞅昨晚给他找出来的搭在椅子上的那身西服及红领带,说:"今天你去新单位报到,毕竟那是正式场合,得穿得排场一点,把夹克脱掉,穿上西装吧,配上红领带,显得既精神,又像个领导样。咱不是连件衣裳也穿不起的主户对吧,来,换下来吧。"

听媳妇这样说,正用筷子夹着面条的罗清河将注意力从面条上移开,两眼往下瞅了瞅身上,看看很得体的夹克回应道:"穿这身哪里孬啊,干净就中。这是去工作,又不是相对象,要那么多的体面和好看干啥?第一次见你时,我也没刻意搞个花样,现在就更没必要了。"

说完,他吃起面条来。

郑元秋看他无动于衷,继续劝道:"你这一身,土里土气的,既显得寒酸,也有失体面,让人家看到,还以为你刚从庄稼地里赶回来呢。快换下来吧,我把它叠好装起来,你带到单位去,赶在平常下村时再穿,不影响你接地气。"

说着,她特意看了看丈夫的脚,又道:"把这褪了色的运动鞋也换下来,换上那双我给你擦了油的皮鞋吧。"

罗清河没再理会她。他把面条吃完，又就着咸菜把碗里的荷包蛋吃了，看看时间已近七点，就提起早已打包好的行李，背起包，走出家门。

罗清河来到楼下，站了一小会儿，县委组织部的车就开来了。

在车上，刘金成看着他，既语重心长又直截了当地对他说："眼下，姑苏镇的政治生态没有表面上看起来那么好，前两任干得都不算成功。王满元在那里干了不到两年，被挤兑得身上长了疖子似的又红又肿，疼痛难受，走得灰溜溜的。老王那个人，虽说找不出致命伤，但是让酒把自己泡毁了，再加上他个人生活不检点。马士良那个人你是知道的，权术上很有一套，只要对自己有利，能笼络住人心，但是任由下属胡作乱为。重新树起正气、恢复良好的政治生态是件很不容易的事。当然，只要你保持清醒头脑，不去撞高压线，看清烂泥潭别插脚，就不会出大的问题。组织上对你是充分信任的。"

"说实话，这次调整有些突然，我思想准备并不充分，只能先摸着石头过河了。"罗清河回应道。

"关键是，要守好底线！"刘金成诚恳地告诫，"作为班子的班长，务必要经得住考验，不去搞那些乱糟糟的一套，免得到时自己打不开离身拳。在金钱上，一定要攥紧自己的手，不该拿的坚决不要拿。现在出大问题的，往往都出在经济上。莫伸手，伸手必被捉。苍蝇为什么会叮蛋？还是因为蛋有缝啊。奸商们为了达到目的，什么样的方法都想得出，什么样的手段都使得出。咱们只要接过对方送来的钱，就马上被人家用绳索拴住了脖子，当狗一样牵着，想怎么招呼就怎么招呼。男女问题更要洁身自爱，你叫清河，要清者自清，一定要防止浊水流到你这条清清的溪流里。"

看到罗清河没有接话，刘金成继续说："至于工作上嘛，先不要急于出大动作，亮眼的业绩不是一两天就能干出来的，先把姑苏的情况摸透，再具体下手不迟。镇委、镇政府表面上一派和气，实际上班子成员各怀心思，底下也是暗流涌动。这也是田书记为啥把这么重要的乡镇交给你来主事的原因。从一开始，就要把控好节奏，否则容易出问题。"

罗清河低声回应道："刘部长请放心，我决不会辜负组织和领导对我的信任和期望。到岗后，我会继续加强政治修养，不断改造自己，确保不迷失方向。前有车，后有辙，那些因手伸得长了而身陷囹圄、失去自由的人和事，我看得非常清楚。人人头顶都有一把达摩克利斯之剑，我不憨不傻，会时时提醒自己，起码别把自己的饭碗打碎了。只要吃了人家的，收了人家的，即便暂时不出事，但在对方的眼里和心里，也定不会拿你当高尚的人来看待，对你起码的尊重都不会有。虽说人人都有七情六欲，但我会坚守住道德操守的红线。至于男女关系问题，从小处说，是对家庭的背叛，如果被人家在背后指指点点，自己的脸往哪里放？往大处言，是对党组织的不忠诚，丢掉了理想信念，会受组织纪律处分。在这两个方面，您所说的，我全记住了。"

十

  东方的天刚出现了鱼肚白，尚未染上点点鲜艳的红色，好多人还在睡着觉，罗清河就起床了。
  莫道君行早，更有早行人。走出宿舍小院的罗清河，看到不远处有一个高个男子走向大门口。他肩挑着两个用黑布蒙住了的鸟笼，手中提着一个小鸟笼，身后跟着那条小狮子狗——不用问，这是程兴起早起外出遛鸟了。
  看着他的背影，罗清河禁不住想：这位大爷，就差一顶礼帽和一根文明棍了。
  术业有专攻，程兴起在养狗和养鸟上很精通，也很敬业。他将鸟笼担在肩上，提在手上晃一晃，鸟儿就醒了。然后鸟就开始鸣叫，声音很清脆，传得很远。若不是亲眼所见，罗清河一定认为，鸟儿是站在大树林的高枝上，而不是被主人囚禁在笼子中。
  看到他如此"不辞辛苦"，罗清河感觉不能与之同道，便放慢脚步，他踱到枫树下面站了一会儿，与之拉开一定的距离后，才走出大院。
  看程兴起向南去了，罗清河转身向沂河岸边走去。
  莽原之上，沂河自北向南，奔腾不息，滋润万物，惠泽大地。
  此时的东方天际，鱼肚白慢慢被深深的紫红色代替，沂河的轮廓从黑白画渐渐转变成带颜色的水彩画。两岸苍翠挺拔的树木，像忠诚的卫兵，庄严肃穆地守护着这条亘古不变的河流。

罗清河沿着河岸慢慢走着，走到哗哗流动的水边。

生长在沂河岸边的罗清河，对于这条母亲河是熟悉的。小的时候，沂河河面宽阔，白色的沙滩连成一片，这里既是小鱼小虾嬉戏的天堂，也是村里孩童玩耍的乐园。夏天来临，天像下了火，一阵阵热浪扑面而来，知了在热浪中叫得正欢，吱吱的声响此起彼伏。顺河的微风徐徐拂过，夹带着河水的清凉，让人觉得神清气爽。空气中飘着新麦穰的幽微清香，罗清河和小伙伴赤脚踩在软绵绵的沙滩上，走到清凉的水里，惬意地玩耍着，欢快的笑声回荡在沂河的上空。

那时，河水清冽，小鱼小虾特别多，欢快地围着孩子们嬉戏，不时地用小嘴亲吻着他们的小腿、脚趾。河沙中，一条肉嘟嘟的"沙里趴"被嬉闹的孩子们从沙里踹出来，惊慌失措地扭动着身体。它不甘心被逮，奋力地冲出孩子们的包围圈向深水窜去，引得他们一阵追逐。有的孩子把胳膊伸进岸边水草下的螃蟹窝里，抠出了一只大河蟹，然后举过头顶，向伙伴们炫耀着。在水中玩累了，他们来到岸边，或是躺在沙滩上看天空流动的白云，或是蹲在沙滩上画一张棋盘，用黑的白的蛤蜊壳做棋子，走一把"五虎"。

夜晚，一轮圆月或一弯明月之下，孩子们跟随大人，来到沂河岸边乘凉，水面落满了一河星星。天上的星星在水里，水里的星星在天上，风拂杨柳，水波不兴，偶尔的虫鸣之后，夜更幽静。在静静的夜色间，细听，身边有一种声音；细听，河中有一种声音；细听，对岸有一种声音；细听，天上有一种声音……天上人间，宛若仙境。望向远方，灯光闪闪，若隐若现，若即若离，别有一番神秘色彩。

记忆中的沂河，是多么熟悉而又温暖，这条生生不息的河流以她博大的胸怀，养育了沂河两岸祖祖辈辈的人民，给人们带来了无限的欢乐。

离开家乡去外地求学后，童年和少年时代的美妙情景，一帧帧、一幕幕，仍不时地闪现在罗清河的眼前。随着年龄的增长，他越来越觉得沂河是那么亲切，每次来到她的身旁，都禁不住肃然起敬。但让人遗憾的是，由于近些年不法之徒盗采滥挖，沂河两岸曾经洁白的沙滩现如今已经很少见到，人们只能去深存的记忆中寻找了。

满天红霞，继而魔术一样变幻成金色，大地亮堂起来，河水也镀上了一层金。晨曦中，河边的一棵棵柳树，一片片杨林，以及茂盛的水草丛中不时飞动着水鸟，处处显露着勃勃生机，是多么壮美的一幅沂河风景画！

罗清河停下脚步，静静地欣赏着这大情大美的全方位的自然风景。

日夜不停地向前流动的宽广博大的沂河，给了罗清河满身的力量。

欣赏了一会儿沂河的自然风光后，罗清河又把思绪转到如何重新营造姑苏风清气正的政治生态上。千头万绪，从何抓起？他首先想到的是那破败不堪的伙房。古语道，兵马未动，粮草先行。在镇委、镇政府大院工作的好多年轻人，包括徐以明和贺英，都是通过公务员招考来到这里的。他们都是单身职工，有的家远在几十、数百公里之外，父母不在身边，在这边人生地不熟。只有关心好他们的生活，才能让他们工作起来更有劲头。

可连吃饭的地方都没有，又怎么能让他们安心工作！

太阳向上升起，大地一片光明，罗清河在河边草丛中的小路上走着，思索着。他喜欢这样不受任何打扰地思考问题。走到一处高埝旁，看看太阳慢慢升高，天已大亮，他便从河边转身，边思考着问题，边返回大院。

尽管昨天下午回到县城后，又参加了一个酒场，喝了一肚子酒，但陈本欣还是按时赶来上班。罗清河来到他的办公室，与其讨论如何把伙房搞好，让同志们吃饭不再"打游击"。

两人初步商定，利用一周时间，将伙房彻底粉刷，改善卫生和就餐环境，把那些破旧桌椅全部淘汰，更换新桌椅，再添置个大冰柜，确保食材新鲜，然后将紧挨食堂的几间杂物间改造成小餐间。上级部门人员来姑苏，确实需要在镇上吃饭的，就安排在小餐间就餐。如此一来，既节省些费用，也可改变社会上对镇里工作人员整天出入酒店的不佳印象。

上午九点，县新闻中心来了两名记者。

近年来，沿沂河而居的村庄发挥传统蔬菜种植优势，大力发展蔬菜生产，使姑苏逐渐成为省内外闻名的"菜篮子"。新的形势下，政府加强引导，地方蔬菜协会积极引进新品种，大力推广科学种菜，由传统露天种植改成大棚蔬菜，有效调整了当地的农业种植结构，推动了绿色产业的良好发展，让菜农得了实惠。

前来采访的记者名叫钱妍开和刘文宝，两人此番来，重点总结、推介姑苏镇在绿色产业链发展过程中的做法和经验。

　　尤立华向两名记者介绍完镇委、镇政府采取的具体措施后，领着二人来到沿河集中生产蔬菜的几个重点村庄实地采访。

　　齐家道口村齐玉珂的大棚内，黄瓜嫩绿水灵。从栽植到采收，再到市场行情，二位记者边看边听介绍，不时地问及具体情节。采访过程中，钱妍开还举着相机频频抓拍照片。

　　尤立华看看一架架黄瓜，再看看齐玉珂，说："齐老兄，两位记者来给你宣传，你不表示表示？"

　　齐玉珂呵呵笑道："今天上午你们别走了，我请客。"

　　尤立华用下巴往黄瓜上一示意，说："今天不用你请客，给钱主任和刘记者各摘一袋黄瓜，让他们尝尝鲜就中。"

　　尤立华说得直接干脆，又当着连采访带拍照的二位记者的面，齐玉珂感觉此刻的情形如同让人在腰里掖上一枚手榴弹，弦又牵在人家手里。他从心眼里不想那么做——黄瓜一袋五斤，两袋就是十斤，尤立华又是陪同一块来的，能不给他一袋？黄瓜正是值钱的时候，这么一送，半袋子化肥钱就出去了。

　　在钱妍开和刘文宝的"不要不要"声中，尤立华俨然成为主人，他亲自动手，找来塑料袋，摘了满满的三塑料袋，直把齐玉珂疼出了一头汗。

　　记者来采访，需要安排午饭，尤立华一个电话打给办公室，要徐以明通知一下桑梓河大酒店："六个人用餐，安排一个餐间，上两瓶酒。"

　　电话的那头，徐以明一听六个人用餐，还要上酒，颇为难地解释说："罗书记昨天晚上已经明确地指示过，用餐要严格落实人数，注明来人单位，用餐标准也要写清楚。一共来了两位记者，外加你陪同，共三位，安排六个人的用餐标准怕是不合适。再者，实施禁酒令，一律不让上酒，如果确需上酒，您得直接请示罗书记本人。"

　　尤立华一听，生气地回应道："哪有那么多的熊事，不就是吃顿饭吗，还这请示那汇报的！好了，我给陈镇长打电话。"

　　说着，他扣死了电话，紧接着将电话拨给陈本欣。

　　陈本欣答复得倒很爽快，说："必须照顾好记者，让他俩多给咱们镇吹吹喇叭，提高一下姑苏的美誉度。"

从村庄返回镇里，轻车熟路的尤立华把时间拿捏得恰到好处，他没有再返回办公楼，而是径直领着二位记者去了桑梓河大酒店。

走进酒店，尤立华看见县畜牧局、林业局前来视察的同志分别在镇分管领导的陪同下，走进了指定的餐间。很显然，今天中午，镇上在这里安排了三桌。

尤立华有个喜欢打听事的毛病，禁不住向陪同人员打听，得知县畜牧局来的赵科长和两位专家来指导母猪生产，落实养母猪的养殖户数量，看规模、点头数，每头母猪补助五十元钱。许建林陪的那一帮子，是县林业局执法大队的工作人员，小周庄有户人家没办理采伐证，将自家在老林地里栽的杨树私自伐了，他们前来罚款。

高祥昆也在这里喝酒，他单独要了一个房间。解放战争时期，他们村有位南下干部，后在福州定居，是高祥昆本家的三大爷。这两天，三大爷的儿子回乡祭祖，村里本来有关系更近的本家叔伯，但因高祥昆是村支书，于是人家直接投奔了他。

原本在自己家中设个家宴招待就可以，但高祥昆好面子、讲阔气，为了上档次，便到镇上的大酒店安排了一桌。

高祥昆一踏进大酒店，就高声对顾怀峰喊道："顾老板，马士良给你遗留下来的'老大难'，你表哥给处理得怎么样了？"

顾怀峰苦笑道："半袋子的欠条，也不知他给不给办呢！"

"你还没找他？"高祥昆诧异地问。

"还没有！"顾怀峰答。

高祥昆安慰道："他刚来，头绪多，一时不给你处理，正常。这是欠你的，跑不掉，早晚得给你处理！有熟人好办事，何况你们是实在亲戚，我估计，用不了多久，罗书记一抬手，划拉上几个字，就能让你痛痛快快地喘喘气，重新直起腰板来。现在这社会，人情往来，不用酒来加深感情怎么能行。这不，我本家兄弟回来了，我去福建时，人家好酒好菜地招待，咱也得陪着远道而来的兄弟好好地喝上几杯，对不？"

他俩边聊边走，去厨房点菜。

尤立华的外貌辨识度极高：低矮的海拔，短短的脖颈，圆圆的脸上眯着一对豆粒大小的眼睛，人一笑，两眼便马上连成了一道细缝。不用看正面，只看他的背影，姑苏地盘上也几乎找不出第二人。

尤立华站在大酒店的内院，眼尖的高祥昆马上看到了他，于是便把往厨房走的脚步一拐，朝进内院的门口走了两步，冲他喊道："尤宣传，你在哪个屋？过会儿，我过去给你端个酒。"

桑梓河大酒店厨房内炉火正旺，大师傅把炒瓢内的菜炒得噼啪作响。鱼肉的香气从厨房向外扩散，很快弥漫到院子里。

点完菜后，高祥昆来到指定的房间落座，各房间的主人也陪着客人坐好。众人觥筹交错，好不热闹。

听着吆五喝六的声音从各个屋里传出来，顾怀峰的媳妇韩德香两眼看着一张张新的用餐单，脸上并没有多少喜悦，反而被愁绪笼罩。

钱妍开酒量大，经常喝得满座皆惊，千杯未醉。年轻的刘文宝呢，则与钱妍开正相反，烟、酒、茶三不沾。他刚结婚不久，正准备要孩子，更是不喝。

任尤立华使出浑身解数，刘文宝始终把杯子紧紧揣在怀里，就是不喝。

尤立华举着酒瓶说："就给你倒半杯。"

刘文宝回应道："我对酒精过敏，别说喝半杯，就是盖过杯底的一丢丢，我喝了浑身就得起红疙瘩，真的不敢喝。"

看他坚决不喝的样子，尤立华不死心地劝道："整天在场合上转，哪有不喝酒的道理？来，我给你倒上几滴，有那么点意思，总归可以吧？"

钱妍开嘿嘿笑着说："不喝就不喝吧，小刘结婚一年多了，老婆到现在还没鼓起肚子来，他们正在准备实施家庭一号工程。现在的年轻人，要孩子都从源头上抓起，确保后代优秀！"

尤立华听后，把目光转向钱妍开，笑道："钱主任，你不准备要个三胎？这杯还喝吗？"

钱妍开又嘿嘿地笑着说："年纪大了，哪还要得了。"

尤立华马上把酒杯端起来说："咱不提那个了。来，今朝有酒今朝醉，与尔同销万古愁，我提三口，把这杯干了。"

钱妍开毫不示弱，三口之后，把杯子弄了个底朝天，让尤立华看看他的诚意。

见尤立华他们在喝酒,其他餐间的熟人纷纷走过来,一起加深感情。来而无往非礼也,尤立华便回访,几个屋逛一圈下来,直喝得他"天子呼来不上船,自称臣是酒中仙"了。

天下没有不散的筵席,两个小时过后,各餐间的人员陆续走出来,各回各家了。

尤立华今天很尽责,尽管他酒量不是很大,但还是把钱妍开陪得很尽兴。他们人少,本应该是最早散去的一桌,但尤立华似乎"热情"不减,磨蹭着、拖延着,迟迟不愿离开酒桌。

刘文宝一再建议上饭,无奈尤立华一直没应允。

刘文宝有些急了,催促说:"尤宣传,抓紧结束吧,我回单位还有事呢。"

尤立华可不管他有事与否,继续与钱妍开胡吹海聊,不喝酒后就喝茶,拉呱吹牛叙友情。

听着、看着其他包间的食客连连散去,说话声、脚步声渐渐消失,刘文宝又一次催促道:"尤宣传,这回,咱该撤了吧?"

尤立华瞅着他,眼一瞪说:"急什么呀,早这样急,你媳妇的肚子不早就大了!"

接着,他脸上堆满了笑,小声说:"再坚持一会儿,二位好兄弟来了,我哪能让你们空手离开姑苏啊,怎么也得捎上只烧鸡,回家犒劳下嫂子和弟妹吧。"

一直坚持到所有餐间的客人都离开了桑梓河大酒店,尤立华这才动身。

三人来到前台,尤立华看了一眼用餐单,并没有马上签字,而是对顾怀峰说:"老弟,县新闻中心的两个好兄弟来了,一人给带上一盒烧鸡吧。"

顾怀峰边答应着,边去提了两提烧鸡,送给远离前台的钱妍开。

钱妍开伸手把两提烧鸡接过去,脸上像阳春三月的风把花骨朵吹开一般,绽放出了灿烂的笑容,嘴里却说道:"你看看,这吃完喝完,还要拿上,这,这,多不好意思呀!"

尤立华笑着摆摆手说:"又不是啥值钱的玩意儿,客气啥哩!"

这期间,刘文宝去把尤立华的那袋黄瓜拿来,尤立华接过黄瓜的当儿,下了班的姓胡的大师傅见状笑着问:"尤宣传,又打来食了?"

尤立华白了胡师傅一眼说:"真是狗嘴里吐不出象牙来,记者去采访菜农,人家给了袋黄瓜罢了,又不是鸟,打什么食啊,简直胡咧咧!"

见两位记者提着烧鸡还站在那里,等着与他一块离开,脑子里还有点想法的尤立华一摆手,对他们说:"二位老兄老弟,在咱姑苏忙活了大半天,你们也累了,我就不邀请二位再去镇上了。你们先回去休息好,然后写写上午的采访报道稿,发报纸后一定给我留一份,我好存档,写总结时记上一笔。这是咱镇里的大事,也是我这宣传委员的成绩。"

钱妍开笑着答应下来,他边说边很知趣地与刘文宝走出大酒店,开着他的那辆小奥拓,带上土特产,高高兴兴地往县城赶去。

送走二位记者后,尤立华与顾怀峰返回酒店前台。他拿过刚才已看过的用餐单,想了想,掏出笔来在上面写道:烧鸡六提,县新闻中心副主任钱妍开、记者刘文宝、司机小杜各两提。

写好后,尤立华将用餐单连同黄瓜递给顾怀峰说:"这个也先放在这里,那四提烧鸡,下午下班时我来提。"

顾怀峰看看单子,很为难地说道:"尤宣传,这,这个……数目这么大,我表哥那人又认真,镇里已经欠了我那么多钱,万一……"

尤立华将两个豆粒眼瞪圆了,不满地说:"你这是什么话!前些天,我让一位朋友给我办了点事,还有一个过去很好的老同事退休了,得去看看他。咱都是有情有义的人,这人情往来的应酬,你说说,该不该办?"

板着脸说完这些话后,他转而又挂上几丝笑容道:"已经记在账上了,有我的签字,你还担心少了你的钱?到时我亲自来结算,有事你直接找我去。"

将一切处理好后,尤立华满意地往镇委、镇政府大院走去。

人一旦做了亏心事,总会心虚。踏进院子大门后,不经意间,尤立华抬头看了看罗清河办公室的那扇窗口,突然想到了禁酒令,又想到因酒被记处分的张京虎,不由得从心底生出几丝胆怯,这是他之前从未曾有过的。他心想:哎呀,为啥没有先前那种踏实感了?

酒催得他头晕眼花腿也酸。要是以前,他可以不去办公室,直接回宿舍美美地睡上一觉。可现在不行啊,他似乎看到姓罗的那双眼正犀利地盯着他,看上去很瘆人。自己万不可引火烧身!于是他振作了一下精神,快步走向办公楼，直奔自己的办公室而去。

党委宣传办在三楼，尤立华和宣传干事张艳茹在同一间办公室。他虽然好喝，但身上存不住酒，面红耳赤不说，难闻的酒气也不断地从他嘴里呼出来。幸好，张艳茹被借调到县委宣传部帮忙去了，要不然，她定会捂着鼻子跑出去，大声提出抗议。

这么难闻的酒味，万一不小心让那姓罗的抓个现行，他会不会将违反禁酒令的板子打到我身上？想到这，尤立华突然有些害怕起来，于是马上寻思消除这难闻气味的方法。

他看了看门后，箱子上堆放了一摞旧报纸，于是马上有了主意。

他走过去，拿起两张报纸，将其拧成一根纸圆柱，然后掏出打火机，将圆柱点燃。

尤立华的确有先见之明，但他聪明反被聪明误。

上午从村里回来后，罗清河下午未再出门，他处理完手头的工作，又看了几份文件，随后自上而下，挨着各楼层、各科室，查看各部门人员的上班出勤情况。

走到三楼，罗清河发现，一缕缕难闻的、带着烧纸味的青烟正从宣传办屋里源源不断地冒出来。他有些诧异：宣传办怎么在办公楼内烧开了纸？

尤立华需要的，只是利用报纸的烟味中和酒臭味，他担心报纸燃大了，不小心会引发火灾，因此努力控制着起火面。不过，似燃非燃的报纸产生的烟雾颇大，夹杂着燃烧油墨的刺鼻气息，呛得他连连咳嗽，让他很快透不过气来。他不得不把办公室的门打开一道缝。

罗清河走到宣传办门口，隔着门缝朝里一看，尤立华正蹲在那里，神情专注地看着地板上的火苗，于是推门进去，既没好声又没好气地问："立华，这既非过节又非过年的，怎么烧开了纸？你拜的是哪路神仙？"

真是怕什么来什么！一听是罗清河的声音，尤立华心里咯噔一下，迟疑了几秒，然后侧脸扭身往上一看，接着站起身，连忙用脚去踩地上燃着的报纸。谁知，一脚下去，脚下生风，连连几脚，风更大了，将燃过的纸灰吹起来，纸灰像黑蝴蝶一样满屋子飞着。

罗清河一看如此情形，连忙阻止道："别踩了，用点水浇灭，再用扫帚扫一扫。"

尤立华听罢，慌忙去把脸盆端过来，将水浇到报纸上，火灭了。他又拿过扫把，把纸灰扫了，用拖把将余灰拖了，弄得满屋子都是报纸燃过的灰迹。

难闻的报纸烟味和尤立华腹腔里呼出的酒臭味交织在一起，在小小的办公室里挥之不散，令罗清河有些作呕。

其实，雾不遮鹰眼，来到宣传办门口后的第一眼，罗清河就看出尤立华中午喝了酒，也看穿了尤立华燃烧报纸的小伎俩。他迅速将办公室的门完全打开，然后不动声色地走到南墙边，将窗户开到最大，让室内的空气加快对流，驱散里面的污浊气味。

尤立华非常老到，他虽一时慌，但慌而不乱，以静制动，既没说今天的采访情况，更没说中午的酒场。他见罗清河四下观察，将目光放到挂在墙上的一幅字时，便开口介绍："罗书记，这幅字是县文化局的老局长张挺全给我写的，您看写得怎么样？"

罗清河看着上面的字，念出声来："见贤思齐，见不贤而自省也。"念完，他回过头，对尤立华说："这人我很熟悉，词用得倒也高尚，看似具有很高的境界，但他是个官迷，从文化局局长调整为副调研员时，他跑到田书记那里痛哭流涕，说自己还有精力和能力，要求继续在主要工作岗位上为人民服务，搞得田书记很生气。"

罗清河不请自来，接着在沙发上坐下，问起今天县新闻中心记者来采访的情况，之后语重心长地说："立华啊，作为党委宣传委员，不能仅仅陪记者采访一下、发发稿、喝场酒那般简单，而是要结合县委、镇委工作部署，立足姑苏发展实际，在经济发展、社会民生、普法宣传、革命传统教育、精神文明建设、廉政勤政、脱贫攻坚等方面，抓住几项在全县叫得响的亮点工作，总结、宣传出去。抓工作，一定要有谱，这两天，尽快制定出切实可行的全年宣传计划，在党委会上通一通，然后尽快将工作措施落到实处。"

尤立华赶紧答应，却始终不敢看罗清河的眼神。

打开窗户和门后，燃烧报纸的气味很快散尽了。

不一会儿，罗清河站起身来，脸上挂满严肃的神色，冲着尤立华问："镇党委会定下的规矩，我们班子成员是不是该带头执行？"

尤立华明白罗清河问话的用意，于是半弓着腰，连连点头道："是，是，我懂。"

"一会儿写个书面检查，下班前单独交给我！"罗清河毫不客气地批评道，"这算初次，若再犯，党委会通报批评；如有第三次，给予纪律处分，并在全镇范围内通报批评。"

说完，他头也不回地转身离开了宣传办。

尤立华呆若木鸡地站到门口，望着罗清河渐行渐远的背影，内心突然开始纠结起来：放在顾怀峰酒店里的那几提烧鸡还要不要提回家中呢？万一让罗清河知道此事，他会不会对我下更狠的手？

心神不宁地在办公室纠结了一个下午，将书面检查交给罗清河并当面解释一番后，尤立华还是赶在下班前，开上他那辆二手桑塔纳来到桑梓河大酒店门前。他心慌慌，身体也慌慌，先是做贼似的将目光扫了一圈，发现并无碍眼的人后，快步走到酒店前台，将四提烧鸡提出来，又提了黄瓜，然后企鹅一般扭动着身子来到车屁股后，迅速打开后备厢，将烧鸡和黄瓜放在里面，然后慌忙关上后备厢，疾步走向前门，迅速拉开驾驶门，笨拙地钻进去，手忙脚乱地打开火，一溜烟地将车子开回县城的红楼小区。

回到红楼小区，尤立华慌乱的心略略平静下来。停好车后，他提着烧鸡往家走，碰巧遇到姑苏镇原分管农业的副镇长袁俊山，他正提着一袋垃圾去扔。

见尤立华双手各提着两个印有大红公鸡图片的纸盒子，袁俊山猜出个大概，他马上停住步，将那耷拉着的眼皮用力向上缩了缩，将眼球瞪圆了，尖声尖气地打趣道："哎哟，尤宣传，你这是……小老鼠上灯台啊。"

尤立华白他一眼，没有说话，急匆匆地往自己所住的那栋楼走去。

看着尤立华的背影，为人尖酸刻薄的袁俊山又大声问道："怎么，尤委员，以后不再搞宣传，当起了烧鸡贩子？还是临时兼职做这项活儿？"

对这种奚落话，尤立华打心底里恨，他想痛骂一番，但又自知理亏，于是不得不停住脚步，违心地答道："买两只烧鸡，回家哄老婆孩子一个高兴，不违法吧！"

毕竟来路不正，他狠狠地白了袁俊山一眼，不再继续说话，然后低下头，急匆匆奔向自己家。

袁俊山看着他的后影，哼了一声，冷笑着抛出几个字："像个贼，小老鼠似的贼。"

十一

姑苏镇党政办公室内，罗清河对每次进村都喝得一身酒气的张京虎进行了严厉批评，未留一点情面。

"张京虎，你年龄不小了，参加工作时间也不短了，我来到姑苏后，你给我的第一印象是什么？表面看，天天忙得不亦乐乎，你那是忙工作吗？当然不是！忙的是喝酒，天天喝得醉醺醺、头晕晕！"他厉声训斥道，"民政上那一摊子事，关系到千家万户，关系到眼下乡村脱贫政策的落实成效，你扪心自问，你做得怎么样？夜深人静时，有没有自我评价过？东陡沟村郭世修老两口的住房，你去看过没有？那样的贫困家庭，符合享受低保的条件吗？你想过该如何帮助贫苦老人解决实际困难吗？对那些驻村工作的第一书记，你是怎样去配合工作的？每次进村，只知道闻着酒味往村干部家中跑，将低保政策当人情送，你这样的工作态度和做法，还有没有一点责任心？组织纪律还要不要？每个月拿着大把的工资，就这样为百姓做事？良心何在！姑苏这片树叶，如果养不下你这只大糊涂虫，我可以帮你申请尽快调走，越快越好。你也可以写辞职报告，自己滚蛋！"

罗清河的一连串厉声发问，惊得张京虎的额头上瞬间冒出一层细汗。

罗清河知道，发威咆哮，以权力高压来促进工作开展，只是一时之计，不能长久。批评张京虎，只是消除一下自己心中的火气，但解决不了根本问题。要想改变姑苏的现状，必须以党的方针政策为纲，强化规范管理。

事，千头万绪，还得一件一件去做。针对本镇有多少困难户、多少特困户、多少应享受低保政策户，他们家中的困难情况等具体问题，镇党委连续开会进行专题研究，决定先摸清真实情况，再研究如何帮扶贫困家庭尽快脱贫致富。党委委员带队，将机关人员分组，分头到各片区开展工作。用罗清河的话说，这叫挂帅出征。

之后，镇委又召开了党政班子联席扩大会议，各工作组的人员均参加。针对这次对农村贫困家庭的登记摸底和全面调查，罗清河强调要全面提高对这项工作的重视程度，务必学习研究好相关政策依据，细分统计好应享受低保政策待遇的人员的详细家庭状况，对工作中存在的具体问题，及时研究针对性解决措施。

罗清河、张京虎、徐以明分在一个小组。

次日一早，罗清河打算带张京虎、徐以明尽快下村，他打电话给张京虎，没有打通，于是让徐以明去民政办找，让他通知张京虎带上享受低保政策的花名册。

徐以明去了，八点半早已过，张京虎还没到岗。

工作人员宋清见告诉他："张主任说到县民政局一趟，晚来一会儿。"

徐以明问："几点回来？"

小宋说："得十点以后吧。"

徐以明回来，说没有找到张京虎，打电话又不接。罗清河有些生气，他看了看墙上的钟表，现在都到九点了，心想：这些"走读生"的其他业务真是不少。

没办法，他只好在办公室边看文件材料，边等张京虎。心里有事，催得罗清河不时站起身，通过窗子看看院子，看看张京虎的摩托车有没有进来。

罗清河踱到窗前，推开窗子，一阵清风徐徐吹来，楼下那两棵枫树在灿烂的阳光下愈发苍翠碧绿，这本是令人惬意的好景致，罗清河却怎么也兴奋不起来。郭世修老两口令人目不忍睹的生活状况，姑苏一众贫困家庭让人时刻担忧的生活情景，像一块块石头，压在罗清河的心头，很沉重，催促他想尽快开展相应的工作。

他想：我们应该在其位谋其政，更好地为广大人民群众做实事，要杜绝以权谋私、贪腐堕落，可从民政办理低保工作情况看，张京虎谋得是哪门子政？天天喊着下村，可他下村子干的都是啥事——胳膊肘挎着或用一只手提着包，另一只手攥着茶杯，在村委办公室或干部家中坐下，优哉游哉地喝上两杯茶，心不在焉地听听情况，然后再蜻蜓点水式地转一圈，填填表，往包里一装，便万事大吉。剩下的大把时间，便是去小酒馆，几杯酒入肚，嘴便开始歪起来，借着酒劲肆意地把好政策当人情送，根本不愿与最基层的老百姓坐在一起。在姑苏镇民政办这里，关系到困难群众生死存亡的低保待遇，居然变成了看关系送人情的自留地，这是何等荒唐的工作作风！

眼看就到十点钟，张京虎终于到了，他停下摩托车后，急步快跑地去自己办公室提了包，没忘了把玻璃杯带上，然后匆匆赶到党政办公室，对徐以明解释说，刚才手机没电了，家属重感冒，陪她去了一趟医院，所以来晚了。

罗清河过来，张京虎又把刚才的话重复了一遍，罗清河狠狠地瞪了他一眼，没再说什么。

看到张京虎呆呆地站着原地没动弹，一旁的徐以明连忙碰了他一下，示意他赶紧下楼，去发动摩托车。

接着，张京虎骑着他的摩托车，驮着罗清河，徐以明骑着他那辆新买的电动车，三个人一同下到第一站——东陡沟村。

村两委办公室内，郭春广掰着手指头，细数着村中的贫困户，罗清河一一记下。然后，他们到贫困户家中，登门摸底，具体了解致贫原因以及贫困到何种程度；同时，对着张京虎带来的花名册，对享受低保政策的每一户人家的具体生活状况进户调查。通过察看，有政策依据，有事实支撑，有数据对比，谁该享受、谁不该享受低保待遇，不难甄别。

在郭世修家中，罗清河掀开简易泥巴灶台上沾满黑色油烟灰的蒸锅，发现里面空空如也，锅底生了斑斑铁锈。他又指着那三条腿的板凳、落满灰尘的小饭桌以及望见苍天的屋顶窟窿，掩饰不住内心的气愤，连连质问张京虎："你天天嚷着下村，可知道这位郭世修老人？可曾坐过这三条腿的板凳？可曾见过这房顶上面的窟窿天？"

张京虎脸涨得通红，身体微微发抖，一句话都回答不上，恨不得马上将脑袋埋进自己的裤衩里，那滋味，真是不好受。

下午，从凤凰台到雀山村的途中，他们身后飞速驶来一辆轿车，三人忙躲在路边。轿车扬起一股浓烟一样的尘土，瞬间将三人包裹在里面。

路边有位六十多岁的老农正在地里侍弄着玉米苗子，他看看那车的背影，再看看眼前躲车的罗清河一行，朝他们说："哦，又给他娘送钱来了。"

徐以明问："这人叫什么？"

老农说:"谢世远!县上一家企业的副总,人家可真是个大能人,家里富得流油不说,还给他爹娘办了低保。今天,很可能是去镇上给他爹娘领了低保,把钱送回家来。"

走进雀山村,罗清河让张京虎拿出花名册,一户一户地察看,不落一个名字。果真,那个副总谢世远的爹娘名列其中。

在村干部的陪同下,三人来到他们家中。

这是三间宽敞明亮的大平房,里面井井有条地摆放着沙发、冰箱、空调。院子里养着不少花花草草,有的已开出绚烂的花朵,几棵桂花树长势很旺。

谢世远没在父母家,看样子,他已经离开了。

听村干部介绍镇上的领导来了,老头子忙笑哈哈地去找出高山云雾茶,欲泡茶待客。

老太太高兴地拉着张京虎的手说:"他哥啊,您来过俺家,在县城我也见过您。您对俺家可好啦,俺儿刚才给俺和老头子送低保钱时,还说起来,得感谢政府,感谢您,还说有空时,要在县城请你喝酒吃饭呢。"

二位老人热情地感谢着政府,感谢着领导对他们的关怀,谢世远的爹邀村干部和他们三人在家吃饭,说着起身想去饭店买几个现成菜来。

罗清河谢绝了老人的热情。

张京虎那张想笑却笑不出来的脸上,红一阵白一阵,没有个正颜色。

在调查完雀山村所有的贫困户,了解完低保政策享受户的情况后,三个人又奔向张王庄片区。

不到一个星期的工夫,罗清河所分配的两个片区的调查摸底工作基本完成。每天的所见所闻,都让罗清河怒火中烧。他那带有熊熊烈火的目光,犹如一把锋利的刀子,一次次直刺张京虎的内心深处。

在张王庄片区的登门入户调查中,张京虎连连说头疼,要求早点回镇里休息。

罗清河毫不客气地戳穿他的谎言说:"你头疼,心疼不?邵泽英的父母、姜开雨的父母,符合哪一项吃低保的政策条件?身为一名干部,在你眼里,只有企业老总和领导这些对你有用的人,对悲苦无助的贫困群众却视而不见。在你手里,党和国家的政策走了样,变了味,成了儿戏,规章制度变成了一张人情表。真不像话！"

此时的张京虎，早已七魂出窍、六神无主，像被打愣了的鸡一样，支支吾吾着，丝毫不敢拿正眼去看罗清河，更没了为自己辩解的一点勇气。

罗清河依然气愤难平，继续质问道："办公，办公，把本职工作做到如此下三烂的程度，你的公办到哪里去了？良心又何在？"

的确，不调查不知道，一调查吓一跳！通过调查摸底走访十几个村庄，罗清河发现，真正为困难群众着想，没有实施造假，切实将政府低保政策的阳光不偏不倚地全投照在困难群众身上的村子，只有杨家官庄村一个。其他各村存在的问题都颇为严重，村干部拿政府政策送人情的现象非常普遍，该享受低保待遇的群体未享受，不应该享受政策的却成了低保对象——像开着轿车给父母领低保款的谢世远，就是其中典型的一位。

此外，还有一种发人深省的声音，也不断地灌进罗清河的耳朵里。

在大朝阳村摸底时，高祥昆理直气壮地解释说："人都是有感情的，有人的地方，就离不开关系。现在这年头，只要有好事，就会出现下边跑关系、上边打招呼的现象。对于关系亲密一点的，即使条件够不上，将政策偏一偏，争取靠上去，也未尝不可。负责这项工作和懂得其中门道的人，直接参与造假，那还不是轻轻松松吗！"

杨家官庄村支书胡承福则一针见血地对罗清河说："镇上个别领导和有些村干部，耍着歪心眼，里应外合，创造条件，为那些不应该享受低保政策的亲戚、干部家属编造资料，弄得很花哨，自己得点小利，老百姓都见怪不怪了！别说是干部，就是普通群众，若没了公正底线，随手把人格贱卖，不被人在背后戳脊梁骨，那才怪哩。在杨家官庄村，我老胡坚决不干那种龌龊事，更不会配合镇上的某些人，按着他们的规矩办。"

对于高祥昆、胡承福所说的这些，罗清河深知，仅仅批评甚至惩罚一个张京虎无济于事，原因也正如社会上人们常说的"关系硬"——那些"有头有脸"的人物，亲自暗中操作，他一个张京虎哪有十足的能量顶得住。更何况，他根本就不想顶，而是甘愿"顺应潮流"，顺顺当当地当好马前卒，讨得过中秋节、春节时，人家为他送两盒月饼、一箱酒，平时请他吃点喝点。同时，靠手中的权力，积攒点人脉关系，无非还想让他人看到，在这个社会上，他也是个有利用价值的人物，不是笨蛋一枚。

这种不良风气，严重地败坏了干部在基层的形象。一个乡镇中，那么多人对此熟视无睹，不应该沉默时却沉闷无声，这肯定不是一种正常现象。作为领导者，自己是不是应该很好地反思一下？难道眼睁睁地看着我们的初衷、我们的理想、我们的作为，就葬送在如此低下的世俗之中？党和政府与人民群众联系的这最后一百米、五十米的路，让某些人做了交易，送了人情，扭曲了政策，久而久之，人民必然会唾弃我们——这是多么可怕的事情！

这样想着，罗清河理了理思路，决定尽快组织召开镇党委、政府领导班子成员会议，研究具体帮扶贫困家庭脱贫措施的同时，先解决低保待遇享受不公的问题。各村要重新张榜公布名单，杜绝暗箱操作，将权力真正下放到老百姓手中，让广大群众参与、监督——有群众的监督，风一定会清，气一定会正，老百姓对不公的强烈反感也就自然跟着消失了。

十二

将全镇贫困户底子摸清后，姑苏镇党委、政府决定把清理各村不合规低保户列入近期主要工作日程，将不应该享受低保政策的人除名，继续加大纠正不正之风工作力度，让党和政府温暖的阳光真正照在应该照到的人身上。

镇党政班子联席会议上，罗清河的态度很明确，他将自己考虑成熟的和没有考虑成熟的意见一一摆在众人面前，然后让大家充分讨论，集思广益。他特别提出，每个村都要将现在享受低保待遇的人员名单张榜公布，他们是否应该享受低保待遇，要让群众去评说。

陈本欣忧心忡忡地说："说实话，的确有不少人不该享受低保待遇。这部分人，有的是一些人打了招呼，为其亲属、亲戚办理的；有的是具有一定影响力的知名人士通过关系给他们的父母、亲戚办理的；有的则是村干部的亲属、亲戚，以及与其来往密切的邻里。这几股细水汇起来，变成一股劲头不小的大水流，纠治压力和难度不小。全县都未开这个头，咱们却第一个跳出来张他们的榜，怕是他们思想上一时接受不了，有可能会引起上访等诸多问题，给咱们镇安定团结的大好局面带来负面影响。"

罗清河沉思了几秒后说："本欣同志说的，我很理解。此次清理工作，纯粹对事不对人，我们也并非六亲不认，可以给那些人留个面子，张榜公布之前，打电话通知他们，将他们不能再继续享受低保待遇的原因说明白。他们如果限期主动退出来，可以不再张榜。我相信，他们是有这个觉悟的。对于赖着不退的，交给群众评判是最好的解决方法。陈毅元帅早就说过：'靠人民，支援永不忘。他是重生亲父母，我是斗争好儿郎，革命强中强。'依靠人民群众，是我们党的一贯主张。只有让人民群众来监督，工作才能做得更好。怕群众，捂着盖着，本身就有徇私舞弊的嫌疑，就是不自信的表现，不是共产党员的作为。在这个事情面前，瞻前顾后，畏缩不前，着实不应该。"

陈本欣哈哈笑着说："罗书记的确站得高、看得远，这样说来，我豁然开朗了，咱的自信还是有的，我保证不存私心，一定从我做起，谁让我打招呼，想从我这里走关系、托人情，我都坚决拒绝，确保这次全镇清理不合规低保户工作顺利进行。"

为慎重起见，党委会之后，又召开了镇党政班子联席扩大会议。会上，罗清河对镇民政办，特别是对张京虎的工作，提出了严肃尖锐的批评："低保政策是我们党和政府对弱势群体的一种关怀，低保政策的经是一本好经，但偏偏让歪嘴和尚念歪了……"

听到罗清河"歪嘴和尚"的比喻，尤立华不由自主地扭头看了一眼张京虎，顺嘴说了一句："张京虎就是那个念歪经的歪嘴和尚吧，就差剃个光头了！"

尤立华的话，引得众人一阵笑声。

罗清河没有笑，他看了看尤立华，继续严肃地说："人民群众之所以对不正之风深恶痛绝，很大程度上是因为我们这些人有了私心，将权力重心放偏了。想想以往，我们有些人的嘴是不是有时也会歪一歪，向下边的人指手画脚地打招呼？念歪经，说穿了，就是变相搞腐败，助长了歪风邪气，影响了政府的公信力，必须及时纠正过来！"

为了扎实稳妥地把全镇不合规低保户清理工作做好，会上成立了以罗清河任组长、陈本欣任副组长的不合规低保户清理工作领导小组,并决定三天后,在东陡沟村召开现场会。

镇党委、政府一班人雷厉风行的工作作风,感召、影响、带动着大家,全镇的不合规低保户清理工作稳步推进。

八十多岁的郭世修怎么也想不到,自己居住了几乎一辈子的破旧宅院,居然成为姑苏镇一次重要会议的主会场。

会场相当简朴,没有任何鲜亮的摆设。院子里杂草丛生,三间五十年前建起的低矮老屋,摇摇欲倒。

各村干部、镇直部门的与会人员轮流进屋参观,之后,与会同志或聚集在院子内,或站在门口巷道里,等待会议的开始。

镇党委、政府举行这样的工作现场会,目的就是让与会者直面这样一个生活极其困难却未被纳入低保范畴的特困户,以此触动每个人的心灵,唤醒每一位党员干部的同情心和责任心。

大家仨一群、俩一伙地议论着,纷纷感慨道,这是对酒盅一端,然后将低保待遇说给谁就给谁的不正之风的一次痛击。这次的清理工作,是动真的,来实的。

待所有人依次参观完后,主持会议的陈本欣宣布,清理工作现场会开始。

李文彬宣读了中共姑苏镇委、镇人民政府"关于在全镇开展享受低保政策人员大检查"的通知,并对这次工作的意义、目的和要求进行了说明。

随后,罗清河看了看站在屋门口的两位老人,看了看破败的老屋,又看了看所有来参加会议的人员,像是对自己,又是对众人说:"同志们,今天,我们站在这里,我相信多数人心里都是酸楚的。我无数次地扪心自问,面对这样的困难家庭,我罗清河能坐得住、吃得下、睡得着吗?这里的一切,如同一面照出我们工作成败的大镜子,也照出了我们的良心,每个人都能在这面镜子中找到自己真实的影像。这些年来,镇委、镇政府的同志们,你们来这里调研过吗?片区的同志们,你们了解过郭大爷的日常生活吗?村里的干部们,你们的家与这里不过隔着几条巷子而已,两位老人是否吃得饱、穿得暖,你们关心过吗?我说得可能严厉了些,但并非与大伙有什么过不去的恩怨,我是想让大家都明白一个道理,镇里、片区、村里的负责同志，我们的责任心去了哪里？"

说到这里，罗清河两眼有些发涩，他看了看四周，会场上鸦雀无声。

他停顿了一会儿，稳定了下情绪，接着提高了声调继续道："同志们，我说这些，也并非想煽情，大家不是木头，不是石头，这情不用我来煽，你们也一定能感同身受！可能有人会强调理由——粥少僧多。可我想问，粥再少，是不是应该先将粥盛在最孱弱的僧人的碗里？但遗憾的是，有一部分粥却分给了那些肥头大耳、根本不需要救济的'胖和尚'！有的同志可能会说，平常工作太忙了，是我们工作疏忽导致这种情况。真的是这样吗？今天，我明确地告诉大家一个实情，去年，郭大爷的闺女到镇上反映过郭大爷的生活情况，也跟片区和村里提出过诉求，可你们是怎么做的？无人理睬！并不是你们的事情多，更不是因为疏忽大意所致，而是因为你们没了事业感，没了责任心，说得严重一点，是没了良心！工作疏忽、出现偏差等等这些词，从你们嘴里很轻松地就蹦出来，可对最底层的贫苦老百姓意味着什么？意味着饥寒交迫，意味着老无所依。同志们！我们如此失职，丧失原则，如何对得起党和人民对我们的信任！"

在一连串的发问中，所有参会人员静静地听着，许多人低下了头，张京虎更是无地自容，他的脸上直冒汗，两手不时地在脸上擦着。

特殊的会场上，也挤满了众多闻讯而来的村民。倚在门口墙上的郭家老太太听着，用袖子一个劲地抹着那两只已经干瘪多年的老眼里涌出的泪水。

阳光静静地照射进郭家的院子里，周围没有一丝风，几只喜鹊站在邻居家那棵大榆树的树枝上，也停止了喧闹。

罗清河缓了缓语气，继续对前来参加会议的众人说："今天，各村的党支部书记、村委会主任也都来了，你们千万不要小看了你们手中的权力。你们的心眼一旦弯了，就会使得党和政府的好政策，在接近老百姓最后几十米的路上，拐了弯，偏了道。这就像建高楼，设计得再好，若具体施工的人用的水泥不达标，钢筋不合格，混凝土里乱掺沙子，试想，这座大厦能牢固吗？你们就是那些具体施工的人。你们中的大多数人是举起拳头，对着鲜艳的党旗宣过誓的，平时也都大谈特谈如何为党和人民的事业添砖加瓦、增光添彩，可面对人民群众的实际利益，一旦人情高过了对事业的忠诚度，就会让我们误入歧途。所以,我想强调的是,党性原则是刚性的,我们必须坚守,毫不动摇!"

讲到此处,罗清河将郭春广叫过来,交代他:"尽快帮助郭大爷老两口渡过难关,三天内,把这观天漏雨的屋顶修缮好。"

郭春广当即表态道:"罗书记,您这一通肝货肠子扒拉到一块的话,我全听在了脑里,记在了心里。散会后,我马上组织人,争取明天就把我大爷的西屋顶修缮好。"

有了村干部的表态,罗清河点了点头,接着要求各片区书记、主任在做好宣传动员的同时,一竿子插到底,严格筛查低保户人员名单,及时张榜公布。村里的党员干部要带头查查自己在利益面前,是不是与群众争利了。并强调镇委、镇政府的规定,村两委干部一律不准办低保,已办理了的,要自己先清出来;如不清理,按组织纪律严肃处理。

现场会之后,全镇迅速动员,摈弃暗箱操作,加班加点,仅用三天时间,各村都完成了对低保户的摸底调查。有些通过权力交换或利用手中关系为家中父母和亲戚办理低保待遇的公职人员,听到姑苏镇的相关风声后,深感羞愧与不安,赶紧鼓动亲人自愿退了低保。

随后,各村把享受低保待遇人员名单均在显要位置张贴出来,公开接受群众评议,真正做到将有限的雨露洒在最需要的庄稼上。

几天过后,姑苏镇委、镇政府班子成员分成四个小组,一个村庄接着一个村庄地察看公开栏。看到广大百姓群众在公示栏前驻足观望,评上的和没评上的均口服心服,拍手称快,又看到姑苏相邻乡镇的村庄投以羡慕的目光,罗清河、李文彬他们很是欣慰。

然而,这样丝毫不留情面的清理动作,还是戳到了某些既得利益者的痛点,有些"有头有脸"的人物,听到后既尴尬又气愤。身为县政协副主席的邵泽英听说要把她父母的名字列在公布名单之内,非常气愤地打电话质问村干部:"你们是什么意思,想弄我的难看是不?村里瞒一下不就得了?"

村干部无奈地告诉她:"这次瞒不了,镇上监督,要三级公布。"

邵泽英恨恨地问:"是谁出的这个馊主意?是不是那个姓罗的!"

村干部回应说:"这是镇委、镇政府的统一行动,专门为此下了红头文件。"

邵泽英不屑地说:"你别给我学打官腔,难道我能不清楚那些红头文件是个啥?村里、镇里对我们这些在外工作人员的老人照顾一下,是对我们的尊重,这么点小钱,真以为我们能看在眼里?都是国家的钱,给谁不一样?我们只是要个面子罢了。哼,牵扯到那么多有头有脸的人,他姓罗的叽叽歪歪,兴风作浪,难道就没有一点顾忌?我看他这是小蚂蚱斗公鸡,小心能掉了大爪!"

这话传到了姑苏镇委、镇政府同志们的耳朵里,罗清河听后,冲着李文彬轻轻一笑说:"呵,给谁都一样?恐怕不一样吧!她虽不是共产党员,但作为县政协的领导同志,也应当有觉悟,支持我们才对。明目张胆地与困难群众争利,什么素质!我倒真想看一看,她这只大公鸡,如何来吃掉我这只小蚂蚱。"

各村公布低保户名单后,片区接着公布,最后全镇公布,这个新闻一下子在全县传开了。有人说,罗清河太狠了,使出这个绝法,不给别人留后路,不怕受到打击报复?有人直接跑到镇党政办公室大吵大闹,哭天喊冤;有人则暗中雇佣几个地痞,威胁镇直机关工作人员,说今后有他们的好看的。

没过几天,在镇委、镇政府大院外墙公布全镇享受低保人员名单的公告栏里,一则顺口溜被张贴出来:

  姑苏镇党委书记罗霸天
  作秀作得不一般
  名义上是为清理不合政策之低保
  实际是制造声势往上蹿
  挑个贫穷的农户开个会
  脸上故意挂着同情与可怜
  还掏出两张大红票
  收买人心假惺惺地送上二百元
  为了买名买功绩
  费尽心机使手段

这样的恶霸还有脸公开讲良心
　　大胆妄为无法又无天

　　接着，微信朋友圈、地方论坛等网络自媒体上也接二连三地发出了这样的顺口溜。

　　看过这些内容之后，尤立华觉得挺刺激，挺过瘾，似乎一下子找到了发泄不满的机会，于是跑到镇党政办公室，故意装出一副唉声叹气的样子说："唉，一项工作，我们想做好，还真是不容易。你们看，持有不同观点的群众，都给罗书记贴出'小字报'来了。"

　　接着，他把那顺口溜背给贺英听。

　　贺英听了几句后，直接打断他，反驳道："尤宣传，你是知道真相的，别传播这些负能量好不好！"

　　尤立华连连赔笑道："是是，还是小贺觉悟高。"

　　就在他们说话时，有两个年轻人抬着一大块玉石，后边还有个人抱了一箱高档品牌白酒，先后走进党政办公室。

　　贺英想拦住他们，那人却与尤立华打起招呼。

　　尤立华眯着一双小豆眼，笑着高声招呼道："桑老板来了，快坐坐。"

　　来人把酒放在茶几上，朝尤立华点了点头。

　　桑老板并没有坐，而是指着已经放到地面上的大块玉石，说这是送给镇委、镇政府的，是先前早定好的事。说着，他又掏出一个信封，里面是一摞购物卡，伸手递给尤立华。

　　尤立华抬手一指贺英道："给小贺。"

　　那人把信封擩给贺英说："你给罗书记，让他分发给其他领导就行了。"

　　贺英不接，那人放下就走。

　　贺英还想继续说什么，但那仨人已经下楼了。

　　尤立华走近前细看了看那箱酒，又看了看地上的大块玉石——石质很温润，花纹很漂亮，于是笑着道："这酒还真的是名酒，两千多一箱呢。这块玉石这么大，真好看！呵呵，君子如玉，搂着玉睡觉更是君子。"

　　贺英看不起尤立华这样的小动作，她从侧面狠狠地白了他一眼。

　　盯着看了一阵子玉石后，尤立华又转过脸来对贺英介绍："刚走的那个人，叫桑玉富，是全县有名的建筑公司大老板，和马士良的关系啊，那真叫一个铁，就差同穿一条裤子了，都传他们私底下是拜把子兄弟！前些年，咱们镇的工程，包括咱们这座办公楼、县城的红楼小区以及去年重建的镇敬老院，都是他承揽开发的。"

十三

起初，听说表哥来姑苏担任镇党委书记，顾怀峰和老婆韩德香禁不住喜出望外——镇里多年来欠下的那些酒菜钱，终于盼来彻底清一清的机会了。

可后来的情形，远没有他们预想的那么乐观。

那天，镇里安排欢迎罗清河的接风宴上，顾怀峰心急火燎地挨着各房间张望，却始终没见到表哥的身影，不免有些诧异。随后，他心里感觉有些别扭，又生出一种不祥的预感。

当天晚上，送走最后一拨客人，两人收拾完各房间卫生后，掏出那个盛了好多"白条"的黑提包——那些陈年旧岁的用餐单早已被分年份和月份梳理好，汇成一摞摞无声的"控诉"材料，诉说着夫妻俩的焦虑和无奈。

每一摞的上面都有一张早已算好金额的汇总单，并用黑色长尾票夹夹在一起。

每每闲暇或是财务告急时，顾怀峰便习惯将这些"财富"搬出来，一遍又一遍地清点着，计算着，这原本了无生趣的重复性的机械动作，俨然成为他生活中不可或缺的最大希冀。

韩德香再次拿来计算器，顾怀峰念着，韩德香的手指头熟练而认真地点向数字键，点一摞，看看封面上记的数字，确认准确无误后，再计算下一摞。计算器上算出的数字与原来计算的依然分毫不差。

把所有单据重复地捋过一遍后，望着桌子上堆成小山状的"白条"，韩德香说："镇里的这些欠账单据，白纸黑字，钱数清楚得很，他们是赖不掉的。马士良那个死熊玩意儿，吃的是人粮食，拉的却是臭狗屎，放的是臭狗屁！每次来吃饭时，都说马上给咱结，却始终不让陈本欣签字，到最后拍屁股滚走了也没给，都怪你逢年过节不按时去他家送点高档货。"

"唉，送吃的喝的根本就没用！"顾怀峰无奈地叹道，"我听镇上其他做买卖的讲，给那姓马送礼啊，至少得送金条才管用哩，咱家哪有金条送！"

"现在表哥来了，咱总算有盼头了，抽空你去找找他。"韩德香鼓动道，"亲故亲故，不亲不顾，我不相信他不认亲戚，不讲人情，何况这是镇上该还咱们的钱。"

顾怀峰没有回话，他呆呆地看了会儿那座"小山"，又瞅了瞅清晰可见的汇总金额，随后开始将那一摞摞的单据重新装进那个旧提包，边收拾边又轻声叹了口气。

韩德香见丈夫只叹气却不说话，于是又鼓劲道："这么多欠款，都是咱的血肉哩，咱身子骨本来就单薄，还有多少肉经得住他们这样啃呀啃，酒店马上就要趴下了！咱俩起早贪黑，辛辛苦苦，不容易，不能让他们坑了。你大胆去找他，他不给办，你就硬讹，他能让派出所把你抓走？即使不全给咱结清，先给一多半也好。这么大一个乡镇，不差咱这几十万块。我相信表哥不是马士良，姓马的那种人，说话跟放屁似的，让老百姓怎么去信服！"

顾怀峰仍然没有说话，他很小心地把所有用餐单重新装进黑提包后，又把包重新放到前台下面那个带锁的小橱里——他认为最安全、最保险的地方。

韩德香看看放好黑提包回来坐下的丈夫，继续鼓动道："他说了算，就得给咱解决问题。他若不给结，你就赖在大院里，大不了躺到他办公室里不走了，不能再这样老是拖下去！"

顾怀峰喃喃地说："表哥的脾气我知道，我就怕他——"

他一脸茫然，不敢继续说下去了。

韩德香没在"就怕他"后面的话上接茬，而是话锋一转说："今天晌午，张京虎阴阳怪气地对我说：'韩德香，这回，顾怀峰的表哥来了，你们饭店可是轮到好时候了。甭说你们店开得还不错，就是先前不开火，这回借你表哥这把风，也会让锅底的火苗子一蹿一蹿地烧起来。要是再火不起来，那可是风水转得没谱了。'"

见丈夫一脸的茫然，心里没底的样子，她仍然不屈不挠地继续说："你别愁，见表哥，又不是去见生人，他在你面前，也不可能拿官架子，这回，我觉得咱这钱，好要。"

人，是需要希望的，有希望才有盼头。说到这，韩德香突然笑着说："你明天就去找找他！只要他笔尖子往纸上一划拉，所有欠钱指定会一把全给了咱。"

"可不是你想象的那样，我就怕他六亲不认！"顾怀峰依旧满脸无底气道，"我倒希望新来的书记不是我表哥，那样，咱们要回欠账的希望反而会更大些。"

"人们不是常说，灰没火热，酱没盐咸，一拃没有四指近，不看僧面看佛面吗！他再怎么有脾气，私下也不可能对你发火啊，怕什么！"韩德香提高腔调说，"咱们是正大光明地做生意，没偷没抢，又不是赶到他门上张口借钱要饭吃。何况，这些又都是他们吃进肚子里的酒肉钱，每张单子上都有招待对象的名称和签字画押，欠债还钱，天经地义！"

说完这些，看到男人那张依然阴着天一样的忧愁脸，韩德香狠狠地白了他一眼，挖苦道："你啊，还是不是个男人啊，真是只扔进水里不爬的死鳖！"

接下来的日子里，在老婆的催促下，顾怀峰连续跑到镇里几趟，但都没见到表哥。

原因其实不难想。每天一大早，他先得开着三轮车去外面采购，等把各种蔬菜、鸡鱼肉蛋及需添置的调料等备齐后，基本是上午九点多，再去镇上找罗清河，这个时间点显然不对。

这天，顾怀峰再次来到镇委、镇政府办公楼，许建林看到他后，隔着远远的距离，打趣着高喊："哟，顾老板，公开送礼来了，看这包囊，少说也得装五万块票子吧，打算送给谁？"

说着，他快步走上前，亲手拉开拉链往里看。

甩开许建林后，顾怀峰快步来到党政办公室，经询问，得知罗清河去县城开会了，他只好再次怅然地从楼上走下来，呆头呆脑、两眼昏花地在大院里站了一会儿，然后皱着眉头，沮丧地返回酒店。

来回多次讨债未果，每次回家都说"没见到"，让媳妇的脸色越来越难看，再这么下去，两口子非得发生战争不可。顾怀峰想了想，既然白天见不到表哥，那就晚上去。

这天晚上，酒店客人还未散尽，顾怀峰就匆匆出门了，得知表哥正在开党委会后，他再三央求贺英去汇报一声，贺英推脱不开，就去轻轻推开门，悄悄走到罗清河身边，说桑梓河大酒店的顾老板在办公室里等候他。

没想到，贺英得到的答复是："你让他先回去，我这些天事情特别多，让他过些天再来。"

男人，都怕老婆说自己不是个男人、窝囊。有罗清河的这样一句话，意味着自己的付出有了成效，他也就有了回家向老婆交代的"战果"，顾怀峰一下子来了底气。

为表现出内心的喜悦，他打起笑脸，用谎言代替真相："咱表哥正在开党委会呢，听说我找他，忙跑出来见我，在二楼过道里和我聊了会儿。表哥说，他刚到没几天，这段时间确实很忙，让我过些天再去找他。"

顾怀峰把表哥"向他说话"时的语气说得很生动，很亲切，还带了些炫耀，韩德香听后，从内心里往外笑，连连赞许道："就是嘛，人哪有没亲情味的！前段时间，你还怕他不给办呢，这不，人家一下子就答应咱了。"

心底里生出的笑意，让韩德香在说完"你还怕他不给办呢"之后，又加上一句"表哥真好"。

十四

单靠等是等不来结果的，韩德香眼巴巴地盼着"过些天"尽快过去，一个星期之后，她沉不住气了，于是对丈夫说："这段时间，表哥应该忙得差不多了吧，你再找找他去。"

顾怀峰于是又提着那个人造革黑提包去了，不到二十分钟便回到家，告诉韩德香，表哥又去县上开会了。

"领导白天事都多，你还是改到晚上去！"韩德香摆出一副很有经验的样子说,"只要他在,不管在学习还是在开会,你都要一直等,别着急回来,一定要见上他的面,然后缠着他不算完,实在不中,就跪下抱着他的大腿哭,不给签字不起来。"

晚上,还未等所有客人离开酒店,韩德香就撵着顾怀峰去找表哥。

媳妇说的话就是"圣旨",他顺从地提起那个鼓鼓囊囊的人造革黑提包,快步走出店门。

不到五分钟,他再次来到了镇委、镇政府大院。

身为桑梓河大酒店的老板,顾怀峰在姑苏镇上的知名度还是挺高的,尤其是在这大院里,多年来混了个脸熟。之前赶在白天,他提着大包,多次来大院来回游荡时,除了许建林,还有些家属和不知他与罗清河真实关系的干部也在远远地瞅着他的一举一动,劳心费神地猜测这是又给谁送礼来了,包里装的是啥值钱的玩意儿。

贺英很清楚他的包里是什么货,从鼓鼓囊囊的形态看,里面的条子还真不少!

贺英告诉他,领导们都正在三楼集体学习,让他坐下等等。

顾怀峰注意到,已经有两个人默默无语地坐在沙发上,从衣着和神情上看,都有些面熟,但叫不出名字来。不用说,这两人肯定也是借晚上时间,来找领导说事的。

劳碌的人通常是坐不住的,顾怀峰就是个劳碌的人。坐了一小会儿后,他站起身来冲贺英说:"我去楼下站站,等他们学习完了,你电话跟我说一声吧。"

说完,他从口袋里掏出一张名片,放到了贺英面前的办公桌上。

看到贺英点了点头,顾怀峰于是提上包,来到办公楼门口处的台阶下,踱着步。

楼下的几盏灯很亮,不时有人在院子里闲逛,也有工作人员从办公楼里进进出出,还有从外面忙完后赶回来的家属,似乎每个人都在有意无意地朝这边瞅一眼。这样提着一个大包走来走去,会不会让他们认为自己是在搞见不得人的事?顾怀峰顿时觉得不自在,于是向四周看了看,发现不远处的两棵枫树下有一摊黑影。自己躲进那黑影里,应该不会再引起他人的注意!这样想着,他开始挪动脚步,向那黑影处走去。

站在黑影处，顾怀峰果然感觉人们不再向自己张望，可另一番难言的滋味又悄悄地爬上心头——身为债主，自己前来讨账，竟然没有一点理直气壮的样子，反而要扭扭捏捏，生怕让人看见，像做贼似的，这成了什么事啊。

集体学习结束后，罗清河马上来到党政办公室，见到二位访客，简单地问了几句后，将他们带到了接待室。

来到接待室尚未坐定，一位看上去略显年轻些的男子自我介绍说他叫王成立，接着他指向同来的男子说："他叫董传周，我俩都是姑苏中学的，我教物理，他教语文。大晚上的，冒昧来打搅您，是想向您反映一下学校这次评职称的有关问题。"

罗清河一听，马上对正从小柜子中取出纸杯为二位倒水的贺英说："去喊一下文彬书记和京茂副镇长，让他们一块过来听一听。"

贺英麻利地往杯子里倒上水，端到二位老师跟前，接着转身去叫李文彬和分管文教卫生工作的副镇长刘京茂。

不一会儿，李文彬和刘京茂过来了。

罗清河先向他俩介绍了两位老师，以及他们来这里的缘由。

王成立看了看三位镇领导，开口道："这次学校的教师职称评定工作，已经进行了初评。那些从学校借调到县城学校的、请了病假的，以及其他在校内不干活的人员，平时连他们的影子都很少见到，可他们一听说评职称，马上都像候鸟一样，全飞了回来。更让人难以理解的是，初评结束后，被评上的，竟然全是这些候鸟，而在学校扎扎实实出力教学的人，因为工龄、教龄等一些条条框框，反而没有份，我们感觉很不公正。"

王成立话音刚落，李文彬看看罗清河说："这几年，中学的情况很糟糕，有近百名老师，却只有百多个学生，升学考试成绩在全县年年垫底，不是倒数第一就是倒数第二。学生都没多少，让老师怎么用心去教学？好多人无所事事，还尽出难题。县教育局领导已经来过几回，商讨着想把中学撤掉。我看啊，是该撤了。"

刘京茂跟着说："现在有一部分老师，不知怎么想的，正课不好好地教，却在学校旁边开辅导班捞外快。下午学生放了学，再进他的辅导班学习。这些年，老师的工资已经涨了不少，但不少人将课堂教学变成了快餐，应付下完事，把开的辅导班变成主餐，分外用力，收费还挺高，一个学生一个月少则收七八百，多则上千元。姑苏小学旁边多达十几处定点辅导班课堂，每次走到那地方，我都气得心疼肺也疼，他们真是玷污了人民教师这一神圣职业！"

罗清河没有对升学成绩和教师开办补习班的事做出回应，而是让二位老师细说了一下评职称的具体过程。

董传周听后，将这次上级分配的名额、职称设定的条条框框，以及判断暗箱操作的可能环节等，一一说了出来。

王成立把自己掌握而董传周没有说明白的情况，又作了详细补充。

罗清河认真地听着，在随手携带的本子上记下。听完后考虑了一下，对二位老师说："你们反映的问题，我们尽快研究下，明天我到故城片区调研时，先去中学了解下真实情况。打造一支过硬的师资队伍，才是教好书、育好人的前提。凡事不公正，必定会影响大家的情绪。尽管评职称是教育系统内部的事情，但既然你们反映到镇委来，我们也不能坐视不理，推三阻四。不过，这得需要分析下从哪个方面介入更好，既要做得合情合理，还要合规合法。"

听了新任书记的表态，二位老师感谢道："我们从事一线教育的，深知教书育人是崇高的事业，也一次次告诫自己，不要去争名夺利，要尽心把孩子教好，对得起自己的责任和良心，但在现实中，学校这样搞，实在让我们心寒，看不下去。"

罗清河说："我理解你们的心情，回去后要有一个好的心态。正像你们刚才说的，当老师是个良心活，要对得起教师这个称号，要认真地履职尽责。同时，你们也要相信，镇委、镇政府会认真对待你们这次来访，争取尽量让付出大量心血劳动的老师不吃亏，少吃亏。"

反映了要反映的问题，新来的书记很认真地听了，并且诚恳地表态，这让二位来访老师的心里很温暖，王成立和董传周带着些许笑意告辞后，回学校去了。

忙活一天，三人的确有些累了。他们说笑着走到楼下，往宿舍方向走去，此时，一直猫在枫树底下的顾怀峰，提着那个黑色的人造革提包，猛然从黑影中闪了出来。

顾怀峰刚想说什么,罗清河指了指那提包,直截了当地问:"里边装的,是不是用餐单?"

顾怀峰应答道:"对啊,表哥,正是用餐单!要不,咱们到你宿舍细说吧。"

未曾想,罗清河板着脸说:"在这大院里,任何事都应在公共场合上说。贺英向我说过,你已经来找我好几趟了,走吧,到接待室说去。"

接着,他转身对李文彬、刘京茂介绍道:"这是我舅家表弟,顾怀峰,桑梓河大酒店就是他开的。我来姑苏前,他便多次在电话中邀我去他店里坐一坐,喝一杯,我一直没有空来。现在,就更不能去了。等我离开这里后,咱们一定去他那里吃上一顿,喝上几杯。走,去接待室,你俩也一块上来,听听他反映的情况。"

顾怀峰两排洁白的牙在夜色中闪着亮光,他满脸堆笑道:"早就盼着表哥去唡!"

上楼的光景,罗清河斜了一眼顾怀峰的提包,接着问道:"全是镇里吃的?真不少哩!"

来到接待室,顾怀峰激动地把所有的用餐单从鼓鼓囊囊的提包里掏出来,放在茶几上。他想:不在表哥的宿舍,也不在他的办公室,还有李姓副书记、刘姓副镇长在,我这是正大光明地讨欠款,走的是正路,不心累。本来可以通过正常方式和渠道讨回的欠款,之前为什么偏偏往歪处去想,琢磨着找门路、托关系呢!一时间,顾怀峰感觉,自己通过亲戚关系把欠账了结的想法,是多么地可笑。其实好多事,走明道会比走暗道更顺畅,公事公办也更好,只是这道理被许多人曲解了,用歪了。

顾怀峰一边翻着单据一边解释说:"这些都是镇里在我那酒店里吃喝的单子,上面都有你们的签字。"

说着,他把随手装在提包里的计算器掏出来,想一张张地再汇算一遍欠款总数额。

罗清河一摞一摞地认真翻看着,看到顾怀峰掏出计算器,马上制止道:"先不用累计,我们先看看单据再说。"

顾怀峰继续诙谐地解释道:"这是好几年积攒下来的欠账,你们公家单位啊,财大气粗,天天吃喝少不了我的这几个小钱,也说欠账还钱天经地义，可就是不给我，看我要急了，偶尔给个万儿八千的，钓鳖下食一样地糊弄我一下。这一大摞白条子，几十万块呢，真把我憋疯了。表哥，你来了，我这回叩头找到正香主了，你看看，这两天就给结清吧。"

罗清河停下翻动单据的手，然后抬眼对着顾怀峰说："这是在镇委、镇政府办公楼，不要表哥表哥地称呼我，叫罗书记！或者，叫罗清河也中。"

"好，好，罗书记！"顾怀峰马上点头哈腰地应承着。

"这里面有这几天镇里人去你酒店吃饭的单据吗？"罗清河接着问道。

顾怀峰说："没有。"

罗清河顿了一下，说："我们先继续看着这些，你去把这些天的单据也拿来，我们一并瞅一瞅。"

顾怀峰瞅了一眼李文彬和刘京茂，然后轻声解释说："天已很晚了，明天我捎过来给你看，中不？"

罗清河没有同意，说："明天我们都有事，不能单独为了看几张用餐单等着你，你酒店离得这么近，不会磨得脚出泡，你现在就回去拿来吧，我等着。"

顾怀峰不放心地看了看罗清河说："这些单据，你们可不能给我看丢了，每一摞的数额和总欠款的数额，我可都已经牢牢地记在脑子里了。"

说完，他起身下楼，一溜小跑地赶回酒店，不一会儿，就把近些天的用餐单拿来了。他递给罗清河，随后把目光伸向罗清河手中展开的用餐单上。

罗清河翻动得很快，翻动到尤立华签字的六提烧鸡时，他停顿了一下，似乎看出了端倪，接着把目光转向顾怀峰，指着单据问："赶在大中午，一个桌，三个人，喝了三瓶白酒，全倒进肚子里了？"

顾怀峰心里一惊，但他努力地保持表情平静，强笑着说："当然是全喝了。"

"这是在你的酒店里，喝这么多，万一喝出事来，比如，喝得休克去住院，你不怕受牵连？"罗清河又问。

"哪有那么多的万一啊，"顾怀峰努力地笑着说，"再说，我又不在场，真要是喝得休克、胃出血，也不能怪我，我没有硬劝着他们往肚子里灌。"

罗清河哼了一声说："镇统计站的老吴，不就是在你的酒店喝完酒后，迷糊了，回家的路上跳进水库，差点淹死了吗！"

一听这话，顾怀峰被蝎子蜇着一样，一下子跳起来嚷道："罗书记，那都是多久的事了？我早都忘了。"

"你忘了，可社会上的老百姓没有忘，都仍然在当笑话讲。老吴家属找上门向你讨说法时，那种狼狈滋味，你领教过，难道也忘了？"罗清河没好气地问道。

接着，他把话题一转说："你不要真以为，既然开得起店，就不怕大肚汉吃，政府人员既然敢无所顾忌地打白条，你就敢放心地让他们吃。如果换成普通老百姓，你也敢让他们打白条？如果白条管用，那国家还印票子干吗？你起早贪黑做生意，不容易，要尽量收现钱，不要动不动就搞签单记账那一套，好兄弟还得明算账呢！若他们当时有钱吃饭喝酒，还用得着去记账？不要以为，这种欠款就一定全还给你，公家的钱也是一个萝卜一个坑，现在镇财政比较紧，哪有闲钱来还你！"

罗清河一通炮轰，之后又是一个"现在镇财政比较紧，哪有闲钱来还你"的结束语，顾怀峰顿时晕头转向地找不到北了，他嗫嚅道："这，这，当时，他们说啥就是啥，咱哪里敢跟政府较真去……"

"既然当时不敢去较真，为啥现在敢来要账？"罗清河白了一眼顾怀峰接着说，"还有，有些单据上列明的接待对象和消费金额，造假痕迹明显，你配合他人做不光彩的事情，以为天衣无缝，实则不合逻辑，经不起任何推敲。像尤立华签字的这张，你敢拍着胸口说没问题？那天，钱妍开是开着他那辆小车来的，事先跟我打过招呼，可这单子上列明的烧鸡赠送对象，居然平地里冒出个司机来。这司机有名有姓，也确有其人，但当时来没来姑苏，你没个屁数啊？为了几只烧鸡去哄骗单位，还郑重其事地签字，真不知道他心里到底怎么想的！你也是奔四的人了，为了生意上的蝇头小利，这样配合对方，一起去占公家便宜，难道没过错？不感觉羞愧？仅凭这点，我就能断定，你这一摞摞单据中的水分不小。先吃饭后还账、先上车后买票的事，一旦推诿扯皮起来，人家翻脸不认账，最终吃亏的，是不是还是你？好好想一想，让吃喝的人大笔一挥签字倒好签，但那是白条，不顶钱用，还是收现钱好。我建议你，从今往后，在饭店收银台醒目处贴上'本店即日起，一律不赊欠，只收现钱'的提醒条。"

罗清河将单子合起来，放到黑提包里，又把包提起来说："你先拿回去，我刚来姑苏，杂七杂八的事情多，顾不得处理这些陈年旧账，等我把工作理顺了，再和党委、政府的同志研究下如何处理，但先给你打个预防针，我不敢保证你会满意处理结果。别想着你表哥来了，能沾什么光、发什么财。镇里的每一分钱都是国家的钱、人民的钱，都该花到正当事业上，不是敞开口用来大吃大喝的。另外，你跟尤立华联系下，那四提烧鸡钱，让他自己去结付。"

看刚才表哥认真翻看用餐单的神态，顾怀峰颇为欣喜，以为即将大功告成，但对方说出的一席话，犹如深冬时节的一瓢冰水，突然浇到他的背上，他那颗饱含希冀的热心一下子被激得拔凉拔凉，整个人像猛不丁挨了一闷棍的呆鸡，傻傻地站在那里，一句话都说不出来。

他竟然没有去接罗清河递过来的包。

罗清河见表弟一副表情石化的模样，于是催促道："明天一早我们还要下村，你也得早起床忙生意，先回去休息吧，啊。"

说着，他将黑提包塞进顾怀峰的怀里。

顾怀峰一下子回过神来，他很不情愿地接过提包，很不服气地望着罗清河争辩道："这，这，这是你们镇上的人吃了我的饭钱，喝了我的酒钱，都过去多久了，还想让我等几时？"

"我给不了你确切的时间，回去后耐心等着吧！"罗清河又一次下着"逐客令"。

乘兴而来，败兴而归！从接待室走出来，灰心丧气的顾怀峰像一个只有一丝丝元气的病汉，两腿灌了铅似的异常沉重，他手中的黑提包也沉重，他的心更沉重。

他首先想到的是，回家该怎么跟媳妇交代啊！以他对表哥的了解，今晚得到这样的答复，既在意料之中，也在意料之外，可媳妇肯定不理解。她那一关，的确不好过。之所以出现眼下这种局面，并不是因为自己"窝囊"，而是镇里的那帮食客脸皮实在太厚，吃饭记账时是主人，吹牛皮，唱高调，等自己去讨账，他们又都成了缩头乌龟，躲得远远的。我辛辛苦苦、战战兢兢地伺候着你们，到头来还是任人欺辱的命！这是什么世道啊，还讲不讲理！可既然表哥这样说了，那就只好再往下等，除此之外，又有什么其

101

他好法子呢!

此时,道路两边的店铺已陆续关门,街道上少有人来往,周围显得比较安静,几条流浪狗绕在垃圾桶周围,不停地寻找着人们丢弃的残渣剩饭。

走出大院的那一刻,"窝囊"男人顾怀峰回头看了看已然漆黑的办公楼,又想起今晚表哥那一番毫不留情的"训斥",一股无以言表的委屈感油然而生。随后,他突然生出一个大胆的想法:现如今是法治社会,若表哥真不给面子,继续欠钱不还,那我就起诉镇政府,同他们打官司。

毕竟是平头百姓,顾怀峰虽然有狠心,但真没那狠胆。同时,他想:表哥刚刚上任镇党委书记,如果我这个表弟现在去法院起诉姑苏镇政府,这事传出去,对表哥的负面影响还是蛮大的,虽然他无视亲舅的人情,但我得看亲姑的面子啊。

十五

讨要欠账,本是理直气壮的事,但作为当事人,顾怀峰其实比谁都清楚,许多张白条里,都敞着相互利用、投桃报李的方便之门。镇里某些人借吃饭喝酒揩点油,自己也趁机在政府的肥肉膘子上割一小刀,双方对此都心知肚明。现在贪上个较真的表哥,眼又太毒,如同孙猴子的火眼金睛,用餐单经他一过目,什么秘密都藏不住,单是尤立华的那单,就让他将买卖双方狼狈为奸的细节说得丝毫不差。顾怀峰一下子变得理不直气不壮了。

同时,罗清河那些话正中他的命门,自己手里攥的是白条,并不等于货币,这也是他一直以来担心和胆虚的地方。

遇到难题,就得想办法去解决,消极逃避不是个好选择。顾怀峰左考虑,右思量,首先想到了陈本欣。账单里的许多猫腻,都是由他姓陈的一手炮制的,他脱不了干系,没理由不想尽快处理完这些单据。同时,顾怀峰凭借陈本欣在马士良面前那副奴才相推断,他对罗清河一定也有谄媚之意。有猫腻的单据外加他那谄媚的心加持,必要时,再冲他唬几句让他晚上睡不香的话,他断然不敢生出拒绝签字的胆量。眼下,这是条不错的捷径，只要把几件要害事点一点，他这精人能不明白？然后，让他提出解决方案，报到表哥那里，表哥只需顺水推舟送个人情，便可大功告成。这个策略顺理成章，应该是很可行的。毕竟，事是真事，账是真账，早晚要还。如果表哥还是一巴掌拍死，那我也就没必要再顾忌什么了。

想罢，顾怀峰得意地偷偷笑了，对，明天带上那些原始单据证明，直接去找陈本欣，看着这老小子还敢不敢再像过去那样跟我耍滑头，继续一推六二五。

第二天一早，刚上班，顾怀峰便早早地赶到大院，敲开了陈本欣办公室的房门。

看到顾怀峰提着鼓鼓囊囊的黑提包，陈本欣岂能不清楚个中道道，他笑嘻嘻地说："顾老板，看你整天被这些单子折磨得坐卧不安，喝醉酒似的摇摇晃晃，说句良心话，我真挺同情你的。这回，说什么，也得给你解决一点。"

多么正大光明且暖人心脾的一句话啊！顾怀峰感动得差点掉下眼泪来，他边坐下边风趣地说："我脖子上的这根绳可是你给系上的哟，扣还得由你来解开，再不解开它，我可真就被勒死了。"

陈本欣哈哈笑道："你表哥来姑苏干一把手，你还有啥好愁的！即便他不来，凭咱俩这些年来的交情，该给你解决的也得解决。"

接着，陈本欣顿了顿问："听说你找过他多次了，情况怎么样？现在，我可以为你打个包票，只要罗书记一开口，我马上给你签，也好让你尽快踏踏实实、安安稳稳地睡个舒坦觉。"

顾怀峰听后站起身，将提包中的那一摞摞就餐单掏出来，摆在陈本欣的办公桌上说："陈镇长，我这要账的，在你们面前摇尾乞怜，成了孙子，我现在就管您叫大爷。这些年，让你们白吃白喝给闹的，我走投无路了。再继续拖下去，不但饭店要垮，我和娘们儿也得离，说不定还会跳河自杀。今天我谁也不找，就抱着你这个坟头哭！"

陈本欣听后，继续哈哈笑着说："哎哟哟，听你顾大老板说得这么悬乎，吓得我一下子找不着北了。这些年，桑梓河大酒店天天门庭若市，哪天不撇个千儿八百的？整个姑苏地盘上，这样红火的大酒店有几个？谁不知道你赚了大把票子？别以为我算不出你的利润来。放心，有你表哥在这里，镇里不会欠下你饭钱的,尽管放心好了。"

顾怀峰撇了撇嘴说:"陈大镇长啊,你光看鱼张口喝水,没见鱼开口尿尿,别人不明白里面的猫腻,你还不明白吗?你带回家给老婆孩子啃的烧鸡爪,从我店里拿走的黄花鱼,还有逢年过节往上头送礼用的烟酒钱,哪一样不包含在这里面?又有几分几厘真正落进了我的腰包?我只是一只顶雷的替罪羊罢了。单说那次咱们去周庄,看着很有色感的'万三蹄',你让我买了六十份,我一把就垫上二千四啊,我啃过一口尝尝是个什么味了吗?像马书记和你的这些大项支出钱,我都在小本本上记着呢。"

顾怀峰激动地说出这些话后,陈本欣的脸唰地拉了下来,瞬间变了色,但旋即又被老到的神色所代替,他皮笑肉不笑地说:"看你顾老板说到哪里去了,咱们兄弟多年,很多事,你老哥我心里能没数?咱们不开玩笑了,谈谈正事,这些欠条,你表哥是咋答复你的?"

看到陈本欣刚才的模样,顾怀峰知道自己的指头点酥了他的穴位,现在,对方想从自己的牙缝里听口风,这正是他想要的结果,于是连忙撤下脸上辩理的严肃,在镇长的宝座面前换上一副奴才加太监模样,满脸堆笑道:"这些天,我找他多次了,他起初不松口,说他刚来,事多,太忙,顾不过来。可毕竟是姑舅表兄弟,让我找得急了,他跟我解释说,他是书记,没有签字权,这些行政上的事,全归陈镇长管,让我直接来找您,让您再仔细审查一下单子,提出解决方案,只要您开口,他这边不会阻拦。"

说到这,顾怀峰话题一转,转到陈本欣身上说:"陈镇长,您看,俺表哥都这态度了,如果您再挡着,不支这个钱,先不说做人厚道不厚道,法理上也说不过去啊。现在是法治社会,民告官的事还是有的,兔子急了还咬人呢,真若上了法庭,我若不小心把老兄您和马书记牵出来,咱那不就彻底撕破脸皮了吗!万不得已,我还真不想那样做。"

尽管耍了一个花招,但顾怀峰说得很真诚,理直气壮。他很清楚,向陈本欣说的这些"私房话",对方大概率既不会,也不想去找罗清河求证。

他大着胆一直观察陈本欣的脸,从那张脸的微弱变化中,他感觉到自己有备而来已经显现效果,于是进一步递上话说:"咱们混口饭吃,都不容易,真若把俺家那熊娘们儿惹毛了,她可真敢去县上闹,不但俺表哥面子上过不去,怕也会连累到您和马书记。"

顾怀峰不厌其烦地几次抛出陈本欣和马士良的话题，看似良言悦耳，实则透着赤裸裸的要挟之意，陈本欣的胸腔被这些话搅得一个劲地翻腾，他忙将话题一转说："你表哥这个人，我过去基本没同他打过交道，所以不了解他的脾性，他到底好哪一口，我真摸不透。但通过近期与他接触，发现他和马士良完全不是同一个为人处事的风格。马士良那人，别看表面上贼精，支张网都逮不着，但我一眼能把他看到底。他抖抖毛，我便知道他想往哪飞。可你表哥完全不同，他心里那潭水，墨绿墨绿的，别说是一眼，就是看上三天两夜也看不准，摸不透到底有多深。总之，看着眼晕，心里发怵。我笔一划拉，给你签了字，倒是简单，但数额太大怕是不成。这样吧，我让财政所先给你处理六万元，以解你的燃眉之急，剩下的那些余款，再一步一步解决，好吧？"

顾怀峰哼着小曲，心满意足地转身离开了，像吞了一口苍蝇的陈本欣却不淡定了，堂堂一镇之长，居然被一个街头小商贩耍弄得无地自容，他心里窝囊极了，而这一切的一切，都拜罗清河所赐啊！"奶奶的，这俩表兄弟，还真有血脉关系呢，都学会对着我老陈发功了。"他不服气地嘟囔着。

他将一口唾沫狠狠地啐进垃圾桶，第三次拨通了马士良的手机号码，气急败坏地低声嚷道："顾怀峰刚刚从我办公室离开，前几天，他找那姓罗的处理镇上前两年的饭店欠账单，没想到姓罗的今朝不认前朝账，压根不理他。这姓罗的也真是奇葩，他俩还是亲表兄弟哩！于是这个熊玩意儿跑来我的办公室，明目张胆地拿咱俩说事，要挟我给他马上报销，否则就去县里举报咱俩。马县长啊，你再这样无动于衷下去，那姓罗的就该刨咱们的祖坟了。"

"哦……"电话那头的马士良若有所思道，"罗清河刚到位没多久，他到底想瞎折腾啥？"

"呵，你说他折腾啥？"陈本欣毫不客气地反问道，"他做的这一切，都是奔着否定你这几年的成绩去的啊！他为啥大张旗鼓地搞纪律作风整顿啊，工作日禁酒也好，不让我们当'走读生'也罢，剑走偏锋，大出风头，不就是想大声告诉县里领导和姑苏的干部群众，前任马士良留给他的是一个烂摊子，队伍风气不正，干部精神不佳，工作毫无成效。他那司马昭之心啊，路人皆知，难道你看不出来？"

陈本欣一通抱怨和分析后，马士良猛然意识到问题变得有点严重起来。多年的工作生涯，阅人无数的经历，让他很快明白，真正在给自己制造危机的，不仅是罗清河，还有陈本欣。相比较而言，陈本欣的危险似乎更大些，因为罗清河眼下所做的一切，似乎更多的是为了体现他的能力，尚看不出与自己明显作对的迹象。这些年，自己虽与他没有深交，但也算彼此熟悉，工作上一直相安无事，他犯不上跟自己过不去。而陈本欣则不言，他私心重，胆子大，这些年吃惯了和主要领导权力互换、相互利用的甜头，且已习以为常，如果任由他继续不知死活地与罗清河争斗，那姑苏的天说不定真会被捅上一个窟窿。真到那时，自己可就真的危险了。

不行，绝对不能让那种情况出现！马士良默默地自我告诫道。随后，他拨通了沂东县委副书记、县长卢念林的手机号码……

十六

回到宿舍后，罗清河躺在床上，翻来覆去，怎么也睡不着。他的大脑一直想着姑苏中学两位老师反映的情况，考虑自己该如何看待和处理这件事。

罗清河明白，教师职称评定不公问题，沂东各地普遍存在。有些热爱教学、甘愿付出的教师，因种种原因未能得到公平对待，既有陈旧的条条框框卡标原因，也是多年来论资排辈等传统做法所致，这并不稀奇。个别"老资格"不给职称就大吵大闹，也屡见不鲜，能闹的孩子有奶吃嘛。但如果像二位老师反映的情况那样，说明姑苏中学的这一问题尤为突出，显然就极不正常了。他决定还是先到学校了解下具体情况。

第二天早饭后，前往故城片区调研之前，罗清河与李文彬、周庆山、刘京茂一起，决定先到姑苏中学走一趟，了解一下情况。

路上，周庆山感慨道："罗书记，昨晚的政治学习，您讲的关于领导同志从众心理的问题，我听后很有感触，感觉自己在有些工作的处理上，也抱有那种心态。"

罗清河笑着回应："个别同志认为，现在社会风气就是那样子，批评我没有从众心理,咱们的做法是背道而驰,是标新立异。可细想想,有些人在台上义正词严,痛恨社会风气越来越差,有些人庸政懒政甚至不务正业,痛斥社会上正义缺失、道德滑坡,而一旦自身不合规的利益受损,便马上生出抵触情绪,喊冤喊痛,这不正是典型的'两面人'做派吗!这样的人,对基层民众毫无真正的感情可言,并早已习惯利用自己的职权与民争利,这正是人民群众深恶痛绝的腐败作风,我们必须下大气力去扭转这种不良风气,久久为功,善作善成才好!"

大家纷纷点头称是。

姑苏中学在镇驻地向南一里地,很快,他们来到了学校。

在校长办公室,李文彬把罗清河介绍给校长朱万全。未等罗清河开口,对方便一股脑儿地诉起苦来。他原来在齐鲁车疃中学,前年调到这里。眼下,学校在册的九十七名教师中,有二十一人被借调,七人长期请病假,还有六人既未被借调也没有请病假,可就是不来上班。这六人中有的去了临江市商品批发城做买卖,有的在县城亲戚的公司里帮忙,有的在家当专职家庭主妇。除去后勤人员,还剩五十多名教师,给一百零二名学生上课,平均每个老师教俩学生。大家积极性都不高。

"唉,没想到教师队伍这么难带!"朱万全叹了口气说,"队伍像被打垮了一样,可以用四个字来形容——溃不成军。我也想让那些所谓病假的和借调人员回来正常上班,可那些人都是有根基有后台的,背景深得很,根本晃不动。"

李文彬想接上他的话茬,向罗清河说一说正面情况,但不解风情的朱万全似乎一下子逮住了一个向倾听者诉说的机会,恨不得把这两年的憋屈全部倾倒出来。

他的话语从带队伍的难度瞬间转到抱怨破败的校舍上:"学校的多数校舍,还是二十世纪七十年代盖的老房子,如今破烂不堪。我几次跑到县教育局反映情况,要求改造校舍,但由于这里离县城中学近,周边乡镇的几处中学教学质量也不错,好多学生升初中时,不是托人找关系进县城中学,就是到外乡镇的中学去读书,咱们这里连学生都招不起来,如果再投资建新校舍,就等于往水里扔钱,打了水漂,所以教育局领导一直犹豫不决,琢磨着是不是将学校给撤掉。罗书记,今天你们来了,也好好看一看学校的整体状况吧,如果撤,最好早撤,不死不活的这般模样,我这个死撑硬挨的校长,自己看着,心里都难受!"

罗清河不动声色地听着,之后跟着朱万全来到学校院子里。

不用说,走进学校大门时,罗清河只扫一眼,就能把所有的景象尽收眼底——校舍破旧,校园清冷,教课的老师也没个精气神。

走在校园里,罗清河看着老墙老屋的教室问:"学校才一百多名学生,这状况持续多久了?"

朱万全又重复一遍道:"有几年了吧,我来之前,就是这般模样!现如今,每个家庭只有一两个孩子,三个的极少。绝大多数家长都有望子成龙、望女成凤的心理,所以哪怕自己吃糠咽菜,也都舍得在孩子的教育问题上去大把投资。县城学校师资好,设施完善,教学质量高,自然成为家长的首选。还有半公半私的隆达中学,离姑苏不远,管理正规,老师上课认真,整体教学质量不次于县城中学。去那儿读书,虽然花钱不少,但家长还是愿意将娃娃送去。可咱这里呢,一半老师流落在外,散兵游勇似的,半年难得见他们一面,我也很想把他们请回来,下下气力,抓好管理,可凭借我个人的能力,能请得动谁?人心散了,队伍不好带了,教育管理也就无从谈起了。"

说着,他长长地叹了一口气。

"去隆达中学上学,一个学生一年的费用,大概多少钱?"罗清河问。

"去年是八千,今年可能还得涨点吧。"朱万全回应道,"前期,县教育局领导几次来调研,想撤掉这所中学,征求我的意见,我真不想撤。我在这里当校长,学校在我的手上被撤了,那我成了什么,活脱脱的一个败家子,我可承担不起这个责任,以后会让当地老百姓痛骂的,所以就一直拖着,想再等等看看。"

罗清河没有接着他的话茬继续问,而是话锋一转,问起昨天晚上那两位老师反映的评职称不公正问题。

一听这话题,朱万全又气又恼,他马上停住脚步,向罗清河抱怨道:"唉,可别提评职称这事了,真是难办!我这个校长来这里两年了,平日里,有的老师我连一面还没见过,可到评职称时,他们都像候鸟似的纷纷飞回来,个个嘴硬得很,拿出评不上就跟你拼命的架势。随后,东来的,西往的,领导的施压电话跟着打过来。这些人都是有来头的，关系硬得很，谁评不上都不好交代，而上头就给了那几个名额，搞得我焦头烂额。罗书记，您看看我这两个肩膀头，窄窄的，能承受得起多重的担子？"

表面看似文质彬彬的罗清河，其实有着外柔内刚的暴脾气，面对朱万全起初那些只顾强调客观理由却推卸主观责任的话，他内心已经燃起了些许火气，但碍于第一次见面，同时本着让对方将想说的话都说完的目的，他一直强压着火气没发出来。

但在职称评定这一敏感问题上，看到朱万全依然在喋喋不休地推卸责任，罗清河再也压抑不住憋在内心的那股火，于是回应道："朱校长，你说人员借调的事，你拦不住，教师管理问题，你不好处理，校舍破败，也不是你的责任，等等。这些尚有客观原因，但面对评职称这种涉及每个教师切身利益的问题，你的肩膀头不管有多窄，但只要坐在校长这个位子上，主持个公道，还是该做的吧？哪个教师在吃空饷，哪个老师三天打鱼两天晒网，哪个教师一直在尽职尽责地教学生，你这个校长应该看得最明白，心里那杆秤也该称得最清楚，可你是怎么做的？再大的关系找上门来，职位再高的领导打来电话给你施加压力，那都是不正之风！面对不正之风，你有没有理直气壮地跟对方解释清楚？只要站得正，走得直，道理讲得明白，我相信多数打电话的领导是会理解的，他们是有这个胸怀的。真遇到个别不讲道理，甚至胡来的领导，那你就更不应该顺着他的意思办，如果办了，会招来更大的风险。他们打个电话来，你就不晓得该迈哪一步了，这是什么心态？又是什么做派？"

罗清河一连串的反问，让朱万全瞬间变了脸色，他连忙解释道："罗书记，您听我解释，我就是只家雀子，官小位卑印无牌，那一只只老鹰盘旋在咱的头顶上，我自己几斤几两，心里清楚着呢。您就是借我十个胆子，我也不敢去得罪县上的那帮人啊。"

罗清河一听这没有原则的话，火气更大了，他提高语调继续批评道："官小位卑印无牌，老朱，你这话说得好啊，但还有一句话，你也该听说过，叫位卑未敢忘忧国。为官，职位总会有大有小，但其所匹配的职责是明确的。你官再小，也是一校之长，管好你姑苏中学的事，就是你分内的职责，并没有让你去管全镇、全县的事！在困难面前，一味地推诿，而不是勇于担当，这是一名校长该做出的选择吗？"

朱万全又叹了一气说："罗书记，话都会这样说，可领导用权势压着你，老熟人用感情缠着你，个别老师跟你来横的耍狠的，轮到谁的头皮上谁知道那个难受味儿，太难了！"

看到朱万全满脸委屈、一身疲惫甚至有些窝囊的样子，罗清河的火气慢慢降下来，他瞅了瞅对方说："老朱，刚才咱们只说了几分钟的话，你连连数次叹气，说句掏心窝的话，我能感受到你的难处。咱们不妨换个思维，分析下这个问题。县教育局把你调到每况愈下的姑苏中学来，是不是也算给了你一个施展解决问题才能的机会？你刚才也说过，教育局想撤掉姑苏中学，你心有不甘，所以努力阻止，想保住学校，这说明你是有担当意识的，可一味地畏难发愁，拖着，而不去主动想办法解决问题，即使有担当意识，又有啥实际意义呢！"

此时，下课铃声响了，老师、学生纷纷走出教室，看着校长领着几个人四处转悠，他们纷纷把目光投过来，好奇地看着。

董传周也在人群中，自己昨晚刚去反映情况，没想到镇领导今天这么早就来到学校了，他内心异常激动，忙走上前招呼道："罗书记，您来了。"

罗清河笑着点了一下头，见董传周显得有些局促，就把目光投向朱万全。

朱万全介绍道："这位是董传周老师，教学能力很棒，工作很卖力。"

董老师苦笑了一下说："有能力的人借调走了，有理想的年轻人考研走了，只剩下我们这些不中用的撞钟和尚了。"

罗清河笑道："撞钟和尚不完全是贬义词，只要按时把钟撞得响亮，哪里孬？"

说着，他又把目光投向朱万全，进一步解释说："当一天和尚撞一天钟，这个说法没什么不妥，不要把它当作消极现象来看待。当一天的和尚，撞一天的钟，也算在其位谋其事。明天不当和尚，还俗了，去种田或经商，就要把田种好，把商经好，那是他该做的。关键是，在当和尚的时候，他是不是用心地去撞钟，撞得响亮不响亮。如果每一撞都轻描淡写，用不上力气，撞不出响亮的钟声，那他肯定不是一个好和尚。"

朱万全笑着回应说："罗书记说得很有道理！董老师平时工作很积极，起码是拿出教师的良心在教学生，这不，近几天评职称的事，他的条件也可以，只是——"

一个"只是"之后，朱万全不由得又要叹气，可"唉"字刚叹到一半，他一下子想到刚才罗清河的批评，于是马上把消极的余音收住，接着把话题一转说："罗书记，那边是咱学校的伙房，我一直想改造一下，今天领导们来了，就给我们参谋参谋，不，给规划规划。不过这里边，还有一个让人头疼的问题，我一块向您汇报汇报。"

与董传周老师道别后，罗清河他们几位往学校伙房方向走去。

几个人很快来到了伙房跟前。伙房很小，且很破旧，房子也是二十世纪七十年代的老建筑。

伙房的东边有一个水塘，水塘边上有一个小印刷厂。

朱万全指着小印刷厂对罗清河说："这处小印刷厂，是马士良书记的姐夫开的，我刚到学校时，想把伙房规模扩大，重新整修一下。伙房搞好了，也能提升个人气，学校也显得旺相。可每当去商量把小印刷厂迁走时，马书记他姐夫便百口不开，说啥也动不得。"

罗清河没有回话，他先是走进伙房，细细地看了一圈，又来到水塘边，站在一棵柳树底下，将小印刷厂端详了良久后问："这处小印刷厂每年交给学校多少租金？"

"哪交什么租金呀，至少我来的这两年，一个子儿都没见着。"朱万全回应说。

之后，他们一行又走到各教研组办公室，看了一番老师们备课的情况。

从数学教研组办公室走出来后，罗清河看着朱万全，突然问："评职称的事，上报了吗？"

朱万全回答说："学校领导班子研究后发现，初评后准备上报的，都是七大姑八大姨的关系户，这纸里是包不住火的，所以没公示，但大家还是知道了。有两个老师没评上，直接找我质问，课也不上了，今天一早请假回家了。"

罗清河单刀直入地问道："主要问题是不是不公？"

朱万全双手一摊说："个中原因，我刚才跟您解释过，是不公，可有什么好办法呢！有位高姓老教师，两年前就开始请病假，随后一个猛子扎到社会这汪海洋里，不晓得到底游到了哪片海沟。我来后，只见过他一面，还是他跑到学校问工资调整的事。这次评职称时，他从水里钻出来，手持一把铁榔头，来到学校找到我说：'论资排辈也好，按教龄评也好，这个职称我要定了，你必须答应我，否则，要么是泪，要么就是血！'看他目光中透出的狠劲，说不定他真能举起那榔头，我真不敢跟他撕开脸面吵。"

说到这里，朱万全忍不住又真真切切地长叹一口气说："唉，我这个校长啊，真不知道是烧错了哪根高香，被发配到这里来了。"

罗清河两眼瞅着朱万全，突然问："朱校长，你加入党组织没？是不是一名共产党员？"

朱万全一愣，似不解却又很坚定地回答："我的党龄，满打满算二十五年了，是一名老党员！"

罗清河听罢，很严肃地批评道："老朱，你站在党旗下宣誓时，是怎样向党组织承诺的？从你再次发出的一连串唉声叹气中，不难发现你目前是个什么样的工作心态。一个免费占据学校地盘这么久的小印刷厂都处理不掉，在教师职称评定工作中纵容歪风邪气，上头来个电话，有人要横闹腾，你便束手无策，甚至举手投降，你的责任心和正义感跑去哪里了？现在是和平年代，要是真刀实枪地奔赴战场，你这个共产党员有何勇气去冲锋陷阵！"

罗清河的再次连连发问，让朱万全连打了几个寒战。

罗清河继续说道："你们评定职称，是业务上的事，镇党委、政府无权干涉，但镇人大主席团可以派人大代表来监督这项工作。公事如果不公，人大代表们有权向上反映情况。公事办不公，如何提高教师们的积极性？风气若不正，姑苏中学如何振兴？你认真想一想，最好开个学校领导班子成员会研究一下，做好准备。近几天，我们专门召开镇党政班子联席会议，你到会上介绍下学校的现状和发展思路，让镇上其他同志都了解一下情况。"

十七

关于红楼小区的物业费和水电费问题，陈本欣找过罗清河几次，劝他按照以往惯例解决算了，说这样的小事，别去劳心费神不讨好，一下子得罪一大片。

罗清河只是听，但一直没有开口答应。

几年前，在姑苏镇工作的同志们，居住地都渐次往县城方向靠拢。

县城的生活条件总归比乡下要好些，特别是老人就医、孩子教育方面，有人的家属在县城上班，家也顺理成章地安在县城，为此，和其他乡镇一样，姑苏镇政府为解决领导住房问题，在县城东端征了块地，盖起了几栋六层楼房，有镇党委、政府班子成员，退休领导以及中层干部近四十户入住。此小区因墙体刷成枣红色，故在当地被称作"红楼小区"。当时，为尽快拿到建房手续，有几十套房子按成本价卖给了有关部门领导的子女或重要亲戚。

自从工程完工、交付入住后，小区物业费和水电费一直由姑苏镇财政支付。针对红楼小区住户享受这一特殊待遇的不公现象，镇直机关其他干部反响强烈，不满的声音一直不绝于耳。

看到尹传业迟迟未去支付红楼小区一个季度的物业费和水电费，陈本欣把他叫到办公室，旁敲侧击地要他尽快办理，说都是镇里的领导干部，有的尽管调走了，但在姑苏工作一回，人情还是有的，大家抬头不见低头见，别因为一点点钱伤了彼此和气。

尹传业解释说："那天，我已经向罗书记汇报过此事，罗书记让暂时停一停。"

陈本欣笑笑道："罗书记刚来，对有些情况不甚了解，省下这点钱，得罪一大片，不划算，他不是不近人情的人，会通盘考虑的，我再与他沟通下，你先把这个季度的费用划过去。"

"不解风情"的尹传业坚持道："那你先与罗书记沟通去，说好后，财政所再支付不迟。没有罗书记的批准，我把钱支出去，随后怎么跟他交代？"

尹传业是一位老财政人员，他原在县财政局预算股工作，后到乡镇担任财政所所长。他在临江市财政学校读书时就加入了党组织，参加工作十几年来，先后去过三个乡镇，工作认真是出了名的。针对他的"认死理"，陈本欣曾不厌其烦地开导过，要他办事活泛点，别那么死板，但尹传业一直不为所动。

除严守财会纪律外，还有一个重要原因，就是尹传业家中的枕头风吹得紧。家有贤妻，夫无横祸；家有恶妻，夫祸必至。别看他老婆赵美玲因企业不景气下了岗，到处打零工挣钱，但她是个心里很有数的女人，她知道，人的心理不平衡多是从攀比而生的，所以不止一次地嘱咐丈夫："你在这个位置上风险不小，弄不好会出事，一旦手长了，让检察院提溜进去，这一辈子可就完了，咱家也跟着完了。前头有车，后头有辙，县税务局的张士亭、民政局的赵金炎、李林镇的那个姓王的副镇长，他们怎么入的监，你是知道的，千万别看着公家钱眼红。干自己该干的活，拿自己该拿的工资，过好咱自家的小日子，安安稳稳地干到退休，就是最好的福报。在单位账务上，依规处理没毛病，涉嫌违法犯罪的事，就是领导压着你办，也坚决不能办。一旦办了，万一领导丧了良心，一甩袖子推到你身上，最后倒霉的就是你自己。再说了，跟着违法乱纪的领导混，最终指定是占小便宜却吃了大亏。"

赵美玲与尹传业是高中同学，她没能考上大学，但尹传业坚决与她结百年之好，看中的，就是她的人品。妻子的话，让尹传业时时警钟长鸣。因此他事事请示，把每一笔账务都做实做牢，不出任何差错的同时，有些不合规不合法的开支，坚决顶着不办。这弄得陈本欣很闹心，以至于他那些去旅游景点的机票、"考察学习"的消费单子，不得不去找镇内的企业和个体大户解决。

因此，尽管陈本欣让他先将红楼小区的物业费和水电费支付了，但罗清河已经有言在先，他必须等罗清河发话同意后再做安排。

尹传业几天没划款，红楼小区物业管理人员又来电话催，这次直接打给了陈本欣。

看到尹传业不好糊弄，陈本欣只好硬着头皮又去找罗清河说："这个事吧，牵扯到镇里的原领导，有的领导职务已经提拔到更高一层，猛然停了，他们可能会有些想法。"

"提拔到更高职位的同志，更应该做出表率才是，还想着占乡镇的这点小便宜，搞不搞笑？"罗清河笑了笑质问道，"有的人因工作调动离开姑苏多年了，却还享受咱们姑苏的这种'福利'，这'福利'发放面也未免太宽了吧？其他同志会怎么想？如何向他们解释？"

陈本欣强压着内心的愤懑，解释说："是呀，理是这么个理，但从另一个方面讲，这事已成惯例，时间久了，不在那里住的人也就见怪不怪，没啥意见了。再说了，同志们工作调动是常态，新来的不知道这事，调走的也已与此事无关，谁还再问这些啊。"

罗清河显然不满意陈本欣的说辞，于是反问道："即使大伙不再议论此事，但拿着人民的钱，去为某些个人谋私利，是不是助长了不良社会风气？我们天天喊纠治不良风气，但碰到现实问题后，却又大开绿灯，像不像话？你手中那支签字笔，落在纸上的时候，有没有感觉它很沉重？你写下的那个名字，是不是应该很严肃，包含着一种特别的责任？"

说到这，罗清河加重了语气，语重心长道："老陈啊，签字前，一定要考虑好支出的每笔钱是否合规，不能稀里糊涂就把字签了，不正确的，该纠的纠，该改的改！如果大家都不讲原则，和稀泥，损害的不单单是几个钱的事，而是群众对我们的信任，是整个社会的风气。新进人员不晓得，调走人员不再关心，我们就认为没有看见的？财务人员知道不？自己的良心知道不？老百姓讲的，人人头顶有尊神，这尊神知道不？"

论年龄，陈本欣要大罗清河一大截，论在乡镇摸爬滚打的时间，他更是甩开罗清河数条街。历经多年的基层工作历练，他早就将乡镇官场的四季水温探得清清楚楚，慢慢地练就了一副刀枪不入的坚韧皮囊。成为姑苏镇镇长后，他辗转腾挪的平衡术玩得更加娴熟，从而很快培养了一批"自己人"。眼瞅着自己的年龄奔五而去，成为乡镇党委书记的可能性越来越小，他转而将注意力放到求"实惠"上，在努力同镇党委书记维持"和平相处"关系基础上，争取自己最大的话语权和抉择权。只要能糊弄住"一把手"，实现自己的意图，他可以无所不用其极。套用他的话说，谁当"一把手"并不重要，重要的是自己能不能得到对方的尊重，在单位说话能不能算数。

在马士良担任镇党委书记期间，他将这个"搭档"的脾性拿捏得十分准确，因而工作配合得非常"到位"。大家都属"明白人"，处事风格半斤八两，在许多问题上都乐于睁一只眼闭一只眼，相互给对方"面子"，较好地维持了姑苏政局表面的相对平静。一届"搭档"下来，彼此倒相安无事，马士良也顺利地官升一级。陈本欣时常将这当成自己做"二把手"的业绩，时不时会拿出来炫耀一番。可眼下，面对罗清河这个油盐不进的新搭档，自己先前的那一套全然失灵，他自然是窝了一肚子的火气。

陈本欣倏然拉下脸来，带着火气说："罗书记，这些大道理，你我都懂，你的直爽，我也很钦佩，但咱都并非生活在真空里，对许多现实问题，不能上来就是原则啊、制度啊这些说教，甚至把良心和老天爷都搬出来了！就这么点的小事，上纲上线到这种高度，有必要吗？话又说回来，那些人可都是有头有脸的，已延续多年的习惯，到咱们这里一下子全改了，反响肯定不会小。别看就那点小钱，里面可能有装着定时针的地雷，要想触碰，需要非常大的勇气。这根地雷弦真若拉响了，有人到处给你闹，就是炸不到咱们，可咱姑苏的名声也很不好听啊！"

罗清河听后，看了看陈本欣，严肃地说："好，咱们先不谈原则，不谈制度，单说说党性，难道我们连一个共产党员起码的党性也不要了？你怕触碰他们装有定时针的地雷，难道就不怕党规国法的地雷？你不要拿着歪理来辩解，既然是党员，就要时时处处把党性原则放在首位考虑，这是不容置疑的原则问题！"

他们正说着，李文彬敲门后走进来，向罗清河汇报凤凰台等两个村庄班子调整的事。

罗清河于是没好气地对陈本欣说："你先回去吧，站在党性原则的高度上好好地考虑下红楼小区的费用问题，咱们开党委会时，你把想法说出来，集体讨论一下如何处理。"

满腔怒火的陈本欣自知理亏，当着李文彬的面，他不好继续发作，于是悻悻地转身走了。

刚才他们的对话，李文彬虽然只听了两句，但很清楚所谈的问题——给某些人断了这股水，不留情面地直接得罪他们，说穿了，就是在给自己堵路、垒墙。有些时候，面对有些事，要认真，莫当真，得罪人不是一个好事，何况很多人是得罪不起的。

因此，他没有马上汇报工作，而是担心地劝道："罗书记，老陈说的，也不无道理，那样去做，不但一批退休老同志不好安抚，对眼下住在那里的在职人员也不好解释，毕竟，这部分人都是镇领导和中层干部啊。"

罗清河看了看李文彬说："在一个单位，越是领导和中层干部，越该以身作则才对，而不是带头搞特殊、享特权。咱们办事，力求公正就好，无须想得太多，想多了，心累。对这点小事都犯难，那面对更大的问题还处理不处理？开党委会时，咱们再具体议一议吧。让大家都发表一下意见，民主集中制，咱们要贯彻落实好。"

当天晚上的党委会上，罗清河把问题提出后，尤立华马上阴阳怪气地说："这个，恐怕不好办吧，历任书记、镇长都办得很顺当，在咱们这里猛然给取消了，很多人定会说三道四。"

王子和则提出不同意见："对这个问题，马书记在时我就提出过，班子也专门议过。面对干部群众的强烈反响，红楼小区的费用问题早该解决了，可他考虑这顾及那，就是没想到树正气、办正事、做正人、走正道，硬拖着不处理！老马这个人啊，是某些人眼中的成功官，但不是大众眼中的公正官，对某些小团体、小圈子利益考虑得比较仔细，有时喜欢和稀泥，不敢得罪人，所以，他对党是否忠诚，在我心里是打了问号的。尽管我也住在红楼小区，但我支持不再支出这块费用。"

尤立华一听王子和对马士良多有牢骚，就话中有话地说："老王，可别戴着有色眼镜看人呀，在背后这么不留情面地议论老领导，一旦传出去，别人会说咱不厚道。再说了，也不要把个人恩怨带到会议上来，要注意情绪，注意情绪。"

王子和很反感尤立华的阴阳怪气，他看着对方，一板一眼地说："我并没有戴着有色眼镜，也没有带着情绪，我只是忠于自己的内心，实话实说。"

李文彬接过话茬说："按说吧，老同志们的面子要照顾，但照顾来照顾去，若把原则照顾丢了，那肯定不成，所以我同意子和的观点，支持不再支付这块费用。"

罗清河看了看陈本欣问："老陈，你在镇里工作时间长，又住在红楼小区，别说离开姑苏的人不能享受，你就代表在那里的住户，觉得该如何处理？"

陈本欣想了想说："有的同志调走了，离开了姑苏，再让镇里来支付这块费用，的确不合理。"

罗清河重新把目光投向陈本欣说："我先不说调走的人，我是问，你们还在那个小区住的同志，镇里为你们再支付费用，你是什么看法？"

陈本欣已无路可退，只好无奈地说："如果党委会研究决定，不再支付红楼小区的费用，我完全支持，无条件服从，这单据我决不再签。"

说完这些之后，他话锋一转道："不过，我担心，原来在这里工作的老领导、老同志会说咱姑苏小气，甚至不近人情。背后议论一旦多起来，易成潮涌之势，甚至会出现有人上访等情况。为了省下区区一年几万块钱物业费和水电费，而闹得不安宁，不是个明智之举。"

罗清河"哦"了一声说："你绕了一个大圈子后，又回到了原点，按照你内心的真实想法，还是保持一团和气为好？"

"我也不是这个意思！"陈本欣有点气恼地解释道。

"那你是什么意思？"罗清河紧问一句，"我感觉你的态度很不明朗。"

陈本欣脸上勉强挤出一丝难堪的笑容说："其实，我也早就感觉这块费用不合理，但一直这样做了，也就顺理成章了。罗书记，你既然已经提出解决这个问题，好多同志也感觉不合理，从这个季度开始，这个字我不签就是。在这里，我还想说一句，调离的原领导和退休老干部，都是觉悟很高的同志，之前，咱们出于对他们的尊重，才没有停止代交这笔物业费和水电费，以后停了，让他们自己交，我想他们也不会说什么的。"

罗清河笑着说："那就好，陈镇长在那里住，都有这样的明确态度，高风亮节，其他人还能有什么意见！那么，从明天起，咱们就把这笔不该支付的费用，停了它！"

研究完红楼小区物业费和水电费问题后，对一起违反镇党委禁酒规定的事件，大家又各自发表意见，按照规定，不用细商量，对违反者下文通报，给予处分。

十八

因违反镇党委禁酒规定而被处理的人，是杨家官庄村党支部书记胡承福。

撞在"枪口"上，完全是他咎由自取。

作为镇党委书记，罗清河很清楚，自己不能当"二职先生"①，不能将任何事全搞成自己说了算，班子成员应各有分工，各司其职，要充分发挥每个人的积极性，绝不能大权独揽，小权不放，否则，即使自己累死，换来的结果依然是众叛亲离，因为这里面首要的一条，就是对同志们不信任。

在工作上，既要信任副职，放手让他们干，也要做好行之有效的监督，让大家敢监督、真监督，而不是寻求你好我好大家都好，弄成了"一团和气"。自己这个"班长"，要监督好每一位班子成员，也要让他们监督好自己。有句话叫"向班长看齐"，其实这话只说对了一半，班长如果站得不直，走得不正当，副职若向他看齐，不是跟着越走越歪吗！火车跑得快，还须车头带，若想让姑苏镇这列火车跑得既快又稳，他这个党委书记就得把好方向，决不能让这列车跑着跑着跑歪了，更不能跑下了道，跌落深沟翻了车，弄得车毁人伤。

放手让副职们做好各自分管的工作，罗清河也就有时间跑基层，去掌握第一手资料。

每到一个片区，每进一个村子，罗清河都要组织村干部和村内各行各业的能人进行座谈。他首先让村干部谈想法，再让能人们谈意见，既谈村子里存在的问题，更谈如何针对本村实际，在农业现代化稳步推进大潮中，让村子得到更好更快的发展。最后，结合村里的好思路、好建议，再让片区的负责同志谈整个片区的主打产业和发展规划。

每次座谈，他都仔细听，认真记，细致总结。

镇委提出全面禁酒后，罗清河深入村子调查研究时，给自己加了一项任务，就是看看各村到底有没有违反禁酒令的党员干部。每到一处，到了饭点时，不论是村干部还是片区的负责人，有的是真想，有的是试探，提出上瓶酒，喝上一杯。罗清河的回应是轻轻地一笑，接着幽默地反问一句："你是不是心存不良，想让我带头违反规定，打自己的脸？"

心存不良，这个词很刺耳，耳朵听了，心却不好受。年轻一点的片区负责人、村干部，脸一热，也就过去了；年龄大一些，不论在片区还是村

---

① 当地农村中，当家庭遇到重大事情需要看日子、做安排时，请的既看阴又管阳的风水先生。

内工作多年的"老奸巨猾"们,也有敢回上一句的,不是皮笑肉不笑地反驳说:"罗书记说得严重了,哪有那么多的心存不良。"就是幽默地说:"我还真想让你带头违反一下规定,我们也好过过酒瘾,你这不喝,我们还真不敢开这个头。"说完便喊一声,"来,上馒头,大葱抹酱摊煎饼!"

姑苏这片"林子",面积足有一百六十多平方公里,可谓什么样的"鸟"都有,仅凭一个禁酒规定,想一下子管住所有公职人员的饮酒习好,确实存在不小的难度。

这天,罗清河再次下乡,在故城片区,连跑几个村庄后,到中午该吃饭的时候了,他和周庆山走进了一家饭馆。

饭馆靠南北大路,位于路东侧,三间门面房内,安放着供散客就餐的四张小桌子。大门斜对面,设置了收银台。收银台后面是个货架子,上面摆着品牌档次不等的白酒。货架旁边有个小门,通向里面的院子,厨房和几个雅间位于院子里面。

罗清河和周庆山走进来,看了看菜谱,要了一份西红柿鸡蛋汤、一份肉丝炒辣椒、两碗米饭。他们坐在一张小桌旁等饭菜的光景,看见有个村干部往里走。他是杨家官庄的村委委员,认识周庆山,前期在镇里参会时,也远远地见过罗清河。看到两位镇领导坐在那儿,他不但未说话,反而将脸扭向一边,装作没看见他俩,随后脚步轻轻地走进院子里的一个雅间内。

雅间内,胡承福他们几个已经开喝了。

见他进来,胡承福大声喊道:"宝连,你咋来这么晚,还蹑手蹑脚的,现在的小媳妇也没你这样的扭捏相。快坐下,酒都给你满上了,我们已经喝过一杯,你先补上半杯吧!"

这名叫杨宝连的村委委员连忙将食指竖到嘴边,神情极不自然地小声道:"不好啦,不好啦,我进来时,看见周庆山和罗书记坐在门头那边,看样子是在等饭菜。咱们在领导眼皮子底下喝酒,胆子未免太大了吧?"

胡承福今年五十多岁,二十一岁时就出任村民兵连副连长,后担任村党支部副书记、村委会主任,十几年前开始担任村支书,可谓村里的"老资格"。多年的"领导"工作,让胡承福养成了唯我独尊、说一不二的习惯,他满不在乎地说:"罗书记来了能咋?他又不是老虎,我还以为你在家让娘们又扎古①了一顿呢。"

杨宝连连忙坐下,大家继续喝酒。

虽然嘴上说罗清河不是老虎,但胡承福心里还是禁不住一阵阵犯嘀咕,忐忑不安。心里装了事,喝起酒来自然不够尽兴。心不在焉地又喝下一杯后,他突然想:我老胡在村里也算光明磊落、说一不二的人物,不就是工作日喝个酒吗,有啥大不了的,居然连个头都不敢向领导冒一冒,这算什么!不行,今天,我老胡就是破裤子先伸腿,也不能变成这般尿样。

可怎么去见他呢,说自己只吃饭没喝酒,显然成了此地无银三百两,对领导撒了谎,罪加一等。若坦诚喝酒了,那可就是丑媳妇见严婆婆啊,自己马上成了找打挨揍的主。一时间,他又犹豫起来。

酒是英雄的胆,又喝了半杯之后,感性最终战胜了理性,胡承福再次升腾起去见罗清河的冲动。一个大老爷们儿家,缩手缩脚的,像躲在老鼠窟窿里不敢见人,成何体统?说出去会让人笑话的!我得去见见罗书记,而且还得端杯酒向他表达下敬意,否则,事后让对方知道了更不好。既然丑已经摆在面上,那就以丑现丑吧!于是他不顾众人的极力劝阻,自己提了酒瓶,端着酒杯,走出雅间,梁山好汉般威风凛凛地直奔饭店门头而去。

见胡承福提着酒瓶、端着酒杯大摇大摆地走过来,公然赤裸裸地挑衅禁酒令,罗清河先是一愣,接着内心迅速升腾起一股火气。

待对方把酒瓶、酒杯放在小桌上,拉过一个马扎坐下,大大咧咧地要与自己喝一杯后,罗清河并没有停止吃饭,他用勺子把西红柿鸡蛋汤舀进碗里,和着大米饭,淡淡地说了一句:"我不喝,你喝吧!"接着,又夹了两筷子肉丝辣椒,用筷子扒拉扒拉,将加了菜的米饭往嘴里续着。

眼看着胡承福不知死活地往枪口上撞,周庆山好心好意地劝道:"胡书记,你快打住,省省心吧,别整这一出了,抓紧吃点饭,回村里工作去。"

见罗清河反应冷漠,看都不看自己一眼,胡承福感觉颜面尽失,内心的自尊让他瞬间也生出一通火气。他没有理会周庆山,而是提高了腔调,冲着罗清河不满地嚷道:"罗书记,你要是不和我喝杯酒,就是看不起俺农民兄弟。"

---

① 注:方言,教训、修理之意。

罗清河把碗里的米饭吃完，往茶碗里倒上水，喝了一口。

本来，胡承福提着酒瓶子，摇摇晃晃走过来，晃动着酒杯的举动就让罗清河挺来气，一听这话，他火气更大了，两眼马上死死地盯住胡承福，轻蔑地笑道："农民这个词加上兄弟这两个字，连起来看，很神圣，是个勤劳朴实、亲切厚道的概念。你是个农民，这一点没错，但离农民兄弟的距离，还差得远呢！端着酒杯，吊儿郎当，你这是什么形象？我感觉，你这是对农民兄弟这个美好称谓的极端不恭敬。"

罗清河说出一个"不恭敬"，胡承福顿时更加恼怒，他也两眼直瞅着罗清河反问："照你这么说，你罗书记看不起我们村干部了？"

罗清河又喝了一口水，站起身，严正地对胡承福说："就你这种对待镇委全面禁酒决定的态度和作风，我不但看不起你，而且会是一种鄙视！"

看到周庆山已经起身到前台结好账，罗清河猛然转过身，头也不回地离开小餐馆，把胡承福结结实实地甩在了身后。

端着酒杯的胡承福很尴尬，很愤懑，看看前台一直听他们对话的老板娘，他脸上用力挤出一丝笑意，像对着她，又像对着自己，冲着门外扔出一句："什么作风啊，这是酒场，我道声农民兄弟咋啦？哪有那么多狗屁概念，别整天待在办公室里咬文嚼字，我也读过几年书。跟我们村里老百姓打交道，你的那套酸溜溜的咬文嚼字的做派，不好使，不管用！"

接着，他一举酒杯，一扬脖，把那一直晃动的半杯酒，一下子灌进肚子里。

胡承福公开违反禁酒令，虽说他是"老资格"，但镇党委决不会给他留情面。于是第三天，给予胡承福党内警告处分的通报发了下来。

看着给自己的党内警告处分通报，霸气自负的胡承福不但心中不服，反而脸一沉，考虑着准备做一个更大的动作。

十九

针对反映罗清河问题的信件，由县纪委牵头成立调查小组，梁春光任组长，胡乃平为副组长，郭霞、赵维营为成员，开始着手开展调查工作。借着县纪委召开阶段性工作会议契机，会后，梁春光将王子和留下，与其他三位小组成员一起，带着他来到县纪委三楼东头的小型会议室，就人民来信反映罗清河的相关问题，向他进行了解核实。

梁春光开门见山道："最近这些天，反映罗清河同志问题的信件特别多。子和，针对有关问题，你把自己了解掌握的真实情况，公正客观地向调查小组讲一讲。有几封信反映，罗清河整天在喊斗争，有一首打油诗，是这样写的，我读一读，你听一下。"

接着，梁春光读道：

> 在他姓罗的嘴里，从早到晚
> 不住地喊着斗争斗争再斗争
> 好像大敌当前
> 上了刺刀向前冲
> 请让我们小心地问一句
> 和平年代
> 敌人在哪里
> 啥地方藏着奸凶

王子和想了想，笑着解释道："'斗争'这个词，清河同志在集体学习会上多次提及，确属实情，别有用心的人，听着这个词会很不舒服，说这与和谐社会不一致，我听了却很顺心。当前，斗争不是人与人之间的残争恶斗，也不是敌我两个阵营的拼死搏杀，而是让我们有一颗不管顺势还是逆势，都要不畏艰难险阻，勇敢向前，不断取得胜利的进取之心，所以这是个褒义词。我认为，清河同志说'斗争'，没有与同志们为敌的恶意，更没有准备树敌的意思。这是有人在曲解啊，真是欲加之罪，何患无辞啊。"

"哦，到底咋回事？你说说具体情况。"梁春光回应道。

"我敢说，在姑苏，现在未必没有奸凶！"王子和神情严肃地表示，"清河同志讲'斗争'，是针对破坏姑苏正常工作秩序、损害姑苏百姓利益、阻碍姑苏正常发展的问题。他坚决同丧失党性原则的不良行为说不。他到任后带领大家采取了一系列积极措施。依我看,正是因为他下决心,割掉了某些人的不正当利益,纯洁了整个党员队伍,让每一位同志心灵上深受震动,思想上深受教育,行动上不断进取,才导致有些人感觉不受用,于是在暗中对他采取了真正的'斗争'。"

胡乃平接着问:"反映清河同志问题的信件上,有人说他太狠太残酷。下班后,许多同志都已回到县城家里,他却主观武断,一声'集体学习',将同志们一个个提溜回镇委,害得很多人有家顾不上,这既是在破坏劳动纪律,更是在想法子治同志们……"

王子和一听马上打断道:"情况并非如此,晚上搞集体学习,都是事前下通知的。对于一般工作人员,下班回到县城后,从没有往回'提溜'过。住在镇家属院的,清河同志让徐以明打电话督促他们参加学习,这个情况的确有。回到县城后又被催着回镇的,主要是镇党委、政府班子成员,多是因县委、县政府部署应急工作,要求乡镇马上召开党委会或党政班子联席会,学习传达不过夜。清河同志也是为了严格贯彻落实上级的指示精神才那样做的!"

"呵,在往回'提溜'这件事上,被拽回镇里次数最多的,应该算陈本欣镇长。"王子和笑着解释道,"真不知老陈整天哪来的那么多事,每天尚不到下班点,就忙着往县城窜,可能是他圈子多、同学多、老乡多、朋友多,关系网密实吧。"

"哦,有具体事例吗?"胡乃平问道。

"当然有,还不少呢!"王子和解释说,"有一回,班子开会研究农村低保问题,迟迟不见他的人影,徐以明打电话给他,他却正在县城'清风酒家'吃酒呢。再一回,研究姑苏中学相关问题,早就给他下了通知,他却不声不吭地窜了趟子。那次罗书记的确发了火,三通电话硬把他追回镇里。研究这些问题,缺少一镇之长怎能行?至于说'挥舞政治大棒''念政治紧箍咒''专横跋扈'这些词,更像是在污蔑清河同志,往他身上泼脏水。"

"姑苏的全面禁酒,可是得罪了不少人呀!有的来信反映,罗清河这是逆潮流而动,目的是上媒体、博眼球,提高自己知名度。信中有些顺口溜,有什么'阻断了联系新朋旧友,没有一点人情味,出这样的馊主意,是为了弄个全市第一出风头',还有'到处一片喝酒声,小小姑苏能省下几大盅?'

之类的。具体是啥情况？"郭霞笑着问。

王子和笑笑道："现在这酒风，愈刮愈烈，老百姓意见越来越大。镇党委并非没有考虑种种矛盾和压力——人情社会，熟人社会，难道不考虑人情交往了？因此，下达禁酒令时，未一棍子打死，只是禁止工作日饮酒，节假日、双休日自己可以掏钱饮酒呀。当然，对于可能影响公务执行，进而带来腐败问题的酒场，在任何时候都是严禁干部参加的。那些在上级来人检查时喝杯酒拉关系或想去企业占点小便宜的人，让我们用制度把道堵死了，因此有意见，不奇怪，奶酪被动了，权力寻租空间几乎给压没了嘛！"

"禁酒的真实效果怎么样？有没有像信上反映的，'是为了弄个全市第一出风头'，而实际上流于形式了？"郭霞针对举报信上的内容接着问。

"效果立竿见影！"王子和有些激动地回应，"姑苏不但迅速刹住了喝酒风，也让想干事的人不用天天陪在酒桌上，有了更多时间去干事，还保护了同志们的身体健康，人们的精神状态随即发生了很大的转变。工作日下午，已经看不到醉醺醺的人在院子里晃动，个别同志的中午觉也不再睡到三四点。晚上，住在镇里的人多起来，宿舍的灯光亮起来了，除年龄稍大的同志打打扑克、下下象棋外，年轻的同志都在读书学习。工作中，同志们倾听群众心声的责任心增强了，政治生态渐显清明。"

"面对几千年以来形成的传统酒文化，提出禁酒，并令行禁止，得需要多大的勇气啊，你们是怎样坚持做到的？"胡乃平禁不住感叹着问。

"的确不容易！"王子和回应着，"镇党委一班人在禁酒上达成共识后，从源头抓管控，首先办好镇政府伙房。不管上级哪个部门来人检查或其他公干，需要安排便饭的，就在镇伙房按标准吃。起初，大家感觉有些不习惯，一周之后，就逐渐适应了。清河同志的确有一身硬骨头，他以身作则，率先垂范，面对纷纷扬扬的社会舆论，不为所动，坚持将禁酒令推行下去，很不容易。某些人借此将他妖魔化，但我却认为这恰恰是对清河同志到姑苏后大刀阔斧、敢作敢为、有所担当、兴利除弊的极好赞誉。"

"禁酒令推行后，有没有对此视而不见充耳不闻，继续大吃大喝的党员干部？你们又是怎样去对待处理的？"胡乃平接着问。

"再好的制度也会有人说三道四，再严厉的禁令也会有人公然违抗！对此，镇委、镇政府坚决将监督和事后依规处理及时做到位。对顶风违犯禁酒令的人和事，决不姑息迁就，该检查的检查，该给予处分的给予处分，该通报的通报，用决心和毅力，排除各种杂音和干扰，确保姑苏镇禁酒取得了阶段性成效。"王子和答道。

"如此看来，这酒禁得好，禁得很有价值。"梁春光深有感触地说。

看到调查小组成员都连连点头，王子和继续感慨道："禁酒，也给企业和各村带去了实实在在的好处。前天，我到广昌食品有限公司检查党风建设，总经理杜广昌说，镇上明令禁酒，企业省却了好多麻烦。禁酒前，环保、食品、供电等单位，哪一个部门来，都得陪吃陪喝，临走时还得给拎点土特产。村里也是如此。这不单单是喝顿酒的事，每次一坐就是两三个小时，在时间就是金钱、就是效率的时代，大把的工夫撂到酒桌上，真浪费不起啊！禁酒令实行后，企业不仅省下很大一块接待费用，还有了更多的时间去搞经营。"

赵维营从人民来信中，挑出举报罗清河不尊重同志的信件。信中说他对手下人吆五喝六，不分场合把工作人员甚至是镇党委、政府班子成员熊得像孙子似的；还说他灭别人的心气，长自己的威风，霸道成性，群众意见很大。赵维营问王子和这是怎么回事。

王子和实事求是地解释道："清河书记的确批评过很多人，包括陈本欣、李文彬，还有我，不留一点情面，但我认为，他并不是霸道，也不是独断专行，只是对工作要求过于严格，近乎苛刻。不过，这是有原因的。最近几年，姑苏镇党政干部中存在着一股懒散作风。作为镇委'一把手'，如果不以严的主基调，狠抓工作落实，再好的谱子也不会演奏出动听的乐曲，再美好的前景也不过是海市蜃楼。世间的好多事，都是如此。有些事，愿望是好的，出发点是好的，但由于执行力不够，最后办砸了。在这一点上，我佩服清河书记，他从不和稀泥，不当老好人，对待事业不睁一只眼闭一只眼。对错事，他会毫不留情地指出来，要求立即纠正；对老好人，也从不手下留情。"

赵维营继续问："来信还反映，前期，在不合规低保户清理问题上，清河同志飞扬跋扈，作风简单粗暴，他对张京虎也持有很大偏见，群众对此意见挺大。对此，你有什么看法？"

"这简直就是胡说八道！"王子和变得有些气愤地说道，"如果没有清河书记的'飞扬跋扈'和'简单粗暴'，姑苏镇的清理不合规低保户工作，肯定仍然会瞻前顾后，仍会把名额留给某些领导和'能人'的父母，以示对他们的尊重；仍会有许多村干部私存这块'自留地'，将'甜食'分给自己的亲戚吃。真正饥饿的人不但吃不到，连见也不见到。冰冻三尺非一日之寒啊，眼下，许多乡镇都是这般情形。没有清河这样的'粗暴'人，你们说，这些问题能得到解决吗？"

王子和一个反问，让梁春光他们感觉脸上有点挂不住，毕竟，这样的问题确实存在，而且就在自家的眼皮子底下，这与各级纪委、监察部门监督不力、纠治不及时存在一定的关系。

"清河同志的'暴'，是源于他那颗关注最底层群众疾苦的心。"王子和动情地说，"那天，在郭世修老人家中，召开全镇清理不合规低保户工作现场会，清河同志当众质问张京虎，既是对张京虎失职、渎职、滥用职权的严肃批评，也为敲山震虎，既震张京虎这只明'虎'，又震与民争食的一只只暗'虎'。看到郭世修老人家境凄苦却没有享受低保待遇，我心里一阵阵难受，作为镇纪委书记，镇里的低保待遇被搞得成了'唐僧肉'，我是有连带责任的。因为我没有用好职权，没有一心为百姓请命，比比清河同志，我深感惭愧。"

看到工作组人员连连点头，王子和话锋一转道："但是，个别人别有用心，把清河的善意给丑化了。有些不明真相的人，盲目随从，人云亦云，跟在后边瞎起哄。狡诈之人便利用他们的这一弱性，编造谎言、搬弄是非，让那些不明真相的人把这样的恶意当成了善意，他们这是缺乏独立思考和实事求是精神的表现。"

"是啊，正气树不起来，和稀泥的越来越多，形成了'人人为我、我为人人'的一团和气，这台机器的运转就不正常了。表面看似很团结，很和谐，但长此以往，形成了小气候，正常的党内民主生活、批评与自我批评便形同摆设。"之前话语不多的梁春光感叹道。

沉默了一会儿后，王子和又向工作组说了一件发生在罗清河身上的，对下属"不近人情"却事关廉政的事情。

事情发生在罗清河到任后不久。当时，县委组织部下发了一个文件，准备提拔部分不能调整为实职但可晋升为副科级虚职的人员。听到这个消息后,有个干部动了心思,他想:罗清河尽管在党员干部大会上讲如何把住自己的门,管好自己的手,但在这调整干部的要紧道上,不通融一下关系可不行。他琢磨着,君子不打上门客,于是打听到罗清河家所在小区,趁夜晚赶到罗家,悄悄敲开门。

罗清河的爱人郑元秋开门看见有人带着东西,就知道是来送礼的,于是连忙堵在门口不让进。来人软磨硬泡了一阵子也不起作用,便把所带的一箱酒和一盒茶叶放在门口,急急地下了楼。

郑元秋一看门前放的东西,立刻打电话告诉了罗清河。听完妻子的介绍,罗清河大体猜出了那人是谁。常言道,主动上你面前讨好的,都是有求于你的人。所以他很清楚送礼人的目的。人往高处走,水往低处流,想晋升并没有错,但把送礼的不正之风刮到自家门前,他当然知道应该如何挡住。回家后,他把那酒、茶带回了镇里,但没有直接放在办公室,而是将王子和叫去,让王子和把礼品带回宿舍。

随后,在机关干部学习会上,罗清河很严肃地强调了廉洁纪律,不点名地说出有人去他家送礼的事,然后板着脸说:"礼品我已经带回来了,就放在子和同志的宿舍里,我郑重地要求那位同志,抽空到子和同志的宿舍走一趟,把礼品拿回去。"

接着,他再一次公开表示:"这次,凡是符合条件的,不用跑,不用找,党委在研究时一定公平对待;不够条件的,找,也是白费心,瞎忙活!大家要把心思放在工作上,将工作干好了,组织是会公平对待的,整天不把心思用到工作上,而是想着那些歪道道,荣誉和待遇不会平白无故地落到你头上。"

罗清河的话说得很重,但他知道,人都有尊严,都要脸面。自己对不正之风深恶痛绝,但对送礼的人,也需要注意分寸,留有情面。

说者有心,听者也有意,坐在台下的程兴起脸上和心里马上火辣辣地一阵阵发烫。在学习会后的第二天傍晚,他悄悄地来到王子和的宿舍,很不好意思地说出了当时的想法,让王子和在罗清河面前多说些好话,然后灰溜溜地把自己的礼品拿了回去。

第二天,吃过晚饭之后,王子和陪罗清河到沂河边上散步。

他俩边走边说着程兴起送礼的事,罗清河笑着对王子和说:"有些道理,好多人都懂,可在这物欲横流的时代,真正做好、做到位,很难。群众对咱们的信任,不是唱高调唱出来的。有的人说,我把人情往来给拒了,做得太绝,但我也知道,一旦把所谓人情的口子打开,时间一长就会决堤。上一任县民政局局长张久远出问题,就是因手伸得太长,在建敬老院中干预招标,受贿;与救济科科长合伙,编造假的下岗职工名单捞钱,结果栽了。"

王子和叹了口气说:"那个救济科科长徐凤飞是他情妇,张久远也是可惜,生生让自己的情妇给害了。"

罗清河听后笑了笑,纠正道:"苍蝇不叮无缝的蛋,要怪还得怪他守不住自己的心,管不住自己的手。再者,手沾点碗外的蜜,感觉很甜,于是再沾,时间一长,能不被蜂子蜇着?把贪心收一收,公心占的空间就变大了,如果放大贪心,永远都得不到满足。大家都会说,千里之堤,溃于蚁穴,但真正想清理'蚁穴'的却很少,会说而不会做的人相对多。一个人,尤其是共产党员,需要时时按照党章的要求加强修养,培养内心的定力才对。"

听完王子和的介绍后,胡乃平接着问:"信上反映说,他给表弟的大酒店照顾生意,一把拨付给大酒店六万元餐款,这又是咋回事?"

"这件事倒是真有!"王子和回应道。

工作组人员彼此看了看,然后又不动声色地将目光转向王子和。

王子和解释说:"姑苏镇桑梓河大酒店老板顾怀峰,的确是清河同志的舅家表弟,他们这层关系,镇上许多人都知道。顾怀峰多次到镇上找清河同志,要求解决前几年镇上在他酒店吃喝的欠款,大概有四十多万吧。后来,顾怀峰又多次不厌其烦地找到陈镇长,找到财政所,找的次数多了,陈镇长将这一问题专门提交到党政班子联席会议上研究。有的同志可能觉得他们是表亲关系,建议一次性将欠款给清了,但被罗书记否了。他认为,这堆白条子是几年积攒下来的陈年旧账,需要慢慢去解决,一次性给处理了欠妥当,他这个镇党委书记会有假公济私的嫌疑。最后,会议研究决定,分步分期去解决欠款问题,陈镇长建议先拨付六万元给顾怀峰,大家认为可以。镇财政所的支付凭证留存单上,应该会附着这次会议纪要,你们可以去查查看看。"

"除了这六万元，清河同志有没有照顾大酒店生意的其他举动？"梁春光不放心地问。

"因为是亲戚关系嘛，顾怀峰生出些沾罗书记光的念头，有一次，他又来讨要剩下的欠款，罗书记于是将我和文彬副书记叫到他的办公室，明确告诉顾怀峰，剩下的欠款，需要先放一放，一步步去解决。同时，罗书记告诉对方：'不要觉得，你表哥来了，你的大酒店可以从公款吃喝中捞一把。镇政府伙房已经进行了改造，从复员军人中招来了新伙夫，今后不会再去你那儿安排招待。这样一来，你今后不用再为打白条而犯愁，我腰杆也硬，既可避避嫌，也打得开离身拳，免得让身边人说三道四。以后，你要多想想正常经营的门道，别光想着沾公家的光，尤其是我在这里工作，你更不能有这种想法。'"王子和笑着答道，"所以，通过与清河同志的接触，我感觉他不是一个怀有小人之心的人，也不是一个借手中权力打压他人，为自己捞取好处的低俗之人。他为人光明磊落，办事严谨，工作效率高，对老百姓怀有很深的感情。我以党性担保，以上是我听到的和看到的情况，如实向组织报告。"

"当然，人无完人！如果说清河同志没有任何缺点和不足，我也不赞同。说句心里话，清河同志脾气大，有时有急躁情绪，工作方法也有值得商榷的地方，特别是批评同志时有时不分场合，不顾及对方的感受，造成对方面子上过不去，进而产生敌对情绪。这种情况，的确也是存在的。"王子和最后解释说。

二十

按照王子和所说的，罗清河与顾怀峰界线划得清，泾渭分明。但人民来信反映的问题毕竟涉及具体的金额，为慎重起见，调查组决定以此为切入点，将来信反映的相关问题真相一并弄个水落石出。

调查组首先通过县财政局，将姑苏镇财政所的账本调出来，仔细查看后,发现上面的确有一笔拨付给桑梓河大酒店的六万元款项。梁春光想了解一下事情真实的来龙去脉,看看罗清河到底有没有滥用职权,暗中给财政打了招呼,也好弄明白,王子和为何敢向调查组拍着胸脯说出那些近乎恭维罗清河的话。

他们决定不动声色地找顾怀峰谈一谈。

看完账本后的第二天,上午九点,梁春光、胡乃平一行来到桑梓河大酒店。

胡乃平对刚买菜回来的顾怀峰说:"我们是县纪委的,有个情况想向你了解一下,希望你能配合我们。来,咱们找个地方谈谈。"

顾怀峰有些惊恐,县纪委的人员找上门来,肯定不是什么好事,他疑惑不解地问:"是牵扯到我的案件吗?"

胡乃平笑着解释说:"只是想了解一点情况,了解完,我们就回去。"

顾怀峰虽然不情愿,但还是很配合地打开一个餐间,把来人让进里面,随后站在门口喊了一声媳妇,让她冲壶茶水送进来。

大家在屋里坐定后,胡乃平说明了来意。

镇里支给自己六万元,居然惊动了县纪委派人来调查了解,顾怀峰一下子来了气,他把腰一挺说:"杀人偿命,欠债还钱,天经地义!怎么到了姑苏镇领导的手里,就变了味呢!已经给了我六万块钱不假,但大头呢?还有三十多万啊!我也想过多次,想去找你们,实在不行就去县法院告他们一状!后来又想了想,还是给镇里留点面子吧,闹僵了不好,只好忍气吞声下来。今天,你们碰巧来了,正好给我撑撑腰,评评理,镇上欠我的那些钱到底什么时候才能给我清了?姑苏镇党委、政府欠了好几年的账拖着不还,现在,新官却不想理我这旧账,他们是在让我这个群众吃亏啊,难道这世上没了讲理的地方?"

胡乃平一听眼前这位顾老板把他们的来意理解反了,于是说:"镇财政吃紧,你的那些钱,一步步来嘛。他们已经念了'经',还能少了你的'经钱'?"

"一步步来嘛",这一句官腔,顾怀峰听得很不舒服,他也是有血性的汉子,怕老婆但不见得怕外人,于是一下子将眼睛睁圆了,瞅着胡乃平质问:"镇里财政吃紧,可这几年为啥没耽误他们紧吃?马士良在这里时,也一再说，念了经，少不了经钱。但我这是实打实的饭菜钱，不是念的经！酒，他们喝了，饭，他们吃了，反过头来不给钱，是不是坑我啊！"

"你表哥罗清河来姑苏上任，这不一把就给你拨了六万块吗？"胡乃平说。

一提到"表哥"这两个字，顾怀峰的气就更大了，他把两个手掌手心向上朝胡乃平一摊说："你不提他，我还不生气，一提起他，我这肚子啊，马上鼓胀鼓胀的。这六万块钱，哎哟，你让他凭良心说，是他给的吗？前些日子，甭管白天晚上，我一趟趟跑到镇上，腿都跑细了。他不是去村里，就是到学校，或去县上开会，你说，他哪来的那么多屁事啊，偏偏我这个正事却顾不上管！弄得我出门时高高兴兴，像个吹起来的气球，结果到了镇里，很快就被针扎上七孔八眼，一点气也没了，瘪瘪的。我这真金白银四十多万没个着落，你说我能不憋屈、不着急吗！那个滋味，别提了，你们体会不到。有次，镇林业站的许建林那个老小子见我提着包，还故意高声喊道：'看，顾老板送礼来了。'气得我胸腔里一鼓一鼓的，肺都要炸了。我的店让镇里欠账欠得买菜的钱都得借，快倒闭了，哪还有钱送礼去，我真想骂他一句！"

顾怀峰的一通牢骚，透着十足的幽默感，胡乃平忍不住笑出声来。

顾怀峰看了他一眼，停顿了一下接着说："去找了我表哥几趟，不，去找罗清河，可总见不到人。好在我上过小学，读过'守株待兔'的故事，我就去堵他的'兔窝'。有天早晨，天不亮，我终于在大门口堵到了他。罗清河一见我，脸上的表情就像我欠他的钱似的，开口就问：'不是说好了让你在家等着吗？'我说：'表哥，干等也不是个长法啊，今天必须掰扯掰扯欠账的事。虽然是前任吃的，但都是一个单位，你这任不能不理！'你猜他怎么说？他说：'你不用找我掰扯，欠了这么多年你都不急，我才来这几天你就急了，我这个表哥不是来为你办事的。别跟祥林嫂似的，一遍遍地说个没完。'一听这话，我急得差不多要哭着给他下跪了，告诉他：'这么多欠款，我真的担不动了。'我那个表哥不但不同情，反而很严肃地说：'早贴上"本店收现钱，该不赊欠"的字条，不就没这么多熊事了！'"

梁春光笑了笑，试探着问："这是你与罗清河的真实对话？"

"千真万确！"顾怀峰肯定道，"通过这件事，我算看明白了，我那个表哥呀，就是没一点人情味儿。我前前后后去镇里，不下九九八十一趟，每次，他都阴沉着脸，跟我有杀父之仇、夺妻之恨似的，既没好声也没好气地反驳我，说：'不给钱，为啥还让他们吃？'我说：'我不是相信政府吗！'他说：'政府啥时候有欠钱吃饭的规定？你要怨，只能怨自己经营之道有问题，是靠着镇政府这棵大树好乘凉的私心作怪。'每次他都是这样的熊态度。"

提来茶壶走进来，为各位领导倒茶水的韩德香听着他们的谈话，脸上的表情一直不舒展，随后在一边插话道："本指望他表哥来了，第一次少说支给俺二十万吧，剩下那一半，下次再慢慢要呗，可没承想，空喜欢一场，他只给了个零头，还是陈镇长操心费力签的字。一开始，俺两口子真想依靠他，琢磨着沾点他的光，他再怎么讲原则，不可能连亲戚都不认吧？再说，这钱是镇上欠的，给俺，理所应当！没想到，他还真是从石头缝里蹦出来的，六亲不认！他不仁，俺也不义，从今往后不再认他这个亲戚。昨天，我咨询过当律师的表妹夫，他说起诉镇政府是个好办法。现在是法治社会，政府也得按法律办事，不能由着个别人的性子来，实在不行，俺就真去起诉镇政府，让他们当被告。"

"娘们儿家，忙你的去，别乱插言，净说些没用的！"在外人面前，顾怀峰似乎胆子大起来，朝媳妇吼道。

韩德香狠狠地白了男人一眼，愤愤地走了。

看着媳妇出了屋，顾怀峰叹了口气说："但愿别走到那一步，一个普普通通的小老百姓，与政府作对，有啥好果子吃？更重要的一点是，表哥在这里当书记，我真要起诉了镇政府，社会上的人会说咱的人品不好，我那酒店还能开下去吗！"

"唉——"顾怀峰又长叹一声接着说，"我这表哥啊，简直就是个'奇葩'！看人家任兴余，在李林镇当镇长，他小舅子不会经营餐饮，却承包了镇政府的食堂，聘了一个大师傅，一个女服务员，自己只是买买菜，就干得红红火火，为啥？因为镇里从来不拖欠，月月给清账。只要政府里有管用的人，想让你挣点钱，那还不容易吗？"

"刚才你对象说，陈本欣镇长给你批的那六万元？"赵维营问。

顾怀峰回答道："对啊，我看找表哥确实办不成事，咱一个大活人，总不能让尿憋死,所以我转头哭着去找陈镇长。这六万元,还是我要了一个花招,他才答应给签的。"

"哦,你耍的啥花招?"胡乃平好奇地问。

顾怀峰当然不敢实话实说,那样做,岂不是变相举报了陈本欣!他脑子急速地转了一圈后解释说:"其实吧,我找他时,也算打了表哥的旗号,否则,他也未必给签。从这一点上说,我算沾了表哥的光,但我表哥应该不清楚实情,除非陈镇长又告诉了他。"

顾怀峰边说边露出了得意的笑容。

话说到这里,他把话题一转,说到另一件事上:"更让我受不了的是,姑苏镇清查不合规低保户时,罗清河竟然先拿俺老爹开刀。当初,为了给我父亲办成低保,我专门请了张京虎两场酒,有一次陈镇长也参加了,论成本,算起来足够一年的低保钱。我这样做,主要是想让村里的老少爷们儿看看,咱有这本事,能为俺父亲办成这样的待遇。真没想到,他罗清河到顾家汪村检查时,指着低保户花名册上俺老爹的名字问村主任:'这个人的儿子是不是经营大酒店?'村主任说:'是,他儿是顾怀峰。'他说:'不行,这个人不够条件,先撤了他。'好光没沾上,我父亲却成为全镇第一个被清出享受低保待遇的人,那可是他的亲舅啊!这不近人情的做法,也就他罗清河能干得出来,真是绝了。他这个人,对别人狠,对自己人更狠,什么玩意儿!"

顾怀峰抓起桌上的茶杯,喝了一口茶,接着抱怨道:"他娘,也就是俺那亲姑,前段时间在县城住院,我和媳妇去看望她,回来时,大朝阳村书记高祥昆碰巧来喝酒,问我上哪儿了,我说去县医院看望俺姑了。说者无意,听者有心,第二天,高祥昆拉着雀山村书记也去了县医院,看望俺姑。这事让罗清河知道了,趁着我去要账时,他劈头盖脸地熊我,说用不着我去谝孝顺。一再追问我:'你向高祥昆炫耀看你姑,有什么好处?'我看望亲姑有多大的错误?弄得就像犯了罪似的。你们评评理,他说的那是人话吗!"

气了一阵子,顾怀峰来上了几句顺口溜:

六亲不认的罗清河

真是一个大孬种

查低保，刀子先往老舅身上捅

看望他娘，他说不用你去谝孝顺

把表弟气得浑身发抖头发蒙

真是没人味

这样下去

谁还和他泛交情

梁春光一看这位顾怀峰是真生气了，就安慰了他几句。

顾怀峰沉了沉语气，接着说："看看陈本欣，人家那水平，真不是吹的，做事也有招。这几年，卖蔬菜专用肥的黄存让，靠着他，都开上七座商务车了。单是每年中秋和春节，镇里需要走关系时，所有礼品都让黄存让负责搭配组合，光我这酒店里的烧鸡，一年得让他提去几百盒。在陈镇长身上，我也沾过光。前年秋天，我跟他去水乡周庄，在名厨云集的沈家酒店，陈镇长让我用心学一学外边包着一层皮、里面裹着一个肉丸的那道菜的做法，那叫什么丸子来着，是芙蓉丸子还是灌汤丸子，我记不清了。我认真学了，尽管手艺没有人家沈家酒店精到，但这菜也成为桑梓河大酒店的招牌菜品，好多县里的领导都说好吃，县政协副主席邵泽英每次来吃饭时，都必点此菜。"

看着调查小组的成员听得很认真，有些得意忘形的顾怀峰继续说："跟着陈镇长外出那一趟，真让我开了眼。第二天，坐游船时，每条小船可坐六人，上面已经有四个中年妇女，她们是台湾来的，穿着时髦大气，都很健谈。我和陈镇长上船后，发现一个女人在摇橹，我嘀咕了句：'怎么是老娘们儿划船呢？'还是陈镇长见识广，有学问，说人家有雅称，叫船娘。那四个女人问我们会不会唱《阿里山的姑娘》这首歌。陈镇长说当然会，接着就邀请对方唱起来。很快，他就跟那几个女人混熟了。"

顾怀峰说完这些后，话题又回到他那个表哥罗清河身上："这段时间，姑苏有很多关于他罗清河的打油诗，我再诌一首给你们听听。"

随后，他无所顾忌地放开声吟道：

表哥来了，本想把光沾
没想到，不但钱不给
一个禁酒令断了公款吃喝大客源
真希望他快快离开咱姑苏
我这酒家也好背靠大树好乘凉
财源滚滚多进钱

二十一

罗大书记上任没几天
叫上党支部组织委员周庆山
美其名曰下村搞"调研"
车轮飞转直往杨家官庄窜
一副花拳绣腿假把式
高谈阔论全镇苗木花卉如何大发展
临走拿了苗木不给钱
十棵石榴苗
送到敬老院
拉着老人的手
问暖又嘘寒
假惺惺一同栽下石榴树
为的是拍照登报做宣传

这首针对罗清河工作作风不实、爱摆花架子、好出风头的打油诗里，第二个当事人就是周庆山。他随罗清河一起调研过的村庄相对较多，了解罗清河的相关问题也比较多，于是调查组成员找到他，就相关问题向他求证。

一进入话题，周庆山就说："我以党性担保，清河同志是位好书记，信上反映的问题与我见到的事实出入很大，有的与事实正好相反。"

"咱们先说说登报宣传的事吧！"周庆山开门见山道，"实事求是地讲，姑苏镇清理不合规低保户这项工作，走在了全市前列。这是一次深得民心的大行动，社会反响强烈。《临江日报》社、市电视台，还有省里的记者都来了。罗书记认为，这是镇党委、政府必须做好的工作，没啥好张扬的，于是一再谢绝他们的采访。但记者穷追不舍，后来见确实甩不开，他便对记者们解释道，姑苏清理不合规低保户工作，并不是想在全县、全市乃至全省创什么典型，更不是他一个人的功劳，而是姑苏镇委、镇政府全体干部共同努力的结果，目的是树正风、干正事，还老百姓一个公平，让党和国家的好政策真正惠及贫苦百姓。记者们整理后就发稿了。"

周庆山停顿了一下解释道："至于到敬老院与老人们一块栽石榴树那事，纯属无心插柳。当时，县新闻中心记者钱妍开到姑苏采访，听说罗书记在敬老院里栽石榴树，连忙赶过去，随手拍了几张照片，觉得题材不错，就回去发到了《沂东通讯》上。"

接着，他把那天弄树苗一事的来龙去脉详细地讲述了一遍。

原来，罗清河来到姑苏后，想全面了解整个镇的产业结构，哪怕是很小的一个亮点，他也不愿放过。有次听胡承福介绍，他们村有几户村民从事苗木种植和自销，搞得挺有起色。于是有一天，罗清河安排好其他工作后，约上周庆山，骑着自行车一同去了杨家官庄村。

春天来了，麦苗返青，花儿绽放，草木苍翠，大地鲜绿。

在村前路边的地里，一位村民正在挖树苗。他俩于是停下车，上前与其攀谈。

两人从交流中得知，村民叫杨宝生，四十二岁，近几年一直在承包田地培植苗木，先是育速生杨，后又种垂柳、海棠、倒挂金钟、小红叶、樱花、桂花、木槿、月季等。当时，他挖出来的，是育了三年的小石榴树苗和一部分海棠苗。

石榴寓意多子多福，所以北方乡村的百姓都喜欢在家中院子内栽上一两棵石榴树。五月石榴花红似火，惹得蜂蝶绕花舞，石榴叶还可泡茶喝。到了七八月，大石榴挂在树上，咧着嘴笑，石榴籽露在外面，晶莹剔透，主人看着就高兴。

杨宝生繁育的小苗子，一棵能换回三元钱。罗清河于是问杨宝生："挖出的苗子往哪销？"杨宝生回答说："准备明天去赶集。"

罗清河突然想起，前些天，他到县里开完会后，去了趟县园林所，同副所长武传邦见面时，对方刚从河北某市买来大批绿化柳。铁锨把一般粗细的柳树，一棵可卖六十元，这让当地农民收入十分可观。他打量了一下眼前的这片田野，对周庆山说："近些年来，随着城乡绿化步伐加快，绿化苗木需求量越来越大，绿化林木产业大有前景。多年来，杨家官庄村民已经积累了培植苗木的丰富经验，有老杨这样的村民带头，当示范户，如果政府发挥好引导作用，村干部把心思用在发展林木经济上，进一步提升村民的市场化认识，开展规模化种植，实行合作社管理，鼓励农民多育些女贞、银杏、白蜡等绿化苗木，杨家官庄村完全可以走出一条既不破坏耕地又可提升土地经济总量，粮林兼种的新发展路子。"

周庆山非常赞同罗清河的思路。

初步形成这个想法后，两人决定去找胡承福共同商议这个发展思路。

临走时，罗清河看了看那些生机盎然的石榴树苗，笑着对周庆山说："镇敬老院缺少些挂果的树木，咱们伙房前面的空地也光秃秃的，没有点青模样，咱们栽上几颗石榴树吧，待果实挂满枝头时，老人看着开心，干部见到高兴，对咱们的各项事业也是个好寓意。"

于是两人挑选了十棵石榴苗。

从交谈中，杨宝生已经知道了两人是镇上的领导，看到罗清河掏钱，连忙摆手道："镇里栽，我送给你们了。"

周庆山连忙劝道："老杨，我们到街上买也是买，在你这里能挑到最称心的苗子，你不多收钱就是对我们优惠了，这树苗款，你一定要收下。"

杨宝生看看他俩，见罗清河给他的是五十元的票子，连忙说："收你们的钱，真的不好意思！可不收，你们又过意不去，这样吧，我收二十好了，刨去成本，还有赚的。唉，你们俩，可真是好领导。那年，我栽了苹果苗，镇民政办张主任领着马士良的一个亲戚来买，一共二百棵，四百块钱。那人将苹果苗子捆到摩托车后座上后，说是忘带钱了，过几天送来。五六年过去了，我一个子儿都没见着。有一次，我碰见张主任，于是跟他要钱，他两手一摊说：'马书记没给我钱，我能咋办，难道拿我的工资支给你？要不，你直接去跟马书记要吧！'唉，这当官的，就四百块钱，居然好意思同俺老百姓要赖。你们只拿这几棵，还是栽在公家地里，还用钱买，我还真不好意思收！"

罗清河笑着说："你卖我买，公平交易，支钱是应该的。"

杨宝生可能感觉自己"失言"了，忙又笑着解释道："我说的苹果苗的事，已过去多年了，权当没装好掉在了道上。我这不是背后说领导的坏话，你们可别在意啊。"

杨宝生将石榴苗捆好，又挑了两棵大的，放在那一捆上面，边放边说："既然收了钱，就多给你们两棵。"

在杨家官庄，就发展绿化苗木问题，二人同胡承福进行了认真细致的探讨，既分析了产业发展前景和市场行情，又分析了本村有无能人发挥带动作用的问题。至于培植技术、防虫害技术等倒不是难事，因为许多村民对此已积累了丰富的经验，剩下的无非是如何推广科学育苗，进一步提高亩产和苗木质量问题。

胡承福细细地品味了一番说："这确实是条好路子，就是经营周期长，从初始育苗到上市卖钱，至少需要三年时间，前期得投入，期间见不到回头钱。很多村民都有急功近利的心态，巴不得今天晚上种上，明天一早就有收成。那些种大棚的，十月份种上黄瓜，赶在春节前就能卖瓜见钱，有的人还嫌慢呢。育树苗需要这么长时间，不知村民有没有这个耐心。"

罗清河回应道："十年树木，百年树人。三年就能得利，时间够快了。咱们村已有几十户人家从事这项经营，杨宝生这样的示范户的示范效应初见效果。现在是搞大农业的时代，村里负责整合一下，扩大一下种植面积。如果需要流转土地，村里要做好村民的工作，帮助栽植大户流转，同时把其他人的积极性调动起来。你也外出取取经，学学管理经验，必要时在村里成立苗木合作社，多开几个会进行动员，鼓励村民入股。做好这些，杨家官庄打造苗木专业村，就能落到实处。老胡，只说不做空把式，要积极行动起来。"

胡承福嘿嘿地笑了笑说："我也算一个，带头弄上二亩地，在合作社里入个股。"

说到这，胡承福瞅着一眼罗清河，接着说："但到那时，苗子长起来，在销售上你可得帮我们使使劲。别过两年后,一张二指长的小条子把你调走了,你一翅膀刮得不见了踪影,让我找不到你了。若苗木出现滞销,我白费了劲不说,还会在群众中落个骂名。"

罗清河笑着说:"市场不相信任何人,所以这个包票我不敢打。但是,三年之内我应该走不了,即使上级想把我调走,我也会要求留在姑苏。因为三年时间太短,刚熟悉这里的情况就离开,能干成多少事?就像栽进地里的小树苗一样,刚习惯了一方水土,树根开始衍生,树干开始变得粗壮,却又被栽到别处,还得有个重新适应的过程,万一遇到水土不服,情况会更糟糕,所以还是在这里扎根成长更好。城市绿化面积不断扩大,新农村建设步伐加快,十年八年内,发展绿化苗木产业应该不会过时。"

"那样的话,我心里会踏实些。"胡承福笑笑道,"动员老百姓入股时,我也更有底气。"

"再就是花卉产业,人民生活条件越来越好,人们不单单满足于吃饱穿暖这些基本生活需求,还有文化和精神层次的追求,对花卉的需求量会大增,这是个朝阳产业。"罗清河继续分析道,"咱们村已经培育出桂花、玫瑰、红梅、月季、茶花、杜鹃等品种,下一步也要围绕这方面做足文章才好。"

胡承福连连点头称是。

下午,罗清河用自行车带着石榴树苗,和周庆山一起来到镇敬老院。

许院长一见书记送来了树苗,马上让工作人员找来铁锨、镢头,找好位置,刨土挖坑,把十棵石榴树苗栽下,然后浇上水,小树苗便在镇敬老院安家落户了。

栽好石榴树苗,二人回到镇政府大院。伙夫找来铁锨,然后在食堂门口的左右两边选好址。徐以明力气大,挖好一个坑又挖第二个。大家一起栽下石榴树,培土、浇水,从此,大院伙房前边有了生长的苗木。

说到这,周庆山疑惑不解地说:"咳,从老百姓手里拿二百棵树苗子不给钱,没有一个说不是的,也没有向上级反映此事的,我们自己掏钱买的树苗子,栽在工作单位的土地上,却成了被射暗箭的靶子,这世间,怎会有如此怪事?"

说完这些,周庆山又向调查组讲述起姑苏镇实行全面禁酒之前的一段往事。

一天,他与罗清河在张王庄片区转了两个村庄后,告诉罗清河:"故城片区是我包的点,一个星期没去了,上故城看一下吧。"

罗清河说:"好!"于是,两人骑车去了故城。

快到故城的时候,两人发现路边的农田里,有人正在建房。

罗清河停下车,看了看农田,又看了看那即将封顶的平房,于是走上前去,想了解一下情况。

他同一位正在搅拌混凝土的男人搭讪道:"房子快盖好了啊!"

那个约莫四十多岁的男人回应说:"是的。"

罗清河询问似的说:"像盖咱这样的房子,需要办什么手续吧?"

那男人停止手中的活儿,直起腰来看了看罗清河,点了点头。

罗书记继续问道:"手续好办吗?"

没等那男人说话,一位提着水泥兜子走过来的男青年插话说:"在耕地里盖房子,上级政策卡得很严,没门,哪来的什么手续?老百姓都在路边建,看人家盖,咱也盖就是了。"

罗清河问道:"镇国土资源管理所没有人来管?"

搅拌混凝土的男人往青年提来的兜里填满泥灰,直了直腰,扶着铁锨把笑道:"哪有正儿八经管这事的,国土资源管理所的人刚才还来了,喊叫了一阵子,叫停工,说是要罚款。我们停了一会儿,看他们走了,接着抓紧干。这会儿啊,估计他们到孙丰文的常得利土菜馆喝酒去了。"

罗清河站在那里,抬头呆呆地看了一阵子忙碌的人群,又低头看着满是河沙、石子、水泥的地面。这脚下,可是长五谷杂粮的耕地啊。

随后,他围着正在盖的平房走着,看了一圈。

工地西边的一处空场上,有一位大嫂正在烧水,看似是这家女主人。茶炉子旁边放着一个小杌子,上面摆放着茶壶茶碗。

她把烧开的水冲进茶壶里,热情地邀请两人坐下喝茶。

罗清河谢绝了她的好意,随后和周青山推着自行车,往故城方向前行。

他不时地回头张望,心里渐渐生出一份怅然。

到达故城片区驻地时，已经到中午，他们碰巧路过常得利土菜馆。周庆山说："罗书记，咱们早晨吃得早，现在已到午饭时候，到这家饭馆先吃饱再说。"

罗清河回应道："还是先到片区办公室看一下，与他们接接头吧。"

于是，轻车熟路的周庆山在前头带路，很快到了故城片区办公室。

故城片区办公地点在故城村两委院子内，是两间平房。门锁着，二人在院子门口站了站，发现不论村委还是片区的办公室，里面不见一个人影。周庆山说："咱还是先去吃饭吧。"

两人于是往回返，来到那家土菜馆，把自行车支在门口，走了进去。

里面是一个院子，一排北屋被分成一个个小包间。老板娘见过周庆山，知道他是从镇里来的，只是叫不上名字，于是起身想安排他俩进单间就餐。

罗清河笑着说："吃点饭，填饱肚子就行，就在大厅里吧，这里敞亮。"接着，他指着靠墙根的一张小桌，示意周庆山坐那里。

二人点了两块锅饼，一份炒土豆丝，一份辣椒炒鸡蛋，然后坐在那张桌子前，等饭菜上来。

正在等饭菜的光景，片区的小冯来前台，对老板娘说再抱一箱啤酒。

一见周庆山，他忙走过来说："周委员，你和这位领导怎么没打个招呼就来了，杨书记和程所长等人正在包间吃饭，你们两个也过去吧，凑个桌一块吃。"

周庆山看了看罗清河，连忙对小冯说："不过去了，我和罗书记在这里吃点就行。"

小冯一听他说罗书记，马上意识到这个陌生人就是罗清河，于是忙往前走近一步说："罗书记，上里边的房间吃吧，我们也好与您认识认识，交流交流。"

罗清河面无表情地看着小冯，一抬手示意他回去，然后提起茶壶，往茶碗里倒茶水。

聪明的小冯一看罗书记连话也不说，知道自己搬不动这位大员，也不再抱啤酒，而是马上转身进了后院，回到所在的包间。他向杨桂生等人说："罗清河和周庆山来了，就在前台旁边的小桌前坐着呢。"

一听罗清河来了，杨桂生一伙人赶紧起身，倾巢出动，赶到前厅来请罗清河和周庆山"共进午餐"。

杨桂生毕竟是"老江湖",他一见罗清河,忙打哈哈说:"罗书记,您这是微服私访啊!村民在可耕地上搞非法建设,程所长前来帮忙制止。这不,我们来吃点午饭,也是刚坐下。上次您来,甭管我说什么,您坚持滴酒未沾。这次您来,可得喝一杯,咱们共同加深加深印象。走,去里面的包间吧。"

在这之前,罗清河对杨桂生已经有了一个很深的印象。

那是罗清河第一次来到故城片区办公室,与片区干部和村干部座谈,了解整个片区情况。中午,他一再强调不准喝酒,但杨桂生还是安排了一场酒,说这是从另一个方面,让领导更好地体察民情,结果让罗清河坚决制止了。

杨桂生看看罗清河今天依然很坚决的样子,忙解释说:"罗书记,片区同志在最基层一线工作,颇是辛苦,大中午头的,都想喝一杯,提提情绪,您还是给大家个面子吧。跟咱基层干部坐在一条板凳上,喝杯酒,也是与基层打成一片的一种方式。"

罗清河笑着问杨桂生:"不喝酒就不能打成一片了?这是什么逻辑!"

杨桂生继续解释道:"罗书记,今天的酒,我自己掏钱,不是公款吃喝,不是搞腐败。这下,总归可以吧?"

罗清河没好气地回应道:"你自己掏钱,也不是个好风气!今天,你们就是有再大的诚意,我也不喝这杯酒。喝了,下午还工作吗?脸上带着酒态与父老乡亲打交道,是对他们极大的不尊重。面对我面红耳赤的酒态,他们表面不说,会在心里鄙视,会说刚来的这个书记,也是个酒囊饭袋。若因喝酒不上班,父老乡亲有事需要我去办,我却办不成,他们会满意吗!"

罗清河刚到镇委报到没三天,就对遛狗、提鸟笼子的程兴起印象特深。没等杨桂生再继续说什么,他问:"哪位是镇国土资源管理所的程所长?"

他故意这样问,显然是有用意的。程兴起是个精明人,知道自己错处何在,就答应:"罗书记,我在。"

罗清河很严肃地问:"程所长,在耕地里私自建设,破坏良田,是不是违法?"

程兴起答:"是。"

"现在，有没有发生这种违法行为？"罗清河又问。

程兴起答："有，都已经去制止了。"

"结果呢？"罗清河接着追问。

程兴起连忙解释道："今天早晨，一接到举报电话，我跟小袁就来了，与杨书记他们采取联合行动，迅速赶到现场，强行制止了非法建设，并严厉告诫建设者，不准再垒一砖、加一石，如再有半锨水泥抹到墙上，一定会严惩不贷。"

"真止住了？"罗清河不紧不慢地继续追问。

"反，反正我们离开前，他们，没敢再动……"程兴起吞吞吐吐道。

罗清河目光犀利地盯着程兴起说："这个酒，你现在先别喝，饭也先别吃，马上去那个非法建设现场，仔细看一看，是不是真如你说的那般已经制止了，今天下午回去后向我汇报。我以镇党委名义，要求你针对今天的工作失误，写出深刻检查！"

接着，他向杨桂生交代："你陪程所长一块去，共同处理好这件事！'管弓的弓弯，造成箭的箭直'，你们月月大把地拿着国家发的票子，却是这种蜻蜓点水式的工作作风，对得起国家给的待遇吗！"

一个本来热烈欢迎程兴起的场合，却让罗清河这位"不速之客"搅黄了。

犹如一瓢冷水浇在火苗子上，火堆一下子起了烟，让人不得不散。杨桂生与程兴起连包间也没再回，径直"履行公务"去了。

后来，国土资源管理所的小袁告诉周庆山，路上，程兴起很沮丧地问杨桂生："这姓罗的刚来，就窜到故城来，而且在这家土菜馆碰了面，事咋就那么巧呢？是不是有内奸把咱们出卖了？"

杨桂生说："什么内奸不内奸的，就是巧了呗。别听他那一套，还写什么检查！新官上任三把火，他也就三个月的热度！三个月之后，还得恢复老样子，舞照跳，酒照喝。"

二十二

举报罗清河干扰姑苏教育事业、粗暴干涉教师职称评定的那两段"打油诗"是连起来的，内容一致，表面很滑稽，但内里却很有分量，在讽刺中，表达出深层次的愤怒和强烈呼吁。

这是调查罗清河问题不能回避且必须落实的事件之一。

调查组成员从来信中看到，镇委副书记李文彬也一直参与镇委、镇政府对姑苏中学职称评定的"粗暴干涉"，具体过程他最清楚，于是他们约好李文彬，让他谈谈所了解的情况。

此时，李文彬正与镇妇联主席、部分村妇委会主任一起，参加县妇联组织的"美丽庭院"建设观摩会。会后，他匆匆赶到县纪委三楼东头的小型会议室。

梁春光副书记的几句开场白之后，李文彬便马上明白了这次约谈的缘由。

他禁不住哑然失笑，于是详细介绍了那两位老师到镇委反映问题的情况，以及和罗清河等人前往姑苏中学调查了解的过程。随后他诚恳地解释道："学校评职称，这本是业务上的事，镇党委、政府不便插手，但这一过程中若出现舞弊或其他瑕疵，那我们还是有责任去监督的。从学校了解完情况的当晚，我们开了个碰头会，罗书记提议以人大代表监督的方式，来保证这次评选公正，我们同意了。随后，罗书记、姑苏中心小学教师李艳琴、齐家官庄蔬菜专业合作社社长齐玉祥、白天鹅食品有限公司职工姚运美、刘京茂和我等六位人大代表组成监督小组，进驻学校，对职称评定工作进行监督。"

接着，李文彬看了看调查组成员，笑着说："清河书记狠熊朱万全的那些话，在全县传得很广，想必你们也听说过。有些人据此传言清河书记作风霸道，显然有失偏颇。我感觉他那不是霸道，而是一名干部应有的担当。"

随着李文彬的诉说，调查小组很快知晓了事情的来龙去脉。

那天，大多数教师见镇人大代表监督小组来到现场，心里很舒畅，但气氛依然很凝重，谁也不愿先说话、多说话。当然，也有想占一下便宜的。有个长期请病假的老师，叫李遵学，抱着不争白不争、争了不白争的想法，专程赶过来，大谈自己的资格与资历，并且恬不知耻地说："这次职称评定，我是最合适的人选，没有之一。"

看到人大代表在认真监督，朱万全不停地看看罗清河，罗清河却不动声色。

针对想蹚浑水的人挑战这次评职称的底线，朱万全深吸一口气，然后不紧不慢地说："这次够条件的同志，都先报报自己这一年来的教学和工作成绩。"

一年多没来上班的李遵学，本就是奔着不劳而获的目的来的，哪有什么成绩可言，朱万全的这句话一下子把他噎得干张嘴却无话可说。

六位人大代表与老师们基本不认识，对每位老师都能公平对待。对想歪点子的，他们严厉指出其不良心思，让他们及时纠正。通过监督，公平正义得到了伸张，没费多大工夫，就干净利索地把多年来职称评定中论资排辈的沉疴旧习祛除了。

这件事给李文彬内心带来了很大的震动，他想：有时，歪风之所以能刮起来，邪气一时能压过正气，是因为欠缺吹动正风的能源。这些年，大家都抱着不愿得罪人的心态，多一事不如少一事，不愿主动去打开正能量的喷发口，导致许多人心底的正气没办法喷发出来。一旦有人把正气的"阀门"打开，让正能量有了喷发口，那点歪风是经不起正风刮的，邪气在正气面前也绝对占不了主流，会被正气一扫而光。

姑苏中学真正工作在一线的教师顺理成章地获得职称，是对劳动者的充分肯定，是正气压过邪气、让干实事的人得到实惠的具体体现。这既与人大代表监督小组现场监督分不开，也是努力工作的老师捍卫自身权益，敢于把自身付出摆在台面上讨公道的结果。刮歪风的人，即使一时口不服，但心是服的。

这的确像罗清河说得那样，这就是"打仗"，心底的无私是天平的矫正器，只有敢于豁上，才能取得胜利。这一次，人大代表真正地发挥了积极的监督作用。

在回镇的路上，李艳琴老师高兴地说："咱们这监督可不是走过场，罗书记办事，讲究公开公正，让不干活却想得好处的人无话可说。"

罗清河却说："这只是开始，我们应该有信心，让姑苏中学恢复二十世纪六十年代那样红火的局面，这就需要咱们所有姑苏人心往一处想，劲往一处使，用巧力把姑苏中学这辆歪着前行的车辆，拉向正道。"

罗清河还给中学的老师们做了两场如何对待事业、如何奉献的专题报告。之后，基于教育是百年大计，针对姑苏中学现状，镇党委、政府班子开始思考如何振兴姑苏的教育。

很快，镇上召开了一次党政班子专题联席办公会，研究姑苏中学去留以及如何振兴问题。

按照惯例，罗清河让大家先把想法说出来。

陈本欣建议撤掉中学，那样省心省力。他说不能再继续让姑苏中学维持不死不活的局面，影响全镇形象，扯姑苏镇争先创优的后腿。

刘京茂则认为："即使撤，也别撤得太急火，等秋天招完生再看情况，确实招不起来学生后，再建议撤也不迟。"

王子和则直言："最好别撤，还得从当地老百姓的切身利益出发，毕竟孩子在家门口上学，方便。真若撤了，谁能保证所有孩子都有条件去县城或其他乡镇上学？有的学生可能因此失学。再者，去隆达学校读书，学费加食宿费，一年需要一万五千多元，不是一个小数目，这块额外负担会让许多家庭望而却步。"

大家争论得很是热烈。

听完大家的意见后，罗清河主张再和县教育局沟通一下，听听他们的意见。之后，他与周庆山、刘京茂连跑了几趟县教育局，与局长冯尚坤深入探讨姑苏中学的出路。

对于姑苏中学撤还是留，冯尚坤也在沉思。最后，他们商定，下个周末，一起到姑苏中学现场办公，与学校共同商量研究，拿出具体解决方案。

姑苏中学现场办公会上，冯尚坤与县教育局副局长曾庆民等人一同前来。

曾庆民是全县教育界的老资格。他分析道："从目前姑苏中学的教师底子和教学质量看，再恢复当年的景象，几无可能。即使勉强恢复些元气，但想让老百姓自觉伸出大拇指称道，恐怕也很难。因为这里离县城的学校，离张家庄中学、饮马湖中学、红山头中学等都不远，孩子的教育就这么短短数年，绝大多数家长深觉耽误不起，宁愿砸锅卖铁也想将孩子送到教学质量高的学校，这样，姑苏中学的日子势必会越来越难过。因此，最好的办法就是一撤了之，这样既省心省事，社会上也能理解。"

曾庆民的分析很到位，冯尚坤也赞同他的意见。在此之前，县教育局不止一次地召开党组会研究解决姑苏中学问题的方案，但最终未能找出改变这不死不活局面的药方。于是他笑着对罗清河说："罗书记，现在，您来姑苏主事，县教育局想听听您的意见，只要您一拍板，说撤，回去后，我们马上让办公室行文件。"

姑苏中学在历史上曾辉煌过，是沂东县有名的老三中，始建于1951年，是全县除县一中、二中之外的第三所中学，可见当时县领导对这地方的教育是多么重视。罗清河在调查走访中了解到，自从有了这所中学，当地百姓的高兴劲就甭说了，任教的老师也都投入了极大的热情。大多数老师都是从外地来的，有的甚至来自江苏、安徽、上海等外省市，为姑苏的教育事业贡献出了自己的毕生精力。"文化大革命"期间，教育虽受到冲击，但之后镇领导和校领导便迅速拨乱反正，采取得力措施恢复，姑苏中学的德智体美劳得到了全面发展，成为受全县夸赞的红旗单位。

面对姑苏中学这样的身世，连日来，罗清河吃不香，睡不稳。的确，若撤，县教育局形成文件，走走程序，很快便尘埃落定，但若再想恢复建制，那就要使出九牛二虎之力。这是极不对等的付出。再者，姑苏中学是姑苏教育史上的"家珍"，让全县曾经的一面红旗倒在自己的手里，是对这片土地上乡亲父老的不负责，也意味着在这个问题上，自己不是一个称职的地方官员。

看到教育局把皮球抛给自己，罗清河坚定了将学校保留下来的信念。他虽然声音低沉，但明显是揪着一颗心来表达自己的意见："撤，不过一句话的事，教育局起草个文件，走走程序，也就结束了。学校所占的土地，还可以为镇上换回一大笔钱。但是，我们这些党员干部，在此为官一任，可就成历史罪人了。历史上的武训，行乞三十八年，不为自己，只想为穷人兴建义学。他没有文化，却培养了一大批有学之士，受到了世代的敬仰。

而我们这里有教室，有老师，有国家大把的投资，却还要撤了学校，我于心不忍。"

冯尚坤听罢，微微沉思了几秒，然后笑笑道："那就先保留着吧，不过，镇里可要想些恢复元气的点子啊。"

随后，冯尚坤和曾庆民又先后来过姑苏镇几次，最终与镇委、镇政府达成一致意见——"绝对不能让一所学校的命运，葬送在我们这一代人的手里！"罗清河表示："姑苏中学不但不能撤，而且以后大家要共同努力，让其好好地成长起来，以便对姑苏的父老乡亲有个负责任的交代。姑苏中学历史上曾经辉煌过，我们这代人有责任让她重新辉煌起来。"

为了掌握更多的实际情况，罗清河带上李文彬和刘京茂，再次来到学校，与老师代表开展座谈。针对老师代表提出的，有些老师托关系借调到县城、长期请"病假"、不辞而别做买卖等问题，罗清河告诉李文彬："这些大家心知肚明的事，就像病毒性感冒，传染性强，严重侵蚀着学校健康的肌体，对姑苏中学的校风影响很坏，必须尽快加以解决。文彬，你考虑下，以镇党委、政府的名义，起草一个文件，出台关于借调老师的管理办法，让教师队伍管理走向正规。现在，镇党委、政府的决心摆在这里，希望老师们能像从前一样，真诚地托起教师这个神圣的职业，树立信心，同心协力，把这所中学办好，为姑苏中学正名。"

然而，想恢复姑苏中学当年的辉煌，说起来容易，做起来很难！如今，不仅教师的精神状态低迷，学校环境也摆在那儿——校舍破败，墙皮脱落，窗户破损。每年冬天，学校只能买来塑料布钉在窗户上，以抵御寒冷。前两年，校园里生长着的几棵大树，也让前任校长伐掉卖了。

为继续摸清情况，罗清河、李文彬、周庆山和刘京茂等人又一次来到学校，在朱万全的带领下，围着校园转悠。偌大的校园内，四周一片沉寂，哪有什么鸟语花香和琅琅的读书声呀。

李文彬看了一眼朱万全说："也别怪学生相不中咱们学校，单看校园这破败的环境，人一进来，马上就没有了兴致。"

朱万全无奈地说："李书记，您甭再打趣我们啦。你们也该反思一下，有句话说得好，再穷也不能穷教育，镇财政不给予学校支持，学校怎能有生机？你看这教室，八面透气，七处进风，夏天蚊子苍蝇满天飞，冬天学生冻得手都伸不出来，怎会出好成绩。"

周庆山解释说："改造校舍，需要一大笔钱，向县里伸手，要经过一定的程序。县里给你拨款，也需要当地财政拿出一定的配套资金，可镇财政困难，首先得保人头工资，这笔钱真不好出。"

他们很快转到了校园东北角的伙房处，朱万全指着伙房，再一次辩解道："眼下，就是这样子，我真的是难为无米之炊啊！"

罗清河突然停住步，转身气愤地质问朱万全："老朱，你是个有着二十多年党龄的老党员，还是学校党总支书记，却喋喋不休地强调那么多客观理由，像话吗！你只强调客观理由，而不从自己身上找问题，就是有再好的客观条件，你也定会搞得不能令群众满意！延安的'抗大'，当时是什么样的办学条件？露天上课，但为什么学员热情那么高涨？你考虑过这个问题没有？"

朱万全继续辩解道："罗书记，你说的这些我都很清楚，但此一时彼一时，中华人民共和国成立六十多年了，你再拿那时的事说现在，说不过去的！"

罗清河一听，内心更加气愤，他提高声调反驳道："我拿那时说事，不是比客观条件，而是比奋斗精神！老朱，在你身上，我感觉缺乏一种把工作做好的火一样的热忱。你看这校舍的墙，几十年都一样，大概是从盖起教室来，就没再动一动吧？学校里买几百斤石灰的钱还是有的吧？你这个党总支书记，难道不能发动党员同志，搞个义务劳动，自己将墙体粉刷一下？你来姑苏中学的两年里，逢春天植树节时，到街上买些树苗和花木，自力更生，搞一搞绿化美化，难道做不到？你强调这困难那不足，而你自己真正努力付出过多少？"

接着，罗清河一指伙房不远处的池塘说："你看，池塘里边，那么多塑料袋浮在水面上，不觉得扎眼吗？你别天天无所事事地坐在办公桌旁，发呆发愁发昏，自己用一上午，也能把塘内的垃圾杂物清理出来。我想，只要你肯带头下池塘，肯定会有老师跟着你去。赶在春天，去集市买十元钱的莲藕芽，往塘内栽一栽，一年后就是一池荷花，既美化了环境，也有莲藕吃，这些你想过没有？你身为校长，给我好好地总结一下，学校发展思路是什么？你的主观能动性体现在哪儿？你在哪个方面起到了模范带头作用？说到底，客观条件差只是个借口，更重要的是，你的工作态度出了问题！"

一向善于雄辩的朱万全，让罗清河一顿猛批，立时没了先前的劲头。他的脸青一阵白一阵，一时间无言以对。他平复了一会儿心情，然后低声检讨道："唉，罗书记，这两年，真没遇见您这样给我点拨的人。我脑子真的钝了，天天躲在校园，的确没往您刚才说的那些事上去想。您要是早来三年，别的不说，就这汪池塘，早就绿起来了，夏天看莲花，秋天吃莲藕，冬天赏雪景。同时，多栽些花草树木，校园里也能绿树成荫了。这个星期六，我就去买涂料，和学校的老师们一起，把墙体粉刷一遍，让学校面貌焕然一新。"

罗清河说："只要端正态度，想做事，啥时候都不晚，但要落到实处，说干就干，不能说空话大话，只说不练非好汉。这个星期天，我专门来看你们粉刷墙体。"

"那好，您来监督。"朱万全红着脸说。

学校的伙房还是建校时期的老伙房。随后，罗清河一行人再次来到伙房旁。罗清河看了看朱万全，又看看旁边的几间屋，听到里边仍然传出机器声，于是问："这个印刷小作坊，上次我就对你说过，不能再让他们一直占用着，你找老板谈了吗？"

"跟他交涉过多次了，每次我都说尽好话，可人家就是油盐不进，一直没谈拢。"朱万全底气不足地答。

"马上动员，让他尽快搬走！"罗清河不容置疑道。

朱万全露出为难的表情说："猛然让他搬走，情面上过不去不说，我也没有这个力度，毕竟人家是马书记，噢不，现在是马县长的亲姐夫。"

罗清河狠狠地瞅了他一眼说："让小印刷厂搬走的工作，还是先由你去做，不用管他的亲戚是哪位领导，有什么背景，你直接与他谈透，可以把我的意见明确告诉他。当上领导，更应该以身作则，严格管好自己的亲属和亲戚，这也是对自己的一个保护。你若谈不成，由我来继续谈。只要我们把话说透，我相信明理的人是会同意搬迁的。"

"他要是提出让我们赔偿损失费呢？"朱万全不无忧虑地说。

"那就先算算他每年交给学校多少房屋占用费、承包费，算好了，通知我，我来给他算搬迁的损失费！"罗清河毫不客气地回应道。

接着，他瞅了瞅李文彬说："伙房破旧成这模样，卫生成了大事，我们回去后，马上召开个党政班子联席会，将此事研究下，先把这里的伙房改造下，保证学生和老师的用餐卫生。伙房建在这个地方，配上旁边这处小池塘，自然条件没的说。只要将这个小印刷厂搬走，然后将池塘好好整修一番，我保证，单就看一眼伙房周边的环境，就能让人一顿饭多吃两个馒头。"

"是的，"李文彬点头道，"车马未动，粮草先行，吃饭是第一件大事。只要将伙房建好，将饭菜质量提上去，师生便会产生家的感觉，这项基础性后勤保障工作的重要作用也就发挥出来了。"

朱万全仍然顾虑重重，说："伙房的建设资金也是个大事。"

罗清河瞅了他一眼说："事定好，就要抓紧办，今天能办的事情，决不能拖到明天。镇里财政虽然非常紧张，但我说要全力办好教育，不能光说大话，今晚我们就抓紧研究，尽快让财政所划拨过来五万元，作为伙房建设启动资金。朱校长，你今天就写个报告，送到县教育局，让他们立项，争取上级支持。其他方面，若有什么困难可到镇委直接找文彬同志，也可通过电话跟我说。"

当天下午，朱万全就写好了关于申请建设姑苏中学伙房资金的报告，送到了县教育局。

当天晚上，马士良的姐夫拨通了马士良的电话，抱怨道："罗清河现在越来越过分了，他就是条疯狗啊，一而再再而三地欺负到咱们头上，你的面子，他一点都不给！朱万全这个熊东西，也不知从哪里得到的狗胆，居然要求印刷厂一周之内必须搬出学校，说什么如果不搬，罗清河会亲自来帮咱搬！"

听姐夫说完，马士良气得牙根开始发疼，但他努力平复了情绪，对着电话那头的姐夫说："县官不如现管，毕竟现在姑苏地盘上人家说了算，先暂时搬出去吧，犯不着跟他那等二愣子较真。留得青山在，不怕没柴烧。他罗清河不可能一直待在姑苏，先避避他的风头再说。"

挂断姐夫的电话后，马士良犹豫了半天，他有心想主动跟罗清河认真地"沟通"一番，但转而又想：自从自己得到提拔，罗清河接任姑苏镇党委书记后，对方还从未跟自己联系过，连句祝福的话都未说过，更不用说"感谢打了好基础""向老领导取经"之类的谦逊之词了。现在，我马士良大小也是个副县长，职务上高出他半格，居然屈身主动向他"求和"，这若传出去，岂不被世人笑话！不行，这个电话我不能主动去打，再说了，从最近这段时间来自各渠道的信息分析，给他打这个电话不但没有什么用，而且极有可能自取其辱。既然主动"求和"不可能，那坐以待毙更是下策。哼，你不仁，别怪我不义，你让我不好过，我岂能让你舒坦？马士良最终下定了与罗清河斗一斗的决心。

星期六早晨，太阳尚未露头，朱万全便租了一辆三轮车，亲自进县城买回来涂料、刷子和绿色油漆等刷墙的用具。

星期天，他和三位年轻老师、两名党员同志一起，甩开膀子，开始粉刷教室和办公室内外墙体，几位女老师看到后，也都连忙赶过来帮忙。

早晨八点，罗清河、李文彬和刘京茂到来的时候，他们已经干了半个小时。

站在桌子上的朱万全停止刷墙，笑着问："罗书记，我刷得合格不合格？"

罗清河笑着说："好样的，打个优！"

由于还要带李文彬去齐家官庄看一下古老渡口的开发情况，罗清河让刘京茂留下来继续处理相关事宜，接着交代朱万全说："老朱，让京茂镇长与你一起干，同时让他当个监工，中午，你掏钱管他三个馍馍吃！"

朱万全开心地说："罗书记放心，中午我让刘镇长跟我回家吃。"

没用任何组织发动，一看校长亲自甩开膀子干了，学校其他老师也纷纷加入进来。别看只是场义务劳动，但高涨的劳动热情，唤醒了大家的集体归属感和荣誉感。看到门上、窗上碎掉了玻璃，年轻的老师便去买来玻璃刀、圈尺，学着割玻璃、量长宽，最后安好窗棂，镶上玻璃。

只用了两个周末，通过全体老师的共同努力，姑苏中学教室和办公室的门窗变得完好无损，墙体内外粉刷得焕然一新。

朱万全认真地将伙房改造当作恢复学校元气的一件大事去办，有了罗清河撑腰，他也变得硬气了。马士良的姐夫见大势已去，知道继续纠缠已没有必要，再赖着不搬，只能给自己找难堪，于是很快把那些旧机器搬走了。

期间，朱万全又跑了一趟县规划设计院，找到他的初中老同学——担任规划设计院副院长的荆凤红。朱万全委托对方帮忙将伙房的图纸设计一下，尽量设计得有些创意。

对搞了多年建筑设计的荆凤红来说，这样的小设计，不过是小菜一碟。第二天，他先到学校现场考察了一番，很快便将图纸设计出来。

之后，朱万全雇人拆除了破败的旧房子，通过集体研究，选好开工日期和建筑施工队。开工那天，风和日丽，施工队点燃几串鞭炮，带着喜庆味道的炮仗硝烟瞬间弥漫整个校园。在教师们热烈的掌声中，施工队迅速将机械开进现场，开始施工。

二十三

在靠近路边的农田里忙着建平房的故城村村民，名叫赵彦雷。

按国家政策规定，耕地是严禁搞建设的，但近些年，农村停止规划宅基地，不少农户就在自家的责任田中建房。尤其是有些土地靠近大路，在此建房居住，对村民来说，既方便出行，又可以做点小生意。

那天，赵彦雷请了施工队正忙活时，马上有村民拨打了举报电话，程兴起和工作人员小袁随后开着面包车赶到现场。程兴起对赵彦雷一通龇牙瞪眼地训斥，吓得他不得不停止施工。

之后，程兴起他们便去了故城片区办公室。

好不容易请了施工队，停了工也得给施工人员工钱不说，更重要的是，砖瓦、水泥等建房用料都已经备齐，工程不能拖，看到面包车驶离了，赵彦雷于是又让施工队继续抓紧施工。

谁知，刚干了一个多小时，那辆开走的面包车又呼呼地开了回来。

一个回马枪火速杀回来后，善养藏獒的程兴起也有着藏獒一样的狠劲，一下车，他冲着正在搬砖的赵彦雷就是一顿劈头盖脸的怒骂，把对罗清河想发却不敢当面发的满腔怒火，全都撒到了赵彦雷的身上。

程兴起那凶神恶煞的样子，一下子把现场所有人都弄蒙了，工人们都停止干活，呆呆地看着，听候发落。

程兴起把他那平时耷拉着的上眼皮翻到了最上面，瞪圆双目盯着赵彦雷吼道:"我不是说过吗,让你听候处理!你耳朵里塞满驴毛了,听不懂人话啊?居然跟我玩起猫捉耗子的游戏,闹得老子吃顿饭都不得安生。你胆子可是够肥的,真邪门了!"

还些发蒙的赵彦雷小声地说:"你看看西面路边那一溜,人家能盖,也不差我这一份啊……"

程兴起没有将那长长的上眼皮拉下来,而是继续瞪着两眼,怒吼道:"你这是被抓了现行!懂不?现在,有政策在,谁盖也不行!都像你这样搞,都在耕地上建房,去哪里种庄稼?以后大家都喝西北风去?我明确地跟你说,我是来行使法律职权的,你的违法行为若再继续下去,我马上对你采取强制措施,到时候别怪我不给你留情面!"

普通老百姓,哪有不怕违法的。这些年,政府对保护耕地的宣传力度很大,赵彦雷何尝不清楚,在可耕土地上建房于法不合。但是,眼瞅着儿子马上就到成家立业的年龄,想去城里或镇上买房吧,自家经济条件不允许,可总得有个娶儿媳妇的房子吧!他看到沿路好多人家都相继建起房子来,又没见有人来管,所以他跟着眼红起来,加上老婆不断地嘟囔撺掇,他最终下定决心冒冒险。

他很快备好料,请来施工队,偷偷摸摸地在自家这块责任农田里盖房。眼看房子就要封顶了,谁想到,程兴起这尊瘟神亲自赶到现场来执法。

施工队负责人赵彦军是个明智之人,他知道不宜将事搞僵了,于是走上前,赔着笑脸,压低声音对程兴起说:"程所长,您先消消气,俺二哥不是村里那些邪头八怪,他很听政府的话。您还真让派出所来人带走俺二哥?咳,到不了那程度呀。咱们都是守法公民,肯定不会主动去给自己惹麻烦,您不让盖,我们不盖就是了。"

架子上那些停止施工的人也都纷纷跳下来,让程兴起先消消气,有话好好说,有事好商量。

余怒未消的程兴起指着赵彦雷的鼻子警告道:"马上给我解散施工队,下午我还要来,胆敢继续顶风作案,我马上让派出所来人!"

一起侵占耕地的非法建房行为,在程兴起和小袁的严格执法下,就这样被制止了。

程兴起和小袁走后,赵彦雷马上愁得耷拉了头。

赵彦军见状，笑着给他支招道："二哥，你看人家孙丰成，前几天，也在自家责任田里，照样把房子盖起来了！你啊你，真是大闺女要饭——死心眼。这年头，单靠老实本分的脑子不行，办事得学会动脑筋，活泛些。想让姓程的抬抬手，很好办，只要晚上去他家跑一趟，送点好处给他，保证什么事都好说。"

"听说这个姓程的好玩鸟。"在建筑队负责记账的杜纪中提醒道，"听别人讲，他家中养了好几笼子百灵。"

赵彦军连连点头说："是养了好多的鸟，一进他家巷子，就能听到叽叽的鸟叫声。"

赵彦雷看了看赵彦军，又看了看杜纪中，忙问："什么是百灵？"

杜继中解释说："就是咱们这里平常所说的'丫篮子鸟'。百灵鸟的叫，不叫叫，叫哨。咱这长虹岭上有不少，哨得比其他地方的百灵好听。"

赵彦雷不解地问："养那个？不顶吃不顶喝的。"

杜纪中嘿嘿地笑道："你这老土，富贵人家养鸟弄花，那叫高雅。"

赵彦雷憨憨地笑了一下说："整天闲得慌的人，才弄那个哩。"

杜纪中翻了下眼皮反驳道："人家闲不闲，你别管！你去找他时，要先夸夸他养的鸟哨声好听，然后再告诉他，春天里，你经常在岭坡上见到百灵鸟窝，到时，捡几只送给他。"

赵彦雷笑着说："咱要是捡不到，不是说了空话？"

杜纪中看了看他，有些生气道："二表哥啊，你真是只死鳖，给你一片水，你连爬都不会爬！你哄他一时半会儿欢喜，让他高抬贵手，把房子盖起来再说呀，日后你捡不到百灵，难道他能把你抱进井里！"

赵彦雷马上恍然大悟起来，一边笑，一边点点头说："呵，你说的，真是这么个理呢。"

"他家住什么地方？"赵彦雷又问。

"镇政府家属院，进门后第二排，从西往东数第三家，我去过他家两趟了。"赵彦军说。

当天晚上，赵彦雷逮了两只大公鸡，又从小卖部里抱了一箱酒，骑上摩托车，直奔镇政府家属院去了。

悄悄来到目的地后，赵彦雷唯恐进错门，他仔细地数了两遍，确定位置后，又通过电话向赵彦军确认标识物，确定准确无误后，他走到门前，小心翼翼地摁响了门铃。

程兴起的老婆听到门铃响了，拉开院子里的灯，出来开了门。

一看是陌生人，她小声地问道："你是？"

赵彦雷把在家想好的一套话拿出来，满脸堆笑道："表嫂子，你不认的我了？您跟表哥结婚时，我去喝过喜酒。我来找俺表哥坐坐玩玩。"

她警惕地说："来找你表哥玩，拿东西干什么？"

随后，她把门全敞开，看着赵彦雷从摩托车上把东西拿下来，带他进了院子。

一进门，东边墙根大铁笼子里的藏獒突然吼叫一声，硕大的爪子抓得钢筋哗哗作响，把赵彦雷吓了一个趔趄。他定了定神，看到屋檐下的确放着一排鸟笼子。听到了动静，笼中的鸟扑腾了一阵子，有只鸟还真叫了两声，随后又恢复了平静。

赵彦雷说："这养的是百灵吧，咱长虹岭上的大百灵、小百灵可多了，哨得比别的地方的百灵好听。"

程兴起正在屋里看电视，一看来人是赵彦雷，又抱了个箱子，忙站起身来，脸上带着怒气问道："你这是干什么，走走走——"

他推搡着赵彦雷，边往外推边说道："别来这一套，有什么事白天说。"

赵彦雷把东西放在屋门外，站在门口，诚惶诚恐地笑道："表哥啊，我没其他事，就是想来找你玩玩，聊聊百灵鸟啥的。时间长了不见您，想得慌。"

"谁是你表哥？玩玩？那你弄这个干什么？"程兴起一指放在门外的东西问。

已经进屋的女人，一看程兴起的样子，生气地说道："老程啊，你看你，这不是你表弟吗？他到咱门上坐坐，拉个呱咋还不行？怎么，非得上你的办公室才成！"

赵彦雷忙扭过头，对她说："表嫂子，俺姑奶奶跟程所长是一家子，都姓程，依俺姑奶奶的辈分论，我得叫程所长表哥，这个没错。"

她说："哦哦，那是老亲戚，还挺近呢！来，表弟，快进屋里，我给你泡杯茶去！"

说着，她就把赵彦雷让进屋里，之后转身拿起茶几上的一只茶杯，走到外面水池边洗好后,再捏起几根茶叶放进里面,冲上开水。

有礼不打上门客,一听是老亲戚,老婆又给"表弟"泡了茶,程兴起就往沙发上一指,对呆呆站着的赵彦雷说了一句:"坐吧。"

程兴起的脸色阴沉着,他一言不发,手攥着遥控器,把频道调到一个综艺节目上,继续看他的电视。

程兴起老婆把茶杯端到赵彦雷前面,让他喝茶,然后摸过一个马扎,坐在他的旁边,与他拉家常,一会儿说亲戚,一会儿论庄邻,颇为热情。

和她谈了一阵子后,看看火候已到,程兴起于是叹了口气说:"唉,表嫂子,咱老百姓,在村里生活,太不容易了。这不,俺家小孩,就是你那表侄儿,长大了,在城里买不起楼房,村里又不划给宅基地,俺看到人家都在靠路边的地方盖了屋,也想盖起来,明年给你侄儿说媳妇,但镇上对这方面管得严,所以想找表哥给出出主意。"

一脸怒气的程兴起一听,忙把手中的遥控器一放,转过头来劈头盖脸地说:"现在形势这么紧,你连个招呼都不打,申请都不做,就敢擅自建房,简直无法无天,不强行给你拆除那才怪哩。"

赵彦雷一看程兴起发声了,忙把脸转向程兴起说:"是,是,我错了,表哥,这不来找您想想办法吗,看在咱们是老亲戚的份上,您给俺出个主意吧。"

"唉——"程兴起沉思了一会儿,突然叹了一声道,"说句良心话,我很同情庄户人,知道你们也很不容易。现在,县城的商品房每平方米均价七千多,买一套一百平的房子需要七八十万,加上车库、装修等费用,掏不出一百万来,根本住不进去。即便在镇上买,价格也不低。上个周六,沂河花苑开盘价每平方米四千八。既不做生意,又不干买卖,一把能拿出四五十万的农村家庭真没几个,多数人还是买不起。在自家责任田里盖,就算盖座二层楼,十几万就能办了,起码也能省下三分之二的票子,这的确是个实情。咱们是老亲戚,我严格执法吧,会让亲戚在背后戳脊梁骨,说我六亲不认;可耕地这一块,国家早就给划了红线,我又端着国家的饭碗,管的就是这个事,不严格执法吧,又构成失职。唉,真是难办啊。"

一听"表哥"话音里有所松动,赵彦雷连忙露出讨好的笑容说:"是啊表哥,村里很多人都说您很有同情心,体贴老百姓的难处。您看看,我一个农民，天天靠在地里刨食吃，哪有钱买楼去，所以才想着自己盖房。现在料都备了，房子也盖了七八成，我现在是进又进不得，退又退不得，难煞咧！表哥，您工作这么多年，对这块业务很熟悉，肯定有好多好办法，您帮我出出主意，要不，我非得憋死不可。"

程兴起说完刚才的话后，重新拿起遥控器，继续调着频道，不再理会赵彦雷。

过了一会儿，他缓了缓神，扭过头来冲赵彦雷说："唉，我看你的确不容易，但也不能明目张胆地纵容你违法，对吧？这样吧，你利用星期六、星期天和工作日晚上，组织施工队悄没声地抓紧盖，千万别明风大浪地招摇。只要没有告的，我就不管，有告的，我提前给你打个电话，你抓紧处理一下现场，待我过去后，你一口咬定说没有盖。暗中举报你的，都是你的老邻居，整天抬头不见低头见，他们也不好跟你撕破脸皮明着干。房子已经建到那种程度了，主要是上房顶，两天时间绰绰有余。真盖好后，我能忍心给你拆了？"

赵彦雷听罢，小鸡啄米似的连连点头称是。

取到"真经"回家后，赵彦雷按照程兴起给出的主意，让赵彦军、杜纪中抓紧带领施工队垒砖加顶。程兴起也的确履行了诺言，有群众举报时，他马上打电话给赵彦雷，让他立即停工，然后再去现场。

抓住星期六和星期天的机会，赵彦雷让施工队集中力量进行施工，尽管又有举报电话打到镇国土资源管理所，打到镇党政办公室，但程兴起不是回了老家走亲戚，就是进县城买东西去了。尽管他答应明天一早赶回去坚决处理，但明日复明日，不用"明日何其多"，两个明日就足够了。

就这样，三天之后，赵彦雷家的房子建成了。随后，程兴起来到现场转了一圈，大声喊道："赵彦雷，你胆敢顶风作案，给我等着，回头看我怎么处理你！"

他的身旁，不断建起的一处处房屋正蚕食着片片农田，路边的一个水泥制宣传板上，书写着分外醒目的大字：切实保护耕地是我国的基本国策！

程兴起看了看，自嘲地笑了，接着摇了摇头，转身钻进面包车，回镇上去了。

二十四

顾怀峰向调查小组反映,他的姑妈——罗清河的母亲住院期间,他和韩德香跑到县医院去看望的事,是他不经意间透露给高祥昆的。很快,高祥昆拉上别人也去看望。

事后,顾怀峰被罗清河不分青红皂白地猛熊了一通,特别是那句噎人的"用不着你去谄孝顺"的话,气得他浑身发抖、两眼发蒙。

有关部门收到反映罗清河问题的信件中,就有罗清河借其母住院大肆收受礼物这一条"罪状"。

罗母住院和收了部分礼物是事实。

那天,吃过晚饭后,罗母到一个妯娌家串门。她走在村里的大街上,身后驶来一辆面包车,车的灯光将前方的路面照得煞白,她本能地往路边靠了靠,给面包车让道。未曾想,本家侄子罗清阔开着电动三轮车不走正道,逆行而来,且开得飞快,面包车的灯光刺得他睁不开眼,看不清前面的情形,结果把罗母撞倒在地,造成她身上瘀伤,胳膊骨折。

"飞"着的三轮车也一下子歪倒在一边,罗清阔从车座上摔下来。面包车赶紧停下,忙拉着老人驶进县城私人开办的骨康接骨医院。

顾怀峰听说后,第二天一早,骑上摩托车,驮着韩德香直奔医院去看望罗母。他们在医院东侧的水果摊买了两挂香蕉、一兜苹果,又在旁边的超市买了八宝粥、牛奶等食品,然后来到罗母的病房。

罗母半躺在病床上,偶尔呻吟着,见娘家亲侄儿来了,一下子来了精神,挣扎着想坐起来。韩德香连忙小步上前,扶她坐得直一些,将薄被子垫在她的腰部。

望着罗母那受伤的胳膊,顾怀峰满脸堆笑,嘘寒问暖,一阵忙活。

罗母皱着眉头,连连说:"虽然疼,不过还能受得了。"

一旁陪护的孙女笑着说:"奶奶刚做完手术,手臂打上了石膏,动弹起来不方便。伤筋动骨一百天,在这里至少得住个十天半月,然后复查一下,没什么大碍的话,回家养着就行了。"

说了一阵子受伤的事后，罗母便问："你们两个一块来看我，那饭店的生意谁在照看？"

韩德香说她妹妹在帮着张罗，于是顺着老人的话茬，与对方聊起饭店的话题来，三绕两绕，她把话题转到了镇里这几年欠饭店的钱上。

顾怀峰连忙把话插上，让罗母操操心，有机会跟他表哥说一声，让他提供个方便。

罗母说："老百姓都晓得，吃饭就得给钱，不给钱，还要脸干什么？要钱这么难，以后你们尽量少记账，省得要钱时费事。"

顾怀峰连忙解释说："姑啊，都是老熟人，他们又都是镇里的领导，咱能不给他们吃？"

罗母问："你找过你表哥了？"

顾怀峰答道："找过几次，每次他都板着脸，没有马上给钱的意思。姑，我这钱，白纸黑字，记得清清楚楚，是镇上欠咱的，他们该还，不是咱无理要求。俺表哥吧，如果能痛快一点，抬抬手，事早就办利索了，他也能省省心。姑，这两天俺表哥来看您时，您盼咐他一声，别拿我这么重要的表弟不当亲戚对待，该照顾的地方适当照顾一下，出不了啥问题。如果比不认识的人还生分，那就真没一点亲戚味了。"

夫妻俩还惦记着饭店里的生意，跟老太太又聊了几句后，便起身告辞了。

顾怀峰最后那句话听起来还是挺有分量的，夫妻俩走后，老太太气呼呼地冲孙女说："你这个小叔啊，打小就拗，这两天等我见到他，非得好好地说他一顿不可。"

午饭时分，高祥昆早顾怀峰夫妇一步走进了桑梓河大酒店，他从厨房点好菜走出来，看到顾怀峰骑着大摩托回来，于是笑着问："顾老弟，带着老婆又到哪里撒野了？外面是不是还有其他买卖？"

未等顾怀峰开口，韩德香抢先一步笑着回应："俺姑婆婆让三轮车给撞了一下，胳膊骨折，我和他去看了看。"

高祥昆忙问："罗书记他娘？"

韩德香点了点头。

"在哪家医院？"高本昆接着问。

韩德香快言快语道："在张玉金的骨康接骨医院，就在县人民医院东边不远处。人伤得还挺重，胳膊做了手术，得在那里待上几天。"

得知这一消息后，高祥昆心里想：我得尽快去看看罗老太太！罗书记刚来姑苏不长时间，这是一次跟他搞好关系的机会，在这个地盘上混，以后还得靠他多关照。

吃完饭后，在回村的路上，他不停地琢磨这个问题。

晚上，高祥昆继续琢磨了一番，他觉得不能自己一个人去，那样传出去不好听。可和谁搭档去呢？他想到了雀山村的耿丕成、杨家官庄的胡承福，于是打电话约上他俩。

三个人一拍即合，次日一早，一起开车来到骨康接骨医院。

在病房陪床的是罗清河的二姐罗清莲，一见有陌生人来看望母亲，忙问他们是哪里的。

高祥昆告诉她，他仨是姑苏镇的，接着具体介绍道："我是大朝阳村的高祥昆，这位是雀山村的耿丕成，那位是杨家官庄的胡承福。"

前不久，罗清莲到县城弟弟家串门时，罗清河就明确地告诉她："我到姑苏镇上任不久，如果有人托你找我办个什么事，一定不可应承。尤其是带着礼品赶上门的，更得学会拒绝。咱家虽然并不富裕，但也不能贪图人家送的那点东西，一旦接了，定会让人家看不起。做人，一定要当清白人，做明白人。"

自小带着弟弟长大，罗清莲很清楚罗清河的为人，也非常理解弟弟说那番话的苦心，于是在几个村干部走了之后，她马上拨通电话，把这事告诉了罗清河。

当天下午，罗清河借去县委汇报工作的机会，去医院看望母亲。

在医院病房，他看到七八个印有花花绿绿各式图案的纸箱子堆在地上，通过商标不难判断，那里面装着各种滋补品。

还没等罗清河开口说话，老太太便急不可耐地冲他嚷道："三啊，欠债还钱，老一辈都知道这规矩，你表弟大酒店的那些欠条，你咋阻着不给他弄哩？"

罗清河马上明白过来，顾怀峰来看望老人是真，想让自己母亲帮着讨账也是真。他火气直往上冒，但碍于母亲的情面，只好又强压下来，继而向老人解释道："娘，我表弟的那些账，好多单子都记得乱七八糟，如果理不清楚就给他处理了，我会犯错误。这事，我并没说不给他办，但得等等。"

看到老太太依然满脸不高兴的样子，罗清河又笑着安慰她几句，便迅速让罗清莲帮忙，在老太太惊愕的神色中，将那些礼品一件不留地全部提走，放进车里，拉回镇党政办公室。

当天晚上，罗清河便打电话通知高祥昆、耿不成、胡承福三人来领回礼品，让他们现在就过来。

上午去看望老人，送去一点心意，到现在尚不到十个小时，罗清河就打来这样的电话，一时间，三个人感觉无地自容。高祥昆心想：就那么点不值钱的东西，既不是存折、现金，又不是购物卡、优惠券，犯得着将俺仨叫到镇党政办公室那么显眼的地方吗！提着东西，灰溜溜走出大院的模样，指定会很狼狈。罗清河啊罗清河，你真的太不近人情了。

罗清河电话里的声音尽管不高，却是严肃和严厉的，甭管他们仨怎么解释，他始终不为所动。末了，三人只好分别从自己的村庄出发，硬着头皮，摸黑赶到镇党政办公室。

等他们都到齐后，罗清河拉下脸来说："你们这人情，送得可真及时！把这些小心思用在搞好村庄的发展上，是不是会更好？为什么非得去搞这些歪门邪道呢！"

高祥昆连忙解释道："罗书记，老人伤着了，我们去看看她，表表心意，也是人之常情，算不上搞歪门邪道吧。"

罗清河瞅着高祥昆严肃地说："老高，你们这份心意，我心领了，先感谢你们。不过，我想请你们思考一个问题，如果受伤的不是我罗清河的母亲，而是你们村哪一位贫困老人，你们是不是也会去看望？先回答我的这个问题，然后再跟我解释不迟。"

"这个，这个……"高祥昆支支吾吾地想继续解释，却又不知道该如何解释。

罗清河的话变得更加严厉："更何况，你们看望的，不是姑苏镇的任何一位老人，而是家居外乡镇却担任姑苏镇党委书记的罗清河的母亲！我若放开这道人情口子，你们这样做，别人也会跟着学，都去尽'心意'，让我如何去招应？说白了，是因为我，你们才会这么做，对不？还有，一旦形成风气，罗书记的母亲住院了，你们去看望，张书记、王镇长的母亲住院了，你们是不是也会去看望？如果纵容这股风刮下去，别说镇里的同志们，就是你们这些村干部，还听不听我这个镇党委书记提出的要求？各项工作执行的力度会不会打折扣？不要整天去考虑这些毫无必要的人情关系，省省心，少受一些累，不好吗？"

一席话，说得三人齐刷刷地耷拉下脑袋，不再吭声。

罗清河缓和了一下语气告诫他们道："不要认为，我这只是在唱高调。清正廉洁、勤政爱民，是对我们党员干部的基本要求。党把我安排在这个位置上，我只有严格要求自己，才能有底气去要求别人。这样说，你们可能认为我不近人情，但如果不对自己要求苛刻一点，我怎么去带姑苏镇的党政班子？其身正，不令而行；其身不正，虽令不从！希望你们能真正理解我，支持我，今后不要再将这些庸俗的东西带到工作中。今天，你们必须把这些东西带回去，这个不容再商量。"

送走他们三人后，看到时间尚早，罗清河又顺手提起顾怀峰送去的礼品，叫上徐以明，两人一同赶往桑梓河大酒店。

顾怀峰和韩德香刚刚送完最后一拨客人，正忙着收拾各房间的卫生。听到徐以明在外面的吆喝声，他俩连忙从房间里走到前台。

看到罗清河手里提着自己去医院看望姑妈时所带去的礼品，顾怀峰顿时明白了表哥的意图，他一下子涨红了脸，神色不安地问道："表哥，你，你，你这是……"

未等顾怀峰说完，罗清河没好气地打断他的话："那两提水果，你姑留下了，这两提礼品，你姑吃不着，我给你带回来了。有啥事，你直接跟我说就成，用不着去找你姑给我带话，她能了解些啥？以后啊，你不用再假惺惺地去谄孝顺！"

说完，他将礼品撂到前台上，然后带着徐以明，头也不回地走了。

望着他俩远去的背影，气急败坏的韩德香忍不住冲顾怀峰骂道："顾怀峰，你姑咋生下这么个狼毛猴子，一点人情味都没有！我呸！"

妻子的一个"我呸"，让一脸蒙相的顾怀峰，感觉窝囊极了。

二十五

姑苏中学的沉疴，单靠朱万全这味"药"显然是治愈不了的，还须下大剂量的猛药才成。学校的借调人员、请假病假者、无故不上班者，人数加起来，差不多够配备一个加强排，抽到哪个线头好像都理不出个好头绪，乱成了一团麻。

朱万全这味"药"，说穿了，其实就是一味药引子，根本治不了什么病，只能在那里艰难地维持着现状。

罗清河一次次思考着解决这个问题的良策。朱万全说得没错，能从姑苏借调到其他学校的，都是有背景的人。名义上是借调，实际上，他们根本不用上班。从这里，人是"借调"走了，但在那里，根本没有这个人的位置，借"借调"之名，实为钻两不管的空子，也难怪朱万全一谈起来便唉声叹气，连连摇头。这把扎手的蒺藜，放在谁的手里攥着都会钻心地疼。

具体分析后不难发现，的确与罗清河考虑的一样，姑苏中学这些人员与那些占低保便宜的主户相比，区别非常明显。那些低保户毕竟人员分散，且多数尚有些觉悟，要面子。镇政府张榜公布后，众目睽睽、议论纷纷之下，多数人都主动退出了，继续厚着脸皮争要这份待遇的人没剩下几个，打招呼的领导也不会就此事再做过多计较。这些学校的教师却大为不同，他们有的是领导的直系亲属，有的是领导施压下来的关系户，有的是去医院"检查"出毛病，然后按程序请"病假"进行治疗或休养的……还有一类更为特殊，他们本就是学校惹不起甚至想尽快躲开的"刺头"，其采用的理由简单粗暴但效果极好，那就是攀比——攀比上述那几类人，然后跟朱万全打个招呼，便一去不还，借机搞个人经营赚钱。他们身上显然已经没有知识分子的修养，但流氓般的勇气却是满满的，社会上流传的那句俗语"软的怕硬的，硬的怕愣的，愣的怕不要命的"在他们脸上、身上体现得淋漓尽致。你若敢跟他较真，他们会瞬间生出一股跟你豁出去的劲头，嚷嚷着去教育局上访或是去纪委检举揭发，并扯开架势，摆出一副马上呼啸而去的姿态。

就这样，姑苏中学的这个小社会却成为大舞台，各色人物都在上面尽情地表演着，但尽是些"滑稽"的表演。

按照朱万全的说法，那些"借调"老师的学校，也有苦难言。前些日子，他在县城开会，听县二小的刘振华校长和城关中学的李英民主任介绍，县二小从下面乡镇各个学校借调了三十多名老师，但别说安排他们课程，有的老师连长什么样，他都没见过。城关中学借调过去的老师更多，有五十多人，有几个老师很积极，要求到学校教课，但真给他们安排了课程，他们又牢骚满腹，跟孙校长闹出一些不愉快来。这些有背景的人的确难伺候，最后孙校长给他们开了个会，让他们不用来上班了。

"其实，按照刘校长、李主任的说法，他们学校的教师早就绰绰有余。早在前几年，但凡有点关系的乡镇老师，都想着法子，挤破头调到县城学校。各学校很快便处于超员状态。在这种情况下，也不知哪个人想出借调的新法子来。一枝不动，百枝不摇；一枝摇动，百枝劲摇。结果，借调之风愈刮愈烈，各学校有关系的老师'八仙过海，各显其能'，把小风刮成大风，大风起了风头，狂着呢。我从心底想把姑苏中学搞得红红火火，但我手中的这点柴火，引不起旺的火苗子来。唉，这些人啊，真不好得罪。"朱万全大倒苦水。

罗清河严肃地回应说："不得罪这些权贵，姑苏中学将无出头之日！必要时，就用行政手段将他们'请'回来。事不宜迟，今天晚上，镇上开个党政班子联席会，你也来参加下，把不来学校上班的名单单独列一份，读一读，让大家都听一听，然后咱们一起认真研究下对策，尽快'请'回那些借调走的老师，让请'病假'老师的'病'好起来，也好让那些攀比的老师没有任何再继续在外面游荡的理由。"

当天晚上，镇党政班子联席会上，朱万全首先讲了目前姑苏中学教师队伍的状况。接着，罗清河简要介绍了与李文彬、刘京茂等几次到中学调研，并与县教育局领导同志现场办公，探讨中学发展思路的有关情况。然后，他一针见血地指出，教师队伍缺乏奋力拼搏、力争上游的精神，形同散兵游勇，这是学校目前最大的问题。

他没有回避上述问题的症结，而是直击要害道："姑苏中学的症结有很多，关键在于学校领导的管理意识不到位，怕出事，怕得罪人，不敢管事，更不敢去触及某些人的利益，导致队伍管理失控，致使好端端的一所学校，成为借调人员的输出地,也使许多有上进心的好老师对学校失去了信心。人心一旦散了,何谈带好队伍?因此,出现目前这种现状,学校领导有不可推脱的责任。"

——罗清河直说得朱万全的脸上一阵火辣辣地难受。

大家一阵沉默。

罗清河接着说:"所以当务之急是'请'回脱离队伍的老师,至于如何'请',请大家务必开动脑筋,集思广益,形成共识。"

陈本欣看了看罗清河说:"罗书记,我说句真心话,这个'请'的难度,可真不小。这毕竟是教育上的事,咱们揽过来,怕是不合适吧?还应该看到,如果照您说的那样去做,迎面而来的那股顶头说情风,有可能刮得我们姑苏地动山摇。我这不是畏难发愁,也不是乱泼冷水,只是想提醒您三思而后行,作为'一把手',到时候,您的压力肯定是最大的。"

尤立华随声附和道:"陈镇长说得没错,姑苏中学的相关业务和教师队伍都归县教育局管理,人事调动权更不在咱们手里,现在咱们急吼吼地喊着让他们回来,于法无依,于理无据。再说,这又不是去放羊,他们怎会乖乖地听咱们的话;就算是放羊,你也得举举鞭子,不然它们也不听。问题是,咱们手里并没有那样一条鞭子——"

周庆山打断他的话说:"我也考虑过这个问题,捞鱼还得有一张好网呢,咱手里没'网',想捞这些玩水的'大鱼',有的甚至是水里的'龙',的确不好办。"

罗清河沉默了几秒钟后说:"你们说得都有道理,但我是这么认为的,既然想'请',咱们肯定得找到牵住牛鼻子的缰绳。我们是没有人事调动权,但这些人员的工资却是由镇财政发放的,那么从现在起,我们能不能暂时停发他们的工资?不给姑苏干活,他们有何理由来拿姑苏的钱?他们不是有背景、关系硬吗,若嫌弃姑苏中学的庙小,不想回来,可以去找说了算的人,让县教育局和人社局调走好了。"

李文彬不无顾虑道:"这倒是个好法,但借调出去的人太多,面太大,我感觉——"

"人太多,面太大,这并不可怕,关键是咱们得形成共识!"罗清河打断李文彬道,"姑苏的教育要想搞上去,就必须树起正气来!树正气,就得先将歪风邪气打下去。我也深知,掐断他们的经济线,阻力何其之大,他们肯定会使出种种招数来对抗。但是,要想一竿子沉到底治疗这个顽疾,就必须有刮骨疗毒的决心,刀既要快,还要锋利,又不能顾忌这团麻有多乱。我有这个信心。事不宜迟,我提议现在就成立一个领导小组,我来任组长,本欣、文彬同志任副组长,庆山、京茂、万全、传业、以明等同志为小组成员。今晚散会后,万全与以明同志马上起草一个'关于借调、病休教师限期返岗的通知'。明天中午十二点之前,由万全同志负责组织人员,将通知下发到每一位相关人员手中,不许漏掉一人,同时报镇财政所一份。到时候,对收到通知不来上班的,暂时停发这些人的工资。"

接着,罗清河深有感触道:"同志们,这就是斗争!在这场关乎姑苏中学能否起死回生的斗争中,我们每个人都要树立坚决同歪风邪气作斗争的勇气。作为一班之长,我甘愿带领大家一起啃下这块硬骨头。"

听罢,陈本欣高声笑道:"罗书记,有你带着大家向前冲,姑苏中学有希望了!"

他带头拍起了巴掌,但心里却想:罗清河啊罗清河,看来,你是真的不知道天有多高地有多厚啊!为了一个奄奄一息、可有可无的破学校,得罪差不多半个沂东县的领导,以后,在沂东这块土地上,你还能混下去吗!你真是屎壳郎拴在鞭梢上——只知道腾云驾雾,不知道死在眼前啊!你就等着看好戏吧!

当天晚上散会后,朱万全和徐以明很快起草了通知,让罗清河、陈本欣、李文彬分别看过后,打印出一摞,并加盖上"沂东县姑苏镇人民政府"的公章。

第二天一早,朱万全与副校长牛和平、教导主任武庆忠分别行动起来,马不停蹄地分赴各地,一一将通知送到借调、病休的老师手中。对实在找不到的个别人,他们又分别通过电话说明情况,并通过网络渠道将通知的电子图片发送给对方。

镇财政所里,尹传业认真核对着学校上报的人员名单,着手暂停发放工资的准备工作。

一整天,相安无事。

第二天清晨,太阳冒红,红霞满天,柔和的光辉照耀着大地。迎着清新的微风,罗清河走出宿舍,来到院子水龙头前洗漱。

很快,李文彬、徐以明和贺英等人先后来到院子里。看到离早餐尚有一段时间,罗清河便招呼大家围着院子转起来,将话题从振兴姑苏教育转到如何美化院子环境上。

罗清河指着院子四周对大家说:"一个好的自然环境,更容易激发人们的进取心和工作热情。咱们这院子,场地虽不算大,但由于树木花草不足,仍显得空荡,缺乏生机。可以在办公楼前种上一片菊花,在枫树南面的空地栽上几棵银杏树,大会议室和林业站前的窗户底下各垒几个小花池,栽上些月季、牡丹等花卉。打造好生机盎然的院落环境后,同志们在这里会更有家的归属感。前人栽树,后人乘凉,栽上几棵银杏,几百年后望着粗大的树干,后人也会想起我们。县城三官庙旧址处有棵银杏树,据旁边的残碑记载,树是明洪武七年一个名叫庞天佐的人栽植的。几百年过去了,这棵树依然枝繁叶茂、郁郁葱葱,成为当地一道美丽的风景,为人们津津乐道。我们身在姑苏这片热土上,职位虽有不同,能力也有大小,但都应该抱有长远的理想抱负,而不可急功近利,做任何事情,都要经得起时间的检验。"

随后,他们畅谈起人生。

罗清河感慨地说:"人啊,一定要有担当,干什么就要像什么,追求极致之美的过程,心里会有一种甜甜的感觉。上大学时,我也是个文艺青年,经常写些诗歌、散文,以感悟人间的善恶美丑,时常自我感动得稀里哗啦。大学毕业前夕,我在泰安实习过一段时间,认识了一位做豆腐生意的张姓挑山工。他为人质朴,待人热情,乐于助人,是个典型的山东汉子。我曾多次跟随他上山,看着他挑着上百斤的担子,爬过中天门,迈上南天门,一步一个脚印,步步扎实有力。那股不屈不挠的顽强精神,成为我心头永远抹不去的记忆,一次次洗涤着我的灵魂,激励着我走好人生的每一段路。摸着他那根楸木扁担,我还创作了一首诗歌呢。"

贺英听后好奇地问:"罗书记,那诗,你还记得吗?"

罗清河不好意思地笑着道:"有感而发,从心底生出的诗句,哪能不记得呀。"

徐以明马上说道:"那就给我们朗诵朗诵,让我们跟着一起忆一下当年。"

罗清河笑了笑说:"那好吧,不过我的普通话一般,你们别笑话就行。"接着,他朗诵道:

  扁担,一根楸木扁担
  包浆里洒满了风雨印痕
  乡愁中滚动着历史的云烟
  你挑风挑雨挑日月
  挑起雪朵挑起鸟鸣挑起幽幽白云
  洒下的汗水把脚下的台阶浸成年轮

  谁能吟出你内涵的大唐诗篇
  又有谁,能丈量出宋元明清的千载光阴
  在变幻莫测的历史风云里
  你担出红日一轮,万物蓬勃
  你把平凡书写成
  顶天立地大写的人

  罗清河朗诵得声情并茂,引来了家属院里的几位老太太。她们的任务是给儿子或女儿看孩子,见新来的书记这样兴奋,大家高兴地围了过来。
  见罗清河停止了朗诵,一位姓赵的大娘说:"罗领导,你朗诵得真好,俺都想凑过来听一听,继续往下朗诵呗。"
  罗清河难得放松一次,于是笑道:"我这哪是朗诵,直着脖子喊罢了,献丑了。"
  于是他又接着刚才的语句,继续"直着脖子喊"了起来:

  回望一路走过,寒暑往来
  一代一代坚定信念,直起腰杆
  黑夜过后,走向清新的早晨
  哦,爷爷肩头的一块块老茧
  父亲一步一步向上的坚韧

凝聚起数千年民族奋斗不息的魂

自从"世袭"了这根油光锃亮的楸木扁担
你牢记担山子民的重任，铆足全身力气
不畏周而复始的风霜雨雪
无惧层峦叠嶂，路途凶险
越过千重山，穿过万层林
脚步踏实地前进，向前进

罗清河又朗诵完一段，然后笑着说："我之所以能写出这首诗，是因为张姓挑山工在我脑中留下的清晰画面，冲击力实在太大了，这么多年过去了，依然时常闪动在我的脑海里，这辈子怕是忘不掉了。攀登高峰，需要坚韧不拔的毅力。山险心平，努力方成其大，好多半途而废者，缺乏的是耐力和信心。唯有亲力亲为不放弃，才能成功登顶。有句话说得好，'不到长城非好汉，不登泰山空对岳'嘛。"

罗清河正说到兴奋处，这时，一辆轿车疾驶而来，在院子里停下。

徐以明告诉罗清河："昨天下午，这辆车也来过，来者说是县教育局的，是你的老师。"

来人是罗清河初中时的老师郑玉同，如今已经是县教育局教研室主任。

郑老师有位亲戚被借调，是这次被"请"回的对象。亲戚听到风声后，马上托他出面解决问题。

师生寒暄之后，没等罗清河说话，郑玉同开门见山道："清河，我有个急事跟你说一说，走，去你办公室吧。"

老师这样主动，出于尊重，罗清河便"哦"了一声，随后带着他来到接待室。

人还没落座，郑玉同忙不迭地说明来意："我来找你啊，事不大，只要你点个头，就能办。我有个重要亲戚，是姑苏中学的教师，这次学校清理吃空饷问题牵涉他。我知道你们已经决定了，我来给你添一份为难，实在不应该。但亲戚哭爹喊娘地找到我头上，家里的娘们儿又没完没了地跟着叨叨，我也是走投无路了，所以才出此下策来找你求个情，还望你能给我个面子。唉——"

郑玉同的一声叹息，让罗清河的心不由自主地震动了一下，但他很快平复了情绪，笑着解释道："郑老师，我很理解您的心情，若放在其他无关原则问题的事情上，这个面子我会考虑给您，但这次清理工作，涉及面广、人员多，压力非常大。再说了，不在姑苏中学干活，就不该拿姑苏老百姓的钱，这是正理，我们……"

"这些道理我都懂！"郑玉同焦躁地打断罗清河的话，"我知道，你想用'狠药'治'顽疾'，但这个'顽疾'不是一天两天长成的，就是神仙一把抓，一时也抓不好。阵势可以造得大一些，但实际处理时，要掌握好分寸，尽量灵活些。对那些根基不是很深的老师，让他们回来上课就行了，像我亲戚这样真正有困难的教师，还有那些县里领导的亲戚朋友，该抬抬手的就抬抬手，别把打击面扩得太宽了！"

罗清河给郑玉同倒上一杯水，端到他面前茶几上，半开玩笑半认真地说："您的一份苦心，我理解，亲戚求办的棘手事，的确让人左右为难，我也时常遇到类似的问题。但我记得，上初中时，您在政治课上教育我们，一定要做一个有理想、有信仰、光明磊落的人。这些年来，我牢记您的教诲，时刻不敢忘怀，唯恐辜负了您的期望。我还以为，今天您来，是给我加油鼓劲的呢，没想到……这可与当年您教我的那些不一样啊。"

作为一名资深老师，现如今又是县教育局的副科级干部，郑玉同岂能听不出罗清河话音中并不深刻的含义。他更加不高兴了，皱着眉头说："清河啊，啥时候学会对老师冷嘲热讽了？我跟你说的，都是实在话。那时，你是学生，还没走向社会，思想单纯，如同一张白纸，就得培养你们有理想、有信仰，引导你们好好学习、天天向上。可现在，你是成年人了，在社会风浪中扎猛子不止三两年了，该怎样浮水才不会被水呛死，不用我再教你吧？眼下，社会上对你的负面传言我已听过很多，今天不便学给你听。说句良心话，今天我来，帮亲戚说情是次要的，更重要的是想提醒你，身为镇党委'一把手'，做任何决策之前，都要称称萝卜掂掂姜，考虑好事情的轻重，量力而行，拿不准斤量，是会出问题的。你还年轻，又身居重要职位，前途无量，凡是不可做得太绝，绝则错，得罪人多了，后患无穷啊。"

听到老师的一席"肺腑之言",罗清河看了看他,平静地说:"郑老师,您对我的良苦用心,我很感激,但作为'一把手',我已经'上得来驴却下不得驴'了,必须硬撑着往前走。我委实不愿驳您的面子,但如果开了您这道口子,其他人势必不服气,会跟着攀比,找到我门上来的人怕是会踏破门槛,那一视同仁的堤坝瞬间便会溃破,洪水滔滔啊。清理吃空饷工作肯定跟着戛然而止,成为群众的笑谈。这不单单是我个人的问题,更重要的是,会损害党和政府在人民群众中的威信。依我看,如果您有门路,可以将您亲戚调到其他学校,我们肯定会放行。如果是借调,就让借调方发工资,这里给他保留编制,但需要说明的一点是,从借调走的那一天起,我们会立即停发工资,否则,姑苏的老百姓肯定不会答应,其他老师也有怨言,会攀比,会伤士气,那恢复姑苏中学元气还是一句空话!"

罗清河把内心话直接向老师挑明了,郑玉同反倒没了脾气,他只好无奈地说:"清河啊,你说的这些话,你老师我能理解,可有些人是不会理解的。我还是那句话,若因为工作原因,造成打击面太大,得罪人太多,对你以后的发展很不利啊,不值得!有些人手里握有影响你进步的权力,能量不可小觑,只要让他们抓住机会,定会找你的碴。在磨道里打驴蹄,万一你不小心,栽个跟头,那就——"

罗清河微微一笑道:"郑老师,我记得,当年您教课时,经常将一团大道理用具体事例去说明,说做人要身怀正气,不但血要热,身上的骨头更要硬。您声情并茂地为我们朗诵方志敏的《清贫》,讲述小说《红岩》里刘思扬戴着镣铐赴刑场的情节,您自己都掉泪了,以至于竟忘情地举起双手,高声喊道:'任脚下响着沉重的铁镣,任你把皮鞭举得高高,我不需要什么"自白",哪怕胸口对着带血的刺刀……'共产党人英勇无畏的形象,就这样清晰地在我的心中一点点立了起来。您想想,比起那些革命先烈,我现在所做的这些,多不值得一提!面对群众反映强烈的问题,如果连触动一下某些人的利益都瞻前顾后,唯唯诺诺,我有何面目和底气去说'对党忠诚''随时准备为党和人民牺牲一切'?您当年的教导,至今仍深深地感染着我,潜移默化地教育着我,让我对做好眼下的这件事也更有了信心。下一步,姑苏镇党委要切实抓好党员的革命传统教育,我还想请您来,为同志们激情地读一读《可爱的中国》《清贫》,给同志讲一讲《红岩》。然后,我们还要到革命烈士牺牲的地方，重温入党誓词，带领大家找回那一腔热血，找回奉献精神！我是有这份情怀的。"

郑玉同呆呆地听着、看着，一时间也回想起当年为罗清河等同学授课时的动人情景。是啊，当初自己的内心也饱含革命激情，怀有坚定的信仰，也坚信自己能够踏着革命烈士的足迹奋勇向前，可眼下却为亲戚的一己之私公然干涉学校的事务，这些年在自己身上到底发生了什么，以至于忘记了自己还是一名共产党员。他顿时感到欣慰又羞愧，于是对罗清河说："清河啊，你的确是一位有理想和信仰的好同志，与你相比，我思想上和行动上都严重落伍了。我回去后，一定要说服亲戚，让他回来好好工作，认真教书育人，像你一样，把对待这方百姓的一颗热心拿出来，为这里的教育多出一些力，无愧于'人民教师'的光荣称号。"

末了，郑玉同依然不放心地叮嘱道："清河呀，你这是摸着石头过河，水很浑，你要时刻注意工作的方式方法，一定先探明水的深浅，摸准了石头，才好过河。"

送走郑玉同后，罗清河正想去食堂吃点早餐，徐以明敲门进来，告诉他："刚才有个中学的老师过来，送到办公室一封信，让我转给您，我问他叫什么，那位老师没有说。他个子不高，戴着眼镜，三十七八岁的年纪。"

说着，他就把信递给了罗清河。

信封没有封口，看来不是什么秘密，罗清河从里边掏出信，发现字写得挺漂亮，行文也颇为讲究，他便看了起来。

信中写道：

  罗书记您好，前些天听了您的讲话，我很受鼓舞，同时也在不停地反思自己：这几年，我为何迷失了，连一名人民教师的职责都忘记了呢！

  教师，被人们称为人类灵魂的工程师，是多么高尚而伟大的职业啊！自我做教师第一天起，这份情怀便深深植根于我的心底，但这些年，在姑苏中学，"向钱看"的风气严重腐蚀了部分教师纯洁的心灵，于是有人借用关系"请假"享特权、借调到其他学校搞"休养"、长期离岗搞"第三产业"……这些消极现象一度影响着我，影响着其他老师，为乡村教育奉献一切、照亮他人的思想观念在我们身上逐步丧失了，致使越来越多的人纷纷效仿，找关系、拜门子，想尽快逃离姑苏中学这片"苦海"。近百名老师，就这样沉溺在这种风气中不能自拔，让家长们失望，让百姓痛骂。

　　罗书记，最近这些天，您一次次带队到学校调研，征求大家的意见，将党委、政府的想法开诚布公地告诉大家，对存在的问题不护短，提出解决姑苏中学沉疴、振兴姑苏教育的一条条措施，让我们看到了希望，提升了信心！既然镇党委、政府下决心要彻底改变学校的面貌，我们老师更是责无旁贷，一定重新拾回丢失的信念，履行自己的职责。但同时，我也存有深深的疑虑，有道是开弓没有回头箭，我们唯恐此项工作会因外力半途而废，让大家重新归于失望。所以，我们期盼着镇委、镇政府一定要下定决心，排除万难，务必将这次清理吃空饷的行动坚定不移地进行到底，让我们这些重新燃起希望的教师，让翘首以盼的姑苏百姓吃下定心丸，唯有这样，姑苏的教育才会真正呈现曙光……

　　看完这位不留名姓的老师的信，罗清河禁不住陷入沉思。他想：比之清理不合规低保户，显然，这次工作的阻力会更多，难度会更大，但无论如何，决不能让姑苏这片土地上再继续存在不劳而获者，下一步，不但要卡住他们眼下吃空饷的渠道，对那些已经拿到手的"不劳之食"，也应该尽数追回才对！

　　这是一块极其难啃的"硬骨头"，但骨头再硬，也要坚决啃下来。

　　总之，先让那些"候鸟"飞回来再说。罗清河想。

二十六

　　通知下达后的第四天，姑苏中学召开全体教师大会，令人意想不到的是，三分之二的"不劳而获者"却无故不来参加当天的会议。

"他们，就是新时期姑苏滋生出来的'寄生虫'！彻底清理这些'寄生虫'，刻不容缓！"会上，罗清河气愤之下说出的这两句话，像生出了翅膀，很快传遍了姑苏镇的大街小巷，传遍了沂东县的每一处角落。随着镇委、镇政府制定的措施出台并张榜公布，社会上立时哗然，沂东县教育界更是炸了锅。未参加学校会议的"寄生虫"们，也有了更大的抵触情绪。

姑苏中学数学老师刘本洁，其丈夫在县建设局担任副局长，她两年多前借调到县城第二实验小学工作，按照镇里的政策，她需要退回七万三千余元工资。

这笔钱是不小的数目，钱好领，但退却不那么容易。

听到姑苏镇委、镇政府拿借调老师开刀的事情，刘本洁先是回到久违的学校看了看榜单，见自己的大名赫然在列，脸上有些挂不住，又听同来看榜单的同事吕永存说，罗清河在会上公然说他们这些人是新时期姑苏的"寄生虫"，她更是气愤难平。她知道，磕头得找正香主，而在这场清理工作中，朱万全只是个提线木偶，找他出出气尚可，但解决不了根本问题，于是她连校长办公室也没去，直接开着她的车赶到了镇里。

还真巧，罗清河刚刚开完工作碰头会，正要到乡下去。

就在前两天，已退休的原副县长齐庆春三番五次地打来电话，找到罗清河，为他外甥女借调一事求情。罗清河已经把事情说透了，那就是坚决不为任何人开口子。

罗清河接他电话的时候，内心是极度纠结的。这世间，不论伟人还是平民，谁都不是生活在真空中，哪一位没有感情？人与人之间，最不可触碰也尽量不要去触碰的，就是感情。凭良心说，老领导对自己是有恩的。无论工作上，还是生活上，他的言传身教与亲切关怀，对自己成长进步的帮助很大，两人结下了深厚的情意。听到电话中老领导缓缓的几句话，罗清河的感情底线便开始不停地动摇着。

这些年，老领导从没向自己打过招呼、提过要求。这一次，当事人又是他的亲外甥女，自己完全有权力放过她一马，他也想开口送给老领导一个人情。但罗清河是清醒的，他知道，这是在考验自己能否过感情这一关。如果这一关过不了，将意味着一步棋走错，满盘皆输，不但给群众带来茶余饭后的谈资，成为老百姓的笑柄，重要的是，下一步的工作怎么继续做下去？这个口还是坚决不能开啊。

老领导见电话求情效果不佳，有些生气，于是坚持要来姑苏跟他当面说一说。

罗清河深知，老领导这是上来了脾气，可当面再费一番口舌，把话说得更硬，彼此都会更尴尬，更显得不近人情，于是他想下乡躲一躲。

没想到，他还没来得及脱身，便迎头撞上了亲自找上门来的不速之客刘本洁。

颇有几分气质的刘本洁口齿伶俐，她不卑不亢地对罗清河说："罗书记，我来，只想问你一句，你把光荣的人民教师比喻成为新时期姑苏的'寄生虫'，在尊师重教的当下，你什么意思？"

来者不善，善者不来。罗清河初看她的外表，便猜测她是姑苏中学的老师。听完她的话，便确认了自己的猜测，于是很自然地回复道："我是说过新时期姑苏的'寄生虫'这句话，但我是有前提的。你如此质问我，只是断章取义。我说的是，那些打着借调之名离开教坛不干正事，却拿着姑苏钱的人，是新时期姑苏的'寄生虫'。这有问题吗？"

爱抠字眼的刘本洁自然不会一下子就服输，她"据理力争"道："多数借调走的老师，各有各的原因，并经过组织的同意，办理了合理手续，不是随随便便的个人行为，你一个镇党委书记，不问青红皂白地乱加定语，乱扣帽子，恐怕不合适吧！"

罗清河面色平静地回应说："我不想跟你争论什么合适不合适，因为我和你对这个问题的理解存在不同。辛勤耕耘的老师，有蜜蜂、园丁、红烛之喻，我为啥没给他们戴上'寄生虫'的帽子？因为我心里有一把尺子，能明确丈量出是非曲直。再者，我想明确告诉你的是，清理姑苏中学老师吃空饷问题，镇党委、政府既然做出决策部署，我一定会带头坚决执行下去。如果牵涉你，还请你尽快执行，该回来上班的尽快回来，该退回工资的尽快退回。工资，工资，'资'的前面是个'工'，无'工'，哪来的'资'？你好好地理解一下，是不是这个理。"

他毫不客气地甩下刘本洁，与周庆山下乡去了。

罗清河走了没多大会儿，齐庆春就急火火、怒冲冲地来到了镇里。

贺英还没劝上两句，他就发火了，满腹牢骚地高喊道："罗清河这是什么衙门作风、官僚习气！这个社会并不是真空，难道他姑苏就成了一个针扎不进、水泼不进的铜墙铁壁？他在唱什么高调！这些天，关于他的斑斑劣迹，我已经听得够多了。六亲不认，不近人情，这是典型的情感缺陷。原来在我手下工作过，我感觉他还不错，怎么手中一旦攥了权力，就耀武扬威起来了呢！我来找他说说理，他却跟我玩躲猫猫，连老领导的意见都听不进去，有什么好处！他演的这是哪一出！"

最后，他撂下一句话："他不用这样搞，搞不好，有他的好戏看！"

说完，他甩开手，气呼呼地走了。

当天下午，罗清河回来的时候，贺英将情况跟他说了。

罗清河听完后，静静地待了一会儿，缓缓地对徐以明和贺英说："齐副县长的经历，算得上一部平民百姓一步步从基层打拼上来的奋斗史，挺不容易的。他原本在村小学做代课老师，后来，县上招收一部分这类情形的代课老师上师范速成班，一年后毕业，把他们分配到小学当老师，带编制。后来，他调到公社党委工作，先后担任文书、民政助理和管理区书记。再后来，他一步一个脚印，最终担任副县长。当年，我调到县政府秘书科工作后，他恰好分管我们。也就是从那时起，我们逐步建立起深厚的感情。有一年，春节过后，他邀我们几个小光棍到他家吃饭。他和老伴在厨房忙活时，我们随便翻看他的书架。我翻到了一本日记，那是他在一个叫垭口的地方当管理区书记时所写的，上面记有这样一件事：夏日某天，下过一整天大雨，广播预报晚上仍有大雨。下午，县政府下发通知，要各公社注意防洪。傍晚，雨小了，同志们见状，放松了警惕，都回了家。未曾想，半夜时分，暴雨又至，他马上想到刘家峪水库。尽管那座水库库容不大，但若决了堤，下游的桃花坪、黑石沟等村庄将受到洪水冲击，损失会特别大。他连忙披上雨衣，骑上自行车，艰难地出了门。一路上，电闪雷鸣，大雨像瀑布似的倾泻而下，让他连连打着趔趄，但他全然不顾，拼了命似的奔向刘家峪。到达后，他敲开大队书记的门，连同几个民兵，一起来到水库大坝上。当时，库内一片汪洋，水几乎漾出了堤坝。他们赶紧推闸放水，在危急关头，解除了洪水险情。在那一个个为民办好事、办实事的小故事中，他那种不顾个人安危、一心为民的精神深深打动了我。那天喝酒的时候，我还专门就此事敬了他一杯酒。老县长谦谦笑道：'当干部，心里就得装着百姓，啥时候都不能忘记咱是党员，啥时候也不能让群众吃亏。'他说的话至今让我记忆犹新。唉，人啊，都会变，现在为了亲戚的事，他居然这样不依不饶，真是给我出难题啊。"

罗清河喃喃地说了这些之后，又说道："这样也好，当面拉下脸来拒绝，虽然会让他感情上接受不了，但我们守住了底线，终归还是对的。有时啊，人与人之间，相见不如怀念。"

清理吃空饷的行动，难度之大，超乎想象。尽管朱万全、牛和平、武庆中以及其他校领导都支持镇委、镇政府的这项工作，一直"留守"在校的老师们也都拍手称快，但他们的工作力度毕竟还是小，重头仍在镇委、镇政府这边。

经过一次次透彻的分析，对这场硬仗，罗清河不止一次地在心内"称称萝卜掂掂姜"。工作发展到如今这一步，绝不能半途而废，就是骑在老虎背上，也不能怕掉进山涧，或掉在地上让老虎咬伤。唯一的选择，就是让老虎带着蹿过这个山头。

罗清河在姑苏镇的这通操作带来的社会效应，的确够"狠"、够"辣"、够"绝情"，一时间街谈巷议，满城风雨。

罗清河回到家中，妻子郑元秋抱怨道："你听听外边说闲话的，炸翻了天，姑苏成了热点，你也成了焦点。这些天，好多熟人见到我，眼光都变了样。清理不合规低保户，清理吃空饷的，停了红楼小区物业费和水电费……这一桩桩、一件件，哪一项不是得罪大片人的事情啊。你这样树敌太多，以后遭到打击报复可咋办！那个破书记，出力不讨好，我看咱们还是别再继续干了。"

对于常年漂泊在外的人来说，家是最温馨、最可靠的港湾。妻子的一番话，让罗清河倍感暖意。他知道妻子是为他着想，也为这个家着想。眼下，随波逐流的人太多，为了追求所谓的"你好我好大家好"，许多人丧失底线原则，心甘情愿地充当起老好人——在他看来，这类人已经没有了是非观，败坏了社会清明的风气。对于一个党员干部而言，就该在其位谋其政，即使得罪再多的人，也不能为一己私利而力求自保。

面对妻子的担心和劝说，罗清河听后笑笑，没有回答。他很清楚，面对这一场场特殊的"战斗"，镇党委、政府的其他班子成员，以及其他任何人都可以推诿,但自己不能推诿,唯有他带头勇敢地冲锋陷阵,其他同志才会树立信心,紧紧跟上。一个带队打仗的班长,在这个时候,"身先士卒"这个成语不但要会说、会讲,还要会用,要用在实际行动之中。

罗清河坚定了信念,信念似铁,如影随形。回到镇里后,面对不断涌来的说情潮,他自岿然不动,恰如郑板桥《咏竹》中描述的那两句——"千磨万击还坚劲,任尔东西南北风"一样。不管你是天王老子,还是阎王小鬼,你刮你的风,你掀你的浪,不管风浪多大,他一概视而不见,听而不闻,凭借坚定的信念,直直地挺起自己的脊梁。

决心已坚硬,如铁不动摇,工作也需要尽快往前赶,但罗清河深知,工作需要一步一个脚印扎实地干,心急吃不了热豆腐。教师大会召开后,为将铺开的摊子向前稳步推动,他与李文彬等其他小组成员又先后多次来到学校,为学校领导班子加油鼓劲,同老师们座谈,让他们谈教学理念,谈对学校发展的建议,激发他们甘做"人类灵魂工程师"的内生动力。

一项极其敏感的工作,需要把控每一环节的每一细节,才能善始善终。拿到姑苏中学吃空饷人员名单后,罗清河与镇财政所的同志一起,带上镇财政所每月发放工资的花名册,赶到学校,让朱万全拿来课程表,一个人接着一个人地去核对他们是否在办公室坐班,是否在教室上课,是否有弄虚作假者。

此后,罗清河又多次在工作之余,突然来到学校,对着课程表,找到曾经吃空饷的某位老师在上什么课,然后走到教室窗台下,认真听一会儿。

正气上升,邪气下降。随着罗清河和姑苏镇党政一班人以壮士断腕的决心,强力清理吃空饷人员,除了一位真正有病的教师,一位依然继续"上访"闹腾的老师,其他所有借调的、请"病假"的教师都顺利归队,未在姑苏工作期间所领的工资,也全都如数退回。

罗清河百折不挠的坚强意志,雷厉风行的工作作风,深深地震撼了朱万全。这天晚上,跟罗清河汇报完工作后,他不由自主地感叹道:"罗书记,说真的,能吃空饷的人,背景都不简单,我这个校长唯有敢怒不敢言的份儿,更不用说实打实干了。起先,我以为您也是走过场、作作秀,杀鸡给猴看罢了,充其量是让那些能回来的教师回来,回不来的也便没了招。真没想到,您开的这服药,疗效居然这么好,这么短的时间内,将姑苏中学的沉疴旧疾一下子治好了。一个党委书记，每天面对那么多工作，却依然坚持亲力亲为，抓真的，来实的，事前还能做到不露一丝风声。就拿您突然来听课查岗说，的确让人意想不到。"

送走朱万全后，罗清河在院子里踱步。夜深人静，回想起清理教师吃空饷的"战斗"的整个过程，仰面对着满天灿烂的星星，他笑了。他想起《红岩》中的许云峰，想起《红灯记》中的李玉和，想起《永不消逝的电波》中的李侠，想起将鲜血洒在沂河岸边的陈若克、刘子超。虽说现在已不是与敌人进行殊死搏斗的战争年代，但面对社会上的歪风邪气，斗争精神依然需要坚定不移地保持下去。

回到宿舍后，他拿出《钢铁是怎样炼成的》这本书——这是他上初一时，与哥哥去县城时买的。那是他第一次走进县城，第一次看到了高楼。在新华书店，他瞪着好奇的眼睛，不断搜寻着，终于找到了苏联作家奥斯特洛夫斯基的这本著作，于是他买了下来。这是一个农家子弟第一次进城的最美好纪念。他把这本书从初中带到了高中，从高中带到了大学，大学毕业后，又把它带到了单位，一晃，三十余年过去了。当年，他找到一张报纸把书皮包起来，如今报纸早已发黄，磨损得失去了最初的模样，好多地方已磨掉了文字，但他依然不舍得把那残存的报纸换掉，因为那上面有他最初的梦想，有他纯粹的心境，有他奋斗的动力，有他少年之时最为珍贵的记忆。

书中，他最喜欢一句名言是：幸福，就在于创造新的生活，就在于为改造和重新教育那个已经成了国家主人的、社会主义时代的伟大的智慧的人而奋斗。

——他的心境像那浩瀚的星空一样清澈而宁静。

二十七

沂河之水，在岁月中静静地流淌着。无论河水是激越奔腾着，还是缓缓流动着，每每站在沂河岸边，看着浪花在阳光下闪动着银色的光芒，罗清河感觉有一种无形的力量在时时激励着自己。

自小在沂河岸边长大的罗清河是了解沂河的。这条养育了两岸人民的母亲河，滋养着两岸万物的同时，也给生活在这里的人们以极大的精神鼓舞。夏天丰水期，她涌起波涛，大浪拍岸，一泻千里，呈现出波澜壮阔、一往无前的气势；春秋阳光明媚的日子，她用万古琴弦弹奏出舒缓的乐章，又呈现出温和柔顺的一面。不论枯水期还是丰水季，她都以饱满的激情，以奔向大海为目标，千锤百炼，百折不回，硬是闯出一条属于自己的路，也给两岸的人们带来了勇往直前、百折不挠、奋斗不息的沂河精神。这笔巨大的精神财富，让罗清河充满信心。他认为，不管遇到多大的艰难与阻力，都要有沂河精神，有沂河力量，在不时出现的漩涡和暗流中，要以滔滔气势，奔涌向前。

在连续几副有效猛药的作用下，姑苏的一个个沉疴顽疾得到了治疗，但罗清河清晰地认识到，在部分党员干部中，依然存在着作风纪律不够硬、战斗力不够强、执行力偏软、好人主义盛行的情况，甚至个别人出现了严重的道德滑坡和违法乱纪问题，已严重影响到镇委、镇政府的工作效率，进而引发百姓的非议。对此，镇党委决定从革命传统教育入手，把精神坐标擦亮，让党员干部与革命战争年代抛头颅、洒热血的共产党人进行一次灵魂的对话，看一看、比一比、找一找自身与英雄人物的差距到底有多远，从而激发每个人内心的革命激情，并以此为切入点，扎实推进党史学习教育系列活动，全面提升党员干部的党性修养。

星期天，罗清河带领姑苏镇党员干部，来到大青山下的革命烈士陵园。

"埋骨何须桑梓地，人生无处不青山。"陵园内，三百多名与敌寇浴血奋战后英勇牺牲的烈士长眠于此。青松翠柏间，胜利突围纪念碑巍然耸立，一座座坟茔庄严肃穆。大家从其间绕过，抚摸着一棵棵青松翠柏，内心颇为感慨。

讲解员是一名神情严肃的年轻姑娘，她声音低沉地讲述着那场沂蒙山抗战史上的惨烈战役——大青山突围战。

巍巍青山，林涛阵阵，让人们仿佛听到了当年的厮杀与呐喊。长空万里，浩气永存，烈士的鲜血把大青山染得更加壮美。热土聚忠魂，他们的英雄事迹深深地震撼着每一个人的心灵。

伫立在英雄纪念碑前，罗清河满含热泪道："今天，我们来到这里，缅怀先烈，铭记历史，致敬英雄，就是希望每一位党员同志能够认真地想一想，先烈们为了民族独立和人民解放的伟大事业，不惜献出自己年轻而宝贵的生命，对照他们，我们的奉献精神到底在哪里？我们该怎样更好地去履行一名共产党员的崇高职责？"

一连串的发问，让一些同志不由自主地低下了头，罗清河继续说着，他的声音振聋发聩："我想提醒某些同志的是，如果再这样浑浑噩噩地混下去，对待工作指李推张、敷衍塞责，没有任何骨气和担当，依然甘当群众眼中的庸官、俗官、昏官甚至贪官，那你们就愧对先烈，愧对人民，也愧对自己，必将成为这个时代的耻辱！"

随后，李文彬深有感触道："今天，我们组织这场革命传统教育，可能有人认为这种形式已经过时，我们是在作政治秀，但站在埋葬着这么多革命先烈的土地上，我想，每一位同志的心情应该都如我一样，感慨万千。就像罗书记多次说的，我们都是举着拳头，对着党旗宣过誓的人！在举起拳头的那一刻，每一个人都热血澎湃，立志为了实现崇高理想奋斗终身，甚至不惜献出自己的生命。可是，在今天的和平环境里，面对花花世界、灯红酒绿，有些同志的信仰却一步步丧失，党性也一次次让酒精稀释得没有了纯度，自己也慢慢地成为权贵的俘虏、金钱的奴隶！面对这些革命烈士，我们难道不深感羞愧吗？同志们，我真诚地希望大家，要时刻清醒地认识自己的党员身份，牢记自己的使命和责任，砥砺前行，为民谋福，始终做一名无愧于先烈、无愧于人民、无愧于时代的合格党员！"

在英雄纪念碑前，周庆山与徐以明把一面鲜红的党旗展开，在罗清河的带领下，大家庄严地举起拳头，再次重温入党誓词。

铿锵有力的声音，在烈士陵园的上空回荡。

从大青山烈士陵园返回姑苏镇政府驻地后，当天晚上，各党支部便着手组织党员开展集中学习。在随后的镇党委民主生活会和各支部组织生活会上，大家谈理想，谈学习体会，对照党组织的要求，认真查找工作中的不足，积极开展批评与自我批评，同时明确以后努力的方向……党员学习教育活动取得了明显的成效。

党委民主生活会上，周庆山深有感触地说："同志们不是觉悟不高，也不是没有精神境界,而是这些年我们讲人情、钻圈子,把大家讲晕了、钻糊涂了。个别人认为,什么信仰不信仰的,到歌厅唱首歌、跳支舞,今朝有酒今朝醉,就是最好的追求。甚至有些歪理认为,多喝酒能拉动经济增长。仔细想来,从前些年开始,姑苏的正气越来越少,我个人的党性也有所弱化。这其中,社会环境的影响当然有,但关键还在于镇党委班子,特别是'一把手'的带头作用和治理能力出了问题。所谓'根不直,秧不正,结个小瓜歪歪腚'。农村老人们常说,靠着谷子长谷子,靠着莠子长莠子,也是这个道理。经过这段时间的党史学习教育,咱姑苏镇,像被秋季的西北风吹过似的,政治风气和工作氛围一下子清新起来。"

罗清河严肃地说:"信仰与追求,从我们的嘴里说出来,绝对不应该也不能作为高调唱,它是我们的精气神,啥时候都不能忘记,更不能丢弃。只要我们还能想到自己是一名党员,即使工作再苦再累,再大的个人私利从身边流过,也不会觉得可惜。"

参加过革命战争的人物,以及他们身上的革命故事,是一笔宝贵的历史财富。为了进一步提升党史学习教育活动的效果,更好地教育和激发党员干部干事创业的主动性和积极性,罗清河决定将这笔财富挖掘出来,丰富完善镇史馆内容,让同志们能够时时感觉到革命榜样就在我身边,从而进一步发挥好革命模范潜移默化的作用。

通过调查了解,姑苏镇周家车疃村就有一位抗日战争时期参加革命的老党员,名叫周久祜。当时,日军在姑苏镇设立据点后,为了加强对敌斗争,党组织在周家车疃设立了秘密交通站。负责做秘密交通工作的这个人,便是周久祜同志。

镇党委民主生活会结束后的第二天,罗清河与徐以明专程来到周久祜老人家中。

老人已年近九旬,但身板硬朗,记忆力很好,也很健谈。听明白罗清河的来意后,他开始津津有味地回忆起革命往事。

周家车疃村始建于明朝初年,一直有尚武习俗。小时候,周久祜上过私塾,后又学得一手好武艺,可谓文武双全。抗战爆发后,同样在村中上过私塾又会武术的周锡田,秘密加入了党组织。因和他同年出生,又是要好的发小,不久后,经周锡田和沂东县县大队的李福山介绍,周久祜也加入了党组织。

"加入党组织,就要同党一条心,党员之间也不能有二心!"老人激动地介绍道,"我和周锡田原本就是辈分相同的同村人,后来又拜了把子,做了磕头兄弟。当时,同志之间单线联系,我的直接联系人就是周锡田,他所知道的上级领导,是沂东县委的张利民同志。"

那时,周久祜家住村东北角,位置相对偏僻,家后是一条大河沟,沟内灌木丛生,芦苇茂密。当时,沂东县委正在周边一带组织群众开展抗战工作,时任县委书记的王义普经常来他家了解当地情况,认为这是一个好地方,便在此设立了秘密交通站。周久祜觉得自己家中的条件较差,但王书记指着房后沟底的杂草和树丛说:"这里最安全,来时,不会有狗叫猫咬,万一遇到紧急情况,脱身也方便。"

1940年春,日军进行扫荡,有天夜里,他们悄悄来到周家车疃村。得知敌情后,王义普等同志在周久祜的带领下,沿着周家后面的大河沟一直奔西而去,迅速地转移到凤蹲岭。借着满天的星光,看到危情解除,王书记松了一口气对周久祜说:"继续往西,我们就安全了,幸亏将秘密交通站放在你们家啊。"

为了做好接送上级人员和情报工作,周久祜经常以赶集的名义,从姑苏赶到饮马湖,再赶到李林,一遍遍熟悉线路,察看走哪条路能避开敌人,哪条路对于今后的联络工作会更加安全。不久,一条地下交通线迅速形成,周久祜开始活跃在方圆百余里的地下交通线上。

时间来到1942年的冬天,河面虽然已经结了冰,但冰层还很薄,承受不住人的重量。那时,河面上鲜有大桥,仅有的几座桥上也常有敌兵把守,百姓一般靠渡船渡河,但在冬天的夜晚,渡船是开不了的。在这种情况下,组织让周久祜赶到西南一处秘密交通站,接送上级派来的三位同志。这趟路要徒步穿过汶河、沂河、沭河三条河,路途艰险,但周久祜毫不犹豫地接过任务,然后选择时机迅速赶往目的地。

接到三位同志后,他带领他们连夜赶回周家车疃村。寒冬腊月,滴水成冰。过河时,他不顾河水冰冷刺骨,靠着熟悉地形的优势,选择水流少的河道,在前面奋力用棍子砸冰开道,让后面的三位同志紧紧跟上。他们一路上跋山涉水,历尽艰险,在凌晨时分来到周家车疃村。安排三位同志在自家吃了顿热乎饭后,他又趁着夜色,把他们安全地送到下一个目的地。

那时,他深知,参加革命要面对掉脑袋的危险,但为了让千千万万个同胞不再受欺辱,为了让老百姓能过上当家作主、有尊严的好日子,他毅然决然地将生命置之度外,选择将革命进行到底。

一次次冒着生命危险转送情报、接送上级同志过日军的封锁线,周久祜在斗争中日臻成熟。为了更好地为交通站做掩护,他开起了油坊,靠着商人的身份,将情报转送得更加及时且安全了。

1943年冬季,周久祜以贩卖花生油的由头去外线取回一个情报,但在回来的路上,被汉奸抓到并押到汉奸圩子。他知道,一旦真实身份暴露后,自己将必死无疑。危急关头,自民团副团长孟庆祥同志及时将他救了出来。情报事先被他缝进袜子里,并没有被敌人发现,最终被他有惊无险地带回了沂东县委。

周久祜老人说,后来他才知道,孟庆祥也是共产党员,他打入敌人内部,为党组织提供了大量有价值的情报。正是因为各条战线上的同志将生死置之度外,无怨无悔地选择了共同奋斗,革命最终才得以成功。

不幸的是,他的入党介绍人周锡田到沂北县执行任务时被日军抓住。面对敌人的严刑拷打,周锡田始终坚贞不屈,后来被敌人残忍地活埋了。说到这里,老人眼里,流出了浑浊的难过的泪水。

"干革命,哪能没有牺牲啊!"老人连连感慨道,"我的另一位入党介绍人李福山,淮海战役时已是营长,当时他不幸负伤了,上级让他退下去,他急得骂娘,坚持不下火线,结果在随后同敌人的战斗中,不幸中弹牺牲。为了革命,我的两位入党介绍人先后都牺牲了,今天的安稳日子来之不易啊!就是毛主席说的,要奋斗就会有牺牲。死人的事是经常发生的。但是我们想到人民的利益,想到大多数人民的痛苦,我们为人民而死,就是死得其所。"

罗清河认真地听着,仔细回味着老人的话,久久说不出话来。

从周久祜老人家中回到镇里后,贺英向罗清河汇报,郑家营村八十七岁的老人郑维山,先前来到党政办公室,想反映自己的问题。

郑维山老人是在解放战争时期参加革命工作的,后又参加过抗美援朝战争,先后立过三次战功。中华人民共和国成立前,由于资料保存不善,他的入党材料不慎丢失。后来，组织落实的老人入党时间出现了偏差，导致目前所能见到的所有资料中，都注明老人是在 1953 年入党。然而，老人清楚地记得，自己是在战火纷飞的 1946 年举起拳头对党宣誓的，这与组织认定的时间相差了整整七年。为此，郑维山曾多次向有关部门反映自己的这一情况，但最终查找的结果均认定为 1953 年。

听说新的镇党委书记来了，郑维山于是让孙子开着三轮车，赶到镇里，想找罗清河反映下这一情况。不巧的是，罗清河不在办公室。

贺英问明老人来意后，向老人解释说罗书记去偏远农村了，得下午很晚才能回来。

老人的神情显得有些无奈，他焦急地说："我档案表上的入党时间搞错了。前些年，我多次到镇上反映，领导也当面答应帮我去落实，但最后都没了回音。本来吧，我对这事已不抱啥指望了，但听说新来的书记为群众办事很认真，所以再来试试，看看他能不能帮我了却这桩多年的心事。我是马上入土的人了，这次再办不成，我也就彻底死心了。"

贺英热情地回应道："大爷，您说的这些，我都认真记下来了，待罗书记回来后，我一定把您说的情况转告给他。"

得到贺英的再三保证后，老人随后站起身，和孙子一起走出办公室，坐上三轮车回了家。

郑维山老人反映的情况和提出的诉求，罗清河不但记在了本子上，更记在了心里。

第二天，他与周庆山专程赶到郑家营村，坐在老人家中的老枣树下，询问老人入党时在什么地方宣的誓，谁是证人。

看到自己反映的问题第二天便有了回应，且镇党委书记亲自上门来落实，郑维山老人异常感动。他认真地回想着，解释说，自己入党地点是在沭河边上的洪瑞镇，那里有一个货运码头。介绍人有两位，一位是沂北县的张炳炎，是个文化人；另一位是自己的排长石增柱，是蒙河县人。当时正值秋后，是在一个院子里，院子西墙根竖着两个秫秸攒。一同举起拳头的共有十一个人。由于年代久远，其他更多的线索，老人已记不清楚了。

随后，老人又向罗清河和周庆山生动地讲述起他参加解放战争和抗美援朝战争的战斗故事。

回到镇里，罗清河马上安排周庆山、徐以明二人进行外调。

第二天一早，二人先后赶到沂北县和蒙河县。

周庆山从沂北县委组织部和县档案局的有关档案资料中寻找张炳炎，发现确有其人，但他已经过世多年。在蒙河县委组织部和档案局的资料中，徐以明并没有找到郑维山老人所说的那位叫石增柱的人。而洪瑞镇那个地方，当时属于沭河县，后划入东江区，其相关档案资料也都转到其他县区。岁月匆匆，有关郑维山老人入党信息的线索，就这样中断了。

没有得到直接认证，外调的周庆山与徐以明只好赶回镇里，向罗清河详细汇报了这次外调的情况。作为一名战争年代加入党组织的老党员，郑维山老人内心对党的那份感情何其深厚，那份忠诚和信仰又何其可贵，他是多么盼望组织能确认他真实的入党时间啊！何况老人已是八十七岁高龄，像一枚已熟透的瓜，随时都有可能从瓜秧上掉落下来。罗清河深知，作为一名基层党组织负责人，他不应也不想让这一问题成为一桩历史悬案，成为一位老党员内心深处的结，并让他最终带着遗憾离去。

老人的问题一直挂在罗清河的心上，他时刻不敢忘记，并努力去寻找落实问题的路子。

一天，他去县城开会，散会后，见离下班尚有一段时间，于是匆匆赶到县档案馆，诚恳地向县档案馆的同志说明情况，恳请对方帮助寻找有关郑维山入党时间的线索。

县档案馆的同志听完情况介绍后非常感动，也非常热情，答应一定会认真帮助查找。

面对浩如烟海的全县历史档案，且大多是过去手工记录的，找一个人多年前的入党时间，即使算不上大海捞针，却也好比在沂河里捞针，但是工作人员不辞辛苦，一天接着一天认真查找着。后来，细心的工作人员发现，当年县内还有几个很小的管理区。他们又分区进行查找，终于有一天，在一个叫城阳区的1975年的党员登记表中，发现了郑维山老人的名字，上面的入党时间准确标注着1946年10月。

县档案馆的同志激动地将这一好消息及时通过电话通知了姑苏镇委党政办公室，贺英接到电话后，马上汇报给罗清河。

罗清河听后非常高兴，随后他安排周庆山出一份报告，尽快将这一讯息报告给县委组织部，并让周庆山、徐以明登门告诉郑维山老人这个好消息。

第二天，徐以明专门去了趟县档案馆，复印了老人入党的证明材料。按照有关程序，组织上对郑维山老人的入党时间重新进行了认定。

为老人查找入党时间这件事，无形之中又给年轻的徐以明上了生动的一课，他在日记中写道：找到老人确切的入党时间这件事，看似不大，但意义非凡，不仅仅是为了却郑维山老人的最后心事，更是姑苏镇党委，尤其是罗清河同志对工作高度负责精神的体现。我深受感动，也深受教育，他教会了我如何严谨、认真、负责地去对待每一位同志的合理诉求。

二十八

一轮红日冉冉升起，光辉照耀着姑苏大地，全新的一天开启了。陈本欣今天心情格外舒畅，他早早离开家，迎着朝阳，驾车从县城向姑苏镇驶去。车过沂河时，他通过车窗环顾了一眼大河上下的景致，不由得哼起了"我们的家乡，在希望的田野上"。

他很快来到镇委、镇政府大院，罗清河前脚刚进办公室，他后脚就跟了进来。

为加快沂东县经济发展，县委、县政府连续出台了关于鼓励招商引资的措施和奖励办法，并且召开专门会议，给各部委办局、各乡镇下达了招商引资指标，县长同各县直单位"一把手"以及各乡镇长签订了目标责任书，对各部委办局、各乡镇的完成情况，进行每季度通报。不论引进招商项目还是引进投资资金，完成任务者，按签订的责任书兑现奖励。

跟着陈本欣走进来的，还有一个肥头大耳的人。

一踏进罗清河的办公室，陈本欣马上哈哈大笑着说："罗书记，县里这次刚开过招商引资大会，我就立马行动起来，看，我给你领来一位到咱姑苏投资兴业的大老板。"

说着，他一指身后来人介绍道："这是临江荣鑫焦业有限责任公司的刘老板，有意向来咱们镇投资建厂。昨天，我领他围着长虹岭转了一圈。刘老板看中了凤凰台村西的那片苹果园，计划投资建座焦化厂。这回啊，咱们镇的招商引资，将彻底改变一直徘徊在中游的局面，肯定会一下子走在全县的前列。"

罗清河客气地让座，并倒了一杯清水端给对方，接着同刘老板寒暄起来。

他们寒暄了没几句，一旁的陈本欣继续介绍道："刘老板办事脚踏实地，除昨天与我一起考察外，还亲自跑到凤凰台和雀山两个村实地考察了两次。按照刘老板计划投资建厂的规模和年产值，我粗略算了下，可为咱们镇年增加税收八十万元以上。这还是次要的，刘老板还有不少同行业的好哥们，他不但来投资建厂，还会动员同行来。他掰着手指头向我数了数，至少能引来十余家企业，这将为全镇的经济发展带来不小的新动力。"

罗清河点了点头，看着刘老板问道："你们企业具体生产什么产品？"

刘老板回答说："炼焦。"然后，他开始夸夸其谈，说什么投资建厂后，他一个企业便可解决六十余名劳动力的就业问题；对所占用的村民土地，每亩地每年可补偿一千元，比单纯种粮食的收益要高一倍；加上每年可为提供土地的村庄缴纳一定费用，村民不用种地就有固定收入，且还能成为产业工人。这样一来，国家有税可收，镇里经济发展，农民得实惠，一举多赢。

听刘老板说完，罗清河皱了下眉头说："炼焦属于高污染产业，我们虽然欢迎企业家到姑苏来投资，但对于高污染企业，我们一般是拒之门外。不过，你既然来了，我们会在党委会上研究一下你的投资情况，到时让陈镇长把我们研究的意见，向你说明。"

刘老板在社会上打拼多年，他一听罗清河的话，就知道他的项目在姑苏十有八九落不了地，但他不到黄河不死心，从罗清河的办公室走出来，他没有马上下楼，而是随陈本欣进了镇长办公室。

大腹便便的刘老板再一次鼓吹他的企业能为姑苏带来多么丰厚的利润，对当地经济发展有何贡献，还说罗清河不懂抓经济，最后直截了当地说："陈镇长，针对你们县委、县政府出台的招商引资奖励办法，我很明确地向你表态，奖励企业的那一块，我们分文不要，全归你，我可以直接打到你夫人的银行卡里。"

陈本欣笑笑道:"县里的那些奖励,倒是次要问题。为官一任,造福一方嘛,我主要是想,把项目引进姑苏,让姑苏有一个大的发展,这是造福于民的大好事。刚才,罗书记不是说要在党委会上研究吗,到时,我会据理力争,想方设法促成这件事,你等我的信吧。"

刘老板恋恋不舍地离开了镇长办公室,临走,他又小声对陈本欣说:"陈镇长,您只要能把这事促成了,投资建厂后,我会安排两名你的亲戚担任企业的中层干部,拿高薪。另外,您家中有什么需要帮忙的,我可以全力去帮。"

说到这里,他又神秘地一笑,小声说:"当然,陈镇长,您尽管放心。我是很讲原则的人,我会严格与您划清界限,保证不会给您带去任何负面影响!"

经济发展是第一要务,送走刘老板后,罗清河正琢磨下一步经济发展的思路,这时,从党政办公室里传来一阵女人的哭闹声。

不一会,贺英来到罗清河办公室,汇报说:"来了一个外乡女人,她已来过几趟,之前都是直接去找许建林,这次,非要见书记不可,您见不见?"

罗清河问:"她有什么事?"

贺英不好意思地说:"你去听听人家说的就知道了。"

见贺英一副难为情的模样,罗清河有些好奇,他略略整理了一下桌上的文件,然后起身来到了党政办公室。

来找罗清河的,是狐山沟子乡的一位四十六七岁的农村妇女,姓苏,她是为闺女讨公道来了。

事件的起因还得从前两年说起。

姑苏镇林业站站长许建林,祖籍临江城,天生一副好皮囊,又生得一张甜嘴巴,对意志力不强的女人颇具吸引力。他现在的老婆姓吴,叫吴爱雪,是个裁缝,那时,她招收了两名学徒。许建林在玩弄女人这件事上十分得心应手,不久便对其中一名长得水灵灵的女孩动了坏心思。他使出浑身解数去讨好那女孩,久而久之,涉世未深的小女孩经不住他的诱惑和哄骗,跟他好上了。终于,有天夜里,在吴爱雪回乡下娘家时,那个女孩半推半就地跟许建林睡在了许家的大床上。此后,只要得到合适的机会,两个人便不分时间不分地点地偷偷苟且。很快,许建林将那小裁缝的肚子搞大了,然后流了产。

眼前这位中年妇女就是那个小裁缝的母亲,姑苏镇委、镇政府大院里的工作人员都认识她,因为她不止一次地来过这里。她还上过派出所,也到过法庭,但因女孩是自愿的,派出所不立案,法庭也不管,女孩家长就不断到大院来闹腾。

事出了,总得解决,当时马士良便让陈本欣出面,进行调解。

在做人的思想工作方面,陈本欣是把好手。他先对那女人说:"主要责任在你这当娘的身上,你是怎么管教孩子的!接着说,这种事吧,一个巴掌拍不响,也怨你自家小孩,她已经二十多岁,属于成年人,应该有辨别是非和自我担责能力。尽管许建林负有一定的责任,但毕竟不是他上了你家闺女的床,而是你家闺女上了人家的床。"一通看似讲道理实则指责的话后,他捧出几颗甜枣来,说:"事情既然已经出了,双方又都是自愿,公安局不能拘,法院不能判,你也来找过多次,再不顾颜面地来闹腾,对孩子的名声更不利,眼看她就该找婆家了。现在双方各让一步,把问题解决了是关键。"

最后,在陈本欣的调解下,双方达成协议,女方以后不再来闹腾,作为补偿,许建林支付给女方两万元,从此以后,互不打扰,各自相安。

许建林做这种事已不是一次两次了。他前妻是他的高中同学邢红霞。她中专毕业后分配到县渔技站工作,恋爱对象本是同单位的邵明华。二人的相处一直稳稳当当,甚至发展到谈婚论嫁的地步。谁知"半路杀出个程咬金",刚刚抛弃女友的许建林猛地插上一杠子。不善言谈、老实巴交的邵明华,哪里是颇有几分西门庆神韵的许建林的对手,在他花言巧语地进攻下,邢红霞不久便沦陷了,随后与他结婚。两人育有一儿一女后,许建林被派往李林镇工作,很快就与街上做裁缝的吴爱雪好上了。两人如胶似漆,天天若不在一起便如同得了精神分裂症似的焦躁不安。随后,为追求新的"爱情",许建林不顾一切地与邢红霞离了婚,与吴爱雪结婚了,然后生下一个闺女。

尽管先后经历两段婚姻,生下了三个孩子,但在追女人方面,心理变态的许建林依然没少偷偷"打欢翅"——他如同一只雄鸟,不停地抖动着翅膀引诱着各种雌鸟。

许建林征服一个女人，不单单是靠哪一个方面，而是通常娴熟地运用"三管齐下"，把花言巧语、任劳任怨、小恩小惠三项绑定，综合用力，所以很少有女人不在他手下乖乖投降的。但好得快，抛得也快，他就像只发情的黑猩猩，刚从这个女人身上爬起来，身上的臊味还未散去，马上又将眼光投向另外一个女人。

吴爱雪看小裁缝反客为主，瞬间傻眼了，但她心里明白，自己就是从这条路上走过来的。她担心小裁缝将她的家庭拆散，让女儿没了爹，所以小裁缝流产后没几天，吴爱雪就果断地将她撵走了。

小裁缝被撵走后，她的母亲很快知道了原委，于是便隔三岔五地来镇委、镇政府大院找许建林讨说法。于是，小裁缝被许建林搞大肚子后流产的事，很快在姑苏镇沸沸扬扬地流传开，继而传到了外乡镇，传到了县城。老百姓都把它当作茶余饭后的笑资议论着。

许建林是马士良手下的林业站站长，他跟这个女孩属于双方自愿，所以善和稀泥的马士良也不想得罪人，于是选择调解的办法，把这一道德败坏、当事人应该受到谴责和组织处分的事情平息下来。

在这个过程中，许建林一直抱着一副无所畏惧的"凛然"神态。

罗清河还未来姑苏上任时，小裁缝的母亲就连续多次来镇里闹，很大程度上坏了姑苏镇委、镇政府的形象。男女之事本身就很有新闻性，很提人们的情绪，在巨大的反面议论之下，纪委书记王子和多次找到马士良，一再提议给予许建林处分，但马士良每次都劝他说："两座山或许没有碰头的时候，但人与人却没有不见面的，做人嘛，胸怀要宽广一点，不要凡事揪着人家的小辫子不放，动不动就喜欢举棍子。得饶人处且饶人，避免日后见面尴尬。更何况同在一起工作，做得太过，整人厉害了，不利于同志们团结、和谐。"

不过，镇党委会上，在王子和的一再坚持和尤立华的坚定支持下，马士良最后只好同意让许建林在机关全体人员大会上，做出深刻检查。

许建林在机关全体人员大会上的自我检查，无疑是一部多年不遇的精彩喜剧片。参会人员比以往任何大会来得都齐，且到得都早。一般来说，召开这样的会，对当事人伤害性不大，但侮辱性极强。这事很不光彩，羞耻心让许建林面红耳赤，像被旺火烤脸一样难受。他故作镇定、轻描淡写地说："我不应该在男女问题上犯错误，对不起人家，也对不起组织。主要是我的错，不怨那个小妮子。"

早与许建林有过节的尤立华一心想让许建林丢人现眼，以泄心头之恨，于是拼了命地借机发挥，他盯着许建林，很严肃且很认真地说："许建林，你说得不疼不痒，这样的检查，怎么能称得上深刻？'主要是我的错，不怨那个小妮子'，那整个过程呢？你是如何拉人家下水的，使的什么小伎俩，拉拢了多少次才达到龌龊目的？总归要说得详细一些吧！你这样三言两语，敷衍塞责，就想蒙混过关，哪有一点见血见肉、触及灵魂的效果？"

尤立华这样一提，大大咧咧的张京虎也随声附和道："老许，你是得说得详细一点，不然，今天这个会，你是过不了关的！"

如果说尤立华是别有用心，那张京虎纯属戏谑，但脸皮像城墙一般厚的许建林还真不知羞耻地说开了情节，将他趁老婆不在家和小裁缝胡搞的过程说得淋漓尽致。众人听着那细节，忍不住笑出声来。稍年轻点的女同志瞬间红了脸，低下了头。气得主持会议的王子和打断他的话，板着脸大声斥责道："说这些下流过程，你觉得自己怪光鲜？还知不知道羞耻值几个钱！"

陈本欣代表镇上出面调解后，小裁缝的母亲本来已经答应收钱了事，但许建林只给了五千后，就不再提那一万五什么时候给的事了。后来，等小裁缝的母亲再来讨钱，他便摆出一副癞皮狗的架势，死活不再理对方的茬。

虽说孩子在社会上的声誉远不是两万块钱能摆平的，但这毕竟不是什么光彩事，继续闹下去，自家闺女羞不起，全家也跟着丢人，况且女孩确实也有错，所以那家人才决定打碎牙往自己肚子里咽。可是一万五却没了下文，小裁缝的母亲气愤地想：好你个许建林，别说你诱骗着把俺闺女给糟蹋了，就是孩子主动和你好，你也该讲点人伦义理，管住自己的裤腰带。现在我们已退让一步，同意拿到两万块钱后息事宁人，这个主意又是一镇之长给出的，你也当着镇长的面答应了，可只给了四分之一就想赖账！她越想，肚子里的气越大，直鼓得肋骨一阵阵疼痛，愤怒的火像要从胸腔里喷出来。

忍无可忍之下，她便隔三岔五地来镇委、镇政府大院发发心中的怒火。

前几天，她听说镇上来了新党委书记，于是今天又赶过来找新书记讨说法。

罗清河听明情况后，安慰了那妇女一番，明确告诉她，自己将尽快了解一下情况，一定会公正处理这事，给她一个交代，处理结果到时会及时反馈给她。接着，便留下了她的地址和联系方式。

小裁缝的母亲下楼时，在楼道正巧遇到外出回来的尤立华。尽管彼此从未说过话，但尤立华对她已经很熟悉。相互看了一眼走过去后，他来到党政办公室，冲还站在那里的罗清河不怀好意地笑道："这件事啊，全怨许建林不守规矩，把钱攥得就像涩柿子似的，偷吃了带腥的，作下孽，还不想买单，人家能不来闹腾吗！姑苏镇委、镇政府这张脸啊，让他许建林这一块腐肉给搞得臭烘烘的，老百姓没有不笑话的。这个老许，道德实在败坏，作风实在恶劣，这些年，脑子根本就没放到工作上，只知一门心思到处搞女人，搞到手的不下两位数。若去饭店支一张大桌子，怕是也坐不下，得有一半人站着，倒不用找端盘子提壶的了。"

罗清河没有接尤立华的话茬，他面无表情地瞅了瞅对方，又看了看贺英，接着踱到房间南面窗前，立定了。

连起码的道德底线都不遵守，还觉得这是一种本事，一种炫耀的资本，这样的人，简直就是社会的渣子！这样的人，还有什么资格去谈共产党员的理想、信念和追求！罗清河气愤地想。

尤立华见罗清河不回话，感到无趣，于是转身上楼，去了他的办公室。

罗清河考虑了一会儿，让贺英去叫许建林到自己办公室来一趟，他想单独和对方谈一谈。

许建林很快来到罗清河的办公室，谁知，谈了没三句话，两人竟然谈崩了。

他硬气地诡辩道："我和她有一腿是不假，但双方都是成年人，属你情我愿。周瑜打黄盖——一个愿打，一个愿挨。当初，如果不是陈镇长没事找事，一再动员我，我五千块钱都不会出。给我带来这么大的负面影响，我还想让她赔给我点精神损失费呢！那事早就已完结，那老女人纯属无理取闹，她没理由可找。别人，就更无权干涉了！"

罗清河听罢，目光平静地看着他，说了句："好，那你先回去吧。"

接着，他打电话将王子和叫来。

罗清河对王子和说:"对许建林这种道德败坏、公然违反党的纪律,且自身毫不知悔改的行为,应该及时做出处理,你抓紧依照党的纪律条例,拿个意见,今天晚上开会,研究下给他纪律处分问题。"

当天晚上的党委会上,主要研究两项内容:一是关于如何做好招商引资工作;二是针对许建林道德败坏问题,研究并形成处理意见。

会议开始后,罗清河首先传达了全县招商引资大会精神。李文彬带领大家学习了县委办公室、县政府办公室下发的有关做好招商引资工作的措施、考核奖惩办法等几个文件。

随后,陈本欣向党委委员们通报了近段时间全镇招商引资的工作进度。接下来,他介绍了临江荣鑫焦业有限责任公司要来姑苏投资建厂的事。他说得很详细,包括企业的生产能力、行业发展前景,以及刘老板几次来考察并计划选取的厂址位置、占地亩数,厂子建成后的用工数量,对占用村民土地的补偿,将来产生的税金等等。

陈本欣话音刚落,尤立华抢先第一个发言,他瞪着豆大的眼睛,兴奋之情溢于言表:"有这样的企业来投资建厂,是咱们姑苏的大幸事、大好事啊!厂子建在姑苏地盘上,就是咱姑苏的资产,还能解决劳动力就业、财政税收等问题。现在,县政府抓招商引资考核,已成为全县工作的重中之重,每周一调度,半月一通报,一月一下文,县里对乡镇、个人还有奖励,这块收入合理合法,拿到手里也安稳。好事多多,咱们应该尽快将它引进来。"

看到自己会前的沟通产生了预期的效果,陈本欣满意地笑了。

尤立华说完,李文彬想了想后问陈本欣:"焦业有限责任公司,是不是搞炼焦?"

陈本欣答:"对,是搞炼焦,但荣鑫公司不是那种小炼焦厂,而是上规模的企业。"

李文彬很认真地说:"不管大炼焦小炼焦,都属于高污染行业,引进这样的企业,必须经过科学分析论证,不可盲目乱引。这不单单是招商引资在全县拿名次的事,还有个保护生态的问题!不能上级部门一考核招商引资指标,我们便不管什么菜,都往篮子里装,那不利于姑苏今后的可持续发展。我个人的意见是,引进这类企业务必慎重考虑,就是我们认可了,也要经过环保部门的审批,严格走程序。"

针对两种不同的意见,大家都在认真地思考着。

看大家都默不作声,陈本欣咳了一下笑道:"荣鑫公司的刘老板是我一个亲戚的朋友,人家在双月湖区是个大财主,做了好多捐资助学、扶持贫困户等善事,是全市经济界、慈善界的名人,多次上报纸上电视。通过我亲戚的引荐,我先后几次去临江跟他洽谈来姑苏投资事宜,他才下定决心。时间就是金钱,就是效益,既然他已经同意来,那咱们也不宜拖,拖久了容易黄,不妨先让他建起来,边建边跟有关部门协调,完善各项审批手续。然后,咱们可以用这一招商引资成果做宣传,吸引更多的企业来投资建厂兴业。至于污染问题,可以边生产边治理嘛,他有这个能力,也有这个决心治理好。治理达标了,一切规范了,不就成咱姑苏的支柱企业了吗?"

"可别迷信什么慈善家这称呼,这几年,他们中出问题的人可真不少!"周庆山提出了异议,"这样的小炼焦企业,要想环保达标,很难。企业只要建起大窑,竖起烟囱来,就拼了命地跟环保部门赛跑,不管白天黑夜不停地生产,两个月就能收回投资成本。为什么他选择在凤凰台投资设厂,因为那地方偏僻,不宜被环保部门发现。刚开始,当地百姓不知咋回事,感觉新鲜,又是镇政府批准建设的项目,他们可能不在意,而一旦发现有污染,就势必会上访。这期间,老板的腰包已经满了,什么都不要,跑路就可,留下一地鸡毛让咱们去打扫,他们基本都是这个套路。石驼镇去年上的一批小炼焦企业,就是典型的例子。这才过去没几个月,居然又跑到我们这里来,花言巧语想投资。这是有前车之鉴的,这件事我们的确应该慎重考虑。"

和周庆山持同样观点的王子和说:"石驼镇地盘上竖起的一根根大烟囱,就像一根根硕大的钢针,扎在当地老百姓心上,很痛!我听石驼镇的纪委书记魏丕田讲,那些小企业一下子毁了一千多亩良田,想恢复先前的状况,至少需要二百年。我的意见是,坚决不能引进这样贻害子孙、后患无穷的黑心企业,要把这样的'好心'坚决拒之门外。"

待每位同志相继发表完意见后,罗清河提出了自己的看法:"在眼下转变经济发展方式过程中,有些破坏环境的项目找上门来,他们急着赚钱,我们呢,则应该保持清醒的头脑。正像庆山同志所说的,在前年,石驼镇一下子从双月湖区引进了三十几家小炼焦厂，规模不小，一时看似很红火，结果怎么样，一年多的时间，一系列问题就出来了。这样的小炼焦厂，毁田毁地，给农业生态造成巨大破坏，如同子和同志比喻的，那一颗颗高耸的烟囱就是一根根巨大的钢针，扎在大地上，也扎在世世代代父老乡亲的心上。偶尔经过那里时，我的心就会颤抖。为啥会出现这种现象？关键在于地方领导为了出政绩，置子孙后代的生存于不顾。现在，那边环保查得紧了，他们又想转到咱们这里来。本欣同志坚持引进，我看也是因头脑中放大了'政绩'两个字！好多同志的观点和想法很正确，我们这些人，即使发展得慢一些，也决不能去祸害子孙。"

一股炙热的气血涌上陈本欣的心头，还未等他反应，周庆山跟着补充道："石驼镇的教训非常惨痛，也非常深刻。我们镇党委、政府一班人，在分析送上门来的项目时，一定得形成共识，宁愿镇内经济暂时不发展，也决不做破坏绿水青山的事。"

欲言又止的陈本欣，脸上的肉瞬间僵硬了一般，人也成了雕像，半天没有抖动。

罗清河看着他继续说："老陈啊，大家对事不对人，你也应该理解。可以通过电话告诉那位刘老板，我们不同意他到这里炼焦，如果有其他合适的项目，我们肯定举双手欢迎他来。姑苏的发展思路，应该是充分利用当地的优势资源，加快推进建设技术先进型的食品加工镇。比如，我们有'蔬菜之乡'的美誉，盛产萝卜、黄瓜、莴苣等蔬菜品种，这就是我们的一大资源优势。目前，这些蔬菜成批往外调运，菜农收入稳定不假，但是否还可深加工以增加附加值，咱们可以认真地来论证一下。"

罗清河这样一说，李文彬想了想，把建一处酱菜厂的想法提了出来："发展绿色食品是一大趋势，姑苏可利用蔬菜多的优势，把制作酱菜的技术引到这儿来，建一处酱菜厂。在蔬菜盛产期，可以调节一部分外运蔬菜，减轻外销压力，免得好菜卖不出好价钱，还能让一部分劳动力留在家中，不用再背井离乡、撇家舍业去外面到处找活干，又能增加部分税收。"

周庆山考虑了一下说："上酱菜加工项目，起点要高，开始就得走高端，不能弄些大路货，那样的话，市场不会买账，三做两做就做死了。"

陈本欣哼了一声笑道："想法是很好，但不能举手抓天，空抓抓不来。

首先，酱菜制作技术就是一道坎，我们都是外行，也没听说姑苏有这方面的老师傅，谁来做指导？整个流程怎样操作？主体投资方是谁？眼下这些都没有着落，只是空谈。"

李文彬不紧不慢地说："你说的这些，我认真考虑过，所以才结合咱们姑苏产菜多的实际，提出这个加工业项目。说起老师傅，倒真有一个。我有一个本家大叔，大概在二十世纪六十年代吧，具体我记不清了，曾在国营临江天成供销社酱菜园专门跟着一个蒋姓老师傅，学了一手传统腌制酱菜的好手艺。后来，他自己又带徒弟，现在早已退休在家。在当时，酱菜园生产的各种酱菜远销全国，特别是那八宝豆豉名头挺大，香而不腻，咸淡适中，口味上乘，大家应该都听说过，也都吃过吧？"

众人纷纷点头称是。

"北方大众饮食离不开咸菜。"李文彬接着说，"别看我那个大叔斗大的字识不了一筐，但对酱菜有着独到研究，只要你跟他说起酱菜来，他就停不下嘴巴，说三千年前，人们制作酱菜的工艺已被刻在《诗经》的竹简上，当时称为菹菜。我查了一下资料，呵，他说得果真不假。菹菜，就是指经腌制浸泡后带有酸味的咸菜。北魏贾思勰的《齐民要术》中的《作菹》篇记录了二十九种腌菜的方法。汉代的《四民月令》中也有记载：'（正月）可作诸酱：上旬炒豆，中旬煮之，以碎豆作末都。至六七月之交，分以藏瓜。'这是用豆酱腌制酱瓜的最早记录。从此，酱菜技术便代代相传，历久不衰。"

看到大家饶有兴趣的样子，李文彬继续滔滔不绝地说："听我本家的大叔讲过，天成酱菜选取的是本地种植的芥菜、萝卜、黄瓜等上好的原材料，将其洗干净后放入缸内，一层蔬菜一层盐，腌制六十天后，将腌制好的半成品先用清水脱盐、压榨。将酱汁、豆酱调好，放入盛着压榨好的芥菜、萝卜、黄瓜等的缸里进行酱制，每天翻缸一次，连续翻七天，然后封缸。酱制两个月后，调料入味。从原材料的筛选到清洗、腌制、脱盐、酱制、配料、封缸，共几十道工序，制作时间在半年以上，每道工序都特别讲究。制作出的酱菜具有酱香浓郁、咸甜适中等特点，既鲜又脆，富有浓郁的地方风味。"

李文彬说完，罗清河品着其中滋味，高兴地说："最近几天，咱们去拜访一下你家大叔，听听老人的意见和建议，再到临江天成酱菜有限责任公司去一趟，可以与他们合作，请他们来姑苏建一处分厂，到时聘请你大叔做顾问或技术指导。这是一个老字号的品牌，市场竞争力不错，咱们争取把这个品牌在姑苏做起来。"

随后，罗清河将话题转入研究对许建林作风问题的处理上。

罗清河先把今天小裁缝的母亲来既要钱又讨公道的事说了一遍。

眼看机会又来了，尤立华立马哈哈笑着说："许建林这只臊虎子，凭他那些放荡行为，若放到古时，必定是被武松斩杀的第二个西门庆。就是放到严打期间，也够毙上三两回了。他许建林真是赶上了好时代。依我看，想一劳永逸地彻底解决他惹是生非的问题，最直接的方法就是让镇上劁猪蛋的王庆绪把他给劁了。那样做，既简单又省事，效果也最好。"

听到尤立华说得如此痛快，周庆山忍不住嘿嘿地笑了。笑过之后，周庆山说："你别说，尤宣传出的真是个好主意，准能从根本上解决许建林将来可能再犯同样错误的问题。"

李文彬随声附和道："有道理，有道理。"

看大家把讨论的问题扯下了道，气氛显得有些松垮，罗清河看了一眼王子和，一板一眼地纠正道："请大家严肃点，现在不是看谁语言上更幽默，而是对许建林郑重其事地进行组织处理。子和，你把处理意见说给大家听听。"

王子和收敛了笑容，严肃地说："这些年来，许建林在男女问题上没少出事，在群众中影响极坏，可以说成了大家的笑料和反面材料，究其原因，与组织上对他的放纵不无关系，助长了他的为所欲为。比如，马士良书记让他作会议检讨的那次，简直成了他恬不知耻的偷情报告会。这个人啊，属破车子的，必须经常扎古他，敲敲他，砸砸他，他才听使唤，走正道。如果组织纪律的小锤子早一点狠狠地敲打他几次，他也不会发展到今天这样拿着道德败坏的龌龊事当花朵亮。这样的人身上，哪还有半点共产党员的样子！我的意见是，开除他的党籍，将他清理出去，以确保我们姑苏党组织的纯洁。"

大家一阵沉默。

之后，陈本欣看了看罗清河说："老许的所作所为，的确是背离了一个党员起码的道德水准，玷污了共产党员的名声。但事情不是现在才发生的，况且马书记在这时,已代表组织责令他在机关全体人员大会上公开作了检讨,问题也算在组织层面得到了解决。已过去这么长时间,他这个'疖子'里没有多少脓可挤了,不用再下狠力,更用不着动手术刀。至于开除他的党籍嘛,这种痛打落水狗的做法,不利于帮助同志改过自新,也明显推翻了先前组织做出的决定,显得有些过分了。女方来闹的原因,无非是因为钱不到位,让他尽快给女方剩余的那部分钱就是。再说,他也是一位老同志了,谁还不犯点错啊!"

一心想解心头之恨的尤立华把话接过去,不依不饶地说:"为什么他一而再再而三地犯男女作风方面的错?这正应了一句俗话——狗改不了吃屎!所以,就得使劲捏他这个'疖子',这个手术刀该动的时候就得动,即便没有多少脓了,也得让他感觉到撕心裂肺的疼。就得让他知道还有组织纪律这一说,我同意开除他。"

王子和提高了语调气愤地说:"这样的人,不知羞耻值几个钱,再留在党内已经毫无意义,只能是个继续损害党的基层形象的祸害。"

李文彬考虑了一阵子说:"本欣讲的,有一定道理,这事不是现在才犯的,组织也做出过处理决定,该放一马就放一马吧,惩前毖后,治病救人嘛!我的意见是,鉴于他不思悔改的问题,给予留党察看的处分决定。如果继续表现不好,再开除党籍为宜。"

各位委员各叙己见,一阵讨论之后,会议一致认为,许建林的确严重背离了一个共产党员的理想信念和操守,玷污了共产党员这一光荣称号。鉴于他不是现在所犯的错误,党委全体委员一致同意,给予许建林留党察看的处分决定。

对于当时调解达成的补偿女方两万元的协议,前期许建林已经给了五千元,执事人是陈本欣同志,党委会要求陈本欣督促许建林,把还没有给女方的那一万五千元钱,在十天之内交给监督方陈本欣,由陈本欣、王子和再交给女方,以尽快了结此事。对于许建林的党纪处分决定,要在全镇通报,将文件下发镇直各单位、农村各党支部。

二十九

时间进入晚春。小雨霏霏,春雨贵如油,难得下这么一场透地的喜雨。

罗清河与李文彬走出机关大院,来到麦田边,查看麦苗的长势。

麦苗返青,如绿地毯一样,铺在沂河两岸。

远远的,有人披着雨衣,在地里撒化肥。

走在田间小路上,顺着一块块麦田查看着,不知不觉间,两人走到沂河岸边。

罗清河干脆收起伞,想让雨淋一淋,让身上更轻松些。

春天的沂河,水量并不大,河道有些瘦,河水有点浅。河道中,几只水鸟正悠闲地在水里寻觅着。这沂河的精灵,那么可爱,同两岸的人们一样,深深爱着并依赖着这条母亲河。

水不盈河,河床裸露,平静的河道极像一条俯卧于大地上的龙。雨雾蒙蒙,给河面披上了一层若隐若现的薄薄的面纱。

春雨润泽着万物,也滋润着他俩的心灵,二人边说边在堤岸上走着。

李文彬先打开了话匣子:"这几年,姑苏镇委、镇政府主要领导头带得不好,好风气没树起来,同志们随波逐流,都慢慢地没了精气神。表面一团和气,实则危机重重,就像这沂河夏天发大水时一样,宽广的河面看似缓缓流淌,河面之下却是暗流奔涌。在暗流冲撞的大水里,再有棱角的石头,时间久了,也会被激流冲撞成鹅卵石。说句良心话,您来之前这几年,我也被河水冲刷成一块滑溜蛋。遇到棘手问题时,本能地闪躲、随大流,认为自己是副职,说了也没用,也为了不去得罪人,求自保。"

默默地走了一段,见罗清河没有应话,李文彬接着说:"人啊,都有自己的梦想,都有实现人生价值的渴求,都想有所作为。我从县委组织部被提拔到饮马湖镇担任组织委员那段时间,工作热情、责任心和工作实绩还算可以。到姑苏镇担任副书记后,情形却大相径庭。起初想,自己虽不是'一把手',但也是实打实的'三把手'啊,施展自身能力、实现政治抱负的舞台还是有的,只要全心全意和同志们一道努力,积极为人民服务,就一定能够实现自己的人生价值。但不久后,感觉这里的政治生态远比不上饮马湖清明,研究重要问题和重点工作时,有'一把手'和'二把手'一唱一和地把持着党委会,我感觉自己如同一台老牛拉着的破车,且车轮陷入泥潭里,空有一腔抱负,无处施展!"

罗清河终于开口了:"环境对于一个人干事创业和不断进步的确很重要,不管学生时代内心多单纯、心境多美好,踏向社会后,人就不由自主地变得复杂起来,如果遇到人生的好导师、好领导,那是一生的幸事。如果掉进一个政治生态不清明的大染缸里,底色再鲜明的布料,浸泡其中久了,也会被染上许多不该有的污渍。"

李文彬赞同他的观点:"的确,姑苏就是这样一个曾让我始料未及的大染缸。在饮马湖工作那阵,我清楚老百姓最反感、最痛恨什么样的领导作风,但来到姑苏后发现,多数同志对这类作风却司空见惯。镇委主要领导为人油滑,说话不算数,哄骗老百姓,已成为常态,导致自己在干部群众中信誉扫地。当时,我也想过,绝不能去附和他,不能成为老百姓不待见的干部,可在现实工作中,'一把手'的权力和地位不是我这个'三把手'能撼动的。真正遇到实际问题时,才知道什么是'老虎吃天,无从下口'!渐渐地,我也学起了耍圆滑,更多的时候,把为人民服务当作一种形式、一个口号。"

罗清河看看他,感叹道:"'为人民服务'五个大字,说出来很简单,真正做起来并不容易。过去,我理解得也很肤浅,并未真正领会其内在含义。基层复杂,掣肘太多,真正做到一身正气、两袖清风、一心为民、不辱使命,不是件容易的事,所以接到组织任命后,我一度有些迷茫,但后来想,既然组织安排我们来此任职,就得对得起组织对我们的信任,对得起群众对我们的期待,就得切实下一番大力气,真心实意、扎扎实实地为老百姓办些实事好事,决不能高喊几句口号就完事。诚如你刚才所言,面对姑苏的现状,我们身处逆境,工作阻力不小,这更需要咱们共同担当才是!"

相同的志趣,共同的愿望,让两人敞开心扉,越说越觉得话题很多。

李文彬瞅了一眼罗清河,将话题放到马士良身上:"马士良这个人,在姑苏这几年,热衷于组圈子、拉关系、和稀泥。为了笼络陈本欣,任由他从年头到年尾天南海北地四处游荡,群众对此意见很大。县纪委也来调查过,但马士良给他打遮掩,冠冕堂皇地说他是随企业招商,可跑了那么多地方,路费花了一大把,商却没招来一个。他俩啊,一个笑面虎,一个皮皮猴,是一丘之貉,相互利用,各取所需。我这样背后议论,可能有些过分,也有悖组织原则,但说的的确是真实情况。党委会上,针对明显违规违纪的问题,我与王子和态度鲜明地提出反对意见,让议题不通过,但会后,他俩还是会通过其他手段实施。他俩表面上按组织原则和上级要求办事,实际上阳奉阴违,大耍两面人手法。说句良心话,和他俩共事,我感觉特别扭,总不在一个频率上。"

罗清河认真地听着,回应说:"地方党委、政府两个'一把手',工作上要相互配合好,也要做好监督,彼此给对方当好镜子。如果丧失了原则和底线,形成谋私利的共同体,搞所谓的相互'照顾',那影响的不仅是他们个人的成长,还有党和人民的事业。长此以往,不出问题是不可能的。"

李文彬点了点头说:"有一次,我推心置腹地向陈本欣谈到类似的观点,未曾想,他一脸严肃地对我说:'文彬,作为副职,咱们必须无条件地把频率调到和"一把手"相同,这是原则问题。'这几年,我总结了一下马士良的工作套路:对上边来检查指导的人,接待好、协调好;对村里的'强人'们,搞江湖习俗,与其称兄道弟、把酒言欢;对班子成员,互不得罪,维持好表面和平,做到'你好我好大家好'。唉,主政一方,不去铲除那些地头蛇,还千方百计地安抚他们,甚至任由他们横行霸道,一门心思只想着干个三年五载一走了之,只要这些人别闹出大事,阻碍了自己的仕途就行。对老百姓反映的问题,能拖则拖,一拖再拖,直到拖得不了了之。"

李文彬继续感慨道:"马士良有时也很刚,经常在党委会上盛气凌人,说一不二。可就是怪,一旦转身跟有钱有势的人打交道,他的腿肚子一下子就软了。整天和姓桑的建筑队工头、姓谷的地产公司老板等人掺和在一起。在这些人面前,他有时还像小了一辈似的。有一次,在他的办公室,那位叫谷天一的老板与他商谈开发齐家道口村河边滩涂的事。对方跷着二郎腿,旁若无人地指手画脚;马士良呢,则躬立一旁,嬉笑着,点头哈腰地给他倒水,呈现出一副标准的奴才相。那模样,我看到后都替他羞得慌!他经常挂在嘴边的一句话是:光会干工作不行,还得会玩!人这一辈子,匆匆几十年,在一起工作就是缘分,一团和气是一剂良药,没有什么不好,千万别把关系搞僵了、弄砸了，多一个朋友多一条路，给别人的出路，就是给自己留好的退路。这话固然有道理，可细想一想，这哪像一个党员干部说出口的，完全是江湖上的那一套生存之道嘛。"

罗清河默不作声，继续认真地听着。

李文彬说到这里，"哦"了一声道："也有人反映马士良个人生活作风不检点，外面有女人，但他很狡猾，很隐秘。"

接着，他向罗清河讲述了另外一件事情。

有一次，谷天一在县城东方大酒店请客，陈本欣约上李文彬一起去了。当时，他俩去得早，马士良则因为在旺泉庄驾驶教练基地学车，去得晚。

马士良一进门，谷天一从座位上站起来，瞅着他笑着问："那位呢？"

马士良看了看左右，又看了看身后，若无其事地说："什么那位？"

紧跟着，一个女人走进来。那是李文彬第一次见她，她模样长得倒也周正。

都是老熟人，谷天一能把马士良一眼看到骨头里。马士良的那点小伎俩，自然逃不过谷天一那双老奸巨猾的眼睛。谷天一冲马士良笑着说："我说还有一位吧，这不来了？"

县城是块巴掌大的地方，不能说每个人都能相互认识吧，但通过三两人传话，你想知晓谁并不困难，所以一不小心，人与人之间的那点秘密很容易会在社会上流传开。马士良自然明白这个理，他冲着谷天一故作不满地解释道："谷总可不能乱说啊，大家都是朋友、熟人。"

马士良这番此地无银三百两的解释，惹得谷天一肆无忌惮地哈哈大笑起来。

"好好好，不说，咱不说！来来来，大家都坐，坐下聊。"说完，他很自然地引导着马士良坐到主宾位置上。

由于李文彬是个陌生人，那位女人瞟了他一眼，有些拘谨地解释道："马书记喊我来，说一块坐坐聊聊。我不喝酒，本不想来。他说都是熟人，让我一起来了。"

马士良没有搭腔。女人说完，有些拘谨地坐在马士良旁边的位置上。

陈本欣那天很有兴致，他瞅着那个女人高声追问："吴老师，这段时间马书记学车，这来来回回的，都是你当的专职司机吧？"

吴姓女人有些不好意思地解释道:"大家都是朋友嘛,我的时间自己又能说了算,所以帮老马个忙。"

女人这句解释同样有些此地无银三百两的味道,不免又给人增添了几分怀疑。

整个晚上,姓吴的女人虽话语不多,但她看马士良的眼神明显带着非同寻常的意味。又通过对众人言语的研判,李文彬也便将他俩的关系猜出了大概。

李文彬向罗清河解释道:"毕竟咱没有抓住他俩带有实情的证据,也不好多说啥。你想,在那样的环境中,他们设个酒场,让我去,我能不去?想洁身自好,谈何容易。"

罗清河一边认真地听着,一边静静地看着眼前这条美丽而富饶的母亲河。沂河水产丰富,仅常见的鱼类就有几十种之多,有鲤鱼、鲫鱼、鲇鱼、白鳝、泥鳅、马口鱼、黄颡鱼等等。罗清河每次下村,与村里老人们说起沂河水产来,对方都会讲得神采飞扬。

细雨中,望着缓缓流动的河水,罗清河回想着儿时曾见到的深潭处的打鱼人。宽大的旋网被他们撒得圆满而富有诗情画意,网端上的青红两道线格外显眼,从渔夫手中出手后很有韵律地在空中飘散,如一朵云。撒下几网之后,便有了让人惊喜的收获,一条金色的大鲤鱼在网内蹦跳着,想逃回水的王国,但已没了机会。打鱼人高兴地把挣扎的大鲤鱼从网中取出,站在小船上,用双手高高地举起,向岸上的人们炫耀。

阳光照耀在大鲤鱼的鳞片上,金光闪闪。它的口,它的须,它的鳍,它的尾,都是金黄中带红的颜色,甚是鲜明,漂亮极了。站在岸边望着河面的人们禁不住赞叹起来。

这种金色鲤鱼是沂河特有的品种,做熟后味道鲜美。传说当年有位神厨,他做这种鱼时,将活鱼取来,在其头部扎上两根银针,鱼血便从针扎处流出,流进一个大盘里。待鱼血流尽,神厨将手中之鱼扔下,将那鱼血配以佐料,置于锅内蒸,出锅时竟是一条完整的鱼。人们惊奇之余,再看那被扔掉的鱼,却只有皮与鱼骨、鱼刺。

小雨仍在下着,滴在麦苗上,滴在草丛中,滴在树木上,滴在沂河里,滋润着大地。只待暖风乍起,万物勃发。在融融春雨中,面对波澜不惊的沂河,他俩真诚地表露着彼此心迹。这是罗清河到姑苏不久,同另一名同志一次滋润心灵的长谈。朦朦胧胧的雨雾中,有一片正在开花的桃树林,在大地上抹下淡淡的粉红的色彩。沂河里的水向前流动着,咕噜咕噜的水流声是对春天的歌唱。河水泛起涟漪,储蓄了一个冬天的韧劲,转换成滚动向前的力量。春雨中,沧桑的沂河涨满春色,显得精神抖擞。

放眼四周,看到春雨中生机勃勃的大地,看到一望无垠的绿色麦田,看到弯弯曲曲奔流的河水,李文彬很快从马士良的"阴影"中走出来,精神振奋地对罗清河说:"上次党员大会上,您讲得非常朴实,'来到姑苏后,自己就是姑苏这片土地上的一员,与普通百姓一个样',这话很接地气。当然,您也坦诚地强调,我们的身上,也有与普通老百姓不同的地方,那就是曾经对着党旗举起过拳头,做出过庄严的承诺。这些话,我都记在了心里,尤其是'走正道,办正事,做正人',让我内心激动,热血沸腾。跟您相比,我的差距真不小。"

罗清河看看李文彬笑笑说道:"举起拳头的那一刻,天地和日月都在见证我们的誓言。只有胸怀坦荡、公正无私、光明磊落地去为人民大众谋福祉,才能配得上共产党员这一光荣称号。"

李文彬连连赞同道:"是啊,您讲到,现在是和平年代加快经济发展时期,虽然没有生命的牺牲,但同样任重而道远。身处姑苏,如何把信仰与忠诚化作为人民服务的动力,需要踏踏实实地落到行动上。至少,作为党员干部,必须学会深入老百姓中间,到田间地头去,与群众打成一片,想群众之所想,做群众之想做。"

罗清河说:"作为基层党员干部,只有真正把自己还原为庄稼人,把姑苏父老乡亲当亲人对待,农民兄弟们才能把我们看成他们的亲兄弟。"

李文彬感叹道:"上次集体学习,听您讲话时,我脑海里不由自主地闪现出小时候的场景——秋天的夜里,母亲在扒玉米,我躺在母亲身边。这既是乡村的温馨,更是亲情的温馨,也是朴素的劳动画面。我们有多少人,大脑里已没有这样的场景了,已没有了那份乡愁、那份亲情。其实,只要心中还装着那样的场景,自己的身份就不会变,就会与父老乡亲亲近。那些置群众问题于不顾,只想着私利,想着圈子,想着如何升迁的党员干部,是不敢直面乡亲那柔和目光的。而背离那种目光,就是对朴素善良乡情的亵渎。把老百姓当作自己的对立面，更是天理不容。您来到姑苏后，让我重新拾起了担当，并时时提醒和告诫自己，坚定共产党员的崇高信念。一个好班长，对班子是何其重要！没有比较就没有鉴别，这一点上，我体会得非常深刻。"

罗清河谦虚地笑笑道："文彬，你言过了，我只是做了一名党员干部该做的而已。"

蒙蒙雨雾中，清晰地传来塔吊的运转声，前面不远处，便是"林海景观"休闲旅游项目的建设工地，工人们正在那里紧张地忙碌着。

看着若隐若现的建设工地，李文彬告诉罗清河："这是马士良拉来的投资项目，投资人就是我刚才提到的，临江城来的谷天一。他承包了齐家道口村沂河林场的三百亩河滩地，原来说建鱼池，今天开这边的地，明天伐那边的树，不断地侵蚀林地和农田。慢慢地，大家才知道，他根本不是建什么鱼池，而是在建设一处疗养中心。他事先并没有拿到合法的建设手续，说是先建设，后补办。县国土资源局和执法局来查过多次，查得紧了就停工，不紧时接着再建。"

罗清河脸上一下子凝重起来。

三十

姑苏镇停止支付红楼小区物业、水电等费用的事，让小区里一下子炸了锅。

因为得罪的是些"有头有脸"的人，招致的"风雨冰雹"一股脑砸落下来，那情形如同进入雨季的沂河，一连几场狂风暴雨之后，蜿蜒的大河一改她往常的平静祥和，呈现出波涛汹涌、大浪拍岸的模样。此时，红楼小区内，一股股暗流涌动，有的暗流干脆跃上河面，成为"明流"。

而在红楼小区之外，许多人隔岸观火，等着看罗清河的笑话。

经过多年历练，罗清河早已做好经受风吹雨打的准备，因而很是坦然。

首先涌出河面的，是许建林。由于被给予留党察看两年的处分，并被要求按照协议马上将一万五千元现金交给女方，他恼羞成怒。

他想借着这起牵扯多人的"公众事"，为大伙说说"公道话"，把红楼小区这汪水搅浑，自己既可不交钱，又能赢得众人"喝彩"的双重目的。

其他人呢，眼瞅着自己所住小区的免费"待遇"被罗清河生生地剥夺了，于是也乐于煽风点火，怂恿恨意四起的许建林，借此事闹个天翻地覆。

这个周六，浓云密布，红楼小区内掀起了一场猛烈的暴风雨。许建林像是抓到一根反击罗清河的大棒，在小区内广散言论，说："这是罗清河要给红楼小区的同志们一个难看，彰显自己的'能耐'，玩的是用别人的鲜血染红自己顶子的戏码。不过，他罗清河该瞪大眼睛仔细看看，在红楼小区住的这些人，哪一个会服他？"

在散布不负责言论、发泄内心不满的同时，当天晚上，许建林到陈本欣家里，挑拨离间道："陈镇长，您是大伙公认的大好人，但好人有时得不到好报啊！大家心里都清楚，您一心为民请命，包括在党委会上为我说过不少好话，但罗清河却拿您这个镇长不当好牌出，什么玩意儿！现在，老天爷都在为您鸣不平，阎王爷开始催促小鬼给他姓罗的下套了，让他短短几十天就得罪这么一大片同志。眼下，红楼小区民怨沸腾，成了一口烧红的大锅，姓罗的现在是热锅上的蚂蚁，最后非得被烙死不可。我们要跟他斗，您可得支持我们呀！"

陈本欣内心很清楚，除了贪恋女色，许建林还是个半吊子，成事不足败事有余，翻脸不认人的事情干过不少。自己如果明目张胆地支持他在罗清河背后戳刀子，早晚会被他出卖了，但自己内心深处对罗清河的不满甚至恼恨又是实实在在、难以遏制的，说不想报复他一把那是假的。现在许建林主动跳出来跟罗清河叫板，是自己乐见其成的事，应该为他助助力。

如此矛盾的心态下，他耍了个心眼说："老许啊，很感谢你对我工作的理解和支持，但咱们做任何事情，得讲究个有理有据。你的问题，马书记之前已处理过，按说这事已尘埃落定，再翻腾出来确实不应该，给你追加党纪处分也有些牵强。但这事呢，你得一分为二地看，毕竟那女孩的母亲又找上门来，罗书记刚来姑苏没多久，肯定担心人家会闹个没完没了，那给他带来的负面影响可就大了，他必须得尽快给人家一个明确的交代。在这种情况下，你让他怎么办？所以对你做出处分也在情理之中，你得理解罗书记，他也是顾全大局嘛！何况，他还年轻，还想进步呢。"

"他妈的！他是顾全大局了，他是照顾人家的情绪了，可我的情绪呢，我的利益呢，他又何曾想过照顾下？不行，我不服！他不是害怕负面影响吗，那我就造他的负面舆论，即使拼个鱼死网破，我也要让他姓罗的知道马王爷到底长了几只眼！"许建林恶狠狠地骂道。

随后，他又拨通了马士良的手机号码，连连叫屈道："马书记，马县长，我许建林当初确实有点混，做了那事，给您丢了脸，但在您的教育下，我改了，真的改了，也改好了。可他罗清河不给我改过自新的机会，现在又翻腾出来，死死地抓住不放，给我捅上一刀。这还不算完，现在他又把红楼小区的物业费和水电费给停了，这些可都是您原来定下的规矩啊，他姓罗的说废掉就废掉，眼里还有没有同志们的利益啊，他也是在啪啪打您的脸啊！"

马士良听着，内心不免有些烦躁，他呵呵地笑着对许建林说："建林哪，你得明白个理，并不是所有的领导都像我这般通情达理，他给你新的处分，那你就接下呗，反正虱子多了不怕咬嘛，不差那一只两只了。你如果觉得确实有冤屈，可以向上头反映，申请撤掉处分嘛，这是你的权利，活动的空间还是有的。至于红楼小区的物业费和水电费问题，可不只你一个人受损哟，你可以跟其他几个同志沟通下，大家一块碰碰头议一议，集体向上反映反映，人多力量大，那样，县里和市里的领导也会更重视些。他不仁，你们又何必！"

许建林放出的话不无道理，在红楼小区居住的人群中，有几位不可小觑，他们身上有着极强的"战斗"能力，其中一位是当年姑苏镇分管农业的副镇长袁俊山。

袁俊山已退休五六年，按理说，都六十大几的人了，从心态上讲，应该温顺平和，既已退休，就该好好享受天伦之乐，过个舒坦晚年。可他这个人，浑身长满了"反骨"。首先，他非常小心眼，个人的一分钱丢了，会照着公家的手电筒找上两小时。其次，他心地阴险，眼皮往下一耷拉，什么阴招都能使出来，与他在一起共事过的人都领教过他的厉害。他不但为人尖酸刻薄，说话夹枪带棒，而且嫉妒心极强，看不得一点别人的好——年轻人进步，他嫉妒；邻居添辆轿车，他嫉妒；亲家买套新房子，住得比他宽敞，他也嫉妒；就是闺女给她妈买件新衣裳，他看着也眼红。再一个就是，他这一辈子，不找个对头，一天都难过，不说和别人，就是和老婆，自结婚起就吵吵，年龄越大，吵吵得越厉害。后来，他老婆一气之下，住在了闺女家。

连家庭都搞得不和睦的人，注定是一个唯恐天下不乱的小人。尤立华刚到姑苏时，就领教过他的厉害。那是一个夏天的中午，已经下班了，镇团委书记小吴悄悄地溜进王书记办公室，碰巧让袁俊山看到了。尤立华从沂河洗澡回来，正准备上楼，袁俊山把一份防汛通知递给尤立华说："我前两天去县上开会，捎来这份通知，我有点急事，就不上楼了，你顺手带给王书记吧。"

尤立华问："中午他应该回宿舍休息了吧。"

袁俊山说："刚才我看到他上楼了，应该在办公室。"

尤立华没多想，就顺手将通知接过来。

来到王书记办公室门口，尤立华推门推不动，喊了两声后又敲门，还是没人开。他猜测书记应该不在办公室，于是来到党政办公室，让工作人员小杜拿来钥匙打开门。这一开门不打紧，开出了两个神情很不自然的人来，气得尤立华大骂袁俊山是秦桧的四十九代孙，是标准的奸相遗种，怎么偏偏姓了袁！

就是这么一个小人，却又是个人人都惹不起的主，是个比仙人掌有过之而无不及的"刺头"。

近些年，县城研究周易的人多了起来，并且成立了周易研究协会。闲来无事的袁俊山也加入其中，整天神神道道地研究起养生防老术，但没见效果，不免有些灰心，想出气却找不到出气口。现在，罗清河主张停交红楼小区的水电和物业等费用，让这老家伙的精神头一下子上来，他马上把矛头对准罗清河。

他哼了两声，皮笑肉不笑地看着要去上班的尤立华，不提名但有所指地大声说："他不仁，那我也不义，这回，我一定要狠狠地刺他三枪。"

尤立华听得很清楚，一时间，他后背上的汗毛竖了起来。

袁俊山感觉，易经中的那句"有孚维心"对他影响颇大。"有孚"，意思是要有一颗坚定不移的心；"维心"是把诚心、信心维系住，并将其变成信仰。合起来的意思是：在艰难的环境中，人要磨炼自己，首先要有一颗坚定不移的心，并将其变为信仰。但一知半解的袁俊山，将这样积极向上的语句却用得歪歪的，他不是为了走正途，以求完善人生，而是要坚定不移地与罗清河进行"斗争"。

在家里，袁俊山给自己和罗清河各抽了一卦。

看卦象对自己不利，袁俊山犹豫了一会儿，但很快又被自己说服。他是不信"天命"的人，心想：这是什么狗屁卦，迷信，不公正，我不能迷信！他罗清河把小区的费用给停了，公开向我老袁等人宣战，我岂有不奋起反击之理！

红楼小区这条暗流奔涌的大河中，袁俊山只是浮在表面玩水的"游鱼"，在深潭之下，还潜藏着一条条搅起漩涡的"大鱼"。就在袁俊山正想闹一闹的时候，一个神秘电话突然打过来。尽管对方没有自报家门，且像在压着嗓子眼说话，但袁俊山还是将对方猜出了个八九不离十。他虽然看不到对方所打的手势，但明白对方用的是什么手段。

对方直截了当地说："罗清河这个人，爱折腾，太爱折腾。他用折腾来显摆自己，以图仕途上有所收获。这么短时间内，把原本一片祥和的姑苏搞得鸡飞狗跳、人心惶惶，真应验了那句古语——大人不作不大，小人不作不死。他就是个小人，现在居然折腾到退休老同志头上，让你们也不得安生。他不是一次次讲'斗争'吗，你们也应该跟他斗争，不但把他在单位的对立面发动起来，还要借停交费用这件事，动员居住在小区的全体同志同他斗争。"

"是，我也是这么考虑的！"袁俊山声音洪亮，一字一句地回应道。

"他没想到，遇到你老袁，哪里会有他的好果子啃。你可以考虑一下，抓住时机，最好多联合几个人，到县里、市里，上访去！"对方继续说道。

袁俊山沉思了几秒，回应道："上访这个事嘛，得容我仔细琢磨下。"

电话那头继续怂恿说："当然，上访嘛，也要讲究策略，不打无把握之仗。可以先私下引发舆论，找几个信得过的笔杆子写些信，字字句句斟酌好，要吸引眼球。常言道，明枪易躲，暗箭难防。这个道理你也明白，所以要学会保护自己，最好别在本县打印材料，可到临江或沂北，接着在那里寄出去，最好多送给姓罗的几份'厚礼'，让他吃味。"

得了"密令"后的袁俊山，干劲异常高涨，他积极串通红楼小区几位对此事有意见的人员，以维护权益为名，发动"群众"进行"斗争"。他煽风点火说："上几任领导立下的规矩，不能让他姓罗的说改就改，这是对老同志的不尊重，也是对在职干部的欺辱。"

袁俊山不断地蛊惑着众人。加上许建林不遗余力的配合，一时间，明的激流，暗的漩涡，一起奔涌而来。

袁俊山精力充沛，在广泛发动群众拨打政府热线，拨打市委、市政府办公室，市人大，县委、县政府办公室，县纪委、检察院等部门电话的同时，还不断鼓动群众聚集起来去县委、县政府搞集体上访。晚上他还加班加点写黑材料，忙得不亦乐乎。

整理完黑材料后，他心满意足地拿起鱼竿，骑上他那台电动车赶到沂河边，想放松一下。

坐在岸边，手握鱼竿，看着清清的河水，他咬着牙在心里默念道："罗清河啊罗清河，你不是叫清河吗，今天姑苏这片水，我定要搅浑了，让它浑得跟黄河差不多。眼下，你已经跳进来，即使重新跳进这清清的沂河里，怕是也洗不清了！都道是宁可得罪君子，不可得罪小人，我袁俊山就是一个小人——一个敢于在暗地里给你送上一双双小鞋穿的小人，看你还有没有信心和勇气，再继续在大会小会上大话连篇地高喊'姑苏走正道'！"

其实，袁俊山对罗清河的恨，已有伏笔。

罗清河来到姑苏后，强调各党小组要加强学习，他督促周庆山连续组织了七八次党员学习会，袁俊山这位老党员竟然一次也没参加。这期间，党小组组长每次催促他来参加学习时，他要么以家中来了客人为由，要么故意装病推脱，后来又争辩说："我思想觉悟一直都挺高，现在已经退休，不用再学习啦！"就这样，他一次次找理由，拒绝参加正常的组织生活。

后来，在一次老干部党员会议上，当着所有退休的老同事们的面，罗清河不点名地提出来这件事，强调只要是党员，不管退休不退休，正常的组织生活一定要参加。无故不参加的，党小组要上报党委，党委到时会研究是否给予党纪处分。

大家当然都知道罗清河点的是谁，于是纷纷把脸扭向袁俊山，瞅得他如坐针毡，极不舒服。从此，他便在心中对这姓罗的记下了仇。现在，罗清河停交红楼小区的物业费和水电费，让他经济上受了损失，更让他像被蝎子蜇了一般难受。

袁俊山虽早已不在镇里上班，但他喜欢打探小道消息，非常关心镇里的事，也善于在各种场合发表自己的"主张"，因此锻炼得极具"斗争"精神。他原计划在沂东县城打印举报对手的材料，但又马上推翻了这个决定，因为"斗争"需要讲"策略"，不能吃相太难看。沂东，才多大的一个小城啊，上午打印材料，下午就会透出风声。

于是，像做地下工作一样，他特意戴上墨镜和口罩，神神秘秘地提着装有材料的提包，乘坐客车去了临江城，悄悄地选择来选择去，最终选定一家较为偏僻的打印店。

走进门后，他把手写的材料原稿掏出来，神神秘秘地笑着对打印店的小姑娘说："我打印几份材料。"

小姑娘大体看了下页码，说打印费二十元，一张一元。

袁俊山寻思了一下说："我印的份数多，你得便宜一些。"

小姑娘问："你印多少份？"

袁俊山答："最少也得三十份。"

小姑娘说："那一张给你按五毛。"

"好！"袁俊山痛快地答应了。

价格谈妥后，小姑娘便开始打字。她很熟练地操作键盘，手指像弹钢琴一样，打出了一种音乐的节奏感。很快，她便打出一份，递给袁俊山，让他校对。

递给袁俊山稿子时，小姑娘仔细地看了眼前这位老男人一眼。

小姑娘的这一眼很毒，把袁俊山看得很不自在。很显然，女孩已经知道了所打稿件的全部内容。别看她的脸上还带有稚气，但她已经是个成年人，已能辨别这世间的是非曲直。单从她那面无表情的脸上，袁俊山便知道，她看不起自己搞这样的小动作，于是像是解释，又像是自我安慰道："我弄的这些东西，是代表了很大一部分群众的心声，他们推举我出面，共同声讨一个叫南霸天的人物。"

小姑娘莞尔一笑，并没有接他的话。

袁俊山也跟着笑了笑，像是得到了一种解脱。

随后，他很认真地校对着，两页纸看下来，竟然没有一个错字。他想了想，决定还是复印五十份，既然"送礼"，就要送得重一些。尽管钱是自己出，让他有些心疼，但为了告倒罗清河，他也就大气一回。他自认为，这五十份"大礼"，都是装了雷管并插上导火索的炸药包，这回，不把他姓罗的炸趴下，决不罢休！

从临江城回沂东县城的车上，坐在最后排座位上的袁俊山，开心地哼起了小曲。

一直等到下午下班后，夜色渐渐暗下来，县委书记、县长办公室，县委、县政府办公室，县纪委、县委组织部等各个部门门口，都放好了一份打印好的"揭发材料"。

当天晚上，县委、县政府值班的工作人员就捡到了信件，第二天早晨一上班，值班同志将信交给了分管领导。

县纪委、县委组织部同样都收到了类似材料，里面还附了一首打油诗，内容如下：

>姑苏镇党委书记罗清河
>这个人能得真不轻
>祸害一方本事大
>群众意见他不听
>独断专行搞专制
>天天在那犯神经
>他就是法西斯希特勒
>更是南霸天在姑苏重新下了生
>独裁霸道他全占
>一手遮天把姑苏搞得民不聊生无太平

袁俊山又连夜把发往上级党委、政府和有关部门的信装进信封，封好口，丢进了邮筒里。次日一早，它们陆续"飞"往有关部门的办公桌上。

除向上级反映外，袁俊山"不辞辛劳"地把一份份材料散发到姑苏镇直机关各部门、各管理区以及各村子。一时间，姑苏的罗清河作风霸道、大搞一言堂、独断专行的形象迅速丰富起来，人们竞相传播着、议论着，很快就将罗清河演绎成一个妖魔。

在袁俊山大搞小动作的同时,另一个活跃人物许建林也没闲着,他摆出一副死猪不怕开水烫的架势,先向王子和开了火。

镇党委研究给予许建林留党察看处分决定后,王子和找他谈话,将处分文件交给他。他一把接过后,看也没看,用两手一折,装进裤兜里,然后板着脸质问王子和:"你们凭什么处分我?这些发生在马士良当书记时的事,党委已经研究并做出了处理,你们再翻拾出这些陈谷子烂芝麻,是对我的恶意打击迫害,我决不接受。"

王子和严肃地纠正道:"老许,你不清楚自己的所作所为吗?那女孩的母亲一次次来找镇党委、政府,是新谷子还是陈谷子,这个芝麻烂没烂,你难道不清楚?镇党委是按纪律规章对你进行处分,到了你这里,怎么变成了打击迫害?"

许建林的脸皮很厚,他寡廉鲜耻地辩解道:"我不就是有点好色吗,其他的,可以说与世无争,你们还能找出我什么毛病来?现在这社会,能搞到女人,也是一种能耐。我是搞了,享受了,那是我的本事。她并非未成年少女,我俩又是你情我愿,不犯法啊,你们有啥权力管,管得着吗!你们对此小题大做,说我出轨,说我犯了生活错误,甚至对我穷追猛打,死死不肯放过,还有没有一点人性?还让不让我继续活下去?在一块工作,前后没几年,难道就不能学着一团和气、皆大欢喜?非得把人际关系弄得那么紧张干吗!说白了,你们啊,这是眼馋我,嫉妒我,心理不正常,借处理我来发泄内心的不满情绪。"

听着许建林的一通歪理,王子和的火气噌地一下子蹿上来,他从座位上站起来,气愤地瞪着许建林呵斥道:"许建林,你不要再恬不知耻地辩解,你这套歪理邪说,真是荒唐!你是一个有家有业的男人,怎么有脸张开你那张臭嘴!人人都像你这般没有底线,胡搞滥搞,那这个社会还讲不讲道德,还要不要廉耻?组织还要不要纯洁性?对这样的事不做处理,党的组织纪律还管不管用?我说句不该说的话,你也是有女儿的人,祸害人家小姑娘时,你脑海里就没闪过自己女儿的身影?我现在代表镇党委,很负责任地正告你,针对给你的党纪处分,你必须彻底反思!再一个问题是,根据党委研究结果，限你三天，把尚未交付给女方的那一万五千元钱及时交给当时主持调解的陈镇长，由他和我一起交给女孩子一方。"

面对王子和的正告，许建林不为所动，他向前凑近一步，歪着脑袋，继续厚颜无耻地强词夺理道："王子和，当时，马书记组织开会研究时，你也是镇党委主要成员，为啥不跟马书记坚持这样说？罗清河一来，你事咋就多了呢？你这心眼弯得哟，真是够快、够机灵，也够恶心人的！你这见风使舵的水平哟，姑苏镇找不出第二人来！那件事说到底，属于我个人感情上的私事，我跟她私下单独处理就成，用不着你们假惺惺地装好人！当时，她在我家住，吃我的，喝我的，到医院流产也是花了我的钱，流产后我还伺候她，那些账怎么算？我去和她理论好了，根本不需要你们这个第三方来瞎掺和。"

"你，你……"王子和一时间气得说不出话来。

"你什么你，王子和，在处理我的问题上，打一开始，就你蹦跶得最欢，最积极！当时，你背地里多次找到马书记，要求处分我，别以为我不知道！你甭凶，我不怕你，以后会有你后悔的时候，咱们走着瞧！"许建林恶狠狠地恐吓道。

说完，他不再与王子和纠缠，一甩手，扬长而去。

看着许建林满不在乎的背影，王子和气得血压飙升，浑身打起哆嗦。他一把抓起办公桌上的茶水杯，想狠狠地摔在地上，但他又停下了动作。

"真是人至耻则无敌！这个败类，简直太无耻，太嚣张了！"他暗自怒骂道。

回到家后，许建林把裤兜里那份已被团成一团的纸掏出来，展开，粗略地看了两眼上面的文字，然后气愤地将它撕成碎片，扔进垃圾桶里。望着垃圾桶内的纸屑，他想：都说新官上任三把火，罗清河来到姑苏后，已烧了不止三把火，而是不停地四处放火！不但放火，他还不停地挥舞着大刀，胡杀乱砍。现在，火苗子都烧到我许建林身上了，我不能就这么被动地伸着脖子挨他的刀，我应该反击，坚决地反击，给他来点狠的！不给他姓罗的一点颜色瞧瞧，我不姓许！

不久之后，调查罗清河问题的梁春光、胡乃平一行，用秘密或半公开的形式,通过多个渠道,全面掌握了罗清河相关问题的真实情况。之后他们单独向田晨晖作了汇报,又在县委常委会上作了专题汇报。

田晨晖凝重的脸上没有过多的表情,但从他不时地轻轻点头中,梁春光和胡乃平看到,他对罗清河是认可的,同时他也深感端正风气的艰巨性。

梁春光与胡乃平在县委常委会作专题汇报后的次日上午,刘金成来到田晨晖的办公室,向他汇报陈本欣一次次要求调动的事情。

田晨晖严肃地说:"现在不是调整他的时候,他的问题并不少。与清河搭档,让清河约束他,对他而言不是个坏事,不然,继续滑下去是很危险的。基层权力再小,也是权力,把他监督得紧一些,他马上感觉不自由了,这种想法很可怕。权力是把双刃剑,我们对权力要有敬畏之心。先不要考虑哪个位置合适他,他不能想走就走。近几天,县委要召开常委扩大会议,学习传达市委关于加强基层党员队伍建设的若干意见,你们要针对沂东县党员队伍现状,尽快拿出强化队伍建设的具体措施。"

三十一

雨季来临,降水增多,沂河水量不断加大,河道内暗流涌动,漩涡四起。

同样,此时的姑苏也很不平静。停交红楼小区物业费和水电费的风波仍在持续发酵,铺天盖地的质疑声接连不断地飞向罗清河,丝毫不见缓和的迹象。

沂河一往无前奔涌不息的精神,还有儿时记忆中那一片偌大的青石梁面对狂浪冲击时岿然不动的坚强意志,一直激励着罗清河。

那片青石梁位于罗家庄村东一条无名小河与沂河交汇处的河床内,高出河床很多,经过千百万年的风吹水冲、日晒雨淋,形成一片怪石嶙峋、千奇百状的石林。有的如驼背老翁,有的如抱子女人,有的如玩耍孩童,有的如静卧仙人,还有的如同下山的猛虎、翻海的蛟龙、怒吼的雄狮、抵角的青牛和展翅的苍鹰……

那条小河从石梁中间流过，石梁经年累月被风吹水冲，上部裸露突兀，底部则有不少洞穴。这些洞穴大者能容纳数人，小者只能钻些小动物。初春和深秋时节，在雨水未到或停了雨水之时，罗清河和小伙伴们常到这里玩耍。在冬、春季节，顺河的大风刮起，穿过石梁洞穴，发出的声音如雄狮怒吼、猛虎咆哮，传得很远很远，方圆十几里的人都能听到。

夏天暴雨降临，上游洪水来袭，波涛汹涌的河水波澜壮阔，如万马奔腾，蔚为壮观。那一泻千里的河水以大山压顶之势呼啸而至，与巍然耸立的青石梁不期而遇。石梁挺起巨人般的臂膀顽强挺立，与河水似两军对垒，毫不相让。那涛声犹如战场上勇士们的厮杀呐喊，震耳欲聋，把一腔沸腾的热血都甩在这嘹亮的呐喊中，一阵一阵，撩起了罗清河的少年英雄胆。古时候，每到暴雨季节，山洪暴发的时候，据说坐在沂水县大堂内，就能听到大水撞击石门的声音，故有了沂河八景之"石门风雨"。

忙碌的罗清河不想去理会这些甚嚣尘上的质疑声，他暂时也没那份精力。他凝心聚神思考的，是如何振兴姑苏的乡村经济，如何高质量推进"一村一产业，村村有特色"工作，如何帮助各村贫困户尽快走出生活困境，并通过建立脱贫致富长效机制使他们过上幸福日子。

周一的镇党政班子联席会议上，结合前期向党政班子成员部署的调研任务，罗清河要求大家畅所欲言，根据各村实际，帮其找亮点、划重点，然后集思广益，共同为各村"把脉"，形成切实可行的"一村一产业，村村有特色"工作推进机制。

李文彬率先介绍了张王庄片区十几个村庄的苹果产业情况。那里地处丘陵地带，果树栽培历史悠久，苹果品种有红富士、金帅、红星等。每到秋季，红彤彤的苹果挂满枝头，果香随风飘荡，惹人喜爱。尤其是张王庄村，去年成立了苹果生产专业合作社，种植户抱团闯市场，成效很好。目前，该村苹果种植面积达五百亩，年产苹果二百万公斤。"姑苏苹果"商标已经取得绿色产品认证，在全省优质农产品博览会上拿了奖，品牌影响力不断扩大，目前正积极申报国家农产品地理标志。

李文彬建议道："可让该村苹果种植能手发挥好示范带动作用，动员更多的农户加盟到苹果种植专业合作社中，进一步把'姑苏苹果'这个品牌做大做强。"

紧接着，李文彬又介绍道："在人们越来越青睐绿色有机食品的今天，长虹岭小米以其独特的魅力，登上了北京、上海、天津以及省内各大城市的餐桌。长虹岭气候宜人，土壤和水质俱佳，为绿色食品生产提供了得天独厚的条件，这里种出来的谷子颗粒饱满，色泽金黄，味道香醇。战争年代，小米贡献很大，是主要的军粮品种，就像《沂蒙山小调》中唱的："高粱红来豆花香，万担谷子堆满仓。"前几年，孙祥小米生产合作社邀请省农科院专家进行专业指导，大力推进有机小米生产，全力打造具有沂蒙特色的绿色品牌。合作社统一种植，统一加工销售，小米价格从原来的每斤两三元猛增到十几元，社员收益大幅提高。企业有收益，农民得实惠，达到了双赢。这一产业还有继续提升的空间。"

听完李文彬的介绍，周庆山接着发言："小周庄也有个种植能人，叫周自宝。他脑子聪明，意识超前，很有想法。他大学毕业后在省城打拼，五年前，村里人纷纷跑去城市打工，他却反其道而行之，卖掉了省城的家产，破釜沉舟，背水一战，返乡发展现代农业。村两委对他返乡创业大力支持，为他周转了一百二十亩地，当年春天，他全部栽上大樱桃树。没想到，因为土壤薄，干旱缺水，樱桃树陆续干枯。看着树上干卷的叶子，他切实体会到了'樱桃好吃树难栽'的含义。随后，他在果园里连续打了十三眼机井，基本解决了缺水问题，又对土质进行了改良。重新栽下樱桃树后，虽然精心管理，但因他经验少、缺乏技术，樱桃树长势慢。专家告诉他树的品种不行，他不顾损失，忍痛淘汰掉老品种，引进新品种，同时狠下苦功夫补课，学习管理经验，很快成为行家里手。目前，他栽种的樱桃树达四千余株，品种有红灯、红蜜、黄蜜、美早、布鲁克斯等十多种。在他的带动下，小周庄的樱桃种植业形势喜人，仅用三四年的时间，樱桃种植面积就形成了较大规模，樱桃已于去年开始上市。"

罗清河接过他的话茬说："该村的樱桃园，我去看过，也同周自宝谈过。创业期间，他的确吃过不少苦头。他的创业实践证明，发展现代农业，绝对不是一件躺赢的事情，必须善动脑筋，善用科学技术。今年果树还未开花，他就购买了二十箱蜜蜂，在开花时用蜜蜂授粉，帮助大樱桃坐果，有效地提高了坐果率，大大降低了激素的残留。据周自宝介绍，樱桃今年的产量将实现翻番。在他的带动下，该村已有六十多户种植樱桃，种植面积达三百多亩。他们的目标是打造乡村旅游版的樱桃采摘园,发展观光农业,让城里人到乡下休闲娱乐,感受田园生活。这一特色产业也具有较强的代表性。"

说到此处,罗清河顿了顿,强调道:"科学技术是第一生产力,新型农民不仅要学会种地,还需要有长远的眼光,要运用科学的方法,发挥好土地的综合价值。我们党委、政府的职责,是要出台更多的富农政策,创造更好的基础条件,吸引更多像周自宝这样的有志青年返乡创业,同时把想跳出农门的年轻能人留下,守护和耕耘这片生养他们的土地,让他们通过不断努力学习科学技术和新知识,与父老乡亲一起探索致富路子,把家乡建设得更美好。"

陈本欣看了看罗清河说:"咱故城家家都会做豆腐皮,是当地传统食品,不但在姑苏有名,在整个临江地盘上,很多人都知道。这张食品名片可以亮一亮,用现代化技术包装起来,打上商标,既可在当地销售,又可销售到大城市去。"

接着陈本欣的话题,王子和补充说:"故城豆腐皮虽说名气大,好吃不愁卖,但目前一家一户单打独斗的生产方式,形不成大气候,这是个明显的短板。下一步的关键,是村两委如何整合这一资源,像栽樱桃树、种苹果树的小周庄、凤凰台、张家官庄一样,由能人挑头,投资建加工厂,用传统方式集中进行规模生产,做成品牌,统一销售。到时候,镇党委、政府和村两委要共同为他们服好务。"

王子和话音刚落,刘京茂抢去话头:"蔬菜种植一直是沂河岸边多个村庄的强项,像齐家道口的'二门子'水萝卜和'馒头白'大白菜,是当地特有的传统品种,深受群众喜爱。'二门子'生长期短,不糠瓤,上市早,亩产达八千斤;'馒头白'口感好,耐储存,让人百吃不厌,亩产超万斤。此外,齐家道口的渡口文化,神台子等村庄的民间剪纸、年画等传统文化也是很好的推广题材,如何结合'非遗'申报,充分发掘和弘扬这些民间文化,值得我们探讨。"

接着,刘京茂又介绍起顾家汪村的泥哨艺术:"顾家汪村东地下有一种特殊的泥巴,泥质细腻,没有砂粒,韧性好,就像蒙山上的蝎子——毒(独)一份。从表面看,这泥巴没有什么特别之处,但在顾家汪村老艺人眼里那就是金子,并能用它们造出比金子更宝贵的泥陶。泥巴经过他们不停地摔打和捏拧,会神奇地变化出一只只鹁鸪鸟或牛头状的泥哨。再经过火烧,泥巴变得坚硬如铁。将一只小小的黑黑的泥哨捏在手上,放在嘴上吹一吹,会发出悦耳的清脆之音,令人陶醉。吹响它,能呼唤起醇香的民俗记忆和悠远的乡愁。"

随后,通过刘京茂深入的介绍,大家对儿时记忆中的这种泥哨有了更多更深的认知。

泥哨又名陶笛,具有浓厚的沂河民间文化艺术色彩,且历史久远。仅从市博物馆存放的汉代陶俑吹泥哨的文物看,泥哨在此已有两千多年的历史。二十世纪五十年代以前,顾家汪村家家能捏泥哨,且制作工艺精良,一件作品要经过取土、和泥、晒泥、砸泥、泡泥、踩泥、做坯、脱坯、挖哨道、打孔、修光、凉坯等十几道工序才能完成。他们制作的泥哨造型粗犷夸张,外观朴素奇巧,可细分为两大类:一类为陶土原色哨,另一类为上色哨。当年,他们或赶集,或走街串巷叫卖。手工彩绘的小泥哨色彩简练艳丽,大人将它们用红、黄、蓝、白、黑五色丝线拴挂着,佩戴在儿童胸前,用以祈福消灾辟瘟病。此做法正与古籍所记"午日,以五彩丝系臂,避鬼及兵,令人不病瘟"的说法相符。

"泥土不仅滋养着庄稼和草木,也用另一种方式养活着人们。这些年,泥制品被塑料玩具所代替,会这项手艺的人大多已年过古稀。如果发动他们带些徒弟,将这门手艺传下来,形成一定的规模,以旅游产品的形式闯市场,应该很有前途。从另一个层面看,如果这门传统手艺失传了,对我们地方民间文化也是个不小的损失。"刘京茂最后说。

李文彬接上话茬道:"一方水土养育一方人,沂河岸边好多地方的土都适于制陶。说起顾家汪村捏泥哨,那郑家河疃村的窑货生意也应该拾掇起来。"

接着,李文彬介绍,郑家河疃村也有适合做陶的黏土,产陶历史悠久。据村里老人们讲,郑家河疃立村后,靠土吃土的制陶手艺人陆续迁来,立窑烧陶,做起陶盆瓦罐生意,窑火一直烧到二十世纪七十年代。

当地有个说法叫"郑家河疃养穷人"。穷困潦倒,生活过不下去的外乡人,举家来郑家河疃后,头天一落脚,第二天到窑上进点窑货,挑着下乡,当天卖了,支付成本后还有余钱,便可以购买食物。

民国时期，村里建有两座窑，以生产大缸、小缸、大罐、小罐、大盆、小盆等品种为主，每窑装盆六十套（每套大小盆四件）、缸四十套（每套大小缸两件）、大小罐二百个，整村每窑每月烧十二窑。产品销售至方圆百里。当时，村里有个叫郑亮的人做得一手好窑货。郑亮的父亲好赌，输掉了土地宅院，全家不得不搬到村西郑家墓地的小屋内，以看墓地为生。郑亮后来靠卖窑货让家里的日子重新走向正常。

1949年以后，村里搞生产队时，大队在村前辟出三亩土地，建起一座大窑，由郑亮担任技术员。同时建起一排房子作为生产车间，搭起八十平方米的棚子，用于贮存坯子。然后从各小队抽调人员，负责运土、打泥、蹬轮子、拉坯、晾晒、烧窑等流程。人民公社时期，生产窑货是小队的一项重要副业，各生产小队都有窑场。窑货生产出来后，各队派人赶集下乡销售。二十世纪七十年代中后期，随着铝制品、钢铁制品及后来的塑料制品不断增多，村里才停止了生产窑货。

"村里可结合旅游开发，与顾家汪村一起，组织人制作窑货，不失为一个好项目。"李文彬建议说。

大家又从文化、传统生产项目等助力乡村产业发展的可行性议了一会儿，接着又将话题转到特色养殖上，重点从已有牛、猪、羊、兔、鸡、鸭等养殖规模的村庄说起，讨论哪个村应该向哪一项养殖重点发展，并由大户带动、村两委服务，以形成更大的养殖规模。

一直默默思索的王子和说："'一村一特色'固然是乡村产业发展的好路子，但怎样走好这条路，需要认真动动脑筋。可先抓几个已成形的村庄作示范，通过召开现场会，让各村能人参加，重点从思想上引导他们，但要防止片面化。对于哪一个村重点发展哪一项产业，要先摸好底，让特色真正成为特色，切不可一蹴而就，防止表面化和形式主义。像李林镇的于凤起，在雀山村搞地瓜合作社，推广了地瓜苗新品种，到秋天种植户收获地瓜了，但说好的包销却成了泡影。起初给他打电话还接，后来连人影也不见了，坑了老百姓。我们一定慎重，决不能把好的想法变成一阵风，到头来坑了百姓，失了民心，得不偿失。"

罗清河赞同道："子和考虑得很全面，大家该记住一点的是，在心里别想着要什么政绩，咱们要的是，实实在在地让姑苏各个村庄更快更好地发展。"

最后，镇党政班子联席会议正式提出"一村一产业，村村有特色"的发展思路。

罗清河始终将百姓群众的生命安全放在第一位。当务之急，是在暴雨即将到来之际，重新排查一次特困户住房和村庄防汛安全问题。会上，他对此项工作做出了安排，要求镇党政领导班子成员分片进村，逐户查看，督促村两委帮助特困户修缮好住房中漏风漏雨的地方。同时，分组带队认真查看河岸的堤坝情况，及时排除隐患，确保安全无虞。

在村庄特色产业发展中，杨家官庄通过广泛宣传、示范户带动，使得花卉、苗木生产户和地亩数较上年度增加了近一倍。在原有的基础上，该村迅速成为一个以花卉、绿化苗木为主导产业的特色专业村。

对杨家官庄花卉、苗木业迅速发展深感欣慰的同时，罗清河一直惦念着该村两个特困户的生活状况。镇党政班子联席会议结束后，他约上周庆山，两人骑车向杨家官庄奔去。

走在路上，罗清河、周庆山二人的话题依然是各村产业发展的前景。

中午的阳光很毒辣，人走在室外，如同走近烧得正旺的大窑炉，瞬间被炙烤得汗流浃背，浑身上下黏糊糊的。尽管天气热得让人透不过气来，但田野里的玉米、谷子、大豆长势喜人，沟渠边上的杂草也很茂盛，绿意盎然，散发着沁人心脾的气息，让人感觉分外清新痛快。

夏日的天如小孩的脸，说变就变。他们快到杨家官庄村的时候，几分钟前还很晴朗的天空忽然乌云翻滚，漆黑一片。刺眼的闪电把墨色的云团一次次撕开，低闷的雷声在大地上滚动，紧跟着起了很猛的风，顷刻间把滚烫的"大窑炉"不知吹到了什么地方，让人顿感一下子进入深秋。看来要下一场暴雨了。

凉风劲吹，人们通体的汗渍被一扫而光，顿觉浑身清爽。

罗清河停下车，冷静地抬起头，看看阴森的云头正压过头顶，他很清楚眼下正在发生着强对流天气，于是对周庆山说："这种天气，来得快，走得也急，咱们先找地方躲一躲！"

小路上，步行的，骑自行车、摩托车的，开三轮车的，开汽车的，为躲风避雨，都在急窜急行。二人环顾四周，见路旁有一间独屋，墙体上写着"苗圃"两个红色大字,下面写着出售的海棠、银杏等树木的名称,还有联系电话。独屋的旁边是大片花木,不用问,这是看管苗圃的小屋。随后,两人紧蹬几下,想进去躲雨。

此刻的天空中,闪电此起彼伏,猛烈地撕扯着黑压压的云层,沉闷的雷声伴随着强劲风头的尖厉哨音呼啸而至。狂风用它那无形的大手将树木摇晃得如同醉汉一般东倒西歪,被虫蛀过的树枝经不住厉风的摧残,被折断后耷拉在树上。狂风继续发力,随后,断枝啪的一声落在地面上。

都说是龙在使雨,这乌云的背后,可否有操纵电闪雷鸣、使风弄雨的龙?翻卷的云团里,如果真有一条龙,此时定在张牙舞爪!罗清河猛然感觉,在姑苏风起云涌的迷雾里,也定有一条施风弄雨的"龙",是谁呢?不,那不是龙,只是条恶毒的蛇而已。罗清河想。

一道道强烈的闪电在眼前连连闪过,一个个惊魂摄魄的炸雷紧随其后,在离他俩不远的地方炸响,那巨大的声响恨不得将天地炸裂。两人急忙钻进小屋,没过两分钟,铜钱大的雨点便如子弹一样斜着飞下来,噼噼啪啪地砸在大地上,砸在庄稼上,砸在树木上。暴风裹挟着漫天的大雨,盆泼似的急速倾泻而下。小屋前面的水泥地面上水花四溅,雨水与热浪混合在一起形成的浓密的雨雾,瞬间弥漫了这片土地。

小屋内有一位七十多岁的老头,罗清河猜测小屋旁边的这片苗木是他家的。他知道罗清河和周庆山是来避雨的,没有多说,只顾坐在小床沿上,衔着烟袋吧嗒吧嗒地抽着。

老头所吸的烟是本地旱烟,辛辣味很浓。小屋内空间小,老头吐出的烟散不出去,呛得他俩连连咳嗽了几下。为了躲避那呛人的味道,两人站在屋门口往外看着。外面,雨雾蒙蒙,一片模糊。一阵风吹来,雨水径直涌进屋内,溅湿了两人的衣服,他俩顿觉有些清凉。

眼下,田里的庄稼、地里的树苗、山坡上挂满果子的果树均长势正旺,罗清河担心,天气突然这么冷,会不会下冰雹?

虽然风很凉,雨下得也急,不过还好,并没有看到冰雹的身影,这让罗清河提着的心稍稍放了下来。

这两天,罗清河的心情犹如这急躁的天气,很不平静。尽管县纪委调查组已返回县城,但他依然清晰地察觉到,暗流涌动的姑苏又在酝酿着新的危机，有些人蠢蠢欲动，特别是从红楼小区刮出的风极其强劲，比眼前这自然界的暴风雨还要可怕。但他知道，既然党组织将自己安排在镇党委书记这个岗位上，自己就要勇敢地挑起肩上的担子，遭遇的狂风暴雨再大，都要顽强地顶住。他想：适时下一场雨、刮一阵风也好，能够让自己时刻保持清醒的头脑。

再大的暴雨也有停下来的时候，很快，雨点渐渐地减弱，风也不再那么狂躁，推磨似的雷声渐渐地滚远了。又过了一会儿，雨差不多停了下来，天空中只有零星的雨点继续飘洒着，罗清河和周庆山随即走出小屋。

雨后的空气分外清新，微凉的风拂过，泥土的清香扑鼻而来，转眼间，周边的一切都显得那么安静而祥和，仿佛压根就没有发生过先前狂风暴雨的那一幕。

他们很快转到大路上，先是来到贫困户胡承利的苗圃地头，看到那一片海棠苗木长势喜人，两人深感欣慰。

罗清河惦记着的杨家官庄的两户特殊家庭中，一户是杨小雪和她的爷爷。爷孙俩相依为命过日子，再无其他亲人。小雪学习成绩一直很好，去年秋天就读初中后，她离开家，住进了学校，每周只能回家一次，这让她对独自居家的爷爷有了更多的牵挂。

老人已经八十多岁，一只眼睛永远失去了光明，另一只眼睛也已看不清半米之外的物体。每次临上学时，她首先要做的，就是将镇上和志愿者们送来的面烙成饼或蒸成馍，为爷爷做好一周的干粮。

罗清河第一次来到这个家庭时，小雪正在为爷爷烙饼。她说，她最大的愿望，就是能让爷爷有饭吃。看着小女孩羸弱的身体围绕着灶台不停地忙碌，火光映红了她淳朴而瘦削的脸庞，罗清河心里涌起了阵阵酸楚，眼眶禁不住湿润起来。

老人浑浊的眼里满是泪水，他一边抹泪一边对罗清河说："唉，你看我这身体，眼瞅着一天不如一天，越来越不中用了，可小孙女还这么小，又没了其他亲人，我不敢死呀，只能硬撑着。你说说，我死了，她该咋办？真不知道她生活的奔头在哪里。"

老人一遍遍地哭叹着自己命苦，说他时不时地会提上酒瓶，趴到儿子和老伴的坟头上说说话，边说边哭，直哭得眼里没有了眼泪，哭得眼睛都瞎了。

后来的日子里，罗清河和片区干部又一次次登门家访，捎去米、面、油等生活必需品，帮助老少二人解决生活急需，让其度过艰难时光。

针对爷孙俩的实际情况，镇上和村里经过多次协商研究，决定免费安排老人去镇敬老院生活，但老人坚决不去。他的理由简单而实际——他在家，家还是家，小雪就有家可回；他不在家了，小雪也就没有什么家了。他之所以守候在家里，就是想让孩子回来时有个奔头，也有个盼头，他不想让小雪失去家的温暖，尽管这温暖显得那么单薄而卑微。

从田野走进村里，罗清河和周庆山直接来到杨小雪家中。小雪已经上学去了，小雪的爷爷在门口的老枣树下乘凉。老人的气色看上去比原来好了许多。罗清河先是看了看上次安排村干部的任务的落实情况，看到他们已帮助老人修缮了房屋，院子里的卫生也打扫得很干净。

小雪只能每周为爷爷做一天饭，家里没有冰箱，在这大热天里，面食三两天就会变质发霉。针对这种情况，罗清河又招呼村两委干部，研究如何让老人每天都能吃上热乎饭。村干部动员那些与老人居住在一条巷子里的有爱心的邻居，尤其是近支亲属，在做饭做菜时多做点，给老人送一些。到年底时，由镇民政办给献爱心的邻居或老人的近支亲属发放部分补助。

人世间，幸福的家庭都相似，不幸的家庭各有各的不幸。除杨小雪和她的爷爷之外，另一个秦姓特困户的家庭情况也非常糟糕——儿子在工厂工作时不幸触电身亡，儿媳随后离家出走，撇下一个五岁的孩子。年迈的老两口拉扯一个年幼的孩子艰难地生存着。生活的苦加上精神的苦，仅仅用"凄凉"是概括不了的。

看望了两户特困家庭，罗清河更加清楚了自己肩上的责任。

三十二

时间进入丰雨季节，大雨小雨下个不停，下得沟满河平。

最近两周，雨水汇成洪流，如脱缰的野马，翻卷着、咆哮着，从山涧来、从沟壑来，夹杂着泥沙碎石，绕山越岭，以锐不可当之势向下倾泻，顺着小河，一股脑涌入沂河。

沂河水势陡增，河道溢满。望着沂河中的大水，罗清河的心一直悬挂着，放不下来。水流看似平缓，表面没有掀起浪涛，但实际下面是一股股强劲的暗流，一个个爆裂的漩涡，一旦冲破河堤，会造成不可预估的涝灾。

天气预报显示，今天夜间到明天，沂东将有特大暴雨，县委办公室、县人民政府办公室下发紧急通知，要求各乡镇做好防汛抗洪工作。战斗的号角已经吹响，姑苏镇自然不敢怠慢，沿河各村已整装待命，蓄势待发。罗清河与镇内主要领导同志站在神台子村西面的河堤上，密切关注着这场即将到来的特大暴雨。

起初，雨点大一阵小一阵地下着，时而急促，时而舒缓。此刻已是傍晚，"黑云压城城欲摧"，远方的天际，一道竖立的耀眼的闪电闪过之后，爆出恨不能把大地劈开的巨响，暴雨紧接着从天空倾泻下来。

神台子村西侧有几条小河，河道浅而窄，水流不畅，历史上曾多次发生大水漫出堤岸的事故，沿河村庄人民群众的生命财产受到严重威胁。这是沂河流经姑苏最容易造成水灾的地段。

罗清河、李文彬、周庆山与神台子村党支部书记谢世勋等人冒雨察看着河堤，借着天空闪电的瞬间光亮，他们看到，姑苏河与沂河交汇处，满满当当的河道里，大水正平缓地向南流去。在这一马平川看似平静的河面上，两股大水正相互冲撞着，险情随时都有可能发生。他们紧紧注视着河道，一刻也不敢放松。

与其他人相比，年龄偏大且长年累月生活在沂河岸边的谢世勋，显得更淡定些，听着雷声渐渐弱下来，他笑着介绍道："俺们村之所以叫神台子村，也与水有关，当初在这里立村，便是为躲避水灾。明朝末年的一个夏日，沂河发大水，靠河居住的农户遭大水漫灌，损失惨重。为躲避水患，人们迁往沟北高处建房。因那地方是个高台，又为祈愿河神护佑一方百姓安宁，所以起名为神台。旧时候遭水灾，造成墙倒屋塌的主要原因是，咱们这里所建房屋地基多为土夯，土夯泡在水中，谁不提心吊胆？听村中老人讲，1957年、1960年、1962年降水量特别大，夜间降暴雨，沂河洪水漫过姑苏河，形成倒灌，神台子附近数个村庄被浸泡在洪水中，成为一片汪泽。

各村均不同程度地遭受水灾，有的村子无一家幸免。因居民房屋都是土墙，男女老少夜间都不敢睡，几户人家房屋被水泡塌，差点闹出人命。那时的防汛形势，确实让人提心吊胆，跟眼下情形没法比。现在这堤坝，是巨石立基、水泥嵌缝，固若金汤，结实得很，大水被牢牢圈阻在大堤内，离警戒线还有一尺多距离呢。这些年，农民建房不再用土打墙，一般都去西山里拉来山石打地基，有一米多高，往上用红砖垒墙，再用水泥加固，抗灾能力大大增强，肯定没啥问题，罗书记您不用担心。"

等到下半夜，见雨势逐渐减弱，沂河水势有所减缓，罗清河一行离开了神台子村。

两天之后，此次沂河洪峰顺利通过，灾情警报解除，罗清河才如释重负。

晚上，罗清河躺在床上，脑海里不断闪现着近期发生的一系列事情。他感觉有些累了，既是身累，更是心累。不知过了多久，静静的夜里，传来一阵鸡鸣声。先是一只鸡发出一声清脆的长鸣，然后便是高亢嘹亮、此起彼伏的万鸡合唱，中间还夹带着几声狗吠。这久违的叫声，让他感到分外亲切。这孩提时代常见的情景，是现代都市人无福享受的温情记忆。

他坐起身，静静地聆听着，疲惫的心似乎从纷繁杂乱中慢慢挣脱出来。又过了一会儿，此起彼伏的鸡鸣狗叫渐渐沉寂了，四周重新恢复了宁静。夜已深，他再次躺下，想尽快沉入梦乡，然而大脑的那根弦却又不自觉地拨弄到"红楼小区"四个字上。

罗清河深知，红楼小区的上访者，不仅仅是姓张的或姓李的某一个人，而是一个较为庞大的群体，一个成型的利益团队，自己是在和一个利益团体进行着斗争。眼下，他们的上访行动已经从暗中放箭到半公开宣战。风声、雷电、大雨声，声声入耳；反对声、耻笑声、叫骂声，此起彼伏。恰如暴风骤雨，正铺天盖地向自己倾倒下来。

真是来者不善，善者不来啊，该如何化解当前这股巨大的压力呢？罗清河思前想后，首先想到的是争取上级组织和领导的支持。同时，他认真分析，镇委班子这块钢板虽说有沙孔，但总体还是牢固的，坚硬程度不容置疑。他并不是一个人在战斗，在他的背后，有李文彬、周庆山、王子和等政治原则性非常强的班子成员，有尹传业、徐以明、贺英等众多刚正不阿的党员干部，还有成千上万名勤劳朴实的百姓群众，他们都是崇尚公平正义、痛恨邪恶腐败的社会正能量。有他们做坚强的后盾，自己便有足够的信心和理由去赢得这场斗争。

他决定天亮后先去趟县委，把这段时期的工作，特别是红楼小区业主连续上访的问题，向田晨晖书记作个详细的汇报，以争取县委主要领导对自己工作的支持。

渐渐地，他进入了梦乡。

梦中的罗清河，在沂河岸边不停地走着。河水缓缓地流动着，被惊起的水鸟叫着飞向远方。哦，他似乎看到，年少时一起打水仗的小伙伴正在清清的河水中畅游、在洁白的沙滩上奔跑，那是多么无忧无虑的美好时光啊。突然，浅浅的河水变成一个大深潭，潭水绿得让他胆怯。忽然间，河水翻卷，瞬间变成一片波涛汹涌的汪洋。不知怎么，他又奔跑在一片山坡上，身后有一群暴徒正手持棍棒凶神恶煞地追赶着。他知道，一旦落入这些恶人之手，自己将永无宁日，于是他更加拼命地奔跑着。可跑着跑着，一块石头突然从天而降，掉落在自己面前，一不留神，他被石头绊倒在山坡的荒草之中。

罗清河一下子被惊醒了，他睁开眼睛，一抹淡淡的阳光悄然透过窗子，洒在房间西墙上。回想起刚才的梦境，他自嘲地笑了。他明白，再坚强的人也有内心脆弱的时候，但脆弱并非懦弱，更不代表怯弱，纵使自己有千万个选择妥协退缩的理由，但只要自己还是一名共产党员，只要自己还想做一名堂堂正正的人，那就没有任何理由弯下自己的腰杆。

罗清河先是给田晨晖书记打去电话，约好上午去汇报工作，又向陈本欣与李文彬安排好当天的工作，接着乘坐公交车来到县城。

在田晨晖的办公室，罗清河先是简明扼要地将姑苏镇最近的几件大事作了汇报，然后重点说明了因姑苏镇财政吃紧，停交红楼小区个人有关费用，导致上访事件频发的情况。

说着，他从包中拿出一份红楼小区分房名单，递给田晨晖。

田晨晖一边认真地听着罗清河的叙述，一边仔细地看着每一位房主的名字、年龄和职务等相关信息，慢慢地，他的脸色开始变得阴沉起来。

听完汇报后，田晨晖抬起头看了看罗清河，气愤道："我们的干部队伍中，总有那么一小撮人，唯恐天下不乱。停交这本该个人交纳的费用有什么不对？他们居然敢肆无忌惮地闹腾，这是从哪里得来的底气？真是岂有此理！县委的态度一贯是明确的，对于不正之风，该纠的坚决纠，该刹的彻底刹，绝不姑息迁就。针对这一问题，我会尽快安排组织部和纪委找相关人员谈话，尽快帮你解决好！"

说到这里，田晨晖看着罗清河，压低了声调，语重心长地继续道："清河啊，冰冻三尺非一日之寒，姑苏镇问题不少且由来已久，但这些问题远非一日之功可解决，所以你不能抱有一蹴而就的思想。县委之所以委派你过去，是经过充分考量的。我相信，你有能力处理好这些问题。回去后，不要受此事困扰，继续安心工作，县委会一如既往地支持你。另外，关于姑苏的禁酒问题，有人向有关单位和我本人反映过，群众来信我也看过，尽管杂音很多，但我认为，从禁酒做起，严肃党风党纪，你在全县带了个好头。县委常委会也认真研究讨论过，并给予你们这项工作以充分的肯定。对此，你更不要背上什么思想包袱。不过，清河啊，我在这里也提醒你一句，在基层工作，有时得讲究个方式方法，所谓'巧干能捕雄狮，蛮干难捉蟋蟀''打虎要力，捉猴用智'啊！在这方面，你还需要完善一下。"

得到了县委书记的肯定与支持，罗清河心里敞亮起来，走出县委大楼，他感觉天格外蓝，地格外宽，路格外平，道格外直。

从县委大院出来，他顺着马路往东走，迎面走来了老干部局的杜以志和小魏。他俩去看望了一位生病住院的老干部。

看到罗清河，杜以志连忙上前打招呼："清河，这不开会不学习的，你跑县委来弄啥？"

罗清河微微一笑道："刚才去了田书记那里一趟，汇报了一下近期的工作。"

"呵，这才下去几天啊，书记就找你谈话，是不是要提拔？"杜以志有些惊异地问。

罗清河笑笑道："我现在不出事，就算烧高香了，哪有你天天想的这些提拔啊！"

两人说了一会儿话，杜以志问他禁酒的事怎么样了。

"正在往好的方向发展吧，"罗清河笑着解释说，"任何事，都有一个渐渐适应的过程，只要大家习惯了，也就正常了。"

杜以志不无担心地小声说:"清河,我听说,告你的人很多呀。有句话我不得不说,不要想着拯救谁,也不要试图改变谁。人,要拯救的只有自己,能改变的也只有自己。遇到烂人,要尽量躲得远一些,别指望能和他们一起抬起一根根建房的梁来。"

罗清河长叹一声说:"我现在想躲也躲不开呀,只有硬着头皮面对了。"

罗清河走后,田晨晖又认真看了一遍罗清河提供的红楼小区住户名单,并在几个重要名字下面用笔画上一道杠,然后通过电话找来刘金成和梁春光,要求他俩暂时放下手头的工作,从今天开始,组成二人小组,依次找到居住在红楼小区的这些干部谈话。调到外地的,在电话里谈;在本县工作的,将人约到纪委或组织部谈。如果谈话之后,还有人继续在背后搞小动作,组织部和纪委要依规依纪对其做出严肃处理。

"歪风不纠正,何谈树正风?正风树不起,歪风必重吹!"田晨晖最后感叹道。

随后,刘金成与梁春光一起来到县委组织部,两人仔细查看完名单后,本着先县内后县外的原则,确定好谈话名单顺序,依次将谈话人员约到县委组织部。他们明确指出,姑苏镇的做法合理合法合规,没有任何异议,有人为此搞小动作,是占不到理、立不住脚的,希望同志们有则改之,无则加勉。若发现有继续煽风点火者,县委组织部和县纪委将严格按照干部管理办法和党的纪律处分条例从严处置,希望同志们当一个明白人,不要引火烧身。

被约谈的人来到县委组织部后,看到刘金成和梁春光正襟危坐,多数人马上明白两人脸上的严肃表情就是风向标,瞬间便没有了脾气。没用谈上几句,他们均表示坚决维护组织的决定,没有任何怨言,保证不会节外生枝,更不会在背后搞小动作。

有的同志还高姿态地说:"个人的住房嘛,自己交物业费和水电费是应该的,镇上早就该把这股肥私的小水流给堵死了,可镇上不说话,咱也怕得罪人,所以就没及时提议。我是一名党员,愿拿自己的党性担保,对组织不利的话坚决不说,歪门邪道的事坚决不做。"

一切进展得颇为顺利,问题得到了快速而圆满的解决。

当天下午,坐在家中发呆的袁俊山又接到那个神秘人的电话:"老袁啊,现在事情闹得有点大,风向明显开始不对,罗清河停交红楼小区费用那事啊，暂时缓一缓，避避风头吧。县纪委如果真下狠手，你可就得吃不了兜着走了。"

"那，让那个姓罗的就这样骑在我们头上拉屎？我一个退休的人，吃不下这些憋屈！"袁俊山气急败坏地回应。

"老袁啊，不是谁欺负谁的问题，眼下，县委旗帜鲜明地支持他，你们胳膊拧不过大腿，万一拧折了，不值得！常言道，留在青山在，不怕没柴烧。还有句话叫，君子报仇，十年不晚。别看这一局他姓罗的暂时赢了，但还有下一局、下下局呢！只要他姓罗的在姑苏镇继续这么作下去，你们就一定能抓住他的狐狸尾巴，我们要看的，是最后鹿死谁手。"

对方说完，不等袁俊山回应，便挂断了电话。

三十三

陈本欣"借用"谷天一公司的奥迪专车，就这样硬生生地让罗清河给退了回去。他感到在镇里很没面子不说，自己在这方土地上的权威已被罗清河剥夺得干干净净。暗中，他不停地琢磨同罗清河"对决"的策略。可无论陈本欣再怎么使点子、想办法，罗清河就牢牢把握住一条——明人不做暗事。他从不搞一言堂，从不个人说了算，凡事都放到明面上，让每个班子成员充分表达自己的意见，然后一起议、集体决，最后，依照少数服从多数的原则达成共识。这种胸襟坦荡、光明磊落的做法，让陈本欣"要认真、莫当真"的人生哲学变得猥琐和低下。

陈本欣失眠了，夜里躺在床上，怎么也睡不着。他回想起与罗清河共事的这些日子里，尽管自己使出浑身解数，用尽各种心机，但彼此心灵间的墙却越打越厚，越垒越高！他喃喃道："罗清河啊罗清河，我已是人前说人话、仙前说仙话了，还想要我怎么样？跟你这样的搭档在一起，我真是打拳卖艺的下了跪——没把戏了。"

他没想明白的是，那些经不住阳光暴晒的阴谋，那些拿不上台面的小伎俩，在党纪、政纪和国家的法规制度面前，都必然不堪一击。细想一想，那些基于个人利益打小算盘、基于小团体利益出歪点子的人，只能与同样打小算盘、出歪点子的人进行交易，而真正遇到罗清河这样正直的人，又能有什么办法？

眼瞅着自己的"权力"和"自由"被罗清河悉数"剥夺"却无可奈何，陈本欣的焦躁和怨恨可想而知。让他略感欣慰的是，袁俊山、许建林等人已公开跟罗清河叫板，暗中写告状信的人也不在少数。这些"反对派"力量如果能得到有效整合，形成强大的合力，一起对准罗清河的软肋发难，即使掀不起滔天巨浪，也必然会闹他个鸡犬不宁。只是长此以往，姑苏将不知乱到什么程度，届时，自己身上也难免会沾上腥味！

无论如何，姑苏这个地方不能再继续待下去了。夜长梦多，他真的担心，"一根筋"的罗清河跟自己较真起来，将"穷寇"追到底，那姑苏的有些见不得光的事势必会大白于天下。虽说那些事是马士良一手操办的，但自己也算知情人，知情不报的责任还是要承担的。

三十六计走为上计，早走早脱身，晚走晚难看，陈本欣再次下定调离姑苏的决心。

申请调离需要有理由，至少也得有个借口，终于，陈本欣抓到了一个。

前几天，为加强安全防范，镇政府在院子里安了几处摄像头。陈本欣宿舍所在的那条巷口上也安装了一个。赶到此处施工时，已过下班时间，安装人员想尽早回家，施工动作有些变形，摄像头安得不够周正，恰巧对着陈本欣的宿舍门口。

这天，陈本欣回宿舍时，不经意间往摄像头处一看，顿时一愣，心想：把这摄像头正对着我宿舍门口是什么意思？这明摆着是有人心存不良，暗中对我进行监视嘛！他左看右看，霎时感觉到了被人监视的可怕，更感觉到了被人盯着的耻辱。自己正愁找不到理由呢，这下好了，我何不以此作为理由进行发难！想罢，他气呼呼地转身向办公楼走去。

一踏进党政办公室，陈本欣就对着徐以明大发雷霆："小徐，我老陈做事一向堂堂正正，你们对我有啥意见可直接提出来，也可以向上级反映，跟我搞那些暗地里的小动作干啥？"

徐以明瞬间被陈本欣没头没脑的炮火轰得晕头转向，他连忙从座位上站起身，惊异地反问道："没有吧，谁对您暗地里搞小动作？没听说啊。"

"哼，还没听说，行动上不是已经表现出来了吗！你看看那摄像头，用得着这样对我暗中监视吗！"陈本欣满脸怒气地继续质问道，"谁对我有什么意见，可以说出来，何必想出这样的馊主意？在我身边安上一只眼，这高科技可真派上了用场！"

徐以明一下子被闹蒙了，他看着陈本欣，满脸委屈地说："陈镇长，您说的这个事情，我是真的一头雾水呀！"

陈本欣气愤地说："你去看看，是谁在搞鬼！你这个办公室主任，难道不知道怎么回事？"

说着，他背起手，气呼呼地往外走。

不明就里的徐以明连忙紧随其后，一路小跑跟着下了楼。

陈本欣在伙房后边的巷子口站定，用手指向墙上的摄像头，回头质问跟上来的徐以明："这是受了哪个别有用心的人的指示，把摄像头调整成这个角度？"

徐以明一看，心里一惊：是啊，怎么正对着陈镇长的宿舍门口呢！于是连忙说："我也不晓得，可能是安装人员干活着急了，没想这么多，不小心将角度定成这样了。"

陈本欣依然恼火地道："你抓紧把安装人员给我叫来，我要当面问问他。"

徐以明连忙拨通安装公司经理王元明的电话，让他抓紧派人过来看一下。

不一会儿，王元明亲自骑着摩托车赶来了。陈本欣劈头盖脸地问："你这么做，是受了谁的指示？"又含沙射影地递进一步道："他对我还有什么不信任的，居然这样防范我！"

王元明看了看，笑了笑，并没有附和着陈本欣说什么，而是打电话让正在值班的小孙抓紧扛着铝合金梯子赶过来。

小孙来到之后，不好意思地解释道："那天安装时，本来就晚，搞到这里剩下最后一个，我急着想赶紧结束回家，便草草地安上了，确实没有考虑摄像头的监控角度。这是我的工作失误，跟您诚挚地道个歉！"

说着，他像猴子似的连忙爬上梯子，把摄像头角度调整好，又迅速从梯子上爬下来，赔着笑脸对陈本欣和徐以明说："领导，这回弄好了，您大人有大量，请原谅我工作的疏忽。"

听完小孙的道歉，徐以明点了点头。

陈本欣的脸上，却迟迟阴云不散。

心中的怨气集聚成一个大结，仅凭安装工小孙的几句话怎可能解得开！这是一件很耐人寻味的事，让陈本欣浮想联翩，也成为他马不停蹄地跑到县委组织部，并理直气壮地公开表明死活不愿意继续待在姑苏的理由之一。

在同刘金成反映此事时，陈本欣的脸涨得通红，两眼圆睁，挑起高腔说："我要是把某个人比喻成'军统'刽子手，可能犯了政治错误，因为那些都是国民党反动派的情报机关，但将他比喻成克格勃，我认为不过分！"

人的内心若存着什么事，憋得时间久了，便成了一根刺，一有机会定然会一吐为快。话说到此处，陈本欣不再遮遮掩掩，他直接向刘金成挑明："在姑苏镇的这段时间里，他罗清河简直就是一条露着尖牙利齿的大黄鳝，和他相比，我老陈不过是一条吃点小虾和浮游生物的'小窜条'罢了，你们再不将我调离，我这条'小窜条'啊，迟早非得让他这条凶猛的黄鳝撕得稀烂吞进肚子里不可！"

听着陈本欣的满腹牢骚，刘金成将两条胳膊抱在胸前，一言不发，一直瞅着他笑。

见刘金成不说话、不表态，却一直冲着自己在笑，陈本欣不知道他肚子里有什么小九九。一个组织部常务副部长如此笑意的背后，表达的是什么心思？陈本欣顿时感觉，自己刚才的两个比喻都过于严重了。大家都是同志，是一个战壕里的战友，不可为泄个人私愤而乱扣帽子。于是他收敛了一下愤怒，以哀求的腔调说："古语道'久居生嫌，久吃生厌'，我待在姑苏的时间够长了，已经成为一根老油条。刘部长，你就给我换换地、挪挪窝吧，我也好有个新鲜感，工作起来有个精神头。"

三十四

上次召开镇党政班子联席会研究招商引资工作时，李文彬提出，应充分利用姑苏蔬菜种植产业优势，进行蔬菜深加工，如果投资条件允许，可争取与临江天成酱菜有限责任公司合作在姑苏建分厂。对他的这个建议,罗清河非常支持。

沂河岸边的齐家道口等村庄,拥有得天独厚的油沙土,其土质非常适宜蔬菜生长,沿河一带历来享有"菜篮子"美誉。引进酱菜加工技术,组建酱菜加工厂,无疑是一个天时地利人和的好项目。天时,指上级号召加大招商力度,营造了良好的招商氛围;地利,指当地盛产蔬菜,品种齐全,原材料有保障;人和,指李文彬的大叔李鸿坤是临江天成酱菜有限责任公司总经理宋永的师傅,老人尚健在,且身体硬朗。同时,引进酱菜加工项目,既可提升蔬菜附加值,又能就地消化部分蔬菜,还可在蔬菜过剩时,帮助菜农解决卖菜难的问题。

罗清河认真分析后认为,眼下已进入晚秋,入冬前若能敲定项目,并破土动工,待明年春夏季便可投入生产。随后,经过与陈本欣、李文彬多次商量,罗清河决定前往临江,实地考察老字号品牌——临江天成酱菜有限责任公司的生产经营情况,与宋永见个面,诚恳地交流一下合作意向,争取让他来姑苏投资,设立分厂。

李鸿坤当年在酱菜厂工作时,带过的徒弟有很多,但真正用心学习,并且全面掌握传统酱菜腌制技术的只有三人,其中一个就是宋永。考虑到这层师徒关系非同一般,为了能把合作办厂一事做成做好,临行前,罗清河专门让李文彬把李鸿坤请到镇上,就合作开办酱菜厂一事向他讲明了镇上的想法和计划。

想到已近耄耋之年,还能为姑苏镇的乡村产业发展出一份力,李鸿坤分外激动。寒暄之后,他喝了几口茶,接着兴致勃勃地向罗清河等人介绍起天成酱菜的两则传说。

李鸿坤说,他在学徒时,经常听师傅讲,元代时,莒州为中书省山东东西道宣尉司益都路所辖。有一天,莒州最高行政长官(当时称为达鲁花赤)阿才不花,在莒州城隆重迎接自元大都至莒的族弟阿术。兄弟二人在离家乡遥遥千里之外的山东相见,颇为感慨。阿术在视察政务的同时,游浮来山,拜定林寺,几天之后,南下来到临江。阿才不花陪同,二人共饮。席间尝到天成酱菜,二人都觉得咸淡适中,香脆可口,且回味悠长,对其赞不绝口。阿才不花命临江县丞收集酱菜,将其装入其中肚大口小的柳编篓中，雇佣十几辆车，沿青州古道，将酱菜送入大都。京城达官贵人将临江运来的酱菜视为珍品，吃后赞不绝口，并口口相传。由此该酱菜享誉长城内外、黄河南北。

另一个传说是在更早的宋朝。宋太祖赵匡胤兵发沂水，驻扎在车辇庄。临江官员前来叩见，并送上天成酱菜等当地名产。赵匡胤边吃天成酱菜边细品其中滋味，突然停住食用，用银筷指着不同的几样酱菜对当地官员说道："这些酱菜，可做军需。"从那时起，天成酱菜成为宋代军队的军需品。

接着，李鸿坤又滔滔不绝地讲述起天成酱菜的由来、发展等情况。

不难看出，李鸿坤对天成酱菜这一传统技艺饱含着深深的感情。最后，在罗清河真诚的邀请下，他答应一定要牵好线、搭好桥，争取促成这件促进姑苏经济发展的大好事。

事不宜迟，隔天上午，罗清河、李文彬以及分管工业和招商引资工作的副镇长孙乾，加上李鸿坤，一行四人赶到了临江天成酱菜有限责任公司。

宋永早就等候在公司大门外，一见自己的师傅来了，他急忙走上前，两手紧握着老人那双苍老的手，激动地嘘寒问暖。他那重情重义的眼里，饱含着师徒深情、人间真诚。

随后，宋永又客气地和罗清河他们一一握手，表达着诚挚的欢迎之情。

将客人迎进办公室后，宋永将李鸿坤让到茶桌的上位，又请众人坐下，接着边烫洗茶盏，边询问师傅的身体状况和生活情况。冲泡上茶水后，他将茶杯一一端到客人面前，接着向罗清河一行人述说起当年跟李鸿坤学艺时的情景。

"那时，我记得师傅经常说的一句话是'积财千万，不如薄技在身'。"宋永憨厚地笑着说，"正是因为师傅毫不保留地言传身教，我才逐渐掌握了酱菜制作技艺，随后又赶上国家发展市场经济的好时机，才有机会将天成酱菜这老字号品牌重新做大。"

"当时，在我带的几个徒弟中，宋永是学技术最用心、最用脑的一个。"李鸿坤笑着对罗清河介绍道，"后来，由于管理不善，经营出现了问题，这家镇办酱菜厂办不下去了，我的几个徒弟啊，有的去了别的酱菜厂，有的自己开酱菜加工作坊，有的改行做了别的营生。当时宋永把这烂摊子接下来，坚持利用传统工艺腌制酱菜，生意做得越来越红火。"

中国是一个传统的讲究人情的社会，有道是，有熟人好办事。李鸿坤是李文彬的大叔，又是宋永的师傅，凭借这种特殊关系，主客之间一下子拉近了距离，交流起来少了些隔阂，省却了不必要的猜测和试探，从而变得较为直接和实在。

听完罗清河对姑苏蔬菜资源、劳动力资源、交通情况以及招商引资政策的介绍，加上对师傅李鸿坤的信任，宋永思索了一番后，又瞅了瞅手机屏，解释说："既然投资建厂，不管合资还是独资，我肯定得搞些摸底调查，做一做产业评估。今天已是周四，我手头还有些应急事需要尽快处理，本周怕是来不及了。这样吧，咱们定在下周一，我专门去姑苏实地考察一下，顺便谈一谈咱们合作的具体事宜。罗书记，您看如何？"

未等罗清河回应，副镇长孙乾激动地拍起巴掌，然后看了一下手表说："太好了，真是踏破铁鞋无觅处，得来全不费工夫。看似很难的事情，咱们谈了不到半小时，就搞定了。"

罗清河冲着孙乾笑道："你这个分管企业的副镇长，比我还高兴哩！不过，咱们也不要高兴得太早，宋总最终下不下投资决心，不仅取决于咱们的诚心和诚信，还取决于咱们有没有让宋总满意的营商投资环境。常言道，只有栽好梧桐树，才能引来金凤凰啊。咱们回去后，你和文斌书记负责，尽快做好农业、土地、环保、食品安全、卫生检疫、工业园区等这些部门的协调工作，争取为天成酱菜创造一切好的投资条件，确保项目投资没有后顾之忧。"

"一定，一定！"孙乾连连应诺道。

宋永的确是一个说到做到的人，星期一一大早，他带着两位副总、市场营销部主要负责人，共同驱车赶到姑苏。

镇党委、政府班子的相关负责人陪同他们来到刚办完招商手续的姑苏镇工业园区。

园区位于长虹岭下。这里属于岭地，老百姓在此十年种地九年荒。罗清河到任后，经过调研走访、咨询政策、征求百姓意见后，依法依规地快速向上级有关部门申请办理了土地使用性质变更手续，然后以土地流转的形式，将散落在老百姓手中的这片荒田集中起来，变更为工业建设用地，并很快建立了这块小规模的工业园区。

宋永很快便看好了其中一处场地，他驻足良久，然后环顾四周，仔细地查看了周边的环境、交通情况，又认真细致地询问了一番沂东县的相关投资政策和建设规划。

随后，大家回到镇里开展座谈，宋永又详细询问了当地蔬菜品种、价格、产量，县上对项目审批、厂房建设等方面的具体要求。全面了解了相关情况后，他诚恳地告诉罗清河："姑苏的投资环境，超出了我的预期，既然干，咱们就早下手，说干就干。回去后，我尽快组织召开经理办公会，和副总们再共同议一议投资规模，争取最近两周内再来一趟。各方面条件成熟的话，就可以签订投资建厂协议了。"

宋永走后，罗清河马上让李文彬和孙乾把全部精力放在酱菜生产项目建设上。他又抽空与李文彬专程去了一趟李文彬的老家，诚恳地对李鸿坤说："与临江天成酱菜有限责任公司签订投资合作协议后，我们计划请您重新出山，到姑苏新建的酱菜厂担任总技术顾问。"

老人激动地说："腌制酱菜是我搞了一辈子的技术活，让我再去干这个，我打心底感觉自己一下子年轻了许多，身上又有了劲头子。下一步啊，我打算再好好地带出几个徒弟来，让制作酱菜的传统手艺好好地传下去。这门手艺如果丢失了，确实太可惜。"

随后的日子里，又经过几轮洽谈，姑苏镇人民政府与临江天成酱菜有限责任公司终于达成了投资兴建姑苏天成酱菜分厂的协议。不久，签约仪式隆重举行。县委、县政府主要领导，县招商局、农业局等部门主要领导，姑苏镇委、镇政府班子成员，姑苏工业园区负责人等出席了签约仪式。陈本欣与宋永分别代表双方，在投资协议书上郑重地签上了自己的名字。

协议书签订之后，本着特事特办的原则，沂东县各部门对相关审批手续一路大开绿灯。时间就是金钱，在办理审批程序的同时，按照酱菜生产的要求，厂房图纸设计也抓紧进行着。

万事俱备，只欠东风。相关审批手续完备后，姑苏镇选择了一个奠基吉日，沂东县委书记田晨晖、县长卢念林出席奠基仪式，并在鞭炮声中挥锨为基石培土。

开挖地基后，临江天成酱菜有限责任公司派来管理人员和技术工人具体负责酱菜分厂建设，一个适合姑苏镇情的招商项目就这样落地生根了。

看到该项目已破土动工，罗清河并未停下思索的脚步。他想：近些年来，农村青壮年男性劳动力不断外流，姑苏当地工业劳动力整体不足。目前，留守妇女占了劳动力数量的大半，但受性别、体力、劳动工种以及照顾家庭等因素的影响，这部分劳动力的劳动效能相对偏低，同时，这种现象也带来留守家庭等很多社会问题。随着蔬菜加工项目顺利落地，工人招募和培训工作将紧随其后，无疑可解决姑苏部分劳动力的就业问题。如何留住更多的青壮年男性劳动力，让他们在家门口就可以上班赚钱，不再背井离乡打工谋生，保证家庭团聚，让留守儿童不再留守，无疑是自己下一步应该去解决的一个重点问题。

他很清楚，很多发达地区经济发展得好，关键原因在于当地领导班子抢抓改革开放的好机遇，大力推动发展新型加工制造产业，在变革中先行一步，走在了时代的前头。这些年，姑苏虽说得到了一定发展，但与发达地区相比，还有着相当大的差距。眼下，只有借助改革开放的红利，多想创新发展的金点子，一门心思谋发展，激活劳动力潜能，才能尽快将经济建设搞上去。

乘着农业现代化稳步推进政策的东风，为了让姑苏劳动力不再跑到外地去谋生，而能够在家门口就可以当上产业工人、挣钱养家糊口，罗清河想过很多思路。在兴建天成酱菜分厂的同时，他又开始谋划下一个适合镇情的投资项目。

时间过得飞快，元旦放假期间，罗清河回到县城家中。有一位在上海工作的表亲回家探亲，来罗家串门，他顺手捎来一些真空包装的零食小吃。

亲戚告诉他："现在生活条件都好了，想想也没啥可带的，就带了点当地加工的小包零食给你们尝尝。"

那一小袋一小袋的零食——实际上人家的名称很时髦，叫"休闲食品"，有鸭爪、鸭脖、鸭翅、鸭胗等。包装虽然不大，但很精致，有特点。

郑元秋扯开一包，递给罗清河，又扯开另外一包自己品尝，感觉味道真的很好。看到色香味俱全的鸭杂碎，罗清河突然想起来，姑苏当地有不少农户养鸭，镇内有大小五六家鸡鸭屠宰加工企业，卖出去的都是白条鸭和处理干净的鸭杂碎，这只是用最低端的方式把自己的产品推向市场，产品附加值很小。这些小包装零食里面的原材料，越看越像姑苏本地的初级产品。如果像人家南方企业一样,把姑苏的低端产品转变成高附加值产品,不失为利用当地养殖资源,提高加工企业生产产值,形成姑苏完整鸭制品产业链的一条好路子。

元旦过后,第一天上班,他特意带上十几包小零食来到单位。

上午召开的镇党政班子联席会议上,他拿出小零食,撒在会议桌上,先让大家品尝一下。

会尚未开,却先招待大家吃起零食来,大家颇感新奇。尤立华两手捏着鸭翅,津津有味地用牙撕扯着,不一会儿,嘴巴就被辣得不停地倒吸着凉气。他笑着对罗清河说:"这个会开得好,别有味道,很过瘾。罗书记,往后要经常开些这样的会议。"

罗清河瞅着他,一语双关地笑道:"好啊,感觉有味道,说明今天这个会成功了。"

李文彬品尝着一块鸭胗,接过话说:"清河书记下面要有道道,不会让你白吃的。"

罗清河笑着回应李文彬:"是让大家白吃,但都得说一下这味道如何。"

周庆山吃完一块鸡脖,又听完他们的对话,似乎一下子悟到罗清河为什么拿这些小零食来招待大家,于是说:"的确,我们需要好好地给咱们镇里那几个杀鸭的老总开化开化脑筋,这样的产品多来钱。人家能搞,咱也能搞啊。"

陈本欣跟着说:"在这方面,咱们镇比其他地方都有优势,产品上游的货源供应就攥在咱自己手里,就看老赵他们那些老板怎么去算这个账了。"

尤立华听后哼了一声说:"那几个老板,个个跟猴似的,那么精明,小算盘打得噼里啪啦地响。我们可以与他们座谈一下,将其中的好处谈深讲透,再带他们去南方加工企业考察学习下人家的经验。这鸭货从生变熟,技术含量没增加多少,但利润可大多了,只要算透账,他们准会干。到时候,镇里走访关系、看望老干部,又多了一份咱们当地的特产。"

第二天,罗清河接到县委办公室的电话通知,全市读书会要在沂东县观摩学习,其中包括参观姑苏的现代农业项目。罗清河不敢怠慢,马上带着李文彬、孙乾以及分管农业的副镇长常贵云一起,去观摩点部署落实相关措施,做好迎接观摩的准备工作。同时,他们顺道去了沂东白天鹅食品有限责任公司进行调研,与公司总经理赵振国探讨了上休闲食品加工生产线的问题。

这是一家白条鸭加工企业,起了一个很有文化味的洋名,"丑小鸭"摇身一变,成了"白天鹅"。当时注册商标时,县工商行政管理局一位任姓科长戏谑道:"杀鸭的厂子起个'白天鹅'的名字,显然是个冒牌货啊。我们给你注册倒不难,可你们得记住了,屠宰鸡鸭不犯法,真要是宰杀了天鹅,那问题可就严重了。那可是国家保护动物,追究刑事责任时,我们可保护不了你哟。"

公司老板赵振国是故城人,二十世纪八十年代从南京军区驻徐州某坦克部队复员,回乡后被招进沂东县肉联厂杀猪宰牛,攥起了刀把子。在车间工作一段时间后,领导发现他有当兵的经历,走南闯北,见多识广,加上他为人精明,交谈时也很有话头,是个搞社交的人才,于是就把他调到销售科跑业务。他坐着火车、汽车,在北京、上海、天津等大城市四处跑,领导这一通"是骡子是马拉出来遛遛"的操作,还真把他"溜"出了经商头脑。企业改制搞承包经营时,他与时任副厂长的刘京位等三人一起,共同把亏损严重的县肉联厂承包了下来。

让他们几个真正的内行人来管理,企业哪有不起死回生之理?对于之前厂子为什么亏损,他们看得最清楚——就是因为管理不善。那些搞肉类分割的,穿着水靴走进车间时,一身轻便,脚底生风;可下班时,却像戴了沉重的镣铐,估计连那些被屠宰的猪们都知道咋回事。长此以往,企业哪有不亏损之说!承包厂子后,三人一合计,要先从堵塞漏洞开始。上下班时,他与刘京位等人守在门卫处,盯紧大门口,要求工人不准提包进出,不准穿工装回家。通过严格检查、细心管理,很快堵死了漏洞。然后,又通过强化管理,提升产品质量,不久,肉联厂便实现了华丽转身,成为县里的明星企业。他们个人也赚得盆满钵满。

随着赚的钱越来越多,三人之间的矛盾开始慢慢显现。之后,经过友好协商,赵振国提出退股,打算自己单干,然后迅速跑到李林镇,承包了濒临倒闭的镇办肉联厂。通过原来跑销售时结识的那些老关系,他很快重新发了家,腰包里又鼓鼓囊囊起来,并一口气在县城买了三套顶级花园别墅。自己住一套,给儿子、女儿各一套。

有道是，下棋看五步。眼瞅着全县范围内又连续成立了多家屠宰生猪的企业，对市场前景独具慧眼的赵振国判断，生猪屠宰行业的竞争将越发激烈，行业利润也越来越薄。于是他又生出转产的念头。经过深入摸排市场，他看到老家养大棚鸡的多了起来，于是果断进行转产，将肉联厂整体转卖后，来到姑苏镇，在原镇政府供销社地盘上投资成立了白天鹅食品有限责任公司，专门从事大棚鸡初级产品加工生意。

老百姓常说，人在时里，鳖在泥里，财运来了，挡都挡不住。这句话用在赵振国身上，分外恰当。随着周边养鸭户多起来，赵振国便将鸡鸭一块杀，公司年销售额翻倍增长，利润非常厚实。用经常到他企业蹭吃喝的老同学王秀玉的话说："天天涌进赵振国口袋里的那票子啊，如同雪花一般，飞得让人眼花缭乱。"

最近这几天，赵振国想扩大生产规模，正打算去镇里找领导汇报一下，再上两条生产线，让镇里领导帮忙到县有关部门跑跑手续。没想到，领导们亲自上门来了。

万事俱备，东风亦来。他将罗清河一行迎到接待室坐下，简单说了几句客套话后，便当着领导们的面切入正题，把再上两条生产线的打算说了出来。

罗清河听后，手一指赵振国，又看了看同来的几位说："来得早不如来得巧，看看吧，咱们与赵经理不谋而合呀。"

接着他向赵振国分析道："老赵啊，你一直加工白条鸡鸭，虽说效益不错，但技术含量偏低，产品附加值不高，有点可惜呀。现在，公司继续投资上两条生产线，是好事，但我们有个建议，这两条生产线能否搞一搞熟食加工，走一走产品深加工的路子，生产休闲食品，提高一下产品的附加值啊？"

罗清河的发问，让赵振国有点发蒙，他连忙解释道："那玩意儿，我倒听说过，南方有人搞，但没具体接触过。在咱们这，产品认可度不高，所以风险有点大，暂时碰不得。"

"元旦期间，我一个亲戚从上海回来，带来些包装精美的小零食，我尝了尝，味道很好！"罗清河笑着解释说，"这种消费时尚，连我这个老爷们儿都喜欢，你想，小姑娘、孩子们肯定也喜欢。虽说目前在咱们这里，产品见得不多,但在城市的大超市里却琳琅满目。所以我建议你走一下高端生产路线,别只想着把鸡鸭杀掉后去毛,分割后再包装下,就给销出去。那些带高附加值的东西,白白地低价给了人家,钱的大头,让别人赚了,对于我们,是不是太亏了?"

通过这几年的稳步发展,白天鹅食品有限责任公司已经形成了相对闭环的初级产业链:建了鸭苗孵化厂,发展了定点养殖户,公司投放饲料,最后从养殖户中回收成鸭进行屠宰加工,再将其销往全国各大城市。赵振国在一条龙式作业上积累了丰富的经验,继续在这条路上跑,可谓驾轻就熟。

当然,赵振国也明白,与目前初级加工的产品相比,罗清河提出的熟食加工,利润肯定要更高,但有一个不争的事实——熟食加工门槛不低。上生产线,花大钱不说,技术也是硬条件,卫生检疫这一关必须过,因为国家食品卫生标准摆在那儿,不达标肯定不行。另一个难点就是打市场,多年从事企业经营的赵振国深知,此类产品市场基本已被其他商家拿下,一个新产品诞生后,别说去占领市场,就是打开市场也很难。要想虎口夺食、打开市场,并得到消费者认可,须费九牛二虎之力搞宣传推广,这是一个较为煎熬的过程。前期投入大,短期很难见效,远不如继续加工白条鸡鸭省心省力、效益还有保障。

休闲食品加工的再一个难点,就是对赵振国来说,这属于一个未知行业,前进路上,摸着石头过河,会有很多不测。再说,刚开始产量小了不行,铺不开市场;产量大了,万一最后打不开市场,这笔投资就付诸东流了。搞企业,自己首先要算的,肯定不是赔钱的账。

思考了一会儿后,赵振国幽默地笑道:"罗书记,让我搞熟食加工、做休闲食品的想法很好,不过,您得写个保证书让我攥着,亏损了,由政府托底,我就大胆上。不给我个定心丸,压住我那颗悬着的心,我还真得慎之又慎。因为不但'莫斯科不相信眼泪',现在的市场也不相信投资者的眼泪。嘿嘿,可不能仅凭你们领导动动嘴,说这汪水好玩,我们就不知深浅地一个猛子扎进去,跳到水里扑通。一旦被水流推进冰冷刺骨的深水区,两条腿抽了筋,不往下沉才怪哩。那样的话,最终亏的还是我们自己!咱又不是开银行的,钱多的是。就是开银行的,也有个成本核算问题,不能乱花啊。"

罗清河认真地听着、思考着，没有马上回话。

孙乾瞅了瞅罗清河，然后将目光转向赵振国笑道："呵呵，看你赵大老板说的，这哪是你一贯的气魄啊！罗书记是因为看好了这片水，感觉你能游起来，才过来与你探讨此事的。你就不会先伸伸手、下下脚，小规模试试水，感觉游得还算顺当，再扩大生产规模嘛！不尝试，哪晓得成不成功呀。"

赵振国两眼看着罗清河，又沉思了数秒，然后很认真地说："这样吧，罗书记，我有个建议，如果镇财政能给我担保五百万银行贷款，我就改上两条熟食加工生产线，并且给咱镇里买辆新车。现在都什么年代了，你外出还坐着那辆老掉牙的破'普桑'，让人家看着笑话。"

罗清河笑了笑道："你说写个条给你攥着，我还真不能写；你说的那颗定心丸，确实不能给你。现在党委、政府的职责，是为企业服务，不能当大掌柜。至于财政给你担保贷款，我既不敢也不能那样做，因为国家明令严禁地方财政为企业担保借贷，这是红线，踩不得。至于你说的新车，就更不能去想了，我下村骑着车，上县城有公交，破'普桑'应急时足够用。去年，石驼镇的高长新让镇财政给一家污染企业做担保，贷款四百万，企业投桃报李，给他买了辆新版'现代'牌轿车。他整天耀武扬威地坐着，看似光鲜了一阵子，可后来怎么样？他本人被县纪委处分通报不说，镇财政还为此背上了沉重的包袱，当地老百姓也会骂他多年！但我的建议，你不妨再仔细考虑一下。"

李文彬也鼓励道："老赵，罗书记说的这些，不是他个人心血来潮，我们在镇党政班子联席会上反复认真讨论过，也是我们大家共同的建议。做生意就跟跑车一样，万事开头难，但只要发动起车来，并且方向是对的，就不怕路远。我赞同孙副镇长的建议，先小批量生产些，投放到市场上试试嘛。"

"我知道，我知道！"赵振国连连点头笑道，"领导们的确是为我的企业着想，我也知这个情、晓这个理，且很感激。可现在这年头，打个不太中听的比喻，赚点钱就像赶上便秘，使上吃奶的劲也难见起色；而赔起钱来，那又像腹泻，止都止不住。风险不得不防。领导，你们看这样行不？我一定认真对待你们的指示和建议，组织公司管理层仔细论证下市场前景，然后去南方考察下，再确定是否上这条生产线。不过，到时候如果产品真卖不动，我可真送到镇上去，你们得按成本价给买下来。那样做，才算真正为我们纳税人排忧解难啊！"

"我可不是开玩笑啊！"送镇领导走出公司大门时，赵振国又大声喊了一嗓子。

从白天鹅食品有限责任公司出来，罗清河一行奔向沂河现代渔业产业园。

路上，罗清河对众人说："刚才，你们看到了吗？商人嘛，在商言商，做生意权衡利弊时，首先考虑如何规避风险，决不做赔钱买卖，然后才考虑效益大小。至于产业发展前景如何，他放在了第二位。他严守底线，稳扎稳打，不冒险、不赌博，我们应该理解他。但对市场明显见好的产业和产品，我们还是得做好积极的引导才是。"

发展现代农业产业，不能只顾眼前利益，而要考虑长远发展，这是罗清河从县委书记田晨晖身上得到的启示。田晨晖担任沂东县委书记后，面对沂河优质的水资源，积极运用现代农林牧渔产业综合发展思维，提出打造沂河现代渔业产业园的发展思路。他先后五上省城，积极争取省直有关部门的支持，引进了省市重点扶持且适宜沂河当地发展的水产项目——中华鲟鱼卵孵化和渔业养殖。该项目落户于沂河畔的姑苏镇，已成为镇域经济发展的引擎，发挥了非常明显的产业带动效应。

随后，姑苏镇以沂河现代渔业产业园为龙头，进一步整合了东湖湿地公园和滨河花卉种植园内的各项资源，将三个园区连接成片，逐步建成集赏鱼、钓鱼、吃鱼、赏花旅游、休闲娱乐、户外运动等于一体的综合休闲观光园区。

如今，成年的中华鲟在养殖池里成群游弋，绿豆大小的鱼卵在孵化车间流动的水体中安静地孵化着，餐桌上"一鱼七吃"的做法让食客们饱尝盛宴……

罗清河找到渔业产业园的负责人苏经理，事无巨细地吩咐着，从打扫停车场和园内卫生，到讲解话筒的音量、池边安全防护等认真地安排了一遍，随后马不停蹄地赶去绿色有机蔬菜种植的观摩点——长乐蔬菜合作社。

前些年，李长乐一直在外地打工，前年冬天，他回到村里，在县农业局技术人员的精心指导和扶持下，带头成立起蔬菜专业合作社，建起三个黄瓜和西红柿种植大棚。春节前后，新鲜蔬菜上市，成为市场的抢手货。一年下来，三个大棚的收益非常好，有二十余万元的纯收入，比在外头打工强多了。随着现代农业的发展、种植合作社的成立，越来越多像李长乐这样的外出打工人员选择回到家乡，在自己的田野上播撒着新的希望。

绿油油的种植大棚内，李长乐用手托着一根鲜嫩的黄瓜，喜气洋洋地对罗清河说："今冬天气好，光照充足，黄瓜长得旺。现在，每个棚每天可摘上百斤瓜，价格也可观，今年保准又是大丰收。大力发展现代农业，确实给咱们老百姓带来了实实在在的好处，咱们老百姓啊，发自内心地感谢党和政府的脱贫致富好政策。"

返回镇政府的路上，经过蔬菜批发市场，一行人走了进去。批发市场改造提升的一期工程——五十个蔬菜交易摊位已经完工，二期工程正在施工。别看这里只是一个村的批发市场，却承担了全县五分之一的蔬菜交易量。市场改造提升完成之后，日蔬菜交易量可达一百万公斤，年交易额可突破五亿元。这些既是姑苏的亮点，也是沂东全县的亮点。

全市读书观摩会如期举行。看到现代渔业蒸蒸日上，现代农业生机勃勃，参观者不住地点头称赞。尤其是姑苏的绿色有机蔬菜种植园更是让人耳目一新，它横跨土地肥沃的沂河两岸，集科学栽植、市场销售、观光采摘于一体，用最优化、科学的方法，产出高质量的蔬菜，满足人们的用菜需求。政府引导菜农坚持用农家肥做底肥，不施农药，让蔬菜凭质量去抢占市场的做法，更是让参观者感慨不已。通过多年不间断地改良品种，这里种植的黄瓜脆生可口，从瓜秧上摘下后，无须水洗可直接生吃，压根不存在农药残留问题，让食者安心、放心。经过推广宣传，这里的黄瓜贴上了姑苏的标签，成为国家地理标志产品。

参加读书会的同志们一边仔细地看着，一边认真地听着罗清河的介绍，一路走，一路赞。虽说只是"走马观菜""行船观鱼"，但大家对姑苏镇坚持发展绿色食品，并结合镇情开展招商引资的做法，都津津乐道。因为这不仅增加了企业产值，提高了老百姓的收益，也为各乡镇干部如何转变思想、改进作风，将管理职能由指挥型向服务型彻底转换提供了借鉴经验。

标准化、高端化的现代农业产业，为沂东县在全市的观摩评比中加了分、争了光。

依次到各县观摩后，全市读书会在总结的同时，还进行了评比，沂东县被评为全市第一名，姑苏镇也被评为全市所有乡镇的第一名。

会议结束后，县里马上召开了一个简短的会议，田晨晖总结这次读书会时说："我们之所以受到表扬，关键是在农业产业方面姑苏镇先行一步，为全县增了光、添了彩。他们从人们的饮食健康出发，引进新品种来提高产量，用科学管理来保证质量。同时，还针对镇域实际，引进以蔬菜为原料的酱菜加工，并鼓励企业上鸭副产品熟食加工生产线，这都是切实可行的举措，是正路子。因此，姑苏的这个第一名不是天上掉下来的，而是根据市场需求，正确引导农民，通过科学的方法，实实在在干出来的。最近，省里下发通知，要在临江市搞土地权属确认试点工作，市里选了三个县，要求每个县找一个试点乡镇，其中就有咱们沂东县。昨天晚上，县委专门召开了常委会，研究确定把这个重担放在姑苏。清河，你看怎么样？"

罗清河斩钉截铁地回应道："这是县委、县政府对我们姑苏工作的信任，我们保证圆满完成这项光荣而艰巨的任务！"

有了罗清河这句话，田晨晖放心了。

随后，县委、县政府召开专门会议，正式确定由姑苏镇来承担土地权属确认工作试点任务。

当天晚上，姑苏镇召开了党政班子联席会议，研究确定将试点设在大朝阳村。

土地权属确认涉及千万家农户的切身利益，对罗清河来说，没有压力那是假的。会上，他把此项工作任务的目的、意义讲得非常透彻，同时宣布成立由陈本欣任组长，副镇长常贵云任副组长，抽调国土资源管理所、统计站、环保所、计生办、林业站等多个镇直部门人员共十一人，组成专项工作组，进村驻点，快马加鞭，保质保量地按程序向前推进。

次日一大早，专项工作组十几号人浩浩荡荡地进了大朝阳村。

时间很快过去了三天，却没有接到陈本欣反馈的任何音讯，罗清河有些沉不住气了，便带上徐以明来到大朝阳村。

意想不到的是，面对罗清河的发问，工作组每个成员都表现出畏难发愁情绪，他们不但没有搞出一点名堂，而且尚不知从何处入手。

罗清河看罢，内心的火气一下子燃烧起来。

大朝阳村党支部书记高祥昆，属于敢说敢做的老资格，加之他常年与镇上领导打交道，彼此较为熟知，所以对看不惯的人和事，他偶尔也会挖苦一下，讽刺两句。

见罗清河脸色瞬间由晴转阴，高祥昆嗅到了山雨欲来的气息，他瞅瞅陈本欣，又看看罗清河，然后用嘲弄的口吻说："罗书记啊，您一下子派来这么一大帮人，我天天中午管饭不说，有的还要酒喝。因为咱们有禁酒规定，我不敢供酒，但这饭得天天吃呀。这帮家伙，天天在这里窝着不干事，偶尔还打个扑克啥的，可饭量没一个小的，每天得消灭一大盆子猪肉炖粉条、半包豆腐、两个大锅饼，有时我还得给加个肉丝芹菜、辣子肥肠。您让我搞养殖保准不错，肯定都能喂得长膘。"

接着，他看了一眼陈本欣，话头一转挖苦道："陈镇长啊，你早就该给他们分分工，分头行动起来了！我说句不中听的话，你别生气，这叫'兵熊熊一个，将熊熊一窝'！我看你们这支队伍啊，吆五喝六地去攻打酒场的山头还行，可干土地确权这种活，手脚都像被绑起来似的，大眼瞪小眼，没辙了。"

高祥昆说的是实情，只不过他没看明白的是，陈本欣之所以这么做，其实是为了同罗清河对抗。让高祥昆如此口无遮拦地揭了短，陈本欣自然异常恼火，他沉下脸来，冲高祥昆说："老高，对他人，你要学会尊重点，'让我搞养殖保准不错，肯定都能喂得长膘'是什么意思？我们这帮人是群猪，是这意思吧？什么'兵熊''将熊'的，你具体点一点，到底哪个是熊兵，哪个又是熊将？别油腔滑调地调侃我们好不好！"

接着，他扭头对罗清河解释说："前天，我们一大早进村，先召开了村两委干部会议，传达了上级指示精神。接着，按照村里提供的资料，摸清了全村人口和土地底子，共计397户1416口人，耕地面积1790亩，人均土地一亩一，剩余的归村集体公有。下一步工作该怎么做，我们正在研究。大家从未经手过这样的工作，得需要些时间去找找头绪。"

罗清河的脸依然阴沉着，他在屋内转了一圈，看到桌子上虽然摊着村集体与村民的承包合同，但那是责任田分配后村中耕地、岭地、闲场的承包合同，与这次土地权属确认没有多少关系。于是，他抬起脸，盯着陈本欣问："十几号人，来这里三天，就干了这么点工作？开个会，传达下上级精神，就万事大吉了？你们从未经手过这样的工作，那你说说看，谁经手过，我把他调过来帮助你搞！"

接着，他扫了众人一眼道："看看你们这帮人，不急不火，没个紧迫感，不去动脑筋、想办法，只知道窝在这里干等死靠。等能等来成绩？靠能靠来效益？天底下哪有那么多现成事！这么个烧火法，半天都起不来一点火苗子，还让不让这个锅开？就这种做饭法，一锅好米指定被你们做夹生了！如果干不了或者不想干，那就早点说。"

随后没几天，有好事者针对罗清河"一锅好米指定被你们做夹生了"的说法，联想到副镇长常贵云的丈夫，也就是县法院副院长范家生。于是很快演绎出"饭夹生"的说法，说罗清河当时气得暴跳如雷，瞪着眼批评常贵云："常镇长，老范在家下厨时，也给你做'夹生饭'？"

土地权属确认工作还未开好头，就有好事者给常副镇长的老公起了个绰号叫"夹生饭"。更无厘头的是，这一原本与罗清河毫无瓜葛的"起名权"，也被他们别有用心地安到了罗清河的头上。

县委、县政府安排的工作摆在面前，他们却都窝在这里不急不火，罗清河怎能不恼火！但罗清河深知发火对工作起不到任何好作用，毕竟现如今距离最早实行家庭联产承包责任制已有三十多年，再想找到当时翔实的分地资料，难度确实不小。发过火之后，他平静下情绪，然后重新坐下来，吩咐工作组成员和村两委成员分头去召集村中的前任村干部、老会计，以及组织首轮承包责任田时的经手人、见证人、参与者等等，让他们一块来村两委办公室集合开会。

在罗清河的主持下，大朝阳村召开了历任村干部共同参加的一次专项工作会议。罗清河简单介绍了这次土地权属确认试点工作的相关情况后，要求大家开动脑筋，尽量找到当时责任田包产到户时的账底子。

真是老天不负苦心人，凭借村里老会计谭宗福的努力追忆，工作组最终在村内仓库的一个破旧老式橱里，找到了当初实行家庭联产承包责任制时的原始地亩册。有了这份宝贵的资料，工作可真就省事多了。

第二天，罗清河亲自带队，仅用一天时间，便把工作思路理清了。看到"线头"找了出来，工作组成员有了希望，积极性跟着高涨起来，大家不再继续窝着，而是牵着这根"线头"，开始往下进行。

基于陈本欣不堪重用，在关键时候掉链子，镇党委研究决定临阵换将，让陈本欣打道回府，改由罗清河担任组长直接负责，增加李文彬为副组长。

罗清河和李文彬进驻大朝阳村后，马上召开了村民大会，要求大家共同参与这项涉及自身利益的工作，同时公布了工作专组每位成员的电话号码。不管哪位村民有意见，或遇到不明白的问题，随时都可以拨打这些手机号码进行咨询。

随后，工作组成员会上，罗清河带领大家再次认真学习上级的有关文件和工作要求，强调每一位成员在接到村民电话时都要认真听讲、耐心解释，绝不允许敷衍塞责。在工作中，要尊重历史、公平决策，一把尺子量到底，一个标准贯穿始终。

在随后的土地确权工作中，本着当天的事情当天办好、明天的事情明天办好，既尊重现实更尊重民意的原则，工作组将当年留下的资料当作重要依据，把每一步都进行公示，让所有人都心知肚明。

群众利益无小事，一枝一叶总关情。在罗清河的带头督导下，工作组成员、大朝阳村的干部和群众也都盯在现场，眼瞅着工作人员拿着皮尺一寸寸丈量着土地，不给任何想占便宜的人可乘之机。

后来，经过两个村民小组的小组长核实，原生产队长和会计存下的黑地亩，在这次土地权属确认中被清了出来。

一旦出现什么争议，罗清河就指示工作组成员随时记在纠偏本上，及时召开工作组和村两委成员会，共同研究讨论解决。

副镇长常贵云点着头说："罗书记啊，您的工作方法就是多，也实用。您若不来，陈镇长还真的找不着头绪。您找出引头，牵出麻线，工作便顺利多了。"

罗清河说："凡事只要放在心上，不停地去认真琢磨，反反复复地想，就一定能找到解决问题的办法。有句话说得好，办法总比困难多嘛！"

这是上级党委、政府安排的一项重要任务，也是姑苏镇广大党员干部和百姓群众一次齐心协力的联合行动，公开透明的阳光照在大朝阳村的田地里，也温暖在村民的心坎上。

通过认真细致的工作，姑苏镇土地权属确认试点工作圆满成功。不久，全省现场会在此召开，罗清河作了重点发言。省里有关领导给予了充分肯定，与会同志也对姑苏镇的农村发展给予了一致好评。

三十五

通过大刀阔斧地下猛药、治顽疾，姑苏中学的元气开始逐步恢复，教师的信心不断增强。学校狠抓各项规章制度的落实，强化管理和考核，各项工作都在健康有序地往前推进着。

罗清河本着对教育事业高度负责的态度，亲自到现场办公，帮助想办法、出点子。大的事情做不来，就先从小的事情做起，一步一个脚印地解决学校的一系列问题。

朱万全被罗清河的事业心和工作能力深深地折服了，工作态度有了很大的转变。他不再等、不再靠、不再拖，而是一次次跑到镇上汇报学校的工作。这次，他说出了他一直担心的一件事。

这件事一度搞得朱万全心神不宁。他叹了口气，向罗清河说："眼下，咱们学校的面貌焕然一新，新建的伙房也宽敞卫生，硬指标上了些档次，但说实话，这些年，学校的名声不是很好，招生肯定还是个大问题。招不来足够的学生，书怎么教，人怎么育！学校想获得大发展还是一句空谈。不只我，好多想把书教好的老师对此也忧心忡忡。我多次开会，让老师们支招，大家也谈了许多想法和建议，可真正的解药一时还真找不到。"

教育问题时时挂在罗清河心上，听完朱万全的话，他点点头说："是啊，你的这个担心不无道理，我也一直在思考这件事。说句真心话，我也挺犯愁，所以挺理解你们的心情。眼下，学校办公室和学生教室还是二十世纪七十年代建起的砖房，比比人家那宽敞明亮的教学楼，硬件差距非常大。盖楼，又不是喊几句口号就能盖成的，得需要大笔资金，但目前镇财政很困难，先得全力保人头经费，拿不出钱来建校舍。申请上级拨款，要按计划进行，要走很多程序，就是审批得快，一时半会儿也建不起来。"

看着略露失望情绪的朱万全，罗清河话锋一转，微微一笑说："但我们也不能像以往那样听天由命，得想办法扩大招生。把学生招来，有了人气，教室旧一点怕什么？我不止一次地与你交流过，延安抗大条件那么艰苦，不照样办得红红火火？不论教师还是青年学生，个个意气风发、斗志昂扬！

只要动脑筋,办法总比困难多。老三中曾经辉煌的时候,不但得到当地学生家长的青睐,外地学生家长也都托熟人、找关系,把孩子送到这里来。现在门庭冷落,英雄不复当年勇,关键原因在于,学校让学生家长看不到希望。在这种状况下,我们不能继续采取干坐在门口等学生的做法,要主动出击,走出去。"

朱万全满面愁容,两眼瞅着罗清河说:"这几年,来咱们学校就读的孩子,大多顽皮、不求上进,难管理,老师教起来也没劲。面对这样的现状,我这个校长,说不头疼那是假的。"

罗清河笑了笑,接着深有感触地说:"只要能够让学生和家长看到希望,学校就能慢慢火起来。过去有句话叫'好酒不怕巷子深'。但现在来看,好酒也怕巷子深。你看啊,茅台、五粮液、青岛啤酒这样的名牌,不照样天天做广告吗?还有,每年高考后,那些名牌大学也没干等着,都忙着去各地宣传自己的办学理念、教学特点、专业特长,目的还是招生。姑苏中学目前还不是名牌学校,是不是更应该全力宣传一下?就是将来成了全县乃至全市的名牌学校,也应该想办法走出去多宣传,让社会上更多的学生和家长了解咱们、认可咱们。我刚才说的,不能继续采取以往干坐在门口等学生的做法,就是这个意思。"

听完罗清河的一席话后,朱万全那愁苦的脸上渐渐地亮堂起来,他若有所思道:"罗书记,您别说,宣传这方法说不定还真行!我这个家雀头脑啊,一直围绕着校园校舍打转转,经您这么一讲,我顿觉柳暗花明、拨云见日啊!"

罗清河看了看他,继续解释道:"在宣传上,要利用两条腿走路。首先,要打破等客上门的传统观念,动员所有老师以振兴姑苏教育为荣,树立起信心,主动走出去,深入各小学校园,既宣传我们的师资力量,特别是骨干教师的成就,也宣传学校的办学理念、目标,以及新风气、新气象,让学生感觉来姑苏中学就读,前途是光明的。其次,就是邀请学生及家长来学校转一转、看一看,让他们看到学校的一切正在改善,感受到从校长到每一位老师,都精气神十足。只有这样,家长才可能放心地把学生送到咱们学校来。必要时,在村干部会议上,我把姑苏中学的变化向各村负责人通报下,让他们在宣传上帮着添把柴火。你考虑一下,我说的是不是可行?"

此时，朱万全已是笑逐颜开，他爽快地回应："有了您出的这个大招，我一定要把今年的招生答卷做好，让镇党委、政府感觉姑苏中学这支教师队伍不再只想着吃空饷、做一天和尚撞一天钟，而是真心实意地教学，并且也有这能力把咱们姑苏的孩子教育好！"

随后，为了更好地解决姑苏中学的招生问题，罗清河专门带上周庆山和刘京茂，又一次来到中学，与老师们进行座谈。在他的建议之下，学校领导班子成员划点分片，赶在毕业季前，分头带领教师们去各小学做宣传推介，及时让学生及家长了解姑苏中学曾经的辉煌，也让他们看到姑苏中学辉煌的未来。

这天，小雨霏霏，朱万全再次来到罗清河的办公室，动情地说："罗书记，您提供的这法子，真的好用！广泛的宣传在社会上引起了良好反响。尤其是学生家长们，看到镇委、镇政府领导对教育前所未有的重视，以及学校旧貌换新颜，他们感觉把孩子送到这样有精气神的学校，既不用担心学习成绩，也不担心品行出问题。这期间，我们也提出了响亮的口号：办好家门口的学校，让学生在姑苏中学成为最好的我！现在的姑苏中学，已经激扬起打擂攻坚的干劲。全体老师以干为先、以干为本、以干为荣，大家齐心协力，拼搏赶超，以求尽早在全县名次上进位争先。"

罗清河欣慰地笑着说："仅凭眼下你们这股不服输的劲头，镇党委、政府就该为你们点赞。士气，可鼓不可泄，还要继续加油，真正办成让姑苏老百姓满意的学校才是最终目的。"

有句话说得好：花若盛开，蝴蝶自来。在镇党委、政府重视教育的春风感召下，姑苏中学不再"门前冷落鞍马稀"，笑语连连的人流如同众多蝴蝶，在春天花朵开放之时，向姑苏中学飞来。一位李姓学生家长对朱万全说："前些年，好多家长为了孩子上学舍近求远，是没有办法的事，如今家门口有这样好的学校，再去舍近求远，不值得。

听着这朴实的话，朱万全很是感慨。再难的事，先只知耕耘、不问收获，而收获自然而然会到来。

新的学期到来了。姑苏中学今年的招生数量，是十多年来最多的一次，初一新生有二百余人，是去年的两倍有余。这体现了当地群众对姑苏中学的信任，也是教职工共同努力的结果，这无疑是个良好的开端。朱万全和老师们热情相迎，将学生分为四个教学班，四个年轻的班主任更是忙得不亦乐乎。多少年来，这所学校已难见这熙熙攘攘的人流，难见这欢声笑语的热闹场景。在步履维艰中重新得到人民群众的信任，给了姑苏中学莫大的鼓舞。看到希望的姑苏中学的老师们更有了做好本职工作的干劲。

希望是前行的动力，只要心存希望，生活就会成为一盏永不熄灭的灯。把那灯的灯芯拨得大一点，亮光就会照得更远。

学校招到学生，并非意味着就一定能留得住学生。罗清河心里并不轻松，压力依然很大。随后的日子里，他不定期地来到学校，有时直接来到食堂，看看学生吃得怎样；有时直接去教师办公室，看看教师们是否在认真备课，精神头是否松懈。

这一天，赶上午饭时间，罗清河自己悄悄地来到中学食堂，先是看了看炒菜的品种，又问了问伙夫菜的价格。随后，他要了一份肉片白菜炖粉条和两个馒头。

给钱时，伙夫笑着说："你是新调来的老师吧？吃饭得刷卡，您先记个账吧。"

罗清河随手放下两元钱，然后回应道："白菜粉条，里面有几片肉，一元钱；两个馒头，一元钱。对不？"

伙夫笑着说："那好吧，钱我先放在一边。我们有规定，吃饭得刷卡，以后不能这样，不然，领导会处理我。"

罗清河笑了笑，端了饭菜，来到两个学生旁边，边吃边与他们聊起来。他问学生家是哪个村的，多大了，学习累不累，老师讲的课听明白了吗，一个星期需要多少伙食费……

罗清河与两个学生的谈话吸引了旁边的学生，见罗清河和蔼可亲，他们也都凑过来，边吃饭边与他聊着。

罗清河就这样直接到学校伙房吃饭，几次之后，很多学生都乐意同他说话，问他教什么课，带哪个班。

罗清河幽默地告诉他们，校长还没分配他上课。

学生们一听，都叽叽喳喳地说："老师，你啥时候上课？一定要来我们班。"

此时的罗清河心里清澈得像个少年，他高兴地回答："行。"

又一次，有个小女生好奇地问他："老师，你姓什么呀？"

罗清河笑着答："我姓罗。"

另一个小女生接着问他："罗老师，你教什么课呀？"

罗清河答道："我教思想品德课，教你们学做德智体美劳全面发展的好学生，将来成为对社会有用的人才。"

这一天，罗清河又来到学校食堂，曾经找他反映问题的王成立老师也来吃饭，见是罗清河，忙走到跟前说："哎呀，是罗书记啊，您怎么自个儿来食堂了？"

罗清河笑了笑，朝他摆摆手，示意他不要大声说话。

一听"罗书记"三个字，几个正在打饭的老师忙朝这边投来目光，确认是罗清河后，他们心想：没想到镇党委书记悄悄地来学校伙房吃饭呢！他们本打算打了饭回办公室或宿舍吃，现在却马上改了主意，纷纷围拢过来，边吃边与罗清河交谈着。

罗清河解释说："我来看看学生对食堂伙食反映怎么样，是不是满意。这是我第五次来，从这几位小同学的话里，我感觉他们还是比较满意的。"

认出罗清河的王成立老师打了菜，手拿两个馒头走过来坐下。

罗清河笑着问他："今天上午有课吗？"

王成立笑着答："刚上完，下课后就跑来吃饭了。"

罗清河接着说："听学生们讲，你物理课的教学方法挺好玩，实验做得好，把他们学习的兴趣都调动起来了。任何一门功课，学生只要有兴趣，哪有学不好之说！'桃李不言，下自成蹊'啊。希望你能培养出越来越多喜欢学习的好学生。"

王成立激动地回应道："罗书记，您过奖了，我还要继续努力。说句良心话，环境对一个人来说，实在太重要了。之前的情况，一言难尽，好多想认真教课的老师，让某些唯利是图的人带坏了。整个学校风气不正，怎能出好的教学成果？再看看现在这环境、这氛围，我们感觉有了奔头，再不好好努力工作，对得起谁啊！"

旁边的一位老师性格也很直率，他接着用事例说明："以前，学校真有二混子，像后勤的苏贞祥，先是搞肠衣生意发了点财，后来和一个外地人合伙办肉联厂，结果把人家坑了个半死！他虽然手里有钱了，但品德……

唉，一塌糊涂啊。一点诚信都没有，怎能做教师？人啊，挣钱可以，但要有道，要挣光明正大的钱。镇党委、政府清理教师吃空饷的做法，我感觉非常好，再不下那样的猛药，病入膏肓的姑苏中学可真就完蛋了。您的几次讲话，语重心长，催人奋进。在这里，我也向您表个态，我一定好好干，用上十二分良心教好学生。再过二十几年我退休后，学生们回忆时提起我，说我没有误人子弟，我也就问心无愧了。"

罗清河很深情地点了点头说："有你们这样的好老师，不愁咱们姑苏中学办不好。"

罗清河不但白天来，晚上也不时地去学校转一转，看看学生的夜自习是否有秩序，老师是不是跟班督促、认真辅导。

有几次，朱万全碰巧遇见了他，接着便又是一番感慨，说："我在姑苏中学担任校长这几年，哪见过领导如此关心姑苏中学日常工作的！罗书记，您每次给我带来的，不仅是触及心灵的感动，更是让思想升华的感悟。

曾有一次，他对罗清河说："罗书记，我不是吹捧您，现在，无论是教师的教学、学生的学习，还是学校的发展，都得到了您细致入微的关怀，姑苏中学想不红火起来都难。下一步，我一定继续加大管理力度，让您能够完全放下心来。"

罗清河笑笑说："老朱，可别说大话，细节决定成败，学校管理的任何一个细节都很重要，尤其是校园安全，一定要抓紧了，莫放松。家长把学生送到咱们这里，咱们就得既要保证他们能够好好学习、天天向上，又要保障好他们的安全，不能让家长担心。"

朱万全高兴地回应道："那是，那是，保证万无一失。"

但就在朱万全"保证万无一失"之后没几天的晚上，他又被罗清河重重地将了一军。

在镇政府食堂吃完晚饭后，罗清河前往镇政府前面的广场走了几圈，然后又想去学校看一看。在离学校还有一段距离的地方，他看到一位身穿保安制服的人，正坐在一家已经关门歇业的商店门前的台阶上打盹。借着路灯的光亮，他发现那人满脸通红，酒气四溢，显然是喝醉了。

不少路人经过时，都不由自主地把目光斜向那醉汉。

看到醉汉后，善于观察细节的罗清河想：他穿着哪家的制服，就关乎着哪家的形象,看他不系衣扣,醉醺醺地袒胸露乳,毫无廉耻地卧在大庭广众之下,简直就是一个流氓,这是对制服的亵渎。

他停下步,粗略地分析着——这地方除学校外,没听说还有哪个单位雇用保安。他断定此人八成是学校的保安,于是马上给朱万全打去电话,问学校的保安现在是不是在班上。

朱万全不假思索地答道:"对啊,在班上,在大门口值班呢。"

罗清河不相信地问:"你敢肯定,人没有离岗?"

对方说:"肯定没有!"

见对方如此肯定,罗清河一时有点拿不准自己判断,于是对朱万全说:"我这会儿正在邮政所隔壁门口,有点事,你马上过来一下。"

镇委书记要他过去一趟,朱万全立时心里犯了嘀咕,但他必须快去。不一会儿的工夫,他便小跑着来到罗清河所说的位置。

罗清河指着不远处正坐在台阶上、帽子放在一边的那位保安问:"这个人,是不是咱们学校的保安?"

朱万全定睛一看,脸上顿时露出尴尬的神色,忙打着圆场说:"您打电话时,我还真不知道保卫室的情形,刚才走到学校门口,一看保卫室里没人,心想坏了,又犯错误了。这错误还不是一个,而是两个。既没有抓好管理,还说了谎。"

罗清河沉下脸来,严肃地问:"朱校长,看到这样的场景,你联想到了什么?是不是电视剧里的流氓形象?"

朱万全满面羞愧,没有回话。

罗清河加重了严肃的语气说:"咱先不说他这满脸的酒态,单看那穿着制服的模样,有什么风纪可言!老朱啊,败事容易成事难,一个人、一个单位,给人树个好印象很难,需要费很大的劲。坏印象则不用刻意为之,很容易就能深入人心。他就是这样的活广告!群众若知道这是我们学校的保安,会对学校产生什么印象?咱们历尽千辛万苦,好不容易积攒起来的信用很快会打了折扣。为什么我一再强调工作责任心?像他这样工作时间喝得烂醉如泥,先不说他离岗跑来这里,即使在保卫室,真要发生什么不测,你觉得他能担好职责吗?这反映出咱们学校的管理仍存在着不小的漏洞。安全是大事,切不可马虎大意!下一步,学校应严肃纪律,分管安全工作的副校长每天要巡回检查,如果保安不称职,要立即解聘换人。细节决定成败,你要好好地理解这句话的深刻内涵。学校有三百多人,说多不多,说少也不少。正值学校事业爬坡阶段,你作为一校之长,我要求你做到事无巨细、事必躬亲,并不过分。"

朱万全连连点着头说:"罗书记,您又给我上了一课,使我在对学校管理的认识上又进了一大步。"

三十六

一场场风刮过,雨下过,雪花飘过,日子一天天向前赶着。罗清河觉得,时间过得真快,春天的杏花好像刚刚绽放没几天,一转眼,便进入小雪节气。眼下,已到阳历十一月末,再过一个月,就跨入新的一年了。

之前,尤立华因酒后出车祸,梭子骨被撞断,脸上也破了相。他三个月没到姑苏上班,县委组织部随之将其调到县电视台任工会主席。那是一个闲职,实际上就是将他"养"起来了。

徐以明随后被提拔,进了镇党委班子,担任尤立华原来的职位——党委宣传委员。

罗清河与周庆山借去县里开会的机会,到尤立华家中看望了他,要他先安心养好伤,不用着急到新岗位上班。

他们开完会赶回镇里,发现姑苏地税分局局长梁华已在党政办公室等候多时了。他是来向罗清河汇报税收任务完成情况的。

见面没谈上三句,梁华直奔主题说:"罗书记,第四季度已过了大半,马上就到年底,咱们的税收数额离全年计划还差一大截,我粗略估计了一下,完成全年任务的难度很大。"

接着,梁华把带来的数字报表递给罗清河。

在罗清河认真看报表的时候,站在一旁的梁华用建议的口吻说:"罗书记,从现在情况看,去南方经济发达地区引税,不失为一个完成全年税收任务的好方法。"

罗清河看了一阵子报表，抬起头问："如果不引税呢？"

"那肯定完不成任务啊！"梁华的回答很直接。

罗清河对"引税"的实质很清楚，那其实就是一种变相的违规违法行为。经济发达地区税源相对充裕，完成上级部署的任务较为容易，这些地方有意存下一块当年企业实现的税收，放到来年一季度入库，搞所谓的"开门红"。而税源紧张、完不成税收任务的地方，为了实现财政收支平衡，地方政府制定政策，对前来缴税的企业或引税人实行财政返还奖励，有的高达缴税额的百分之三十，形成事实上的"税收洼地"。这样一来，有些企业为了牟利，便到这些地区搞开票缴税的"买卖"。

罗清河笑笑说："那些跟企业有关系的人，一张口就能引来几十万甚至上百万的税金，看似为当地政府立了功，实际上是国家的蛀虫，在偷吃国家的财富。咱们宁愿完不成任务，也不去随波逐流，搞那些虚假繁荣。"

梁华有些焦急地解释说："可这是个最好的办法啊。"

罗清河继续笑着说："完成多少算多少吧，实事求是点更好，等咱们镇的企业发展好了，养起来税源，就不愁完不成税收任务了。"

梁华见罗清河说得很坚决，自己没了办法，回去后，只好向县局领导如实汇报。

县地税局局长吴锦忠见姑苏镇党委书记在完成全年税收任务上是这种态度，心想：这是给你们镇里送钱花，你还拒之门外，管它这个风正不正干什么？哼，真是高尚到不吃嗟来之食啊！

他马上摸起电话，打给罗清河。

电话里，罗清河仍是坚持自己的观点——不能以地方引税奖励为名，助长某些不正之风。

吴锦忠耐心地解释说："罗书记，对这种做法，县政府是出台了文件的，既合理又全规，哪有镇上什么责任啊！人家办事的，操那么多心，给他点奖励，也是合情合理的。"

罗清河坚持己见道："我个人的观点和想法是，这是某些有关系的人就着政府的腿搓麻线，这个劳务费挣得太容易了！"

吴锦忠无奈地说："清河啊，你得顾全大局。"

放下电话，吴锦忠直接跑到姑苏来了。

一见面，他哈哈地笑着对罗清河说："老弟，今天上午咱谈一会儿，然后我请你吃饭。"

罗清河回应道："吴局长您真会开玩笑，您到姑苏来了，还要请我吃饭，这不是存心挤对我吗！"

两人说笑着，走进了接待室。接下来谈的，当然是如何完成姑苏税收任务的问题。

吴锦忠说："眼下，马上就进入十二月份，全县十九个乡镇，有五个已经完成了全年税收计划，另有十个乡镇已基本完成，但还有四个恐怕要拖全县的后腿，姑苏镇就是其中的一个。咱可不能成为全县大好税收形势的挡头啊。"

罗清河沉思了几秒后，笑着问："吴局长，您有什么好的办法，只管说。"

"有条现成的路子，就看你想不想走。县人大的原主任胡乃禄，有个亲戚在南京，是个民营企业的大老板，从前年开始，老主任发挥余热做贡献，一次次跑到南京他亲戚那儿，为咱县引税。这条路，可以走，也很好走。"吴锦忠献策道。

"这样干，是不是违反税收法律政策？"罗清河不解地问。

"政策还是那个政策，企业缴的税也分文不少地交给国库，奖励的那块资金是地方财政拿出来的，能违反啥税收法律政策啊！"吴锦忠解释道。

"是不是得拿出很大一块比例的财政收入奖励给引税人？"罗清河继续不解地问。

"县政府都出台了文件，里面规定得很明确，你没看？"吴锦忠反问道。

"我看了，但我还是想不通，那么大比例的资金给个人，名为奖励，实则为借国家的钱，给某些'有能力'的人送好处。既是在重要岗位上工作多年的老同志，如果真想为家乡做事，应该提高一下觉悟，不要那个好处，不是更好吗？"罗清河提出了异议。

吴锦忠哑然失笑道："你呀，罗老弟，你这脑子啊，叫我怎么说你呢！人家是领导不假，但已经退下来了，利用手中的资源取得合法的劳动所得，不过分。不给他点好处，人家凭啥为你无偿做贡献？再说，有县政府出台的文件做背书，你担心个啥！还是双王侯镇的牛逢山书记说得好：'要是卢县长家属能引来税，我给她兑现百分之五十的奖励都成。'"

真是雷人的话！罗清河听了，不再言语。

吴锦忠继续说："俗话说得好，为人不图三分利，谁愿起个早五更？这是给你们姑苏送钱，又不是从你的手里往外抠，皆大欢喜的事，何乐而不为呢？这年头，什么叫共赢？这就叫共赢！这样做了，就是纪委来查，也不会出事，有县里的红头文件帮咱们顶着呢！"

罗清河说笑着回应说："吴局长，你的想法我理解，但你要原谅我的固执。这种风为什么越刮越烈？就是因为大家都在助长它。"

吴锦忠见自己的"苦口婆心"不见效果，脸上渐渐没了刚见面时的灿烂阳光，涌上来的阴云越积越多、越来越厚。他瞅着罗清河，不满地说："你就权当让发达地区支援我们一把，成不？现在有关系的人，都在利用关系办事，你能阻止了人家？不这样做，你们镇的这块税收缺口谁来补？咱们县年年超额完成上级下达的税收任务，县地税局又是全市先进集体，不能因为你这个盘子里不满，导致全县整个地税系统受到影响吧！你应该站在我的角度上考虑一下问题。齐鲁车疃、李林、石驼等五六个乡镇都采取了这种做法，又不单单是姑苏一家。"

罗清河沉默了好一阵子，然后开口道："虽说县上出台了这样的政策，但给引税人这么大的好处，不是纵容不正之风吗？我真的想不通！"

吴锦忠听后，叹了口气说："唉，罗书记啊，好多事啊，咱们行船不划桨——随大流就行，到底算不算不正之风，不是咱哥俩能定义了的。"

罗清河的脸上勉强挤出一丝笑容说："这样做，实际上是公开鼓励搞不法行为，称他们是不法分子也不为过。"

吴锦忠有些不满地说："县政府出台的文件，合法还是不法，你跟卢县长讲去。就我本人来说，我这个地税局局长是严格执行国家税收政策的，这事我都已经认可，你能出啥事？就是出了事，也不关你的事，全在我的身上，有什么可犹豫的！"

罗清河只得退后一步道："那好吧，镇上尽快开个会，研究下这个问题。"

吴锦忠走后，当天晚上，在姑苏镇党政班子联席会上，罗清河郑重地将此事提出来，让大家议一议。有的人赞同随大流引税；有的人担心上级会秋后算账，认为实事求是为好，完不成税收计划无非是让镇里紧紧手，过上几天苦日子，也远比搞引税助长不正之风强。

大家统一思想后，罗清河让李文彬把会议研究的意见，及时告诉了梁华。梁华随后把实情报告给吴锦忠。

吴锦忠听后长长地叹了口气，气愤地冒出一句："很多人都在说他脑子让驴踢了，我还一度怀疑过，现在看，是真事啊！"

全县的税收任务不能因一个乡镇完不成而受到牵连，很快到了年底，县地税局在整理全县税收盘子时，将高新区的一块税收拿出来，补给了姑苏镇。

姑苏镇"顺利"完成了税收任务，吴锦忠接着将电话打给罗清河，笑着介绍完从高新区调过来一块税补给姑苏镇的过程后，声音洪亮地说："罗老弟啊，我真服你了，要不是为了全县的整体利益，我真想晒晒你的台。"

电话这头的罗清河，不置可否地笑了笑。

三十七

铁打的衙门流水的官，春节过后不久，一纸调令将陈本欣调到县农业局担任正科级副局长，将王子和调到县监察局任副局长。李文彬代理姑苏镇人民政府镇长，周庆山任镇委副书记，县纪委股长郭霞调到姑苏镇担任纪委书记。

简单的欢送会上，陈本欣言不由衷地笑道："真没想到，组织上把我调得这么快，我原本希望在这里再当一次'发射架'，把罗书记这颗卫星送进县委班子，或交流到其他县区担任党政领导班子成员。哪曾想，我却先一步离开姑苏。壮志未酬啊，真有点舍不得。"

罗清河笑了笑，瞅着陈本欣说："在一块搭档这一段时间，您给了我很大的帮助，很感谢。我平常要求可能严厉了些，但都是为了工作，还请多担待啊。"

陈本欣装出一副满不在乎的表情说:"咳,那有什么,严是爱、宽是害、不严不爱是祸害嘛!您严起来,我们就少犯错误。这几年,咱姑苏的成绩有目共睹,您来后,更是百尺竿头,更进一步。这都是您这个班长带头苦干实干的结果!这次是科级调整,很快就会轮到县级领导调整,我们大家都盼望您高升呀。"

一贯严谨的罗清河继续笑着说:"真诚感谢您的鼓励,不过说句心里话,我来这里还不足两年,屁股还没坐热板凳呢,组织哪会这么快考虑我的去留问题。再说,姑苏的许多工作刚刚铺开摊子,我自己也不想离开。无论组织把咱们放在哪个岗位上,咱们都要尽职尽责,做到上不愧党、下不愧民。盼着您到新的岗位后,继续为姑苏农业发展出出力,多把好技术、好品种往这边引一引,从而让姑苏农业实现更高质量的发展。"

随后,大家簇拥着陈本欣、王子和走出会议室。

站在大院里,大家依依惜别。

在他们上车临走时,刘京茂幽默地笑着大声道:"陈镇长,这回你终于调进县城,不用再当'走读生'了。就好好享受'老婆孩子热炕头'吧!"

一听此话,正拿着玻璃杯喝水的周庆山禁不住噗的一下,把水喷在车门上。

胡承福是个消息灵通人士,他早就得知陈本欣要离开姑苏。

那次顶风作案,被给予党内警告处分之后,胡承福就耿耿于怀,一直琢磨着要在喝酒的事上搞个"大动作",以挽回颜面,寻回心理平衡。现在,机会终于来了,陈本欣调任县农业局副局长,他决定以老部下的名义,为老领导来个酒杯开道、热烈欢送。

于是,胡承福早早地就通过电话与陈本欣取得了联系,将时间定在镇里欢送会的当天中午,地点设在县城的"沂东老味道"饭店。

面对陈本欣"改个时间"的推辞,酒瘾早就发作的胡承福不假思索地说:"我必须得争这个'头彩'。"

说出去的话如同泼出去的水,收不回来了。随后,胡承福想了想,自己一个人去欢送镇长,表达感情的力度不够大,不场面。于是,他琢磨一番,决定邀请高祥昆、耿丕成两位老伙计一块撑撑门面。他这样做,其实还有另外一层考量。虽说他一心想向身边人证明,他胡承福有反骨,压根不理罗清河那套"紧箍咒",但他也明白,枪打出头鸟,自己在工作日公开饮酒,跟镇上的禁酒令唱反调,万一让罗清河再次抓了包,肯定会再给一次纪律处分,那就又丢人了。聪明人走路,不能让同一块石头绊倒两次,所以他决定这次要睁大眼看清楚,一定绕着石头走!他的打算是,邀请高祥昆、耿丕成一同前去,面对三个村支书,罗清河想处理,也得称称萝卜掂掂姜,认真考虑下影响,毕竟法不责众嘛。

当天上午,当胡承福满心喜悦地将电话打给高祥昆说明意图时,电话那头支支吾吾地说:"因为最近建村史馆,我已约好县文物管理所的吕所长来指导一下,他一会儿就到,中午怎么也得陪他吃个便饭吧。所以我实在走不开,你就代我给陈镇长敬个酒吧。等哪天有空,我再去请他,请你作陪。"

高祥昆不能参加,胡承福便又打电话给耿丕成。

直肠子的耿丕成马上想到了禁酒令,便劝告胡承福:"为啥不选个星期六或星期天,非得选个工作日?你这是明目张胆地顶风违规啊!通过这段时间的思考,我觉得镇上实行禁酒令是个好事,咱们都是党员,应该自觉遵守。再说了,就因为喝酒,镇党委已经给你一个纪律处分了,再去弄那个,万一让镇上抓了现行,肯定又得挨处理,太不值了!"

听着耿丕成告诫的话,胡承福感觉自己的肚子有些鼓,失落感涌上心头,他连讽带刺地回应说:"行,老耿,你还真行,觉悟不低啊,我明白了。"

说完,他气愤地挂断了耿丕成的电话。

真是计划不如变化快啊,可再打给谁呢?胡承福琢磨了一番,随后摸出手机,打开里面的电话本翻看着。当看到东陡沟村的郭春广时,他觉得对方靠谱。一是对方好酒;二是他的嘴严实,不会事后胡说八道。于是,他马上拨通了郭春广的电话。

电话那头,郭春广问什么时间,胡承福说今天中午。

郭春广马上回复道:"表哥啊,这样的事,你要提前说啊,我能有个准备,这会儿我正在去临江城的路上呢,中午哪能回得来呀!"

一连几个电话打下来,对方都强调了种种不能参加的理由。不蠢不傻的胡承福明白真正的缘由是什么，于是，他气愤地对侄子胡家全说："我好心好意地请他们喝个酒，他们却这个有事、那个不闲，都跟我拿架子、耍心眼，不就是因为镇委的那道狗屁禁酒令吗！哼，没有他们这几块泥坯，我照样能垒成这道墙！走，咱们自己去！"

于是，他带上村委委员杨宝明和镇派会计薛允安，让胡家全开车，直奔县城而来。

胡承福心想：你们不来，没啥了不起的，不还有个张京虎吗，我成不了光杆司令！以他对张京虎的了解，对方一旦酒瘾上来，掉脑袋的事都敢干，那一纸禁酒令算个锤子啊！

路上，他拨通了张京虎的电话。

酒胆包天且好了伤疤忘了疼的张京虎痛快地答应道："好，你安排的场，再忙也要支持，我一定参加。"

随后，张京虎对宋清见编了个瞎话："我表哥在部队服役时，弄出来伤残，他想让我带他去县人民武装部查查档案，找出相关依据和材料，将其复印后报到民政上，申请伤残补助。这会儿，人就在我家等着。他到一趟县城不容易，我得马上回去，怕是去晚了，武装部该下班了。"

宋清见虽然不明白里边的内情，但见张京虎说得很在理，于是应承道："行，那您回去吧，但领导要是找你，我该怎么说？"

张京虎想了想说："今天镇上应该没什么大事，若领导真找我，你就说我下了村。"

说完，他将包夹在腋下，晃晃悠悠地走出办公室。

来到院子后，他转头左右看了看，然后踮着脚鬼鬼祟祟地走到摩托车跟前，快速骑上去，猛踩一脚打着火，又侧身向后看了看，确定没人看到他后，便扭开油门，一下子蹿了出去。

一起回到县城后，陈本欣对王子和说："在乡镇工作，上下班没有规律，且事无巨细，身累心也累。到咱们这个年龄了，进城歇一歇，平常多照顾下家，总体来说，是个好事。你是直接到单位去看看，还是先回家？"

王子和说："今天回家洗洗衣服、理理发，好有点精气神，明天一早再到新单位报到去。"

陈本欣笑笑说："县城就巴掌大的地方，你又是进本系统工作，都是老面孔，不理发，那些人也定不会斜眼看你。不像我，疲沓惯了，不修边幅。来到农业局，遇到的多是生面孔，朴素一点或许更好，就不去弄得花里胡哨了。"

在王子和所住小区附近，陈本欣把车停下，王子和下了车。

陈本欣特意说："我也回家休息休息。"说完，便开着车走了。

他们是多年的合作伙伴，彼此知根知底，陈本欣越这么说，王子和越清楚，对方八成又赶什么酒场去。看着陈本欣车辆远去的背影，他摇摇头，忍不住笑了。

走过前面的十字路口后，陈本欣将车子快速右转，向着定好的地方飞驰而去，很快来到了"沂东老味道"门口。

推开包房的门，走进去，陈本欣一眼看到张京虎大模大样地坐在那儿，马上装出一副惊讶的神态问："哟，京虎啊，我离开镇上时，罗书记正吩咐贺英下通知，说上午开部门负责人会议，你怎么敢来这里呀？"

张京虎大大咧咧地回应道："我懒得他那些大闺女哭儿——胡咧咧。将在外，军命有所不受，现在我听胡大哥的，其他人，谁的话也不听，连你的也不听。"

陈本欣把脸转向胡承福，笑着说："你看你看，真是人一走，茶就凉啊！我这个镇长上午才交上官印，在京虎眼里，这壶茶就连温乎都算不上了。"

接着，他把脸再次转向张京虎开玩笑道："真是县官不如现管啊，你这张脸是孙猴子的吗？说变马上就变啊！"

张京虎马上从座位上弹起来，直起身大声喊道："报告老领导，无论啥时候，张京虎都听您指挥，您指哪咱打哪！以后，您就是进了局子，我也一如既往地对您好，怎么也得买上两只烧鸡看您去。"

胡承福一听这不吉利的话，连忙叠起两片嘴唇，吹哨一样，对着张京虎说道："张主任你坐下，快坐下，哪能对领导这样说话啊！"

张京虎马上坐下，笑着说："我是在打比方。"

胡承福也笑着说："打比方也得用好听的话，不能说听着不顺耳的。"

埋怨几句张京虎后，胡承福问陈本欣："什么时候到新单位报到去？"

"明天。"陈本欣答。

往下没说上三句话，胡承福就为陈本欣大鸣不平，说："你这一镇之长，论工作实绩，应该上财政局、审计局、环保局去当个'一把手'啥的，怎么上了农业局啊，还给弄了个副的。"

陈本欣笑笑道："咳，什么正的副的，不都是正科级吗！让咱干个'一把手'，咱也没那兴趣，操不了那份心。早点离开姑苏，也是图个清静、图个心安。再继续待在那个烂泥窝里，搞不好连滚都打不出来！真到了像京虎说的给我送烧鸡的地步，不单单是麻烦弟兄们的问题，那就是人生的悲剧了。"

张京虎劝慰道："咱又不是没底线的人，哪有那么多悲剧啊。不过，你再也不用跟姓罗的那头犟驴拴在一个槽头上，也是好事啊，好事！以后，随便找片有沙有土的地方，想怎么打滚就怎么打滚，多舒坦。"

陈本欣颇有些自嘲道："是啊，快两年了，我谨小慎微、战战兢兢，活得太憋屈了！现在，真有了解放的感觉。罗清河一到姑苏，我就察觉到，他喜欢炝蹶子，所以处处小心，生怕让他踢着。以后，他再怎么炝蹶子，估计也踢不到农业局去。"

在他们说着"知心话"时，胡家全走出门口，喊服务员上菜，接着他抽回身子，打开两瓶酒，逐一为大家将杯子倒满。

菜上桌，酒满杯，大家的热情马上高涨起来，胡承福来了一个开场白后，便用酒与陈本欣、张京虎加深感情。

按照酒场上的老规矩，胡承福带头喝了三杯酒。

接着，轮到杨宝明敬酒。他端着酒杯笑着对陈本欣和张京虎说："陈镇长，张主任，我再提三口，咱把这杯酒干了吧？"

陈本欣一指酒杯，摇了摇头说："杯子太大了，干不动！我控制总量，中午就喝这一杯，晚上还有个邵主席安排的场，我得给胃留点空。再说，现在是非常时期，不能喝得墙走我不走，东脚打西脚乱晃荡。尤其是咱们姑苏的人，更得注意，别让心术不正的人抓住小辫子，那可是要挨棍子的呀。"

刚尝到点酒滋味的张京虎一听陈本欣这样说，马上着急起来，大声嚷道："陈镇长，你现在不是已经调离姑苏了吗？怎么还像在镇里穿着挤脚的小鞋似的，扭扭捏捏放不开！胡书记可是冒着再次受处分的危险请你吃酒，这是什么样的感情？咱们也算是一起扛过枪的战友吧，你看你，拿捏个啥啊。现在，他罗清河再能，也管不着你们农业局，只管放开量大胆喝就行。

按照咱们姑苏的规矩，两杯起步，三杯合格，五杯才算达标，凭着咱弟兄们这么多年的感情，怎么也得喝个合格吧！真要喝多了，我背你回家。宝明老兄小门小户的，敬你大局长一个酒，容易吗？不就是一杯酒吗，来，我先带个头，给杨老兄一个面子。"

说着，他一口把杯中的酒喝下去一多半，然后两眼盯着陈本欣，开始落实他的"目标责任制"。

陈本欣瞥了张京虎一眼，笑着说："要是老胡因为这个再受到处分，你脸上能光彩？你以后也要少喝点，别再像原来那样，喝得骑着大摩托，黑天半夜摔哪了，害得我们整晚跟着遭罪。酒是生祸的根苗，控制着点好。"

张京虎晃着酒杯，盯着陈本欣说："不要扯那些没用的话题，现在是在喝酒呢，我已经响应杨老兄号召，积极带了个好头，就看你的了，快，快，来，上一口。"

胡承福今天很开心，他看了看陈本欣的酒杯说："陈镇长，不，以后该叫陈局长了，宝明提的酒，应该给他个面子。你看张主任这力度，老部下都能上，你这老领导还能怵这点酒？就三口，咱们都干了它。"

他边说边将酒杯往陈本欣的酒杯上一碰，发出清脆的响声，接着一口喝下杯中的大半。

一杯喝下去之后，胡家全又为众人斟满，镇派会计薛允安和胡家全又分别敬酒。

不一会儿，两杯酒进肚，大家的脸上有了些许酒意，话题也从姑苏的"小题"，转向世界局势的"大题"，接着又回到县城的房价、有人写信状告罗清河等问题上。

突然，张京虎扯起许建林的事来，问陈本欣："陈镇长，老许最后给那家钱了吗？"

陈本欣把正要夹菜的筷子停下，看着张京虎反问："你听说他把钱给了？"

张京虎瞪着眼睛答道："我没听说，这不才问你吗！"

陈本欣摇了摇头，叹了口气道："许建林这个熊玩意儿，胡作非为，还不知好歹，拿着搞女人当家常便饭。当初，他闹得满城风雨，难以收拾，他却光着屁股戳马蜂——能惹不能撑，见人家闹上门来，马上就溜了！他躲起来倒省心了，可把镇上的脸面丢光了。若不是马书记和我力保他，当时开除他党籍都不为过！马书记那个人啊，你说他粗也罢、滑也好，但在对待弟兄们的问题上，的确是诚心诚意，不像罗清河这家伙，像活在真空里，六亲不认，没一点人情味。后来，看着老许那副可怜样，我费了九牛二虎之力，专门托那女孩所在镇的领导做通村里的工作，村里又做通女孩家的工作，才算勉强安抚下来。嗐，你们猜怎么着？看着那女孩家不再闹腾了，他却耍开无赖，攥着那一万五千块钱硬是不给人家。他这个人啊，真是既可恶又可恨！"

胡承福嘿嘿地笑着说："这可比违反禁酒令严重多了。自古王法治官吏，逮着乱搞女人的，会开除他的公职，拿他下狱！"

张京虎做贼心虚，不满地瞟了一眼胡承福说："都什么社会了，还抱着那些封建的朽烂木头不放。现在，男女问题还算问题吗？只要女方是成年人，是自愿的，谁能管得着！"

胡承福收敛了笑容反驳道："打小俺奶奶就教育我，做人要三不招惹：别招惹狗，别招惹小孩子，别招惹人家的女人。一旦招惹了，说不定就会有大麻烦。现在这样的风气呀，我真看不惯。"

张京虎呵呵笑道："胡大哥，你这花岗岩脑袋啊，该转转那根硬筋了。现在的问题是，只要你有权有势或有钱，不用你去主动招惹，也许就会有人主动往你身上贴。"

在这个问题上，胡承福倒是难得的清醒，他轻蔑地哼了一声说："我老胡肯定不会，真若遇到那样的小女孩，我就问问她，爸妈是怎么教育她的，然后一脚把她踢得远远的，看她还敢近前不！"

张京虎哈哈笑道："你真是顽固不化，你得学学老许。"

胡承福继续不屑地哼了声问："我学学他怎么惹麻烦啊？"

陈本欣看着胡承福，先是叹了口气，接着意味深长地说："这个老许啊，属破车子的，不修理真不行。当时若乖乖地将那一万五千块交给人家，哪还有后来的一桩桩熊事！那女孩的娘一次次跑到镇里大吵大闹，他罗清河能不烦吗！给许建林处分不说，还催促他尽快交钱。我找老许谈了，可这熊玩意儿，也是中了邪，死活不交，罗清河便拿我杀气，催命鬼似的天天盯着我问，弄得这事犯在我身上似的。唉，那段时间啊，我是老鼠钻进风箱里——四面挨挤，两头受气。现在好了，二指长的小纸条飘到姑苏，咱三十六计走为上。那家人再怎么去闹，老许给不给钱，跟我一丁点关系也没喽。来来来，我提议，咱们共同干了这杯！"

三十八

春风吹又生。

沂河岸边，灰蒙蒙的树林开始吐翠。最先绿的是柳树，细柔的千万根枝条在春风中摇曳着。冰雪融化，沂河这张天地间无弦的万古大琴开始弹奏起歌唱春天的悦耳乐章。

在这春光明媚、万物复苏的日子里，沂河岸边的姑苏中学校园里，教师的士气高涨，孩子们学习的积极性也跟着提升了。

罗清河、李文彬和刘京茂再次来到学校，听到少年们琅琅的读书声，内心很是高兴。

朱万全特意从外地买来两棵已生长十余年的银杏树，将其栽在学校伙房旁。银杏树修长笔直的身姿、干净利索的枝干，为周边环境增添了不少亮度。通过修整以及植入莲藕，池塘里陆陆续续地冒出莲藕的嫩叶片，原来臭气熏天，漂满塑料袋、饮料瓶、枯树枝等垃圾的水面，呈现出碧水清清、绿意浓浓的景象。正像朱万全所比喻的，这池塘经过一番梳洗打扮后，就像一位整日守在土灶台边，满面尘灰的女人，瞬间变成了清新纯真的小姑娘一样。池塘边，一棵棵柳树茁壮生长，水中映出美丽的倒影。千万条柳丝垂下来，如少女妩媚的长发。

一汪碧水知春天。语文老师们文才大发，董传周提议将这方汪塘命名为"知春湖"。

牛和平、武庆中听罢，不约而同地朝董传周竖起大拇指，说："这名字好，北大校园里有未名湖，厦门大学里有芙蓉湖，我们姑苏中学有知春湖，且更富诗意，也更接地气。"

校园的湖有了自己的名字，两棵粗壮挺拔的银杏树开始吐芽。朱万全让人在柳树下又安放上几处石凳，校园显得更加灵动了。

朱万全笑着对罗清河和李文彬、刘京茂说："镇里修志的时候，一定要在教育那一节中，写上'某年某月，朱某在此负责，购银杏二株，植于知春湖畔'。"

罗清河笑着点了点头说："是应该记下。我记得在哪一个县志的古树条目中，曾有记载'唐贞观六年，住持德宽与众僧植白果树六株，今存二株'。不然，谁知道普照寺内如今尚存的两棵千年大树，是德宽和尚主持栽下的呢！"

老师尽心授课、教书育人，校领导全力做好服务，学生渴求知识的那根弦弹出了这个春天最美的校园之音。姑苏中学的精气神让全县所有学校刮目相看，不但学生的成绩如同芝麻开花节节高，而且学校的综合管理水平也走在了全县教育系统的前列。

罗清河和李文彬、刘京茂看到这一切变化，喜在心头之余，更看到了一项更艰巨的任务——学校的环境面貌在向好的方向变化，但各项硬件基础设施，特别是教室和办公室，还没有从根本上得到改观。于是他们又一次次跑到县政府、县教育局求援。

终于，通过逐级上报审批，姑苏中学新教学楼建设被列入了计划。

学校要建新教学楼，许多人自然跟着瞅上了这块"肥肉"。矛盾的集中点，最后又落到罗清河身上。于是，通过电话打招呼的，亲自登门拜访的，通过同学、亲戚求情的，让罗清河应接不暇。他的回话只有一个：公开招标，一视同仁。

这天，罗清河从外面赶回来，刚走上二楼，贺英看到他后，忙走出办公室，向他汇报说："那位姓桑的老板又来了，扔下两箱酒，还有一个信封，然后转身就跑了，拦都拦不住。"

罗清河忙随着贺英走进了镇党政办公室。

很快，贺英从办公桌抽屉里拿出一个鼓鼓囊囊的信封递给他，脸上堆满了无奈，说："还是东方超市的购物卡。上次他送来的那些礼品和购物卡，我们按照您的指示，给退了回去，还做了登记。这次，他们又送来了，脸皮可真厚。"

罗清河用眼扫了扫贺英手里的信封，轻轻地笑了笑说："这人的胆子也忒大了吧！"

接着，他对贺英说："跟上次一样，登记好后，马上把这些钱物原封不动地退回去。"

贺英知道，罗清河做事雷厉风行，从不拖泥带水，他安排的事，必须马上照办，办慢了就会挨训。她虽年轻，但办事也老到，很快把信封的敞口用胶水糊上，装进包里，然后招呼办公室工作人员秦明义和驾驶员小刘，抱起那两箱酒，放到车上，三人一起去了县城。

桑玉富多次来到镇党政办公室，贺英与其打过几次交道，彼此已很熟悉。上次，罗清河到任不久，桑玉富为套近乎，送来玉石、酒和购物卡，是她和徐以明登记后退回的，因此她知道富发建筑安装公司在什么位置。

再次前往退东西，他们轻车熟路，很快就来到了公司。

不巧，桑玉富本人不在，他们便对值班人员说："我们是姑苏镇委办公室的工作人员，这是桑经理的东西，我们给送回了，请你们转告他一声。"

公司值班的一位中年女人面无表情地看了看他们，指了指旁边里屋说："放在那里面吧！"接着，她拿出钥匙，打开隔壁的门。秦明义与小刘抱着酒，走进里屋，小心翼翼地把东西放好、摆正。

随后，贺英把包里的信封拿出来递给那女人说："这也是桑经理的，封着口，他回来时，请一并交给他。"

把钱物归还之后，三人如释重负地离开了富发建筑安装公司。

前几年，桑玉富抓住房地产建筑大发展的机会，很快大发横财。他是一个典型的唯利是图的商人，把投入与产出比计算得很精透，通过政商联系，自己的公司在沂东地盘上越做越大。

为拉关系、套近乎，他不止一次公开往姑苏镇委、镇政府大院里送东西，工作人员早已见怪不怪。按照他的设想，烟、酒，遇到县里重要人物来镇里时做接待用；茶叶，平时放在办公室，招待来人用；购物卡，主要送给领导们。通常，他会多准备两张购物卡，送给办公室的传达人员，用来堵住他们可能会乱说的嘴。

他把招标、投标的行情摸得很清楚，他深知，家有千口，主事一人，仅靠这些"广散布施"是不够的，还应该抓住主要矛盾、套牢重点人物。马士良担任镇党委书记期间，姑苏镇的重点工程都是富发建筑安装公司干的，但那也是"投标"得来的,且屡投屡中。

现在,姑苏中学新的教学楼图纸都已经设计好,马上进入施工阶段,桑玉富必须尽快行动起来,确保通过"投标",把这项工程揽到手。

屡试不爽且吃惯了甜头的桑玉富理所当然地认为,继续采用原来的套路,结果自然是一样的。没想到出师不利,他前后两次送到镇上的礼物和购物卡都被罗清河毫不留情地退了回来。

"在沂东县这块地盘上,我桑玉富送出去的东西,之前还从来没有被退回的先例,上次你罗清河已成为例外,现在,你还是不懂规矩,继续让我难堪啊!这次,你要也得要,不要也得要!姑苏中学教学楼这个工程,我桑玉富吃定了。"他暗自发狠道。

在往镇里"走形式"的同时,他决定重点往罗清河身上使劲。

夜幕降临,天渐渐黑下来。一片漆黑的夜,给那些见不得人的行动提供了遮掩。

县城,罗清河的家门前,有人在敲门。

听到敲门声,郑元秋开了门。她见来人提个包,身后还有个年轻人抱着一箱酒,酒上面躺着个画轴。不用说,这是来送礼的,她马上堵在门口,不让他们进家。

前面的人就是桑玉富,他笑着耍了个心眼说:"是罗书记让俺来的。"

郑元秋说:"他没在家,你们若有事,到单位找他好了,快把东西拿走。"

说着,她果断地关了门,返回屋里。

被无情地拒之门外,桑玉富当然不死心,之前,他吃过很多这样的闭门羹,但最后都"精诚所至,金石为开"了。于是,他站在门外,小声喊道:"您婶子,快开门,俺就带来一箱酒,没别的,放下就走。"

桑玉富在门外边喊边不停地轻轻敲着门,但郑元秋坚决不为所动,个别邻居开始探头探脑地出来观看。毕竟这种事见不得光,见女人确实没有开门的意思,桑玉富颇感为难,就把东西放在门口,轻声说了句:"您婶子,我把东西放在门口,你自己开门拿回家里吧。"

说着,两人就咚咚地下了楼。

郑元秋听到门外的人飞快下楼的脚步声,心想:刚才那人说把东西放在门口，万一真放了，让别人顺手牵羊了，反而说不清楚。于是她决定打开门去看看。

郑元秋一看，发现东西真的就放在门口，有一箱酒、一幅字画、一个很鼓的包。

她犹豫了一会儿，没办法，只好先无奈地把东西搬进了屋里。

刚才的脚步声，的确是桑玉富和司机下楼时发出的，但令郑元秋意想不到的是，两个鬼鬼祟祟的身影紧跟着又折了回来，悄悄地躲在楼道阴暗的角落里。放东西时，他们开着手机录了像；郑元秋往家搬东西时，他们又录了像；连郑元秋最后关门时的身影，也给录上了。

东西就这样送上了，并且有录像为证，桑玉富和司机心满意足地悄悄离开了。

郑元秋仔细地看了看那箱酒和那个卷着的画轴，酒是一箱"茅台"，画她看不明白。她拉开那个大包的拉锁，发现里面是一沓沓百元现金，足有十几沓的样子，瞅得她心惊肉跳，浑身上下不自在。这时，她想起丈夫先前多次告诫她的话："人家之所以抓住你的小辫子，关键就在于你自己的私欲在作祟，所以有任何奔咱家门来的不速之客，你都要第一时间告诉我，不能在这方面出半点差池。"她不敢怠慢，马上拨通电话，把刚才发生的事情告诉了罗清河。

罗清河听完后，连夜返回家中。

对方断然不会平白无故地送来钱物，这是因为自己是个镇党委书记，是可做交易的。他详细地向妻子询问了事件的整个过程，再仔细看看那个大包，很快断定是想承包工程的人送来的。但这是哪个建筑公司老板所为呢？仅靠妻子的描述，对于建筑业生疏的罗清河一时也搞不明白，漫无边际地去猜，又哪能猜得出呢？

第二天一早，罗清河去上班时，把所有的东西和现金一块带到了镇上。

在镇党政办公室，当着周庆山、贺英和秦明义的面，他郑重地向郭霞详细说明了昨天晚上发生的情况，让秦明义负责登记好。

在三名机关人员见证下，秦明义暂时把礼物保存起来。

三十九

在镇财政资金困难的情况下，罗清河通过申请镇里与县里共同出资的方式，总算把校舍改造的资金凑齐了。

姑苏中学新教学楼工程建设招标会议结束，县内七家建筑公司参与竞争，最后富发建筑安装公司没有中标。

看到如此结果，桑玉富瞬间气疯了。他既是个刁钻之人，又是个敢作敢为之人，两种手段都很精通。看到这个结果，他不敢相信自己的眼睛，于是气急败坏地将车开进姑苏镇党委、政府大院内，堵在办公楼门口正中间，然后径直跑去二楼镇党政办公室，与贺英和秦明义理论起来。

桑玉富强词夺理地大声吆喝道："马士良书记在这里时多次说过，只要在姑苏地盘上，所有的建筑工程都得给我公司做。"

看到贺英和秦明义没搭理自己，桑玉福叫喊的嗓门更大了。

罗清河闻声走过来，毫不客气地冲桑玉富说："马书记调走了，如果你想落实他说的话，直接去找他好了。"

桑玉富之前虽未跟罗清河直接打过交道，但在院内公示栏中见过他的照片，又通过他的口气，便猜出他是谁。于是他把脸扭过来，冲着罗清河理直气壮地说："怎么，我正想找你呢，只要我桑玉富在，这工程谁都别想干，就是想干，他也干不了！我事先也是投了资的，镇里我来送过，你家我也去送过，咱们看看谁硬得过谁！"

罗清河顿时被他这种地痞流氓做法气得脸色铁青，但他很冷静，问贺英和秦明义："镇里收过他的东西吗？"

贺英解释说："收过他东西是不假，他和另外两个人来的，来过两次。"

罗清河问："是什么东西？"

贺英答："一块大玉石、三箱酒、两个信封，信封里面装了一摞购物卡。他送东西时说，玉石放在党政办公室，酒给您和镇长、副书记接待重要来宾时用，购物卡给党委委员和几位副镇长。说完，放下就跑了，拦都拦不住。我们将礼品和购物卡登记后，分两次都给退了回去。这个已经向您汇报过，您是知道的。"

罗清河对桑玉富说："既然都给退了回去，你还这么嚣张干什么！"

于是，他毫不客气地痛斥起桑玉富的恶劣行径。

桑玉富也是走南闯北见过世面的人，他很有力度地说："我可是把钱物送到你家里了，你让我过不去，我也不会与你客气！"

罗清河听罢，轻蔑地冷笑道："哦，原来是你送的啊！我正因找不到主户而犯愁呢。现在好了，既然是你送的，那你仔细看清楚，是这些吧？来来来，过来看看。"

说着，罗清河把他引到党政办公室里间。酒与字画都在，那用包包着的一摞摞钱，也被秦明义从保险柜里取出来。

罗清河气愤地说："镇政府招标，对每一家投标者均一视同仁，有错吗？你不在投标上下功夫，却净想歪点子，标没投中，就来无理取闹，还有没有王法！"

桑玉富瞥了一眼自己送的那些东西，他不甘示弱，又咄咄逼人地说了一句："你不用私下把项目给他人做，你收了对方多少钱、多少礼，我都一清二楚，到时候我会跟你算总账。你不给我这个活儿没关系，我不稀罕，咱们走着瞧！"

说完，他没理钱物，甩手扬长而去。

看着桑玉富甩门而去，罗清河阴沉着脸冲他背影说："别以为这社会风气真就被你们这股不正之风刮歪了，呵，姑苏的所有工程都是你的，真有能耐！"

秦明义笑着解释说："桑玉富这个人，我听说他很有背景，以前连马士良书记都听他的。"

罗清河严肃地说："再厚实的背景，肆无忌惮地挑战地方党委、政府底线，来这里公开叫板，干涉正常招标工作，就是天王老子也不中！想以这种无赖做法让我们感受到他的'价值'和'能量'，他打错了算盘！"

"唉！"他叹一口气接着说，"你们看到了吗，如果我们稍有不慎，一旦让这样的人搞了利益绑定，就像蚂蚱、飞蛾被蜘蛛丝缠住一般，越缠越紧，再想冲破他的那些丝线，是完全不可能的！有多少人，就是这样毁在他们这帮人手里的。一旦触碰了底线，那就只剩八个字：身不由己，无力回天。"

接下来，罗清河又走进里屋，看着那些财物，他微微一笑说："他不是有钱吗？贺主任，你向郭霞详细汇报一下今天这事，下午，你俩把这些赃款和赃物送到县纪委去。"

贺英点头答应。

罗清河从里屋走出来，喃喃地说："平时，大家都对不正之风很厌恶，但真正遇到这些试金石时，不少人还是会自投罗网，打铁还需自身硬啊！不法分子为达到自己的目的，抓住人的贪念，用这些腐蚀剂来腐蚀某些干部的灵魂，让他们束手就擒，最后乖乖地做俘虏，任其摆布。这是多么可怕的事情啊！"

秦明义拿出账本，罗清河接过来，又仔细地看了一遍，确认之前送的东西都退回去了，他的心这才放下来。

贺英深有感触地说："罗书记，您放心，我马上去跟郭书记汇报，把这些不洁之物交到县纪委。常言说得好，群雁依头雁，头羊领群羊，上梁不正下梁歪！在一个单位，'一把手'的示范带动作用何其重要啊！今天从您身上，我又学到了好多优秀的东西。"

罗清河笑了笑说："不要给我戴高帽，抛开党性原则先不谈，真出了问题，公职没了，名声毁于一旦，怎么对得起家庭、对得起亲人？何况，还有自由呢！只要把生活的得失真正想通透，何为该做的，何为不该做的，心里就会有一个很准的定盘星，这是起码的道理。牢记这一点，就不会吃大亏。"

开车行驶在返回县城的路上，桑玉富拨通了马士良的电话，气急败坏地怒骂道："这个姓罗的，真他娘的！这次，姑苏中学新教学楼建设招标，富发建筑安装公司居然未能中标。我的公司可是全县建筑业的龙头啊，还有哪家公司的牌子比咱硬？这次招标，他姓罗的若没耍私心，打死我都不相信！他还满脸不屑地对我说：'若不服，你可以找马士良讨说法去。'马县长，您说说，罗清河说这话，他是啥意思？"

"唉——"电话那头的马士良叹了口气道，"他来姑苏后，已经不止一次在不同场合跟我原来的规划和策略大唱对台戏，我也很无奈，毕竟人走茶凉啊！我又未在沂东任职，奈何不了他。所以，对这个事啊，你抽空跟卢县长也反映下，毕竟咱俩是通过卢县长介绍认识的，姑苏镇先前的有些工程，也是他指示我让你经手的。现在，他在县长位子上，罗清河可以不看我的面子，但不能不看他的面子吧？"

"卢县长那边，我当然会去找！"桑玉富颇为不满地回应道，"但这事你不能一推就完了。虽说你不在沂东任职，不能直接影响他罗清河，但市委不是有你关系不错的领导吗？你可以动用下他们的关系给罗清河上点眼药啊！我不管你用什么方法，必须得帮我出口恶气，我不能让他罗清河继续不知好歹地拿捏我。再这样下去，在沂东地盘上，我桑玉富的脸往哪里放！"

常言道，吃人家的嘴短，拿人家的手短。挂断桑玉富的电话后，马士良仔细回味着对方电话中透露出的咄咄逼人的味道，心里窝囊极了！

晚上没有安排集体学习，罗清河走到镇政府前边的广场上。

一群大姐正在这里跳广场舞，李文彬站在他们旁边，也在不停地比画着。罗清河走过去，赞扬他跳得不赖，李文彬笑着说："我也就是随着音响比画下胳膊动动腿，哪有什么美感呀。"

看罗清河瞅着他笑，李文彬随即停止了跳动，跟着罗清河走到东边的几棵松树下。二人交流着，话题很快转到今天桑玉富来镇里大吵大闹的事情上。

罗清河气愤道："清明社会，朗朗乾坤，在这种人眼里成了什么颜色？依靠自己所谓的背景、后台，居然跑到镇党委、政府内横行霸道，气焰如此嚣张，成何体统！谁给的胆子！"

李文彬深有感触地说："他是马士良的常客，我来姑苏后不久，便发现他俩走得很近。这人的确刁钻，但苍蝇不叮无缝蛋，真担心马士良会被他拖下水，那样的话，早晚会出事的。面对这种人，我们还真得应着那句'打铁还需自身硬'才成。"

"道理虽然很简单，也很容易理解，但有人就是做不到恪守底线！"罗清河笑笑道，"还有一些人，起初打打擦边球，认为犯不了大错，但打着打着，就偏了方向、下了道，这也挺危险。防微杜渐，说起来容易，做起来还是挺难的。"

李文彬点了点头回应道："原来，咱俩并不熟悉，这两年在您身上，我发现，做人，正很重要，不正会让人瞧不起，这关系到个人的尊严。你在位上时，恭维你的人不少；即使你不正，他表面也会向你点头哈腰，但心里不服，过后会骂，甚至转脸就骂。这样的事不在少数。做事，就得公啊，不公，会生义愤。"

罗清河笑笑道："咱们都是从田野里爬出来的农家娃，淳朴的品质还是有的。祖祖辈辈安分守己，我们能够混到现如今这地步，也是祖上积下的德。做人做事，若失了公正，让人家在背后戳着脊梁骂，既对不起自己，也丢不起祖上的脸。"

"是呀，这身子骨，坚决不能歪，两腿每往前迈一步，都得走正了，这是爱护自己的最好表现。一旦让两杯酒浇歪了嘴，让金钱把眼睛染绿了，说不定哪天，就会被姓桑的那伙人拉下马，掉进水沟里，轻者一身泥水，重者陷进泥潭出不来。想让姑苏党风纯洁、政风清明，除了自身练好内功，也要坚决刹住外面刮来的邪风！姓桑的敢把车堵在镇办公楼门口，跑到办公室理论，甚至威胁你，是因为他觉得自己腰杆硬！如此肆无忌惮，应该让他付出代价才对。"李文彬气愤道。

经李文彬分析，罗清河也觉得是这个理，堂堂镇委、镇政府，竟然让社会上这种地痞流氓堵住办公楼的大门，真是无法无天！是得办想法敲打一下他姓桑的了。即使他再有根基，也不过是一个借用关系、投机钻营的人，有啥好耀武扬威的！

气愤之下，罗清河当即摸出电话，打给他在政法系统工作的同学朱志强，说明今天的情况，然后问对付这样的人，有什么惩处方法。

电话的那头，朱志强幽默地说："这种人，你说他错了吧，的确错了，他是送了礼，但你没收，也就不好界定他犯了行贿罪。对车堵办公楼大门的行为，法律也缺乏明确的处罚规定。这就像社会上人们笑谈的：大的违法他不犯，小的违法他不断，不够逮、不能判，气死公安局，难死检察院！最好的方法是，他想和你同流合污，又送钱又送物，你从了他就是。"

一听后面的这句玩笑话，罗清河气得一下子挂断了电话。

四十

眼瞅着两年时间又快过去了,那一万五千块钱还是迟迟拿不到手,小裁缝的母亲也没了继续去镇上讨公道的勇气和耐心。终于,那个被许建林搞大肚子之后流产的小裁缝顾不得颜面,亲自跑到镇里来找领导,理直气壮地讨要那笔补偿款。

当时罗清河下乡了,郭霞负责接待了她。

从见到郭霞起,小裁缝嘴里就一直嚷嚷着:"这个臭流氓、大骗子!我那时小,不懂这个,生生让他骗了!现在,大家都知道我跟他有过关系,想找对象吧,人家条件好的家庭根本不会要我。去年,我去临江城打工时,谈了一个当地的对象,那男孩对我很好,可他父母一打听我有过那样的事,便死活不同意,硬生生地给俺俩拆散了,气得俺爹妈没几天全都白了头。我这几年啊,真是让他坑苦了,我懊悔啊,懊悔死了。有时候,我真想跳河投井,或一头撞死在石头上,可又想想爹娘生我养我不容易,我死了,他俩可咋办!所以想了想,不能寻短见。这个臭流氓,不要脸,我真想撕了他!"

小裁缝说得咬牙切齿,最后,她告诉郭霞:"今天我来,要求你们严肃处理他姓许的,不能便宜了这个披着一张人皮的畜生。另外,答应给我的那一万五千元补偿费,再拖着不给,我就拿把镰,上门堵着他,一镰劈了他!老家这个地方,我不能再继续待下去了,没有活路啊,父母也跟着丢人。处理完这件事后,我就去外地打工,走得远远的,再也不回来了。"

郭霞听得有些揪心,她安抚了一阵小裁缝,将她打发走了之后,就约许建林谈话。

哪曾想,不到五分钟,双方就谈崩了。

从县纪委来到姑苏镇担任纪委书记之后,郭霞紧密配合镇党委的中心工作,突出狠抓党风廉政建设和党纪政纪落实问题,对该处分的人,绝不姑息迁就。

已受到留党察看处分的许建林,既无道德又无信用,且死不改悔。他使出死猪不怕开水烫的招数，不管谁劝说，坚决不兑现承诺。

人与禽兽的不同是人有尊严、有羞耻之心、有义气担当。可许建林的羞耻之心在哪里？看着他那副异常丑陋的嘴脸，郭霞心想：这样的人还能叫人吗？更别说一个共产党员应有的政治品质与担当了！

在姑苏镇，许建林也算是一个老资格。常言道，能闹的孩子有奶吃。多数时候，为了个人利益他还是敢于冲上前的。他很清楚的一点是：只要你敢豁出去，就能得到好处。按时下的流行语，就是光脚的不怕穿鞋的，因为脚上没有"鞋"，也就少了顾忌。

当年红楼小区分房时，他身上就有这么一股子犟劲。当时，他看得很明白，自己一身臭毛病，提拔的好事轮不到他头上，于是他拿出"舍得一身剐，敢把皇帝拉下马"的劲头，公开同马士良叫板。用他的话说："在你们眼里，我就是一顶边沿都坏掉了的、再怎么摔也不怕破的旧毡帽，谁也不会拿我这顶帽子当礼帽，所以我也不想提拔进步了，就想得点实惠。"红楼小区的分配方案里，本来没有他的份，关键时候，他还真亮了一手——先下手为强。房子刚建完，在别人还在等着看房子如何分时，他捷足先登，撬开门抢先占了一套。

许建林不按程序出牌，气得马士良脸上三天都没有笑模样，真想借他私生活混乱的毛病，狠狠地打击处理他。但马士良转而又想：自己主导的红楼小区分房方案并没有涵盖所有中层干部，人家许建林也是中层干部啊，别人有，为啥他不能有？说白了，还是自己定分房条件时，先见人下菜碟了，因此自己理亏在前。再说，人都是有私心的，僧多粥少，谁不想分一套房子？红楼小区的房子，许建林知道没有他的份，走个极端也很正常，犯不上把他搬进去的家具给抬出来。马士良从人的自私性上理解对方，竟然把自己理得心平气和了。

同时，马士良深知，许建林这盏灯很不省油，万一把他的灯芯挑大了，浪费油不说，关键是这星星之火，有可能在姑苏镇形成燎原之势啊。都道宰相肚里能撑船，小不忍则乱大谋，不能因姓许的这点小闹腾就动了怒，不值得。保持姑苏安定和谐，让一切风平浪静，对自己的仕途很重要。前进的道路上，不能因为一块小小的石头而崴了自己的脚，进而耽误了行程。

马士良的心的确宽，他想：人啊，一定要想得开，遇到狗屎，躲一躲不就过去了，非得用脚去踩吗？一只蝎子，翘着高高的尾刺，你非得去捉它，一旦捉不好，让它蜇一下，指定会疼个半死。再说，蝎子也需要生存，你不去捉它，不就相安无事了吗！何必不顾自己的前程，而去和他较真呢？

为了维护所谓的和谐安定，马士良尽量不去与许建林计较，随后他修改了分房方案，满足了许建林的要求。对于那件闹得大院不得安宁的"小裁缝事件"，在王子和的一再建议下，马士良也曾想处分许建林，于是把他叫到办公室，跟他谈谈话。让马士良意想不到的是，对方的火星子比他进得还多。

许建林理直气壮地说："马书记，如果你嫌我臭，那得先把自己的屁股擦干净，再来和我说这些事！怎么着，女方同意，你情我愿，凭什么给我处分？"

见许建林的火药味比他还浓，屁股没擦干净的马士良先软了，只好说："许老兄，男女的事，现在确实不好管，但女方家长天天来闹腾，同志们不堪其扰，我得有个态度。你是当事人，我问问情况，不过分吧？"

最后，通过做工作，许建林同意调解。之后马士良便一走了之，紧跟着来了罗清河。

小裁缝的母亲继续到镇里闹，镇党委对许建林做出了处分，但许建林将其当成耳旁风，根本听不进去，答应的补偿款就是拖着不给女方。

郭霞到姑苏后第一个接访的，便是这个被许建林欺负的女孩。

对于许建林这种既无底线原则更无廉耻之心的顽固分子，她在镇党委会上严肃地提出："鉴于许建林道德败坏，大搞婚外情，社会影响恶劣，留党察看处分期内毫无悔改表现，依据党的纪律处分条例，建议开除许建林的党籍。"

最后，党委会经过研究，形成一致意见，决定开除许建林的党籍。

对于那笔还欠着的一万五千元补偿款，郭霞建议，每月扣他部分工资给那女孩，直至清账为止。罗清河想了想说："这样做怕是不妥，做任何事，都不能触犯党纪国法，既要合情，更要合法。再者，合理为义。可咨询一下律师，问一下司法所也可，看看法律是否允许。"

郭霞说："如果不行，女孩再来时，就让她到法院起诉，毕竟当初双方都是签过协议书的。"

面对镇党委动真的、来硬的，被开除党籍的许建林不但不思悔过，还认为罗清河对他处理得太狠了。党委会做出研究决定的第二天，他便跑到罗清河的办公室，想大闹一阵子。碰巧罗清河不在，于是他又转身来到镇党政办公室，当着贺英、秦明义等几名工作人员的面，不知羞耻地叫嚣："哼，开除我的党籍，不就是因为有的人看到我占了女孩的身子而嫉妒吗！有个相好的女人，那是男人的本事！他看到我搂着女人睡了，就羡慕嫉妒恨啊！是他自己没有吸引女人的那本事，真是枉为男人！"

听着他这样的无耻论调，贺英鄙夷地看了他两眼，没有作声。

家有千口，主事一人。不甘心被开除党籍的许建林，把矛头直接指向罗清河，不时地跑到罗清河的办公室里大吵大闹。

他不但抛出"找女人很正常"的怪论调，并且举实例说明，为自己的错误行为进行狡辩："现如今，拈花惹草的事多了去了！前几天李林派出所的一个民警与一个女人开房，让他老婆逮着了，大吵大闹了一阵子，沂东县尽人皆知，人家单位处理他了吗？没有啊！这两相情愿的事，法律都不管，咱们单位有啥权做出处理？再说，我这属于陈年旧事，对那女的又没造成什么实质性的人身伤害，现在你又翻腾出来，至于吗！上次，王子和找我谈的那个处分，我就一直很恼怒，不接受，现在，你居然直接开除我的党籍，凭什么！不给我撤销处分，我跟你没有完！"

面对对方毫无底线的行为，罗清河一时被气得浑身哆嗦。

随后，郭霞再次约许建林谈话，明确指出："许建林，你已经触碰到社会治安处罚条例的红线了，如果再继续跑到罗书记办公室闹下去，我们马上停发你的工资，并将你交由派出所处理。"

许建林回去后，仔细掂量了一下郭霞话里的分量。别的他还真不怕，但真怕被停发工资，于是决定暂且收一收手。

可很快，捏着嗓子眼给袁俊山打电话的那个神秘人，又将电话打给了许建林："老许啊，斗争是要讲究策略的！你现在好比一只蚊子，或者说是一只苍蝇，如果想叮那姓罗的一口，就必须掌握好技巧。他现在手里不但有灭蚊剂、灭蝇药，还有苍蝇拍，飞得离他近了，弄不好就被他一下子药死或者拍死了。但你可以以处分过重、维护自身正当权益为由，到县里和市里去上访啊！你本身就住在县城，可以天天到县纪委、县委组织部，甚至去找组织部部长、县委书记，要求恢复你的党籍和名誉。你这只蚊子就这样天天叫着，虽不叮人，但搅闹人心，足以让对方坐不住、睡不着，抓耳挠腮，心烦意乱，不得安宁。"

果真，许建林这只蚊子，再次恬不知耻地找到上级有关部门和领导，为自己鸣冤叫屈。

四十一

姑苏镇党委在开会研究开除许建林党籍的同时，针对农田中私自建房愈演愈烈的问题也进行了讨论，他们一致认为这很大程度上是因为程兴起工作懈怠、不作为而造成的，决定由郭霞对其进行诫勉谈话。

就在郭霞对程兴进行起诫勉谈话的当天上午，十几位村民匆匆来到镇里，一进党政办公室就情绪激动地高声叫喊，说是要找镇党委书记罗清河，他不给处理就直接上县里喊冤去。

不巧，罗清河去工业园查看招商引资项目进度了。郭霞听到叫喊声，忙走了出来。

来人是杨家官庄村的。有两位村民满身是土，其中一位的右眼圈呈乌黑色，如同熊猫眼。不用多问就能看得出，这是打架时被对方用拳头打的。

打人者是村党支部书记胡承福的侄子胡家全。

前几年，胡家全承包了村中的鱼塘，眼下到期了，村民要求重新承包、公开竞争，胡家全却霸着不放。在竞争现场，他坚决要求延长承包期限，其他村民自然不同意，最后双方由争论发展成斗殴事件，胡家全动手打伤了两个村民。

胡家全年轻时去登封武馆学过两年三脚猫功夫，平时在村内凭借自己拳大胳膊粗，又依仗他大爷的权势，动不动就挥舞拳头，成为村中妥妥的一霸。

看到来客身上挂彩了，郭霞忙对被打的村民说："你快先去卫生院看看眼睛，别耽误了治疗，有什么事，咱们一件一件去处理。"

受伤的村民说:"不用了,没伤着眼球,看得还清楚,就是有瘀血。"

郭霞不放心地上前仔细看了看,感觉确实不要紧,就问为何发生斗殴。

村民一听,怒火满腔,一齐嚷嚷着说:"村里的鱼塘到期了,胡承福的侄子胡家全霸着不放。村前的河滩承包期已经过去一年多了,村里一直未重新处理,村干部在里边肯定藏有猫腻,我们要求重新承包。"

郭霞要大家冷静,一个一个地讲,一件事一件事地说。

正说着,罗清河与李文彬从外面回来,三人共同听了杨家官庄村民所反映的情况。每一件,罗清河都认真地记着。听完,他对来访的村民承诺,下午就让郭霞和司法所的小彭去实地调查了解情况,一定会及时作出处理,绝不包庇。

接着他对郭霞说:"让派出所安排两名民警,一起去,如果真有村霸,要严厉打击,绝对不能让老实善良的村民受气。"

有了镇党委书记这几句话,村民口服心服地回去了。

下午,郭霞按照罗清河的指示,和小彭及派出所的两名民警进村了解情况。

鉴于胡家全打伤村民的行为证据确凿,县公安机关依法对其做出行政拘留七日的处罚。

晚上召开的镇党政班子联席会上,郭霞将去杨家官庄村调查了解到的详细情况,向与会同志作了汇报。大家一致认为,杨家官庄村的河滩承包期已过,可与村民协商,或续包,或重新承包;对村民反映的承包河滩的亩数缩水的问题,可找出承包合同,对照上面的亩数,重新实地丈量,用实际行动给村民一个明确的答复;胡家全承包的鱼塘已经到期,镇分管领导、片区书记、主任要做好新一轮承包监督工作,胡家全也可作为自然人,参与承包竞标。

党委会还针对胡承福近段时间工作不上进、公然连续违反禁酒令、致使其侄子打伤村民等一系列问题,本着惩前毖后、治病救人的原则,决定再对其进行一次纪律处分。

随后,罗清河与周庆山、郭霞一道,来到杨家官庄村,参加全体党员大会。会上,就胡家全打人事件,罗清河严厉批评了胡承福,并让他做了深刻检讨。

郭霞宣布，因纵容、包庇其侄子的不法行为，镇党委研究决定，给予胡承福同志党内严重警告处分。

鉴于胡承福已受到两次纪律处分，加上他最近两年工作被动应付，为了让村庄重新振兴起来，周庆山代表镇党委，要求胡承福当众宣布辞去村党支部书记职务。

散会后，老党员李长义拉着罗清河的手，声音颤巍巍地说："罗书记，你和这位周同志、郭同志啊，如果当医生，保准都是好医生、名医生，因为你们会割毒瘤子。人只有割掉了毒瘤子，身体才能更壮实。"

郭霞笑着对老人说："咱姑苏镇党委啊，一定会充分利用好纪律处分这把手术刀，割掉那些危害健全肌体的毒瘤子，让党组织在姑苏有一个倍儿棒的好身板，也让你们这些老党员们能够放心。"

胡承福很无奈地辞去杨家官庄村党支部书记职务后，镇委委派去年从部队复员的李先顺担任临时党支部书记。

在狠抓党风建设的同时，姑苏镇各项工作进展顺利。通过严格的招标及前期准备工作，姑苏中学教学楼正式开工建设。

施工当天，沂东县人民政府、县教育局有关领导，姑苏镇党政领导，齐聚学校。奠基仪式上，鞭炮齐鸣，彩旗飘扬。姑苏中学的学生列队站在校园里，一张张稚嫩的脸上洋溢着幸福的微笑。他们的眼神里是渴望、是企盼、是憧憬，面对将要迎来的新的学习环境，他们心中有着说不出的高兴。

姑苏中学教学楼建设是全镇的一项重点工程，也是造福子孙后代的百年工程，为了更好地确保施工质量，镇党委专题研究决定，派周庆山与刘京茂两名同志驻守在工地，既做好协调工作，又严格监督工程施工。

罗清河和李文彬也不时地来到工地，查看工程施工进度和质量。万丈高楼平地起，看到大楼一天一个样，他们内心很欣慰。

但是，没能揽到这项工程的富发建筑安装公司经理桑玉富，听到姑苏中学教学楼建筑工地上的机械声响，心里不住地颤抖。这条会玩水的"鱼怪"，赔了夫人又折兵，怎能善罢甘休？随后，他决定使出他"惊人的本事"，弄个波浪翻滚！

四十二

丰收的季节到了，灿烂的阳光下，大地都变成了金色。沂河两岸的田野里，花生熟了，谷子熟了，玉米也熟了，金灿灿的，一眼望不到边。果园里，树上挂满了红彤彤的苹果、黄澄澄的梨，玛瑙似的葡萄缀满了枝藤，红宝石似的山楂分外诱人，绿色、红色、橙色、黄色……绘成了一幅壮美的田园水彩画。

最先成熟的是花生。长虹岭南北绵延百余公里，土质十分适合花生生长。靠近长虹岭的几个乡镇是沂东花生主产区，眼下正进入花生收获季节，整个长虹岭上一派繁忙景象。如果不为赶着播种小麦，多数农户会吆喝着耕牛，用传承了几千年的铁犁铧将花生连棵带果从土地里翻出，然后将棵上的泥土抖搂掉，一丛一丛地顺次摆起来，将附着在花生根部的水分晾干。有些不放心的农户会在田间地头搭一处简易的木草小棚，晚上住在这里看护地里的花生。待花生差不多干透了，再将花生从花生棵上摘下来，运回家中。

正值农忙季节，雀山村却丢失了一个人。

丢失的是个年轻的女孩子，是村中小炉匠的"媳妇"。

小炉匠名叫张道勤，他并没有锔露的手艺，但因长得又黑又瘦，像极了早些年邻村那个走街串巷锔碟子、锔茶壶、锔大缸的吴姓"锔露子"，加之《林海雪原》中"小炉匠"栾平也长得这般模样，所以大家就"赐"给他这么一个"雅号"。

小炉匠丢失的媳妇是春天他从贵州买来的，村里人不知道她姓啥叫啥，所以干脆都叫她"小贵州"。

在小贵州未到来之前，张道勤家里只有娘俩过日子。由于家境贫寒，他长到三十四五岁，还没有讨上媳妇。正值火力旺盛的青壮年，加之村里人在背后戳戳指指地乱说道，张道勤天天想媳妇，几乎想疯了，但一直未能如愿。后来，他听狐山沟子乡的亲戚说，他们村有去贵州、云南、四川等地的偏远山区买媳妇的。她们多数是穷困人家的大龄女孩子或是死了丈夫的寡妇，贵的大几万，便宜的小几万，比在当地明媒正娶省钱多了。张道勤也动了小心思。这些年，他打工赚了几万块，一直没舍得花，想着得把好钢用在刀刃上，最后，他决定碰碰运气。在交上部分定金后，他跟随一个中间人来到了贵州，不久在当地火车站见到了自己的"媳妇"，并将她领回了家。

可这种事，拴得住人，拴不住心。小贵州来到雀山村后没几天，便开始一次次地想逃走，显然她并不情愿跟小炉匠过日子。慢慢地，人们才知道，中间人是通过黔东南那边的人贩子瞄上小贵州的。为了谋取不义之财，他们做起了丧尽天良的拐卖妇女生意。小贵州正是被一个俞姓青年人贩子先以谈恋爱，后以介绍她去外地工作赚大钱的名义拐骗成功，最后成为张道勤"媳妇"的。

小贵州刚来雀山村时，还不满十七岁，还是个未成年的孩子。她本来是奔着打工赚大钱的目的走出山沟的，没想到却来到这人生地不熟的地方做了"囚徒"。身边没有自己的亲人和朋友，她如同笼中小鸟，两眼瞅着外面，急躁得坐卧不宁，时刻都想着飞出牢笼，逃出生天。但由于"丈夫"天天死盯着她不放，她一直没有得到出逃的机会。

心起了逃意，看，终究是看不住的。

时间久了，"丈夫"的警惕性渐渐弱下来，小贵州也便迎来了新生的机会。

老虎也有打盹的时候，何况对方是智商并不高的张道勤。这天，他将她从家里放出来，带她来到长虹岭上刨花生。小贵州终于瞅准并抓住了这次难得的时机，在张道勤忙着往家拉花生的时候，在村中好心人的指点下，借着到沟里解手的机会，沿着沟底悄悄地溜走了。

小贵州记住了好心人的话，沿着一处果园，悄悄向西奔去，进入一片玉米地后，她不走正路，一直猫在玉米地里往西穿行。直到夜幕降临，她才敢从玉米地里露出头来。随后，她打听着逃到了姑苏镇上，又打听着走进镇委、镇政府大院。

进了大院后，小贵州那颗惊悸的心依然慌乱不堪，她瞅了瞅只有几间屋亮着灯的办公楼，踌躇了好大一阵子，还是走出了大院，来到了文化广场。

华灯初上，不再愁吃缺喝的居民喜气洋洋，在文化广场上既唱又跳。高耸挺拔的路灯像大海上的灯塔一样，散发着明亮的光芒，吸引着越来越多的群众自觉参与到文化活动中。拉京胡的，唱京戏的，随着音响唱歌的，跳鬼步舞、双人舞、广场舞的，还有健步走的，大家有规则地活跃于各个区域。

很快，有群众发现了神情恍惚的小贵州，一问话，发现她不是本地人，于是忙向不远处的镇文化站站长左秀安汇报了这个情况。

左秀安连忙赶过来询问了几句，感觉事情不简单，于是把她领到办公室。

罗清河看着这个满脸惊恐的少女，忙问她是哪里人，叫什么名字，为何跑到这里来。得知她还没有吃晚饭，罗清河让左秀安领着她去食堂吃晚饭。

泯灭人性的人贩子，竟把一个贫苦少女拐卖到数千里之外的姑苏。这让罗清河心底生出怜悯的同时，也燃起了一腔怒火。

吃完饭回来的小贵州感觉面前的这两个人没有那么可怕，于是开始认真地回答起罗清河的问话。

一番询问后，罗清河先是安排左秀安与贺英带着她去一家旅馆住下，随后与李文彬通了电话，接着又将电话打给雀山村党支部书记耿丕成，让他到村民张道勤家中告知小贵州在镇上，让张道勤不必担心。

经过一夜的深思熟虑，第二天一早，罗清河放下其他工作，和贺英一起赶到雀山村。

当天上午，发现"媳妇"不见了，张道勤并没有多想，他觉得她忙了一上午，或许口渴了，或许肚子饿了，去村里小卖部买点吃的后，应该很快就会回来。但到了太阳偏西还没见到"媳妇"的影子，他心里开始七上八下地不安稳。太阳落山了，依然不见人影，他更加慌神，忙去找到本家族兄弟爷们儿，并向村干部作了汇报。

本家族的兄弟爷们儿分头行动，去能找的地方找了个遍，还是没有找到，大伙儿便判断，那"媳妇"准是逃了。可一个小姑娘家，在这地方两眼一抹黑，能跑到哪里去呢？晚上，张道勤的老娘一筹莫展，正当老少爷们儿聚集在一起，准备进一步分工外出寻找时，耿丕成找上门来说，小贵州现在镇上。

大伙儿一听，马上嚷嚷道："那咱们赶快去镇上，把她抓回来啊！"

耿丕成说："罗书记让你们先放心，她跑不了，在镇上扣着呢。还是等明天吧，罗书记会来咱们村。"

罗清河和贺英到村后，先与耿丕成进行了沟通，之后又一同来到张家，他们既耐心又严明地讲政策、法律，讲各种人情道理，努力去做张道勤和他母亲的思想工作。

善良的老人很懂事理，昨天，当听到"儿媳妇"不见了时，她便判断女孩子自个儿逃跑了，儿子的姻缘估计是断了。眼下，镇里领导又亲自来到门上做工作，最后，她叹一声说："留得住人也留不住心啊，想走就走吧，总比寻了短见要强。"

老人抹着泪，点着头接受了这个现实。

从雀山村回到镇里后，罗清河随即与李文彬、周庆山和郭霞商量了一番，并和小贵州的家人取得了联系，最后决定派郭霞与贺英一起，专程护送她回老家。

这位让人贩子拐卖来的少女，最终被安全地送回大山沟的家中。

"小贵州事件"所反映出的问题是复杂的，打击拐卖妇女儿童的犯罪行为，是政府义不容辞的职责。为此，姑苏镇党委、政府专门召开会议，之后成立了由周庆山任组长，郭霞和派出所所长禚洪建任副组长，派出所警员、镇司法所工作人员等为成员的调查小组，逐村走访调查，并登记所有被从外地买来的"媳妇"。很快，他们了解到全镇共有十三名从云南、贵州等地被花钱买来的"媳妇"，其中有两位青年女子还是缅甸籍。

随后，调查人员记下她们的详细地址和联系方式，又通过各种渠道，与她们家乡的亲人取得了联系。听说自己的亲人被人贩子拐卖了，有的马上赶到当地公安机关报了案。

为了解救这些被拐妇女，姑苏镇党政班子联席会议反复研究，很快拿出了切实可行的解决方案。随后，罗清河亲自带队，全程参与了解救所有被拐卖妇女的行动。

这些年，经过电视和广播反复宣传教育，农村老百姓大多数都懂法，知道抗拒是违法的，但这些买"媳妇"的主户大都家境贫寒，一看到花了大钱买来的"媳妇"被带走,竹篮子打水一场空,既心疼花出去的钱,更心疼已有了感情的人,于是一家老小哭哭啼啼起来。

每一声啼哭,都让罗清河感到异常心酸,他非常同情这些家庭的老人。他们花钱买个"儿媳妇",也是抱着美好的愿望,让儿子能成个家,过上正常的家庭生活。但他知道,在情与法面前,感情代替不了法律。人性的那一丝光,在他的灵魂深处不停地闪着,提醒他在是非问题上不能犯糊涂,更不能泯灭了人性。

于是,他对工作小组的同志们说:"要充分尊重所有被拐妇女的真实意愿,如果想回原籍,我们保证将她送回原籍。如果真心想留在这里继续生活,可以留下,但需要办理合法婚姻登记手续,纳入正常的户籍人口管理。"

随后,郭霞来到派出所,全程参与征求被解救妇女的意见,问其是否自愿留在姑苏,最后,有四位妇女说,她们在这边已经生活了三五年,男人对她们很珍惜,并且有了孩子,感觉姑苏很好,生活也很稳定,自愿留在这里。

镇里用电话通知了几位自愿留下来的妇女的"丈夫",并由郭霞出面,陪同她们和其"丈夫"一起,来到县民政局婚姻登记处,为他们办理了正式的婚姻手续,使其夫妻关系合法化。

这之后,罗清河又与郭霞一起回访留下的这四位妇女,发现其生活的确如同她们自己所说的那样,也就放下心来。

在张王庄,一位姓王的七十多岁的老太太拉着罗清河的衣襟,一直流泪,一直在擦,什么话也没说,什么话也说不出。

四十三

姑苏有着丰富的旅游资源,如何打造文化姑苏、旅游姑苏,让其成为文化旅游大镇,是罗清河一直在思考的事。沂河古码头的开发、宁泰桥的保护、正月十五传统灯会、一年一度的三月三庙会以及乡村田园建设等诸多的念头，不止一次地在罗清河的脑海里酝酿着。

罗清河深知，饭要一口口去吃，路要一步步去走，眼下，各地都在大搞旅游开发，可这是个烧钱的行业，不能贪大求洋，更不能追求与当地资源毫不相干的概念项目，否则极有可能让大把的投资打了水漂。结合姑苏的实际，他认为，可先从最务实、最具地方特色的项目做起，所谓"靠山吃山，靠水吃水"。譬如，凤凰台村有丰富的自然资源，苹果林、柿子林、桂花园等连绵成片；还有传说中落过凤凰的巨石坡、梧桐树；最普遍的是具有典型沂蒙山民居风格的老房子，加固、整修后就能成为特色民宿。将这些旅游资源综合开发利用起来，打造一处田园综合体，投资少，见效快，不失为一条切实可行的好路子。

随后，罗清河与李文彬一次次跑到县文旅局，汇报姑苏镇旅游开发的想法，随后亮出家底，讲清楚发展思路，争取主管部门的大力支持。

县文旅局对姑苏镇发展旅游的意向和干劲很是赞赏，局长栗冬青多次前往姑苏开展调研，多次向领导汇报，并通过外出宣传、交流洽谈，最后邀请到省城新视角旅游发展有限公司的总经理夏立任，他带领一个旅游开发专家小组，来姑苏镇凤凰台实地考察。

凤凰台独特的地理位置、优良的自然资源一下子吸引了专家小组的注意力。经过充分调研和专家论证，新视角旅游发展有限公司最终敲定在凤凰台建设一处以美丽的长虹岭为背景，以传统的乡村风情和古老的历史文化底蕴为依托，以开发当地民俗为重点的田园综合体。

就在罗清河和姑苏镇党委一班人一心一意谋发展、集中精力搞旅游开发的同时，姑苏镇委、镇政府大院里的暗流继续涌动着。那些想将罗清河搞得声名狼藉，继而尽快将他赶出姑苏的人，一刻也没停下与他"斗争"的脚步，一拨风浪刚过，又一拨大浪紧跟而来。上次，县纪委工作组前来调查后，县委没有对罗清河做出任何处理，县委主要领导反而在各种大会小会上为他"平反"，他们的恼怒之火可想而知。

于是，各式告状信又像雪花一样，再次飞向上级有关部门和领导面前。从信的写作方式看，举报者仍然是那些不把罗清河整倒誓不罢休的人。那熟悉的表现手法，让田晨晖记忆犹新——信中说："我是以高度的政治责任心和使命感，向组织认真反映姑苏社情民意的。不要问我是谁，问，我也不会告诉你，因为我不相信你们的保密工作。在这个人情复杂的社会里，多个朋友多条路，多个冤家多堵墙，我不愿意在自己和他人之间打上一道墙。尽管他罗清河提倡斗争精神，但我得老老实实地承认，既要敢于斗争，也要善于斗争，所以明哲保身很有必要。因为我如果公布真实姓名的话，姓罗的若调不走，今后我怎么生存？他一手遮天，必然会利用手中的公权打压我们，我们这些普通百姓的胳膊拧不过他的大腿。我相信，组织一定会把我反映的问题处理得很圆满。"

下面，同样用了一首"打油诗"：

抱着封建的残渣余孽不放
说什么恢复姑苏旧时模样
要搞庙会、建白塔、修码头
难道这也是社会主义新风尚？

罗清河，观风景
他说凤凰落在长虹岭
东边游，西边转
整日游手好闲无事干
站在宁泰桥上往下看
还说乾隆最爱吃宁泰小河村的咸鸭蛋

看到这样的举报信，田晨晖忍不住笑出声来。写信者的确颇有耐心和定力，既不想露面做"出头鸟"，又不想让罗清河太平，心理是何其矛盾。这使他想起了躲在阴暗角落里的老鼠，它们一副偷偷摸摸、鬼鬼祟祟的样子，显得那么龌龊！

通过梁春光等人的调查，发现举报信上列举的关于罗清河的每一件事都是真实发生的，但事情真相却与举报信说的完全相反，举报者诬告陷害之意随之昭然若揭。真相大白之后，田晨晖对罗清河更加信任了。现在，同样形式和内容的举报信又飞到自己的办公桌上，他自然不会相信，但事态的发展让他陷入另外一种沉思——这些人放着正事不干，却整天冥思苦想这些歪点子，搞见不得光的小动作，唯恐天下不乱，这只是个别人的心态和作风呢，还是已经在姑苏镇形成了气候？显然，这是一个需要弄清楚的问题。

虽然田晨晖对这些信件置之不理，但反映罗清河在长虹岭"东边游，西边转，整日游手好闲无事干"，似乎也是事实。

当然，说是事实，应该先去掉"游手好闲无事干"几个字。因为之前那段时间，罗清河和其他同志整日在长虹岭上转悠，并非为了观风景，而是为了尽早实现他心中的美好愿望。人心中若装着美好的愿望，心情自然是愉悦的，浑身也充满了力量。罗清河的这个愿望，便是以凤凰台为轴心，打造一处集经济发展、旅游观光和文化宣传于一体的田园综合体。

项目落地之前，他确实不止一次地寻找凤凰遗迹，也的确站在宁泰桥上往下看，说过"乾隆最爱吃宁泰小河村的咸鸭蛋"。

传说，凤凰曾栖息在长虹岭的梧桐树上，在大石台起舞。这个故事在沂河两岸广为传颂，为这个古老的村庄增添了灵动、安宁和祥和。

前段时期，上级号召各地兴建村史馆，广泛挖掘收集遗落于民间的历史文化遗存，留住那些美丽的乡愁。于是镇党委的同志按管理区划片，进行了细致分工。罗清河与镇文化站站长左秀安为一组，帮助和督促故城片区的几个村庄搞好村史馆建设。

这一天，他们来到凤凰台。

村里有一位退休在家的老教师，名叫武传仁，他文化功底深厚，又非常喜欢搜集民间文化故事，经常到周边各村去采访。久而久之，凤凰台方圆三十里内，哪个村有什么民间传说，哪个大姓家族在哪个朝代曾经显赫过、出过什么代表人物、为家乡做过什么好事，谁的家族祖上开过酱菜园或酿过酒，某个家族墓地里的柏树是哪个朝代栽种的等等，他都会认真地去访、去听，然后一一记下。

武传仁是个热心人，他喜欢传统文化，对本村的历史文化更是情有独钟。村史馆筹建后，他天天蹲在村委办公室，说想法、提建议。

罗清河亲自来到凤凰台村指导、督促工作，武传仁见到他，连忙攥着他的手说："罗书记啊，您这个官，那真是咱老百姓的父母官哪，不像那马士良！他待在姑苏的这几年，我去过镇里好几回，还真没见过他，更别说他来这田间地头了。您做的好多事，咱姑苏的百姓人人称道。郑板桥有一首诗：'衙斋卧听萧萧竹，疑是民间疾苦声。些小吾曹州县吏，一枝一叶总关情。'这诗用在您身上再贴切不过了。"

没等罗清河回话，武传仁将话题一转说："我经常对家里人讲，旧时桐城有六尺巷、良弼桥这些文化标志，更有张氏家族，出了张英、张廷玉父子宰相。张英在家训中说：'予之立训，更无多言，止有四语：读书人不贱，守田者不饥，积德者不倾，择交者不败。'张家这祖训，我们武家人如何学习，如何做个读书者、守田者、积德者、择交者，晚上睡不着时，得好好地想一想。罗书记，上面说的这些，您都做到了，您的确是我们党的好干部、群众的贴心人！"

见武传仁有卖弄文才的意味，罗清河笑着说："武老师，您的学问可真不少，不过您过奖了，我哪有那么好。我是有一定的优点，但缺点也很多，离姑苏父老乡亲的要求还差得远呢，还得更加努力才成。今天我们来，就是想向您讨教一下咱们村村名的由来。"

武传仁依然文采飞扬地回应道："哪能用讨教之说，我不过是块燕石而已，没有多大的用处。我很看好罗书记您的思路和做法，不像陈本欣，占据镇长之位，却无镇长之才。老子讲"知人者智，自知者明"，就凭您从不高高在上，一心想着老百姓这点，就得给您点赞。"

讲本村的传说，是武传仁的拿手好戏，见罗清河这样说，他便开始滔滔不绝地讲起了本村名字的由来。

罗清河听后说："要整理好这些地域特色浓厚的民间故事，谁口述的，谁整理的，都要记下，等村史馆建好了，将它们与有关的实物一起置于馆内。不要小看了这些传说，它们可都是珍贵的民间文化，是不可多得的乡愁。"

带着罗清河在村里转悠的时候，武传仁指着前面的几块大石对罗清河说："那地方是我们老武家的老油坊，是在清代俺老爷爷那时开起来的，碾豆子的碾很大，一周的槽，中间有木杆竖立，驴拉着大碾砣子在大碾槽中压豆子。往前一点的地方，日本人打过来的时候，曾在咱村安设一个小队，就在那儿建起汉奸圩子。到我小的时候，咱这地方解放了，那时的油坊早停业了，我清晰地记得，那汉奸圩子内的三间堂屋成了小学教室，我还在里边上过学呢。"

他们继续往前走，看到村前的大路旁新开了一家熟食店，武传仁介绍说："这家新开的饭店很有特点，小伙子名叫陈庆中，在江苏昆山打工时，领回来一个安徽六安的媳妇。小两口很勤快，回来后开了这家饭店。他爷爷叫陈继亭，因有一手做肴肉的传统手艺，人送外号'陈二肴肉'。陈继亭从年轻时就跟着家人学习、经营肴肉生意，做出的肴肉色香味俱佳。二十世纪中期，食品等物资管控严格，但因其手艺好，他大哥又牺牲在抗日战场上，上级特批他继续从事肴肉生意。这个算不算乡愁？"

罗清河寻思了一下说："当然算乡愁，单单'陈二肴肉'的这段历史，就是咱凤凰台村在饮食方面的一张亮丽名片啊。"

武传仁又告诉罗清河："其实，在民间，有长远眼光的大有人在。村中有一户杨姓人家，主人叫杨荣信，喜欢收集民间老物件。这些年，他不时跑村进户，谁家有他看上眼的老物件，他就去磨蹭，主家经不住他的软磨硬泡，最后便会卖给他。他已经收了好多老物件，有的物件虽只有几十年历史，年份较晚，但很有时代特色；有的已经传了几代人，甚至十几代人，上面印着沧桑，也是满满的乡愁。"

罗清河对此很感兴趣，笑着说："那咱们就去拜访一下这位民间收藏家吧。"

一行人边说边笑着往杨荣信家走去，在路上正好遇到杨荣信。他收了一个风箱，正用他那辆老式"金鹿"牌自行车驮着回家。

武传仁忙把这位民间收藏爱好者介绍给镇里的两位领导："这就是我向你们介绍的杨荣信，别看他年轻，才三十七岁，但搞收藏已经有二十年了，所以完全可称为'老杨'。他可是一位远近闻名的大收藏家啊。"

杨荣信嘿嘿一笑说："表大爷，您这样称呼我，会折我的阳寿。"

然后，他看了看罗清河和左秀安说："我收集的那些东西，都是些农村老物件，哪有什么值钱的玩意儿，还'收藏大家'呢。这顶多算是个兴趣爱好。"

接着，他又一拍车后座上绑着的风箱，笑着说："这不，刚从西芙蓉村一户老铁匠家收来的，东西还行，原料是楸木板子，重要的是，它有些年岁了，也有故事。当年，姜家铁匠推着它赶集，支下炉灶生起火，小伙计拉起大风箱，火苗子被风鼓得一蹿一蹿的。大铁匠用小锤在砧上一敲，接着便叮叮当当地响起来。现在的集市和街头上，哪还有铁匠出摊打铁的，家家也不再用风箱。我只花了二十块钱，就把它'请'来了。"

接着，他顺口来了一个谜语："一间屋，两架梁，里边坐着猫它娘。猫它爹一伸腿，猫它娘呱嗒嘴。"

对杨荣信出的这谜语，武传仁、罗清河当然知道谜底。随后，杨荣信说自己的家离此处不远，热情地邀请罗清河他们到家中看一看。

杨家院子搭的棚子里面和屋里，摆放着许多老物件。

一见有人来，杨荣信的妻子忙上前问武传仁："表大爷，您领着来的这两位，是来买这些废旧物品的吧？你看俺家吧，连成他爹倒腾来的这些破玩意儿，堆得屋里满满的，连插脚的空也没有了。快转手卖掉吧，俺不图挣钱，只要能给个收购价，别让俺赔了就行。这样一来，俺住的地方能宽敞些，省得脚底乱绊。"

武传仁说："这两位可不是来回收老杨的这些老物件的，他们是慕名而来的镇领导——罗书记和左站长，他们表扬连成他爸留住了乡愁，不但不收购，还要鼓励这种做法呢。"

一听是镇里来的罗书记，杨荣信的妻子仔细一看高兴地说："哦，还真是罗书记呢，我刚才叫杨荣信气糊涂了，没看清，没想到。"

接着，她快人快语地说："罗书记，我叫齐玉臻，娘家是齐家道口村的。前段时期，镇里召集妇女致富能手进行观摩，我作为养猪户，参加过两次。当时，您领着我们到城子庄陈凤雪那里参观玩具加工厂，到常旺庄丁岚那里参观养鸭场，还到过雀山的一户种植园，让咱们镇的妇女们去交流学习致富经。您还看过俺家的养猪场！真不敢想，今天您到俺家来了。"

罗清河笑着说："你搞得不错，尤其是去年，把六头小猪崽送给本家一个困难户喂养，事迹挺感人的。"

齐玉臻不好意思地说："哪有什么感人的事迹啊，那个困难户是俺孩子爸一个门上的，他俩同一个老爷爷。再说，人家卖了猪后，就把小猪钱给俺了。"

罗清河赞叹道："尽管后来给了钱，但你拉了那家人一把，让他们因此从贫困中走了出来，这就是了不起的义举啊，这种大爱之心难能可贵。"

齐玉臻谦虚地回应道："其实，我做得很不够。"

罗清河接着说:"前段时间,我专门去他家养殖场看过,猪的存栏量发展到十五六头,有一定规模了。夫妻俩喂猪很上心,猪舍打扫得也干净,特别是粪水,能够及时清理后运送到果园里。他家男人遭遇车祸后身体受到伤害,不能干重活,你那个兄弟媳妇很不容易,有空啊,你得继续多去鼓励他俩,帮着他们一家把日子过得更好些。"

齐玉臻认真地答道:"好的,罗书记。上次,您在全镇妇女致富能手会议上讲到扶贫时,鼓励大家在本村选择一个贫困户作为帮扶对象,努力帮他们走上致富路,我都记在了心里。这不,最近几天我还在琢磨,我们家前边的付广才家,女人脑子不好,日子过得比较紧巴,都是邻里邻居,我和荣信计划帮帮他家,让他们能够过得好一些。"

"你这想法,好啊!"罗清河高兴地肯定道,"你说的这一户,前期我也了解过,也和村干部商讨过对他家的帮扶方案,现在,有你们两口子积极参与,我更有底气了。古语道,人行好事,莫问前程。对你付出的爱心,我由衷地敬佩,为你点赞。过两天,我会再来村里一趟,咱们和村干部一起,专门商量下具体的帮扶方案。今天我们来啊,主要是看老杨的收藏,学习下,开开眼界。"

杨荣信一听罗清河称他"老杨",不好意思地笑着说:"罗书记,您可别这样称呼,我担不起那个'老'字,别听我表大爷瞎叨叨。"

齐玉臻听镇上领导来看老杨的收藏,想学习、开眼界,立时埋怨男人不着调,是典型的武大郎玩夜猫子——啥人玩啥鸟,只要身上有两毛钱,他就浑身痒,非得哆嗦掉不可。她自己起早贪黑地养猪,他却拿着卖猪钱,不添新家具、不盖新房子、不买小汽车,一味地尽收些废铜烂铁和烧火都不泛火苗子的旧木头,将钱扔到水里,打了水漂。

杨荣信白了妻子一眼说:"娘们儿家,真是老和尚摔管子——不懂笛(不懂得)!"

然后,他领着几人去了南屋。

杨荣信很高兴地指着一台老式织布机说:"我收这台织布机时,人家要六千块钱,我给他四千,当天就成交了。我拉回家没过三天,一个南边乡镇的人来,看了后问我卖不卖。我问他给多少钱,他开口就说给一万。我跟他说先不卖了,我想以后建个乡村博物馆,卖了就没有了。那人走了后，我本家的二嫂子正好在这里玩，她顿时埋怨我说：'您大叔，转转手就是六千块啊，这样的买卖你不做，还想挣一百万吗！'我家的娘们儿也生气，说我是个只知花钱却不会挣的猴毛哆嗦孙儿。呵，她那一对小老鼠眼，能看多远？将来，等我建起乡村博物馆，这台老式织布机，就是那镇馆之宝！"

杨荣信说完，哈哈大笑起来。

罗清河笑着点头说："是的，了不起，你这境界比我们都高着呢！"

接着，他回头对跟上来的齐玉臻说："小齐啊，只要经济条件还允许，你得支持老杨同志的工作啊，他这是在做一件惠及子孙的大事。"

杨荣信听了，高兴地对妻子说："怎么样？看，书记都表扬我了，证明我做得对吧。"

接着，他向罗清河提出一个请求："罗书记，您看我家的房子，被这些物件占满了，插脚的空都没了。现在，我们村在老大队院子里筹建村史馆，能否一块建个乡村民俗博物馆，我将这些物件理一理、分分类，放进去，也好让它们有个好归宿。"

罗清河高兴地说："好啊，你的这个意见可以考虑，下一步，我和片区负责同志、村干部一起商量下，看怎样操办最合适，毕竟这里面有个所有权和使用权的问题。到时候，邀请你一起参加。"

经过反复调研论证，传说中凤凰起舞的巨石台，各式老物件，古老的旧石房，祖先的历史遗存，黑陶制作手艺，长虹岭上的果园、茶园，村民所建的桂花园、海棠园，还有奔腾不息的泱泱沂河等旅游资源，都得到了专家的充分认可。

春日里，迎春花、海棠花、桃花、梨花、蒲公英花以及各种不知名字的野花竞相开放，花团锦簇，蝴蝶、蜜蜂在花丛中翩翩起舞，鸟儿飞翔在碧绿的麦田上空，共同唱响春天的旋律。到秋天，长虹岭上丹桂盛开，香气四溢，成熟的瓜果遍布四野，散落生长在岭盖上的一棵棵老柿子树上挂满了一只只红色的小灯笼……这些历史的、文化的、自然的宝贵财富，汇集在一起，吸引着城里人纷至沓来，为打造田园综合体提供了得天独厚的条件。

四十四

举报信中的打油诗言及"站在宁泰桥上往下看,还说乾隆最爱吃宁泰小河村的咸鸭蛋",确是事实。只是,罗清河"站在宁泰桥上往下看"与"游长虹岭"根本就不是同一个时间。

筹建村史馆那段时期,罗清河下乡跑得最多的地方,除了凤凰台村,便是故城片区,但位于另一片区的宁泰小河村,他只去过一次。

宁泰小河村原名宁泰庄,村前的宁泰桥历史悠久,声名远播。

那天,在桥头,一位吴姓老人闲坐在树下乘凉,见罗清河和左秀安一行站在桥上东张西望,就主动介绍道:"咱这桥,可是座神桥啊。从前,在这桥的西南面不远处,有一处大水汪,汪内有很多石头,老人们都说,那些石头是神人搬来的,但不知道是哪位神人从哪儿把石头搬来的。修这座桥时,工匠们把那汪里的石头全都起出来,正好修了这座石桥。"

罗清河瞅了瞅石桥的两端,又看了看桥面和石栏杆,好奇地问:"这么大的工程啊,当年修桥时,这些巨大的石块是如何运来的?"

吴姓老人抖动着花白的胡子,笑着答:"有个传说,是仙人晚上背到此处的。我小的时候,北桥头的东侧竖着二十多通石碑,是用大青石做的,碑顶刻着很好看的花纹。我那时小,不太懂,不晓得是哪个朝代留下的,后来才知道,宋、元、明、清的都有,上面还刻着碑文,可惜后来都被敲碎了,现在只剩下一通了。"

另一位陈姓老人接上他的话茬说:"听祖上老人们讲,当时为了筹集修这座桥的费用,白塔寺的老和尚四处化缘,南到南京城,北到保定府,费了好大劲才凑够。别看这桥不大,但名声在外,无论去东北还是江南,当地人问咱是啥地方人,方圆百八十里的人都会说'俺是宁泰庄的'。"

罗清河笑着说:"桥的名声太大,人们用它作为地理标记也就不足为奇了。"

两位老人站起身,陪着罗清河和左秀安等人来到桥中间的石栏边。

吴姓老人指着桥下说:"旧时,这桥下边有一汪大深潭,村里人都叫'大淹子',水面足有四五亩地大小。水绿得发黑,深不见底,扔块石头都听不到回音。大淹子内,鱼虾很多,传说还有一只千年老鳖精。咱们村的鸭子喜食里面的小鱼小虾,下的蛋多是双黄蛋,用这些蛋腌出的咸鸭蛋,蛋黄油亮,香气扑鼻。据一辈辈的老人传讲,当年乾隆皇帝下江南时,曾在临江城住过数日,吃了宁泰庄的咸鸭蛋后赞不绝口,随后要求地方官员每年上贡一千个宁泰双黄咸鸭蛋,咱们庄的咸鸭蛋从此名声大振。不过现在啊,那个大淹子早就填上了。"

罗清河站在桥上往下看了看,说:"乾隆最爱吃宁泰小河村的咸鸭蛋,这典故不错,历史文化味道比较浓。这就是咱们村的一个好品牌,靠着宁泰河,资源是现成的,可以大力发展饲养本地鸭,再寻回当年那双黄蛋的风味。"

接着,他转过身来,对村两委干部和参与资料搜集的村民说:"建村史馆,不但要有实物,还要有文字记录,别忘了把'乾隆最爱吃宁泰小河村的咸鸭蛋'这个传说整理好,放进村史馆里。同时,借此鼓励村民发展养本地鸭,不要喂饲料,就在这河中放养。借着这一民间传说,尽快把咱宁泰小河村的鸭蛋品牌打出去。印刷外包装纸箱时,要用最简短的语言把这个传说写上,以提升产品知名度,卖个更好的价钱。这应该是个很好的营销策略。"

这一段具有积极意义的谈话,却被人借题发挥,杜撰出耐人寻味的故事。

黑洞洞的眼睛,躲在黑洞洞的枪口后面,正在瞄准目标。一旦看准了目标,打黑枪的人就会毫不犹豫地扣动扳机。

这个世界上,即使在大白天,也不知有多少人在暗中做着小动作,让那黑枪闪着寒光。

由于没能将姑苏中学的教学楼工程揽到手,桑玉富毫不客气地提起了手中的黑枪。他那黑洞洞的枪口对准的目标,当然是姑苏镇党委书记罗清河。

敢下深潭玩水的桑玉富很清楚,送到罗家的现金、酒和字画等贵重物品,都被姓罗的上交给县纪委了。二十多万就这么打了水漂,他可谓是赔了夫人又折兵,哪能咽得下这口恶气。

他紧握黑枪的手早就想扣动扳机了,但问题是,向县委、县纪委举报罗清河这条路行不通，因为自己没有确凿的证据。前两年，别人向县委、县纪委、县检察院举报过罗清河，但未能扳倒他；近期，一封封举报信又发给县里主要领导和各部门，但都如石沉大海，没了回音。因此，桑玉富认为，眼下只盯着县里显然无济于事，应该另辟蹊径！

最后，他绞尽脑汁，决定再去搜罗罗清河的新罪证。按照他的计划，收集完新罪证后，将举报信直接递给市委和市纪委的有关领导，要求上级派调查组来调查罗清河的贪腐及作风问题。

随后，在马士良的点拨下，桑玉富开始暗中联络罗清河的"死敌"袁俊山、许建林，以及陈本欣、程兴起、张京虎等他们自己所谓的"受害者"，大肆搜罗罗清河的"罪状"。

最终，功夫不负"苦心人"，通过一段时间的搜集与想象，桑玉富等人列举出罗清河的八大罪状：一是树立个人权威，每次组织学习，只有他一人坐在主席台上，唯我独尊，摆"老子天下第一"的派头，群众对此意见很大；二是看似政治立场坚定，实际上是在耍权谋，拉帮结派建圈子，打压有不同意见的干部，不择手段捞取政治资本；三是抓住镇内某些干部的小辫子不放，取别人鲜血染红自己的顶子，搞得机关工作人员人人自危，工作消极；四是借建设社会主义新农村之名，大搞封建迷信，找江湖术士卜卦算命看风水，大修汪塘河道，劳民伤财；五是落实上级环保政策不力，急功近利地拉投资，许多项目造成水资源浪费，同时严重污染地下水；六是公然违法行政，强行把早已签订承包合同的岭地收回，致使承包方的核桃林被毁，严重地损害了群众权益；七是借发展经济，欲在姑苏街重修日本军队的炮楼，名义上是建影视拍摄基地，实则为侵华日军"招魂"；八是无故逼迫杨家官庄村的老村支书胡承福辞职，逼得对方患上抑郁症，天天想着自杀。

桑玉富把这些"罪行"写好后，又在下面重点解释：群众称他为暴君，这话对他有点过奖了，因为他根本不是什么"君"，而是一个脾气暴躁、独断专行、爱使性子的卑鄙小人！更令人憎恨的是，他工作作风极其粗暴，对待同志像对待敌人一样，下村与村干部说话时，眼瞪得像剥牛的屠夫，喉咙中喷出的每句话，都含有七分毒药。这哪里是人民的公仆，分明是个封建社会的官老爷！姑苏广大百姓，期盼着上级党委、政府快把这样的官老爷调走。姑苏宁要一个没有本事的正经人，也不要如此暴跳如雷的一尊神。

看着自己写出的文字，压抑多时的桑玉富禁不住咧嘴笑了，心满意足地顺口来了一句："我老桑，开了枪，姓罗的不死也得伤。"

随后，他又冷笑一声，自言自语道："好你个姓罗的，我送的那堆好礼你不收，转身扔进臭水沟。没办法，我只能再送你一道别样的大礼了。这一桩桩、一件件，证据确凿，无可辩驳，我不信你继续像吃了螺纹钢筋似的不会打弯，这回，你不想弯也得弯！"

桑玉富很快跑到市纪委办公楼，通过马士良的关系，把反映罗清河问题的信件递给市委分管领导，并当场举报罗清河。领导阅后，指示市纪委抓紧调查。

市纪委第二工作室受理这起案件后，室主任谢立人与工作人员沈彦国、李红梅组成调查组，逐条分析研究信件上的问题。他们认为，上访人给这位镇党委书记总结的八大罪状中，第一、二、三条，假大空、喊口号、扣帽子，没有什么实质意义；第七条也过于玄虚，即便真的将炮楼修起来，发展影视产业也挺好，哪来的什么为侵华日军"招魂"之说；倒是第四、五、六、八条有些实质意义，既有具体人，又有具体村，还有具体事。

最后，他们决定针对这几条去调查。

受理案件的第三天，谢立人带领沈彦国、李红梅驱车赶到姑苏，按照信中反映的情况，一项一项地开展调查。

调查组首先调查因环保措施不力造成污染的问题。副镇长孙乾陪同调查组前去现场调查，他们首先来到白天鹅食品有限公司。在厂东南角的一个工棚内，十几个老太太正在扒鸭爪。

孙乾介绍说："我们姑苏镇内养鸭户多，屠宰加工企业也多。鸭爪这类食品深受各地消费者喜爱，镇里的几处杀鸭厂想大规模加工，但货源并不多，再就是加工起来费时费工，效率低，不划算，于是企业就把这项加工活儿放给了附近村庄的农户，让那些在家没事做的老太太干。这活儿没什么技术含量，也不累，一天还能挣个二三十块，她们都乐意干。但到了夏天，鸭爪废皮、骨头堆在一起，难免招来苍蝇，让周边邻居有意见，他们就向镇党委、政府反映情况。群众的事无小事，我又分管工业，清河书记就带我一起进了村，发现这问题共牵扯到两个村的三十七户。通过认真细致地走访调查得知，这项活儿用水并不多，一大盆水可清洗几公斤鸭爪，不存在浪费水资源问题，但确实造成污水横流、苍蝇乱飞的情况。由于这是群众反映的问题，罗书记对此还是挺慎重的，所以在取缔还是规范加工问题上，专门组织召开了党政班子联席会，征求两个班子成员的意见。每次召开党政班子联席会议时，罗书记都不会提前设框框，他的目的就是想让大家讲出自己的真实想法，提出意见，而不是循着他的意图去说。所以，外界传他作风霸道、独断专行，并不符合事实。"

仔细地看了一会儿人们扒鸭爪，谢主任开始询问她们一天能收入多少钱、干活累不累、离家远不远、过来扒鸭爪多久了等问题，了解相关情况。

老人们都很实在，认真地一一作了回答。

等谢主任询问完，孙乾接着说："那天的会上，有的同志说，就让大企业自己加工得了，那样就不会出现污染问题了；有的说，可以继续让加工户干，但要上设备，解决环保问题。在意见不统一的情况下，罗书记既考虑到环保是大事，又想到这些农村老人的实际生活需要，她们有的没有任何收入来源，有的虽然有点养老金，但生活依然很清苦。大企业自己加工，尽管很少招来污染问题，但老人们会少了收入。一天二三十块钱虽然不多，但对她们来说也算大钱，不能轻易断了她们的财路，哪怕这条财路很窄。随后，他安排我去县环保局，并对我说，一定要报告好、咨询好，因为这件事不算小，牵扯到是否违反环保法的问题。拿到县环保局的意见后，我们与这些加工企业协调沟通，在厂区内开辟一个专门场地，让她们集中上班，统一处理废水，这样一来，既保证了老人们的收入，也从根源上整治了废水和鸭爪皮、骨头的污染问题。"

调查组一行人又找到赵振国了解情况，对方的反馈跟孙乾如出一辙，与老人们提供的情况也能相互印证，加之事实摆在眼前，一行人看得清楚、听得明白，所以便有了明确的判断。

随后，一行人又针对罗清河违法行政，损害个人权益，强行把早已签订了承包合同的岭地收回，致使承包方的核桃林被毁的问题，向郭霞征询意见，调查相关情况。

郭霞向调查组的同志说："这是我到姑苏后处理的第一起案子。"

接着，她向谢立人一行详细地介绍起事件的前因后果。

前几年，沂东县民政局副局长黄传杰来到长虹岭上的雀山村，将部分村民的百余亩土地集中起来，进行流转承包，栽种上薄皮核桃。四年后，核桃树挂果了，而且挂了很多。

事实上，那片地是黄传杰与当时的村主任刘全智共同承包的，由刘全智的小舅子王自涣负责看管。原来说好的，他们每个月给王自涣两千块钱劳务费，然而四年过去了，王自涣却一分钱也没拿到手，全靠自己在地边种豆角、甜瓜、面瓜、红小豆等卖点钱作为收入。核桃成熟后，王自涣监守自盗，把核桃偷摘下来倒卖了，随后嫁祸于村民。

村民自然很气愤，个别人干脆趁他不注意时，偷走了一些核桃。黄传杰没办法，就把老爹从老家搬过来，让他跟王自涣共同看护核桃园，说白了，就是让自己的老爹监视对方。后来，老黄便将王自涣偷核桃的事告诉了儿子。黄传杰连忙赶到核桃园一看，树上已经没剩几个核桃了，他气愤之余，就把王自涣撵走了。气极的王自涣就问黄传杰要工钱，黄传杰不给，于是双方矛盾越来越深。冬天到了，园里没了核桃，老黄便回了老家。王自涣趁机去刨核桃树，不但刨了贱卖，还故意毁坏了好多。部分村民也趁机把核桃树刨了，想在第二年开春后，继续种自己的地。

黄传杰听说后，先来到派出所报警，要求警察抓人，然后又找到罗清河寻求帮忙。

当时，罗清河不解地问："按说，你有合同，这是具有法律效力的，但我想问一句，那些岭地根本不是什么荒山，你去搞的那个承包合同，是怎么完成的？"

看到黄传杰支支吾吾地答不上来，罗清河直截了当地说："关于你们的合同内幕，作为当事人，你一定比我更清楚。之前，我听镇里个别干部讲过，你利用与村干部的关系，与民争利，这显然不妥。作为共产党员、干部，放着舒坦日子不过，却费心劳神地自找苦吃，甚至把老爹派去。尽管那里没有野狼，但也属荒寒之地，没电没水没信号，白天一片岭，晚上数星星，吃水都得去一里路之外的泉水挑。他都七十多岁的人了，按说儿女得好好地孝敬着，让他享个晚年舒坦福，你却让他为你'站岗放哨'！万一老人出现头疼脑热、胸闷气短的大闪失，你后悔都来不及。村民在背后是怎么议论你的，你听不到，我却听得真切。"

随后，罗清河带上郭霞等人，一起来到雀山村的那片核桃林，发现里面已没有多少核桃树了。王自涣看见他们后,马上问:"我想告黄传杰,该怎么告?他身为民政局副局长,不能这样坑害老百姓,我搭上四年的工夫,他却一分钱的工资都没开,我白给他看树了。我是不是也可以到人社局,让他们给仲裁一下?"

罗清河平静地问:"你与他签订劳动合同了吗。"

王自涣摇摇头答:"没有签。"

"没有合同,你仲裁什么?"罗清河冷冷地反问。

"虽然没有合同,可我给他看了四年的核桃树,这是事实。"王自涣瞪着眼睛争辩。

"那你看的树呢?"罗清河斜了他一眼,没好气地继续问。

"树让我刨了卖了,谁让他不给我工资呢!"王自涣满不在乎地回应。

"卖树的钱呢?"罗清河接着追问道。

"被我全花了,还了欠债,买了种子化肥,又添了些家具!"王自涣龇牙咧嘴地笑道。

"树是你看的不假,但也是你卖的,怎么算是白看了?树是人家栽的,钱是人家投的,卖树的钱却让你花了,这账该怎么算?"罗清河紧跟着又是一连串的发问。

"领导,你可不能这样说啊!"感觉风向明显不对的王自涣连忙反驳道,"你们这些当官的,可不能官官相护啊,可不能欺负我们平头百姓。"

后来,在镇司法所的调解下,黄传杰退出了土地承包,村里给了他一定的补偿,此事也就解决了。

在郭霞的陪同下,调查组的同志来到雀山村当时的那片核桃林现场察看,经过向多位村民和当时转包地块的当事人了解得知,在处理事件过程中,并不存在镇党委、政府违法行政,伤害个人权益,强行终止合同的行为。核桃林被毁这一核心问题,是承包人的内部矛盾所致。

从雀山村返回姑苏镇委、镇政府大院的路上,李红梅顺口问起罗清河要在姑苏街老圩子墙旁修建日本军队的炮楼的事。

郭霞笑着解释说:"当时,我们镇的文化站站长左秀安说,他和清河书记从故城片区检查村史馆建设,又转弯去齐家道口看了看,返回镇委的路上,经过炮楼旧址时,清河书记说过建炮楼的事。有次,在镇党委会开会之前,他也说过,将来如果财力允许,可以在那地方再修起炮楼,发展影视产业,让影视组来拍些抗战片,让当地群众当演员,也不失为一项发展经济的好门路。我觉得吧,罗书记说这话,主要还是基于发展文化旅游、促进经济发展这个出发点,不存在政治动机不纯的问题。"

关于逼着杨家官庄村老支书胡承福辞职,致使其得了抑郁症,天天想自杀的事,一首"打油诗"让调查组三名同志忍不住笑起来:

罗清河,真歹毒
想着法子治下属
处理干部不手软
包藏祸心有企图
控制他人要尽手段加权威
为的是,"调教"那些不听话的好干部

谢立人笑着说:"你别说,这首诗读起来,怪有味哩。"
沈彦国随之笑道:"写这封信的人,肯定是只'钻天鹞子'。"
李红梅也笑着说:"有些滑稽可笑,感觉这告状人才是包藏祸心。"
他们来到杨家官庄村,很快找到了当事人胡承福。

见面后,谢立人把目的进行了说明,并告诉胡承福放下思想包袱,实事求是地向调查组反映所涉及的问题。

"我哪来的思想包袱啊,没有!"胡承福爽快地笑道,"第一次给我处分时,我的确有点想不通,不就是工作日喝杯酒吗,镇委用得着这样挥舞棍子吗?第二次给我处分时,我还是有点想不通,我为我侄子胡家全拉了偏仗是不假,可他是我侄子啊,平常为我跑个腿、拉着我出个门,忙前忙后地伺候我,这个偏仗我能不拉吗?但通过这一段时间的反思,我终于想通了,作为一名党员、基层干部,我却一直怀有山大王的思想,没有把党组织安排的工作做好,辜负了组织对我的信任,组织给我处分,其实是对我的挽救,我毫无怨言。"

谢立人一听,觉得胡承福的回答有些"跑偏"了,连忙解释说:"从材料上反映的问题看,你受到的纪律处分不公正。这次来找你,是落实人民来信中反映的问题,调查罗清河有没有违反党的组织纪律,打压你、逼着你辞职,弄得你得了抑郁症,天天想自杀。你是党员,有什么问题就直接说,请相信我们的保密原则,我们不会违反组织纪律,透露任何风声。"

胡承福听到这些话,脸一板,很认真地说:"啥?我老胡在杨家官庄村干了几十年村干部,心理素质一向很好,哪有那么瓢?谁说我得了抑郁症想自杀?这不是胡说八道吗!我找他去,当面问问他,这样诅咒我老胡,是何居心?我很清楚,你们是市纪委的,也相信你们有严格的保密纪律。我老胡做事,一向光明磊落,别说咱是一个老党员,就是一个普通的群众,也得摸着心窝子说公道话。是,我承认,因为喝酒被处分,我不服气;因为护着我侄子,继续被处理,我还是不服气,认为镇委小题大做。但我不能因为这些事,就满嘴跑火车,对人家罗书记不负责任地说三道四,对吧?让我老胡评价任何人,我必须实事求是,好就是好,不好就是不好。前几年,马士良在这里,你让我说他句好,很难,尽管我喝过他的不少酒。别看罗清河严厉,但他是党的好干部,真心为姑苏好、为老百姓好,我打心底里佩服。从他的身上,我终于体会到入党时举着拳头说的那些话是啥意思了。"

胡承福接着话锋一转说:"你要说罗清河没有不足吧,也不符合事实。他这个人啊,就是性子太直了,按照咱沂河岸边老百姓的说法,就是轴,不会拐弯。他眼光总往下盯着老百姓看,却不知道往上头走走关系、找个靠山,为自己以后的提拔铺路。再一个就是,他做事原则性太强,不会变通,更不会低头,得罪了一些人。在这两点上,他远不如马士良,人家马士良那叫真会玩啊,对同事谁都不得罪,跟上头的关系也处得好,就是跟村干部也经常称兄道弟地喝酒。罗清河就不行,有的领导来找他办个什么事,他瞪着眼跟领导讲原则,你们想想,如果这事符合原则,领导还会亲自找他处理啊?至于说他霸道、独断专行,甚至对我进行打击,根本没那回事。再说,我老胡也不是怕打击报复的人。尽管他处理过我,但他处理得有理有据,我认,我服他。"

真是个令人意外的调查结果,谢立人、沈彦国、李红梅三名同志听得目瞪口呆。但"呆"过之后,他们深知,公道自在人心。

举报罗清河的另一条罪状是他借建设新农村之名,大搞封建迷信活动,热衷找江湖术士卜卦算命看风水,在他岳父所在的村庄修汪塘。信上一针见血地指出，罗清河这么做，是因为他名字里有"河"，为的是让他这小沟小汊变成大江大河。在这一条罪状的上访信中，同样有一首"打油诗"：

> 罗清河，真荒唐
> 大搞迷信修汪塘
> 舅子当了村支书
> 尽上全力来帮忙

四十五

老家在饮马湖镇罗家庄的罗清河，在姑苏镇有两门重要亲戚，他们分别居住在两个村庄：一是罗清河姥娘家所在的顾家汪村，另一个便是罗清河岳父岳母所在的郑家河疃村。

郑家河疃村修整汪塘，还得从上一年春天全县开展的"美在农家"活动说起。

建设美丽乡村，离不开妇女同志的参与。这项活动开展以来，郑家河疃村妇女主任杨淑华带头搞样板，组织村妇委会其他成员到自己的家中检查，要求大家给她找不足。爱美的姐妹们通过现场学习，回家后开展实际行动，既擦门窗又整理院子，栽花种草，把"美在农家"这项活动搞成了全镇乃至全县的典型。

发现这一典型后，县妇联主席徐灵玉和工作人员小朱来到郑家河疃村总结经验，在向全县各村转发郑家河疃村好做法的同时，她俩又几次进村调研，看到村里各家卫生搞得都非常好，就发动附近几个村庄的妇女们来郑家河疃村参观学习，号召大家一起积极参与"美在农家"活动。

徐灵玉以郑家河疃村为试点，在这里建立妇女之家、图书室、阅览室，她与妇女们一起学跳广场舞，大搞公共场所环境卫生。在这些活动中，杨淑华更是一马当先，她把村中的胡同巷子分到村妇委会成员名下，责任到人，把各村民小组的妇女组织起来，分期、分段打扫巷子；还在村里设立了几处垃圾桶，让垃圾及时归桶。通过一段时间的强化基础工作之后，县妇联与镇委商量，在该村召开全县"美在农家"现场会。

现场会上，来自全县各村的妇女代表，参观了杨淑华等十几户农家，实地学习了郑家河疃村开展"美在农家"活动的经验。徐灵玉要求与会的妇女代表们回村后带动广大妇女姐妹，积极行动起来，把家庭贤内助这副担子挑起来，把家庭卫生搞好。只有每一家每一户靓起来，全县的"美在农家"活动才能成功。

随后，徐灵玉邀请罗清河讲一讲姑苏镇美丽乡村建设的经验做法，她很诚恳地说："各乡镇的妇联主席、全县重点村的妇女主任都来了，罗书记，您就讲一讲姑苏镇党委、政府是如何支持、开展'美在农家'活动的，也让她们回去后向党委、政府汇报，争取领导的支持，以保证'美在农家'的活动质量。"

罗清河首先强调环保工作对建设美丽乡村的重要性："建设美丽乡村，开展'美在农家'活动，环保工作不容忽视，如何处理好农村的生活垃圾是个大问题。好多村民图省事，顺手把垃圾倒在沟里和河边，导致红的、黄的、白的、绿的大小塑料袋满天乱飞。到了夏天，沟里、河边臭气熏天，给村庄环境造成污染，也严重地影响了观感。但是，搞好垃圾处理，单凭一村之力是做不好的，于是镇委、镇政府通过研究，建立起垃圾转运站，同时，配备专用车辆，安排固定工作人员每天到村里运垃圾，这就是刚才徐主席讲的'硬实力'。"

"但只有'硬实力'还不够！"他话音一转接着说，"随后，各村倡议妇女们每天定时将垃圾收起来，放在指定的地方，这才是改变村庄面貌的关键之举。因此，正是因为大家的共同努力，尤其是妇女同志在县妇联的具体指导下，把家庭的美化靓化工作的每一个细节都做扎实了，才有了今天大家看到的好环境、好面貌。今天，各乡镇的妇女同志又来给我们传经送宝，我相信，不但郑家河疃村的'美在农家'活动会得到很大改进，我们姑苏整个镇的这项活动也定会上一个新水平。"

他看了看台下的与会代表，继续饶有兴致地即兴发言道："随你们进家入户参观后，我在想，郑家河疃村是一个很有特色的村庄，我们能不能借这次现场会的东风，再积极行动一把，利用这里水道沟汊遍布的优势，联合周边汪塘相连的几个村庄，开发好汪塘水资源，搞个'农村一日游'啥的，也好让城里人来咱们姑苏看看这片'江南水乡'的田园风情。"

"美在农家"现场会结束后，罗清河的即兴发言也给了自己一个启发。郑家河疃村从村东到村南有一条大水沟，离他岳父家不远。这个大水沟往西并入一条小河，小河直通沂河。与大水沟相互连在一起的，是十余处汪塘，它们如同大自然的一只只美丽的眼睛。但由于多年不清淤，汪塘里树枝杂物多，加上村民随意向里面倾倒垃圾，水质污染颇为严重，这些"眼睛"失去了光彩。罗清河想：如果对这些汪塘进行综合治理，清理淤泥和垃圾，在塘内种植上莲藕，塘边栽上垂柳，在必要的地段砌石护坡，树下设石桌、石凳，在河道两边开辟人行道，种植花草，不失为建设美丽乡村的重要举措。

罗清河站在汪塘边，粗略地估算一下这项工程所需的花费。单是购买柳树苗、莲藕芽和花草种子，花费并不大，石桌、石凳也花不了几个钱，花费较大的是机器费和人工费，但如果动员村民义务清淤，这块费用可大大降低。等工程完工后，这条一公里多长的大水沟就成为一条"玉带"，一个个汪塘就是硕大的"珍珠"，塘内莲花盛开、鱼儿嬉戏，塘边绿柳如荫、鲜花竞放，共同构成了一幅优美的画卷。

既然想到这里，又是利国利民的好事，就可下决心去搞，因为业绩是干出来的，不是等出来的，只有干，才能让这浑浊不堪的一沟臭水，重新焕发出生机。待成功之后，这里可作为一个样板，让各村前来学习，从而带动各村把"美在农家"活动向外延伸。如果全镇群众都齐心协力干起来，不用三年，各个村庄的环境会提升很多，真正的美丽乡村指日可待。

通过反复的酝酿，一幅建设美丽乡村的蓝图，在罗清河的脑海中渐渐地形成了。

郑家河疃是远近闻名的"老大难"村子，村内纷争层出不穷。全村共有二十几个姓氏，其中郑姓人口最多，但即便在郑姓内部，也是矛盾重重。几年前，上一届村两委班子成员之间一直忙于争权夺利，丝毫没把心思放在村庄经济布局和建设中。

看到村里的领导班子形如一盘散沙，罗清河等镇委一班人看在眼里、急在心里，但一时又找不出合适的人选，只好让片区书记张庆波兼任该村的党支部书记。时间久了，面对这种情况，村民也心急，偌大的郑家河疃——一千七百多口人的大村子，难道就选不出一个当家人来？两年前，郑家河疃村村委会换届选举时，老党员郑连发、张长文、李玉生、刘立功等人想到一个人，那就是郑元湘。

郑元湘是一名复员军人，在部队时加入了党组织。复员后，他跟着表哥到临江城做文具用品批发生意。在部队得到几年历练的郑元湘，富有开拓精神，加上自身具有较发达的商业头脑，条件成熟后，他另立门头，做起篮球、排球、滑板等体育器材生意，很快成为临江小商品批发城中此类产品的最大代理商。

几名老党员坐公共汽车到了临江小商品批发城，找到郑元湘。没说三句话，郑连发就把此行的目的说了出来："元湘啊，我们来请你回村，去竞选村党支部书记。"

李玉生接上话说："元湘啊，你知道村里这么多年闹腾的，没个发展方向，老少爷们儿看着着急啊。"

郑元湘只顾听，笑而不答。让他们喝过几杯茶后，郑元湘就打电话，在一家酒店安排了饭菜，吩咐妻子看好生意，便与几位老党员去了酒店。

在酒店房间，他把带来的酒给几位满上，菜上来后，举杯与大家喝酒。

刘立功看着酒杯说："我们今天来请你回村的事，你还没有答应呢。你得先答应了，我们再喝酒，不然这酒不能喝。"

张长文随声附和道："对，对，让我们喝一顿酒，白跑一趟，不是我们来的目的。"

在几名老党员的反复劝说和动员下，郑元湘最后答应回村参加竞选。结果，他以高票当选为郑家河疃村党支部书记，在不久后进行的村民选举中，他又被选为村主任，一身兼二职。用张长文的话说："元湘这小子有本事，有他这一马双跨，这回咱村肯定会有大变化。"

罗清河首先找到了郑元湘，将治理郑家河疃村汪塘的想法告诉了他，郑元湘一拍大腿高兴地说："打去年年初我就有了这个想法，但考虑到我任村支书不足一年，群众基础尚不厚实，村两委班子成员中还存在一些阻力，同时资金来源也没有着落，所以一直未跟您汇报。现在，有领导们的支持，我们村两委放心大胆地去干就是。郑家河疃村有六十余名党员、上千名群众，只要跟村民讲清楚这个项目的好处，让他们看到实惠，大家出份义务工，不是难事。我马上组织召开村两委班子成员会议，征求一下大家的意见，统一思想，只要您下个指示，俺们马上就可以行动起来。"

"好，咱们同步行动！"罗清河高兴地回应说，"我回去后，也马上组织召开镇党政班子联席会议，将这个项目作为重要议题共同议一议，争取形成一致意见，尽快组织实施，并以郑家河疃村汪塘治理工程作为样板，逐步在条件成熟的其他村子里推开，以此作为姑苏镇新农村建设的一项重要举措。"

镇党政班子联席会上，大家通过讨论后，感觉项目切实可行，于是决定成立由罗清河任组长，李文彬任副组长，徐以明、常贵云和郑元湘等人为成员的郑家河疃村社会主义新农村示范点建设领导小组，在该村开展试点工作。

此时，正值阳春三月，春风习习，一场春雨过后，天气变得暖和起来，杨柳含烟，松柏吐翠。领导小组成员来到郑家河疃村，与村里的老党员、群众代表举行座谈，征求大家的意见和建议，随后邀请县规划设计院和县园林所的专家前来实地察看。

专家们很快给出了设计方案，并做了简单的规划图纸。之后，村里召开全体村民大会，动员大家投入这项美丽村庄建设工程之中。

尽管投资并不大，但这些年来，村集体财政入不敷出，让村里出项目资金比登天都难，所以曾任村主任的郑连迎听后耻笑道："村里欠我两年的工资都不给，现在却吆喝着治理汪塘，看他们哪来的闲钱补笊篱！"

目光短浅的郑连迎显然是咸吃萝卜淡操心了。从小在汪塘边长大，对家乡充满热爱的郑元湘自然有自己的打算。这几年在外打拼时，他手中慢慢有了钱，便开始琢磨为家乡办点力所能及的事情。当初，他答应老党员们回村里竞选村支书时，妻子是极力反对的，她的理由很简单也很实在——在这乱哄哄的村子里干村支书，纯属出力不讨好的差事，除了影响自己的生意外，闹不好还会惹上许多麻烦！为此，他犹豫过，也彷徨过，但最终，对家乡深怀的那份情感和责任战胜了内心的踌躇。现在，为了能让父老乡亲有个更好的生活环境，他决定自掏腰包，拿出二十万元用于汪塘治理。

然而，有干正事的，就有在背后捣乱搞破坏的。工程开工后不久，先前落选村委会主任却很不甘心的郑连迎，本打算看郑元湘的笑话，没想到对方自掏腰包来干这件大事，这让他大受刺激。

正当郑连迎耿耿于怀之际，许建林打来了电话："老郑啊，我给你透露个内幕，罗清河修那条水沟子，已想了不止一天两天。他冠冕堂皇地说修汪塘，整治村容村貌，殊不知，他是有私心和目的的。据我掌握的可靠信息，他多次卜卦算命看风水。风水先生说他名字里有河，得靠水养着，没有水，河不成河；水不多，河不旺相。他丈人村里河沟多、水塘多，且连着沂河，要想得到快速提拔，他这条'河'须借助丈人门里的水。他已经在姑苏待了三四年，得罪人无数，想赶紧离开，但他不想平调，而是想进县委班子，或去外地捞个副县长当。所以他认为啊，水面弄得越宽，水质弄得越清，树木弄得越绿，对他这条'河'才越有利。他哪里是在搞新农村建设，完全是在搞封建迷信那一套啊！他为啥把他那叔伯大舅子弄回村里当书记？不就是为了让他这条'河'能够顺畅地流水吗！"

电话这头的郑连迎不解地问道："郑元湘不是郑连发、张长文、李玉生、刘立功他们几个老党员去临江城请来的吗？再说，这次整修大长沟和汪塘，他郑元湘自愿掏出二十万，没花村里一分钱啊。"

许建林哼了一声，轻蔑地说："老郑啊，你啊你，思想还是太单纯，咋这么容易相信罗清河那套鬼把式呢！这正是他的高明之处啊！当时，那几个老党员是受了别人指使的，那个人是谁，不是明摆着的吗，就是他罗清河！眼下这二十万，名义上说是郑元湘出的，其实有内幕，是罗清河要的手腕，设的计谋！你想想看，有本家妹夫当镇党委书记，有镇财政这股水供着，郑元湘真能个人出这份钱？倒倒手罢了，早晚会给他补上的。他郑元湘既赚了面子，又得了里子，群众可是不明真相啊！这样一来，下次再竞选村主任时，你就更没机会了！这个你想过没有？"

经许建林这么一点拨，郑连迎若有所悟道："哦，也是这个理。"

电话那头，许建林继续说："老郑，我去过你们村多次，也看过他们现在的规划图。有几处汪塘是要往外扩挖的，碰巧在你家院子前面施工。我已经请风水大师帮你看了，他们这样动，还真破坏了你家的好风水呢！这两年，你事业不太顺，硬让人家把村主任给拿下来了，如果因为施工继续动原来的脉气，你还会出更大的灾祸。他罗清河就很信风水这一套，所以才借着建设美丽乡村让自己这条'河'得水。可他这样做，是求了自己的好风水而坏了你家的好风水啊，这就叫典型的损人利己！你啊，不能让他继续这么干下去了。"

有些信奉迷信的郑连迎连忙问："那我该怎么做？"

"怎么办？在村里造他姓罗的舆论啊！村里的舆论一旦起来了，群众肯定就会反对整治汪塘，让他想干的事干不成，从精神上打击他。"许建林恶狠狠地出着坏主意。

"哦，不过，"郑连迎迟疑了一下回应道，"我觉得你说得不是太在理，汪塘在我家门前是不假，但里面的垃圾太多了，夏天臭气熏天，招苍蝇、生蚊子，弄得俺全家心烦意乱不舒坦。现在，有人自愿出钱清淤治理，那我家算是最大的受益者啊，怎么看这都是件好事，我又不是个傻瓜蛋，为啥要去反对？不行，这事我不能干。对了，你找的那个风水大师家在哪里？我明天再找他问问去。"

"老郑，你呀你，真是一只扔进水里不爬的死鳖！不，是死狗拖不上南墙！"许建林气得一下子挂断了电话。

满脑龌龊、一身脏污的许建林，搞女人的手段多的是，暗中使绊子的点子也不少。他怀着对罗清河的满肚子仇恨，一心想打击报复，但又不想把自己暴露了。他是真怕自己被送进局子里，他知道罗清河有这能力，也有这办法，硬跟对方对抗，自己肯定占不到便宜。于是他心想：你罗清河不是天天将"斗争"挂在嘴上吗？那我就找些代理人、好打手，借他们之力跟你姓罗的斗一斗！

绞尽脑汁的许建林首先想到的是袁俊山，其次是郑连迎。

按照他的设想，他们抓住郑家河疃村治理汪塘的机会，诬陷罗清河到村里搞封建迷信，将黄泥抹在他身上，让人们远远地以为他身上有最脏的排泄物，即使走近后看清楚了那并不是一泡屎，但不臭也脏，恶心死他。

袁俊山告罗清河的事情已经尽人皆知，他俨然成为一顶摔不破的"毡帽壳"，又像飞着的蚊子，随时下口叮人不说，那叫声搅扰得人心不得安宁。他听完许建林提供的关于罗清河的新"罪状"，顿时来了精神，马上向那位神秘人作了汇报，之后便与桑玉富一同赶到市纪委，当面举报了罗清河。

当时，谢立人和沈彦国、李红梅负责接待了桑玉富与袁俊山。

在桑玉富声泪俱下地痛斥罗清河种种"劣迹"的同时，袁俊山不无讽刺地补充道："罗清河，真是能，在他老丈人家门前面的汪塘里动工，还恬不知耻地将其称为'珍珠港一号工程'。"

然而，在郑家河疃村，调查组成员调查了解的事实与举报信所描述的问题正好相反。村民对于改变家乡面貌的热情、自愿出义务工清理汪塘的劳动场景，让他们很快便认定，桑玉富与袁俊山反映的问题就是典型的诬告。

随后，他们再次通过电话联系袁俊山，想对证一下，但连打两次，对方都没有接。等第三次打过去，对方已经关了机。

四十六

镇委、镇政府和各村庄齐上阵，共发力，全力以赴推进田园综合体项目的基础建设。又是一个阳春三月草长莺飞的时节，田园综合体项目在凤凰台正式落地。县委书记田晨晖对此非常重视，他专门挤出时间，出席了投资签约仪式。

田晨晖在讲话中，高度赞扬了这一项目。他表示，打造让群众积极参与其中并能从中得到实惠的无烟工厂，凤凰台带了个好头，做出了样板。沂东县将结合社会主义新农村建设要求，选择更多有特色的村庄，打造乡村田园观光旅游项目升级版。特别是那些旅游资源丰富的村庄，更要借鉴凤凰台村的经验，科学规划，苦干几年，建成美丽如画的林田花海和不同类型的采摘园，让城里人到乡下吃一吃绿色的菜蔬瓜果，住一住朴实无华的民宿，享受一番特色鲜明的民俗风情，感受历史文化的厚重感。各村要以此实现产业结构调整，推动当地经济发展。

大力开发姑苏的旅游业，已经迈出了成功的一步，但罗清河深知，任重道远，前面的路还很长。田园综合体项目建设如火如荼之际，他又将目光瞄向了姑苏沧桑而厚重的历史文化。

他不止一次地想：从白塔寺到莲花塘，从莲花塘到聚仙庄，再到宁泰桥、古渡口码头，这条连在一起的古文化旅游线路，如果走下来，少说也得要四五个小时。有些旅客会购买纪念品、土特产，有的会品尝姑苏当地的特色美食、听听这里的人文故事，届时，这里将车水马龙、人来人往、一派繁华。

不久，他的脑海中渐渐生成了一幅画面：沂河之上，游船穿行，池塘里莲花盛开，宁泰桥上人流如织，白塔寺钟声悠悠……如果将寺里的那座白塔重新建起来，它将会成为姑苏的一张亮丽名片，甚至成为姑苏旅游业的标志。这既需要请专家论证，又要广泛听取当地百姓的意见和建议，还要向上级党委认真作好汇报。他知道，恢复历史的风貌，也要把握好尺度，不能犯低级错误，更不能劳民伤财。

寺里的白塔始建于何年并不清楚，但因为这座白塔，姑苏名播千里。白塔俨然成为古老姑苏的象征，承载着历朝历代许多人的信仰和精神。后来，历经几百年的沧桑巨变，战火把寺庙及附近的戏楼等建筑物全部破坏，只留下一对古石狮。

姑苏因紧靠青州古道，贸易往来众多，商业颇为昌盛，是互市互利的重要集镇。除青州古道外，途经此处的东西大道也是历史上有名的山货东出、海货西入的重要通道。由于客流量大，姑苏古街商铺鳞次栉比，客栈、餐馆、钱庄、银楼、药铺、染坊、酱园、油坊、盐店、锡匠、铁匠、木匠、绸庄、布店、瓷器、燃料店、理发店、屠宰摊、杂货摊等应有尽有，行业门类齐全，家家生意兴隆。

白塔高高耸立，寺内的钟声在寂静的夜色里显得如此深沉，又那样空灵。"鸡声茅店月，人迹板桥霜。"早起的商人顺着熟悉的街道，在钟声的催促下步履匆匆。商贸的繁华促进了传统文化的发展，每年的二月初三，姑苏会举行集商贸、民俗、宗教信仰于一体的盛大庙会，几十里、上百里外的百姓成群结队地前来参加庙会。后来，因二月初三时寒意尚存，又与正月十五元宵节间隔颇近，主政官员听从当地乡绅之意，把庙会改在春暖花开的三月初三。

罗清河在走访中，了解到这样一个有趣的习俗：在当地，女人平时不能饮酒，但在庙会这天，女人可放开豪饮，谁饮得最多，谁便会受众人敬重。

彼时，姑苏的白塔寺香火兴旺。庙会这天，各地善男信女都来此庙上香、烧纸、放鞭炮，以祈求平安健康、五谷丰登，这里逐渐成为庙会的中心。

庙会前几天，安徽的马戏班子、菏泽的杂耍技人、临江的柳琴戏团陆续至此，搭台表演，自三月初三至初五，唱三天大戏。庙会上的商贸区域，棚铺连着棚铺，遮天蔽日，甚为壮观。前来游会的人络绎不绝，摩肩接踵，热闹非凡的场景一处接着一处。

传说在某一年的庙会上，一位白发苍苍、满面红光、气度不凡的老太太，被儿孙簇拥着来赶庙会。当她走至雹神庙正门时，见里面众人在烧纸上香，便向雹神瞅了一眼。正在接受香火的雹神见到她，神色慌张地赶紧从神位上跳下来，走到院里，朝大门外的老太太倒头便拜。老太太招手笑笑说："不要见礼了，我也是来凑个热闹，观观民间盛景，回你的位子上去吧。"

接着，突然来了一阵风雨，雹神现了真身，飞到天空连打三个响雷。供奉香火的人见此情形大惊失色，赶紧躲避。雹神身边的护将也现了真身，随着雹神走出去，将庙门关闭。雷声过后，噼里啪啦的雹子只落在了雹神庙院内的老槐树周边，没有一个落在外面以致惊扰黎民百姓。

原来，那老太太和家人是沂河龙王及一家老小。此时，所有赶庙会的人都叩头跪拜，龙王一家人已经驾起祥云，返回沂河龙宫去了。

这个传说无疑丰富了姑苏的历史文化。

罗清河很想将这历史久远的姑苏庙会恢复起来。主意打定后，他安排工作人员，就是否恢复庙会问题，广泛征求社会各阶层的意见。在研究这项工作的镇党政班子联席会上，他饶有兴趣地向与会者讲起龙王奶奶逛庙会的那则传说。谁想到，这又成为举报者的"第一手资料"。

随后，桑玉富和袁俊山再度联手，直奔县纪委找到主要领导，说罗清河在姑苏通过编故事，大肆传播封建迷信思想，蛊惑群众，为借发展文化旅游业中饱私囊大做准备。

很快，梁春光和胡乃平再次来到姑苏镇委，面对他们的询问，罗清河认真地解释道："文化是一个地域的灵魂。最近一段时期，我通过深入学习和调查了解，发现姑苏有着深厚的历史文化底蕴。我们要传承、发展、提升农村优秀传统文化，要支持农村地区优秀戏曲曲艺、少数民族文化、民间文化等传承发展。但眼下，姑苏的这些传统文化被深埋在地下，失去了传承，甚是可惜。当前，我们大力发展文化旅游产业，计划恢复三月三庙会，甚至待条件允许时重建白塔，就是为了能够让姑苏的百姓重新找回传统文化的根和魂，让姑苏的民俗文化得到传承并发扬光大。这跟大搞封建迷信有啥关系呢？"

"唉，转眼间，我来到姑苏已有几个年头，时刻都想着为这片土地上的老百姓做些实实在在的事，可阻力为啥总那么大！"从不叹气的罗清河无奈地叹息道，"挖掘传统历史文化不是空洞地下个定义，而是需要找到它的载体。就说那座白塔吧，它的造型是什么样的？坐落在今天什么位置？它是因何而建、何时而建、何人而建？又在何时被毁坏、被何人毁坏？毁坏的原因是战事等人祸还是大地震等天灾？它为我们留下宝贵财富的同时，也留下了许多谜团。沧海桑田，如今白塔虽已不在，但它已成为一个文化符号，高高耸立在当地人的心中。远行的人们只要一想到白塔，便会撩起心底的乡愁，产生想回家的感觉。关于白塔的美丽传说，值得我们认真地研究、探讨和论证。"

从罗清河的眼神里，梁春光和胡乃平看到了他内心的企盼，同时也看到了他的无奈。

"群众的积极性才是我们干好事业的最重要保障，实施乡村振兴战略，等、靠思想要不得，我们要脚踏实地，带领群众真抓实干才行！"罗清河继续解释道，"姑苏庙会历史久远，文化内涵独特，远近闻名，影响深远。研究是否恢复庙会，并非镇党委、政府一时心血来潮，而是为了顺应民意。此前，我们多次召开镇驻地商户和各村群众代表座谈会，向各村下发调查问卷表，征求老百姓的意见。结果就是，绝大多数老百姓都有这想法和建议。顺应民意，才是我们决定恢复姑苏庙会的根本原因啊。"

梁春光和胡乃平听完罗清河的解释后，又先后找到镇政府分管副镇长、文化站站长以及部分先前参与座谈会的商户和村民代表，调查了解相关情况，最后得出了举报所列问题与事实不符的结论。

桑玉富和袁俊山等人的阴谋再次破产。

姑苏镇虽已无庙，却最终恢复了庙会，老百姓纷纷拍手叫好。

接下来，罗清河又开始琢磨古老渡口的旅游开发问题。

实施乡村振兴战略，搞好旅游开发，自然离不开主管部门的支持，于是罗清河再次邀请县文旅局的专家前来指导和规划，并请局长栗冬青亲自来姑苏调研。

时至初夏，温和的风微微吹着，朵朵白云在洁净的天空中缓缓流动。田野里麦浪翻滚，奔流不息的沂河水蜿蜒地流向远方，各色野花在堤岸上竞相开放。

齐家官庄的渡口早已停止了摆渡。罗清河、李文彬、周庆山陪同栗冬青站在古老的渡口原址上，大家一起想象着当时这渡口的情形。

随后，罗清河向大家讲述了一件事情。

前段时间，他到县城开会。散会后，他专门拜访了老领导齐庆春。当初，姑苏中学清理吃空饷人员工作完成后，罗清河便第一时间来到齐庆春家里，笑着向他解释了前期"拒不见客"的缘由，并诚恳地表达了歉意。齐庆春本是明事理之人，得知罗清河在此事上未开一道人情口子后，他内心的不快瞬间云消雾散，禁不住连连赞叹罗清河做得好。

在闲聊中，齐庆春跟罗清河谈起他亲眼见到的渡口摆渡的情形。彼时，齐庆春还是一个少年，算起来，已过去五十余年了。那是个深秋的星期天，秋风萧瑟，草木摇落，他从村内挑了一担地瓜秧出发，一路西行，来到沂河边的渡口，想乘船到对岸的李家道口，然后赶到饮马湖集上，卖掉地瓜秧换些上学的费用。来到渡口，他颤颤悠悠地登上了摇摆不定的小船，把担子放下，然后站在担子旁边。摇橹的是个老头，小名叫锁柱，是齐庆春本家远支的三叔，打了一辈子光棍。自齐庆春记事起，他三叔就撑船，一直没有换过别的营生。撑船是个苦力活和技术活，用不上劲它不走，但掌握不了技巧，只用蛮力，船就会在原地打转。

齐庆春说："三叔手中的那根撑杆很滑溜，他撑船的姿势很优美。"说这话的时候，他脸上挂满了欣喜的神情，接着站起身，开始比画划船的动作。那形如舞蹈的优美动作，深深定格在齐庆春这位乘船少年的记忆深处：河岸嫩绿的垂柳、古老的齐家渡口、欢快流淌的河水、勤劳的撑船人、挤满渡船的男女老幼、不时跃出河面的白鲢……构成了一幅美丽动人的沂河图景。

比画完撑船动作后，齐庆春重新坐到沙发，饶有兴趣地告诉罗清河，有的渡口撑船人虽然早已作古，但他们厚道朴实的音容笑貌一直在他脑海中挥之不去。那时，撑船人得到的报酬多为粮食。麦季，他们到附近的村庄收些麦子；秋后则要地瓜干或玉米。不是附近村庄的陌生人也可乘船，一次收取一毛钱。有小车等大物件的行人，每次要多交五分钱。到了冬日，河道结冰，两岸村庄的百姓便在水流小的地方砸下木桩，绑上木棒，又在上面铺上秫秸，压上泥土，供行人在上面行走。

看到众人脸上充满了好奇，罗清河有些动容道："老领导说起这些的时候，目光中充满了无限的向往，整个人似乎一下子年轻了许多。之后，我又选了个周末的晚上，带着妻子一起去了老领导家中。恰巧，他的女儿和女婿也去了。老领导又以渡口为话题，向我们讲述起关于沂河的历史典故。"

据考证，在明初，齐家渡口就曾有商船来往，但规模不大。咸丰三年，云南保山县人吴树声在沂水县任知县。虽然任期只有短短七个月，但他摆脱案牍，足迹遍及四乡，对沂水的山水林田、风土民情作了详细调查，写成了富有地方特点的《沂水桑麻话》。书中生动地记载了沂河舟运："沂河入夏，水势平槽，数百石粮食船可以直入运河，每年皆有粮客自南来贩买。沂邑木值甚贱，若广造船只，不惟粮食可运往南方贩卖，一切土产如柿饼、核桃、梨、枣、落花生、靛、酒、豆油、豆饼之类，皆可贩运。每年苹果皆运往南方，可以类推。其船回头又载南货回沂，此无穷之利。惜北人不知水利，有此名水，徒受其涨溢之害，不获其利济之功，良可叹也。诚能修舟楫之利，葛沟集为第一码头，界湖第二，县城第三，葛庄第四，东里店第五，中庄第六，燕子崖第七，南麻第八。每岁四月开运，九月底归埠。以冬春两季，处处有桥梁，恐有阻滞也。如此办理，则沂将为一都会，西通蒙阴，北通临朐、博山，百货流通，利济良非浅鲜也。"

罗清河继续介绍说："老领导感叹道，作为封建社会的县太爷，吴树声将沂河运输之利看得如此通透，实属难得！只是因时局动荡，政府之力衰败，加之自身任职时间短暂，空有一腔宏愿，只留半张草图而已。随后，他语重心长地跟我说：'清河啊，作为基层党组织的主要负责人，要时刻想着为官一任，造福一方！眼下，你赶上了乡村振兴的好机遇，正是大展宏图的时候，思想一定要解放，眼光要看得长远些。我在乡镇工作那阵子，一门心思发展乡村经济，但其他方面的建设有些弱化。现在情况不同了，乡村振兴，生态宜居是关键，乡风文明是保障，必须坚持物质文明和精神文明一起抓，提升农民精神风貌。中央的文件说得很清楚，这个原则和方向是明确的。齐家渡口的货物运输价值虽已不大，但将那里作为一个亮点，走发展生态旅游、挖掘传统文化、提升群众生活质量的多元化乡村发展路子，我是非常赞同的。'"

听完罗清河的介绍，李文彬忍不住感叹："旧时无桥时代，沂河东西两岸，虽说近在咫尺，都能听到钟声，但一河之隔，形同天堑，不见通途，百姓出行是多么不便啊。后来，因为修建了渡口，才解决了人们'隔河千里远'的困苦，给历史留下了美好的记忆，也给后世留下了珍贵的渡口文化。越是苦难的日子，越有温情，留给人的记忆越发清晰。现如今生活条件越来越好，好多传统的民俗节日反而失去了当年的味道，这是不应该的。今天，我们这代人有责任和义务让这些珍贵的文化遗存重新展现在世人面前。它们能够丰富百姓的精神生活，提醒人们要铭记历史，珍惜今天来之不易的好日子。"

栗冬青点了点头赞同道："昔日的齐家渡口虽然不是特别繁忙，但内含丰富的沂河文化。自然的渡口已经远离人们的生活，但在当地人们的生活中，它永远是一个常说常新的美好话题。结合推进沂河文化宣传，将齐家渡口遗址作为一个重要的点，开发渡口旅游业，这个项目可以考虑。我的建议，初步可考虑打造两条木船，将渡口在旧址上进行复原，重点要突出传统特色。对旅客乘船收费要合理，主要是起个宣传作用，唤起人们对旧时渡口的美好记忆。但要培养出好艄公，确保行船安全，不出事故。"

大家热情洋溢地讨论着，很快就绘制出各式各样的规划图纸。

树木耸立，群鸟争鸣，天地辽阔，大河南流，面对如诗如画的自然美景，突然，罗清河像个孩子似的对着宽广的河面高喊："客家，有船吗——"

声音在河面飘扬，在林间回荡。

看看他那天真无邪的样子，李文彬哈哈地笑了。

四十七

从小在农村长大的罗清河，深知老百姓不容易，一直想方设法多为老百姓服务。通过多次与"白天鹅"等食品加工企业沟通协调，公司最终答应为养殖户提供保护价，把养殖户的养殖风险降到最低。一旦行情不稳、出现波折，有保护价托底，养殖户就能在波折中平稳上岸，从而能够放开手脚大胆饲养。

但是，有些意想不到的事还是会发生。余粮庄村有一户村民，在养鸭大棚建好后将六千只鸭苗投到大棚里，可是过了没多久，一场无情的大火把鸭棚烧个精光，那一个个幼小鲜活的生命葬身火海，村民经济损失惨重。

更严重的是，被大火烧毁养殖大棚的村民是个贫困户，建大棚的资金来自扶贫贷款。他们刚刚看到希望，却让一把大火把希望化为灰烬。在现场，罗清河看着欲哭无泪的男女主人，心情非常难过，一直想着补救措施。

看过现场后，罗清河直接赶到投放鸭苗的白天鹅食品有限公司，找到赵振国，向他详细说明了余粮庄遭火灾人家的情况，之后，又与赵振国一起，再次回到火灾现场。赵振国当场表示，将该户的鸭苗钱全部免掉。

为了让这户人家尽快走出困境，重新振作起来，走上致富路，赵振国同时表示，帮扶该户五千元钱，用于建设新大棚。这份爱心，使这户人家享受到阳光般的温暖，重新燃起了生活的信心和希望。

故城村有个困难户，为摆脱贫困状况，也开始养鸭。尽管白天鹅食品有限公司派业务人员进行技术指导，但由于他们是第一次养，管理没有跟上，鸭苗受凉，一下子死亡了近半。对于本就有困难的人家，如此损失无疑是雪上加霜。这时，同情和关爱不能仅仅表达在口头上，重要的是落实在行动上。为让这一户人家在奔小康的路上不掉队，罗清河看过现场后二话未说，又一次找到提供鸭苗的白天鹅食品有限公司，为困难户争取扶持。

赵振国马上安排工作人员又免费送去了一批鸭苗，他笑着对罗清河说："罗书记，对于养殖户，你比我这个需要他们提供活禽的加工企业可上心多了，不但帮助了一时困难的群众，实际上也是在帮我啊。"

罗清河笑着回应说:"我就是来回跑个腿,动动嘴皮子罢了,最终出钱出物的还是你。是你的大爱之心,让遭灾人家渡过了难关,重新走上致富的阳关大道。作为企业家,不但要考虑企业经营效益,也要有社会责任感。乡村振兴,离不开你们的参与支持。这一点,你做得很好。"

在罗清河等姑苏镇党政一班人的共同努力下,沂河岸边这片富有生机与活力的大地正慢慢走向富强。杨家官庄的绿化苗木已成规模化种植,尽管一度出现卖苗难的问题,但罗清河亲力亲为,跑到临近几个县,义务担当起绿化苗木推销大使,让问题很快得到了解决。顾家汪村恢复传统项目,组织老艺人捏泥哨,让久远的泥哨声唤回乡愁,响亮在下一代孩童的心间。特别是凤凰台田园综合体的成功开发,给姑苏镇党委、政府发展旅游业提振了信心,同时也给了他们一个启示——发展姑苏的经济,要就地取材,不可贪大求洋。

在镇党政班子联席会议上,罗清河提出,实施乡村振兴战略,大力发展民俗旅游,要与加大脱贫攻坚力度相结合,让每一个贫困户都能过上好日子。

长虹岭上的张王庄片区,有几个村土地硗薄,粮食作物收成低,导致农民收入一直上不去,但这里又有一张可打的牌——果品。

这里的土壤又被称为"海绵田",虽然薄,但疏松通气,不管下多大雨也没有积水,加上土质富含多种矿物质,非常适合栽植果树。

二十世纪六十年代,当地有一个苹果品种,名叫小国光,产量尽管不高,但果肉爽脆,口感好,以至于民间有美誉:烟台苹果莱阳梨,姑苏国光不用提。虽说后来被其他产量大的品种慢慢挤出了市场,但小国光的名声一直为人称道,成为一代人的美好回忆。另外还有传统的毛桃,以及后来引进的黄金桃、上海水蜜桃等。这些一直是张王庄片区几个村的主要水果品种。

罗清河曾和片区书记一起,一个村一个村地察看果园。他的小本子上记得密密麻麻,谁家种了几亩水果、什么品种、多大产量等等,他都记得一清二楚。

在一处连接成片的果园内,罗清河和片区书记、主任、村干部、村民代表一起,现场研究探讨利用果园优势发展采摘旅游业的可行性,以及如何保护性开发老果园。经过一次次调研、座谈、论证,最后形成了村镇两级"公司+合作社+农户"的发展模式,目标是将张王庄村的果园打造成"美丽乡村"的典范。

随后,罗清河将调研情况在镇党委会上做了通报,经过集体研究,形成统一意见后,罗清河与县上有关单位的人员一次次跑到市旅游规划院,恳请他们对项目进行规划编制,最终确立了建设以苹果种植产业为支撑,乡村风貌保存完好,乡村体验、住宿接待功能齐全,村景合一的乡村旅游度假区的发展目标,逐步建设成人及青少年拓展训练基地、苹果文化体验中心、农活体验基地、精品民宿、苹果采摘园等十大景观点,并将所有景点串联成片,开展以果园为基地的旅游扶贫工作,把张王庄片区的几个村现有的生态资源与人文资源有效利用起来,依靠乡村旅游发展带动村民致富,实现长虹岭上名副其实的全域旅游。

项目从规划到建设,始终坚持高起点、高标准、严要求,严禁搞破坏性开发,在保护好原生态基础上,既留住乡愁,又把乡村旅游项目搞好。项目初步建成后,张王庄村举办了苹果采摘节,让旅行社和游客参与进来,在发展乡村旅游的同时,也把果园的苹果卖出去。在销售中,做到跨界融合,巧找卖点。通过短短两年时间的打造,在原有老果园的基础上建起了多处苹果采摘园,供游客体验采摘苹果的乐趣,又根据不同的苹果种植期,建设了独具特色的苹果文化长廊。

农业大进步,工业亦有发展。姑苏天成酱菜分厂落地生根,不但增加了蔬菜的附加值,还帮助菜农解决了卖菜难问题。白天鹅食品有限公司的熟食加工产品,在市场中逐步得到消费者认可。

眼看着一个个项目陆续在姑苏安家落户,大农业大发展格局慢慢形成,罗清河和众多干部、百姓的心里心外都是乐着的。

四十八

星期三的上午,罗清河与李文彬、孙乾三人来到了白天鹅食品有限公司，想看一看新上的熟食加工产品线近段时间的运营状况。

一看镇里的几位领导来了，赵振国高兴地邀请道："走，咱们到成品车间吧，看看这几天满负荷生产的场面。"

来到车间旁边的走廊里，隔着大玻璃窗，一行人看到无菌车间生产流水线上，工人们正在各自的岗位上紧张地忙碌着。

大家边走边看，赵振国喜不自禁地卖力介绍着。随后，他们来到产品展览处。

一个个大盒子内分别装着不同的产品。后面货架上的一只只大袋子里面装着撕开即食的小包装袋，有酱香鸭爪、鸭翅、麻辣鸭头、鸭脖、五香鸭胗、鸭舌等美食。

赵振国抓起一把递给大家，让他们品尝。

罗清河打开一个，边品边说："味道真不错，比我那亲戚带回来的产品还好！"

赵振国听后，咧着合不拢的大嘴说："罗书记，说句良心话，当时，你们几个人建议我搞这个项目，我的确顾虑重重，怕投了资金却泛不起个水花来，总归咱没做过熟食，经验是零呀！没想到，上生产线后不久，订单就像那秋风卷落叶，纷纷飞往这里，效益出奇地好，产品供不应求。我真想年终时，给你们镇领导分别送个红包，以示感谢。可又想想罗书记那脾气，我怕他一翻脸，弄得我不好收场。为感谢你们几位领导，今天你们中午别走了，咱就着鸭身上的这些嚼头，喝上一杯，吃顿便饭。"

罗清河开心地笑道："这个功劳可不归我们，何谢之有啊！当初，我们只是提供了一个发展思路，关键还是你赵老板眼光独到，把这事看准了，也敢于下手。说实话，为企业提供引导和服务是镇党委、政府的职责，当时，我所说的那些，只是供你参考，是你自己通过多次外出考察，动用经济头脑认真分析、研究市场，最后决策拍板，才有了今天的成功。你们这是咱们县第一条大型休闲食品生产线，从产品的初级加工到现如今深加工、精加工，提高了整个产品的附加值，对咱们当地其他企业的发展也会有启发和带动。我们镇党委、政府一班人，还得感谢你老赵才对！"

"是党委、政府的正确引导和服务，成就了我今天的成功啊！"赵振国激动地回应道，"很多时候，一个思路就是一条发财道，真没想到，我们的休闲食品在不经意间受到大江南北消费者的青睐，受欢迎程度远超投资之初的想象和预期。"

"唉，说句心里话，生产线还是上晚了，"赵振国随后感叹道，"如果当时听您的建议，立刻上马，摸准门道后，继续扩大生产规模，那么到现在，咱的产值指定翻番了。"

罗清河笑着吩咐道："产值是一方面，质量更重要。它是产品的生命线，是赢得消费者好口碑的关键。下一步，建议你们公司在扩大生产规模的同时，继续狠把产品质量关，尽快创出自己的知名品牌。前几天，我在县里开会时，专门向市场监督管理局的阚局长询问过申报省级名牌产品需要什么条件、什么手续。你们好好准备一下好申报材料，做好相关申报工作，争取使'白天鹅'系列休闲食品早日成为省级名牌产品。"

赵振国高兴地说："有镇党委、政府的大力支持，我们企业一定做好各项准备工作，特别是狠抓产品质量，严格按食品卫生标准生产，争取尽快将这个省级名牌拿到手，这样就能够在这个品牌上镀一层金，让消费者吃起来更放心。"

谈笑风生间，罗清河的手机铃声响了。电话是他岳父打来的。

老人在县城当了一辈子教师，如今已退休十多年。他在老家里还有座老宅子，在城市的钢筋混凝土造的楼房里住久了，便想回乡下过"采菊东篱下"的田园生活。儿时与伙伴们无忧无虑地疯跑，春夏割草放羊，秋天在田野中捕鸟，冬天在雪地里欢闹的画面，永远是他魂牵梦绕的美好记忆。既图个落叶归根，又为寻回童年的乐趣，他回到了郑家河疃村居住。

罗清河来到姑苏后，虽说就在岳父家门口工作，但他对谁都没透露这个信息。一年之中，他到岳父家不过一两次，一般是在中秋、春节这等传统节日，即使去了，也不过是蜻蜓点水式地问候几句便离开，从未在那里吃过一顿囫囵饭，更不用说参加岳父岳母的生日宴了。

就此而言，他的确是一个不近人情的人，但他又是近人情的人，每次到郑家河疃村途经岳父家前面时，他总是往家中仔细地看一眼，或者临近时，提前从自行车上跳下来，推车走过岳父的家门口，然后再骑车继续走。

电话那头，岳父问他忙不忙后，说："你中午来家一趟吧，在这里吃顿饭。"

接完了电话后，罗清河对其他几位同事说："赵总的心意，咱们心领了。午饭，你们就回镇伙房吃吧，我去趟孩子姥姥家，老人让我去吃顿饭。人啊，也不能生活在真空里，亲情也要有啊！这几年，亲戚托办的事，我一件都没办，把人都得罪光了，两位老人为此经常说我。我去跟他们拉拉家常、叙叙亲情，借此解一解老人的心头之怨。"

赵振国诚恳地说："罗书记，那您去吧。我安排李镇长他们在厂里的伙房吃，我们也需要拉拉家常、叙叙友情，交流一下工作。"

罗清河笑笑说："这事，你与李镇长他们商量吧。饭和酒你是能管得起，也能管得好，但酒是不允许喝的，吃完后他们还要交伙食费，这是制度，必须照办。至于到底愿不愿意在这里吃，得由他们说了算，我不能包办。"

赵振国连忙解释道："我知道你们的纪律，在这吃吧，我不让他们喝酒，就是吃个馒头，一人一碗大锅菜，再尝尝咱的这些休闲小食品。"

李文彬嘿嘿地笑了，接着幽默地说："还是不在这里吃啦，回镇上食堂吃，六块钱就能搞定，在你这里吃，需要掏三十元伙食费，相差几倍呢，这账算不着。再说，现在有些人专门盯着我们，举报手段不谓不高明，已经三番五次地祸害过罗书记，再出现一个告我的，县纪委指定会一个电话将咱招呼去，最低限度是狠狠地批评一通，说不定还得让写检查、给处分，丢人现眼啊，不值得。"

赵振国不屑地哼了一声道："可别说得那么邪乎，这是在白天鹅食品有限公司，没有坏人，谁告你的黑状去？他们那可是没一点人情味了。"

李文彬哈哈笑着打断他的话："姑苏也就巴掌大的地方，企业员工之间，亲戚连着亲戚，人多嘴杂，我们在这里做的所有事情，指定不出天黑，便会路人皆知。再说了，君子之交淡如水嘛，政企之间好多说不清道不明的关系，都是从一顿饭开始的，一来二去，时间久了，就容易出问题。我这样说，可能有些严重了，这既是开个玩笑，也算是防微杜渐吧。还有一个原因，你这里的食品好吃，我带头尝了，别人都会跟着来尝，口子一开就再难堵上，所以还是不尝为好。那样，将来谁要来难为企业，我也好理直气壮地说话。你可得支持我这个镇长的工作啊！"

众人说笑着，骑车走出厂区大门。

罗清河很快便来到了郑家河疃村，远远地就看见岳父家门前停了一辆电动车，他判断岳父家肯定有客人在。职业的本能让他察觉到，岳父的这个电话并不单单是让他吃顿饭、叙叙家常那么简单，里面肯定有更深层次的缘由。

既来之则安之，他来到岳父家门前，把自行车支下，走进院子里。

一进大门，罗清河就看见岳父的妹妹从堂屋里走出来。

看到这个亲戚，罗清河断定刚才的感觉是对的，对方可能有事来找自己。

鱼肉的香气从东边的厨房里飘出来，弥漫在院子里。岳母正在屋里和面，给他做他最爱吃的油饼。

岳父见他进门了，马上从厨房里走出来，先是看了一眼从堂屋里走出来的妹妹，随后冲罗清河笑了笑，抬起下巴示意道："你姑来了。"

罗清河忙笑着打招呼，然后问："姑，这不过节不过年的，你怎么有闲空来？"

妻姑笑着说："这不，我来找你有点事嘛。"

在一旁的岳父帮腔说："你姑今天来，说找你有点事，具体啥事，我也没详细问。打电话让你来，就是想让她当面跟你说一说，都是亲戚，没外人，能办呢，你就帮着办一办。"

几个人先后走进堂屋。进屋后，罗清河看了一眼妻姑。她今天特意打扮了一番，不但裤褂干净，肩上还挎着一个新颖的女式包。

罗清河还没坐下，妻姑就边说边把包拿下来，放在茶几上，然后拉开拉链，掏出一个用报纸包着的很厚的大纸包，笑着解释说："是这么个事，李家营你姑夫的表弟李学顺，想买下老供销社门市部那块地皮，其他工作都已经办好了，只等你点个头就行。他多次跑到俺家，让我帮忙找找你，我怎么推也推不开，所以就来了。"

说着，她把掏出来的纸包递给罗清河。

罗清河心里很清楚纸包里面包的是什么，但他没有点破，而是将脸抬起来，一板一眼地明知故问道："这是什么？"

妻姑很不自然地笑笑说："麻烦你给操操心，你姑夫的表弟也不知道该给你买点什么，就让我给你捎了点钱，让你自己买瓶酒喝。"

一听这话，罗清河的脸刷的一下子拉下来，不由自主地冲妻姑大声喊道："你这不是在坑我吗！是不是想让我进监狱？"

意识到自己有些失态，罗清河稍稍缓了缓语气，但仍掩饰不住内心的激动说："自从我来姑苏后，有些人一直都在报复我，时刻都没停歇过，你难道没有听说过？他们今天去县纪委检举，说我在工业园招商引资中有受贿行为，为亲戚的饭店谋私利；明天去市纪委举报我，说我是姑苏的南霸天、人间恶魔；有的甚至将举报信写到了省里，千方百计把我往死里整。市、县纪委不止一次地来姑苏，对我明察暗访。好在我一直严格遵纪守法，心干净，手也干净，没做对不起党和人民的歪事，他们也就抓不到我的什么把柄。这些年，若我稍不留意，早就掉进了沟里，甚至会进监狱蹲上个三年五载，公职和党籍没了，父母和老婆孩子也跟着丢人！你给我的这些，按照法律条文，估计够让我进去蹲上三年的。"

罗清河一顿高声训斥，让堂屋里的气氛一下子凝重起来，岳父和妻姑呆呆地站在那里听着。

罗清河继续说："人过留名，雁过留声！我现在当这个镇党委书记，能为全镇父老乡亲做点实事、做点好事。老百姓说我好，是个清官，你们作为我的亲戚，也感到荣光，听着也高兴，对吧？我若是贪了，被老百姓戳着脊梁骨骂，你们能好受？你现在受人之托，让我买瓶酒喝，我就差买瓶酒的钱？把我当成什么人了？真是侮辱我的人格！说穿了，你就是把我看成一个能用金钱和物质攻下来的下作人。以后，别见我！"

把妻姑怒斥一通后，罗清河拔腿就走。

厨房里，岳母已经把油饼放进锅里，已炒好菜，只等开饭了。看到00老头子追着女婿跑到门外，她也急忙跑出来，想挽留罗清河吃完饭再走。

罗清河哪还有心情吃饭，他转身走出岳父家大门，把手捧着纸包追出来、呆呆地站在院子里的妻姑甩在了身后。

岳父追到大门外，罗清河已经骑上自行车，头也不回地走了。

看着他渐渐远去的身影，再看看从院子里跟出来的妹妹，他右手忍不住拍着大腿连连说道："咳，咳，看这事闹的，饭都没吃呢。"

呆呆地在大门前站了一会儿，兄妹俩扫兴地返回屋里。

走进堂屋后，罗清河岳父对妹妹说："我就知道他那个脾气，怕是不成，你非要试试。"

她难为情地解释道："都怨李家营的那个表弟，我说不来，他就一次次撺掇。他说若是清河看到是自家人，感觉不会出事，还是会收钱办事的。我经不住他的撺掇，上了他的当，这才跑来的。唉，早知道是这样，俺就不来了。"

罗清河的岳父岔开妹妹的话茬说："罗跃他爸是一个很好的孩子，我一直看好他的人品。他在这个位上，这样做是对的。对你说的话虽有些重，但你得理解他。"

碰了一鼻子灰的罗清河妻姑回去后，把那个纸包完好地送回给李学顺，说了说事情的大概经过，李学顺点着头喃喃地说："罗书记办事，还真是老百姓传的那样，一身正气，两袖清风。原来我不信，起码是不全信，现在我信了，真信了！社会上有这样的好干部，是老百姓的福音，可贵，可敬！这次，我得严格按照规定办，公开竞标购买。"

四十九

又是一个丰收的季节。长虹岭上，凤凰台田园综合体以其美丽的自然风光和巧妙穿插的现代设计，吸引了越来越多人的眼球；郑家河疃村，在县设计院人员的悉心指导下，通过两年的认真施工和精心维护，村容村貌已大为改观，先前臭气熏天的大河沟有了一个好听的名字——望虹川；齐家渡口垂柳依依，流水潺潺，青石铺地，古色古香。每逢周末，前来长虹岭游玩的城里人络绎不绝。

县委书记田晨晖再次专程来到姑苏调研，他先是来到镇委、镇政府大院前面的文化广场。这里正在改造施工，有几位老太太正领着孩子在广场上玩耍。他主动走过去与她们攀谈起来，问她们感觉这座广场怎么样，对姑苏镇的文化建设还有什么要求。

老太太们听说对方是县委书记，争相高兴地对田晨晖说："罗清河书记来姑苏的这几年，建广场、修河道、栽花种草、植树造林、治理污染，美化了环境，整个姑苏就像一座大花园，老百姓非常满意。就是多年没有听到吕剧了,等省吕剧团下乡演出时,安排来姑苏演一场吧。"

田晨晖笑笑告诉她们:"这个要求很好,但我不能说空话,答应了你们的事如不能兑现,就成我的一个心事了。"接着,他高兴地跟告诉老太太们:"咱们县几家大的企业都有艺术团,我可以与他们沟通一下,让他们排几个吕剧段子,到时来姑苏,在这广场上唱给你们听。"

老太太们异口同声道:"那敢情好!"

田晨晖看看身旁的罗清河说:"县委宣传部和文广新局已经下文,要在十月一日国庆节时搞文艺会演,你们收到通知了吗?"

罗清河答道:"收到了,宣传委员徐以明和镇文化站站长左秀安全权负责这件事。他们已召集各艺术团的负责人开了会,安排了节目,争取拿到一个好成绩。"

田晨晖点了点头说:"这几年,姑苏镇在县里拿到经济发展的好成绩,但这只是一个方面,还得两条腿走路,要将群众的文化生活质量搞上去。刚才,这几位大姐提到想听吕剧,这对她们来说可能是个小要求,但我们得把它当成大要求重视起来。最近这些年,传统戏曲受了冷落,但上了年纪的人对此还是蛮有感情的,所以安排文艺会演节目时,可加上几个群众喜欢的吕剧段子,像那段'马大保喝醉了酒忙把家还,只觉得天也转来那个地也转',唱词贴近生活,唱腔喜闻乐见。就让有这方面才能的人,在这文化广场上声情并茂地唱一唱。"

与百姓又交流了一会儿后,他们赶到了凤凰台村。

天空湛蓝,白云飘飘,长虹岭上五彩斑斓,欢声连连。田晨晖一行进果园、看花园、游茶园,仔细询问着村民的收入情况;访民宿、进农家乐餐馆,询问老板接待游人的数量;之后,他们又来到农民文化书屋,了解阅读人员的年龄构成等情况。最后,他们转到郑家河疃村,看到一幅幅朴素自然的景象,顿觉流连忘返。

田晨晖不住地点头称赞着。

一行人从村庄东北处往上走,沿着弯弯曲曲的塘边,一直走到望虹川下游与小河交汇处。田晨晖边看边谈着自己的感受,他提了几处需要改进的地方后,对身旁的罗清河和李文彬等人说:"干事业,只要认准了方向,就要坚持走下去。有人一直利用治理汪塘一事不断地捣乱,面对这种情况,你们如果退缩了，怎会得到眼前的这一幅幅美景，怎会让老百姓得实惠！因此，想做好新农村建设这篇大文章，就得要顶住来自方方面面的压力，不能被社会上的歪风一吹，手中的笔就抖了，开始潦草起来。过段日子，我就要到省城工作了，这次来，既是看望你们，也是跟你们道个别，希望你们继续努力，把姑苏的各项工作做好。"

田晨晖马上要到省会担任副厅级领导干部，前期，大家通过省委组织部的公示，已经知道了相关情况。

罗清河看看老领导说："田书记您放心，我们将一如既往，全心全力做好姑苏各项工作。"

田晨晖犹豫了一下，又看了看罗清河，神情有些庄重地说："清河啊，姑苏镇一班人团结上进，又有改革创新精神，县委对你们的工作是放心的，也是肯定的。去年，县委常委会也议过你个人的工作调整问题，但限于种种原因吧，最后还是决定让你继续留在姑苏。主要是考虑到，一个团结稳定的班子，对于一个地方的持续发展，大有益处。姑苏有几个重点项目还敞着口子，个别工作还是省里的试点，事业需要有延续性。做出这样的安排，对你个人前途可能有些损失，也显得我不太厚道，但你应该看到，这是组织对你的再一次考验。作为一名共产党员，为人民大众谋福祉始终是我们矢志不渝的追求，所以你思想上不要有什么波动，要继续干好本职工作。"

罗清河笑着回应道："我是一名党员，坚决服从组织的安排，我毫无怨言。我来姑苏虽已有几个年头，对这里的情况也比较了解，需要干的事情还很多。既然组织再一次考验我，我就与镇委班子的同志一道，继续加大工作力度，争取做出更好的成绩来。"

田晨晖看着罗清河，点着头欣慰道："我理解你，也很放心，但也要提醒你，还是那句老话，一帆风顺只是一种祝愿，前进的道路上通常不会一帆风顺，既有层层暗礁，也有顶头风，路面上时时处处有坑洼、石块。不论前面是人为的坑洼，还是自然的坑洼，都一定要看清楚路，避免被明处的、暗处的石头绊倒，别掉进坑里，要做到踏踏实实，一步一个脚印。"

五十

沂河两岸风光秀丽,景色优美,岸边有很多待开垦的荒地。前些年,临江城、沂东县内有权有势、财大气粗的能人们,纷纷托关系、寻门路,竞相在沂河岸边开垦这些荒地,建房盖屋。设计新颖的独栋和联排别墅如雨后春笋般纷纷冒出头来。站在别墅的阳台上,远看群山如黛、莽原阔野,近观大河逶迤,自然感到心旷神怡,豪情满满。

越来越多的人成为新建别墅的主人,林田被不断地破坏着。这些别墅和住在别墅里的男男女女,如同沂河美丽肌体上生出的一个个疖子,令当地百姓分外反感。

谷天一开发的"林海景观"项目就在其中。当初,在马士良的支持和帮助下,谷天一冠冕堂皇地打出了承包荒滩建鱼池、开发渔业促发展、保护沂河水域生态的招牌,将这片荒滩承包下来。可不久后,谷天一有了别的想法。最后,这里连一平方米的鱼池都未见到,反而变成了现如今的旅游康养项目。

每当从成片的违章建筑群旁经过时,罗清河的心就像被针扎一般,那种疼痛,难以言述。有时临近傍晚,他踱到沂河岸边,会紧紧地盯着"林海景观"看一会儿。那门口晃动的五彩灯光,偶尔响起的靡靡之音,令他心中愤意难平。

他暗下决心:假以时日,一定要铲除沂河岸边的这些毒瘤,母亲河需要自然纯粹!

时机很快到来了。经过人民群众坚持不懈地逐级反映和向媒体举报,关于沂河两岸违章建筑的负面新闻很快在互联网上发布了。经自媒体热议、短视频直播后,问题迅速发酵,引起了中央和省市相关职能部门的高度关注。随后,在临江市委主要领导的安排下,拆除沂河两岸违章建筑群的事情被列入市委常委会的讨论事项。

反腐风暴愈刮愈烈,拆除违法违章建筑刻不容缓。全县会议之后,县委、县政府成立了领导小组,将列好的违建项目进行明确分工,沂河姑苏一段，由罗清河任大组组长，并由县公安局、检察院、法院、自然资源和规划局、综合行政执法局的领导同志参加。

沂河岸边的父老乡亲盼望的这一天终于到来了。

好多事，是老百姓所期盼的，却是"谷天一"们想竭力阻止的。

接到要拆除沂河两岸违章建筑群的消息后，谷天一急得犹如热锅上的蚂蚁，吃不下、睡不着，终日如丧家之犬般惶惶不安。这几年，连续投入那么多资金，眼看着全打了水漂，他感到钻心入骨的疼痛。

他病急之下乱投医，天天抱着电话求助。然而，这是大势所趋，谁都挡不住，所以他打出的那些求助电话也就毫无作用。

连续几通电话被拒接后，濒临绝望的谷天一暗自怒骂："你们这些人，出问题了，都学会躲、学会藏了！"

最后，无计可施的谷天一干脆一不做，二不休，他毫不犹豫地将马士良等人的名字写进发向有关部门的检举信里……

罗清河带领大组的同志们，沿河实地察看，这一次，他的内心不再是难言的压抑，而是一种激动，是一种战士即将走向战场的英雄之气。他决心和同志们一道，用最快的时间，用最大的力度，拆除所有违章建筑，还母亲河一个美丽天然的肌体。

实地察看之后，下一步，他们需要坐下来，尽快地认真研究、制定拆除方案。

傍晚，沂河两岸笼罩在一片橘红色的晚霞中。时值初冬季节，天气已有些清冷，吃罢晚饭，罗清河与李文彬在沂河边散步，边走边商量着下一步的工作方案。

晚来的风带着些许凉意，徐徐地吹在河面上。河水瘦了许多，但河中那些因为疯狂采砂导致的深绿色淹子恰似一只只怪物的眼睛，不停地翻动着眼皮。近年来，由于私挖滥采，上下几十里的河岸两边，已经见不到洁白的沙滩了。

望着满目疮痍的大河，罗清河心痛地说："绿水青山就是金山银山呀！我们这一代人，需要反思的事情太多了！"

李文彬点了点头说："是啊，这两年，我们坚持将生态文明建设放在整个事业发展的重要位置上，实践证明，这是一条可持续的适合姑苏发展的好路子,如果继续任由违规建筑霸占着美丽的沂河两岸,不但我们这代人不满意,下辈人也会痛骂我们是败家子。"

前面不远便是"林海景观"康养中心,里面几栋别墅亮着灯光,在渐浓的暮色掩映下,那些华美漂亮的建筑,显得朦朦胧胧,似有仙境之美。罗清河却看不出一点美来,倒觉得它们像极了蒲松龄笔下的鬼狐居处,又极像张着血盆大口的一只只巨大怪兽,正用它那锋利的牙齿撕咬着秀美的山川河流。看着看着,罗清河又感觉那些怪兽变成了一条条绳索,正死死地捆绑着母亲河瘦弱的躯体,勒得她喘不过气,连呻吟的力气似乎也越来越弱。

他们的心情有些沉重。李文彬告诉罗清河:"这次拆除违章建筑,差不多就是砸了他们的饭碗,虽然这饭碗原本就不该端。谷天一在沂东深耕多年,据说黑白两道通吃,市里和县里都有他的后台,有的还是现职领导。咱们面临的压力巨大,接下来势必会是一场艰苦卓绝的阻击战。"

"对于这个问题,我已经考虑过多次了。"罗清河平静地回应道,"这几年,咱们姑苏镇委、镇政府的办公楼上早已高高悬挂起依法行政、铁面无私的旗帜,我相信,再大的压力我们也能顶得住。再说,这次'拆违',由市委和县委主要领导亲自挂帅,所以那些尚在位子上的'后台'若想对我们施压,也得仔细掂量掂量其中的利害关系。有市里和县里主要领导的支持,只要我们自己别在关键时候掉链子,拿下这个'堡垒'应该没啥问题,我对此有充足的信心。"

风渐渐停了,四周已不再像先前那般喧嚣,不远处的村庄里偶尔传来几声狗吠,路上不时有机动车驶过的声音。沂河的流水声更加清脆,似乎为他们吹响了"拆违"的攻坚号角。

针对沂河姑苏段拆除违法违章建筑的战斗,姑苏镇委、镇政府迅速行动,消息很快在社会上传开,百姓群众无不拍手称快。他们纷纷议论的同时,一双双瞪大的眼睛充满了期盼,成为这场战斗的最强有力的保障。

对于违建的主人们来说,他们心里很不踏实,因为他们知道,罗清河这个人,凡事都会动硬的、来真的,这次,自己一定是凶多吉少。

妻子郑元秋在电话中不无担心地说:"人家既然敢盖房,就有来头、有背景、有后台。你要看清楚风向,或等其他地方行动起来,再行动也不晚,不能不管不顾地带队冲在前、打头炮,否则,老板让你得罪了,领导也会恨你。他们只要不倒，指定会埋怨你、报复你，对咱有什么好处？你年纪也不小了，急躁脾气也该改一改了。凡事该稳着点去做，真若有变化，也有个回旋余地。你在姑苏已经待了好几年了，明年若调整当然最好，不调整，继续待在那里，也别有怨言，继续真心对待百姓，别捅娄子。挨到最后回县城找个落脚的地方，干个闲差事，有个发工资的窝就行，别与太多的人为敌。那些人可都是有手腕的，跟他们为敌，以后你不待在这个位置上，难免会遭到报复，你得考虑考虑这个家。"

  妻子所说的这些，对一个家庭来说，是实实在在的道理。罗清河也经常思考这个问题，也不止一次地想，自己也是个凡人，并无哪吒的三头六臂，与人保持一团和气，平平稳稳地走过来，没什么不好。尽管上头三令五申，但在基层，圈子文化仍然盛行，结党营私的大有人在，与他们为敌，他很清楚意味着什么。短暂的犹豫彷徨之后，他很快又想，一个共产党员，在大是大非面前，人民的利益始终是至高无上的，党员的纯粹性和原则性在任何时候都不能丢弃，自己时刻都不能放弃勇于担当的职责。

  的确，罗清河现在对抗的利益集团，不仅仅在沂东地盘上呼风唤雨，其关系在整个临江市都盘根错节，他们怎么会坐以待毙？晚上，有个陌生电话打给罗清河，先是好言相劝，说是如果需要资助，可以出八百万甚至一千万元给镇财政；如果个人需要帮忙，如给太太购一辆好车、家中想弄套好房子等等这些事都好办。随后，电话里说："眼下，我们正在加紧跑项目手续，上级有关部门正在审批中，你们先暂缓一个月，给我们让让空。"

  罗清河当然不吃这一套，他平静地对电话那头的陌生人解释说："你们的手续若合规，早就该拿到手了。清除违法建筑已列上工作日程，这是县委、县政府的决定，我无权拖延。若拖着不办，上头追究下来，我罗清河担不了这份责任。"

  罗清河想起了妻子的那番话，于是补充道："如果你们能让市委、县委出个红头文件，做个明确指示，那我们可以缓一缓。"

  这显然是行不通的，罗清河自己也知道这是废话，但这次他还是说了，若放在之前，这样的话，他是绝对不会说的，因为他不是一个喜欢说废话的人。

  见"好言相劝"不行，利诱没有成效，对方马上翻脸，放出狠话道："我已了解到,你家住在沂东县城的沂河新城小区八号楼。"

罗清河听罢,冷冷地耻笑道:"你说得没错,我给你补充得详细点,是八号楼二单元三〇一,东户。你还有什么要说的,我会认真听、仔细记,我倒真想看看,你这个臭流氓能做出什么妖孽动作来。"

对方一时没有了话语,随即挂断了电话。

随后,有说客亲自来到姑苏镇委。他从临江城来,年近七旬,一头白发,神态很严肃,举止也很严谨。罗清河很礼貌地接待了他。

通过交谈,得知他是市某局的原局长,曾经也在地方上做过县长,目前已退休在家。

尽管退休已有数个年头,但对方的官威似乎仍在,他一本正经地教训罗清河说:"与人方便自己方便,与人为善活得心安!凡事不能做得太绝,绝则错。给别人希望,也就是给自己希望;给别人留退路,也就是给自己留后路。只要镇里能高抬贵手,违建方愿交'保证金',向镇财政做'贡献'。"

罗清河内心看不起这位拿原则做交易的局长,更鄙视他虽已退休却依然端着局长架子不放的臭习气,对于这种"协调",他自然也就断然拒绝了。

沂河姑苏段的这些毒瘤,已经到了非割除不可的时候。罗清河和镇党委、政府一班人全然不顾有人在自己前行路上撒蒺藜、抛钢钉,他们要的,就是在这样的斗争环境中磨炼自己的党性,在这些蒺藜、钢钉堆里磨出一双不怕扎的铁脚板。因为他们强烈地意识到,不把官商勾结的腐败物彻底清除,老百姓对他们的信任就会大打折扣!

——他们要还沂河一个清澈的面貌。

拆除沂河姑苏段违法建筑领导小组又一次召开会议,决定由周庆山、郭霞、贺英做好通知工作,及时通知统计在册的违法建筑的主人,让他们尽快把建筑内的东西挪走,限期一周。

一周转瞬即逝,这些与权势勾结、财大气粗的违法建筑主人,仗着有人在背后撑腰,根本没把镇里的通知当回事,毫不惊慌,无动于衷。有的人甚至放言:"只要他罗清河敢动我的房子,我就敢动他的位子。"

罗清河丝毫不为威胁所动。将士出征,雄心壮志!

按照计划好的日程，星期六一大早，县公安局、检察院、法院、自然资源和规划局、综合行政执法局等部门抽调的人员急匆匆地赶往姑苏镇。

此前，镇里的同志们已在罗清河、李文彬带领下，站在沂河岸边等候着。他们头戴安全帽，昂首挺胸，如军人即将走向战场一般，个个英勇威武、斗志昂扬。

很快，四辆铲车浩浩荡荡地开进来，集结在沂河边上。

行动之前，罗清河作了简短的战斗动员，他声音嘹亮地说："同志们，今天，我们在这里即将打响的，是一场特殊的战斗，就是要将这些插入沂河岸边的钢筋拔出来！钢筋粗壮，水泥坚固，每一块石头都硬似金刚，工作难度极大，非常棘手。如果我们没有强有力的决心，是动摇不了其根基的。今天，为了沂河岸边能够重新风清气正，为了让我们的母亲河不再疼痛，我们要拿出破釜沉舟的勇气和胆识，全力以赴，不辱使命，坚决打赢这场攻坚战！"

县公安局副政委、沂河姑苏段违法违章治理领导小组副组长滕厚望坚定地说："县城来的各单位同志，在这次战斗中，要冲锋在前，决不退缩！我带头，跟我来，跟我上！"

李文彬随后表态道："在拆除违法违章建筑这场硬仗中，身为一名共产党员，我冲锋在前，决不退缩！我带头，跟我来，跟我上！"

所有参加行动的人，一齐高呼："冲锋在前，决不退缩！我带头，跟我来，跟我上！"

附近村庄前来围观的老百姓，听着这铿锵有力的声音，心中很是佩服他们的勇气和胆量，纷纷拍手叫好。

空旷的沂河岸边，红旗飘扬，党旗飘扬，"跟我来，跟我上！"的喊声雷动，震撼原野！

拆除违章违法建筑的行动开始了，铲车如同巨大的手术刀，狠狠地向长在沂河岸边的毒瘤割去！

随着轰隆轰隆的声响，一座座别墅轰然倒塌，一座座建筑被连根拔起。

罗清河聚精会神地望着。尽管这里不是真正的两军对垒的战场，但他和所有同志如同战场上的将士一样，在向腐败战斗，向破坏大自然的罪人战斗。

百姓聚集在远处，看着他们热火朝天地行动着，心中都在默默地为这群共产党员点赞！

被拆除"家"的人当然不会善罢甘休，相同的愤恨让臭味相投的谷天一和桑玉富等人很快走在了一起，他们共同商量着反击罗清河的策略。他们都是善使暗器的高手，明的斗不过，那就来暗的、使阴的。

他们三番五次地搞信访举报，但全都铩羽而归。经过认真的分析研判，他们认为走正常信访举报的路子已经行不通，必须另辟蹊径。于是，他们将希望寄托在无良自媒体和某些无底线的博主身上——这帮人跟垃圾场里臭烘烘的苍蝇并无二致，毫无职业道德，一旦钱到位，什么都说得出来。谷天一和桑玉富等人认为，只要通过这些人发布罗清河的负面新闻，并让它们像超级病毒似的在社会上传播发酵，上级承受不了舆论压力，肯定会对罗清河做出处理，到时候，管他罗清河到底有没有真罪呢！

郑家河疃村的汪塘治理工作是他们首选要做的文章，因为这是罗清河搞"迷信"活动的有力证据：请风水先生看地形、阴阳先生看六爻八卦，选在岳父村里清淤治塘，疏通大沟，联通大河，为的就是让他这条"河"的水能满起来，以至尽早提拔，飞黄腾达。

打蛇打七寸，拿人找软肋，要想击垮对手，就要抓住其要害。在他们看来，大搞封建迷信就是罗清河的"七寸"和软肋。

他们找到写手，将罗清河这一"迷信"活动写成文章，一字一句精雕细琢，力求博人眼球，然后将文章投到海风网上。他们之所以选择这个网络平台，也是经过"高人"指点的。因为这个平台规模颇大，也敢乱说，老板为人大胆，善打擦边球。为了将网站规模做得更大、更有影响力，吸引更多流量，老板对许多新闻通常不把关、不审查、不落实，只求抢"头条"。

前几年举报罗清河的那些人，一直不甘心接受失败的结果。如今，看到又有一拨人接过了他们手里的"黑枪"，且选了当下最热门的网络举报渠道，于是马上跟着兴奋起来。袁俊山更是幸灾乐祸地暗笑道："多灾多难的罗清河同志啊，你不是号称自己'打不倒击不垮'吗？现如今，这一连串铺天盖地的狂轰滥炸，即使炸不死你，也得炸废了你。不行，我老袁可不能坐山观虎斗，我得助他们一把，给他们递把刀子，或是在火上浇点汽油啥的。我要重新成为一把匕首，先往他姓罗的要害部位上刺一刀再说。总之呢，我这颗闲置已久的'冷棋'得重新热起来才对。"

的确像他们预想的那样，对这样的爆炸性新闻，海风网自然不会放过，他们未经严格审理稿件，就立时给予发表。随后，许多不明真相的网站和自媒体纷纷转发了这则消息。有些短视频博主甚至还人模狗样地操着一口蹩脚的普通话，加上一些自己的臆测，展开所谓的评论。一时间，网络上关于罗清河的问题被炒得沸沸扬扬，十分热闹。

很快，沂东县的人们知道了，姑苏镇的老百姓知道了，罗清河本人也知道了。

看着这不实报道，罗清河气愤难平，他让徐以明马上通过电话跟网站取得联系，向对方说明事情真相，要求他们尽快撤稿删帖。谁知，那网站老板和他的团队对真相压根就没有兴趣，他们只关心这则新闻带来的流量和自己网站知名度的提升。

电话打了，信也写了，五天过去了，十天过去了，对方不但没有任何回音和动作，网络上被煽动起来的负面效应却越来越大。袁俊山、许建林等人像打了鸡血似的，一遍又一遍不厌其烦地在微信朋友圈、临江社区吧、沂东春秋论坛等媒体上转发着这则消息，并声泪俱下地痛斥罗清河前几年对他们的"打击迫害"——当然，他们用的全都是假名字。

尽管心如明镜的罗清河对此非常坦然，可县里的领导沉不住气了，分管意识形态工作的县委副书记颜廷立马上向新上任不久的县委书记胡爱军作了汇报，并陈明这消息造成了较为严重的社会影响，给沂东形象抹了黑。最后，他说："是不是立刻对罗清河做出处分，以尽快平息议论，消除负面影响？万一这山火烧起来，可就真惹上大麻烦了，万万不可因为罗清河这一根燃烧起来的木棍，烧毁了沂东的大片森林！"

胡爱军是从共青团省委常委、组织部部长位子上空降到沂东县担任县委书记的，他初来乍到，人生地不熟，遇到这等事不啻被当头棒喝，不免有些心惊。他深知，许多好事者巴不得将这件事情无限地放大，若不尽快平息这一负面舆论，凭借现如今网络的传播速度，全国各地的短视频博主很快会进驻沂东，那局面势必会滑向不可控的地步，这是他必须竭力避免的后果。因此，尽快平息当前舆情成为当务之急，至于是否对罗清河做出处分，那得看他有没有真的犯事，若缺乏真凭实据，何来处分之说？

再三思量后，他最终决定求助于省委宣传部和网信办。随后几天，随着省委宣传部和网信办的介入，加之网络上又出现新的热点，喜新厌旧且乐于追腥逐臭的不良网站和自媒体又找到了新的目标，他们对罗清河"迷信"问题的兴趣顿时锐减，这一事件的热度才算慢慢降下温来。

不过，罗清河内心的激愤却没有因此平息。他左思右想，决定拿起法律的武器，捍卫自己的权益。他通过电话咨询沂东律师事务所的张本正律师，说明事件的前因后果，询问该如何去维护自己的权益。

张律师回应道："这个网站的注册地址不在咱们省，你发信函，他们根本不接应。有效的办法就是打官司，让法律做出公正的判决。"

罗清河说："那就坚决打官司，不能让这些吃人血馒头的无良网站为所欲为。"

于是，他委托镇司法所的邢念明起草起诉书，之后，他亲自将它送到沂东县人民法院。

舆情本来已经平息，颜廷立也跟着长舒了一口气。没想到罗清河现在又重掀波澜，直接去县法院起诉了网站，顿时又在社会上引起了纷纷扬扬的议论。

颜廷立得到消息后又气又急，他马上通过电话将罗清河叫到办公室，劈头盖脸地训斥道："为了平息你这件糗事，我和爱军书记专程跑到省里，又去了市里，求爷爷告奶奶，好不容易将舆情处理好。你倒好，又重新将它翻腾起来，到底想干啥？还有没有点政治觉悟？你马上到县法院撤诉，不要再节外生枝，免得让人家重新炒作起来。"

罗清河解释了几句，见颜廷立听得很不耐烦，便不再多说，转身走了。

沂东县人民法院立案后，很快进入开庭阶段，工作人员按照程序，将庭审通知书等相关法律手续下发给海风网，让其派人出庭，但海风网依然置之不理。

不久，沂东县人民法院做出判决，认定海风网发布虚假信息，侵犯了罗清河的个人权益，勒令其马上删除不实之词，并公开赔礼道歉。

之后，罗清河拿着判决书，复印了三份，专门送给颜廷立一份，送给县委办公室一份，又送给县纪律检查委员会一份。

来到颜廷立办公室时，罗清河什么也没有说，只是将复印件放下后转身就走。

呆坐着的颜廷立瞬间不知说什么好。

人民法院庄严的判决，已经说明了一切。

五十一

多年的风吹雪打、日晒雨淋，让镇委、镇政府大院南墙上那鼓舞人心的"扑下身子办实事，振兴姑苏留脚印"几个大字渐渐褪色，不再鲜亮。

罗清河让秦明义买来一桶红漆、几把刷子，趁清晨早起后的空闲，他与李文彬、周庆山、郭霞等人，一人拿一把刷子，蘸着红漆，认真地把所有大字重新刷得鲜艳醒目，富有生机。

俗语道，铁打的衙门，流水的官。在姑苏一起搭档几年，俯下身子干实事的几位亲密战友，马上就要离开姑苏，到新的工作岗位任职。根据组织安排，李文彬调任石驼镇党委书记，周庆山调任狐山沟子乡乡长，徐以明被提拔为团县委书记，贺英通过选拔考试被调到李林镇担任妇联主席。郭霞担任姑苏镇委副书记、代理镇长，县委宣传部理论科科长刘长江调到姑苏镇担任党委副书记。

姑苏镇部分干部得到提拔，国土资源管理所所长程兴起却出事了。谷天一在向罗清河放暗箭的同时，也射出明箭，到县纪委告发程兴起受贿。随后，程兴起被传去，接受组织调查。

罗清河依然原地不动。

人都是父母生养的，不是石头刻的、泥捏的，罗清河也有着正常的七情六欲，何况还有着丰富的感情和深刻的思想。

在罗清河的办公室，当县委组织部部长葛洪波向他说明这次全县干部调整没有他，并进行抚慰时，罗清河沉默了一会儿，抬起头笑了笑，声音低沉道："我在这里，满打满算，已干了八年，说句掏心窝子的话，我也想有个新变化，希望到更高的平台去工作。平台高一点，能够干更多的事情嘛。"

他有些无助地看着葛洪波，言语中不免透露出几丝委屈。

葛洪波解释说："对你的工作安排，组织上是经过慎重考虑的，你要相信组织。田书记在这儿时，考虑到姑苏好多项目都敞着口，工作需要有个延续性，所以建议你继续留在这里干一段。新书记刚来没多久，对县里的情况了解得还不够全面，对有些人事安排，决定先放一放、等一等。"

罗清河略略提高了腔调，不解地说："新来的书记不了解我，可你们是了解我的！这次，其他乡镇的党委书记有的提拔了，有的调整了，他们绝大多数任职时间都比我短，为什么我的人事安排就得先放一放、等一等？说句良心话，我这人不是'官迷'，但常言说得好，人活一张脸，树要一张皮，组织动动我，让社会上的人看到，我为人民是做了工作的、尽了努力的，我本人也会欣慰。哪怕平调，交流到县里某些重点办局也好啊，难道一直让我在这里吗？"

接着，他话锋一转，直截了当地问："葛部长，我问句可能不该问的话，出现这种情况，是不是还是这些年关于我的信访问题颇多的缘故？我想听句实话，刚才您说的那些理由，有些牵强，站不住脚吧。"

"这应该算是一个原因吧。其实，按照组织规则，我不该多说的。"葛洪波沉思了一会儿解释道，"特别是前期，海风网发布的那些消息，应该说杀伤力还是很大的。你也知道，副处级是市管干部，县里只有推荐权。这次县委常委会在研究你的问题时，大家意见不统一，海风网那事，是个缘由。"

"如果我真出了问题、犯了错，我甘愿接受组织的任何处理，甚至枪毙我都成，但那些信访问题，市、县纪委调查后都一一落实了，纯属子虚乌有。至于海风网对我的不实报道，人民法院最后也做出了公正判决，大家因此意见不同，从何说起？总得给我个令人信服的理由吧！立党为公、执政为民，勇于同不良风气和行为作斗争，不正是我们共产党员该做的吗？在基层当个镇党委书记，得罪人难道不正常？我总不能因为可能会得罪人就做个甩手掌柜或是老好人吧！那样的话，还对得起共产党员这个光荣称号吗？县委常委会对我做出这种结论，我实在想不通。我算悟透了，说白了，就是个别领导私下对我有意见，然后趁机对我使绊子。"罗清河气呼呼地说。

"清河啊，咱俩也是多年的老同事、老朋友了，我也不用拐弯抹角，你就听我一句劝，你这年龄，正是干事业的好时候，你又是个想干事业的人，现在安排你去清闲部门蹲起来，是不是有点早？你自己怕是也不甘心啊。姑苏是咱沂东的重镇，也是近几年在省里挂上号的明星镇，交给别人干这个镇党委书记，领导还不放心呢。你个人在政治、作风、生活上又没有硬伤，提拔或者调整不过是早一天晚一天的事，现在着急什么？越是这个时候，你越要沉住气才是！"颇为老到的葛洪波劝慰道。

罗清河的声音有点大，传到了隔壁的党政办公室。贺英以为他们在吵架，不放心地跑过来，站在门口，不安地观察着里面的动静。

看到门口站着的贺英，罗清河这才发现自己有些失态，他冷静了一下后，转身走到旁边的脸盆架，摸起搭在上面的湿毛巾，抹了把脸，然后又回头平静地对葛洪波说："虽说刚才我有些牢骚，但我坚决服从组织的安排。"

葛洪波走后，罗清河长长地舒了一口气。他振作了一下精神，喊来秦明义，让他去买点瓜子和糖果，用惯用的一杯茶水、一盘瓜子和一盘糖果，欢送老同事。

迎送会上，李文彬深有感慨地说："与罗书记搭班子这几年，我时刻都能感受到他的一身正气，学到了他太多太多可贵的东西，那就是不怕硬、不信邪、只唯真、只唯实，把对党的事业的忠诚，用崇高的思想境界和实际行动表现出来，树立党的基层工作者的良好形象。尤其是在维护群众的利益时，旗帜鲜明，绝无二心；在痛击损害群众利益的不良行为上，毫不犹豫，决不手软。这一点，一般人很难做到，实属难得。这次，组织委派我到石驼镇担任党委书记，我会在新的岗位上，继续向罗书记看齐，脚踏实地，勇于担当，时刻把老百姓放在心上，勤勤恳恳地履行职责。"

罗清河笑着说："现在离开我了，还怕我干什么，应该多说说我的缺点才是。在一起工作这几年，我一次次对你们发火，还请你们原谅。有人说我霸道，我也感觉到了自己霸道，有时独断专行。你们在离开姑苏之际给我戴高帽，我听了，真还架不住呢。"

周庆山接过话笑着说："我很认同文彬书记的观点，这几年跟着罗书记锻炼，学到了很多东西。这不是吹捧，是我们发自内心的真切感受。您经常说，自己的力量再大，不过是一个人的力量，自己的智慧再多，也只是一个人的智慧，只有群策群力、团队齐心，才是扎扎实实做好基层工作的保障。每次开党委会，您不是霸道，更没有独断专行，而是把民主集中制贯彻始终、落到实处，为我们树立了很好的榜样。"

罗清河笑着打断他的话说："不要把欢送会搞成了对我的表扬会，我只是做了自己该做的工作罢了。"

周庆山继续动情地说："跟您在一块搭班子，我是真不想走。跟着您去各村调查了解情况的次数多了后，才发现对村里的情况，您心里比村干部都有数。每次，看到您苦口婆心地对村党支部书记进行教育，让他们多想想如何更好地履行自己的职责，想想村中的发展优势在哪里，如何在改革开放的大环境下加快发展速度、提升发展质量，想想还有哪一户人家处在贫困线上，如何帮他们脱贫……我这心里啊，真的是由衷地敬佩、信服。请老领导放心，我到狐山沟子后，一定要把这种朴实的工作作风带过去。"

大家拉了一阵子家常，想到老书记还在姑苏"坚守"，原地不动，周庆山有些不解地说："罗书记，这次人事调整，我以为您会动动，可没想到——"

一听周庆山要为自己"鸣不平"，罗清河再次笑着打断他的话说："我的事，就不用你们操心啦。人都有虚荣心，所谓人要脸、树要皮嘛，我若说自己没有丁点虚荣心，那就虚伪了。前几年，我的确有些想法，想把本职工作做好的同时，也能获得大的发展空间，既能干好事业，也能尽快得到提拔，光耀下门庭，好让罗家祖坟也冒冒青烟。但现在这想法平和了，工作只有分工不同，没有高低贵贱之分。无论组织安排我们在哪里，都需要尽上十二分力气做好本职工作，决不能辜负组织对我们的信任和期盼。继续待在姑苏，为沂河两岸的人民群众服务，这也是我的心愿，我真的喜欢这片土地和这片土地上的人民。套用诗人艾青的那句诗：'为什么我的眼中常含泪水，因为我对这片土地爱得深沉。'这样说，可能有些煽情，但的确是我的心里话。"

"凡事有得就有失！"罗清河话锋一转道，"我记得刚来那阵，本欣笑着对我说：'罗书记，咱姑苏的团结和谐你肯定早有耳闻，正因为如此，姑苏才成了"发射架"。现在你来了，咱们要继续给这个"发射架"上好油，将各个部位调试好，一个任期之内，保证让你升进县委常委班子，要不就提拔到外地，到时我们看望你去。'当时，我也很想把这'发射架'调试好，可我很快发现，那样做，百姓不满意，群众不答应啊。过了不久，本欣又推心置腹地告诉我：'罗书记，你得学会玩，边玩着边把工作干了，那才叫本事哩。'我直截了当地告诉他：'那种会玩，我还真学不会，也不想去学。'当时，本欣很不情愿地回应我，说我若是个中医，把脉水平肯定一般。这虽是半开玩笑半认真的话，但反映出来的问题还是很现实的。我们工作有时可能就这样，想让群众更满意，就要付出更多，就得不怕得罪一些权贵和既得利益者。我希望你们在新的工作岗位上，始终保持共产党员敢于斗争的风骨、气节、操守、胆魄，时刻将群众的冷暖、百姓的利益放在心上，要勇于同一切损害党的纯洁性和群众利益的行为作斗争。当然，在有些问题的处理上，也要掌握方式方法，要灵活、有技巧。在这方面，我是有过教训的。"

又一阵寒暄之后，大家依依不舍地从接待室走出来，走到院子里。

李文彬在院子里环视了一周，最后把目光落在东南角那几棵银杏树上。那是罗清河刚来姑苏时栽下的，如今长高了、粗壮了，已成为一片小树林。沉思了几秒后，他迅速收回目光，回头用力地握了握罗清河的手，然后大踏步径直走向送他去石驼镇报到的车子。

罗清河依依不舍地望着昔日的一个个伙伴、战友走出院子，眼窝不禁一热，心头涌上一股离别的酸楚来。

之后，罗清河来到沂河边散步，他想放松一下心情。河水波澜不惊，令他沉思。

罗清河原地不动的消息，很快在社会上又刮起一阵风。"袁俊山"们再次活跃起来，他们四处散布流言，转发小道消息。这些消息不时地灌进罗清河的耳朵里。有人说罗清河脾气不行，得罪了市里的某个领导，被打入"冷宫"，以后没希望了；有人说，罗清河工作上捅了大娄子，领导一直忙着替他擦屁股，还没擦干净；还有人说，县纪检委已经对他开展立案审查，很快就出结果……各种各样的传言不绝于耳，罗清河感觉身心俱疲，很想休息一下，调整下心情。

随后，罗清河安排了一下工作，回到县城，在家待了两天。他犹豫再三，最后还是艰难地将未获提拔的事情，告诉了妻子。

其实，郑元秋早听说了，她平静地劝慰丈夫："那么多人瞅着一个位子，不容易啊。没提拔也没啥不正常的，咱家又不是吃不上喝不上，顺其自然呗。咱们干点事，只要对组织、对老百姓问心无愧，人没这没那，平平安安的就行，想那么多干吗。"

接着，罗清河又想：自己岳父家就在姑苏镇，这几年没有很好地同老人说说话、谈谈心，是不是有些不近人情？两天后，他从县城返回姑苏，特意去超市买了两瓶酒，打算趁周末休息时，去看望岳父，顺便想陪老人喝上一盅。

周六一大早，罗清河将自行车从车棚中推出来。这辆自行车是他刚到姑苏时购买的，伴随了他八年，当年崭新的车子，如今也"老了"——链子换过几次，车架碰掉漆的地方生了锈，不再鲜亮。但这依然是他心爱的坐骑，他精心呵护着它，不时地用抹布擦一擦车身，为轴头、链子等地方上点润滑油。在姑苏这些年来，他骑着它下乡进村，到学校进企业，走过了多少个日出日落，经历了多少次风霜雨雪。

在亲戚面前，罗清河很怕别人提及这次全县干部调整的敏感话题，这是他心里隐隐的痛点，但在与岳父交谈时，这又是一个避不开的话题。

看到罗清河内心有些纠结，情绪有点低落，岳父语重心长地劝道："我干了一辈子教书匠，也有过去教育局和县团委任职的机会，但我当时还是决定留校，继续教书。有些人不理解，认为我傻，但我自己最清楚我想干什么，又能干好什么。我舍不得离开那三尺讲台，那里才是我想待也该待的地方。看到一茬茬孩子们走出校园，成为对社会有用的人才，有的还成了国家的栋梁，我觉得，那才是我最值得自豪的成就。我们做事情，不是为了求得人家眼里的成功，而是要做好自己该做的事。让你继续留在姑苏，有啥不好？你在这里做了一番事业，功绩也受到老百姓的夸赞，那你觉得自己就应该得到提拔？你有没有想过，你所做的这些，其实与老百姓对你的期望还远着呢？咱们姑苏镇啊，有六万多常住人口，是个大乡镇，你就是努力一辈子，也不一定能让这里的每个人都过上好日子，何况只是短短几年的任职时间呢？如果能有机会继续为这里的百姓服务，带着大伙继续抓好乡村振兴，让老百姓口袋里的钱更多、吃得更可口、住的房子更宽敞，是不是比你得到提拔更有价值，也更有意义？如果能想到这些，你心里又有啥过不去的坎呢！"

岳父的一席话，让罗清河瞬间醍醐灌顶……

五十二

又是一个深沉的夜。从岳父家回到住处，罗清河躺在床上，回想起岳父说的那些话，不免有些羞愧。是啊，现在的自己到底怎么了？回想起当年初到姑苏时，自己血气方刚、激情澎湃，心里只装着党和人民的事业，装着群众的幸福。在一次镇党委会上，自己把心底亮给了大家："我也是有理想、有抱负的人，来到姑苏，就是想全心全意为一方百姓谋福利。为此，我一定会树立好自己的政绩观，绝不能老想着提拔升迁。个人提拔不提拔，那是组织的事，我们只管把姑苏人民的幸福放在心头，真心实意地在这片土地上奉献自己的青春和智慧，做到不愧党的培养、不辜负这块土地上的人民的期望就行了。"

现在，时间过得久了，在姑苏做出了一些成绩，居然有了满足感和自傲倾向。组织没提拔自己，居然产生了失衡心态，甚至对着县委组织部领导表达不满情绪，自己的党性修养跑到哪儿去了！曾经，多少个夜深人静的长夜，自己不止一次地思索、拷问自己的灵魂：假如某一天，需要为所追求的事业献出自己宝贵的生命，我是否能够像无数革命先烈那样，高扬起不屈的头颅，无所畏惧地凛然向前？

他脑海中再一次浮现那些英烈的身影。他们也有亲人牵挂，也有儿女情长，但为了党和人民的事业，为了坚守崇高的信仰，宁可断筋骨、掉头颅，不惜以自己的生命为代价，为人民大众争得权利、争得自由，为人民迎来富强、民主、自由、平等的美好新生活。而现在的自己呢？

想到这，罗清河鼻子轻轻而急促地哼了两下，嘲讽起自己，随后摇摇头笑了。

一丝月光从窗帘的缝隙中挤进房间，落在床边的西墙上，如一道银线。

他看了看窗帘，起身将它拉开。悠悠如水的月光，瞬间洒满了一地。

多数人已进入梦乡,而罗清河却毫无睡意,他索性走出宿舍,来到院子里,站在枫树下,独自享受美好月夜的一份宁静。

手机铃声突然响了,是李文彬打进来的。

这么晚了,他怎么也没有睡?颇有些诧异的罗清河接通电话。

电话的那头,李文彬告诉罗清河,到石驼镇之后的这段时间,他想想身上的重担,一直睡不好,今晚也毫无睡意,所以想起给老领导打个电话。

李文彬动情地说:"在姑苏镇时,有您这个主心骨在,我工作起来顺风顺水,现在到了石驼镇,突然有了一种找不到方向的感觉。石驼是个经济相对落后的乡镇,自然资源不及姑苏富有,干部的思想也相对僵化。我打算过几天,带上石驼镇的机关干部和各村党支部书记到姑苏参观学习现代农业,并请老班长您给大家上上课,讲一讲新时期如何发挥党员的模范带头作用,让党员同志能够以更加饱满的热情,迎接新时代的挑战。"

罗清河心里一震,沉思了几秒,对电话那头说:"文彬啊,其实人性的许多弱点,在我身上也体现得很明显。这次调整,因为组织没动我,加上最近这些天,社会上传出许多关于我的传言,我受了一些影响,思想产生了些许波动。下午,我去了趟岳父家,他的一番话给了我很大的启发。许多时候,个人利益的确是一块试金石,比之方志敏、赵一曼、焦裕禄这些我们时常挂在嘴上的真正的共产党员,我的思想境界差了不止十万八千里!我们付出的那点努力、取得的那点成绩,在他们面前,不值一提。现在,因为个人调整问题而出现思想波动,我深感羞愧!下一步,我要继续振奋精神,热情拥抱明天,继续在姑苏这片热土上,为让六万多名父老乡亲能够过上更美好的生活而努力奋斗。"

一个星期之后,李文彬带领石驼镇的机关干部和各村党支部书记,来到姑苏。

简单的寒暄之后,工作人员引导着大家来到大会议室。

坐在主席台上的李文彬首先向他们介绍罗清河:"同志们,这位就是我在姑苏镇工作时的老班长——罗清河同志。之前那些年,因受社会上不良风气的影响,我思想动摇过,内心怀疑过,行动上也攀比过,说到底,是我在党性上出了问题。是清河书记让我真正懂得了入党时举着拳头所说的那些话的内涵,懂得了什么叫担当以及如何担当。"

李文彬边说边扭头看了看罗清河,继续说道:"清河书记非常注重党员干部的思想政治学习,他来姑苏后,我们的集体学习很快成为一种制度、一种习惯。学习,使人明志、明心。清河书记在组织学习中,不是就文件学文件,不是枯燥乏味地搞教条学习,而是让同志们在学习过程中,坦荡心胸,真诚地交流思想、交流工作。比如,当他向同志们详述了方志敏同志的光辉业绩和崇高品德,提出把对党的忠诚贯穿在工作、学习之中后,大家再重温《清贫》,就逐渐有了不同的感受,对党的伟大革命事业的那份忠诚和坚定又回到了我们的日常组织生活中。与罗书记共事的这几年,他给我最深的印象就是实,不弄虚作假。人过留名,雁过留声,让老百姓说一句'这人不愧为党的好干部'固然重要,但在被误解甚至被嘲讽时,依然尽心尽职地工作,依然用一个真正共产党员的标准来严格要求自己,更是难能可贵!今天,大家一起来到姑苏,要认真听一听清河书记是如何践行入党誓词的,学一学他为民办事的真心、发展经济的苦心、廉洁自律的戒心和倾听百姓呼声的细心,从而奋发进取、勤奋工作,无愧于人民的期待,无愧于党的培养,无愧于这个伟大的时代。"

听了李文彬慷慨激昂的一番介绍后,罗清河笑着说:"文彬同志把我拔得太高了,有好多不谦之词。其实,我是一个优点比较明显,缺点也比较突出的人,有时脾气很不好。与文彬书记搭班子这几年,因为工作,他没少受我不留情面的批评,估计一开始也会心生怨言,甚至怨恨。但时间一长,他会明白我这个班长近于苛刻的批评,是出于公心。为让父老乡亲办事方便,镇里设立了便民服务窗口,由文彬同志具体负责。我有空时就过去转一转,看一看。有一天,我发现一位农民大哥一脸焦急地满大厅游走,我上前询问,得知他来找农业办办事,可见不着一个人。咱们换位思考一下,想想那位大老远跑来的农村大哥看到我们对待人民群众的态度,该是多失望。我随后猛批了文彬同志一通,让他加强责任心,既然负责这项工作,就要不定时地监督,把为群众办好事、办实事的要求真正落到实处。我的体会是,对待下属就像拍篮球,用力拍才能越起越高,不用力拍一拍,它在原地就不动了。"

说到此处,罗清河转头看了看身旁的李文彬笑道:"文彬同志的脾气比我要好上百倍,当时他未作任何解释,只是一味地检讨自己。后来,文彬和班子其他同志也都理解我几近苛刻地'拍'他们,就是为了督促他们用心做事。只有这样,老百姓才能省心、放心。这样的'拍',去掉了人的惰性,激励了上进心。"

"清河书记每次批评同志们都是对事不对人,从不乱发情绪、乱批评,问题明摆在那里,有理有据,我当时心服口服。"李文彬笑着解释。

罗清河笑了笑,又转头对大家说:"现在,县委安排文彬书记到石驼镇工作,既是组织对他的信任,也是他个人努力的结果。常言道,干部干部,'干'字当头。成绩是干出来的,不是想出来的,更不是演出来的。群众利益无小事,在新的形势下,如何发扬我们党密切联系群众的优良传统,思百姓之所思,想百姓之所想,更好地服务于石驼的父老乡亲,是你们应关注的问题。这不但要看他的作为,更要看大家的配合。俗话说,百年修得同船渡。能在一起工作,本身就是一种缘分,现在你们同在石驼这条船上,就要合力划桨,让这艘船快速向前行驶。文彬书记为人坦荡,也有很强的工作能力。在今后的工作中,他可能会对你们提出批评,希望你们端正态度,正确理解和对待批评。当然,尽管他是班长,但也是班子的一员,更是一名普通的共产党员,你们对他有什么建议和意见可以直说,尤其对他工作上的疏漏、存在的问题,一定要及时指出来,不要客气,这也是对他的帮助和促进。我相信文彬同志是有这个境界的!"

"在基层工作,一定要接地气,真心尊重农民兄弟的感情。"罗清河继续笑着说,"当年,我们与杨家官庄村多次沟通,决定在那里建设花卉苗木生产基地,育一些当地的绿化品种,再从外省引些其他品种。我们想着,三年之后,农民增收不说,该村也会成为全镇现代农业的一个亮点。当时,那片地中有三分之一的麦田,我们测算了一下效益,觉得提前栽上花卉、苗木的小苗子很划算,于是就急功近利地动员村民把麦苗翻了。没想到,这引起了有些村民的反对和阻挠。他们生气地说:'眼看粮食到嘴边了,能这样糟蹋吗?'起初,我们不理解,经济账明摆在那儿,错过这一季,就得延后一年见效,可后来又想,农民对庄稼是很有感情的,麦苗已开始返青,他们下不了手,也在情理之中。搞发展不能一刀切。好饭不嫌晚,但如果伤害了老百姓的感情,这个债就大了!后来,我们尊重了村民的意见,将那部分土地留到次年开始育苗。我举这个例子,是想说明一点,我们不可能不出问题,在做决策时,也可能会出现偏差。出现了偏差怎么办?绝对不能遮遮掩掩,对于失误和出现的问题,要有改正错误的勇气。"

台下响起了热烈的掌声,罗清河停下讲话,待掌声落下,他最后说:"至于新时期如何发挥党员的模范带头作用,我送给大家几句话:胸襟坦荡,光明磊落,踏实做人,诚实做事,守信固本,吃苦在前,享受在后。要根据本镇、本村实际和资源特点,用心琢磨如何加快区域经济发展。镇直机关干部,要多听听村里父老乡亲的呼声;村党支部书记们,要多串门,多与老少爷们儿拉拉呱,把他们的需求记在心里。姑苏的现代农业也只是起步阶段,还有好多事情要做,石驼镇的许多发展经验也是姑苏镇需要学习的。大家既然来姑苏了,就在参观中多提意见,姑苏和石驼可以各选两个村庄结成对子,便于以后交流,共同发展。"

之后,按照提前定好的线路,大家参观了蔬菜大棚、花卉产业园、现代渔业、蔬菜加工、大面积粮田保护区等。在不同的参观点,罗清河亲自为石驼镇的机关干部、村干部们讲解。

前来参观学习的人们,既开了眼界,又有了担当精神,增强了结合实际做好石驼经济发展的信心。

五十三

今年冬天的雪比往年下得勤。入冬后没几天,一场场雪便飘下来,大地很快呈现出一片片斑驳的白色。

在凛冽的北风中,日子转眼到了年底,春节就要到了。姑苏集市上的年味一天比一天浓,寒冷的天气驱不走人们的热情,冻不住祥和的氛围。集市上人头攒动,好不热闹。卖春联的、卖年画的、卖灯笼的、卖鲜花的、卖锅碗瓢盆筷子勺的,等等,应有尽有。吆喝声、欢笑声、嬉闹声,在冬日的姑苏上空飘荡着。服装摊子前,女人领着孩子,为自己和孩子选着庆祝新年的衣服。

天上,阴云很厚,看来要下一场大一些的雪了。瑞雪兆丰年,是个好兆头。

镇文化站站长左秀安走进罗清河的办公室,递给罗清河一份节后文艺会演的通知,然后将昨天县委宣传部、县文广新局召开的全县春节期间文化工作会议精神作了汇报,并汇报了近期全镇开展群众文化活动的计划。春节前,文化站计划组织镇内部分书法爱好者,开展下乡写春联、送春联活动。春节后,除了组织参加全县文艺会演外,还会在镇文化广场组织几场演出,既有镇艺术团组织的专场,也有各村和部分企业准备的节目。

罗清河详细看了一遍文艺会演的通知,指示左秀安与百灵艺术团的吴安顺、刘品行好好研究下,让他们自创自编一些大众喜闻乐见的好节目,争取在全县会演中拿个好名次。

左秀安走后,罗清河踱到窗口,在窗户前站定。望着飘下来的雪花,他想起少年时在姥娘家过春节的情形。姥娘在厨房忙着炸鱼炸肉,置办上坟的祭品。姥爷从街上给他买来摔炮,还有一个涂了红绿颜色的泥哨子。那是最让他开心的时刻。摔炮的个头很小,十余支成排地粘在一起,装在一个简易的牛皮纸盒里。他兴奋地抓着摔炮,飞快地跑到巷子里,与几个小伙伴一起,将一支支摔炮掰下来,捏着两端,用力摔在地上、墙上。摔炮的响声不大,但清脆悦耳。响过之后地上和墙上跟着呈现出豆皮大小的黑色印迹,空气中弥漫着幽微的火药香味。直到大人们喊他们回家吃饭,孩子们才恋恋不舍地彼此挥手道别。

童年的记忆是美好的,那时的日子虽不及现在富足,但每每回味起来,罗清河内心仍不由自主地泛起无言的感动。那情形是那么亲切,让人心安。

眼下又到了年关,似乎一晃的光景,几十年过去了,自己在镇党委书记位置上也度过了数个年头。因为对顾家汪村有深深的情感,罗清河心里早就产生了一个想法。

第二天一早,安排好所有的工作之后,他对左秀安说:"左站长,走,随我走一趟。"

左秀安问:"上哪?"

"顾家汪。"罗清河答。

顾家汪是一个古老的村庄,在镇驻地东北十多里处。明洪武三年,顾姓祖先从青州迁来,在此立村。

两人骑着自行车，走出大门，沿着一条坑坑洼洼的路，一直向东奔去。

两人边走边拉起家常，罗清河告诉左秀安："我姥娘家就在顾家汪村，我二姐也嫁到了这个村。"

十多里的路，骑着自行车不足半个小时，他们便到了顾家汪村。

冬天的早晨，路上和巷子里少有人出现。村子外围新的宅基地上，盖起了一排排新房子。除周边新建的房屋外，村庄里面基本还是老样子，变化并不大。

他们缓缓地往前走着，罗清河有时会驻足凝望一阵子。风风雨雨几十年过去了，姥娘家居住的这道巷子，模样却没有什么太大的改变。许多房子还是二十世纪七八十年代建起的泥坯房，但都已褪去房顶的茅草，换上了青色或红色的瓦片。大门侧墙根的碾还是那台老碾，推碾人依然把石碾推得吱吱呦呦地响；村头的井还是那口老井，只是再也见不到匆忙往家担水的人；巷子还是那条熟悉的老巷，但两侧有些宅院已没有人居住，已屋塌墙毁；记忆中的大榆树不在了，那棵棠梨树也不见了。

故去的，还有姥娘和姥爷，以及巷子两侧宅院里曾经住着的小脚奶奶和叼着旱烟袋的爷爷——此刻，他们的身影似乎又晃动在罗清河眼前，他们的脚步声、咳嗽声以及隐隐的说话声好像又传到罗清河的耳朵里。他多想再见到姥娘那慈祥的面容，听到她疼爱子孙的声音；或是从哪个宅子里推门走出来一位他熟悉的老人，亲切地喊一声他的乳名，让他回家坐坐。

少年时的一幅幅画面闪动在罗清河的眼前，说不出的情感在他的内心涌动着。看着一个接一个的大门，他依然能说出这是哪位小伙伴的家。

之后，罗清河又带着左秀安来到二姐家门前。姐夫遭遇车祸亡故后，二姐便从顾家汪村又回到娘家村了。他童年、少年时在这里的那些欢声笑语已远去，二姐夫的音容笑貌也已不再，罗清河的内心不觉一阵酸楚，眼窝跟着湿润起来。

在二姐家那熟悉的门前站了一会儿后，两人又从巷子的北头走到南头。左秀安问："罗书记，咱们再去哪儿？"

罗清河微微一笑说："去顾怀举家。我来姑苏工作已经多年，若说没有一点私心，那是假的。你看，我姥娘家村庄的这路，多年来一点变化都没有。我在姥娘的家乡工作一回，这村的路居然一直破破烂烂，我怎么对得起这里的父老乡亲！"

左秀安试探着问："咱们这次来顾家汪是？"

罗清河继续笑着说："我有个想法，与顾怀举商量下，争取明年春天把村北咱们来时走的那条路修起来。如果再不修，万一我被调走了，会留下一生遗憾的。再说，其他村该修的路都已修完了，不能再继续留着这个尾巴。"

说着，两人就向村东那片新住宅区走去。

路上，罗清河语重心长地说："秀安啊，把顾家汪村这坑坑洼洼的路修好，我也好还一笔情感债。我从小在姥娘跟前长大，她那么疼爱我，秋冬季烙完煎饼，她总会在未燃尽的灰堆里埋上几个地瓜。等我和表哥、表弟、表妹们在外边撒完野，玩饿了回家后，姥娘总是把烤得最好的那个地瓜分给我。现在闭上眼想一想，那场景依然是那样清晰，那份情我永远都忘不了。"

边说边笑着，他们来到了村党支部书记顾怀举的家。

一看镇党委书记来了，顾怀举忙笑着说："罗书记，天还下着雪，您二位领导怎么这么早就来了？"

罗清河点了点头笑着说："这不想你了嘛，所以就来了。"

他没有进屋，而是站在顾家的院子里，看了一圈，最后把目光落在顾怀举身上，瞅着他问："你认得我不？"

顾怀举一愣，有点丈二和尚摸不着头脑，于是反问："咋不认得？你不就是镇里的罗清河书记吗！这几年，去镇上开过那么多次会，你也经常到村里来，难道有错吗？"

罗清河继续瞅着他问："我除了是镇上的罗书记，你再仔细瞅瞅，我还是谁？"

听到来人这样说话，站在旁边的顾家老太太忙上前走两步，细瞅了瞅他，猛然一把抓住他的胳膊，惊讶地说："呀！你，你不是志国的小舅吗！"

罗清河开心地答道："是，我是志国的小舅，俺姥姥家就在您家西边的那道巷子里。"

顾怀举马上定睛细细地看了看，一下子抓住罗清河的胳膊，激动地说："嘿，还真是你哩！你虽然小我几岁，可那时咱们在一起玩过呢。还记得不，当时在村前的打麦场上,我们年龄稍大点的孩子喜欢玩滚碌碡的游戏,我们玩,你们看。你的小名我还记得,那时不兴叫大号。你刚来上任时,我就看你眼熟,但多年未见,不敢攀高亲,怕认错了。你那个脾气,又厉害得很,一旦认不准,指定会说我拉亲找故,批我一顿。不值得啊!"

"唉,今天先给老表哥道个歉!"罗清河叹了口气说,"我来后,有些好事,姥娘门上没摊上,但遇到难事时,我总会把矛头先对准你们,让你们受屈了。当时我想,也许只有这样,我内心才更坦然,说话才更有力度,才能更好地把姑苏的各项工作开展好。"

说到这儿,罗清河把话收住,接着将话题转到顾怀举身上:"你当村党支部书记多久了?"

顾怀举笑了笑道:"十一个年头了。"

罗清河听后,沉思了几秒,然后收起笑容问:"你已经当了十多年的村党支部书记,先前有没有想过、算过,你为村里的百姓做了多少具体事?"

顾怀举看到眼前的这位"亲戚"突然收敛了热情,板起脸来,心里开始有点发毛,便不再接对方的话茬。

罗清河继续说:"你看啊,经济发展暂且不说,单就看这村容村貌,除了增建了一些新宅子,其他没有什么大的变化。最起码的,这通向村外的路,是不是应该修一修?"

顾怀举为难地解释道:"我倒是想修,可村集体没有余粮,到哪里去淘换修路钱呀!"

"没钱,难道不会动动脑筋、想想办法?等、靠能来钱吗?"罗清河反问道,"我来姑苏已有些年头,在片区会上,我曾多次提过顾家汪村的修路问题,但你从未向片区提过计划,更没到镇上去找我们帮着想办法,是不是实情?另外,这几年,关于村子发展的思路规划,除了刘京茂在此蹲点抓传统的泥哨生产外,其他的,你有啥计划?再看看周边几个先进村,他们的特色产业做得有声有色,有的还成为远近闻名的淘宝村,和他们相比,咱们村是不是被越拉越远?"

面对罗清河有些激烈的言语,顾怀举很快红了脸,脸上露出像笑又像哭的尴尬神色,一时间无言以对。

罗清河又看了看旁边站着的顾家老太太,她刚刚还充满亲切热情的脸上，此刻也满是茫然失措的神态。于是他把脸上绷紧的肌肉放松下来，对她轻轻一笑说："妗子，刚才，我不是在批评俺表哥，我是在和顾家汪村党支部书记交流工作，他工作不尽心、有不足，我必须严肃地给他指出来。"

顾家老太太马上笑道："你的话，说得在理，俺听着心里感觉怪好。"

罗清河把脸又转向顾怀举说："我来姑苏工作后，顾家汪村的路一直是我牵挂的，但还有比咱们村更难走的地方。作为镇党委书记，要一碗水端平，别说没有这块资金，就是有，也得集体研究，用在最需要的村庄上。说句良心话，对咱们村，我有一种抹不掉的情结，让我始终放心不下。经过多次考虑，我想出了一个比较切实可行的法子，这次我和左站长来，主要就是找你商量这事的。"

顾怀举抬起头看了看罗清河说："罗书记，您请讲。"

罗清河说："顾家汪是一个大村子，在外工作的人员很多，有的是单位在职领导，有的做了老板，还有的是企业高管。我琢磨着，等他们回家过年时，你召集他们开个座谈会，把村里修路的事情提出来，让他们一块议一议，动员他们出些资金，多少不限，全凭能力。自小在村里长大的人，都有着浓厚的家乡情结，都希望家乡变得更美好。上级正好有个每修一平方米路补助一袋水泥的政策，再组织村民出义务工，这样，村里的行路难问题差不多可得到解决。"

顾怀举很认真地听着，可对召集人员开座谈会，他很犯难，解释道："春节期间召集那些人，不吃顿饭吧，显得不近人情，但吃顿饭，镇上又明文规定不准开招待的口子，我——"

罗清河看了他一眼，明白他的意思，便笑了一下说："这样吧，大年初四上午，你把人约到镇上，咱们先议一议村里的修路事宜。中午在镇伙房，我个人出钱，请大家吃顿饭。"

旁边的老太太听了这句话，连忙高兴地插上一句说："你看看，你表弟想得多周到，你再不好好干，可就对不住领导了。"

罗清河亲切地看着顾家老太太说："妗子，咱这是在家里，先不说什么领导，我也是吃着咱们村里的粮食长大的，为咱村修路出份力，是我该做的。"

五十四

灯笼红彤彤，鞭炮声声响。家家蒸花馍、炸麻花、做豆腐、贴春联、熬鱼、炖肉，空气中弥漫着春节的祥和气氛。

大年初二，罗清河与秦明义两人在值班。上午，见没有什么事情，难得片刻清闲的罗清河便向秦明义"请假"："明义同志，我请会儿假，去沂河岸边走一走。回来后，咱们一块吃午餐，共同过个大年初二。"

看到领导难得一见的幽默，秦明义也激动地笑道："好的，书记同志。"

请完假后，罗清河独自走出大院，走向沂河。

这是罗清河到姑苏多年来的第一次"擅离职守"。

走在路上，远远望去，此时，雄浑苍凉的沂河如银蛇逶迤，没了夏日的桀骜不驯，显得温文尔雅。北风紧吹，靠岸的水流在北风中结了冰，河床洼地上，背阴处的积雪未化，斑斑驳驳，极像一幅黑白版画。大片的白杨林立于河岸，树的枝头上，一群小鸟正在歌唱，让人感到莫名的亲切。

树林很密，地上枯树叶堆积得很厚，上面存有斑斑残雪。他穿过树林，走下河堤。缓慢的水流中，十几只大雁抬头警惕地环顾着四周，见有人到来，一只雁倏然起飞，其他雁紧随其后，盘旋着飞向上游，落在了离罗清河较远的河滩上。

几只着一身黑白相间礼服的喜鹊从白杨树枝上飞下来，在荒草残雪处不时地叫几声，给荒凉的河床增加了几分生机。看着这沂河的精灵，罗清河轻叹一声。在这普天同庆的节日，河两岸若有一片梅林，喜鹊们站在梅花开放的枝头上歌唱，这样的喜庆画面，应该是百姓群众希望见到的图景吧。

一串鞭炮声从对岸传来。放鞭炮、烧纸钱，依旧是当地虔诚的人们欢度春节时对天地最隆重的祭拜形式。他将目光移向对岸，声声清脆的鞭炮声传进他的耳朵。那是悦耳的彩铃，在为沂河即将到来的春天喝彩。三两个男孩女孩在对岸河堤上奔跑着，身上红红的羽绒服就像一束束火苗，在大地上燃烧，这是春天的希望。

不远处，走来一个背画板的年轻人，他顺着河堤，边走边寻找着什么。

河边站立的鸟儿们看到他背着画板,认定他并非猎人或背着渔网的渔夫,便没有飞走。

罗清河看见,年轻人目光中充满了期待,他在读着天、读着地、读着片片树林、读着林中的雪景和远方的路、读着这条激扬着时代主题的河流。很快,他选定离罗清河不远的一块雪地,将画板和马扎从背上取下,坐下来,然后掏出画笔和那些五颜六色的颜料,开始描绘天地、河流,以及自己精彩的人生。

地上的河流、树林、残雪是他的风景,他是鸟儿的风景,他们都是罗清河的风景。

不知过了多久,冷风乍起,年轻人收起画板,离开了。那几只小鸟飞到了河的下游,它们或飞翔,或觅食,或观望。

罗清河找来一根粗壮的树枝,以此作笔,以河岸为纸,在雪地里认真地书写下"沂河水长又长,漂流向远方""让大美沂河走向全国,走向世界""保护美丽沂河,需要你我他""振兴美丽乡村靠大家"……写着写着,他的眼前浮现出姑苏未来美好的景象。那些目标和梦想已经深深地印在他的心中,也印在了沧桑的大地上。

沂河,还有多少宝贵的自然资源亟待开发利用,以造福沿岸的黎民百姓;还有多少美丽的人文故事亟待讲述,以丰富当地的人文传承;还有多少高尚的精神品质亟待发扬光大,让这条母亲河以崭新的面貌展现在世人面前……这一切是如此令人期待!

大年初四,在镇政府接待室里,罗清河与顾家汪村在外工作的社会人士共话春节,庆贺新年。之后,他把自己的想法说出来,大家纷纷表示,为家乡修路,一定尽心出力,诚心诚意地为家乡做点真事、实事,义不容辞。

座谈会结束后,罗清河将大家带到单位食堂,他从县城家中带来了几种熟食,又让伙房炒了几个青菜。他打开从家中带来的两瓶白酒,热情地对大家说:"在这里,我一点酒也不喝,请大家理解我,但这是过节的日子,你们可以喝上一杯。"

人都是有感情的。在邻县环保局担任副局长的顾怀中笑着说:"罗书记,我曾多次听到传言,说你是好多人眼中的魔鬼、姑苏南霸天,说你在制度面前不近人情。但今天见到你，和你交流了这么多，我感觉你与传言完全相反，你哪里恶啊！你的内心有着好多人想象不到的丰富感情和人间正义。"

五十五

全县文艺会演自正月初六开始，到正月二十结束，历时半个月。姑苏没有拿到好名次，一回到镇里，百灵艺术团团长吴安顺见到罗清河，就爆了粗口，大骂县文广新局分管群众文化的副局长聂美荣，说她看人下菜碟，把经费都给了那些和她关系好的乡镇艺术团，分文不给百灵艺术团。

"这个熊娘们儿，不就是因为年前我没去她家里送点东西吗！"吴安顺骂道，"加上去年春天，她让我给她姨父弄一百棵薄皮核桃树苗，我没给弄，所以她就卡我，借机报复我。她是瞎了狗眼，我马上就去实名举报她，我有她受贿的证据。"

罗清河听后笑着安慰道："老吴啊，'牢骚太盛防肠断，风物长宜放眼量'，亏你还是个文化人呢！百灵艺术团没得到经费，也很正常。你要比一比人家那些得奖的艺术团，看一看人家下的那些功夫。我在现场观看时，感觉李林镇田间地头艺术团的那个小品很有味道；双王侯镇白玉艺术团唱的吕剧段子，唱腔圆润，余音绕梁，不比专业剧团差。咱们本指望王秀丽唱那个《山路十八弯》拿个奖，可她一开腔就走调了，就是评上奖，能让人家信服？咱也得推陈出新。"

吴安顺骂了一阵子聂美荣后，又满腹牢骚地埋怨起评委："你看看那几个评委吧，都是些什么人啊！县电视台分管文艺的副台长吕孝军，让他退休在家的老爹当起了评委，无非是想让他老爹风光风光呗。那老头在县农业局干了一辈子，育小麦良种什么的还凑合，可对文艺一窍不通，说句话都憋在喉咙里，根本听不出说的什么内容。让他当评委评节目，纯糟蹋艺术，能评出啥公道来！"

百灵艺术团副团长刘品行有点不耐烦地劝道："安顺，你别瞎叨叨了，咱们听听罗书记的意见。"

罗清河笑了笑回应："不要怨天尤人，凡事要先从自身找不足。拿到名次当然是好事，有争名次的想法也很对，'人往高处走，水往低处流'嘛！但也不要太计较名次，活跃了群众文化，老百姓满意，才是最大的奖励。下一步，咱们要多排练群众喜闻乐见的节目，接接地气。比如，齐鲁车疃乡有个武玉香老师，年轻时拜外县一位姓马的老艺人为师，学习人偶戏，已有三十年。在齐鲁车疃艺术团的每一场演出中，她的人偶戏都是群众最喜欢的节目，能让观众笑成一片。她的节目我看过，尤其是那出《老汉背妻》。她的表演动作夸张，生动活泼，妙趣横生，深受观众喜爱。这次应该也获奖了吧？"

"是啊，获奖了。"刘品行说。

"就是嘛，人偶戏接地气，不妨派人去学习下。"罗清河看了看他俩继续说，"还有一个节目，是传统舞蹈'扑蝴蝶'，这种舞蹈形式在咱这地方已有二百余年历史。有句话说，越是地域的，越是民族的，越会受到当地老百姓的欢迎。对这一民间艺术形式，你们可以去挖一挖。再就是，咱们小时候都去集市听过说书，那时的说书场，是老百姓特别喜欢的去处。听上一段，很过瘾。这项文化遗产，也是乡村文化的宝贝。你们也可打听一下，把会说唱艺术的艺人招来，让他敲一敲渔鼓，拉一拉坠琴，说个小段。上了年纪的人都爱听，不也挺好吗？"

左秀安在一旁点着头说："是啊，下一步，百灵艺术团要结合姑苏的地域文化特色，发现民间艺人，挖掘传统文化，争取在下一年的春节文艺会演中夺个大奖。"

五十六

冰融雪化，春暖花开，又是一年芳草绿。顾家汪村在筹集到资金后，正式开始改造村北道路。顾怀举和村两委成员带头劳动，村民热情出义务工，工程进展非常顺利。

自此，村民出行，外人回乡，不再受坑坑洼洼的颠簸之苦了。

道路改造完成后，罗清河特意来到这里。走在整洁、笔直的水泥路面上，他内心无疑是舒畅的。这总归是自己姥娘家的村庄，自己的母亲在这里长大，自己的童年也在这里度过。尽管姥娘姥爷早已不在人间，但为他们曾经居住一生的村庄修路，出自己的一份力，他颇感欣慰。

伙房小院内的两棵石榴树又发了新芽。初春两蓬绿，五月一树红。到秋日，枝头挂满了大红果实，让人垂涎欲滴。有了石榴树，不大的院子便有了灵性，有了生机。

罗清河和周庆山买回的这种石榴苗，是当时兴起的新品种，名曰大红袍。不论春夏还是秋冬，那树干，那枝条，均呈现着别样的美感。果实大而圆，待到成熟时，那深红的颜色就像女子点在脸上的胭脂。有的石榴因籽太满，炸裂开口，粉红、深红的石榴籽晶莹剔透，润如宝石，在天地间绘制成一幅生动的秋实图，让人赏心悦目。几年来，前来伙房就餐的同志们总爱站在树旁欣赏一番。

望着当初两棵细小的树苗，如今长得粗壮，果实累累，罗清河感慨万千。老同事走了一茬又一茬，新同事来了一波又一波，除了他们，陪他在此共同成长的，还有这两棵石榴树。感慨之余，罗清河想，一个人想做点实事，其实并不难，关键得用心，就像这两棵石榴树，当时他们的举手之劳，成就了今天的纯美景致。它的成长，多像姑苏这些年的发展啊，一分耕耘一分收获，"不经一番寒彻骨，怎得梅花扑鼻香"。

又是一个静谧的夜，一轮金黄的圆月缓缓升起，宛如银盘一般高挂在清空之中。银白的月光透过玻璃窗，在地板上倾泻下一片清辉，为夜色增添了一丝静谧与安详。

罗清河睡不着，他坐起身，把一本散文集拿过来。这些年来，他有个随便在书上写下工作和生活感悟的习惯。这本书的扉页和内页空白处，有他在不同时间记下的几篇文字。他翻动着，仔细地看着：

——作为一名曾举起拳头对着鲜艳旗帜宣过誓的共产党员，在人心浮动、物欲横流的当下，在歪风邪气、浊流恶水面前，我要牢记来姑苏工作前，田晨晖书记代表县委对我提出的要求：到任后，要全心全意为人民谋福祉，切忌拿架子、耍官腔，要老老实实、尽职尽责地为群众做好事、办实事，切实做到为官一任,造福一方!

——人过留名,雁过留声。来姑苏工作一回,留个好名声不容易。作为镇委主要负责人,要树正气、办正事、做正人、走正路。要用正义正气感染人,用豪情豪气激励人,用才能才华折服人。时刻不忘初心,力争做一个让群众认可的好党员、好干部,离开后,给百姓留一个好念想。在日常工作中,要不断加强自身修养,增强组织观念和纪律意识,约束自己的行为,凡事多与班子成员研究交流,多倾听不同的意见,全面考虑,统筹协调。切忌主观武断,不可自以为是、大搞一言堂——作为"一把手",这一点至关重要。

——今天晚上,党委成员开会研究对许建林的处分。有的同志说,他是一位老同志,本着惩前毖后、治病救人的原则,暂时不建议开除他的党籍。我想,如果再允许这样的败类存在,再大的家业、再宝贵的精神财富,也经不起他们折腾,但考虑到集体的意见,暂时同意让他留在党内,以观后效。如果他继续知错不改,我就建议坚决将他清除出党,决不能让党的优良作风和传统葬送在这种人手里。

——今天上午,与庆山同志一道下村,在村头遇到郭世修大爷的闺女郭春兰,她正在割菠菜。见到我们,她忙从菜畦里掐了一把菠菜,快步走到我们面前,送给我。看她很诚恳的样子,庆山说:"罗书记,您就捎着吧。"我再三推辞,但她快速在沟边折了一根柳条,把菠菜捆好,掀开我自行车后座上的夹子,边放边说:"俺这菠菜嫩,没打药,上的是兔子粪,好吃着呢。"这是我来姑苏后,第一次收人家的礼物。这份礼物很金贵,虽说它的市场价格只有两元钱,但它的价值不是用金钱能衡量出来的,这是一个普通百姓的心意。这些菠菜是我的力量来源,我要争取当个"大力水手"。

——晚饭后,与文彬、小徐到沂河边上散步时说起如何把自己的伪装去掉,做一个真实的人。文彬说:"说真的,这一步很难,特别是我们处在这样一个浮躁的时代。赤裸了自己,势必会对别人的伪装心生厌恶,这个时候,伪装比赤裸要好。对心里厌恶的人,见了面,赔个笑脸,一团和气,皆大欢喜。"小徐说:"随着年龄的增长,会发现那样是自欺欺人,自找罪受,心会很累。人们常说活得受罪,说的大概就是这类人吧。因为他们不能真实地表现自己,穿得行头太多、太重,累得自己不能自持。想想这些,我觉得还是率真一点更好,以自己秉直的个性立于社会,不做老好人,是仁人志士所为。还有,要远离小人,因为他们都怀有强烈的嫉妒心、报复心、好胜心,还有杀心,这些都是刀子。"文彬听后,哈哈笑着说:"小徐的觉悟比我高。"我赞同小徐的观点,细想想,群众的眼睛是雪亮的,还是心怀善良、心底无私,不受物欲之累、伪装之累最好。要真诚地对待世间万物,做个清白的人。

罗清河看着看着,眼窝竟然又热起来。他合上书本,忍不住又想起这些年社会上流传的关于自己的顺口溜。那些贬低、挖苦、攻击的词汇,若说不影响他的情绪,那是假的。当时,他真想把创作者找出来,当面对质,再捅他三拳,踹他两脚!但随着时间的推移,自己的心态慢慢地发生了变化,以至于到现在,已没了气愤、没了怨恨,一笑而过的同时,不由得佩服起作者的文才来。他想:尽管他们心术不正,出发点是坏的,但他们抱着那么大的恒心和毅力,多年来不停地跟踪我、观察我、琢磨我,已成为我工作上强有力的监督,不断促使我提高工作的严谨性和规范性。至于作者到底是谁,对自己来说,已没有必要去探究,而那些顺口溜,把它们当成一个玩笑,也许最好。

想着想着,传进他的耳朵里的那些顺口溜,竟也涌了上来:

> 罗清河工作不比别处领导差
> 他却七八年来没提拔
> 缺活动,不圆滑
> 一根筋加上两头堵
> 比起马(士良)来,拳脚上起码差三花
> 照此以往干下去
> 就在姑苏继续待着吧

呵,那就继续待在姑苏吧,有什么不可以呢?即使在这里干到退休,怕是依然会有不少未了的心愿,时不我待,只争朝夕。退休后,就去岳父家或姥娘村里住,不也是很惬意的一件事情吗?到那时,选个周末,约上李文彬、王子和、周庆山、徐以明这些志趣相投的老战友,一起到沂河岸边走一走，共同听一听沂河的涛声。

时间过得真快，一晃多年过去了，姑苏这台车终于驶上改革发展的快车道，各项工作走在全县、全市前列，也获得了全省文明乡镇的光荣称号。这些年来，自己竭心尽力地保护着镇域内的每一寸耕地，为的是让子孙后代有田可种、有饭可吃。因保护土地成绩突出，省自然资源厅奖励镇上一百万元，镇上分文未留，全部补贴给各个村庄。

想着想着，罗清河翻身下床，又习惯性地踱到院子里。此时，月光皎洁，为大地披上了一层银色的薄纱。

透过大院围墙的铁栅栏，罗清河向远方望去。姑苏大地，沂河岸边，广袤的原野上，村庄和各类农业产业园连在一起。现如今的姑苏，工业、种植业、养殖业、渔业等已构成了完整的产业链条，形成了独具特色的姑苏产业发展模式。

想想初到姑苏时，镇里的产业虽然发展迅速，但整体仍以农业为主，然而受人才、资金、技术等条件制约，农产品深加工无从谈起，现代农业的发展缺乏后劲。罗清河结合姑苏农业资源现状，认真分析后发现，在农业大镇，想要实现农业高质量发展，就需要树立现代化工业发展理念，实现农业的规模化、现代化经营，根据现有的优势补链，瞄准产业链上附加值高的环节，将最重要的一环留在本土。同时，充分考虑本土特色，培养符合当地实际的"专、精、特"配套产业集群，形成产业发展集聚效应。

认清形势、瞄准方向后，镇党政班子随后决定在农业产业振兴中，打造一条适合姑苏的发展之路，早转型、早升级。在招商引资过程中，无论是引进外来企业，还是助推本土企业转型，姑苏镇党委、政府始终坚持摒弃一切重污染的工业企业，专注于食品深加工企业，狠抓建链、强链、补链功课。几年下来，以"农头工尾""粮头食尾"为抓手，不断拉长农业产业链，最终，全镇形成了种植业从育苗、种植到蔬菜深加工，渔业从孵化、养殖、成品鱼销售到特色旅游，养殖业从孵化、养殖、屠宰到肉类熟食深加工等"田间到餐桌"的全链条生产模式。镇委、镇政府积极引导传统种植型农民向新型职业农民转变，从而吸引了越来越多外出打工的年轻人回乡就业，让他们成为乡村振兴的主力军。

此时，罗清河似乎还看到，工业园区内灯火依然闪亮，不时有车辆进进出出。白天鹅食品有限公司的孵化厂内,工人们正在紧张地忙碌着。经过二十八天的孵化,一只只毛茸茸的小鸭子破壳而出。每一个孵化器大概可孵化一万只鸭苗,每个月总共可孵化一百四十万只。这些鸭苗接着被送往公司养殖场内精心养殖。成鸭被送进公司下设的屠宰场,一部分作为初加工产品以白条鸭的形式面市销售,更多的鸭子则进入公司的深加工车间,最终以"盐卤鸭肉""脱骨鸭掌""酱卤鸭翅""碳烤鸭腿"等休闲食品的形式走上大众的餐桌。

工业园生意蒸蒸日上,蔬菜收购市场秩序井然,姑苏中学书声琅琅,农田里的庄稼年年丰收。机关干部带着饱满的工作热情,行走在为人民服务的大道上。现在的姑苏越看越美丽,老百姓越来越富裕。这让他彻底地明白,作为一名共产党员,在哪里都是为人民服务,之所以有先前那些想法,是因为自己内心深处看重了功名。把"名"放在一边,认真做"功",再接再厉,那样才能成为一名真正优秀的有内涵的人民公仆。

这样想罢,罗清河心底瞬间生出丝丝缕缕的幸福感来。

夜更深了,也更静了,沂河水哗哗流淌的声音从远处传来。此刻,来姑苏工作后的一幕幕往事,像演电影一样,晃动在罗清河的眼前。

他仿佛看到,在八旬老人郭世修夫妇露天的土屋里,他在问自己:"面对父辈如此的生活情景,你能无忧吗?"谢老板飞奔的轿车扬起尘土的那一刻,他问自己:"有人利用不义手段,争抢党和政府为贫困群众提供的扶持,你能不怒吗?将各村享受低保的人员名单张榜公布,接受群众监督评判,让郭世修大爷那样的人享受低保待遇,不早该做吗?"

他仿佛看到,一位农民兄弟因承包的鱼塘被他人强行霸占,来到镇委、镇政府大院,这门跑那门窜,想讨个说法,然而不是这里不开门,就是那里不见人,他只好无奈地站在日头下,一脸的沮丧……随后不久,镇上决定建立政务大厅,提供一站式服务,切实解决了老百姓办事难的问题。

他又想起,在研究给许建林党纪处分时,王子和同志坚决要求开除其党籍,因当时班子意见不统一,最后只给了许建林留党察看处分,子和同志带着遗憾离开了姑苏。后来,在开除了许建林的党籍后,他第一时间通过电话告诉王子和,对方庄重地说:"只有将这样的社会渣滓清除出党,我们的党才能真正保持纯洁。"

他又想起，有多少善良却弱小的群众需要得到保护啊！一位头破血流的菜农大哥来到镇委、镇政府大院，到处找领导讨说法，起因是他将自种的蔬菜拉到菜市场后，遭到了地痞菜霸强行买卖，被打得头破血流。气愤之余，自己第一时间组织精兵强将，亲自带队冲锋，严打蔬菜收购市场涉恶、涉黑等犯罪行为，随后建章立制，规范经营，让市场成为菜农放心买卖的场所。还有，那个被解救的"小贵州"，回到老家后，现在过得怎样了？

多少个夜晚，本可以静静地躺在宿舍休息，但他牵挂着姑苏的教育事业，于是又不自觉地去学校逛一逛，看看学生晚自习情况、老师上课情况。这些细节，看似不大，但自己实实在在地做了，且发挥了积极的作用。教师的士气振作了，涣散的人心凝聚了，学校的教育质量稳步提升，姑苏中学的春天又来了……

一帧帧清晰的画面，一幅幅珍贵的照片，闪现在罗清河的眼前，记录着他在姑苏的点点滴滴。想着想着，罗清河欣慰地笑了。

此刻，深夜已过，鸡叫了一遍又一遍，四周似乎起了些风，有些清凉，尚未落尽的法桐枯叶簌簌作响，仿佛在弹奏着一首美妙的乐曲。

罗清河回到宿舍，很快进入了梦乡。

在梦中，母亲向他走来，她是那么慈祥，那么亲切。他想和母亲说几句话，可她走远了。

清新的早晨，朝霞满天，一轮红日从东方地平线上冉冉升起，全新的一天开始了。

一大早，罗清河起床洗漱一番后，来到党政办公室，交代了上午的工作。

岁月是把锋利的镰刀，一年前，它把母亲这棵老庄稼割走了。今天，是母亲去世一周年的祭日。昨天他已向郭霞请了假，今天回老家为母亲上坟。按照沂东古老的习俗，他要在母亲坟前磕三个头，向她诉说一年来对她的思念。

妻子和孩子从县城动身，他自己则乘坐出租车回老家。

来到镇文化广场不远处的停车点，他打开手机的打车软件，一番操作后，不一会儿，一辆出租车开了过来，罗清河上了车。

出租车司机很爱聊天，看了看他问："你是镇里的干部吧？"

罗清河反问道:"你是怎么看出来的?"

出租车司机笑着说:"在这地方搭车,多数是你们大院里的。你这气质,像是个领导。来这里几年了?"

罗清河答道:"刚来没多久,哪是什么领导啊,混口饭吃呗。"

出租车司机说:"姑苏这些年搞得不错,那个罗清河书记办事干练,处处为老百姓着想,是一个好官。"

罗清河拿出一副并不认同的语气说:"我刚来不久,不太了解他,不过我听说,那个人有很多毛病,告他的人挺多。"

出租车司机呵呵笑道:"前些年,我在市里开大货车,到处跑,不在沂东,前段时间刚回来。你说的这事,我也听说过,但了解不多,不过周边老百姓对他的评价还是很高的。"

"一个地方,贪上一个不折腾的官,是老百姓的福,何况罗清河还处处想着老百姓呢!"出租车司机继续说,"别的不说,就拿姑苏中学来说吧,原来学校那状态,就像一头挨了十几刀的牛,浑身的血差不多流没了。罗清河去了一趟又一趟,硬是把这头倒下的牛扶了起来。人家有招,也敢碰硬,让那些占着茅坑不拉屎的教师滚出姑苏,学校里剩下的都是认真教学的好老师。几年下来,学校已脱胎换骨,神采奕奕,成了一头壮牛。今年小升初,我内弟的孩子、我二姑的孙子,都报了姑苏中学。起初,我内弟还想托人将小孩送到城关中学去,我劝他哪里也别去,就去姑苏中学上,学校管理好,老师也上心。那个姓罗的,真不赖!"

罗清河听罢问:"你认识那个姓罗的?"

司机师傅瞥了他一眼答:"不认识,我只是听村里人这样讲。但我也听说,罗清河这个人脾气拗,不活泛,没学会用两条腿走路。好多人都被提拔了,他却继续原地踏步,不就是因为得罪了太多人吗?不过也好,对姑苏老百姓来说,这不是坏事,让他继续干几年,还能为姑苏解决不少发展的问题,万一再换个马士良那样的书记,老百姓可就又亏了!我听坐我车的人说,那个马士良,不是个好鸟,只要一给食,他马上就去啄。可这个姓罗的,死食活食都喂不进去,他连看都不看一眼。"

见罗清河没有接话,司机继续滔滔不绝地说:"哦,原来还有个镇长,叫陈本欣,那人我认识,吃相难看,不用喂,自己主动找食吃,既吃活食,也吃死食,什么食都行,不讲究。"

"这都是道听途说的小道消息吧,不准确!"罗清河笑笑道,"在社会上可不能乱说啊。"

"咳,我不是乱说,你可别小看咱老百姓的眼睛,都雪亮雪亮的!"出租车司机不服气地回应着,"最近我听临河城的朋友讲,马士良和陈本欣已经被纪委立案审查了,听说他们是被一个房地产老板举报了。当时那房地产老板来姑苏搞开发,求着他们,估计送给他们不少钱。后来那片项目被拆除了,结果他随后就把他们给举报了。其实,老百姓看干部还是挺准的。"

司机是个话篓子,见罗清河不搭话,就又把话题转到发展的正事上:"这些年,咱姑苏的农民依靠科技发展,年年人均收入排在全县第一,真该为那个罗清河点个赞!他做事既有新意,也有效果。前几年,他在镇上组织举办'比种田,庆丰收'农产品展览会,在镇文化广场上搭擂台,各村选出菜农和果农能手,让他们把自家种植的瓜果蔬菜带过去,比一比谁家的瓜果结得大,蔬菜长得好。我回家时去看过,整个比赛现场哟,摊挨摊、人挤人,比三月三庙会还热闹呢。"

"你别说,他脑子确实好使,想法真超前!"出租车司机继续赞叹道,"在他的提议下,咱姑苏搞'一村一产业,村村有特色',还真发展起来了,工业项目上得也快。"

司机滔滔不绝地说着,看到罗清河坐在车里只是听,很想跟他来个互动,于是又问:"你在姑苏这么久,百灵艺术团的副团长刘品行,你该认识吧?"

罗清河笑了笑道:"认识。"

司机立马兴奋地说:"他是我本家大叔,听我爹说,他从小喜欢文艺,二十世纪七十年代,他还是个十几岁的毛孩子,却整天跟着村里的文艺宣传队吹拉弹唱,图个乐呵。虽说他只上到初中,但平常善于学习,学问很深。国家恢复高考后,他参加了,数学只得了七分,语文却是八十五分,他写的那篇作文,阅卷老师看了都说好。他那个人,清高着呢,一般人他都不放在眼里,但对罗清河,他从心眼里佩服,说罗清河干镇党委书记多年,干得不孬,没被提拔却没有怨言,一如既往地进村入户办实事,这定力,一般人可做不到,算是真英雄!我叔还说,什么叫真英雄,那可是有标准的,就是得忍得住孤独，耐得住寂寞，挺得住痛苦，顶得住压力，挡得住诱惑，经得起折腾，受得起打击，丢得起面子，担得起责任。"

罗清河轻轻地一笑说："你叔挺能闹啊，可别听他那一套。都在镇里工作，我还不知道他罗清河啊，工作确实干了点，但若说他是英雄，那就太离谱了！告诉你那叔，别把那些人吹嘘得太厉害，捧得太高，掉下来会摔得很重。"

司机马上瞪着眼睛反驳道："可不是你说的那回事，我还真没有吹捧他，老百姓可都是这么说的。"

接着，出租车司机一改话题说："罗清河在姑苏这么多年，还创造了另一个全县第一——社会上给他编的那些顺口溜。那些顺口溜真有趣，我还会背好多首呢。"

接着他背诵起来：

罗清河，你真行
镇直机关滥起名
副镇长的丈夫是锅"夹生饭"
民政办主任糊涂虫
许建林是个不着调
国土资源管理所所长是鬼精灵

罗清河，存私心
修路先修姥娘村
又集资，又摊派
任性横行
民怨沸腾
齐声怒呼
这样不行

罗清河，没提拔
满腹的牢骚发了芽

说到这，出租车司机转头看了看罗清河说："你别说，写这些顺口溜的，不知是何方神圣，还怪有才呢。应该是让罗书记处理过的那些人吧？怀恨在心嘛。这些都是负面的，老百姓中也有很多赞扬罗书记的顺口溜，我大叔刘品行就为他作过一首，我背一下你听听。"

接着，他吟诵起来：

  罗清河十年没提拔
  长虹岭上，一棵大树迎风斗雪把根扎
  姑苏的老少爷们儿人人心里有杆秤
  操心尽力的好干部
  百姓永远记住他

罗清河认真地听着，忍不住笑了。

天空蔚蓝，阳光灿烂，车窗外的景致十分秀美。平坦的柏油路上，出租车飞快地向前驶去……